Mörike

Sämtliche Erzählungen

Eduard Mörike
Sämtliche Erzählungen

Herausgegeben von
Wolfgang Braungart
unter Mitarbeit von
Christian Oestersandfort

Nachwort von
Wolfgang Braungart

Philipp Reclam jun. Stuttgart

Universal-Bibliothek Nr. 18313

Gesamtherstellung: Reclam, Ditzingen. Printed in Germany 2004

ISBN 3-15-018313-8

www.reclam.de

Der Schatz

Novelle

Im ersten Gasthofe des Bades zu K* verweilte eines Abends eine kleine Gesellschaft von Damen und Herrn im großen Speisesaale, der nur noch sparsam erleuchtet war. Der Hofrath Arbogast, ein munterer, kurzweiliger, obgleich etwas eigener Mann von imposanter Gestalt, schon in den Fünfzigen, schickte sich an, eine Geschichte zu erzählen.

Er war, durch räthselhafte Umstände begünstigt, vom Goldschmied aus sehr schnelle zur Bedienung des damals sogenannten königlichen Schatzmeister-Amtes in Achfurth gelangt, und eine Zeitlang gingen im höhern Publikum seltsame Sagen darüber, indem man nicht umhin konnte, die Sache mit einer, auf keinen Fall ganz grundlosen Gespenstergeschichte, welche den Hof zunächst anging, in Verbindung zu bringen.

Nun wurde man auch gegenwärtig wieder durch eine lustige Wendung, die das Gespräch genommen hatte, von selbst auf diesen Gegenstand geführt, und da man dem Hofrath mit allerlei Späßen und Anspielungen stets näher auf den Leib rückte, versprach er der Gesellschaft auf die Gefahr hin Genüge zu thun, daß man Unglaubliches zu hören bekommen und sich am Ende ganz gewiß bitter beklagen würde, als wenn er sie mit einem bloßen Kindermärchen hätte abspeisen wollen. Es ist einerseits Schade, fügte er bei, daß meine Frau sich heute so früh zurückgezogen hat. Da das, was Sie vernehmen sollen, ein Stück aus ihrem, wie aus meinem Leben ist, so könnten wir uns Beide füglich in die Erzählung theilen, Sie hätten jedenfalls sogleich die sicherste Controle für meine Darstellung an ihr. Auf der andern Seite gewinnt aber diese vielleicht an Unbefangenheit und historischer Treue – »Nur zu! nur angefangen!« riefen einige Damen: »wir sind nicht allzu scrupulös, und die Kritik, wer Lust zu zweifeln hat, steht nachher Jedem frei.«

Wohlan! In Egloffsbronn, einer der ältesten Städte des Königreichs, lebte mein Vater, ein wackerer Goldschmied. Ich, als der einzige Sohn, sollte dieselbe Kunst dereinst bei ihm erlernen, allein er starb frühzeitig, und für das größte Glück war es daher zu halten, daß mich Herr Vetter Christoph Orlt, der erste Goldarbeiter in der Hauptstadt, umsonst in die Lehre aufnahm. Ich hatte große Lust an dem Geschäft und war so fleißig, daß ich nach fünf Jahren als zweiter Gesell in der Werkstatt saß.

Mein gutes Mütterlein war indeß auch gestorben. Wie gern gedacht' ich ihrer, wenn ich in Feierstunden oft an meinem Eckfenster allein zu Hause blieb, mit welcher Ehrfurcht zog ich dann zuweilen ein gewisses Angebinde hervor, welches ich einst aus ihrer Hand empfing! Es war am Tag der Confirmation. Ich hatte nach der Abendkirche mit den andern Knaben und Mädchen einen Spaziergang gemacht, – wie das so Sitte bei uns ist, daß die festliche Schaar mit großen Blumensträußen an der Brust zusammen vor das Thor spaziert – und war nun eben wieder heimgekommen, da holte meine Mutter aus dem Schrank ganz hinten ein kleines wohlversiegeltes Paket hervor, worauf geschrieben stand: »Franz Arbogast am Tage seiner Einsegnung treulich zu übergeben.« Die Mutter versicherte mir, sie wisse nicht, woher es eigentlich komme, ich sey noch ein kleiner Bube gewesen, als sie es eines Morgens auf dem Herd in der Küche gefunden. Mir klopfte das Herz vor Erwartung; ich durfte den Umschlag mit eigenen Händen erbrechen, und was kam heraus? Ein Büchlein, schwarz in Corduan gebunden, mit grünem Schnitt, die Blätter schneeweiß Pergament, mit allerlei Sprüchen und Verslein, von einer kleinen, gar niedlichen Hand fast wie gedruckt beschrieben. Der Titel aber hieß:

Schatzkästlein
zu Nutz und Frommen
eines
Jünglingen,
so als ein Osterkind geboren ward,
in 100 Reguln allgemeiner Lehr,
nebst einer Zugab
für sondere Fäll in Handel und Wandel;
wahrhaftig abgefasset
von
Dorothea Sophia von R.

Ich meinerseits war freilich insgeheim in meiner Hoffnung ein wenig getäuscht; die Mutter aber legte vor freudiger Verwunderung ihre Hände zusammen. »Ach Gott!« rief sie aus, »es ist die Wahrheit, ja, am Ostersonntag Mittags zwölf Uhr hast du zum erstenmal das Licht der Welt erblickt!« Sie pries und segnete mich. »Mein Sohn«, sagte sie, »du wirst im Leben viel Glück haben, wenn du dich christlich hältst und auf die Weisungen in diesem Büchlein merkst.« Sie unterließ auch nicht, mir meine Pflichten wiederholt an's Herz zu legen, als sie mir bald darauf mein Wanderbündel schnürte, darin das wunderliche Schatzkästlein den besten Platz erhielt.

Ich könnte gerade nicht sagen, daß ich die nächsten Jahre einen absonderlichen Segen von diesem seltenen Besitzthum spürte, obwohl ich gar bald die sämmtlichen Sprüche von vorn und von hinten auswendig wußte; ja zu einer gewissen kritischen Zeit, wo ich gerade angefangen hatte, Wirthshaus, Tanzboden, Kugelbahn öfter als billig zu besuchen, da waren es, wie mir däuchte, nicht sowohl die hundert Reguln, als vielmehr die Erinnerung an meine gute Mutter, die Vorstellungen meines ehrlichen Meisters, was mich bald wieder in's Geleise brachte. Hier sey es übrigens gelegentlich bemerkt, daß mir von allen Arten der Versuchung just die am wenigsten gefährlich war, die sonst in jenen Jahren die allergewöhnlichste ist, die Neigung zu dem weiblichen Geschlechte. Es hatten deßhalb meine Kameraden das ewige Gespött mit mir, ich hieß ein kalter Michel hin und her, und weil ich doch zuletzt um keinen Preis der Tropf seyn wollte, der nicht wie jeder andere brave Kerl sein Mädchen hätte, nahm ich etliche Mal einen tüchtigen Anlauf, kam bei ein Stück Drei oder Vieren herum, darunter ein Paar Goldfasanen, die redlich ihren Narren an mir fraßen; allein es that nicht gut; nach vierzehn Tagen wollte ich schon Gift und Galle speien, vor lauter Langerweile und heimlichem Verdruß. Kurzum, auf diesen Punkt schien wohl mein Schatzkästlein Recht zu behalten – – »Dein erstes Lieb, dein letztes Lieb.« Ich konnte dieses Wort lediglich nur auf eine Kinderliebschaft mit einem guten armen Geschöpfe beziehen, das ich als das Opfer eines frühzeitigen Todes von Herzen beweinte.

Mein Vetter schenkte mir sofort ein immer größeres Vertrauen. Er schickte mich manchmal auf kleine Geschäftsreisen aus, er fing nichts Neues von Bedeutung an, eh' er mit mir es erst besprochen hatte, und als er den Befehl erhielt, auf die Vermählung seiner Majestät des Königs mit einer Prinzessin von Astern den Krönungsschmuck für die durchlauchtige Prinzessin Braut zu fertigen, so konnte er mir wohl keine größere Ehre erzeigen, als daß er das Hauptstück des wichtigen Auftrags, nämlich eine Krone von durchaus massiver, doch zierlicher Arbeit, wie sie sich in die Haare einer schönen, blutjungen Königin geziemt, mir größtentheils allein zu überlassen dachte. Die Zeichnung war gemacht und höchsten Orts gebilligt. Bevor man aber an das Werk selbst ging, war noch Verschiedenes zu thun. Besonders fehlte es noch an einigen Steinen, die man im Lande nicht nach Wunsch erhalten konnte, daher mein Vetter sich nach reifer Überlegung zuletzt dahin entschied, ich sollte selbst nach Frankfurt gehn, die Steine auszuwählen. Es handelte sich nur darum, auf welche Art ich am sichersten reise, denn leider waren die Posten damals noch nicht so vortrefflich als jetzt eingerichtet; indessen fand sich doch Gelegenheit, die ersten Stationen mit ein Paar Kaufleuten zu fahren. Der Vetter zählte mir vierhundert blanke Goldstücke vor; wir packten sie sorgfältig in mein Felleisen, und ich reis'te ab.

Den zweiten Tag, in Gramsen, wo das Gefährt einen andern Weg nahm und mich daher absetzte, fiel Regenwetter ein, ich mußte mich bis zu Mittag gedulden, da ich es mir denn gern gefallen ließ, daß mir der Gramsener Bote ein Plätzchen ganz hinten in seinem Wagen gab, den eine Bläue gegen Wind und Wetter schützte. Ein junger Mann, ein Jude, wie mir schien, war meine einzige Gesellschaft. Wir waren gar bequem zwischen Wollsäcken gelagert, nur ging die Fahrt etwas langsam. Es wurde Nacht bis man Schwinddorf erreichte, wo der Jude sich absetzen ließ, indeß wir noch drei gute Stunden bis zu dem Städtchen Rösheim vor uns hatten. Als ich nun so allein in meiner dunkeln Ecke lag und an Verschiedenem herumdachte, war mir, als hätt' ich längst einmal gehört, daß diese Gegend nicht im besten Rufe stehe; besonders schwebte mir die sonderbare Geschichte eines Galanteriehändlers vor, welchem sein Kasten, während des Marschirens, auf ganz unbegreiflich listige Art, Schubfach für Schubfach, soll ausgeleert worden seyn. Mein Fuhrmann wollte zwar so eigentlich nichts von dergleichen wissen, doch konnte ich mich nicht enthalten, von Zeit zu Zeit durch die Tuchspalte hinten mit Einem Aug' hinauszuschauen. Der Himmel hatte sich wieder geklärt, man konnte jeden Baum und jeden Pfahl erkennen, man hörte auch nichts als das Klirren und Ächzen des Wagens, inzwischen ließ ich doch die Hand nicht von meinem Gepäck und tröstete mich mit des Fuhrmanns großem Hund; nur kam es mir ein paarmal vor, als wenn die Bestie sonderbar winsle, das ich aber zuletzt mitleidig dem puren Hunger zuschrieb.

»Jetzt noch ein Viertelstündchen, Herr, so hat sich's!« rief mir der alte Bursche zu und ließ zum erstenmal die

Peitsche wieder herzhaft knallen. »Die Wahrheit zu gestehn«, fügte er bei, »sonst ist es auch gerade nicht mein Sach', so spät wegfahren: ein Fuhrmann aber, wißt Ihr wohl, hat es halt nicht immer am Schnürlein. Nu –

's Löwenwirths Rother
ist allzeit hell auf!«

Es schlug halb Zwölfe, als man vor das Städtchen kam. Am nächsten Wirthshaus hielten wir. Es schien kein Mensch mehr auf zu seyn. Ich hob indeß getrost mein Gepäck aus dem Wagen. Aber – Hölle und Teufel! wie wurde mir da! – das Ding war so leicht, war so locker! Den Angstschweiß auf der Stirn' eil' ich in's Haus; ein Stallknecht, halb im Schlaf, stolpert mit seiner Laterne heraus, ein zweites Licht reiß' ich ihm aus der Hand, und jetzt in der Stube gleich athemlos wie der Feind über's Felleisen her! Das Schlößchen find' ich unverletzt, ganz in der Ordnung – weiter – Allmächtiger! mein Gold ist fort! Der Schlag wollte mich treffen. Nein, nein, um's Himmelswillen, nein! es ist nicht möglich! rief ich in Verzweiflung, und wühlte, zaus'te Alles durcheinander. Das Schatzkästlein fiel mir entgegen (ich hatte es nur gleichsam aus Erbarmen so mitlaufen lassen): im Wahnsinn meiner Angst hielt ich es einen Augenblick für möglich, das Büchlein habe mir meine Dukaten verhext! – Halb mit Wuth, halb mit Grauen warf ich den schwarzen Krüppel an die Wand; allein wie schnell verschwand der vermeintliche Zauber, da sich ein Messerschnitt, vier Finger breit, in meinem Felleisen entdeckte! Jetzt wußt' ich vor der Hand genug: der Jude hat dich bestohlen!

Soeben wollte ich hinaus, die Hausleute, die Nachbarschaft aufschreien, – da muß mein Fuß zufällig nochmals an das arme Büchlein stoßen, und wie ein Blitz schießt der Gedanke in mir auf: Halt! wie, wenn heut Sankt Gorgon wäre? Mechanisch nehm' ich es vom Boden; indem tritt der Kellner herein, grüßt, fragt, ob ich noch zu trinken verlange? Ich nicke stumm, gedankenlos, und sehe mich dabei nach einem Wandkalender um.

»Was ist gefällig? neuer? alter? Drei und achtziger? vier und achtziger?«

»Versteht sich, einen neuen!« rief ich mit Ungeduld und meinte den Kalender; »den heurigen, nur schnell! nur her damit!«

Der Kellner lächelte hochweise: »Wir haben hier zu Land noch keinen heurigen!«

»Wie! was? um diese Zeit? verflucht! so bringt in's Kukuks Namen einen alten! Das ist mir aber doch, bei'm Donner, eine Wirthschaft, wo man – ei daß dich, da hängt ja doch einer!« Ich riß den Kalender vom Nagel, ich blätterte mit bebender Hand – richtig! Gorgonii, der 9. September! Und daß ich jetzt nicht wie ein Narr vor Freuden in der Stube herumtanzte, den Gläserschrank zusammenschlug, den Kellner umarmte, war Alles. Von nun an wußte ich, was für ein herrliches Kleinod mein Schatzkästlein sey. Stand nicht ein Verslein drin, ein Reimlein, ach, mehr werth als alle Reime in der Welt? (der siebente war's in der Zugab für sondere Fäll):

Was dir an Gorgon wird gestohlen,
Vor Cyprian kannst's wieder holen;
Jag nit darnach, mach kein Geschrei,
Und allerding fursichtig sey.

Ich zweifelte nicht einen Augenblick an der Unfehlbarkeit dieses prophetischen Rathes. Denn, dacht' ich, wär' es überhaupt nicht richtig mit dem Büchlein, wie konnte es denn wissen und mir so treulich melden, daß man mich just auf Gorgonstag bestehle? und dann – und kurz, es war in mir ein unwiderstehlicher Glaube: vor Cyprian kannst's wieder holen. Bis dorthin waren's freilich noch immer siebzehn Tage; nun, meinte ich, das ist der äußerste

Termin, wer weiß, es kann so gut auch morgen und übermorgen glücken. Wart Mauschel, wart Halunk! es wird sich bald ausweisen, wo deine Krallen es eingescharrt haben; drei Schritt von deinem Galgen, hoffe ich.

Franz Arbogast setzte sich hinter den Tisch, mit einer Empfindung, mit einem Gesicht, wie ungefähr ein Kaufmann haben mag, wenn er gerade einen Brief aus Nordamerika bekam, des Inhalts: Mein Herr! Ich habe die Ehre zu melden, daß Ihr sehr wackeres Schiff, die Faustina, nachdem wir sie bereits in der Gewalt der Seeräuber geglaubt, soeben wohlbehalten im Hafen eingelaufen ist.

Ich aß und trank nach Herzenslust, schenkte besonders auch dem Fuhrmann tapfer ein, der mir gestand, der Kellner habe ihm vorhin in's Ohr gesagt, ich müsse wohl ein Wiedertäufer seyn, ein Separatiste oder dergleichen, ich hätte mein Gebetbuch so närrisch geküßt. »Gut«, habe er darauf gesagt, »wenn's nur kein Jude ist; denn der, den ich gefahren, der Spitzbub, stiehlt mir ein Paar nagelneue Handschuh weg! Ich hatte sie am Reif im Wagen hängen. Und das war nicht genug, bei'm Abschied im Finstern was thut er? drückt mir den breiten nichtsnutzigen Knopf da in die Hand statt einem Fünfzehner! Aber, nur stät! es gibt allerhand Knöpf', ganz besondere Sorten. Wißt Ihr wohl, Herr, welches die besten Knopfmacher sind, will sagen, die flinksten, und macht doch einer lang kein Duzend im Jahr? Ihr rathet's nicht. Die Henkersknecht! Mein Seel, wenn mir der Jud' wieder begegnet, das Räthsel geb' ich ihm auf; was gilt's, er hat's heraus, eh' ich ihm zweimal mit der Geißel winke?«

»Hört«, sprach ich zu dem Fuhrmann, »Ihr seyd ein braver Kerl, wißt Ihr Was? vielleicht daß mir der Jude doch noch früher in die Hände läuft als Euch; laßt mir den stählernen Knopf, hier ist ein Zwölfer dafür.« Der Handel fand keinen Anstand. – Mir fiel inzwischen ein, daß noch mein Stock im Wagen liege; ich ging mit Licht hinaus und fand bei der Gelegenheit noch einen meiner goldenen

Füchse zwischen dem Flechtwerk des Korbes stecken und gleich dabei ein ziemlich großes Loch im Boden. Ich wußte nicht recht was ich davon denken sollte. Ich ließ es eben gut seyn; zu holen war heut doch nichts mehr.

Singend und pfeifend ließ ich mir meine Schlafkammer zeigen, und ruhiger schlief ich in meinem Leben nicht als diese Nacht.

Am andern Morgen nun, nach ernstlicher Erwägung aller Umstände, schien es mir keineswegs gerathen, mich aus der Gegend zu entfernen. Ein jeder Schritt schien zwecklos, wo nicht bedenklich. »Jag nit darnach.« Das war für mich eben, als wenn ein Daniel mit eigenem Mund zu mir gesprochen hätte: Mein Sohn, bleib' Er ganz ruhig sitzen im Löwen zu Rösheim; Er sieht, es ist ein braves Wirthshaus hier; thu' Er sich etwas gütlich auf den gehabten Schreck und scheer' Er sich den Teufel um die Sache, Er wird bald hören, was die Glocke schlägt. Ich kam dieser Weisung gewissenhaft nach. Rösheim ist ein lustiges Städtchen, es fehlte mir nie an Gesellschaft, besonders meine Wirthin war die gute Stunde selbst. So gingen drei, sechs, sieben Tage hin. Dazwischen gab es freilich auch tiefsinnige Momente und nachgerade ward mir doch die Zeit zu lang.

Ich stehe eines Nachmittags am Fenster und gräme mich über das köstliche Wetter, das mir so jämmerlich verloren geht: kommt eine Chaise vor das Haus gefahren, die ich sogleich für dieselbe erkenne, mit welcher ich damals von Achfurth abreis'te. Ein Herr steigt aus, es war einer von jenen Kaufleuten, der nächste Nachbar meines Meisters, ein wusliger, kleiner geschwätziger Mann. Schnell wollt' ich noch entweichen, doch eh' ich mich's versah, war er herein.

»Ah! was der Tausend – da ist ja Herr Franz! Schön, schön, daß wir uns unvermuthet treffen! Auf Ehre, wie bestellt! Wie sieht's in Frankfurt? gute Geschäfte gemacht?«

»O ja, so so, so ziemlich, ja.«

»Charmant. Und, mein Freund, nun fährt Er natürlich mit mir, ich gehe direkte nach Haus und bin ganz allein.«

Ich fing nun an mich zu entschuldigen – ein guter Bekannter, den ich nothwendig, Geschäfte halber, hier abwarten müsse, besondere Affairen – kurz, Alles was zu sagen war. Der Kaufmann stutzte, wollte nicht begreifen, sondirte, fragte, schwieg zuletzt und trank sein Schöppchen Würzburger, gelben. Ich bat mir Feder und Tinte aus und schrieb etliche Zeilen an den Vetter; daß ich Frankfurt dato noch nicht gesehen, ein kleiner Unfall habe mich verspätet, bereits sey aber Alles wieder ganz auf gutem Weg, so daß ich hoffe noch zeitig genug mit meinen Einkäufen in Achfurth einzutreffen; übrigens möge er sich ja ganz stille halten, mit Niemand weiter von der Sache reden, mir aber ganz und gar vertrauen. – Der Kaufmann sprach indessen leise mit dem Wirth bei Seit. Gewiß erfuhr er von diesem, wie lang ich schon hier liege, und er konnte sich denn an den Fingern abzählen, daß ich noch nicht über die Gränze kam. Ich ließ mich das weiter nichts kümmern, versiegelte den Brief, empfahl ihn dem Herrn Nachbar zur Besorgung, er steckte ihn sehr seriös zu sich und schlürfte gelassen sein Restchen. »Viel Glück nach Frankfurt!« rief er mir mit höhnischem Gesicht bei'm Abschied zu. Der Wagen rollte fort.

Jetzt war auch meines Bleibens hier nicht länger. Ich hatte weder Rast noch Ruhe mehr, obgleich ich nicht wußte wohin. Ich fragte nach der Zeche, man war sogleich bereit, und wahrlich unverschämter wurde sie nie einem Grafen gemacht; ich hätte heulen mögen wie ein Weib, als ich berechnete, daß mir nur wenige Gulden übrig blieben.

Aber mein Muth sollte noch tiefer sinken. Denn auf der Straße, als ich schon ein gutes Weilchen fortgewandert war, fiel mir auf einmal ein, daß ich von nun an nirgends mehr im Lande sicher sey. Wird sich der Vetter wohl mit meinem Brief beruhigen? muß er nicht das Ärgste befürchten?

Wenn er nun fahnden läßt auf dich! wenn man dich greift! Mir wurde es schwarz vor den Augen. Ich machte mir die bittersten Vorwürfe, verfluchte abermals das Schatzkästlein, denn dieß war Schuld, daß ich die Sache nicht sogleich vor Amt angab, wie jeder Andere, der nicht ein ganzer Esel war, gethan hätte; jetzt freilich war die Katz' den Baum hinauf und Alles war zu spät. Noch volle zwei Tage trieb ich mich, bald da, bald dort verweilend, und mich dabei immer auf's Neue wieder an meinem Osterengel aufrichtend, im gleichen Reviere umher. Zuletzt kam mir in Sinn, daß nicht gar weit von hier, über der Gränze, ein paar weitläuftige Verwandte meiner Mutter, vermögliche Pelzhändler, wohnten, die meinem Vater viel zu danken hatten. Glückshof, so viel ich wußte, hieß der Ort; dort war doch vor der Hand Trost, Rath und Unterkunft zu hoffen. So setzte ich denn meinen Weg zum erstenmale wieder in einer entschiedenen Richtung fort, und eingedenk der Flasche des trefflichen Likörs, womit mich meine gute Base bei'm Abschied noch versah, bediente ich mich dieses Stärkungsmittels zu meinem Encouragement ein über's andere Mal mit solchem glücklichen Erfolg, daß ich seit langer Zeit wieder ein Liedlein summte und endlich meinen vielberühmten Baß mächtig und ungebändigt walten ließ.

Allein das wunderbare Schicksal, unter dessen Leitung ich stand, kündigte sich nunmehr auf eine höchst seltsame Weise an. Es war etwa fünf Uhr des Abends, als ich getrosten Herzens so fort schlendernd in eine gar betrübte Gegend kam. Da lag nur öde Heide weit und breit. Rechts drüben sah ein düsteres Gehölz hervor, und links vom Hügel her ein langweiliger ausgedienter Galgen, so windig und gebrechlich, daß er den magersten Schneider nicht mehr prästirt haben würde. Die Pfade wurden zweifelhaft, ich stand und überlegte, marschirte noch ein Stück und traf zu meiner großen Freude jetzt auf einen hölzernen Wegweiser. O weh, dem armen Hungerleider war die Schrift hüben und drüben rein abgegangen vor Alter! Er streckte den einen Arm rechts, den andern links hinaus und ließ die Leute dann das Ihre dabei denken. Du wärst ein Kerl, sprach ich, für den ewigen Juden, dem es wenig verschlägt, ob er in Tripstrill oder Herrnhut zur Kirchweih ankommt. Nun sah ich unten einen Schäfer seine Heerde langsam die Ebene herauftreiben. Dem rief ich zu: »He, guter Freund, wo geht der Weg nach Glückshof?« – Kaum ist mir das letzte Wort aus dem Mund, so klatscht es dreimal hinter mir, eben als schlüge Jemand recht kräftig zwei hölzerne Hände zusammen. Erschrocken seh' ich mich um – o unbegreiflicher, entsetzenvoller Anblick! Er hatte sich gedreht! der Wegweiser – gedreht, so wahr ich lebe! Mit Einem Arm wies er schief über die Heide, den andern hatte er, damit ich ihn ja recht verstehen sollte, dicht an den Leib gezogen. Des Schäfers Antwort ging indeß im Wiederhall des Walds verloren. Ich starrte und staunte den Wegzeiger an und hörte wie mein Herz gleich einem Hammer schlug. Alter! sprach ich in meinem Sinn, du gefällst mir nur halb; du hältst wohl gute Nachbarschaft mit dem dreibeinigen Gesellen auf der Höhe, mich sollst du nicht dran kriegen! Damit rannt' ich davon, als wär' er schon hinter mir her. Der Schäfer kam mir entgegen: »Was gibt's? Wer ist Euch auf den Fersen? Habt Ihr Etwas verloren?« »Nichts! sagt nur, wo geht's Glückshof zu?« Der Mann mochte glauben, ich hätte gestohlen, er maß mich von Kopf bis zu Fuß; dann deutete er nach der Waldecke hin: »von dort seht Ihr in's Thal, ein Fußpfad führt nach dem Weiler hinab, da fragt Ihr weiter.« Inmittelst hatt' ich mich etwas gefaßt. Der Mann schien mir eine ehrliche Haut, demungeachtet nahm ich Anstand, ihm mein Abenteuer zu vertrauen, und fragte nur, indem ich meinen Finger in der Richtung hielt, in der das hölzerne Gespenst gewiesen: »Was liegt denn d a h i n?« »Da? kämt Ihr schnurgerad' auf's graue Schlößlein.« Bewahr' mich Gott! dacht' ich, dankte dem Schäfer und folgte seiner Weisung nach dem Walde. Im Gehen macht' ich mir verschiedene Gedanken, und schaute wohl noch zehnmal um nach dem verwünschten Pfahl. Er hatte seine Alltagsstellung wieder angenommen und sah wahrhaftig aus, als könnte er nicht Fünfe zählen. Was wollte er doch mit dem grauen Schlößchen? Ich hatte früher Mancherlei davon erzählen hören. Es gehörte den Freiherrn von Rochen, und war, so viel ich wußte, noch unlängst bewohnt; es stand im Rufe arger Spuckereien, doch nicht sowohl das Schlößchen selbst, als vielmehr seine nächste Umgebung. Die Sichel fließt unten vorbei, darin schon Mancher, durch ein weibliches Gespenst irre geführt, den Tod gefunden haben soll. Nun glaubte ich nicht anders, als der Versucher habe mich in Wegweisersgestalt nach dieser Teufelsgegend locken wollen. Jedoch, erhob sich bald ein anderes Stimmchen in mir, wenn du ihm Unrecht thätest? wenn du gerade jetzt deinen Dukaten entliefst? Was also thun? kehr' ich um? geh' ich weiter? So stritt es hin und her in meiner Seele. Ermüdet und verdrossen setzt' ich mich am Waldsaum oben nieder, wo ich denn immer tiefer in mich selbst versank, ohne zu merken, wie die Dämmerung einbrach und daß der Schäfer lange heimgetrieben. Rasch und entschlossen stand ich auf. Gut' Nacht, Wegweiser! – Ich stieg bergab, dem Weiler zu.

Ein dichter Nebel hatte sich wie eine weiße See durch's Thal ergossen, er reichte bis zu mir herauf und ich stieg immer mehr in ihn hinein. Zum Glück war die Nacht nicht sehr finster, die Sterne thaten ihre Schuldigkeit. Aber ach, ich glaubte bereits in der Tiefe zu wandeln, während ich nur auf einem fahrbaren Absatz des Berges rings um denselben herum und ganz unmerklich wieder aufwärts lief. In Kurzem spazierte meines Vaters sein Sohn also wieder ganz hübsch auf der öden, verhenkerten Heide herum, ungefähr da wo ihm vor drei Stunden zum erstenmal das Trumm verloren ging.

Sie fragen, meine Werthesten, wie mir bei dieser Entdekkung zu Muthe gewesen? Je nun, ich dachte, jetzt säßest du besser daheim bei deiner braven Meisterin, wenn sie den Abendsegen lies't, meinethalben auch bei'm Storchenwirth und Fritz der Färber gäbe die Geschichte Preis, wie er Anno 70 im Kniebis verirrte. Allein, wo nun hinaus? Eine bekannte gute Regel ist: wenn Einer spürt, es sey ihm angethan, thut er am klügsten, er steckt den Verstand in den Sack und läuft wie seine Füße mögen. So that ich auch, und fing das frische Kernlied an zu singen: Seyd lustig und fröhlich ihr Handwerksgesellen! – Es ging jetzt unaufhörlich eben fort. Auf einmal aber schien es hell und immer heller um mich her zu werden, ich sah mich um, da ging der volle Mond sehr herrlich hinter goldnen Buchenwipfeln auf. Von Furcht empfand ich eigentlich nichts mehr, nur Selbigem wollt' ich nicht gern zum zweitenmal begegnen. So oft er mir einfiel, that ich einen herzhaften Zug aus der Flasche und hub alsbald mit heller Stimme wieder an:

Hamburg, eine große Stadt,
Die sehr viele Werber hat.
Mich hat nicht gereut,
Vielmehr erfreut,
Lübeck zu sehn:
Lübeck eine alte Stadt,
Welche viel Wahrzeichen hat.

Nun schritt ich über Stoppelfeld. Gottlob, das war doch eine Menschenspur. Aber, Goldschmied, wenn es nun allgemach hinunter und an's Wasser ging', und dir die bleiche Edelfrau ein kühles Bad anwiese?

Dresden in Sachsen,
Wo schöne Mädchen wachsen;
Ich denk jetzund
Alle Stund
An Nürnberg und Frankf –

patsch! lag ich auf der Nase. Der Schmerz trieb mir die Thränen in die Augen, mir schwebte ein Fluch auf der Zunge; aber nein –

Augsburg ist ein kunstreicher Ort,
Und zuletzt nach Elsaß fort.
Alsobald mit Gewalt
Geh ich nach Strasburg.
Es ist eine schwere Pein
Von Jungferen insgemein,
Wenn man alsdann
Nicht herzen kann
Und wieder soll mareschiren fort.

Allmittelst aber nahe an den Rand der Ebene gekommen, bemerkte ich auf gleicher Höhe mit derselben, links hin, wo sie in einem spitzen Vorsprung auslief, nur dreißig Schritt von mir, ein altes, guterhaltenes Gebäude, mehr schmal als breit, mit etlichen Thürmchen und hoch gestaffeltem Giebel. Ich konnte nicht mehr zweifeln wo ich sey. Ganz sachte schlich ich näher. Es schimmerte Licht aus einem verschlossenen Laden des unteren Stocks; hier mußte der Hausschneider wohnen. Ein Hund machte Lärm, und sogleich öffnete ein Weib das Fenster.

»Wer ist da?«

»Ein Handwerksgesell, ein verirrter.«

»Welche Profession?«

Ich wagte, eingedenk meiner gefährdeten Person, nicht, die Wahrheit zu sagen. Ein Schneider! sagt' ich kleinlaut. Sie schien sich zu bedenken, entfernte sich vom Fenster und ich bemerkte, daß man drin sehr lebhaft deliberirte; es wisperten mehrere Stimmen zusammen, wobei ich öfter das fatale »Schneider« nur gar zu deutlich unterscheiden konnte.

Jetzt ging die Pforte auf. Der Hausvogt stand bereits im Gang; die Frau hielt auf der Stubenschwelle und hinter ihr ein sehr hübsches Mädchen, welches jedoch auffallend schnell wieder verschwand. Die Ehleute sahen einander an und baten mich, in's Zimmer zu spazieren.

Hier war nun Alles gar sauber und reinlich bestellt. Ein Korb mit dürren Bohnen und reifen Haselnüssen, zum Ausmachen bereit, wurde bei Seite geschoben, man nahm mir mein Gepäcke ab und hieß mich sitzen. Es war zehn Uhr vorüber. Die Alte deckte mir den Tisch, derweil der Mann, gesprächsweise, die nächstgelegenen Fragen, nach meiner Heimath und dergleichen, ohne Zudringlichkeit und in so biederem Ton an mich that, daß ich mein einmal angenommenes Incognito, wobei natürlich eine Lüge aus der andern folgte, nur mit innerlichem Widerstreben, deßhalb auch etwas einsylbig und unsicher, behauptete. Das Mädchen lief einige Male geschäftig von der Küche durch's Zimmer, ohne mich kecklich anzusehen. Man brachte endlich eine warme Suppe und einen guten Rahmkuchen. Ich aß und trank mit Appetit, worauf mein Wirth sich bald erbot, mir meine Schlafstätte zu zeigen. Die Frau ging mit dem Licht voran, er selbst trug meinen Ranzen die Treppe hinauf nach einem hohen geweißten Eckzimmer, worin es neben einem frischen Bette nicht an den nöthigsten Bequemlichkeiten fehlte. Ich sagte dankbar gute Nacht, setzte mein Licht auf den Tisch und öffnete unter kuriosen Gedanken ein Fenster.

Der Nebel ließ mich wenig unterscheiden, doch schien die Höhe da hinab beträchtlich, und, was mir nicht das lieblichste Gefühl erregte, dem sanften Rauschen eines Wassers nach, mußte die Sichel ganz unmittelbar am Fuß des Felsen, der das Schlößchen trug, vorüberziehn. Sey's drum! ich riegelte getrost die Thüre, und zog mich aus. Mich niederlegen und schlafen war Eins. Es regnete die halbe Nacht, ich merkte nichts davon; mir träumte lebhaft von dem schönen Mädchen.

Am andern Morgen, durch und durch gestärkt, fand ich die Sonne schon hoch am Himmel über dem engen Sichelthale stehen, welches, reichlich mit Laubwald geschmückt, die Aussicht hier zunächst sehr stille und reizend beschränkt, alsdann, mit einer kurzen Beugung um das Schloß, sich in das offene, flache Land verläuft.

Ein Glockengeläute von unten, aus dem gutsherrschaftlichen Dorf an der Seite des Berges, erinnerte mich, es sey Sonntag. Mein Herz bewegte sich dabei, ich weiß nicht wie. Doch war jetzt keine Zeit, um solchen Rührungen lang nachzuhängen; auf alles Denken aber und Grübeln über meine Lage that ich sofort grundsätzlich ein für alle Mal Verzicht; nur, als ich mir den beispiellosen Spuck des gestrigen Abends zurückrief, gerieth ich auf die Muthmaßung, ich könnte wohl ein bischen beschnapst gewesen seyn, denn meine Branntweinflasche fand sich beinahe leer.

Ich eilte, sauber angezogen, zu meinem Wirth hinunter, der mir mit Heiterkeit ankündigte, es sey nur noch ein Stündchen bis Mittag; sie hätten mich nicht wecken wollen, weil sie dächten, ich habe nicht besonders zu pressiren und würde vielleicht ein paar Tage bei ihnen ausruhen. Nach einigem, wiewohl nur scheinbaren Bedenken, und auf wiederholtes Zureden, nahm ich diese unerwartete Gastfreundschaft an und blieb geruhig in meinen Pantoffeln. »Zwar werden wir Euch leider über Tisch für dießmal nicht Gesellschaft leisten«, sagte der Schloßvogt; »der Schulmeister im Dorf läßt heute taufen, da sind wir zu Gevatter gebeten und müssen gleich fort: Josephe aber, meine Nichte, wird Euch nichts abgehen lassen.« Ich war Alles zufrieden.

Das Ehpaar hatte sich in Staat begeben und außen wartete ein Fuhrwerk. Sie baten nochmals um Entschuldigung, mit dem Versprechen, vor Abend wieder da zu seyn.

Ich befand mich allein in der Stube, und mit Josephen, die draußen am Herde beschäftigt seyn mochte, allein im ganzen Schlosse. Die Nähe dieses Mädchens, zu dem ich von der ersten Stunde an ein stilles, unerklärliches Vertrauen hegte, obgleich wir bis jetzt kaum ein Wort mit einander gewechselt, beunruhigte mich ganz sonderbar. Es zog und zupfte mich immer, sie in der Küche aufzusuchen, allein wenn ich eben dran war, schien mir von allen den bei Handwerksburschen üblichen galanten Redensarten nicht Eine gut genug. Auf Einmal kam sie selbst herein, band sich die Küchenschürze ab, stellte sich dann mit einigem Erröthen mir grade gegenüber und sprach, nachdem sie ihre offenen braunen Augen ein ganzes Weilchen auf mir ruhen lassen: »Also Ihr kennt mich wirklich gar nicht mehr?«

Da ich betroffen schwieg und nun mit halben Worten zu erkennen gab, daß ich auf eine frühere Bekanntschaft mit einem so scharmanten Frauenzimmer im Augenblick mich nicht besinnen könne, verbarg sie sehr geschickt ihre Beschämung und Empfindlichkeit hinter ein flüchtiges Lachen und that, als hätte sie den puren Scherz mit mir getrieben. »Nein! Nein!« rief ich, sie eifrig bei der Hand nehmend, »dahinter steckt Etwas – Ihr seyd betreten, Ihr seyd gekränkt! Um's Himmelswillen, beste, schönste Jungfer! helft mir ein klein wenig darauf – wenn, wo – wie hätten wir uns denn gesehen? es wird mir gleich beifallen!« In der That, ihr Gesicht wollte mir nun bereits ganz außerordentlich bekannt vorkommen, nur wußte ich es nirgend hin zu thun. Ich bat sie wiederholt um einen kleinen Fingerzeig.

»Seyd erst so gut«, versetzte sie, »und nennt mir Euren Namen.« Da ich bestürtzt ein wenig zauderte und eben eine ausweichende Antwort geben wollte, brach sie kurz ab, wie wenn sie ihre Frage selbst bereute: »Der Braten verbrennt mir! verzeiht, ich muß gehen.«

In Kurzem kam sie wieder, schob ohne Geräusch einen Tisch in die Mitte der Stube und fing sodann, indem sie ihn sehr ruhig deckte, als wäre nichts geschehn, vom Wetter an. Als ich mich auf dergleichen nicht einließ, sondern mich nachdenkend und fast verdrießlich zeigte, nahm sie zuletzt, um dieser lächerlichen Spannung zu begegnen, das Wort: »Hört, thut mir doch den einzigen Gefallen, denkt nicht mehr an die einfältige Posse. Ich habe mich in der Person geirrt, und das ist Alles! Noch einmal, ich bitte, denkt nicht mehr daran.« – Dagegen war nun freilich schicklicher Weise nichts weiter zu sagen, obgleich ich ihren Worten nur halb traute.

Wir setzten uns zum Essen. Josephe that Alles, um mich zu zerstreuen. Sie war die lautere Unbefangenheit, Anmuth und Herzensgüte. Zum erstenmal, ich darf beinah so sagen, zum erstenmal in meinem Leben begriff ich, wie es möglich sey, sich in ein Weibsbild zu verlieben.

»Man sagt so viel von Eurem grauen Schlößchen«, hub ich an, nachdem sie das Essen abgetragen und die herrlichsten Äpfel zum Nachtisch aufgestellt hatte, »wie wär's, Ihr schenktet mir, weil wir gerade so beisammen sind, einmal recht reinen Wein darüber ein?«

»Das kann geschehen«, antwortete sie; »wir reden sonst nicht leicht mit Jemanden davon, allein man macht wohl eine Ausnahme. Zudem seyd Ihr ein verständiger Mann und werdet Euch bei uns nicht fürchten. (Hier sah sie mir sehr scharf, wie prüfend, in's Gesicht.) Auch ist noch keiner Seele seit Menschengedenken im Hause selbst das Mindeste zu Leid geschehn, und außerhalb, nun ja, man hütet sich. Es gab wohl schon so leichtsinnige Menschen, die mögen immer ihren Fürwitz büßen.«

Sie hatte sich gesetzt und eine kaum erst angefangene Strickerei mit grün und schwarzem Garn zur Hand genommen, der Knaul lag ihr im Schoose. »Ach mein! so seht doch, was das regnet! was das schüttet! Wie gut ist's, daß Ihr heut nicht auf der Straße seyd.« Und nun begann sie zu erzählen:

»Vor ungefähr vierhundert Jahren wohnte allhier ein Graf mit Namen Veit von Löwegilt, ein frommer und tapferer Ritter. Er ehlichte als Wittwer ein junges Fräulein, Irmel von der Mähne, welche ein Ausbund von Schönheit gewesen seyn muß und sehr reich. Am Hochzeitabend, als der Tanz im kerzenhellen Saal begonnen hatte, und nun die Frau bald dem, bald jenem Gast die Hand zum Reigen gab, da sah Herr Löwegilt eine ganze Zeit mit Wohlgefallen zu, bald aber kam seltsame Wehmuth über ihn, wie eine böse Ahnung, davon er sich jedoch nichts merken ließ; nur gegen das Ende des Tanzes gab er der Dame einen Wink, daß sie ein wenig aus dem Saale käme. Er nahm ein Licht und führte sie in ein ander Gemach. Mein liebstes Herz! sprach er, da sie alleine waren, Euren Gemahl hat wunderlich verlangt, daß er sich abgesondert von den Leuten mit einem Küßlein Eurer Lieb' versichere. Damit schloß er sie in den Arm und küßte sie und sie that gleich also. In ihrem Innern aber war sie ungehalten, dachte: was will mir der Narr? es ziemt den Wirthen schlecht, die Gäste zu verlassen. Jetzt zog Herr Veit eine schwere, goldene Kette unter dem Goller hervor mit den Worten: Betrachtet diese Kette. Mein Ahnherr schenkte sie einst seiner Frau, der züchtigen und edlen Richenza vom Stain; hernachmals ist das Kleinod als ein ehrenwerthes Denkzeichen der glücklichsten Ehe von einem Sohn auf den andern gekommen, und jetzo, heut, da Ihr mein väterliches Erbe als Hausfrau betreten, vergönnt, daß ich Euch diesen Schmuck umhängen mag: ich weiß, Ihr werdet ihn mit Ehren tragen. – Ich danke meinem Herrn und gütigen Gemahl, antwortete die schöne Frau sehr freundlich: dafern Ihr aber irgend Zweifel habt an mir, so sey es nicht genug an meinem Wort, das Ihr in Marien-Capelle empfangen, und ich gelobe nochmals hier, Euch als ein treues Weib zu dienen, so Gott mir nach dem Tode gnädig sey. – So gingen sie, und Irmel war vergnügt über die gelbe Kette und zeigte das Geschenk mit Freuden der Gesellschaft vor.

Im Anfang ging Alles ganz gut. Die Gräfin schenkte ihrem Mann im ersten Jahre einen Sohn. Sein Hauskreuz aber stellte sich bei Zeiten ein. Die Frau wurde geizig über die Maßen. Ein Sprichwort ging bei'm Volk, sie singe der

Henne um's Ei. Es hieß: Frau Irmel ist nicht dumm, weil sie der Tropfen Öl im Lämplein dauert, läßt sie die Mägde bei Mondschein spinnen. Sonst war Gesang und Harfenspiel ihr schönster Zeitvertreib, jetzt that sie nichts wie rechnen und ihre Leute scheren. Das Ärgste dabei war, sie fing ohne Wissen Herrn Löwegilt's an, viel Geld auszuleihen auf Zins an ihre Unterthanen und in der Nachbarschaft umher. Wenn nun die armen Leute nicht zu rechter Zeit bezahlten, sprach sie zum Vogt: so lang mein Mann daheim, mag ich nichts anfangen; er ist zu gut und dankt mir's wohl, wenn ich ihn mit dem Plack verschone. Jedoch das nächste Mal, daß er mit Reisigen aus ist, auf einen Monat oder zwei, da sollt Ihr sehn, wie ich mein Zornfähnlein auf's Dach stecke! Wir schicken den Presser herum und brauchen Gewalt; man muß dem Gauchenvolk die Frucht vom Acker und die Kuh von der Raufe wegnehmen. Zum Glück kam es nicht gar so weit. Herr Veit erfuhr die feine Wirthschaft der Frau Gräfin und wollte sich zu Tod darüber schämen; allein weil er die Dame Tausendschön im Ganzen doch wie närrisch liebte, verfuhr er christlich mit ihr und legte ihr in aller Güte den saubern Handel nieder. Das nahm sie denn so hin, wohl oder übel. Wie aber hätte ihr auch nur im Traum einfallen sollen, ihr Veit könnte so gottlos seyn und den verwünschten Bauern ihre Schuld bis auf den letzten Heller schenken? Er machte das ganz in der Stille ab, und eines Tages bei Gelegenheit bekannte er's ihr frei, auf holde Art. Frau Irmel hörte ihn nur an, verblaßte, und sagte nicht ein Sterbenswort. Sie ging mit ihm denselben Tag, weil eben Ostern war, zu Gottes Tische. Da mag sie wohl ihr eigen Gift hinabgegessen haben anstatt den süßen Leib des Herrn. Von Stund an war sie wie verstockt. Es sah just aus, als hätte sie zu reden und zu lachen und zu weinen für immerdar verlernt. Wenn er so vor ihr stand und ihr zusprach mit guten klugen Worten, so sah sie unter sich wie ein demüthig Muttergottesbild und wich mit falschem Seufzen auf die Seite;

war der Gemahl hingegen auf der Jagd oder sonst ausgeritten, damit er einen Tag seinen Kummer vergesse, da sey der kalte Fisch daheim lauter Leben, lauter Scherz und lustige Bosheit gewesen. Wer sollte glauben, daß der Graf für eine solche Creatur auch nur ein Fünklein Liebe haben können? Und doch, es heißt, er hing an ihren Augen trotz einem Bräutigam. Einige meinten drum, sie hab' es ihm im rothen Wein gegeben.

Einst saß er allein auf dem Saal und hatte seinen Knaben, nicht gar ein jährig Kind, sein liebstes Gut, auf seinem Schoos, und war sehr traurig, denn der Knabe war seit kurzer Zeit siech und elend worden und aß und trank nicht mehr, und wußte Niemand was ihm fehle. Tritt leise die Amme herein, ein braves Weib, und fängt zu weinen an: Ach lieber Herr, ich habe Etwas auf dem Herzen, das muß heraus und wäre mir die größte Sünde, so ich's vor Euch verschwieg. Dürft aber mich um Gotteswillen nicht verrathen bei der gestrengen Frau. – Der Knabe, da sie Solches sprach, bewegte sich mit Angst in seines Vaters Arm, als hätte er verstanden und gewußt, wovon die Rede sey. Der Graf winkte der Wärterin zu reden, die denn fortfuhr: Neulich, Ihr war't eben verreis't, geh' ich des Morgens, wie ich immer pflege, nach der Kammer zum Kind. Das hört' ich schon von Weitem schrein, als hätte man's am Messer. Indem ich eintrete, Gott steh' mir bei, muß ich mit diesen meinen Augen sehn, wie die gnädige Frau den jungen Herrn, bevor sie ihm das Röcklein angezogen, glatt auf den Tisch gelegt, und ihn gequält, geschlagen und gekneipt, daß es zum Erbarmen gewesen. Wie sie mein ansichtig geworden, erschrack sie fast und that dem Söhnlein schön und kitzelt' es, daß das arm Würmlein gelacht und geschrien unter einander. Schau, was er lacht! rief sie: ist er nicht seines Vaters Conterfei? – Ich dachte: wohl, du armes Kind, drum mußt du also leiden. – Herr, haltet's mir zu Gnaden, daß ich so frech vor Euer Edlen Alles sage; glaubt aber nur, man hat wohl der Exempel mehr, daß eine Ehfrau ihres Mannes Fleisch und Bein im eigenen Kind hat angefeindet, und, mein' ich, Solches thut der böse Geist, daß einer Mutter Herz sich so verstellen muß und wüthen wider die Frucht ihres Leibes.

So redete Judith und sah, wie ihrem Herrn ein über's andere Mal die Flammen zu Gesichte stiegen und wie er zitterte vor Zorn. Er sagte lange nichts und starrte vor sich nieder. Jetzt stand er auf, sprach zu dem Weib: geh, sag dem Kaspar, daß er gleich drei Rosse fertig halten soll, den schönen Schimmel mit dem Weibersattel, den Rappen und sein eigen Pferd. Du selber lege dein Feierkleid an und nimm des Kindes Zeug zusammen in ein Bündlein, wir werden gleich verreisen. Fürchte dich nicht, dir soll kein Haar gekrümmt werden. – Sie lief und that wie ihr befohlen war, derweil Herr Veit sich rüstete. Alsdann nahm er das Büblein auf und eilte nach dem Hof. Auf seinen Wink bestieg Judith ihr Pferd; es war das edelste von allen aus dem Stall. Veit nahm den Junker vor sich hin; so ritten sie zum Thor hinaus, der Knecht hinterdrein. Frau Irmel aber sah am Erkerfenster halb versteckt dem Allen zu, höchlich verwundert und erbos't, und bildete sich freilich ein was es bedeute. Sie folgte dem Zug mit höhnischen Blicken den Burgweg hinunter, und als die Rößlein dann in's obere Sichelthal einlenkten, sprach Irmel bei sich selbst: Richtig! jetzt geht es nach Schloß Greifenholz, zur lieben gottseligen Frau Schwägerin. – So war es auch. Dort hatte der Graf seine nächsten Verwandten, bei denen er viel Trost und für den Knaben und die Wärterin die beste Aufnahme fand. Am zwölften Morgen kehrte der bedrängte Mann um eine große Sorge leichter zu seinem Fegfeuer zurück, denn sichtbarlich gedieh das Kind fern seiner Mutter, wie eine Rose an der Maiensonne. Die Gräfin fragte, wie man denken kann, mit keiner Sylbe nach dem Junker, und beide Gatten lebten so fortan als ein paar stille und höfliche Leute zusammen.

Drüber geschah's einmal, daß Löwegilt in seines Kaisers

Dienst mit Kriegsvolk auswärts war sechs ganzer Monate, vom Frühling bis tief in den Herbst. Das wäre eine schöne Zeit zur Buße gewesen, Frau Gräfin! Es gibt ein altes Lied, da steht der Vers:

In Einsamkeit,
In Einsamkeit
Da wächst ein Blümlein gerne,
Heißt Reu und Leid …

Das war auch des Grafen sein Hoffen und Beten, wenn er manchmal bei stiller Nacht in seinem Zelte lag und seines Weibes dachte.

Und als nun endlich Friede ward, und Fürsten, Ritter, Knechte, des Siegs vergnügt, nach Hause zogen, da dachte Löwegilt: Gott gebe, daß ich auch den Frieden daheim finde. Er führte seine Mannschaft unverweilt auf den kürzesten Wegen zurück. Sie hatten noch zwei kleine Tagreisen vor sich, da sie an einem Abend ein Städtlein liegen sahen, wo man zu übernachten dachte. Begegnete ihnen ein Mönch, der betete vor einem Kreuz. Ei, rief der Graf, und hielt: das ist ja Bruder Florian! willkommen, frommer Mann! Ihr kommet vom Gebirg herüber? – Ja, edler Herr. – Da habt Ihr doch auf dem Schloß eingekehrt? – Für diesmal nicht, Gestrenger, ich hatte Eil. – Das ist nicht schön von Euch. Und nicht ein Wörtlein hättet Ihr von ungefähr vernommen, wie es dort bei mir steht? – Ach Herr, antwortete der Mönch, die Leute dichten immer viel, wer möchte Alles glauben! Begehret nicht, daß Euer Ohr damit beleidigt werde. – Bei solchem Wort erschrack der Löwegilt in seine Seele, er nahm den Mönch bei Seit, der machte ihm zuletzt eine Eröffnung von so schlimmer Art, daß man den Grafen laut ausrufen hörte: Hilf Gott! hilf Gott! hast du die Schande zugelassen, so lasse nun auch zu, daß ich sie strafen mag! Und hiermit spornte er sein Roß und ritt, nur von seinem getreuesten Knappen begleitet, die ganze Nacht hindurch, als wenn die Welt an tausend Enden brennte.

Frau Irmel indeß glaubte ihren Gemahl noch hundert Meilen weit dem Feinde gegenüber, sonst hätte sie wohl ihre Schwelle noch zu rechter Zeit gesäubert. Seit vielen Wochen nämlich beherbergte sie einen Gast, einen absonderlichen Vogel. Derselbe kam eines Tags auf einer hinkenden Mähre geritten und fragte nach Herrn Veit, seinem sehr guten Freunde. Der Gräfin machte er viel vor: er sey ein Edelmann, landsflüchtig, so und so. Ein Knecht aber vom Schloß raunte den Andern gleich in's Ohr, daß er den Kauzen da und dort auf Jahrmärkten gesehen habe, Latwerg und Salben ausschreien. Man warnte die Gräfin, sie hörte nicht drauf: der Bursche hatte gar zu schöne schwarze Haare, Augen wie Vogelbeer, und singen konnte er wie eine Nachtigall. Er wußte eine Menge welscher Lieder, die Gräfin schlug ihre Harfe dazu und ließ ihn nicht mehr von der Seite. Die Knechte aber und die Mägde unter sich hießen ihn nur den Ritter von Latwerg.

Nun saß das feine Paar, so wie gewöhnlich, nach dem Mittagmahl allein im Saal am großen Fenster, und schauten unter lustigem Gespräch in die offene Gegend hinaus, wie sie im hellen Sonnenschein, mit dem Fluß in der Mitte, da lag. Frau Irmel nahm ihre goldene Kette vom Hals, spielte damit und schlang sie so um ihren weißen Arm. Was dünkt Euch, Lieber, sagte sie, wenn ich ein Kettlein hätte, seht, nicht länger als die kleine Strecke dort, so weit die Sichel im Bogen zwischen den Wiesen längs dem Dörflein läuft. Versteht, ein jedes Glied müßte nicht größer seyn als wie ich hier den Mittelfinger gegen den Daumen krümme, schaut!

Ei, sagte der Galan, was Ihr für kurzweilige Einfäll' habt! Das hieß' mir ein Geschmeide; hätten zwei Riesen genug dran zu schleppen.

Nicht wahr? und nun was meint Ihr (das sagte sie aber Herrn Veiten zum Spott, weil er von Hause aus nicht zu den Reichsten gehörte): wenn man dem Löwegilt sein Hab und Gut verkaufte, merkt wohl, nach Abzug dessen was mein ist, und machte den Plunder zu Gold und schmiedet' eine Kette draus, wie ich eben gesagt, wie groß schätzt Ihr, daß die ausfallen würde? – Es lachte der Galan und rief: Ich wollte schwören, sie reichte just hin, Frau Irmels Liebe zu Herrn Veit damit zu messen! – Da klatschte Irmel lustig in die Hände und setzte sich dem Ritter auf den Schoos und küßte ihn und ließ sich von ihm herzen.

Auf Einmal sprach er: Horcht! mir ist, ich höre Jemand im Alkoven; wird doch das Gesinde nicht lauschen? – Ihr träumt, sagte die Frau, er ist verschlossen gegen den Flur. Laßt mich sehen.

Aber, indem sie aufstehn will, o Höllenschreck! wer tritt hinter der Glasthür vor – Graf Löwegilt, er selber, ihr Gemahl!

Die falsche Schlange, schnell bedacht, warf sich mit einem Schrei der Freuden dem Manne um den Hals, er schleuderte sie weg, daß sie im Winkel niederstürtzte. Sodann griff seine starke Faust den Buhlen, wie dieser eben auf dem Sprung war auszureißen, und übergab ihn seinen Knechten zum sicheren Gewahrsam. Jetzt war er mit dem Weib allein. Da stand die arme Sünderin und deckte ihr Gesicht mit beiden Händen; er schaute sie erst lange an, dann nahm er ihr die Kette ab, riß solche mitten von einander, sprechend: Also sey es von nun an zwischen uns! Und diese Kette hier werde für dich zu einer Centnerlast, und sollest ihr Gewicht jenseits des Grabs mit Seufzen tragen, bis ihre Enden wiederum zusammenkommen. Damit warf er die beiden Stücke durch's offene Fenster hinab in den Fluß.

Ich mache kurz was weiter folgt. Dem saubern Ritter ward ein lüftig Sommerhaus gezimmert mit drei Säulen, nicht fern von hier, man nennt's am Galgenforst. Frau Irmel aber saß jetzt unten in der Burg wohl hinter Schloß und Riegel. Sie bot alles Erdenkliche auf, mit List und Gewalt zu entkommen, sogar wollte sie ihren Beichtvater bestechen, dem sie bekannt, sie hätte, weil sie vom ersten Tag an ihren Mann nicht lieben können, ein großes Unheil, wie nun leider eingetroffen, lange vorausgesehn, und drum bei Zeiten ihre Zukunft vorgesorgt, indem sie einen Nothpfennig bei Seit gethan und außerhalb dem Schloß verborgen. Den Wächtern sagte sie: wer ihr zur Freiheit helfe, deß' Hände würde sie mit Golde füllen. Hierauf machten auch zwei einen Anschlag, sie wurden aber auf der Flucht ergriffen sammt der Frau. Am andern Morgen fand man sie in ihrem Kerker todt. Sie hatte eine große silberne Nadel, womit sie immer ihre schönen Zöpfe aufzustecken pflegte, sich mitten in das Herz gestochen.

Nicht lang darauf verließ der Graf das Schloß und die Gegend für immer. Er lebte weit von hier auf einer einsamen Burg, der Hahnenkamm genannt, davon die Trümmer noch zu sehen seyn sollen. Der junge Hugo war der Trost seines Alters. Er zeigte früh die edlen Tugenden und Fähigkeiten, dadurch er nachher als treuer Vasall und tüchtiger Kriegsmann in hohe Gnaden bei dem Kaiser kam. Geschlecht und Name der von Löwegilt ward nach und nach zu den berühmtesten gezählt in deutschen Landen; es kam ja das Herzogthum Astern an sie, daher sie auch den Namen führen, und, wie Euch wohl bekannt seyn wird, die schöne Prinzessinn Aurora, die unser König noch dieß Jahr heimführt, ist eine Tochter des jetzt regierenden Herzogs, Ernst Löwegilt von Astern.«

»Was?« rief ich voll Erstaunen – »hier also, dieses Schloß wäre das Stammschloß der von Astern? und jene Irmel eine Ahnfrau der Prinzeß?«

»Nicht anders! Warum fällt Euch dieß so auf?«

»Und hat das seine Richtigkeit, daß diese Irmel noch bis auf den heutigen Tag – nun, Ihr versteht mich schon –«

Josephe nickte ja, indem sie sich ein wenig an meinem Schreck zu weiden schien. Wir schwiegen Beide eine ganze Weile und allerlei Gedanken stiegen in mir auf.

»Aber«, so fing ich, unwillkürlich leiser sprechend, wieder an: »auf welche Art erscheint sie denn? und wo?«

Mit einer unbegreiflichen Ruhe, doch ernsthaft wie billig, versetzte das Mädchen:

»Von jeher zeigt sie sich nur bei und auf dem Wasser, zunächst am Schloß, dem großen Saale gegenüber, dann abwärts eine Strecke bis gegen den Steg. Feldhüter und Schäfer versichern, sie nehme ihren Lauf auch wohl bis nahezu an's Dorf, weiter in keinem Fall. Ich selber sah sie blos ein einzig Mal, vom Küchenfenster aus, die Küche aber liegt gerade unter'm Saal. Es war um Johannis, drei Stunden vor Tag, wir hatten eben eine Wäsche und waren deßhalb frühe aufgestanden. Der Mond schien ganz hell. Von ungefähr schau' ich hinaus und auf die Sichel hinter. Da steht schneeweiß gekleidet ein schlankes Frauenbild in einem Nachen, der drüben an den Weidenbüschen so halb aus dem Schatten des grünen Gezweigs hervorstach, und ob es wohl kein rechter Nachen war, ich meine kein natürlicher, so hörte man doch deutlich, wie die Wellen am Schifflein unten schnalzten. Sie kauerte sich erst mühsam nieder, dann beugte sie sich weit über den Bord, indem sie mit den Händen hinab in's Wasser reichte und ringsherum wie suchend wühlte. Jetzt zog sie langsam, langsam, und mit dem ganzen Leib rückwärts gebeugt, etwas herauf, das schimmerte und glänzte als wie das lautre Gold und war, wie ich auf's deutlichste erkannte, eine dicke, mächtig schwere Kette. Elle um Elle zog sie herein in den Kahn, und dabei klirrt' und klang es jedesmal im Niederfallen so natürlich als nur etwas seyn kann. So ging es lange fort, es war kaum auszudauern. Ich hatte meine Leute gleich herbeigeholt; die sahen alle nichts, und weil ich mich nach meiner Art weiter nicht ängstlich dabei anstellte, so hätten sie mir's nimmermehr geglaubt, wenn sie die sonderbaren Töne nicht so gut wie ich vernommen hätten. Auf Einmal klatschte das Wasser laut auf, die Kette mußte abgerissen seyn, so heftig schnellte es, und dabei, sag' ich Euch, folgte ein Seufzer so tief aus einer hohlen Brust, so lang gezogen und schmerzlich, daß wir im Innersten zusammenschracken. In diesem Augenblick war aber auch Gestalt und Kahn, Alles wie weggeblasen.

Und – ja, daß ich das auch noch sage – verzeih' mir Gott, noch muß ich lachen, wenn ich daran denke. Wir Weiber gingen mäuschenstill an unsere Kessel und Zuber zurück, und rieben und seiften drauf los und traute sich keine ein Wörtlein zu reden; auch dem Herrn Vetter, merkt' ich wohl, war der Schlaf für heute vergangen: er ließ sein Licht fortbrennen und ging allein die Stube auf und nieder. Kaum guckt der Tag ein wenig in die Scheiben, so sticht der Muthwill schon eine von uns an, nämlich ein junges Weib vom Dorf, man nannte sie nur die lachende Ev. Die zieht so ein langes gewundenes Leintuch ganz sachte sachte aus dem Seifenwasser, Frau Irmel nachzuäffen, und macht ein paar Augen gegen uns – husch! hat sie eine Ohrfeige.«

»Eine Ohrfeige? was?«

»Ja denkt! aber nicht vom Geist. Es war mein Herr Vetter, der zufällig hinter ihr stand und ihren Frevel so von Rechtswegen bestrafte.«

Josephe lachte so herzlich, daß ich selber den Mund ein wenig verzog. Doch sogleich tadelte sie sich: man sollte nicht spaßen auf diesen Punkt.

Sie schwieg und strickte ruhig fort. Der Regen hatte aufgehört, nur die eintönige Musik der Dachtraufen klang vor den Fenstern.

Was mich betrifft, mir war ganz unheimlich geworden. Die Vorstellung, daß ich jenem Gespenst so nahe sey, die Möglichkeit, daß erst meine Beraubung, alsdann meine Verirrung auf das Schlößchen das Werk dieses schrecklichen Wesens seyn könne – dieses zusammen jagte mich im Stillen in einem Wirbel von Gedanken und ängstlichen Vermuthungen herum. Das kluge Mädchen konnte mir vielleicht einiges Licht in diesen Zweifeln geben, und wenn ich auch nicht wagte, ihr mein Unglück offen zu entdecken, so nahm ich doch Anlaß, ihr die Geschichte des bestohlenen Galanteriekrämers mit Zügen meiner eigenen Geschichte zu erzählen und so ihre Meinung darüber zu hören.

Sie ließ mich ausreden und schüttelte den Kopf. »Dergleichen hörte ich wohl auch«, erwiederte sie, »sind aber dumme Märchen, glaubt mir: Spitzbuben machen sich's zu nutz, vexiren und schrecken einfältige Leute, daß sie in Todesangst ihr Hab und Gut im Stiche lassen.«

»Aber die Kette!« versetzte ich dringend, »bedenke Sie Jungfer, die Kette, so viele hundert Klafter lang, die wächst doch nicht von selbst so fort, das braucht Dukaten, fremdes Gold!«

»Braucht's nicht! Was Ihr doch närrisch seyd! Der ganze Plunder wiegt kein Quentlein unseres Gewichts.«

»Wie? also Alles eitel Schein und Dunst?«

»Nicht anders.«

»Allein« – so fragte ich nach einigem Besinnen weiter – »der Schatz, dessen Irmel im Kerker gedachte, soll der noch irgendwo vergraben liegen?«

»Man sagt es. Hättet Ihr Lust ihn zu lösen?«

»Nicht doch; ich meine nur, weil wir gerade von so wunderbaren Räubereien reden. Wär' es nicht möglich, daß eben auch besagter Schatz von Jahr zu Jahr zulegte auf Kosten mancher Passagiere?«

»Was fällt Euch ein! Ihr meint also, daß so ein armer Geist mit Zangen und Messern ausziehe und ordentlich wie ein gemeiner Strauchdieb den Leuten die Koffer und Taschen umkehre?«

Ich sah das Abgeschmackte meines Argwohns ein, allein ich wußte nicht, ob ich mich freuen oder grämen sollte. Denn wenn mich vorhin der Gedanke mit einem freudigen Schrecken ergriff, daß ich vielleicht nur wenig Schritte von meinen Dukaten entfernt seyn möge, so schwand mir die Hoffnung, dieselben jemals wieder zu erblicken, nun abermals in eine ungewisse Ferne. Was aber den Umstand anbelangt, daß ich als ein Verirrter meine Zuflucht hier, gerade hier in dem verhängnißvollen Ahnenschlosse der Herzoge von Astern finden mußte, nachdem ich in der Absicht ausgereis't war, ein Geschäft zu besorgen, welches unmittelbar mit der Verherrlichung von Irmels Enkelin, künftig der ersten gekrönten Königin aus diesem Stamm, zusammenhing, und das auf eine so höchst räthselhafte Art gestört werden sollte, – dahinter schien doch wahrlich mehr als ein bloßer Zufall zu stecken, es mußte eine höhere Hand im Spiele seyn, und fester als jemals war ich entschlossen, ihr Alles mit der vollsten Zuversicht zu überlassen, mich, ihres weiteren Winkes gewärtig, jeder eigenen Geschäftigkeit und Sorge zu entschlagen.

»Mein Freund wird mir so still«, sagte Josephe: »ich dächte, wir gingen ein wenig und schöpften draußen frische Luft.« Ich war bereit, denn dieß fehlte mir wirklich.

Die erquickende Kühle wirkte auch sogleich auf meinen verdüsterten Sinn. Wir gingen langsam auf den breiten Platten vor dem Hause auf und nieder, während die Schöne noch stets mit ihrem sonderbaren grünen Gestricke beschäftigt blieb. Wir bogen rechts um's Schlößchen und blickten in das stille Sichelthal, am liebsten aber wandte man doch immer wieder nach der andern Seite zurück, wo man über die niedrige Schutzmauer weg, am Abgrund des Felsen, die köstliche Aussicht auf das tiefliegende Land und näher dann am Berg herauf den Anblick eines Theils vom Dorf genoß. Dort haftete mein Auge zwar oft unwillkürlich auf dem berüchtigten Flüßchen, das, hinter dem Schloß vorkommend, sich weit in die Landschaft schlängelnd verlor; allein ich drängte mit Gewalt alle unerfreulichen Bilder zurück.

Die Gegenwart des unwiderstehlichen Mädchens begeisterte mich zu einer Art von unschuldigem Leichtsinn und kecker Sicherheit; ich hatte ein Gefühl, wie wenn mich unter ihrem Schutz nichts Widriges noch Feindliches antasten dürfte. Die Sonne trat soeben hinter grauen und hochgelben Wolken hervor, sie beglänzte die herrliche Gegend, das alte Gemäuer, ach und vor Allem das frische Gesicht meiner Freundin!

»Erzählt mir was aus Eurem Leben, von Eurer Wanderschaft und Abenteuern; nichts hört sich lustiger als Reisen, wenn man's nicht selbst mitmachen kann.«

Es fehlte wenig, daß ich ihr nicht auf der Stelle mein ganzes übervolles Herz eröffnete; jedoch, um ungefähr zu prüfen, wie es wohl mit dem ihrigen stehe, fing ich in hoffnungsvollem Liebes-Übermuth Verschiedenes von Frauengunst zu schwadroniren an, und wußte mich als einen auf diesem edlen Felde schon ganz erfahrenen Gesellen auszulassen. Das Mädchen lächelte bei diesem Allen getrost und still in sich hinein.

»Und nun, mein Kind«, sagt' ich zuletzt, »wie denkt denn Ihr in Eurer Einsamkeit hier oben von diesem bösen Männervolk?«

»Ich denke«, sagte sie mit angenehmer Heiterkeit, »wie eben jede Braut es denken muß: der Meine ist, so Gott will, noch der Beste von Allen.«

Ein Donnerschlag für mich! Ich nahm mich möglichst zusammen. »Ei so?« – rief ich lachend und fühlte dabei, wie mir ein bittrer Krampf das Maul krumm zog – »so? man hat auch schon seinen Holderstock? Das hätt' ich Ihr nicht zugetraut! Wer ist denn der Liebste?«

»Ihr sollt ihn kennen lernen, wenn Ihr noch ein paar Tage bleibt«, versetzte sie freundlich und ließ den Gegenstand schnell wieder fallen. Dagegen fing sie an, ausführlich von ihrem häuslichen Leben bei den zwei alten Leuten, von den letzten Bewohnern des Guts, insonderheit von einer seligen Freifrau S o p h i e als ihrer unvergeßlichen Wohlthäterin zu reden. Mir war längst Hören und Sehen vergangen, mir saus'te der Kopf wie im Fieber. Ach Gott! ich hatte mich den lieben langen Nachmittag an diesem braunen Augenschein geweidet und gewärmt und mir so allgemach den Pelz verbrannt und weiter nichts davon gemerkt! Und jetzt, in Einem Umsehn, wie war mir geworden! Unauslöschlichen heimlichen Jammer im Herzen! die tolle wilde Eifersucht durch alle Adern! Noch immer schwatzte das Mädchen, noch immer hielt ich wakker aus mit meiner sauer-süßen Fratze voll edler Theilnehmung, und schweifte in Gedanken schon meilenweit von hier im wilden Wald bei Nacht durch Wind und Regen, das Bündel auf dem Rücken. Ein Blick auf meine nächste Zukunft vernichtete mich ganz: die ungeheure Verantwortung, die auf mir lag, die Unmöglichkeit meiner Rückkehr nach Hause, gerichtliche Verfolgung, Schmach und Elend – dieß Alles that sich jetzt wie eine breite Hölle vor mir auf.

Josephe hatte soeben geendigt. In der Meinung, ein Fuhrwerk vom Thal her zu hören, sprang sie mit Leichtigkeit auf's nächste Mäuerchen und horchte, den Ast eines Ahorns ergreifend, ein Weilchen in die Luft. Noch Einmal verschlang ich ihr liebliches Bild – Ach so, dacht' ich, in eben dieser Stellung, aber mit freudiger bewegtem Herzen, wird sie nun bald ihren Liebsten erwarten! Ich mußte das Gesicht abwenden, ich drängte mit Mühe die Thränen zurück. Ein Zug von Raben strich jetzt über unsern Häuptern hinweg, man hörte den kräftigen Schwung ihrer Flügel; es ging der Landesgränze zu; der Anblick gab mir neue Kraft. Ja, ja – sprach ich halblaut: mit Tagesanbruch morgen wanderst du auch, du hast hier doch nichts zu erwarten als neue Täuschungen, neuen Verdruß! Ich fühlte plötzlich einen namenlosen Trost, als wenn es möglich wäre, mit Wandern und Laufen das Ende der Welt zu erreichen.

»Sie sind es nicht! des Müllers Esel waren's!« lachte Josephe und griff nach meiner Hand zum Niedersteigen.

Sie sah mich an. »Mein Gast ist ernsthaft worden – warum?« – Ich antwortete kurz und leichtsinnig. Sie aber forschte mit sinnenden munteren Blicken an mir und begann: »So wie wir uns hier gegenüber stehen, sollte man doch beinah meinen, wir kennten uns nicht erst von heute. Ja, aufrichtig gesagt, ich selbst kann diesen Glauben nicht los werden, und, meiner Sache ganz gewiß zu seyn, war ich gleich Anfangs unhöflich genug und fragt' Euch um den Namen; glaubt mir, ich brauch' ihn jetzt nicht mehr. Um Euch indeß zu zeigen, daß man bei mir mit faulen Fischen nicht ausreicht, so kommt, ich sag' Euch was ins Ohr: – »Männchen! wenn Du ein Schneider bist, will ich noch heut Frau Schneidermeisterin heißen, und, Männchen! wenn Du nicht der kalte Michel bist, heißt das Franz Arbogast aus Egloffsbronn, bin ich die dumme Beth von Jünneda« – hiemit kniff sie mich dergestalt in meinen linken Ohrlappen, daß ich laut hätte aufschreien mögen, – zugleich aber fühlte ich auch so einen herzlichen, kräftigen Kuß auf den Lippen, daß ich wie betrunken dastand. »Für dießmal kommt Ihr so davon!« rief sie aus: »Adieu, ich muß jetzt kochen. Ihr bleibt nur hübsch hier und legt Euch in Zeiten auf Buße.«

Nachdem ich mich vom ersten Schrecken ein wenig erholt, empfand ich zunächst nur die süße Nachwirkung des empfangenen Kusses. All' meine Sinne waren wie zauberhaft bewegt und aufgehellt; ich blickte wie aus neuen Augen rings die Gegenstände an, die ganz in Rosenlicht vor mir zu schwanken schienen. Wie gern wär' ich Josephen nachgeeilt, doch eine sonderbare Scham ließ mir's nicht zu. Dabei trieb mich ein heimliches Behagen, die angenehmste Neugierde, wohin dieß Alles denn noch führen möchte, unstet im Hofe auf und ab. Denn daß die unvergleichliche Dirne mehr als ich denken konnte von mir wisse, daß sie, vielleicht im Einverständnisse mit ihren Leuten, irgend etwas Besonderes mit mir im Schilde führe, so viel lag wohl am Tage, ja mir erschien auf Augenblicke, ich wußte nicht warum, die fröhlichste Gewißheit: alle mein unverdientes Mißgeschick sey seiner glücklichen Auflösung nahe.

Leider fand sich den Abend keine Gelegenheit mehr, mit dem Mädchen ein Wort im Vertrauen zu reden. Die Alten kamen unversehens an, schwatzten, erzählten und packten Taufschmausbrocken aus. Dazwischen konnte ich jedoch bemerken, daß mich Josephe über Tisch zuweilen ernst und unverwandt, gleich als mit weit entferntem Geist, betrachtete, so wie mir nicht entgangen war, daß sie gleich bei der Ankunft beider Alten von diesen heimlich in die Kammer nebenan genommen und eifrigst ausgefragt wurde. Es mußte der Bericht nach Wunsch gelautet haben, denn Eines nach dem Andern kam mit sehr zufriedenem Gesicht zurück. Später, bei'm Gute-Nacht unter der Thür, drückte Josephe mir lebhaft die Hand. »Ich wünsche«, sagte sie, »daß Ihr Euch fein bis morgen auf etwas Gut's besinnen mögt.« – Lang grübelte ich noch im Bett über die Worte nach, vergeblich mein Gedächtniß quälend, wo mir denn irgend einmal in der Welt diese Gesichtszüge begegnet wären, die mir bald so bekannt, bald wieder gänzlich fremde däuchten. So übermannte mich der Schlaf.

Es schlug Ein Uhr vom Jünnedaer Thurm, als ich, von heftigem Durste gepeinigt, erwachte. Ich tappte nach dem Wasserkrug; verwünscht! er schien vergessen. Ich konnte mich so schnelle nicht entschließen mein Lager zu verlassen, um anderswo zu suchen was ich brauchte. Ich sank schlaftrunken in's Kissen zurück, und nun entspann sich, zwischen Schlaf und Wachen, der wunderlichste Kampf in mir: stehst du auf? bleibst du liegen? Ich suche endlich nach dem Feuerzeug, ich schlage Licht, werfe den Überrock um und schleiche in Pantoffeln durch den Gang, die Treppe hinab ... Ob ich dieß wachend oder schlafend that, – das, meine Werthesten, getraue ich mir selbst kaum zu entscheiden; es ist das ein Punkt in meiner Geschichte, worüber ich trotz aller Mühe noch auf diese Stunde nicht in's Reine kommen konnte. Genug, es kam mir vor, ich stand im untern Flur und wollte nach der Küche. Die Ähnlichkeit der Thüren irrte mich und ich gerieth in ein

Gemach, wo sich verschiedenes Gartengeräth, gebrauchte Bienenkörbe und sonstiges Gerümpelwerk befand; auch war an der breitesten Wand eine alte, riesenhafte Landkarte von Europa aufgehängt (wie ich denn dieses Alles den andern Tag gerade so beisammen fand). Schon griff ich wieder nach der Thüre, als mir auf einem langen Brett bei andern Gefäßen ein voller Essigkolben in die Augen fiel. Das löscht den Durst doch besser als bloßes Wasser, dachte ich, hub den Kolben herab und trank in unmenschlichen Zügen; es wurde mir gar nicht genug. Auf Einmal rief nicht weit von mir vernehmlich ein äußerst feines Stimmchen: »He! Landsmann, zünd' Er doch ein klein bißchen hierher!« Ich sah mich allenthalben um, und es rief wieder: »Da! daher, wenn's gefällig ist.« So leuchte ich gegen die Karte hin, ganz nahe, und nehme mit Verwunderung ein Männlein wahr, auf Ehre, meine Damen, nicht größer als ein Dattelkern, vielleicht noch kleiner! Natürlich also ein Elfe, und zwar der Kleidung nach ein simpler Bürgersmann aus dieser Nation; sein grauer Rock etwas pauvre und landstreichermäßig. Er hing, vielmehr, er stand wie angeklebt auf der Karte, just an der südlichen Gränze von Holland. »Noch etwas näher das Licht, wenn ich bitten darf«, sagte das Kerlchen, »möchte nur gelegentlich sehen, wie weit es noch bis an den Pas de Calais ist, und unter welchem Grad der Länge und Breite ich bin.«

Nachdem er sich gehörig orientirt hatte, schien er zu einigem Diskurs nicht übel aufgelegt. Bevor ich ihn jedoch weiter zum Worte kommen ließ, bat ich ihn um den einzigen Gefallen, er möchte sich von mir doch auf den Boden niedersetzen lassen, »denn«, sagte ich in allem Ernst, »mir schwindelt, Euch in dieser Stellung zu sehen; habt Ihr doch wahrhaftig weit über Mückengröße und Gewicht, und wollt so mir nichts, dir nichts, an der Wand hinauflaufen ohne zu stürzen! Hier ist meine Hand, seyd so gut.« – Statt aller Antwort machte er mit hellem Lachen drei bis vier Sätze in die Höhe, oder vielmehr, von meinem Standpunkt aus zu reden, in die Quere. »Versteht Ihr nun«, rief er aus, »was Schwerkraft heißt, Anziehungskraft der Erde? Ei Mann, ei Mann, habt Ihr so wenig Bildung? Seht her!« Er wiederholte seine Sprünge mit vieler Selbstgefälligkeit. »Indessen, wenn's Euch in den Augen weh thut, auf ein Viertelstündchen kommt mir's nicht an. Nur nehmet die Karte behutsam hüben und drüben vom Nagel und laßt sie allgemach sammt mir auf's Estrich herab, denn dieß Terrain zu verlassen ist gegen meine Grundsätze.« Ich that sofort mit aller Vorsicht wie er's verlangte. Das Blatt lag ausgebreitet zu meinen Füßen und ich legte mich, um das Wichtlein besser vor Augen zu haben, gerade vor ihm nieder, so daß ich ganz Frankreich und ein gut Stück vom Weltmeer mit meinem Körper zudeckte. Das Licht ließ er hart neben sich stellen, wo er denn, ganz bequemlich an den untern Rand des Leuchters gelehnt, sein Pfeiflein füllte und sich von mir den Fidibus reichen ließ.

»Ich war nämlich«, fing er an, »vormals Feldmesser in königlichen Diensten, verlor durch allerlei Kabalen diesen Platz, worauf ich eine Zeitlang bei den Breitsteißlern diente.« Bei dieser Gelegenheit ließ ich mir sagen, daß es mehrere Elfen-Volksstämme gebe, die sich durch Leibesgröße gar sehr unterscheiden; die kleinsten wären die Zappelfüßler, zu denen sich mein wackerer Feldmesser bekannte, dann kämen Heuschreckenritter, Breitsteißler und sofort, zuletzt die Waidefeger, welche nach der Beschreibung ungefähr die Länge eines halben Mannsarms messen mögen. »Nun«, fuhr der kleine Prahlhans fort, »treib' ich aber meine Kunst privatim aus Liebhaberei, mehr wissenschaftlich, reise daneben und verfolge noch einen besondern Zweck, den ich freilich nicht Jedem unter die Nase binde.«

»Ihr habt«, bemerkte ich, »bei diesen wichtigen Geschäften doch immer hübsch trockenen Weg.«

»All gut«, versetzte er, »aber auch immer trockene Kehle. Den Mittag schien die Sonne so warm dort in dem

Strich über Trier herein, daß ich beinah verschmachtet wär' – Apropos, guter Freund, füllt doch einmal da meine Wanderflasche.« »Unser Wein ist aber stark«, sagt' ich, indem ich ihn mit einem Tropfen aus meinem Essigkrug bediente. »Hat keine Noth«, sprach er, und soff mit Macht, wobei er das Mündlein ein wenig verzog. »Was übrigens«, fuhr er nun fort, »den Weg betrifft, zum Exempel bei Nacht, ja lieber Gott, da ist Einer keinen Augenblick sicher, ob er auf festem Erdreich einhergeht oder im Wasser; das wäre zwar in soweit einerlei, man macht ja keinen Fuß hier naß; hingegen ein Gelehrter, seht, es ist so eine Sache, man will sich keine Blöße geben, nicht einmal vor sich selbst. Ich lief unlängst bei hellem Tag nicht weit von der Stadt Andernach, und sah so in Gedanken vor mich nieder und dachte an nichts – auf Einmal liegt der grüne breite Rhein, wie'n Meer, vor meinen Füßen! um ein Kleines wär' ich hineingeplumpst so lang ich bin – wie dumm! und stand doch schon eine Viertelstunde davor mit ellenlangen Buchstaben deutlich genug geschrieben: *Rhenus*. Vor Schrecken fiel ich rückwärts nieder und dauerte zwei Stunden, bis ich mich wieder besann und erholte.« – »Aber«, fragt' ich, »habt Ihr denn das Rauschen dieses Stroms nicht schon von Fern gehört?« – »Gehorsamer Diener, Mosje, so weit haben's eure Herren Landkartenmacher noch nicht gar gebracht; all' die Gewässer da, wie hübsch sie sich auch krümmen, machen nur stille Musik.« Der Feldmesser schwieg eine Zeitlang und schien Etwas zu überlegen.

»Hört«, fing er wieder an, »ich muß jetzt doch mit meiner Hauptsache heraus. Ihr könntet mir einen Gefallen erweisen.« – »Recht gern.« – »So sagt einmal, es gibt ja sogenannte Osterkinder unter euch Menschen; wißt Ihr mir wohl Bescheid, wie solche ungefähr aussehn?« »Gewiß«, versetzte ich. Der Feldmesser hüpfte vor Freuden hoch auf. »Jetzt will ich Euch denn gleich vertrauen«, sprach er weiter, »um was es mir eigentlich ist. Merket auf. Euch ist bekannt, wo Jünneda liegt; unweit vom Irmelschloß. Nun haus't in diesem Gau der Waidefegerkönig, ein stolzer, habgieriger Fürst, allzeit auf Raub und Plünderung bedacht, bestiehlt sogar das Menschenvolk nächtlicher Weis' und schleppt was er von Gold erwischen kann nach seinem alten Schatzgewölb – was glotzt Ihr mich so an? es ist doch wahr; die Waidfeger wittern das Gold. Da ist neulich erst wieder so ein Streich passirt, daß die Koken sich hinter ein Fuhrwerk machten, und einem reisenden Kaufherrn den Goldsack zwischen den Füßen ausleerten!«

»Was? zwischen den Füßen? ein Felleisen, nicht wahr?«

»Ja, oder dergleichen. Die haben ihre Pfiffe, Herr! Wie der Blitz kommen die einem Wagen von unten her bei, ein paar setzen sich auf die Langwied, durchgraben den Boden und schütteln den Dotter heraus – das Gelbe vom Ei, wie sie sagen – was Weißes ist, Silbergeld, lassen sie liegen.«

»Wo aber tragen sie's denn hin, um's Himmelswillen? wo hat der König seinen Schatz?«

»Bei'm Sixchen, ja, das sollt' ich eben wissen. Versteht, es hat damit so seine eigene Bewandtniß. Der Grundstock ist von Menschenhand gelegt, vor etlich hundert Jahren; von der bösen Frau Irmel habt Ihr gehört – ich kenn' sie wohl und sie mich auch, mir thut sie nichts zu Leide. Gut also, die soll noch zu ihren Lebzeiten eine Kiste mit einem braven Sparpfennig wo eingemauert haben – das war noch zu Hadelocks Zeiten, des ältesten Waidfegerkönigs. Nicht lange stand es an, so kam auch schon das Waidheer dahinter. Der König legte gleich Beschlag darauf und machte das Gewölb zu seiner heimlichen Schatzkammer, wo man sofort alle kostbare Beute verwahrte, darunter auch die große Irmelskette, die Hadelock der Andere mit erstaunlicher Arbeit und Mühe in zweien Stücken aus dem sandigen Bette der Sichel herausschaffen lassen. Der Irmel-Geist hat seitdem keine Ruhe und sucht die Kette und kann sie nicht finden. Nun geht im Volk eine uralte Sage:

ein Menschenjüngling würde dereinst das Kleinod an's Tageslicht bringen und wiederum zusammenfügen, dann wäre auch der Geist erlös't; der Jüngling aber müsse als ein Osterkind geboren seyn, die seyen äußerst rar und käme oft in einem Säculo kaum Eins zur Welt. Doch, unter uns gesagt, ich denke schon den rechten Mann wo aufzugabeln und wär' es am Ende der Welt. Ich habe mich deßhalb hier auf die Bahn gemacht, vorläufig einmal die Wege einzulernen und die Strapazen einer solchen Reise, Hunger und Durst in etwas zu gewöhnen. Mein Glück ist gemacht auf Zeitlebens, wofern es gelingt, und Euch soll's nicht gereuen, wenn Ihr mir Rath und Beistand leisten mögt.«

Ich wollte ihm eben antworten, als er, das Köpfchen schnell zur Seite drehend und in die Ferne horchend, mir Stillschweigen zuwinkte. »Der Waidekönig gibt heute ein Fest; ich höre sie von Weitem jubeln.«

»Wo denn?«

Er deutete links in die Ecke der Karte hinauf. Dort waren nämlich, wie man es auf älteren Augsburger Blättern gewöhnlich bemerkt, zu Verzierung des Titels verschiedene Schildereien angebracht, gewisse Symbole der Kunst, Zirkel und Winkelmaß, an den mächtigen Stamm einer Eiche gelehnt, hinter dem ein Stück Landschaft hervorsah, ein Thal mit Rebenhügeln und dergleichen, im Vordergrund eine gebrochene Weinbergmauer; das Ganze fabrikmäßig roh colorirt.

»Seht ihr noch Nichts?«

»Wo denn, zum Henker?«

»Unten im Thal!«

»Nicht eine Spur!«

»So seyd Ihr blind, in's Kukuks Namen!«

Jetzt kam es mir wahrhaftig vor, als wenn die Landschaft Leben annähme, die matten Farben sich erhöhten, ja Alles schien sich vor mir auszudehnen, zu wachsen und zu strecken, der Länge wie der Breite nach; die Formen schwollen und rundeten sich, die Eiche rauschte in der Luft, zugleich vernahm ich ein winziges Tosen, Schwirren und Klingen von lachenden, jubelnden, singenden Stimmchen, das offenbar aus der Tiefe herkam.

»Stellt Euer Licht weg!« rief mir der Feldmesser zu, »oder löschet es lieber gar aus! der Mond ist ja schon lang herauf.« Ich that wie er befahl, und da ließ freilich Alles noch hundertmal schöner. Als ich aber vollends den Kopf über's Mäuerchen streckte – o Wunder! sah ich das lieblichste Thal sehr artig und festlich erleuchtet, mit tausend geputzten, gepützelten Leutchen bedeckt, die immerhin eine ziemlich ansehnliche Größe hatten, sehr schlank und wohlgebaute Puppen. Es war ein unendliches Drängen. Der meiste Theil bestand aus Landleuten, welche mit Kübeln und Butten geschäftig zwischen den Kufen umsprangen. Eine Weinlese also, und eine königliche zwar! Denn vorn sah man in bunten geselligen Gruppen die Vornehmen vom Hofe, nach hinten zu eine gedeckte Tafel; vor Allem stach ein Zelt hervor, es schien aus blendendweißen Herbstfäden gewoben, mit grünen Atlas-Draperien behängt, welches im Mond- und Fackelschein auf's Herrlichste erglänzte. Der Feldmesser war neben mir auf einen untern Ast der Eiche geklettert, wo er kommode Alles übersah. Ich hatte gerade den König entdeckt und meine Augen suchten just die Königin, da ruft mir mein Begleiter zu: »Seht! Seht!« und deutet in die Luft nach einer neuen Erscheinung, welche zugleich von der ganzen kleinmächtigen Menge mit Jubelgeschrei und aufgeworfenen Mützen begrüßt wird. Wie muß ich erstaunen, wie hüpft mir das Herz vor kindischer närrischer Freude, als ich den goldnen Hahn vom Jünnedaer Kirchthurm mit der großen Uhrtafel in seinen zwei Klauen daherfliegen sehe! Der arme Tropf flog sichtbar angestrengt, seine Flügel klirrten erbärmlich. Indessen merkt' ich bald was daraus werden sollte: ein Festschießen galt es und hier kam die Scheibe. Der Vogel erreichte die Erde, setzte die Tafel in Mitten eines länglicht umschränkten Platzes und ließ zugleich zwei Eisen fallen (die Zeiger der Uhr ohne Zweifel), die alsbald von mehreren Edlen betrachtet, in der Hand gewogen und wie es schien verdrießlich, als ein paar unförmliche Wurfspieße, wieder weggelegt wurden. Die Schützen zogen dagegen ihre silbernen Bogen hervor, Alles ordnete sich, das Ziel war gerichtet, der Hahn amtspflichtlich stellte sich darauf. Er krähte hell bei jedem Schuß die betreffende Zahl nach den Ringen. Die Majestät selber verschmähte nicht, die Armbrust einmal zu versuchen, und ob sie gleich ganz abscheulich fehlschoß, ja sogar den Rufer blutig verletzte, so schrie derselbe doch, anständig seinen Schmerz verbeißend, mit lauter Stimme: »Zwölf in die Minut'!« was dießmal ausnahmsweise noch höher als das Schwarze galt. Unmäßiger Beifall erscholl aus den Reihen, derweil der Göckel sich insgeheim den Pfeil aus seinem Schwanze zog. Ich konnte mich des Lachens nicht enthalten. Mein Feldmesser raunte mir zu: auf die Scheibe sey der König nie glücklich gewesen; vor zwei Jahren sey der gleiche Fall begegnet und man wolle wissen, es habe damals der Monarch, als ihm sein Hofnarr die wahre Bewandtniß mit dem Meisterschuß in's Ohr gesagt, die edle Delicatesse des Thurmhahns so wohl vermerket, daß er desselben allerunterthänigstes Gesuch, ihm seine unscheinbar gewordene Vergoldung erneuern zu lassen, nicht nur ohne Weiters bewilligt, sondern ihm überdieß Titel und Rang eines geheimen Wetter- und Kirchenraths gnädigst verliehen habe.

Nun aber setzte sich der Hof zu Tische, und da war ich es leider selbst, welcher die ganze Herrlichkeit verstörte. Ich konnte nämlich bei andauerndem entsetzlichem Durste unmöglich der Versuchung widerstehn, den Arm in's Thal hinab zu strecken, und mir eine der größten, mit rothem Most gefüllten Kufen heraufzulangen, die ich auch, unbekümmert um das rasende Zetergeschrei, das in der Tiefe losbrach, geschwinde ausgetrunken hatte, nur eben wie man einen Becher leert. »Wir sind verloren!« rief der Feldmesser aus, rutschte vom Baum und war nicht mehr zu sehen. »Heidoh!! Heidoh!« scholl's aus dem Thal, »ein Menschenungeheuer auf der Höhe! Weh, weh! bei der heiligen Eiche! bei Hadelocks Baum!« »Auf! zu den Waffen, tapfre Recken!« rief eine stärkere Stimme: »rettet! rettet! dort ist mein Schatzgewölbe! des Königs heiliger Schatz!« Ein wüthendes Getrappel kam jetzt über Stock und Stein den Berg herauf. Ich dachte an ein großes Hornißheer, ließ schnell den Becher fallen und entfloh.

Wie ich auf meine Stube, wie ich in's Bett gelangte, weiß ich nicht. Das weiß ich, daß ich mir die Augen rieb und nur geträumt zu haben glaubte.

Es war erst eben heller Tag geworden. Das sonderbare Nachtgesicht beschäftigte mich sehr. Der Leuchter stand auf meinem Tisch, die Thür war ordentlich verriegelt, hingegen fehlte der Wasserkrug richtig, und meinen Durst schien ich gestillt zu haben, denn wirklich, er war ganz verschwunden. Auf jeden Fall hat mir in meinem Leben kein Traum einen so heitern Eindruck hinterlassen; ich konnte nicht umhin, die glücklichste Vorbedeutung darin zu erblicken.

Mein Frohmuth trieb mich aus dem Bette, so früh es auch noch war. Ich zog mich an und pfiff dabei vergnüglich in Gedanken. Von ungefähr kam mir mein leerer Beutel in die Hand, und in der That ich konnte ihn dießmal mit größter Seelenruhe betrachten. An seinem ledernen Zugbande hing ein alter, schlichter, oben und unten offener Fingerhut, den ich als ehrwürdigen Zeugen einer kindlichen Erinnerung seit vielen Jahren aus Gewohnheit, um nicht zu sagen aus Aberglauben, immer bei mir trug. Indem ich ihn so ansah, war's als fiel' es mir wie Schuppen von den Augen; ich glaubte mit Einmal zu wissen, warum mir Josephe so äußerst bekannt vorgekommen, ja was noch sonderbarer – ich wußte wer sie sey! »Bei allen Heiligen und Wundern!« rief ich aus, und meine Kniee zitterten vor Schrecken und Entzücken: »es ist Ännchen! mein Ännchen und keine Josephe!«

Es drang mich fort, hinunter: unwissend, was ich wollte oder sollte, schoß ich, baarfüßig, wie von Sinnen, den kalten Gang vor meinem Zimmer auf und nieder; ich preßte, mich zu fassen, die Hand auf meine Augen – »Sie kann's nicht seyn!« rief ich, »du bist verrückt! ein Zufall hat sein Spiel mit dir – und doch ...« Ich hatte weder Ruhe noch Besinnung, alle die Wenn und Aber, Für und Wider bedächtig auszuklauben, nein, auf der Stelle, jetzt im Augenblick, durch's Mädchen selbst wollt' ich Gewißheit haben; mein Innerstes lechzte und brannte nach ihr, nach ihrem lebendigen Anblick! Ich war die Treppe hinabgeschlichen und hatte im Vorbeigehn einen Blick in das Gemach geworfen, wo die Landkarte hing, – allein was kümmerte mich jetzt das Teufelszeug! ich spürte nach des Mädchens Kammer: umsonst, noch rührte sich kein Laut im ganzen Hause. Ich konnte doch wahrhaftig nicht, als wäre Feuer im Dach, die Leute aus den Betten schreien, um nachher, wenn ich mich betrogen hätte, als ein Wahnsinniger vor ihnen dazustehn. Ich ging zurück nach meinem Zimmer, warf mich in voller Desperation auf's Bett und begrub mein Gesicht in die Kissen.

Doch es ist Zeit zu sagen, was mir so plötzlich eingekommen war.

In meiner Vaterstadt, zu Egloffsbronn, als meine Mutter sich sehr knapp, nach Wittwen-Art, mit mir in ein Oberstübchen hinter'm Krahnen zusammengezogen (ich war damals zehn Jahre alt), wohnte mit uns im gleichen Haus ein Sattlermeister, ein liederlicher Kerl, der nichts zu schaffen hatte und, weil er etwas Clarinet verstand, Jahr aus Jahr ein auf Dorfhochzeiten und Märkten herumzog. Sein junges Weib war ebenfalls der Leichtsinn selber. Sie hatten aber eine Pflegetochter, ein gar zu schönes Kind, mit welchem ich ausschließlich Kameradschaft hielt. An einem schönen Sonntag Nachmittag, wir kamen eben aus der Kirche von einer Trauung her, ward von dem Pärchen ernstlich ausgemacht, daß man sich dermaleinst heirathen wolle. Ich gab ihr zum Gedächtniß dieser Stunde ein kleines Kreuz von Glas, sie hatte nichts so Kostbares in ihrem Vermögen, und heute noch kann ich es spüren, wie sie mich dauerte, als sie mir einen alten Fingerhut von ihrem Pfleger, an einem gelben Schnürchen hängend, übermachte. – Allein es sollte dieses Glück sehr bald auf's grausamste vernichtet werden. Im folgenden Winter nach unsrer Verlobung brach in der Stadt eine Kinderkrankheit aus, die man in dieser Gegend zum ersten Male sah. Es war jedoch nicht mehr noch weniger als das bekannte Scharlachfieber. Die Seuche räumte gräulich auf in der unmündigen Welt. Auch meine Anne wurde krank. Mir war der Zutritt in die untere Kammer, wo sie lag, bei Leib und Leben untersagt. Nun ging es eben in die dritte Woche, da kam ich eines Morgens von der Schule. Weil meine Mutter nicht daheim, der Stubenschlüssel abgezogen war, erwartete ich sie, Büchlein und Federrohr im Arm, unter der Hausthür und hauchte in die Finger, denn es fror. Auf einmal stürmt die Sattlersfrau mit lautem Heulen aus der Stube: soeben hab' ihr Ännchen den letzten Zug gethan! – Sie rannte fort, wahrscheinlich ihren Mann zu suchen. Ich wußte gar nicht wie mir war. Es wimmelten just so dicke Flocken vom Himmel; ein Kind sprang lustig über die Gasse und rief wie im Triumph: 's schneit Müllersknecht! schneit Müllersknecht! schneit Müllersknecht! Es kam mir vor, die Welt sey närrisch geworden und müsse Alles auf den Köpfen gehn. Je länger ich aber der Sache nachdachte, je weniger konnte ich glauben, daß Ännchen gestorben seyn könne. Es trieb mich, sie zu sehn, ich faßte mir ein Herz und stand in wenig Augenblicken am ärmlichen Bette der Todten, ganz unten, weil ich mich nicht näher traute. Keine Seele war in der Nähe. Ich weinte still und ließ kein Aug' von ihr und nagte hastig hastig an meinem Schulbüchlein.

»Schmeckt's, Kleiner?« sagte plötzlich eine widrige Stimme hinter mir; ich fuhr zusammen wie vor'm Tod, und da ich mich umsehe, steht eine Frau vor mir in einem rothen Rock, ein schwarzes Häubchen auf dem Kopf und an den Füßen rothe Schuhe. Sie war nicht sehr alt, aber leichenblaß, nur daß von Zeit zu Zeit eine fliegende Röthe ihr ganzes Gesicht überzog. »Was sieht man mich denn so verwundert an? Ich bin die Frau von Scharlach! oder, wie der liebwertheste Herr Doctor sagen, die Fee Briscarlatina!«* Sie ging nun auf mein armes Ännchen zu, beugte sich murmelnd über sie, wie segnend, mit den Worten:

»Kurze Waare,
Rother Tod;
Kurze Noth
Und kurze Bahre!«

»Wär' Numero Drei und Siebenzig also!« Sie schritt vornehm die Stube auf und ab, dann blieb sie plötzlich vor mir stehn und klopfte mir gar freundlich kichernd auf die Backen. Mich wandelte ein unbeschreiblich Grauen an, ich wollte entspringen, wollte laut schreien, doch keins von beiden war ich im Stande. Endlich, indem sie steif und strack auf die Wand losging, verschwand sie in derselben.

Kaum war sie weg, so kam Frau Lichtlein zur Thüre herein, die Leichenfrau nämlich, ein frommes und reinliches Weib, das im Rufe geheimer Wissenschaft stand. Auf ihre Frage: wer soeben da gewesen? erzählte ich's ihr. Sie

* Viele Jahre nachher, als ich diese Geschichte gelegentlich vor einer Gesellschaft erzählte, that sich ein junger Arzt nicht wenig auf die Entdeckung zu gut, daß jene Worte weiter nichts als eine sonderbare Verstümmelung des lateinischen Namens *Febris scarlatina* seyen. Der nämliche Gelbschnabel setzte mir dabei sehr gründlich auseinander, die ganze Erscheinung sey ein bloßes Phantasma gewesen, der fieberhafte Vorbote meiner bereits erfolgten Ansteckung; auf gleiche Weise pflege sich in Ungarn das gelbe Fieber anzukündigen. Anmerkung des Hofraths.

seufzte still und sagte, in dreien Tagen würd' ich auch krank seyn, doch soll ich mich nicht fürchten, es würde gut bei mir vorübergehn. Sie hatte mittlerweilen das Mädchen untersucht, und ach, wie klopfte mir das Herz, da sie mit einigem Verwundern für sich sagte: »Ei ja! ei ja! noch warm, noch warm! Laß sehn, mein Sohn, wir machen eine Probe.« Sie zog zwei kleine Äpfel aus der Tasche, weiß wie das schönste Wachs, ganz ungefärbt und klar, daß man die schwarzen Kern' beinah durchschimmern sah. Sie legte der Todten in jede Hand einen und steckte sie unter die Decke. Dann nahm sie ganz gelassen auf einem Stuhle Platz, befragte mich über verschiedene Dinge: ob ich auch fleißig lerne und dergleichen; sie sagte auch, ich müßte Goldschmied werden. Nach einer Weile stand sie auf: »Nun laß uns nach den Äpfeln sehn, ob sie nicht Bäcklein kriegen, ob sich der Gift hineinziehn will.« – Ach, lieber Gott! weit weit gefehlt! kein Tüpfchen Roth, kein Striemchen war daran. Frau Lichtlein schüttelte den Kopf, ich brach in lautes Weinen aus. Sie aber sprach mir zu: »Sey wacker, mein Söhnchen, und gib dich zufrieden, es kann wohl noch werden.« Sie hieß mich aus der Stube gehn, nahm Abschied für heute und schärfte mir ein, keinem Menschen zu sagen was sie gethan.

Auf der Treppe kam mir meine Mutter entgegen. Sie schlug die Hände über'm Kopf zusammen, daß ich bei Ännchen gewesen. Sie hütete mich nun auf's Strengste und ich kam nicht mehr aus der Stube. Man wollte mir am andern Tag verschweigen, daß meine Freundin gegen Abend beerdigt werden solle; allein ich sah vom Fenster aus, wie der Tischler den Sarg in's Haus brachte. (Der Tischler aber war ein Sohn der Leichenfrau.) Jetzt erst gerieth ich in Verzweiflung und war auf keine Art zu trösten. Darüber stürmte die Sattlersfrau herauf, meine Mutter ging ihr vor die Thür entgegen und jene fing zu lamentiren an, ihr liederlicher Mann sey noch nicht heimgekommen, sie habe keinen Kreuzer Geld daheim und sey in großer Noth. Ich unterdessen, aufmerksam auf jeden Laut im untern Hause, hatte den Schemel vor ein kleines Guckfenster gerückt, welches nach hinten zu auf einen dunkeln Winkel sah, wohinaus auch das Fenster des Kämmerchens ging, in welcher Ännchen lag. Da sah ich unten einen Mann, dem Jemand einen langen schweren Pack, mit einem gelben Teppiche umwickelt, zum Fenster hinausreichte. Ahnung durchzuckte mich, freudig und schauderhaft zugleich: ich glaubte Frau Lichtlein reden zu hören. Der Mann entfernte sich geschwind mit seinem Pack. Gleich darauf hörte ich hämmern und klopfen, ohne Zweifel wurde der Sarg zugeschlagen. Die Mutter kam herein, nahm Geld aus dem Schranke und gab es dem Weib vor der Thüre. Ich weiß nicht, was mich abgehalten haben mag, etwas von dem zu sagen was eben vorgegangen war, im Stillen aber hegte ich die wunderbarste Hoffnung; ja als der Leichenzug anging und Alles so betrübt aussah, da lachte ich heimlich bei mir, denn ich war ganz gewiß, daß Ännchen nicht im Sarge sey, daß ich sie vielmehr bald lebendig wieder sehen würde.

In der folgenden Nacht erkrankte ich heftig, redete irre und seltsame Bilder umgaukelten mich. Bald zeigte mir die Leichenfrau den leeren Sarg, bald sah ich, wie sie sehr geschäftig war, den rothen Rock der bösen Fee, sammt ihren Schuhen, in den Sarg zu legen, bevor man ihn verschloß. Dann war ich auf dem Kirchhof ganz allein. Ein schönes Bäumchen wuchs aus einem Grab hervor und ward zusehends immer größer, es fing hochroth zu blühen an und trieb die prächtigsten Äpfel. Frau Lichtlein trat heran: »Merkst du?« sprach sie: »das macht der rothe Rock, der fault im Boden. Muß gleich dem Todtengräber sagen, daß er den Baum umhaue und verbrenne; wenn Kinder von den Früchten naschen, so kommt die Seuche wieder aus.«

Dergleichen wunderliches Zeug verfolgte mich während der ganzen Krankheit, und Monate lang nach meiner Genesung verließ mich der Glaube nicht ganz, daß das Mädchen noch lebe, bis meine Mutter, welcher ich inzwischen Alles anvertraute, mich mit hundert Gründen so schonend wie möglich eines Andern belehrte. Auch wollte leider in der Folge wirklich kein Ännchen mehr zum Vorschein kommen. Mit erneuertem Schmerz vernahm ich nur später, das gute Kind wäre vielleicht bei einer besseren Behandlung noch gerettet worden, doch beide Pflegeeltern wären der armen Waise längst gern los gewesen.

Wir kehren zum grauen Schlößchen zurück.

Ich war so sehr in die Vergangenheit vertieft, daß ich einige Zeit die lebhafte Bewegung, die sich indeß unten in der Wohnung des Schloßvogts verbreitete, ganz überhörte. Nun sprang ich auf, fuhr rasch in meine Kleider und ging hinab.

Schon von Weitem vernahm ich die heftige Stimme der Alten im Innern der Stube. Es war ein lamentirendes Verwundern, Schelten und Toben, worein der Vogt zuweilen einen derben Fluch mischte. Ich stutzte, blieb stehn. »Der Spitzbub!« hieß es innen – »der keinnützige Schuft! vierhundert Dukaten! ist das erhört? Drum hat er gleich von Anfang seine Profession verläugnet! Du meine Güte, was sind wir doch Narren gewesen!«

Jetzt hatte ich genug. Mein Blut schien still zu stehen. Am äußern Hofthor stand ein junger, gutgekleideter Mann: er kehrte mir den Rücken zu, indem er einen Buben, der draußen Ziegen hütete, mit eifrigen Gebärden zu sich winkte; er gab ihm einen Auftrag, wie es schien, sehr dringend, und rief dem Knaben, da er schon im Laufen war, noch halblaut nach: »Sie sollen doch in's Teufels Namen machen! und ja die Fußeisen mitbringen! hörst du?« – – Man denke sich meine Bestürtzung! Besinnungslos klink' ich die Thüre auf und trete in die Stube. Blos beide Eheleute sind zugegen. Kein rechter Gruß, kein Blick wird mir gegönnt. Ein frisches Zeitungsblatt liegt auf dem Tisch, welches der Schloßvogt hurtig zu sich steckt, ich denke mir im Nu was es enthält. Er geht hinaus, vermuthlich dem jungen Manne zu melden, daß ich schon unten sey.

»Ihr habt Besuch bekommen?« fragte ich, um nur Etwas zu reden, mit erzwungenem Gleichmuth die Alte. »Meiner Nichte Bräutigam!« versetzte sie kalt und fing mit recht absichtlichem Geräusch, um jedes weitere Gespräch zu hindern, Hanfkörner zu zerquetschen an, dem Distelfinken zum Frühstück. Ich hatte in meiner Verwirrung nach einem Buch gegriffen (ein Kochbuch war's, wenn ich nicht irre): dahinter wühlten meine Blicke sich schnell durch ein Rudel von tausend Gedanken hindurch. Reiß' ich aus? Halt' ich Stand? Vielleicht wäre Ersteres möglich gewesen, der beiden Männer hätt' ich mich zur Noth erwehrt; allein was half mir eine kurze Flucht? Und in der That, ich fühlte mich bereits durch die Nothwendigkeit erleichtert, endlich ein offenes Geständniß abzulegen. Dessenungeachtet war mein Zustand fürchterlich. Nicht die Nähe meiner schmachvollen Verhaftung, nicht die Sorge, wie ich mich in einem so äußerst verwickelten Falle von allem Verdacht würde reinigen können – nein, einzig der Gedanke an Josephe war's, an Ännchen, was mich in diesen Augenblikken fast wahnsinnig machte, der unerträgliche Schmerz, dieses Mädchen, sie sey nun wer sie wolle, als die Verlobte eines Andern zu denken, und eines Menschen zwar, welcher das schadenfrohe Werkzeug meiner Schmach, meines Verderbens werden sollte! Wußte s i e etwa selbst um den verfluchten Plan? Unmöglich! doch für mein Gefühl, für meine Leidenschaft, indem ich sie mit dem verhaßten Kerl in Eins zusammenwarf, war sie die schändlichste Verrätherin. Liebe, Verachtung, Eifersucht gohren im Aufruhr aller meiner Sinne dermaßen durcheinander, daß ich mich wirklich aufgelegt fühlte, das Mädchen mit eigener Hand aufzuopfern, den Kerker, welchem ich entgegenging, durch ein Verbrechen zu verdienen und so mein Leben zu verwirken, an welchem mir nichts mehr gelegen war.

Die Alte war inzwischen in die Kammer nebenan gegangen; soeben kam sie wieder heraus, zog die Thüre still hinter sich zu und ging nach der Küche. Schnell, wie durch Eingebung getrieben, spring' ich keck auf die Kammer zu und öffne ganz leise. Niemand ist da. Ich sehe eine zweite Thür, ich trete unhörbar über die Schwelle und bin durch einen Anblick überrascht, vor dem mein ganzes Herz wie Wachs zerschmilzt. Denn in dem engen, äußerst reinlichen Gemach, das ich mit Einmal überblickte, lag die Schöne an ihrem Bett halbknieend hingesunken, die Arme auf den Stuhl gelegt, die Stirn auf beide Hände gedrückt, wie schlafend, ohne Bewußtseyn; Gewand und Haare ungeordnet, so daß es schien, sie hatte kaum das Bett verlassen, als jene Nachricht sie betäubend überfiel.

Ich wagte nicht, die Unglückliche anzusprechen, ich fürchtete mich, ihr in's Gesicht zu sehn. Aber Sehnsucht und Jammer durchglühten mir innen die Brust, von selber streckte mein Arm sich aus, von selbst bewegten sich die Lippen – »Ännchen!« sagt' ich – es war kein Rufen, es war nur ein Flüstern gewesen; dennoch im nämlichen Moment richtet die Schlummernde den Kopf empor; sie schaut, noch halb im Traum, nach mir herüber, der ich bewegungslos da stehe; nun aber, wie durch Engelshand im Innersten erweckt, steht sie auf ihren Füßen, schwankt – und liegt an meinem Halse.

So standen wir noch immer fest umschlungen, als es im Hofe laut und lauter zu werden begann. Tosende Stimmen durcheinander, ein Eilen und ein Rennen hin und her – das Alles hörte ich und hörte nichts von Allem. Jetzt kommt man heran durch die Zimmer, jetzt reißen sie die letzte Thür auf – ein allgemeiner Ausruf des Erstaunens! Das Mädchen wie in Todesangst drückt mich gewaltsamer an sich, dann sinkt sie erschaudernd plötzlich zusammen und fremde Hände fassen die Ohnmächtige auf. Vor meinen Augen wird es Nacht; ich fühle mich unsanft hüben und drüben bei'm Arme ergriffen und wie im Sturm hinweggeführt nach einem finstern Gange, dann abwärts einige Stufen, wo eine Thür sich öffnet und alsbald donnernd hinter mir zuschlägt.

Ich hatte mich in kurzer Zeit wieder gesammelt. Es war ein förmliches Gefängniß, worin ich mich nunmehr befand, dunkel und moder-feucht und kalt. Die Sichel, von dem Regen angeschwollen, braus'te wild in der Tiefe. Ich überdachte meine Lage schnell. So schrecklich sie auch schien, sie konnte doch unmöglich lange dauern. Und was mich über Alles tröstete, fürwahr ich brauchte das nicht weit in Gedanken zu suchen. Denn wenn es mir auch anfangs nur wie eine dämmernde Erinnerung vorschwebte, daß ich das geliebteste Mädchen vor wenig Augenblicken noch an diese Brust gedrückt, so gab ein nie gefühltes Feuer, das mir noch Mark und Bein heimlich durchzuckte, das seligste Zeugniß, daß dieses Wunder nicht ein eitles Blendwerk gewesen seyn könne; ein Übermaß von Hoffnung und Entzücken riß mich vom Boden auf und machte mich laut jauchzen.

Bald aber, da Stunde um Stunde verging und es schon weit über Mittag geworden war, ohne daß sich ein Mensch um mich bekümmerte, stellten sich Ungeduld, Zweifel und Sorge allmählich bei mir ein. Für meinen Hunger hatte man zwar durch ein Stück schwarzes Brod, das ich nebst einem Wasserkrug in der Mauer entdeckte, hinreichend gesorgt, und ich verzehrte es mit großer Gier; doch eben diese reichliche Vorsorge ließ befürchten, daß ich für heute wenigstens aus diesem Loche nicht loskommen würde, daß ich vielleicht die Nacht hier zuzubringen hätte. Ich läugne nicht, mir war diese Aussicht entsetzlich. Denn, hatte nicht vielleicht jene verruchte Irmel in eben diesen Mauern ihr blutiges Ende genommen? Wie, wenn es ihr einfiele, diese Nacht ihr altes Quartier einmal wieder zu sehen? Es rieselte mir kalt den Rücken hinunter bei solchen Gedanken. Dabei wird man begreifen, daß es mir unter diesen Umständen keine sehr angenehme Diversion gewährte, der Frechheit zweier Ratten zuzusehen, welche sich auf den Rest meines Mittagmahls bei mir zu Gaste luden.

Es schlug Drei auf dem Schloß; ich wollte fast vergehen. Auf einmal aber rasselten die Riegel. Der Schloßvogt öffnete, Verwirrung und Verlegenheit im Blick. »Der gnädig' Herr ist angekommen; er schickt mich, Euch zu holen.«

Ich folgte dem Vogt nach der vordern Hausflur, wo er mich warten hieß. Zu meinem Ärger standen hier verschiedene gemeine Leute herum, die sich ihrem Gebieter zu präsentiren wünschten, der Pächter sammt dem Schäfer und dergleichen. Sie gafften mich wie einen armen Sünder an und zischelten einander in die Ohren; ich machte aber ein Gesicht wie ein Panduren-Oberst und kehrte ihnen dann den Rücken zu.

Es dauerte nicht lang, so kam, gestiefelt und gespornt, vom Stalle her ein kleiner, blasser, ältlicher Herr mit großen blauen Augen, in Begleitung einer schneeweißen Dogge, durch deren gewaltige Größe die kurze Gestalt ihres Herrn nur desto auffallender wurde. Er sah mich im Vorbeigehn scharf so von der Seite an, sprach mit den Andern ein paar gütige Worte, ließ abermals den Blick auf mich herübergleiten und war schon im Begriff die Leute zu entlassen. In diesem Augenblick gewahrte ich den jungen Mann, der sich am Morgen mit so vielem Eifer meiner Person hatte versichern wollen und den man mir als Ännchens Bräutigam bezeichnet – Aber wo nehm' ich Worte her, um mein Erstaunen, mein Entsetzen auszudrücken, als ich bei'm zweiten Blick meinen Juden in ihm erkannte! – – Unfühlend, wo ich stand, und des Respects vergessend, den ich der Gegenwart des gnädigen Herrn schuldig war, warf ich mich auf den Burschen mit einer Wuth, mit einer Schnelligkeit, wie kaum ein Tiger sich auf seine sichere Beute stürtzt. »Vermaledeiter Dieb! so hab' ich dich!« und packt' ihn kräftig bei der Kehle. Eine Todtenstille entstand. Entsetzen hielt das Gesindel gebannt. Der alte Herr sah unwillig verlegen zu dem Auftritt, und einem allgemeinen Murren folgte unmittelbar der wildeste Tumult. Man wollte mir mit Gewalt meinen Feind entreißen, von dessen Gurgel meine Hand nicht loszubringen war, und hätten sie mich in Stücke zerrissen. Die kreischende Stimme des Freiherrn allein war im Stande, mich zur Vernunft zurückzubringen. In Kurzem ward es ruhig.

»Faßt Euch, Herr Peter!« sagte der Patron zu meinem Gegenpart, der mich erhitzt und keuchend mit weinerlichem Lachen angrins'te – »ich hoffe, dieser allzu rasche Jüngling wird Euch seiner Zeit den gröbsten Irrthum abzubitten haben; indeß, Herr Schulzen-Sohn, seyd Ihr einmal entschieden angeklagt und werdet Euch gefallen lassen, in Mitten dieser Leute hier Euch zu gedulden, bis ich mit Jenem fertig bin.«

Der Schloßvogt führte mich nun auf Befehl des Herrn hinauf in den Saal, wo er mich alsbald wieder verließ. Ich hatte vor lauter Erwartung kaum einige Aufmerksamkeit auf das, was hier mich umgab. Uralte, gewirkte Tapeten mit abenteuerlichen Schildereien, zwei lange Reihen von Porträts bedeckten die Wände; ein ungeheures Fenster umfaßte die prächtigste Aussicht. Mir wurde die Zeit unsäglich lang. Endlich ging eine Flügelthür auf und Herr Marcell von Rochen trat herein, in feierlicher, sonderbarer Tracht. Er war in Reitstiefeln so wie vorher; sein übriger Einband jedoch erinnerte mich auf der Stelle frappant an mein Schatzkästlein. Er hatte ein schwarzseiden Mäntelchen an, darunter ein geschlitztes, spanisches Wamms von meergrüner Farbe hervorstach. Sein grauer Knebelbart rieb sich an einem steifen Ringelkragen, welcher wie Pergament aussah. Wenn sich der Mann von ungefähr umdrehte, so war etwas Erkleckliches von einem Höcker zu gewahren, ein Merkmal, das gedachter Ähnlichkeit auf keine Weise Abbruch that. Nichts desto weniger hatte sein ganzes Wesen etwas Ehrwürdiges, Unwiderstehliches für mich.

Er nahm nunmehr mit Anstand Platz und sprach: »Ihr seyd Franz Arbogast aus Egloffsbronn, Goldschmiedsgesell bei Meister Orlt in Achfurth?«

»So ist es, Ew. Gnaden!« versetzte ich mit großer Zuversicht, und erzählte sofort auf Verlangen die ganze unglückselige Historie ausführlich und gewissenhaft, wobei er sehr aufmerksam zuhörte. Am Ende zog er die Klingel und ließ mein Felleisen bringen. Hierauf begehrte der Freiherr das Büchlein zu sehen, das eine so wichtige Rolle in meiner Geschichte gespielt. Ich überreichte ihm das unschätzbare Werklein ungesäumt, das er mit einem ganz erheiterten Gesicht, ja mit unverkennbarer Rührung, wie eine wohlbekannte Reliquie empfing. »Meiner Schwester Hand, bei Gott!« rief er halblaut, blätterte lang und schmunzelte dazwischen, sah mich dann wieder ernsthaft an, ging auf und ab, mit allen Zeichen stiller, nachdenklicher Verwunderung. Nun trat er auf mich zu, und sagte: »Also just vierhundert Dukaten betrüge die Summe, die Ihr verloren?«

»Gerade so viel, Ew. Gnaden.«

»Und davon hättet Ihr nicht das Geringste übrig behalten? Besinnt Euch ja wohl!« –

Auf einmal fiel mir ein, daß ja noch ein Goldstück im Wagen gewesen und daß ich dieses in der Noth bei der Zeche zu Rösheim auswechseln lassen. Ich bekannte aufrichtig wie Alles gegangen.

»Da habt Ihr sehr übel gethan!« versetzte der Freiherr bedenklich, mit kaum merkbarer Schalkheit. »So geht es, wenn ein Osterjüngling nicht genau nach seinem Katechismo lebt. Ihr werdet Euch des trefflichen Spruches erinnern, worinnen gesagt ist, daß man sich fremden Eigenthums unter keinerlei Umständen anmaßen möge. Genug, Ihr habt den Lockvogel hinausgelassen, mit dessen Hilfe Ihr die ganze goldne Schaar gar leichtlich wieder in Eure Hand würdet bekommen haben.«

»O Gott! ich Unglückseliger!« rief ich verzweifelnd aus und schlug mich vor die Stirne.

»Geduld, Geduld, Gesell!« sagte der alte Herr, »noch ist nicht Alles verloren. Laßt Euch den Fehler für die Zukunft zu einer Warnung dienen; indeß«– hier griff er in die Tasche und zog zu meinem freudigsten Erstaunen den Dukaten hervor, den er mir lächelnd mit den Worten reichte: »er kann nun freilich die erwünschte Wirkung nicht mehr thun, der Zeitpunkt ist versäumt; dessenungeachtet werdet Ihr vor Cyprian Eure 399 wieder haben, da es Euch denn doch angenehm seyn dürfte, auch den Vierhundertsten gleich drauf zu legen. Er fand sich noch zum Glück in den Zähnen des goldenen Löwen.«

Mit Thränen küßte ich die Hände des Patrons und wußte meinem Danke keine Worte. Der unvergleichliche Mann fuhr nun fort:

»Franz Arbogast, Ihr seyd von nun an frei, und die Gerechtigkeit gibt Euch hiemit durch meinen Mund und Kraft dieses Papiers, bis auf ein Weiteres, Euren ehrlichen Namen zurück. Marcell von Rochen hat Bürgschaft für Euch geleistet; ich sprach Euren wackeren Meister noch kürzlich in Achfurth. Er läßt Euch freundlichst grüßen. Auch mußte er mir das Versprechen geben, daß er die Arbeit, derenwegen Ihr nach Frankfurt reisen solltet, in keines Andern Hände legen wolle. Es hat noch Zeit damit, und auf mein Wort bleibt Ihr nur vor der Hand getrosten Muths hier auf dem Schlosse. Josephe wird schon sorgen, daß Ihr uns nicht entlauft; denn noch erwartet Euch ein wichtiges Geschäft. Ich kann für heute nicht bleiben, in wenig Tagen sehen wir uns wieder. Bevor ich aber scheide, nehmt meinen besten Segen für Euch und für Josephen. Gewiß, mein Freund, Euch ist nach mancher Prüfung ein selten Glück beschieden: was man dagegen von Euch fordern wird, das sollt Ihr seiner Zeit von Eurer Braut vernehmen. Indeß gehabt Euch wohl!« Hiemit entfernte er sich in ein Seitenzimmer, eh' ich ihm nochmals hatte danken können.

Ich blieb in einer Art von freudiger Betäubung noch

eine ganze Weile auf Einem Flecke stehn, halb in Erwartung, ob mein Wohlthäter nicht noch einmal heraustrete. Als ich den Saal endlich verließ und die Treppe herabkam, stand der Freiherr bereits in seinen ordentlichen Kleidern unter'm Thor und stieg soeben zu Pferde. Er winkte mir im Wegreiten noch ein Adieu zurück. Der Schloßvogt mußte ihn den Berg hinab, dem Dorfe zu, begleiten. Ein junger flinker Jäger, der hinterdrein ritt, gab mir durch lustige Gebärden zu verstehn, daß man »den Juden« schon voraus geführt habe. In Gottes Namen! dachte ich und eilte in die Stube und auf Ännchen zu, die mir entgegenflog.

Die Trunkenheit der nächsten Stunden zu beschreiben, soll mir billig erlassen seyn.

Josephe – so will ich sie immerhin nennen, denn dieser Name war ihr ganz eigen geworden – Josephe zog mich an ein Tischchen, auf dem ein appetitliches Abendbrod, mit frischen Herbstblumen geziert, mein wartete. Ich hatte hundert Fragen an das Mädchen, doch meine Ungeduld sprang immer nur von einer zu der andern, dergestalt, daß ich am Ende so wenig wie vorher von Allem begriff. Die seligste Confusion von gegenseitigen Erklärungen, von Thränen, Scherzen, Küssen lös'te sich zuletzt in das Geständniß auf: man wolle jetzt nichts wissen und nichts fassen, als daß man sich wieder besitze, daß man sich ewig so umschlungen halten würde.

Frau Base schien in großer Noth, wie sie dem glücklichen Paar ihre Theilnahme ausdrücken sollte. Sie hatte in der That, wie ich nachher erfuhr, nicht das beste Gewissen. Denn wenn Josephe gestern, im Sinne mich zu prüfen, auf zweideutige Weise Etwas von einem Bräutigam verlauten ließ, so hing dieß bei der Alten ganz anders zusammen. Gedachter Schulzen-Sohn, ein angehender Wirth, filzig und reich, doch sonst ein guter Christ, hoffte an diesem Mädchen eine tüchtige Hausfrau für sich zu erwerben und betrieb seine Absicht um so ernstlicher, da nicht verschwiegen blieb, daß sie von der seligen Freifrau von Rochen – auf welche merkwürdige Dame wir näher zurückkommen werden – mit einem Vermächtniß bedacht worden war, dessen Eröffnung bis auf ihre Hochzeit ausgesetzt seyn sollte, und wovon, in Betracht, wie viel sie bei gnädiger Herrschaft gegolten, sehr übertriebene Vermuthungen bestanden. Josephe, die den Menschen nicht entfernt ausstehen konnte, war überdieß, durch manchen geheimnißvollen Wink ihrer verblichenen Beschützerin geleitet, mit Sinn und Herzen immerfort nur auf die Zeit gespannt, wo der Goldschmiedsgeselle von Achfurth anrücken würde. Die Base aber, insoweit auch sie in das Geheimniß eingeweiht war, hatte, als eingefleischtes Weltkind, noch nie so recht daran geglaubt und konnte endlich eine kleine Kuppelei nicht lassen. Doch ihre Künste scheiterten an der Beharrlichkeit des braven Kindes, und der gekränkte Freier blieb einige Zeit aus. Am letzten Sonntag kam er wieder, sein Heil noch einmal zu versuchen. Allein wie sehr war er erstaunt, als er noch außerhalb des Hofraumes wahrnehmen mußte, wie sich das Jüngferchen mit einem fremden Gesellen, dessen Person er sich von der Gramsener Botenfahrt her sogleich erinnerte, gar traulich vor dem Schlößchen hin- und herspazierend, behagte. Er hatte auf der Stelle weg, wo das hinaus zielte, zumal er an demselben Nachmittag in Jünneda mit der Gevatterschaft vom Schloß zusammengetroffen, und ihm die Ängstlichkeit, womit die Base ihn für dieses Mal von einem Besuche bei Sephchen abhalten wollte, bereits verdächtig vorgekommen war. Ganz stille schlich er sich den Berg wieder hinab und sann auf Rache. In Kurzem trat auch wirklich ein ganz vertrackter Zufall ein, völlig dazu gemacht, mich mit Einem Schlag in die Lüfte zu sprengen.

Herr Peter hatte nämlich in folgender Nacht einige Reisende beherbergt, Handelsherren, die mit anbrechendem Tage weiter wollten. Der Wirth war aufgestanden; er reichte ihnen zwischen dem Frühstück gefällig die neueste

Zeitung, und Einer trug daraus das Merkwürdigste vor, unter Anderm einen ellenlangen Steckbrief, der viel Aufsehen erregte. Der Wirth geht eben durch das Zimmer, steht still und spitzt die Ohren; er ist von dem Signalement frappirt, er lies't mit eigenen Augen, wird plötzlich Feuer und Flamme und rennt mit dem Blatte davon – zum Schulzen, seinem Vater. Der, weil er eben unpaß ist, überträgt die Sache dem Sohn, auf den er sich verlassen kann. In weniger als einer halben Stunde war meine Aufhebung erfolgt. – Daß ich nachher denselben Menschen, welcher mit solcher Zuversicht die Schergen wider m i c h aufbot, noch immer als den Dieb ansehen und behandeln konnte, war freilich eine Unbesonnenheit, die nur der blinde Drang des Augenblicks verzeihlich machte. Ich meinerseits indessen war nicht einmal geneigt, mir den Irrthum so sehr zu Herzen zu nehmen, besonders da ich gar wohl merkte, daß unser guter Schatzkästleins-Patron, welcher von vornherein der Sache auf den Grund gesehen, dem schadenfrohen Kauzen eine vorübergehende Demüthigung – er saß zwei ganze Tage zur Untersuchung im Arrest – absichtlich nicht ersparen wollte. – –

Josephe schlug noch einen Gang in's Freie vor; der Abend war so schön, die Luft außerordentlich milde.

Indem wir nun allein so Hand in Hand entlang dem Ackerfeld, am Rand des Bergs hin wandelten, war mir's noch immer wie ein Märchen, daß ich das schönste liebste Mädchen von der Welt als meine ausgemachte Braut besitzen sollte und daß dieselbe zwar nach Leib und Seele mein altes Schätzlein aus der Melbergasse hinter'm Krahnen sey! – – »So sag' mir denn, um's Himmelswillen«, hob ich an, »wie bist du von den Todten auferstanden?«

»Mir kam es wahrlich selber vor«, versetzte sie, »als ging' es nicht mit rechten Dingen zu, da ich eines Morgens die Augen aufschlug und mich in einem fremden Zimmer, wo Alles gar vornehm und lieblich aussah, in einem feinen seidenen Bettchen zum erstenmale wieder fand. Es war ein wenig dunkel in dem Zimmer, die Laden waren zu, die Vorhänge herabgelassen. Nach einer Weile kam eine ältliche Dame herein; sie war mir gleich bekannt, so ein sanftes und liebreiches Wittwengesicht hatt' ich schon sonst einmal gesehen. Du mußt dich noch erinnern, zu Egloffsbronn, vor dem Brückenthor, gegen die Landstraße hin, steht einzeln ein freundliches Haus zwischen Gärten –«

»Ganz recht! Es liefen immer ein paar prächtige Pfauen im Hofe herum, die wir oft halbe Stunden lang durch die Stacketen beguckten –«

»Ja, und da rief uns eines Tags eine vornehme Frau in das Haus, befrug uns über dieß und das, und schenkte Jedem einen neuen Zwanziger. Wir kamen nachher noch einigemal, doch leider war die gute Frau nie mehr zu sehen. Nun aber kannte ich sie sogleich wieder. Sie setzte sich zu mir an's Bett, erkundigte sich nach meinem Befinden und reichte mir köstliche Bissen zur Stärkung. Dann trat Frau Lichtlein in's Gemach und gleich darauf ein schönes Frauenzimmer, das mich mit Schmeichelworten und Liebkosungen überhäufte und fast nur allzu lebhaft war. Man nannte sie Josephe, zur ältern Dame sagte sie Tante S o p h i e. Sie zeigte mir ein schönes Kleid, das sollte ich anziehen so bald ich wieder aufstehn dürfte. Meine Frage, ob ich zu Egloffsbronn wäre, bejahte man mir, und als ich weiter forschte, ob ich denn wieder zu meinen Pflege-Eltern müßte, hieß es: nein, die Tante nehme mich mit auf ihr Gut, wenn ich wollte. Ach ja, sagt' ich, wenn der Goldschmied-Franz auch mit geht. Der kommt dir nach! versetzte das Fräulein und lachte.

Kaum war ich völlig wieder hergestellt und wohl in meiner neugewachsenen Haut, so putzte mich das Fräulein so artig heraus, daß ich mich kaum mehr kannte; sie flocht mir mit eigener Hand meine Zöpfe, sie stellte Puppen und allerlei Spielwerk vor mich und ging dabei selber mit mir nur wie mit einer neuen Puppe um. »Hören Sie,

Tantchen!« rief sie der gnädigen Frau einmal zu, »ich habe Lust, einen Vertrag mit Ihnen abzuschließen: hiermit verspreche ich, Ihnen nicht nur den kommenden Monat, wie wir ausgemacht haben, sondern ein ganzes Jahr auf Ihrem verrufenen Schlößchen Gesellschaft zu leisten, mit dem Beding, daß ich das Kind nach meinem Sinn erziehen und mir es ganz aneignen darf.«

»Schon gut«, war die Antwort, »wir wollen sehn, wie lang das dauern wird.«

Am Abend fuhr ein Wagen an und kam ein kleiner munterer Herr in Reisekleidern herauf, welchen die beiden Frauen mit vieler Zärtlichkeit empfingen. Es war der Herr vom Hause, ein Bruder jener Dame, die, so wie die Nichte, sich nur gastweise bei ihm, der eben Wittwer war, aufhielt. Das Fräulein präsentirte mich dem Oheim, der sogleich herzlich zu lachen anfing: »Ich wollte wetten, Schwester«, rief er aus, »das ist nun wieder eins von deinen Auserwählten, ein Osterlämmchen, eine Friedensbraut nach deinem heimlichen Kalender. Ja ja, Frau Irmel mag sich freuen: die große Stunde der Erlösung muß nun allernächstens schlagen. Ich hoffe doch, die Gräfin wird so höflich seyn, mir mindestens ein Drittheil ihres Mammons zuzuscheiden.«

»Du wirst«, versetzte Frau Sophie lächelnd mit einem sanften Vorwurf, »du wirst, Marcell, noch einst ganz anders von diesen Dingen reden.«

So stritten sie und scherzten noch Vieles hin und her, wovon ich nichts weiter verstand.

An einem heitern Wintermorgen reis'ten die beiden Frauen mit mir ab. Es war das erstemal in meinem Leben, daß ich in einer Kutsche fuhr; ich war vor Lust ganz außer mir. Den zweiten Tag erreichten wir das Schlößchen. Nun ging ein Leben wie im Himmel für mich an. Es war, als wäre ich nur für Josephen da; sie gab sich ganze Tage mit mir ab, und da ich sogar ihren Namen führen mußte, schien ich mir selber wie verwandelt und eine ganz neue Person.

Nun sollte ich gleich tausenderlei Sachen auf Einmal von dem Fräulein lernen; selbst auf der Harfe nahm ich Unterricht bei ihr. Es fand sich nämlich so ein altes Ding von Instrument aus den früheren Zeiten der Tante. Das Fräulein sagte oft: es sey die Irmels-Harpfe; ich wußte damals nicht was mit dem Scherz gemeint war, welchen die Tante jedesmal und endlich sehr ernsthaft verwies. Wir trieben unser Wesen so drei Monate zusammen, als meine junge Gönnerin zu meinem größten Kummer von den Verwandten nach der Hauptstadt abgerufen wurde. Die Tante konnte den Wildfang wohl missen, und späterhin gestand sie mir geradezu, es hätte in der Art, wie ihre Nichte mich behandelt, unmöglich fortgehn können; der Stand, in den ich künftig treten würde, verlange nicht etwa so ein verwöhntes Modepüppchen, wohl aber eine wackere Hauswirthin. Doch war es Niemand weniger gegeben, mit Kindern umzugehen, als eben dieser guten, von mir so hochverehrten Frau; ich machte ihr nur lange Weile, störte und ärgerte sie. So mußte ich mich denn fast einzig zu des Hausschneiders halten, und war froh, daß ich nur Jemand hatte, zu dem ich einmal wieder, wie einst in Egloffsbronn, Vetter und Base sagen durfte. Dieß wurde gegenseitig so sehr zur Gewohnheit, daß Jedermann uns für Verwandte hielt.«

Indem nun meine Braut – so fuhr der Hofrath zu erzählen fort – mich mit den Eigenheiten ihrer seligen Wohlthäterin näher bekannt machte, bedauerte ich aufrichtig, diese Edle nicht mehr am Leben zu wissen: ihr hatte ich mein Schatzkästlein, ach und noch weit mehr zu verdanken. Aber – mit diesen Worten wandte sich Herr Arbogast an eine ganz besonders aufmerksam zuhörende bejahrte Dame – Sie, Frau Majorin, bringen ja den Mund nicht mehr zusammen, seit ich von Frau Sophien rede! Am Ende haben Sie die Baronesse selbst gekannt?

»Gewiß! gewiß hab' ich! Leibhaftig steht sie wieder vor mir, wie ich sie vor vierzig und mehr Jahren in meiner Jugend sah.«

»Was ist das?« brummte hier ein treuherziger Schweizer, der während der Erzählung einigemal sehr merklich eingenickt war: »Bi Gott, ich dacht', das Alles si halt numme so ne Fabel g'si, jetzt chümmt es doch anderster usi! Hätt' ich das eh' g'wüßt, hätt' es mich bi miner Ehr' nit g'schläferet!«

Auf dieß Bekenntniß folgte ein allgemeines, unauslöschliches Gelächter. Der Hofrath endlich nahm das Wort und bat gedachte Dame um eine Schilderung der Frau von Rochen: ein solches Zeugniß, sagte er, wird für meinen Credit als Erzähler entscheiden.

Die angenehme Frau ließ sich nicht lange bitten. »Von allen Gliedern der Familie«, fing sie an, »war Sophie die letzte, welche dem alten Rittersitz die Ehre ihrer persönlichen Gegenwart schenkte, indem sie den verstorbenen Gemahl, Anselm von Rochen, gern am Ort wo er begraben lag betrauern wollte. Ich sah sie dort mehrmals mit meiner Mutter, und hörte auch später noch Manches von ihr. Ohne gerade menschenscheu zu seyn, liebte sie Einsamkeit und Stille über Alles, selbst ihre Kammerfrau verweilte nur wenige Stunden des Tags in ihrer unmittelbaren Nähe, und nicht über viermal im Jahre, an hohen Festen etwa, kam sie in's Dorf herab. Dagegen ward sie auch von Groß und Klein als eine Heilige verehrt, wenn nun die schlanke feingebaute Gestalt mit der ihr eigenen Freundlichkeit und, bei einem Alter von bald siebenzig Jahren, mit beinah jungfräulichem Anstand in der Kirche den gewohnten Platz einnahm und aus dem offenen erhöhten Gitterstuhl ihre Unterthanen durch ein Lächeln begrüßte, nach angehörter Predigt aber die Kranken und die Armen als freigebige Trösterin in ihren Häusern besuchte.

Dem klösterlichen Leben, das Sophie im Innern ihrer prunklosen Gemächer führte, entsprachen denn auch ihre Lieblingsbeschäftigungen ganz und gar. Von Jugend an zu einer bewundernswürdigen Kunstfertigkeit in feiner bunter Stickerei geübt, war sie bei völlig ungeschwächten Sinnen noch immerfort im Stande, dergleichen Arbeiten, wozu sie sich ehmals die reichsten Muster kommen ließ, mit gleicher Sorgfalt fortzusetzen; sie wiederholte unermüdet ihre alten Zeichnungen, um mit solchen Prachtstücken, an denen Gold und Silber glänzte, von Zeit zu Zeit die Ihrigen zu überraschen, ganz unbekümmert freilich um den Geschmack des Tags.

Bedeutend aber war ihr Ansehn bei der Familie dadurch, daß sie die Gabe der Weissagung in hohem Grade besessen haben soll; besonders wollte sie es Jedem gleich ansehen, ob er Sinn und Beruf für übersinnliche Dinge besitze. Auch stand sie allezeit mit einer Anzahl Geistlichen in Briefwechsel und wußte sich – zu einem Zweck, den weiter Niemand kannte, worüber wir jetzt freilich ganz im Klaren sind – von den Verhältnissen aller möglichen Menschen, von Zeit und Stunde ihrer Geburt und dergleichen genaue Kenntniß zu verschaffen. In ihrer eigenen Verwandtschaft fand sie den unbedingtesten Glauben, obschon sie gerade hier am sparsamsten mit ihren Eröffnungen war. Bruder Marcell allein wagte es, den hartnäckigen Zweifler, sogar gelegentlich den Spötter gegen sie zu spielen, dessenungeachtet ist er doch ihr Liebling immer geblieben. Nach ihrem Tode mag er sich wohl bekehrt haben, ja wie es scheint verschmähte er nicht, Sophiens mystische Hausfarbe, Grün, Schwarz und Weiß, zu Ehren der Schwester bei feierlichen Anlässen zu tragen.

Nun aber ist leicht zu vermuthen, daß unserer guten Nonne das kleinste Verdienst dabei blieb, wenn unter ihrem frommen Regiment die Gutsökonomie, die gar nicht unbeträchtlich war, dennoch durchaus zum Vortheil der Besitzer aufrecht erhalten wurde. Sie nahm von ihrem sammtnen Armstuhl aus sehr regelmäßig Antheil an den vorkommenden Geschäften; sie hörte an bestimmten Tagen den Verwalter an, durchsah als eine gute Rechnerin die Bücher mit der Feder in der Hand, ermahnte die Dienstboten und übte mitunter auch wohl ein klein wenig die Kunst, unterrichtet zu scheinen, wo sie es nicht war. Jedoch verstand es sich bei männiglich von selbst, daß Alles in der Wirthschaft hätte drunter und drüber gehn müssen ohne die Einsicht und Treue eines Verwalters, der wirklich seines Gleichen suchte. Der gute Mann nahm aber unvermuthet seinen Abschied, die Güter wurden verpachtet, und die edle Matrone, den Bitten ihres Bruders jetzt nicht länger widerstrebend, entsagte diesem Aufenthalt und ließ es sich gefallen, den späten Abend ihres Lebens im Schoose der Familie zuzubringen.

Dieß wäre nun Alles, was ich zu Gunsten der Wahrhaftigkeit des Herrn Erzählers vorzubringen hatte.«

Nachdem sich die Versammlung für diese interessanten Nachrichten auf's Schönste bedankt, sprach unser Hofrath weiter: Ich werde mich nunmehr zum Schluß so kurz wie möglich fassen.

Josephens Confirmation war in der Dorfkirche vollzogen worden. Die Nachfeier des Tages aber fand in aller Stille auf dem Schlößchen Statt. Am Abend nahm Sophie das Mädchen bei der Hand und führte sie nach einem Gemache im untern Stock, zu dem Niemand, sogar der Vogt nicht, Zutritt hatte. Sephchen erblickte nun hier eine vollständige Goldschmieds-Werkstatt, ganz neu und sauber eingerichtet. »Mein Kind!« sagte die edle Frau: »sieh' an, das ist für deinen Franz, hier führst du ihn herein, wenn er 'mal kommen wird; hier muß dein Liebster sein Meisterstück machen. Ist das geschehn, so findet sich das Übrige von selbst. Der Werkzeug bleibt sein Eigenthum; er nimmt ihn mit gen Achfurth, wo ihr euch niederlassen sollt. Und dann gedenket mein und habt einander lieb in Gottesfurcht und Frieden.« – Zugleich bekam Josephe ein ähnliches Büchlein wie ich, obgleich sie nach Geburt und Rang nur ein Sonntagskind war. Die Werkstatt wurde nun wieder geschlossen, und ich war in der That der Erste, dem sie sich nach vier Jahren wieder öffnete. Josephen war der Schlüssel durch Herrn Marcell bei seiner neulichen

Anwesenheit behändigt worden. Ich hatte nur zu staunen und zu preisen, als ich mit meiner Braut von diesen Sachen Einsicht nahm: da war auch nicht das Geringste vergessen, vom großen Ofen bis zum unbedeutendsten Löthrohr herab, und Stück für Stück untadelhafte Waare, so rein und einladend, daß einem gleich der Mund nach der Arbeit zu wässern anfing. Auf meine Frage, was denn wohl zunächst hier mein Geschäft seyn würde, gab mir Josephe nur ganz verblümten Bescheid, indem sie mich auf Herrn von Rochens Wiederkunft verwies; allein ich hatte längst gewittert, was da werden sollte, und war gefaßt auf Alles, obwohl ich gar nicht läugnen will, daß mir etwas unheimlich wurde, als mir das Mädchen bald hernach zwei sonderbar gestrickte Schärpen zeigte, worauf gewisse Chiffern und Figuren von grüner, schwarzer, weißer Farbe sich durchschlangen. »Wozu soll das, Josephe?« fragte ich.

»Die eine für dich, die andere für mich«, antwortete das Mädchen mit geheimnißvollem Lächeln, »wir tragen sie auf Eine Nacht.«

»Aber wozu, um Gotteswillen?«

Sie legte ihren Finger auf den Mund: »Für jetzt nicht weiter, Franz; du bist ein Mann, und da wo ich mich hin getraue, wirst du dich hoffentlich nicht scheuen.« – So kamen wir stillschweigend überein, daß vor der Hand nicht mehr die Rede davon seyn solle.

Der nächste schöne Morgen reizte uns zu einem kleinen Ausflug in die Gegend. Wir hatten uns noch unzählige Dinge zu sagen. Unter Anderem wollte ich wissen, warum sie sich mir denn nicht gleich am ersten Abend, als ich kam, entdeckte? ja wie sie es nur über's Herz bringen können, den ganzen folgenden Tag so grausam Komödie mit mir zu spielen? – »So? meint der Herr«, entgegnete sie, »man hätte nicht auch Lust gehabt, ihm etwas auf den Zahn zu fühlen? Im Ganzen habe ich mir freilich all' die Jahre her nie eigentliche Sorgen wegen deiner gemacht.

Besonders hielt ich mich an das, was wir gelegenheitlich durch Reisende erfuhren. So kam einmal der Vetter, als eben Kirmeß war zu Jünneda, mit einem lustigen Messerschmied an Einen Tisch im Rößlein zu sitzen, der war nicht weit von hier zu Haus, kam erst von Achfurth her und wußte gar Manches von dir; darunter war mir denn das Wichtigste und Angenehmste, daß sie dich dort den kalten Michel hießen. Die Base wollte dieß nicht eben tröstlich für mich finden, ich aber sagte gleich, bei mir wird er schon aufthauen. Nun mußt du aber wissen, Freund, ausdrücklich hatte Frau Sophie mir gesagt, du müßtest mich bei unserm Wiedersehn von selbst erkennen: dieß sey die erste Probe, wie tief dir Ännchen noch im Herzen sitze. Und daß ich's nur gestehe, mir wollte schon anfangen bange werden, weil du so gar vernagelt warst; ja meinen Ohren traute ich kaum, als mir der Mensch anfing, von seinen Liebschaften da vorzuprahlen! Sieh, hätt' ich mir nicht alle diese Faxen so ziemlich zurecht legen können, es wär' ja wahrhaftig mein Tod gewesen! Etwas muß aber doch daran seyn, dachte ich, so arg er auch aufschneidet, ganz leer ging es nicht ab, dafür soll er mir jetzt ein bißchen zappeln.«

Unter so fröhlichen Gesprächen waren wir, stets auf der flachen Höhe des Gebirgs fortschlendernd, bis an die gutsherrlichen Weinberge gekommen. Wir setzten uns auf eine kleine Mauer und blickten, über die Rebstöcke weg, hinunter in den sogenannten Schelmengrund. Die Gegend fiel mir auf, ja ich war ganz verblüfft – denn auf und nieder war ja hier das Thälchen wieder, das ich in jener Nacht gesehen, wo es vom Herbst-Vergnügen der Waidefeger widerhallte! Wie sonderbar! Alles traf zu, die Eiche abgerechnet, von welcher nichts zu sehen war. Ich säumte nicht, die Sache gleich Josephen zu erzählen, die sich höchlich darüber vernahm. Zwar hielt auch sie den Spuck in jener Rumpelkammer für einen bloßen Traum, den sie jedoch nichts desto weniger bedeutsam fand. Nachdem wir uns den Ort, und namentlich eine gewisse rundliche, mit Gras und Disteln überwachsene Vertiefung in der Erde zunächst am Mäuerchen, genau bemerkt, begaben wir uns, aller guten Hoffnung voll, nachdenklich auf den Rückweg.

Zu Hause ließ ich es mein Erstes seyn, die alte Karte mit dem Titelbildchen genauer zu betrachten. Die Ähnlichkeit war abermals nicht zu verkennen, obgleich sie sich bereits nicht mehr so ganz wie vorhin wollte finden lassen. – Während ich noch darüber nachdenke, reicht mir Josephe einen Brief: er sey in unserer Abwesenheit vom Dorf gebracht worden. Ich meinte Wunder was es wäre, das schlaue Mädchen aber sagte: gib Acht, Herr Peter hat was auf dem Korn. So war es in der That. Seiner gekränkten Ehre eingedenk, machte er Miene, mir einen Proceß anzuhängen; so viel sich aus der ganz confusen Schreibart absehen ließ, schien er jedoch nicht ungeneigt, bevor es dahin käme, Genugthuung, und zwar mit baarem Gelde, privatim von mir anzunehmen. – Zu rechter Zeit erinnerte ich mich jenes stählernen Knopfs, womit der Schuft den Fuhrmann damals prellte. Ich schlug sogleich ein säuberlich Papier um das edle Schaustück und legte ein paar Zeilen bei, worin ich ihm andeutete, wie sehr man sich zuweilen irren könne, und daß ein Biedermann, der in der Eile einen glatten Knopf für einen Fünfzehner ausgab, es eben auch passiren lassen müsse, wenn ihn ein Anderer einmal für einen Galgenvogel nahm. – Der Brief that völlig die gehoffte Wirkung; Herr Peter zeigte ihn zwar keiner Seele, doch soll er sich geäußert haben, ich hätte ihm sehr anständig Abbitte gethan.

Nun kämen wir an das letzte Capitel in meiner Geschichte, von dem ich zwar versichern darf, daß es seine besondern Reize hat, allein ich habe die Geduld meiner verehrten Zuhörer längst über die Gebühr erprobt und so mag es für heute bewenden.

»Wie? was, Herr Hofrath?« riefen mehrere Stimmen –

»jetzt fällt es Ihnen plötzlich ein, Punctum zu machen, jetzt, da es auf das Ziel losgeht? da Alles voll Erwartung ist? Nein, nein, das geht nicht an, wir protestiren sämmtlich!«

Der Hofrath aber rückte gelassen seinen Stuhl, und da man ihn schon kannte, so sprach ihm Niemand weiter zu.

»Wann werden wir denn nun das Ende hören?« fragten einige Damen.

O morgen Abend, wenn Sie wollen.

»Was? da haben wir ja Ball! Als wenn er das nicht wüßte!«

Gut – also übermorgen.

»Da reisen Sie ja ab!«

Ich?

»Freilich! Ihre Frau hat es uns selbst gesagt. Seht doch, den Schalk! Er wollte uns wahrhaftig den Rest ohne Weiteres schuldig bleiben!«

Nun – war die Antwort – daß ich's nur gestehe, ich pflege diesen Theil meiner Geschichte, der sich im Wesentlichen übrigens von selbst ergibt, nie gerne zu erzählen.

»Darf man wissen, warum?«

Eine Grille.

»Das scheint geheimnißvoll.«

»Ich glaube unsern Freund beinahe zu verstehen«, sagte Cornelie, eine geistvolle, höchst liebenswürdige Blondine: »und so sehr mich selber die Neugierde plagt, es will mir doch zugleich gefallen, daß von den geisterhaften Dingen, die wir ahnen, der letzte Schleier nicht hinweggenommen werde. Sie würden einem fast, däucht mich, zu wirklich und zu nahe, und wären wenigstens mit einer heitern Darstellung, wie diese doch im Ganzen war, kaum zu vereinigen.«

»Ei was!« rief Oberst Mathey hier mit halb komischer Ungeduld: »was für Umstände! Wir müssen absolut jetzt irgend einen Schluß, einen expressen Schluß bekommen, und wenn wir ihn uns selbst erzählen sollten.«

»Das möchte wohl so schwer nicht seyn«, sagte Cornelie.

»Eh bien! ich nehme Sie bei'm Wort, mein schönes Kind! Geschwinde, geben Sie uns eine hübsche Skizze, damit sich unsere Imagination vor Schlafengehn beruhige.«

»Für's Erste«, fing Cornelie an, »wird Herr von Rochen, als ihm der merkwürdige Traum erzählt wurde, sogleich Anstalt zur Nachgrabung bei jenen Weinbergen getroffen haben. Gewiß geschah dieß mit der größten Vorsicht, und zwar nicht anders als bei Nacht, theils um ein Aufsehn zu verhüten, theils weil der feierliche Gegenstand es so erforderte. Es war die Nacht vor Cyprian. Herr Marcell ermangelte nicht, bei Fackelschein in seiner Ostergalla-Tracht zu Pferde den kleinen Zug geziemend anzuführen. In dessen Mitte ging Herr Arbogast als Hauptperson, dann folgten ein halb Duzend Arbeiter mit brennenden Laternen, Spaten und Hacken wohl versehen. Diese geheimnißvolle Procession, die Ankunft auf dem Platze, die Thätigkeit der Leute daselbst, wobei kein lautes Wort gesprochen werden durfte, sodann die immer steigende Bewegung, da man nach einem zweistündigen Graben endlich auf ein Gewölbe, zuletzt auf eine schmale Treppe stößt, und nun der auserwählte Jüngling, die Fackel in der Hand, sich zwischen Schutt und Trümmerwerk hindurch arbeitend, ein enges Kellerchen betritt, wo er vor allen Dingen eine kleine verrostete Kiste entdeckt, hierauf, nicht weit davon, Frau Irmels unheilvolle Kette und endlich – o Entzücken! ein helles Häuflein Gold, seine Dukaten! – fürwahr das sind köstliche Scenen, deren getreue Ausmalung sich allerdings verlohnen würde. Allein das Wichtigste ist noch zurück. Der Irmelgeist, je näher die ersehnte Stunde kam, verdoppelte, wie man leicht denken kann, sein Seufzen, seine Ungeduld. Auf alle Fälle mußte der edle Jüngling noch um Mitternacht in seine Werkstatt gehn, die Kette herzustellen; ein kitzliches Geschäft, wobei er jeden Augenblick besorgte, daß ihm der Geist über die Schulter gucke, ob auch die

Arbeit fördere. Das Bräutchen war ihm hier der größte Trost; sie hielt ihm vermuthlich das Licht. Nachdem er fertig war, schickte das vielgetreue Paar sich an, das Letzte und Bedenklichste selbander zu bestehen. Josephe knüpfte sich und ihrem Liebsten die magische Leibbinde um, die zwar nicht jede Gänsehaut verhüten, doch sonst vor bösen Einflüssen bewahren konnte. So zog denn Bräutigam und Braut, die goldene Kette zwischen sich haltend, dem Sichelflusse zu, wo nun das Kleinod unter stillen Segenssprüchen den Wellen übergeben ward. Wie sich der Geist dabei benommen und wie Frau Irmels Danksagung gelautet, muß freilich dahin gestellt bleiben; genug daß sie zur Ruhe kam. Begierig wäre ich, was in dem eisernen Kistchen gewesen, und fast noch mehr, was für niedliche Dinge das Waidfeger-Volk in die Nischen und Ritzen des königlichen Schatzgewölbs versteckt haben mochte. Zuverlässig fand man auch der Waidekönigin ihr Krönlein darunter, das ich mir so geschmackvoll, so zierlich vorstelle, daß es Herrn Arbogast gleich als Modell zu seiner größern Arbeit dienen konnte, von der die Welt behauptet, sie sey ein Meisterstück der Kunst; wo aber eigentlich der Künstler die unvergleichlichen, sonst nie gesehenen Formen dazu hernahm, hat er den Leuten freilich nicht gesagt und kann auch billig unter uns bleiben.«

Der Hofrath lächelte und sprach: Sie haben in der That, bis auf einige Kleinigkeiten, meine Geheimnisse so artig errathen, daß ich mich, ganz im Ernst, darüber wundern muß und kein Bedenken trage, hiemit meine Geschichte für geschlossen zu erklären.

Sofort entspann sich unter den Zuhörern noch eine kleine Discussion über Wahrheit und Dichtung in dem erzählten Abenteuer. »Vielleicht«, sagte einer der Herrn, ein Forstmeister, »vielleicht bin ich im Stande, gerade was die Hauptfrage betrifft, einiges Licht in den Zusammenhang zu bringen. Es hatten, ungefähr vor dreißig Jahren, wirklich Nachgrabungen bei jenem Schlößchen statt. Ein alter

Förster meines Schwagers, der in der Nähe dort begütert ist, erzählte viel davon. Man fand einen langen, gewölbten, theilweise noch gut erhaltenen Gang. Er zog sich unterirdisch noch eine Strecke in den Wald hinein, wo er in eine wilde, fast unzugängliche Bergschlucht auslief. An seinem andern Ende, vermuthlich in der Richtung nach der Burg, wo er etwa nur eingestürtzt war, entdeckte man verschiedene, zum Theil kostbare Gegenstände, die schwerlich anders als durch Raub dahin gekommen seyn konnten. Der berüchtigte Faligan, der sich bekanntlich im Spessart und im Odenwald lange umhertrieb und sein Leben in einem Gefecht mit streifenden Bauern durch einen Büchsenschuß verlor, soll an mehreren Orten solche geheime Niederlagen hinterlassen haben. Auch im gedachten Falle führten gewisse Spuren auf ihn zurück. Nun war er selbst zwar zu der Zeit, in die Herrn Arbogasts Beraubung fiel, schon längst todt, allein was hindert uns anzunehmen, daß in der Zwischenzeit ein ähnliches Genie das Loch entdeckt, den vorgefundenen Schatz auf gleiche Art vermehrt, und endlich auch Herrn Arbogasts Felleisen so glücklich operirt haben möge?«

Indeß nun die Gesellschaft sich hierüber stritt, war der Hofrath still hinausgegangen, kam aber sehr bald wieder und sah sich rings im Saale um. Man fragte, was er suche. Ich suche meine Frau! versetzte er, die ich schon längst im tiefsten Schlaf begraben glaubte. Ihr Bette ist noch unberührt!

»Das sieht bedenklich aus!« sagte Cornelie, »wenn man sie Ihnen nur nicht entführte, Herr Hofrath! Sagt nicht Ihr Schatzkästlein etwas dergleichen?«

Eine bekannte, angenehme Stimme sprach hier auf einmal hinter dem Ofen hervor:

»Jag' nit darnach, mach' kein Geschrei,
Und allerdings fursichtig sey.«

und sogleich trat zu allgemeinem Jubel Madam Arbogast aus ihrem dunkeln Versteck. Sie dankte ihrem Manne sehr anmuthig für alle das Schöne und Gute, das er ihr angedichtet, bestätigte jedoch, daß er im Ganzen keineswegs ein Märchen erzählt habe.

Als die Gesellschaft nun aufbrach, und Jedermann sein Licht ergriff, sprach Arbogast noch mit Cornelien und sagte ihr Etwas in's Ohr. »Ist's möglich?« rief sie mit Verwunderung, so daß die Andern in der Thüre stehen blieben. »Wissen Sie auch«, fuhr sie, gegen Jene gewendet, heraus: »wer der verdächtige Wegzeiger war auf der Haide? – Der Ritter von Latwerg! Er wartete auf seinen Osterengel.«

»Was Teufels!« rief der Oberst. »Nun denn – Gut Nacht, Herr Ritter! Die Hähne krähen schon, mich verlangt nach dem Bette!«

Lucie Gelmeroth

Novelle

Ich wollte – so erzählt ein deutscher Gelehrter in seinen noch ungedruckten Denkwürdigkeiten – als Göttinger Student auf einer Ferienreise auch meine Geburtsstadt einmal wieder besuchen, die ich seit lange nicht gesehen hatte. Mein verstorbener Vater war Arzt daselbst gewesen. Tausend Erinnerungen, und immer gedrängter, je näher ich der Stadt nun kam, belebten sich vor meiner Seele. Die Postkutsche rollte endlich durch's Thor, mein Herz schlug heftiger, und mit taumligem Blick sah ich Häuser, Plätze und Alleen an mir vorübergleiten. Wir fuhren um die Mittagszeit bei'm Gasthofe an, ich speis'te an der öffentlichen Tafel, wo mich, so wie zu hoffen war, kein Mensch erkannte.

Über dem Essen kamen nur Dinge zur Sprache, die mir ganz gleichgültig waren, und ich theilte daher in der Stille die Stunden des übrigen Tags für mich ein. Ich wollte nach Tische die nöthigsten Besuche schnell abthun, dann aber möglichst unbeschrien und einsam die alten Pfade der Kindheit beschleichen.

Die Gesellschaft war schon im Begriff auseinander zu gehen, als ihre Unterhaltung noch einige Augenblicke bei einer Stadtbegebenheit verweilte, die das Publicum sehr zu beschäftigen schien und alsbald auch meine Aufmerksamkeit im höchsten Grad erregte. Ich hörte einen mir aus alter Zeit gar wohlbekannten Namen nennen; allein es war von einer Missethäterin die Rede, von einem Mädchen, das eines furchtbaren Verbrechens geständig seyn sollte; unmöglich konnte es eine und dieselbe Person mit derjenigen seyn, die mir im Sinne lag. Und doch, es hieß ja immer: Lucie Gelmeroth, und wieder: Lucie Gelmeroth; es wurde zuletzt ein Umstand berührt, der mir keinen Zweifel mehr übrig ließ; der Bissen stockte mir im Munde, ich saß wie gelähmt.

Dieß Mädchen war die jüngere Tochter eines vordem sehr wohlhabenden Kaufmanns. Als Nachbarskinder spielten wir zusammen, und ihr liebliches Bild hat, in so vielen Jahren, niemals bei mir verwischt werden können. Das Geschäft ihres Vaters gerieth, nachdem ich lange die Heimath verlassen, in tiefen Zerfall, bald starben beide Eltern. Vom Schicksal ihrer Hinterbliebenen hatte ich die ganze Zeit kaum mehr Etwas gehört; ich hätte aber wohl, auch ohne auf eine so traurige Art, wie eben geschah, an die Familie erinnert zu werden, in keinem Fall versäumt sie aufzusuchen. Ich ward, was des Mädchens Vergehen betrifft, aus dem Gespräch der Herren nicht klug, die sich nun überdieß entfernten; da ich jedoch den Prediger S., einen Bekannten meines väterlichen Hauses, als Beichtiger der Inquisitin hatte nennen hören, so sollte ein Besuch bei ihm mein erster Ausgang seyn, das Nähere der Sache zu vernehmen.

Herr S. empfing mich mit herzlicher Freude, und so bald es nur schicklich war bracht' ich mein Anliegen vor. Er zuckte die Achsel, seine freundliche Miene trübte sich plötzlich. »Das ist«, sagte er, »eine böse Geschichte, und noch bis jetzt für Jedermann ein Räthsel. So viel ich selber davon weiß, erzähl' ich Ihnen gerne.«

Was er mir sofort sagte gebe ich hier, berichtigt und ergänzt durch anderweitige Eröffnungen, die mir erst in der Folge aus unmittelbarer Quelle geworden.

Die zwei verwais'ten Töchter des alten Gelmeroth fanden ihr gemeinschaftliches Brod durch feine weibliche Handarbeit. Die jüngere, Lucie, hing an ihrer, nur um wenig ältern, Schwester Anna mit der zärtlichsten Liebe, und sie verlebten, in dem Hinterhause der vormaligen Wohnung ihrer Eltern, einen Tag wie den andern zufrieden und stille. Zu diesem Winkel des genügsamsten Glücks hatte Richard Lüneborg, ein junger subalterner Officier von gutem Rufe, den Weg aufgefunden. Seine Neigung für Anna sprach sich auf's Redlichste aus und verhieß eine sichere Versorgung. Seine regelmäßigen Besuche erheiterten das Leben der Mädchen, ohne daß es darum aus der gewohnten und beliebten Enge nur im Mindesten herauszugehen brauchte. Offen vor Jedermann lag das Verhältniß da, kein Mensch hatte mit Grund Etwas dagegen einzuwenden. Das lustige Wesen Luciens stimmte neben der ruhigern Außenseite der gleichwohl innig liebenden Braut sehr gut mit Richards munterer Treuherzigkeit, und sie machten ein solches Kleeblatt zusammen, daß ein Fremder vielleicht hätte zweifeln mögen, welches von beiden Mädchen er denn eigentlich dem jungen Mann zutheilen solle. Hatte bei'm traulichen Abendgespräch die Ältere seine Hand in der ihrigen ruhen, so durfte Lucie von der andern Seite sich auf seine brüderliche Schulter lehnen; kein Spaziergang wurde einseitig gemacht, nichts ohne Luciens Rath von Richard gut geheißen. Dieß konnte, der Natur der Sache nach, in die Länge so harmlos nicht bleiben. Anna fing an, in ihrer Schwester eine Nebenbuhlerin zu fürchten, zwar zuverlässig ohne Ursache, doch dergestalt, daß es den Andern nicht entging. Ein Wink reichte hin, um Beider Betragen zur Zufriedenheit der Braut zu mäßigen, und Alles war ohne ein Wort ausgeglichen.

Um diese Zeit traf den Lieutenant der unvermuthete Befehl seiner Versetzung vom hiesigen Orte. Wie schwer sie auch Allen auf's Herz fiel, so konnte man sich doch, insofern ein lange ersehntes Avancement, und hiemit die Möglichkeit einer Heirath, als die nächste Folge vorauszusehen war, so Etwas immerhin gefallen lassen. Die Entfernung war beträchtlich, desto kürzer sollte die Trennung seyn. Sie war's; doch schlug sie leider nicht zum Glück des Paares aus. – Daß Richard die erwartete Beförderung nicht erhielt, wäre das Wenigste gewesen, allein er brachte sich selbst, er brachte das erste gute Herz – wenn er es je besaß – nicht mehr zurück. Es wird behauptet, Anna habe seit einiger Zeit abgenommen, aber nicht, daß irgend Jemand sie weniger liebenswürdig gefunden hätte. Ihr Verlobter that immer kostbarer mit seinen Besuchen, er zeigte sich gegen die Braut nicht selten rauh und schnöde, wozu er die Anlässe weit genug suchte. Die ganze Niedrigkeit seines Charakters bewies er endlich durch die Art, wie er die schwache Seite Anna's, Neigung zur Eifersucht, benützte. Denn der Schwester, die ihn mit offenbarem Abscheu ansah, that er nun schön auf alle Weise, als wollte er durch dieß fühllose Spiel die Andere an den Gedanken gewöhnen, daß er ihr weder treu seyn wolle noch könne; er legte es recht darauf an, daß man ihn übersatt bekommen und je eher je lieber fortschicken möge. Die Mädchen machten ihm den Abschied leicht. Lucie schrieb ihm im Namen ihrer Schwester. Diese hatte zuletzt unsäglich gelitten. Nun war ein unhaltbares Band auf einmal losgetrennt von ihrem Herzen, sie fühlte sich erleichtert und schien heiter; allein sie glich dem Kranken, der nach einer gründlichen Cur seine Erschöpfung nicht merken lassen will und uns nur durch den freundlichen Schein der Genesung betrügt. Nicht ganz acht Monate mehr, so war sie eine Leiche. Man denke sich Luciens Schmerz. Das Liebste auf der Welt, ihre nächste und einzige Stütze, ja Alles ist ihr mit Anna gestorben. Was aber diesem Gram einen unversöhnlichen Stachel verlieh, das war der unmächtige Haß gegen den ungestraften Treulosen, war der Gedanke an das grausame Schicksal, welchem die Gute vor der Zeit hatte unterliegen müssen.

Vier Wochen waren so vergangen, als eines Tags die schreckliche Nachricht erscholl, man habe den Lieutenant Richard Lüneborg in einem einsam gelegenen Garten unweit der Stadt erstochen gefunden. Die Meisten sahen die That sogleich als Folge eines Zweikampfs an, doch waren die Umstände zweifelhaft und man vermuthete bald dieß bald das. Ein Zufall führte die Gerichte gleich Anfangs auf einen falschen Verdacht, von dem man nicht so bald zurücke kam. Vom wahren Thäter hatte man in monatlanger Untersuchung auch noch die leiseste Spur nicht erhalten.

Allein wie erschrack, wie erstaunte die Welt, als – Lucie Gelmeroth, das unbescholtenste Mädchen, sich plötzlich vor den Richter stellte, mit der freiwilligen Erklärung: sie habe den Lieutenant getödtet, den Mörder ihrer armen Schwester, sie wolle gerne sterben, sie verlange keine Gnade! – Sie sprach mit einer Festigkeit, welche Bewunderung erregte, mit einer feierlichen Ruhe, die Etlichen verdächtig vorkommen wollte und gegen des Mädchens eigne schauderhafte Aussage zu streiten schien; wie denn die Sache überhaupt fast ganz unglaublich war. Umsonst drang man bei ihr auf eine genaue Angabe der sämmtlichen Umstände, sie blieb bei ihrem ersten einfachen Bekenntnisse. Mit hinreißender Wahrheit schilderte sie die Tugend Anna's, ihre Leiden, ihren Tod, sie schilderte die Tücke des Verlobten, und keiner der Anwesenden erwehrte sich der tiefsten Rührung. »Nicht wahr?« rief sie, »von solchen Dingen weiß Euer Gesetzbuch nichts? Mit Straßenräubern habt Ihr, mit Mördern und Dieben allein es zu thun! Der Bettler, der für Hungersterben sich an dem Eigenthum des reichen Nachbars vergreift, – o freilich ja, der ist Euch verfallen; doch wenn ein Bösewicht in seinem Übermuth ein edles himmlisches Gemüth, nachdem er es durch jeden Schwur an sich gefesselt, am Ende hintergeht, mit kaltem Blut mißhandelt und schmachvoll in den Boden tritt, das geht Euch wenig, geht Euch gar nichts an. Wohl denn! wenn Niemand deine Seufzer hörte, du meine arme arme Anne, so habe doch ich sie vernommen! an deinem Bett stand ich und nahm den letzten Hauch von der verwelkten Lippe, du kennst mein Herz, dir ist vielleicht schon offenbar, was ich vor Menschen auf Ewig verschweige, – du kannst, du wirst der Hand nicht fluchen, die sich verleiten ließ, deine beleidigte Seele durch Blut versöhnen zu wollen. Aber leben darf ich nicht bleiben, das fühl' ich wohl, das ist sehr billig, und« – dabei wandte sie sich mit flehender Gebärde auf's Neue an die Richter – »und ist Barmherzigkeit bei Euch, so darf ich hoffen, man werde mein Urtheil nicht lange verzögern, man werde mich um nichts weiter befragen.«

Der Inquirent wußte nicht, was er hier denken sollte. Es war der seltsamste Fall, der ihm je vorgekommen war. Doch blickte schon so viel aus Allem hervor, daß das Mädchen, wenn sie auch selbst nicht ohne alle Schuld seyn könne, doch den ungleich wichtigern Antheil von Mitschuldigen ängstlich unterdrücke. Übrigens hieß es bald unter dem Volk: sie habe mit dem Lieutenant öfters heimliche Zusammenkünfte am dritten Orte gepflogen, sie habe ihm Liebe und Wollust geheuchelt und ihn nach jenem Garten arglistig in den Tod gelockt.

Inzwischen sperrte man das sonderbare Mädchen ein und hoffte ihr auf diesem Weg in Bälde ein umfassendes Bekenntniß abzunöthigen. Man irrte sehr; sie hüllte sich in hartnäckiges Schweigen, und weder List, noch Bitten, noch Drohung vermochten Etwas. Da man bemerkte, wie ganz und einzig ihre Seele von dem Verlangen zu sterben erfüllt sey, so wollte man ihr hauptsächlich durch die wiederholte Vorstellung beikommen, daß sie auf diese Weise ihren Proceß niemals beendigt sehen würde; allein man konnte sie dadurch zwar ängstigen und völlig außer sich bringen, doch ohne das Geringste weiter von ihr zu erhalten.

Noch sagte mir Herr S., daß ein gewisser Hauptmann Ostenegg, ein Bekannter des Lieutenants, sich unmittelbar auf Luciens Einsetzung entfernt und durch Verschiedenes verdächtig gemacht haben solle; es sey sogleich nach ihm gefahndet worden, und gestern habe man ihn eingebracht. Es müsse sich bald zeigen, ob dieß zu irgend Etwas führe.

Als ich am Ende unseres Gesprächs den Wunsch blikken ließ, die Gefangene selber zu sprechen, indem der Anblick eines alten Freundes gewiß wohlthätig auf sie wirken, wohl gar ein Geständniß beschleunigen könnte, schien zwar der Prediger an seinem Theile ganz geneigt, bezweifelte aber, ob er im Stande seyn werde, mir bei der weltlichen Behörde die Erlaubniß auszuwirken; ich sollte deßhalb am folgenden Morgen zum Frühstück bei ihm vorsprechen und die Antwort einholen.

Den übrigen Abend zersplitterte ich wider Willen da und dort in Gesellschaft. Unruhig, wie ich war, und immer in Gedanken an die Unglückliche, welche zu sehn, zu berathen, zu trösten ich kaum erwarten konnte, sucht' ich bei Zeiten die Stille meines Nachtquartiers, wo ich doch lange weder Schlaf noch Ruhe finden konnte. Ich überließ mich mancherlei Erinnerungen aus meiner und Luciens Kindheit, und es ist billig, daß der Leser, eh' er die Auflösung der wunderbaren Geschichte erfährt, die Ungeduld dieser Nacht ein wenig mit mir theile, indem ich ihm eine von diesen kleinen Geschichten erzähle.

In meinem väterlichen Hause lebte man auf gutem und reichlichem Fuße. Wir Kinder genossen einer vielleicht nur allzu liberalen Erziehung, und es gab keine Freude, kein fröhliches Fest, woran wir nicht Theil nehmen durften. Besonders lebhaft tauchte jetzt wieder eine glänzende Festivität vor mir auf, welche zu Ehren der Herzogin von * * * veranstaltet wurde. Sie hatte eine Vorliebe für unsere Stadt, und da sie eine große Kinderfreundin war, so war in diesem Sinne ihr jährlicher kurzer Aufenthalt immer durch neue Wohlthaten und Stiftungen gesegnet. Dießmal feierte sie ihr Geburtsfest in unsern Mauern. Ein Aufzug schön geputzter Knaben und Mädchen bewegte sich des Morgens nach dem Schlosse, wo die Huldigung durch Gesänge und eingelernte Glückwünsche nichts Außerordentliches darbot. Am Abend aber sollte durch eine Anzahl von Kindern, worunter Lucie und ich, vor Ihrer Königlichen Hoheit ein Schauspiel aufgeführt werden, und zwar auf einem kleinen natürlichen Theater, das zu den Hofgärten gehörig, in einer düsteren Allee, dem sogenannten Salon gelegen, nach allen seinen Theilen, Coulissen, Seitengemächern und dergleichen, aus grünem Buschwerk und Rasen bestand und, obschon sorgfältig unterhalten, seit

Jahren nicht mehr gebraucht worden war. Wir hatten unter der Leitung eines erfahrenen Mannes verschiedene Proben gehalten, und endlich schien zu einer anständigen Aufführung nichts mehr zu fehlen. Mein Vater hatte mir einen vollständigen türkischen Anzug machen lassen, meiner Rolle gemäß, welche überdieß einen berittenen Mann verlangte, was durch die Gunst des königlichen Stallmeisters erreicht wurde, der eines der artigen, gutgeschulten Zwergpferdchen abgab. Da sämmtliche Mitspielende zur festgesetzten Abendstunde schon in vollem Costüm und nur etwa durch einen Überwurf gegen die Neugier und Zudringlichkeit der Gassenjugend geschützt, Jedes einzeln von seinem Hause aus, nach dem Salon gebracht wurden, so war es meiner Eitelkeit doch nicht zuwider, daß, als der Knecht den mir bestimmten kleinen Rappen in der Dämmerung vorführte, ein Haufe junger Pflastertreter mich aufsitzen und unter meinem langen Mantel den schönen krummen Säbel, den blauen Atlas der Pumphosen, die gelben Stiefelchen und silbernen Sporen hervorschimmern sah. Bald aber hatte ich sie hinter mir, und wäre sehr gern auch den Reitknecht los gewesen, der seine Hand nicht von dem Zügel ließ, und unter allerlei Späßen und Sprüngen durch die Stadt mit mir trabte.

Der Himmel war etwas bedeckt, die Luft sehr still und lau. Als aber nun der fürstliche Duft der Orangerie auf mich zugeweht kam, und mir bereits die hundertfältigen Lichter aus den Kastanienschatten entgegenflimmerten, wie schwoll mir die Brust von bänglich stolzer Erwartung! Ich fand die grüne offene Scene, Orchester und Parterre auf's Niedlichste beleuchtet, das junge Personal bereits beisammen; verwirrt und geblendet trat ich herzu. Indeß die hohen Herrschaften noch in einem nahen Pavillon bei Tafel säumten, ließ auch die kleine Truppe sich es hier an seitwärts in der Garderobe angebrachten, lecker besetzten Tischen herrlich schmecken, sofern nicht etwa Diesem oder Jenem eine selige Ungeduld den Appetit benahm. Die Lustigsten unter den Mädchen vertrieben sich die Zeit mit Tanzen auf dem glattgemähten, saubern Grasschauplatz. Lucie kam mir mit glänzenden Augen entgegen und rief: »Ist's einem hier nicht wie im Traum? Ich wollte, das Stück ginge heut gar nicht los, und wir dürften nur immer passen und spaßen; mir wird kurios zu Muth, sobald mir einfällt, daß es Ernst werden soll.« Wir hörten einander noch einige Hauptpartien unserer Rollen ab. Sie kam nämlich als Christensklavin mit meiner sultanischen Großmuth in vielfache Berührung und sollte zuletzt, durch ihre Tugend, ihren hohen Glauben, welcher selbst dem Heiden Theilnahme und Bewunderung abzwang, der rettende Schutzengel einer braven Familie werden.

Wir waren mitten im Probiren, da erschien ein Lakey: die Gesellschaft habe sich fertig zu halten, man werde sogleich kommen. Geschwind sprang Alles hinter die Coulissen, die lachenden Gesichter verwandelten sich, die Musik fing an, und das vornehme Auditorium nahm seine Plätze. Mit dem letzten Posaunen-Ton trat, ohne daß erst ein Vorhang aufzuziehen war, jene Sklavin heraus. Die zarten Arme mit Ketten belastet, erhob sie ihre rührende Klage. Auftritt um Auftritt folgte sofort ohne Anstoß rasch auf einander, bis gegen das Ende des ersten Acts. Ich glaubte schon ein lobreiches Flüstern sich durch die Reihen verbreiten zu hören; doch leider galten diese Rumore ganz etwas Andrem. Ein regnerischer Wind hat sich erhoben, der in wenigen Minuten so stark wurde, daß die Lampen gleich zu Duzenden verloschen und die Zuschauer laut redend und lachend aufbrachen, um eilig unter Dach zu kommen, bevor die Tropfen dichter fielen. Ein grauer Emir im Schauspiel declamirte, ganz blind vor Eifer, noch eine Weile in den Sturm hinein, indeß wir Andern, wie vor die Köpfe geschlagen, bald da, bald dorthin rannten. Einige lachten, Andere weinten, unzählige Stimmen mit Rufen und Fragen durcheinander verhallten unverstanden im heftigsten Wind. Ein Hofbedienter kam herbeigesprungen und lud uns hinüber in den festlich erleuchteten Saal. Weil aber diese angenehme Botschaft nicht alsbald überall vernommen wurde und gleichzeitig verschiedene erwachsene Personen uns immer zuschrien: nach Hause, Kinder! macht daß ihr fortkommt! – so legt' ich schon die Hand an meinen kleinen Rappen, und nur ein Blick auf Lucien, die nah bei mir in einer Ecke ein flackerndes Lämpchen mit vorgeschützten Händen hielt, machte mich zaudern. »Frisch! aufgesessen Junker!« rief ein riesenhafter, schwarzbärtiger Gardist, warf mich muthwillig in den Sattel, faßte dann Lucien, trotz ihres Sträubens und Schreiens, und schwang sie hinter mich. Das Mädchen saß kaum oben, mit beiden Armen mich umklammernd, so rannte das Thier, der doppelten Last ungewohnt, mit Blitzesschnelligkeit davon, dem nächsten offenen Baumgang zu, und so die Kreuz und Quer wie ein Pfeil durch die feuchte Nacht der mannigfaltigen Alleen. An ein Aufhalten, an ein Umkehren war gar nicht zu denken. Zum Glück blieb ich im Bügel fest und wankte nicht, nur daß mir Luciens Umarmung fast die Brust eindrückte. Von Natur muthig und resolut, ergab sie sich bald in ihre verzweifelte Lage, ja mitten im Jammer kam ihr die Sache komisch vor, wenn anders nicht ihr lautes Lachen krampfhaft war.

Der Regen hatte nachgelassen, es wurde etwas heller; aber das Todte, Geisterhafte dieser Einsamkeit in einem Labyrinth von ungeheuren, regelmäßig schnell auf einander folgenden Bäumen, der Gedanke, daß man, dem tollen Muthe dieser Bestie unwiderstehlich preisgegeben, mit jedem Augenblicke weiter von Stadt und Menschen fortgerissen werde, war schrecklich über alle Vorstellung!

Auf einmal zeigte sich von fern ein Licht – es war, wie ich richtig muthmaßte, in der Hof-Meierei – wir kamen ihm näher und riefen um Hülfe, was nur aus unsern Kehlen wollte – da prallte das Pferd vor der weißen Gestalt eines kleinen Obelisken zurück und schlug einen Seitenweg ein, wo es aber sehr bald bei einer Planke ohnmächtig auf die Vorderfüße niederstürtzte und zugleich uns Beide nicht unglücklich abwarf.

Nun zwar für unsere Person gerettet, befanden wir uns schon in einer neuen großen Noth. Das Pferd lag wie am Tode keuchend, und war mit allen guten Worten nicht zum Aufstehn zu bewegen; es schien an dem, daß es vor unsern Augen hier verenden würde. Ich gebärdete mich wie unsinnig darüber; meine Freundin jedoch, gescheidter als ich, verwies mir ein so kindisches Betragen, ergriff den Zaum, schlang ihn um die Planke und zog mich mit sich fort, jenem tröstlichen Lichtschein entgegen, um Jemand herzuholen. Bald hatten wir die Meierei erreicht. Die Leute, soeben bei'm Essen versammelt, schauten natürlich groß auf, als das Pärchen in seiner fremdartigen Tracht außer Athem zur Stube hereintrat. Wir trugen unser Unglück vor, und derweil nun der Mann sich gemächlich anzog, standen wir Weibern und Kindern zur Schau, die uns durch übermäßiges Lamentiren über den Zustand unserer kostbaren Kleidung das Herz nur immer schwerer machten. Jetzt endlich wurde die Laterne angezündet, ein Knecht trug sie, und so ging man zu Vieren nach dem unglücklichen Platz, wo wir das arme Thier noch in derselben Stellung fanden. Doch auf den ersten Ruck und Streich von einer Männerhand sprang es behend auf seine Füße, und der Meier in seinem mürrischen Ton versicherte sofort, der dummen Kröte fehle auch kein Haar. Ich hätte in der Freude meines Herzens gleich vor dem Menschen auf die Kniee fallen mögen: statt dessen fiel mir Lucie um den Hals, mehr ausgelassen als gerührt und zärtlich allerdings, doch wohler hatte mir im Leben nichts Ähnliches gethan.

Nach einer Viertelstunde kamen wir, unter Begleitung des Mannes, nach Hause. Die Eltern, welche beiderseits in der tödtlichsten Angst nach uns ausgeschickt hatten, dankten nur Gott, daß wir mit unzerbrochenen Gliedern davon gekommen waren.

Am andern Tag verließ die Herzogin die Stadt. Wir spielten bald nachher in meinem Hause unser Stück vor Freunden und Bekannten zu allerseitiger Zufriedenheit. Aber auch an diese zweite Aufführung hing sich ein bedenklicher Zufall. Bei'm Aufräumen meiner Garderobe nämlich vermißte meine Mutter eine schöne Agraffe, die sie mir an den Turban befestigt hatte. Es schien, der Schmuck sey absichtlich herabgetrennt worden. Vergeblich war alles Nachforschen und Suchen; zuletzt wollte eine Gespielin den Raub bei Luciens kleinem Kram gesehen haben. Ich weiß nicht mehr genau, wie meine Mutter sich davon zu überzeugen suchte, nur kann ich mich erinnern, sehr wohl bemerkt zu haben, daß sie in einer ängstlichen Berathung mit einer Hausfreundin, wovon mir im Vorübergehen Etwas zu Ohren kam, den Fehltritt des Kindes als ausgemacht annahm. Ich selbst war von dem Falle höchst sonderbar ergriffen. Ich vermied meine Freundin und begrüßte sie kaum, als sie in diesen Tagen wie gewöhnlich zu meiner Schwester kam. Merkwürdig, obwohl in Absicht auf das undurchdringliche Gewebe verkehrter Leidenschaft und feiner Sinnlichkeit, wie sie bereits in Kinderherzen wirkt, zu meiner Beschämung merkwürdig, ist mir noch heute der reizende Widerstreit, welchen der Anblick der schönen Diebin in meinem Innern rege machte. Denn wie ich mich zwar vor ihr scheute und nicht mit ihr zu reden, viel weniger sie zu berühren wagte, so war ich gleichwohl mehr als jemals von ihr angezogen, sie war mir durch den neuen, unheimlichen Charakterzug interessanter geworden, und wenn ich sie so von der Seite verstohlen ansah, kam sie mir unglaublich schön und zauberhaft vor.

Die Sache klärte sich aber zum Glück auf eine unerwartete Art noch zeitig genug von selbst auf, wovon ich nur sage, daß Luciens Unschuld vollkommen gerechtfertigt wurde. Bestürtzt, beschämt durch diese plötzliche Enttäuschung sah ich den unnatürlichen Firniß, den meine Einbildung so verführerisch über die scheinbare Sünderin zog, doch keineswegs ungern verschwinden, indem sich eine lieblichere Glorie um sie zu verbreiten anfing.

Diese und ähnliche Scenen rief ich mir in jener unruhigen Nacht zurück und hatte mehr als Eine bedeutsame vergleichende Betrachtung dabei anzustellen.

Am Morgen eilte ich bei Zeit zum Geistlichen, der mir mit der Nachricht entgegen kam, daß mein Besuch bei der Gefangenen keinen Anstand habe; er war nur über die Unbedenklichkeit verwundert, womit man die Bitte gewährte. – Wir säumten nicht, uns auf den Weg zu machen.

Mit Beklommenheit sah ich den Wärter die Thüre zu Luciens einsamer Zelle aufschließen. Wir fanden sie vor einem Buche sitzen. Ich hätte sie freilich nicht wieder erkannt, so wenig als sie mich. Sie sah sehr blaß und leidend aus; ihre angenehmen Züge belebten sich mit einem flüchtigen Roth in sichtbar freudiger Überraschung, als ich ihr vorgestellt wurde. Allein sie sprach wenig, sehr behutsam und nur im Allgemeinen über ihre Lage, indem sie davon Anlaß nahm auf ihre christliche Lectüre überzugehen, von welcher sie viel Gutes rühmte.

Der Prediger fühlte eine Spannung, und entfernte sich bald. Wirklich wurde nun Lucie nach und nach freier, ich selber wurde wärmer, ihr Herz fing an, sich mir entgegen zu neigen. In einer Pause des Gesprächs, nachdem sie kurz zuvor dem eigentlichen Fragepunkt sehr nah gekommen war, sah sie mir freundlich, gleichsam lauschend, in die Augen, ergriff meine Hand und sagte: »Ich brauche den Rath eines Freundes; Gott hat Sie mir gesandt, Sie sollen Alles wissen! Was Sie dann sagen oder thun, will ich für gut annehmen.«

Wir setzten uns, und mit bewegter Stimme erzählte sie, was ich dem Leser hiermit nur im kürzesten Umriß und ohne eine Spur der schönen lebendigen Fülle ihrer eigenen Darstellung mittheilen kann.

Noch war Anna erst einige Wochen begraben, so erhielt

Lucie eines Abends in der Dämmerung den unerwarteten Besuch eines früheren Jugendfreundes, Paul Wilken's, eines jungen Kaufmanns. Lange vor Richard hatte derselbe für die ältere Schwester eine stille Verehrung gehegt, doch niemals Leidenschaft, nie eine Absicht blicken lassen. Er hätte aber auch als offener Bewerber kaum seinen Zweck erreicht, da er bei aller Musterhaftigkeit seiner Person und Sitten, durch eine gewisse stolze Trockenheit sich wider Willen gerade bei Denen am meisten schadete, an deren Gunst ihm vor Andern gelegen seyn mußte. Die Krankheit und den Tod Anna's erfuhr er nur zufällig bei seiner Rückkehr von einer längeren Reise. Es war ein trauriges Wiedersehn in Luciens verödetem Stübchen. Der sonst so verschlossene, wortkarge Mensch zerfloß in Thränen neben ihr. Sie erneuerten ihre Freundschaft, und mir ist nicht ganz unwahrscheinlich, obwohl es Lucie bestritt, daß Paul die Neigung zu der Todten im Stillen schon auf die Lebende kehrte. Bei'm Abschiede nun, im Übermaß der Schmerzen, entschlüpften ihr, sie weiß nicht wie, die lebhaften Worte: »Räche die Schwester, wenn du ein Mann bist!« Sie dachte, wie ich gerne glauben mag, dabei an nichts Bestimmtes. Als aber sechs Tage darauf die Schrekkenspost von ungefähr auch ihr zukam, war jenes Wort freilich ihr erster Gedanke. Ein Tag und eine Nacht verging ihr in furchtbarer Ungewißheit, unter den bängsten Ahnungen. Paul hatte sich seit jenem Abende nicht wieder bei ihr sehen lassen, er hatte ihr noch unter der Thüre empfohlen, gegen Niemand von seinem Besuche zu sprechen. Bei seiner eigenen Art und Weise fiel ihr dieß nicht sogleich auf; jetzt mußte sie nothwendig das Ärgste daraus schließen. Indeß fand er Mittel und Wege, um heimliche Kunde von sich zu geben. Sein Billet ließ deutlich genug für Lucien errathen, daß der Lieutenant durch ihn, aber im ehrlichen Zweikampf gefallen. Sie möge sich beruhigen, und außer Gott, der mit der gerechten Sache gewesen, Niemanden zum Vertrauten darin machen. Er werde unverzüglich verreisen und es stehe dahin, ob er je wiederkehre; sie werde im glücklichen Fall von ihm hören. – Es lag eine Summe in Gold beigeschlossen, die anzunehmen er auf eine zarte Weise bat.

Das Mädchen war in Verzweiflung. Sie sah sich einer Handlung theilhaftig, welche in ihren Augen um so mehr die Gestalt eines schweren Verbrechens annahm, je ängstlicher sie das Geheimniß bei sich verschließen mußte, je größer die Emsigkeit der Gerichte, der Aufruhr im Publicum war. Die Vorstellung, daß sie den ersten, entscheidenden Impuls zur That gegeben, wurde bald so mächtig in ihr, daß sie sich selbst als Mörderin im eigentlichen Sinn betrachtete. Dazu kam die Sorge um Paul, er könne verrathen und gefangen werden, um seine Treue lebenslang im Kerker zu bereuen. Ihre lebhafte Einbildungskraft, mit dem Gewissen verschworen, bestürmte nun die arme Seele Tag und Nacht. Sie sah fast keinen Menschen, sie zitterte, so oft Jemand der Thüre nahe kam. Und zwischen allen diesen Ängsten schlug alsdann der Schmerz um die verlorne Schwester auf ein Neues mit verstärkter Heftigkeit hervor. Ihre Sehnsucht nach der Todten, durch die Einsamkeit gesteigert, ging bis zur Schwärmerei. Sie glaubte sich in eine Art von fühlbarem Verkehr durch stundenlange nächtliche Gespräche mit ihr zu setzen, ja mehr als Einmal streifte sie vorübergehend schon an der Versuchung hin, die Scheidewand gewaltsam aufzuheben, ihrem unnützen, qualvollen Leben ein Ende zu machen.

An einem trüben Regentag, nachdem sie kurz vorher auf Anna's Grabe nach Herzenslust sich ausgeweint, kam ihr mit Eins, und wie durch eine höhere Eingebung, der ungeheure Gedanke: sie wolle, müsse sterben, die Gerechtigkeit selbst sollte ihr die Hand dazu leihen.

Es sey ihr da, bekannte sie mir, die Sünde des Selbstmords so eindrücklich und stark im Geiste vorgehalten worden, daß sie den größten Abscheu davor empfunden habe. Dann aber sey es wie ein Licht in ihrer Seele aufgegangen, als ihr dieselbe Stimme zugeflüstert habe: Gott wolle sie selbst ihres Lebens in Frieden entlassen, wofern sie es zur Sühnung der Blutschuld opfern würde.

In dieser seltsamen Suggestion lag, wie man sehr leicht sieht, ein großer Selbstbetrug versteckt. Sie wurde nicht einmal gewahr, daß der glühende Wunsch und die Aussicht, zu sterben, bei ihr die Idee jener Buße, oder doch die volle Empfindung davon, die eigentliche Reue, beinahe verschlang und aufhob.

Nach ihren weiblichen Begriffen konnte übrigens von Seiten der Gerichte, nachdem sie sich einmal als schuldig angegeben hätte, ihrer Absicht weiter nichts entgegen stehn, und da sie, völlig unbekannt mit den Gesetzen des Duells, weder an Zeugen noch Mitwisser dachte, so fürchtete sie auch von dorther keinen Einspruch. Genug, sie that den abenteuerlichen Schritt sofort mit aller Zuversicht, und länger als man denken sollte erhielt sich das Gefühl des Mädchens in dieser phantastischen Höhe.

Aus ihrer ganzen Darstellung mir gegenüber ging jedoch hervor, daß sie inzwischen selbst schon angefangen hatte, das Unhaltbare und Verkehrte ihrer Handlung einzusehen. Und so konnte denn jetzt zwischen uns kaum die Frage mehr seyn, was man nun zu thun habe? Nichts Anderes, erklärte ich, als ungesäumt die ganze, reine Wahrheit sagen! – Einen Augenblick fühlte sich Lucie sichtlich bei diesem Gedanken erleichtert. Dann aber stand sie plötzlich wieder zweifelhaft, ihre Lippen zitterten und jede Miene verrieth den heftigen Kampf ihres Innern. Sie wurde ungeduldig, bitter, bei Allem was ich sagen mochte. »Ach Gott!« rief sie zuletzt, »wohin bin ich gerathen! wer hilft aus diesem schrecklichen Gedränge! Mein theurer und einziger Freund, haben Sie Nachsicht mit einer Thörin, die sich so tief in ihrem eigenen Netz verstrickte, daß sie nun nicht mehr weiß was sie will oder soll – Sie dürfen mein Geheimniß nicht bewahren, das seh' ich ein und konnte es denken bevor ich zu reden anfing –

War's etwa besser, ich hätte geschwiegen? Nein, nein! Gott selber hat Sie mir geschickt und mir den Mund geöffnet – nur bitte ich, beschwör' ich Sie mit Thränen: nicht zu rasch! Machen Sie heute und morgen noch keinen Gebrauch von dem was Sie hörten! Ich muß mich bedenken, ich muß mich erst fassen – die Schande, die Schmach! wie werd' ich's überleben –«

Sie hatte noch nicht ausgeredet, als wir durch ein Geräusch erschreckt und unterbrochen wurden; es kam gegen die Thüre. »Man wird mir ein Verhör ankündigen« – rief Lucie und faßte angstvoll meine Hände: »um Gotteswillen, schnell! wie verhalte ich mich? wozu sind Sie entschlossen?« »Bekennen Sie!« versetzt' ich mit Bestimmtheit und nahm mich zusammen. Drei Herren traten ein. Ein Wink des Oberbeamten hieß mich abtreten; ich sah nur noch, wie Lucie seitwärts schwankte, ich sah den unaussprechlichen Blick, den sie mir auf die Schwelle nachsandte.

Auf der Straße bemerkte ich, daß mir von fern eine Wache nachfolgte; unbekümmert ging ich nach meinem Quartier und in die allgemeine Wirthsstube, wo ich mich unter dem Lärmen der Gäste auf den entferntesten Stuhl in eine Ecke warf.

Indem ich mir nun mit halber Besinnung die ganze Situation sammt allen schlimmen Möglichkeiten, und wie ich mich in jedem Falle zu benehmen hätte, so gut es ging, vorhielt, trat eilig ein junger Mann zu mir und sagte: »Ich bin der Neffe des Predigers S., der mich zu Ihnen sendet. Er hat vor einer Stunde von guter Hand erfahren, daß das Gericht in Sachen Luciens Gelmeroth seit gestern schon auf sicherem Grunde sey, auch daß sich Alles noch gar sehr zu Gunsten des Mädchens entwickeln dürfte. Wir haben überdieß Ursache zu vermuthen, es seyen während Ihrer Unterredung mit dem Fräulein die Wände nicht ganz ohne Ohren gewesen; auf alle Fälle wird man Sie vernehmen; die Herren, merk' ich, lieben die Vorsicht, wie uns die beiden Lümmel beweisen, die man in Absehn auf Ihre suspecte Person da draußen promeniren läßt. Glück zu, mein Herr! der letzte Act der Tragikomödie lichtet sich schon, und Luciens Freunde werden sich demnächst vergnügt die Hände schütteln können.«

So kam es denn auch. Es fand sich in der That, daß das Geständniß des Hauptmanns, der sich, durch mehrere Indicien überführt, mit noch einem Andern als Beistand des Duells bekannte, die Sache schon erhoben war, noch eh' man Luciens und meine Bestätigung einzuholen kam. Das Mädchen hatte, unmittelbar auf jene Unterredung mit mir, unweigerlich Alles gestanden. In Kurzem war sie losgesprochen.

Jetzt aber forderte der Zustand ihres Innern die liebevollste, zärteste Behandlung. Sie glaubte sich entehrt, vernichtet in den Augen der Welt, als Abenteurerin verlacht, als Wahnsinnige bemitleidet. Fühllos und resignirt that sie den unfreiwilligen Schritt in's menschliche Leben zurück. Die Zukunft lag wie eine unendliche Wüste vor ihr, sie selbst erschien sich nur eine leere verächtliche Lüge; sie wußte nichts mehr mit sich anzufangen.

Nun bot zwar für die nächste Zeit der gute Prediger und dessen menschenfreundliche Gattin eine wünschenswerthe Unterkunft an. Allein wie sollte ein so tief zerrissenes Gemüth da, wo es überall an seinen Verlust, an seine Verirrung gemahnt werden mußte, je zu sich selber kommen? Man mußte darauf denken, ein stilles Asyl in einer entfernteren Gegend ausfindig zu machen. Meine Versuche blieben nicht fruchtlos. Ein würdiger Dorfpfarrer, mein nächster Anverwandter, der in einem der freundlichsten Thäler des Landes mit seiner liebenswürdigen Familie ein ächtes Patriarchenleben führte, erlaubte mir, die arme Schutzbefohlene ihm zu bringen. Ich durfte dort im Kreise feingesinnter, natürlich heiterer Menschen neben ihr noch mehrere Wochen verweilen, die mir auf ewig unvergeßlich bleiben werden.

Und soll ich nun zum Ende kommen, so wird nach alle dem bisher Erzählten wohl Niemand das Geständniß überraschen, daß Mitleid oder Pietät es nicht allein gewesen, was mir das Schicksal des Mädchens so nahe gelegt. Ich liebte Lucien, und konnte mich fortan getrost dem stillen Glauben überlassen, daß unser beiderseitiges Geschick für immer unzertrennlich sey. Mit welchen Gefühlen sah ich die Gegenwart oft im Spiegel der Vergangenheit! Wie ahnungsvoll war Alles! Mein Kommen nach der Vaterstadt just im bedenklichsten Moment, wie bedeutend!

Noch aber fand ich es nicht an der Zeit, mich meiner Freundin zu erklären. Wir schieden wie Geschwister von einander, sie ohne die geringste Ahnung meiner Absicht. Durch Briefe blieben wir in ununterbrochner Verbindung, und Lucie machte sich's zur Pflicht, in einer Art von Tagebuch mir von Allem und Jedem, was sie betraf, getreue Rechenschaft zu geben. Aus diesen Blättern ward mir denn bald klar, daß für das innere sittliche Leben des Mädchens, in Folge jener tief eingreifenden Erfahrung und durch die milde Einwirkung des Mannes, welcher sie in seine Pflege nahm, eine Epoche angebrochen war, von deren segensreicher, lieblicher Entwicklung Viel zu sagen wäre.

Die Welt verfehlte nicht, mir ein hämisches Mitleid zu zollen, als ich nach kaum zwei Jahren Lucie Gelmeroth als meine Braut heimführte; und doch verdanke ich Gott in ihr das höchste Glück, das einem Menschen irgend durch einen andern werden kann.

Hier bricht die Handschrift des Erzählers ab. Wir haben vergeblich unter seinen Papieren gesucht, vom Schicksal jenes flüchtigen Kaufmanns noch Etwas zu erfahren. Auch mit Erkundigungen anderwärts sind wir nicht glücklicher gewesen.

Der Bauer und sein Sohn

Märchen

Morgens bei'm Aufstehn sagt einmal der Peter ganz erschrocken zu seinem Weib: »Ei, schau doch, Ev', was hab' ich da für blaue Flecken! Am ganzen Leib schwarzblau! – und denkt mir doch nicht, daß ich Händel hatte!« »Mann!« sagte die Frau, »du hast gewiß wieder den Hansel, die arme Mähr, halb lahm geschlagen? Vom Ehni hab' ich das wohl öfter denn hundertmal gehört: wenn Einer sein Vieh malträtirt, sey's Stier, sey's Esel oder Pferd, da schickt es seinem Peiniger bei Nacht die blauen Mäler zu. Jetzt haben wir's blank.« Der Peter aber brummte: »hum, wenn's nichts weiter zu bedeuten hat!« schwieg still und meinte, die Flecken möchten ihm den Tod ansagen; deßhalb er auch etliche Tage zahm und geschmeidig war, daß es dem ganzen Haus zu gut kam. Kaum aber ist ihm die Haut wieder heil, da ist er wie immer der grimmige Peter mit seinem rothen Kopf und lauter Flüchen zwischen den Zähnen. Der Hansel sonderlich hatte sehr böse Zeit, dazu noch bittern Hunger, und wenn ihm oft im Stall die Knochen alle weh thaten von allzuharter Arbeit, sprach er wohl einmal vor sich hin: ich wollt', es holte mich ein Dieb, den würd' ich sanft wegtragen!

Es hatte aber der Bauer einen herzguten Jungen, Frieder mit Namen, der that dem armen Thier alle Liebe. Wenn die Stallthür aufging, etwas leiser wie sonst, drehte der Hansel gleich den müden Kopf herum, zu sehn, ob es der Frieder sey, der ihm heimlich sein Morgen- oder Vesperbrod brachte. So kommt der Junge auch einmal hinein, erschrickt aber nicht wenig: denn auf des Braunen seinem Rücken sitzt ein schöner Mädchen-Engel mit einem silberhellen Rock und einem Wiesenblumenkranz im gelben Haar und streicht dem Hansel die Bückel und Beulen glatt mit seiner weißen Hand. Der Engel sieht den Frieder an und spricht:

»Dem wackern Hansel geht's noch gut,
Wenn ihn die Königsfrau reiten thut.
Arm Frieder
Wird Ziegenhüter,
Kriegt aber Überfluß,
Wenn er schüttelt die Nuß,
Wenn er schüttelt die Nuß!«

Solches gesagt, verschwand der Engel wieder und war nicht mehr da. Den Knaben überlief's, er huschte hurtig aus der Thür. Als er aber den Worten, die er vernommen, weiter nachsann, ward er fast traurig. »Ach!« dachte er, »der Ziegenbub vom Flecken seyn, das ist doch gar ein faul und ärmlichs Leben, da kann ich meiner Mutter nicht das Salz in die Suppe verdienen. Aber Nüss'? woher? In meines Vaters Garten wachsen keine; und wenn ich sie auch ganzer Säcke voll schütteln sollte, wie der Engel verheißt, davon wird Niemand satt. Ich weiß, was ich thun will, wann ich die Ziegen hüten muß: ich sammle Besenreissig nebenher und lerne Besen binden, da schafft sich doch ein Kreuzer.« Solche Gedanken hatte Frieder jenen ganzen Tag, sogar in der Schule und schaute darein wie ein Träumer. »Wieviel ist sechs mal sechs?« fragte der Schulmeister bei'm Einmaleins. »Nun, Frieder, was geht dir heut im Kopf herum? schwätz!« Der Bub, voll Schrecken, wußte nicht, sollt' er sagen: Besenreissig, oder: sechs und dreißig, denn eigentlich war Beides richtig; er sagte aber: »Besenreissig!« Da gab es ein Gelächter, daß alle Fenster klirrten, und blieb noch lang ein Sprichwort in der Schule, wenn Einer in Gedanken saß: der hat Besenreissig im Kopf.

In der Nacht konnte Frieder nicht schlafen. Einmal kam es ihm vor, als sey es im Hof nicht geheuer; er richtete sich auf und sah durch's Fenster über seinem Bett. Sieh da! drang eine Helle aus dem Stall und kam der Hansel heraus und der Engel auf ihm, der ritt ihn aus dem Hof so sachten Tritts, als ging es über Baumwolle weg. Im ersten Augenblick will Frieder schreien, doch gleich besinnt er sich und denkt, es ist ja Hansels Glück! – legt sich also geruhig wieder hin und weint nur still in die Kissen, daß jetzt der Hansel fort seyn soll und nimmer wieder kommen.

Wie nun die Zwei auf offener Straße waren und der Gaul im hellen Mondschein seinen Schatten sah, sprach er für sich: »Ach! bin ich nicht ein dürres Bein! eine Königin säße mir nimmermehr auf.« Der Engel sagte weiter nichts hiegegen und lenkte bald seitwärts in einen Feldweg ein, wo sie nach einer guten Strecke an eine schöne Wiese kamen; sie war voll goldener Blumen und hieß die unsichtbare, denn sie von ordinären Leuten nicht gesehen ward und ging bei Tage immer in einen nahen Wald hinein, daß sie kein Mensch ausfand. Kam aber guter armer Leute Kind mit einem Kühlein oder Geis daher, dem zeigte der Engel die Wiese; es wuchs ein herrliches Futter auf ihr, auch mancherlei seltsame Kräuter, davon ein Thier fast wunderbar gedieh. Auf demselbigen Platz stieg der Engel jetzt ab, sprach: »Weide, Hans!« lief dann am Bach hinunter und schwand in die Lüfte, nur wie ein Stern am Himmel hinzückt. Der Hansel seinerseits fraß aber tapfer zu; und als er satt war, that's ihm leid, so fett und milchig war das zarte Gras. Endlich kommt ihm der Schlaf; also legt er sich stracks an den Hügel dort bei den runden Buchen und ruht bei vier Stunden. Weckt ihn mit Eins ein Jägerhorn, da war es Tag und stund die Sonne hell und klar am Himmel. Risch, springt er auf, sieht seinen Schatten auf dem grünen Rasen, verwundert sich und spricht: »Ei! was bin ich ein schmucker Kerl geworden! unecket, glatt und sauber!« So war es auch, und glänzte seine Haut als wie in Öl gebadet.

Nun aber jagte der König des Landes schon etliche Tage in selbiger Gegend und ging just aus dem Wald hervor mit seinen Leuten. »Ah schaut! ah schaut!« rief er: »was für ein schönes Roß! wie es die stolzen Glieder übt in Sprüngen und luftigen Sätzen!« So sprechend trat er nahe herzu mit den Herren vom Hofe, die vernahmen sich alle über das Pferd und klopften ihm liebkosend auf den Hals. Sagte der König: »Reit', Jäger, in das Dorf hinein, zu fragen, ob dieses Thier nicht feil. Sag' ihnen, es käm' an keinen schlechten Herrn.« Derselbe Jägersmann ritt eine Schecke, welche dem Hansel wohlgefiel, derhalben er von selbst mit in den Flecken trabte, wo die Bauern alsbald neugierig die Köpfe aus den Fenstern streckten. »Hört, Leute! wessen ist der feine Braun?« ruft der Jäger durch die Gassen. »Mein ist er nicht! – Das ist kein hiesiger!« hieß es von allen Seiten. »Sieh, Frieder, guck!« sagte der Peter, »das ist ein ungrischer. Ich wollt', der wär' mein.« Zuletzt betheuerte der Hufschmied, ein solches Thier sey auf sechs Meilen im Revier gar nicht zu Hause. Da ritt der Jäger sammt dem Hansel zum König zurück, vermeldend: »das Roß ist herrenlos.« »Behalten wir's denn!« versetzte der König, und ging der Zug also weiter.

Indessen meint der Peter, es wäre Zeit sein Vieh zu füttern, und stößt mit Gähnen die Stallthür auf. Hu! macht der Rüpel Augen, wie er den leeren Stand der Mähre sieht! Lang waren ihm alle Gedanken wie pelzen. »Zum Gukuk!« fuhr er endlich auf, »wird nicht viel fehlen, war da vorhin der fremde Gaul mein Hansel und ist's mit des Teufels Blendwerk geschehen, daß ihn kein Mensch dafür erkannte!« Der Peter wollte sich die Haar' ausraufen: allein was konnte er machen? Der Gaul war fort. Es haben mich nur die zwei Öchslein gedauert. An denen ließ der Unmensch seinen Grimm in diesen Tagen aus und mußten sie für ihrer drei arbeiten. Was ihnen aber, nächst Püffen, Schlägen, Hungerleiden, das Leben vollends ganz verleidete, das war das Heimweh nach dem braven Hans. Sie trauerten und wurden wie verstockt und thaten alles hinterstfür; deßhalb der Peter leis' zu seinem Weibe sprach:

»Es ist schon nicht anders, die Ochsen sind mir auch verhext.« Bald wurden die Ehleute eins, daß sie das Paar für ein Spottgeld dem Metzger abließen; der schlachtete sie in der Stadt. Allein was geschieht? In einer Nacht, da Alles schlief, klopft es dem Peter am Laden; schreit er: »Wer ist da drauß?« Antworten ihm zwo tiefe Baßstimmen:

»Der Walse und der Bleß
Müssen wandeln deinetwegen,
Wollen zu fressen, fressen in ihre kalten Mägen!«

Dem Peter schauerte die Haut, er zupfte sein Weib: »Steh du auf, Ev!« »Ich nicht!« antwortete die Frau, »sie wollen halt ihr Sach von dir.« So stund der Großmaul auf mit Zittern, warf ihnen Futter hinaus, und wie sie damit fertig waren, gingen sie wieder.

Nun kam das Unglück Schlag auf Schlag. Der Peter brachte zwar vom nächsten Markt wieder zween Stiere heim, allein da zeigte sich's, es wollte mit aller Lieb kein Vieh mehr in dem Stalle bleiben: die beiden Stiere sammt der Kuh wurden krank, man mußte sie mit Schaden aus dem Hause thun. Der Peter läuft zu einem Hexenbanner, will sagen Erzspitzbuben, legt ihm gutwillig einen Thaler hin, dafür kriegt er ein Pulver, mit dem soll er den Stall durchräuchern, Schlag Zwölfe um Mittag. Er räucherte auch wirklich so handig, daß er die Gluth in's Stroh brachte, und schlug der rothe Hahn alsbald die Flügel auf dem Dach, das heißt, Stallung und Scheuer ging in lichten Flammen auf; mit knapper Noth konnte die Löschmannschaft das Wohnhaus retten. Peter, wo will's mit dir hinaus? – Die nächste Nacht klopft es am Kammerladen. »Wer ist da?«

»Der Walse und der Bleß
Kommen in Wind und Regen,
Wollen zu fressen, fressen in ihre kalten Mägen!«

Da fuhr der Peter in Verzweiflung aus dem Bett, schlug die Hände über'm Kopf zusammen und rief: »Ach mein! ach mein! soll ich die Todten füttern und hab' doch bald für die Lebendigen nichts mehr!« Das erbarmte die Thiere, sie gingen fort, kamen auch nimmermehr.

Anstatt daß der Peter jetzt in sich geschlagen hätte und seinen Frevel gut gemacht, bot er dem Jammer Trutz im Wirthshaus unter lustigen Gesellen. Je mehr sein Weib ihn schalt und lamentirte, um desto weniger schmeckt's ihm daheim; er machte dabei Schulden, kein General hätt' sich dran schämen dürfen, und bald kam es so weit, daß man ihm Haus und Gut verkaufte. Jetzt mußte er taglöhnen, und auch sein armes Weib spann fremder Leute Faden. Der Frieder aber, der saß richtig vor dem Dorf, hielt einen Stecken in der Hand und wartete der Ziegen oder band Besenreis auf den Verkauf.

Drei Jahre waren so vergangen, begab sich's einmal wieder, daß der König das Wildschwein jagte, und war auch die Königin dießmal dabei. Weil es aber Winterszeit war und sehr kalt, wollten die Herrschaften das Mittagsmahl nicht gern im Freien nehmen, sondern die königlichen Köche machten ein Essen fertig im Greifenwirthshaus und speis'te man im obern Saal vergnüglich, dazu die Spielleute bliesen. Das Volk aber stund auf der Gasse, zu horchen. Als nunmehr nach der Tafel die Pferde wieder vorgeführt wurden und man auch das Leibroß der Königin zäumte, stund vornean der Ziegenbub, der sprach gar keck zum Reitknecht hin: »das Roß ist meines Vaters Roß, daß Ihr's nur wißt!« Da lachte alles Volk laut auf; der Braune aber wieherte dreimal für Freuden und strich mit seinem Kopf an Frieders Achsel auf und nieder. Dieß Alles sah und hörte die Königin vom Fenster hochverwundert und sagt' es gleich ihrem Gemahl. Derselbe läßt den Ziegenbuben rufen und dieser tritt bescheidentlich, doch munter, in den Saal mit Backen rosenroth, und war er auch sonst ein sauberer Bursche mit lachenden Augen, ging aber baarfuß. Red't ihn der König an: »du sagtest ja, das schöne Pferd da unten wär' deines Vaters, nicht?« »Und ist auch wahr, Herr, mit Respect zu melden.« »Wie willst du das beweisen, Bursch?« »Ich will es wohl, wenn Ihr's vergönnt. Den Reitknecht hört' ich rühmen, das Roß ließe Niemand aufsitzen, außer die Königin, der es gehöre. Nun sollt Ihr aber sehn, ob mir's nicht stille hält und nachläuft, wenn ich ihm Hansel rufe: darnach mögt Ihr denn richten, ob ich die Wahrheit sprach.« Der König schwieg ein Weilchen, sprach dann zu einem seiner Leute: »bringt mir drei wackre Männer aus der Gemeine her, damit wir hören, was sie dem Knaben zeugen.« Als nun die Männer kamen und über das Pferd gefragt wurden, so fiel ihr Ausspruch nicht zu Frieders Gunsten aus. Da thät der Knabe seinen Mund selbst auf und hub an, treu und einfältig die Geschichte vom Engel zu erzählen, wie er den Hansel entführte, auch wie er ihm unlängst wieder erschienen sey und ihm die unsichtbare Wiese gezeigt habe, welche den Hansel so stattlich gemacht. Darüber waren freilich die Anwesenden hoch erstaunt, Etliche blickten schelmisch, allein die Königin sagte: »gewiß, das ist ein frommer Sohn und steht ihm die Wahrheit an der Stirn geschrieben.« Der König selber schien dem Buben wohlgesinnt, doch, weil er guter Laune war, sprach er: »das Probstück wollen wir ihm nicht erlassen.« Hiermit rief er den Frieder an ein Seitenfenster, das nach dem Freien ging auf einen Grasplatz, weit und flach, in dessen Mitte stund ein großer Nußbaum, wohl hundert Schritt vom Haus; es lag aber Alles dicht überschneit, denn es im Christmond war. »Du siehst«, sagte der König, »die große Wiese hier.« »O ja, warum denn nicht«, rief ein Hofmann, des Königs Spaßmacher, halblaut dazwischen: »es ist zwar eine von den unsichtbaren, denn sie ist über und über mit Schnee zugedeckt.« Die Hofleute lachten; der König aber sprach zum Knaben:

»laß dich ein loses Maul nicht irren! Schau, du sollst mir auf dem Hansel einen Ring rund um den Nußbaum in den Schnee hier reiten, und wenn es gut abläuft, soll aller Boden innerhalb des Rings dein eigen seyn!« Da freuten sich die Schranzen, meinend, es gäbe einen rechten Schnack; der Frieder wurde aber so freundlich, daß er die weißen Zähne nicht wieder unterbringen konnte. Das Roß ward vorgeführt (nachdem man ihm zuvor den goldnen Frauensattel abgenommen), es jauchzte hellauf, und alles Volk mit ihm, und Frieder saß oben mit Einem Schwung. Erst ritt er langsam bis zur Wiese vor, hielt an, und maß mit dem Aug nach allen Seiten den Abstand vom Baum, dann setzt' er den Hansel in Trab und endlich in gestreckten Lauf, das ging wie geblasen und war es eine Lust ihm zuzusehen, wie sicher und wie leicht der Bursche saß. Er war aber nicht dumm und nahm den Kreis so weit als er nur konnte; gleichwohl lief derselbe am Ende so schön zusammen, als wär' er mit dem Zirkel gemacht. Mit Freudengeschrei ward der Frieder empfangen, im Nu saß er ab, küßte den Hansel auf den Mund und der König am Fenster winkt' ihm herauf in den Saal. »Du hast«, sprach er zu ihm, »dein Probstück wohl gemacht; die Wiese ist dein. Den Hansel anbelangend, den kann ich dir nicht wieder geben: ich hab' ihn meiner Königin geschenkt; soll aber dein Schade nicht seyn.« Mit diesen Worten drückte er ihm ein Beutelein in die Hand, gespickt voll Dublonen. Deß war der Knabe sehr zufrieden, zumal die Königin hinzusetzte: er möge alle Jahr zur Stadt kommen, in ihrem Schloß vorsprechen und den Hansel besuchen. »Ja«, rief der Frieder, »und da bring' ich Euch zur Kirchweih' allemal ein Säcklein grüne Nüss' vom Baum!« »Bleib' es dabei!« sagte die Königin; so schieden sie. Der Frieder lief heim durch all das Volksgewühl und Gejubel hindurch, zu seinen Eltern. Der Peter hatte den Ritt von Weitem heimlich mit angesehen, und jetzt that er in seinem Herzen ein Gelübde – ich brauche ja wohl nicht zu sagen, worin das bestand. Genug, der Hansel und der Frieder hatten ihm wieder auf einen grünen Zweig geholfen: er wurde ein braver, ehrsamer Mann, dazu ein reicher, der einen noch reichern Sohn hinterließ. Seit dieser Zeit hat sich im ganzen Dorf kein Mensch an einem Thier mehr versündigt.

Die Hand der Jezerte

Märchen

In des Königes Garten, eh' das Frühlicht schien, rührte der Myrtenbaum die Blätter, sagend:

Ich spüre Morgenwind in meinen Zweigen; ich trinke schon den süßen Thau: wann wird Jezerte kommen?

Und ihm antwortete die Pinie mit Säuseln:

Am niedern Fenster seh' ich sie, des Gärtners Jüngste, schon durch's zarte Gitter. Bald tritt sie aus dem Haus, steigt nieder die Stufen zum Quell und klärt ihr Angesicht, die Schöne.

Darauf antwortete der Quell:

Nicht Salböl hat mein Kind, nicht Öl der Rose; es tunkt sein Haar in meine lichte Schwärze, mit seinen Händen schöpft es mich. Stille! ich höre das Liebchen.

Da kam des Gärtners Tochter zum Born, wusch sich und kämmte sich und flocht ihre Zöpfe.

Und sieh, es traf sich, daß Athmas, der König, aus dem Palaste ging, der Morgenkühle zu genießen, bevor der Tag anbrach; und wandelte den breiten Weg daher auf gelbem Sand und wurde der Dirne gewahr, trat nahe zu und stand betroffen über ihre Schönheit, begrüßte die Erschrockene und küßt' ihr die Stirn.

Seit diesem war sie Athmas lieb und kam nicht mehr von seiner Seite Tag und Nacht; trug köstliche Gewänder von Byssus und Seide, und war geehrt von den Vettern des Königs, weil sie sich hold und demüthig erwies gegen Große und Kleine und gab den Armen Viel.

Über's Jahr aber wurde Jezerte krank, und half ihr nichts, sie starb in ihrer Jugend.

Da ließ der König ihr am Garten des Palasts ein Grabgewölbe bauen, wo der Quell entsprang, darüber einen kleinen Tempel, und ließ ihr Bildniß drin aufstellen aus weißem Marmor, ihre ganze Gestalt, wie sie lebte, ein Wunderwerk der Kunst. Den Quell aber hielt das Volk heilig.

Alle Monden einmal ging der König dahin, um Jezerte zu weinen. Er redete mit Niemand jenen Tag, man durfte nicht Speise noch Trank vor ihn bringen.

Er hatte aber eine andere Buhle, Naïra; die ward ihm gram darob und eiferte im Stillen mit der Todten; gedachte, wie sie ihrem Herrn das Andenken an sie verkümmere und ihm das Bild verderbe.

Sie beschied insgeheim Jedanja zu sich, einen Jüngling, so dem König diente; der trug eine heimliche Liebe zu ihr, das war ihr nicht verborgen. Sie sprach zu ihm: Du sollst mir einen Dienst erzeigen, dran ich erkennen will, was ich an dir habe. Vernimm. Ich höre von Jezerten immerdar, wie schön sie gewesen, so daß ich viel drum gäbe, nur ihr Bildniß zu sehn, und ob ich zwar das nicht vermag, weil mein Herr es verschworen, will ich doch Eines von ihr sehen, ihre Hand, davon die Leute rühmen, es sei ihresgleichen nicht mehr zu finden. So sollst du mir nun dieses Wunder schaffen und mir vor Augen bringen, damit ich es glaube.

Ach, Herrin, sagte er, ich will dich selbst hinführen, daß du Jezerte beschauest, bei Nacht.

Mit nichten! antwortete sie: wie könnte ich aus dem Palaste gehen? Thu', wie ich sagte, Lieber, und stille mein Gelüst. – Und sie verhieß ihm große Gunst, da versprach es der Knabe.

Auf eine Nacht ersah er die Gelegenheit durch Pforten und Gänge, und kam zum Grabmal unbeschrieen, denn die Wache stand in den Höfen. Er hatte aber einen künstlichen Haken, der öffnete das Schloß, und wie er eintrat, sah er das Bildniß stehn im Schein der Lampen; die brannten Tag und Nacht.

Er trat herzu, faßte die Eine Hand und brach sie ab,

hart über dem Gelenke, barg sie in seinen Busen, eilte und zog die Thür hinter sich zu.

Wie er nun längs der Mauer hinlief, vernahm er ein Geräusch und däuchte ihm als käme wer. Da nahm er in der Angst die Hand und warf sie über die Mauer hinweg in den Garten und floh. Die Hand fiel aber mitten in ein Veilchenbeet und nahm keinen Schaden. Alsbald gereuete den Jüngling seine Furcht, denn sie war eitel, und schlich in den Garten, die Hand wieder zu holen; er fand sie aber nicht, und suchte bis der Tag anfing zu grauen, und war wie verblendet. So machte er sich fort und kam in seine Kammer.

Am andern Morgen, als die Sonne schien, lustwandelte Athmas unter den Bäumen. Er kam von ungefähr an jenes Beet und sah die weiße Hand in den Veilchen und hob sie auf mit Schrecken, lief hinweg und es entstand ein großer Lärm durch den Palast. Kamen auch alsbald Knechte des Königs und sagten ihm an: wir haben in der Dämmerung Jedanja gesehn durch den Garten hin fliehen und haben seine Fußstapfen verfolgt. – Darauf ward der Jüngling ergriffen und in das Gefängniß geworfen.

Naïra mittlerweile bangte nicht, denn sie war keck und sehr verschlagen. Berief in der Stille Maani zu sich, Jedanja's Bruder, und sagte: mich jammert dein Bruder, ich möchte ihm wohl heraushelfen, wenn er den Muth hätte, zu thun wie ich ihn heiße, und du mir eine Botschaft an ihn brächtest.

Maani sprach: befiehl und nimm mein eigen Leben, daß ich nur den Knaben errette!

Da hieß Naïra ihn schnell einen Pfeil herbei holen. Sie aber nahm einen Griffel und schrieb der Länge nach auf den Schaft diese Worte:

Verlange vor den König und sprich: Jedanja liebte Jezerten und war von ihr geliebt, und hängt sein Herz noch an der Todten, also daß er im blinden Wahn die Übelthat verübte. So spreche mein Freund und fürchte nicht, daß ihn das Wort verderbe. Die dieses räth, wird Alles gut machen.

Nachdem sie es geschrieben, sagte sie: nimm hin und schieße diesen Pfeil zu Nacht durch's Gitter, wo dein Bruder liegt im Thurm.

Maani ging und richtete es kühnlich aus.

Den andern Tag rief Athmas den Gefangenen vor sich und redete zu ihm: Du hast das nicht von selbst gethan. So bekenne denn, wer dich gedungen!

Der Jüngling sagte: Herr, Niemand.

Und als er Grund und Anlaß nennen sollte seines Frevels, verweigert' er's und schwieg, so hart man ihn bedrohte, und mußten ihn die Knechte wieder wegführen. Sie schlugen ihn und quälten ihn im Kerker, drei Tage nach einander, solchermaßen, daß er nahe daran schien, zu sterben. Dieß litt er aber listigerweise, der Absicht, daß er Glauben finden möge, wenn er nunmehr zu reden selbst begehrte. Ließ sich also am vierten Morgen, da die Peiniger auf's Neue kamen, zu dem König bringen, fiel zitternd auf sein Angesicht, schien sprachlos, wie vor großer Angst und Reue, bis ihm verheißen ward, das Leben zu behalten, wofern er die Wahrheit bekenne. Da sagte er:

So wisse, Herr! Bevor des Gärtners Tochter meinem Herrn gefiel, daß er sie für sich selbst erwählte, war sie von Jedanja geliebt, und sie liebte ihn wieder. Hernach floh ich hinweg aus Kummer, und kehrte nicht zur Stadt zurück, bis ich vernahm, Jezerte sei gestorben. Die ganze Zeit aber habe ich nicht aufgehört, das Kind zu lieben. Und da ich jüngst bei Nacht, von Sehnsucht übernommen, wider dein Gebot in das Gewölbe ging und sah das Bild, trieb mich unsinniges Verlangen, den Raub zu begehn.

Der König hatte sich entfärbt bei dieser Rede und stand verworren eine Zeitlang in Gedanken; dann hieß er die Diener Jedanja frei lassen, denn er zweifelte nicht mehr, daß dieser wahr gesprochen. Doch befahl er dem Jüngling und Allen, die jetzo zugegen gewesen, bei Todesstrafe, nicht zu reden von der Sache.

Athmas war aber fortan sehr bekümmert, denn er dachte, Jezerte habe ihm gelogen, da sie ihm schwur, sie habe keinen Mann gekannt, bis sie der König gefunden; also daß er nicht wußte, sollt' er die Todte ferner lieben oder hassen.

Einsmals, da Naïra sich bei ihm befand wie gewöhnlich, erblickte sie an seinem Sitz ein Kästchen von dunklem Holz, mit Perlen und Steinen geziert. Daran verweilten ihre Augen, bis Athmas es bemerkte und ihr winkte, das Kästchen zu öffnen. Sie lief und hob den Deckel auf, da lag Jezerte's Hand darin auf einem Kissen. Sie sah dieselbe mit Verwunderung an und pries sie laut mit vielem Wesen vor dem König. Und er, indem er selber einen Blick hinthat, sprach ohne Arg: Schaut sie nicht traurig her, gleich einer Taube in der Fremde? Siehe, es war ein weißes Tauben-Paar, nun hat der Wind die Eine verstürmt von ihrer Hälfte weg. Ich will, daß sie der Grieche wieder mit dem Leib zusammen füge.

Diese Rede empfand Naïra sehr übel. Sie fing aber an, mit falschen Worten ihren Herrn zu trösten und sagte arglistig dabei, Jezerte möge wohl vor Gram um ihren Knaben krank geworden und gestorben seyn. Hiemit empörte sie des Königes Herz und schaffte sich selbst keinen Vortheil, vielmehr ward er mißtrauisch gegen sie.

Er ging und sprach bei sich: sollte es seyn, wie dieß Weib mir sagt, so will ich doch nimmer das Bildniß vertilgen. Wann jetzt die Zeit der heiligen fünf Nächte kommt, will ich's versenken in das Meer, nicht allzu fern der Stadt. Es sollen sich ergötzen an seiner Schönheit holde Geister in der Tiefe, und der Mond mit täuschendem Schein wird es vom Grund herauf heben. Dann werden die Schiffer dieß Trugbild sehn und werden sich des Anblicks freuen.

Nicht lang hernach, da der König vor solchen Gedanken nicht schlief, erhob er sich von seinem Lager und ging nach dem Grabmal, sah das Bild, daran das abgebrochene Glied vom Künstler mit einer goldenen Spange wieder wohl befestigt war, daß Niemand einen Mangel hätte finden können, der es nicht wußte. Er kniete nieder, abgewendet von Jezerte, mit dem Gesicht gegen die Wand, und flehte Gott um ein gewisses Zeichen, ob das Kind unschuldig war oder nicht; wo nicht, so wollt' er Jezerte vergessen von Stund an. Er hatte aber kaum gebetet, so ward der ganze Raum von süßem Duft erfüllt, als von Veilchen; als hätte Jezerte's Hand von jenem Gartenbeet allen Wohlgeruch an sich genommen und jetzo von sich gelassen mit Eins. Da wußte Athmas gewiß, sie sey ohne Tadel, wie er und Jedermann sie immerdar gehalten; sprang auf, benetzte ihre Hand mit Thränen und dankte seinem Gott. Zugleich gelobte er ein großes Opfer, und ein zweites mit reichen Gaben an das arme Volk, wenn ihm der Thäter geoffenbart würde.

Und sieh, den andern Morgen erschien Naïra zur gewohnten Stunde nicht in des Königs Gemächern, und ließ ihm sagen, sie sey krank, er möge auch nicht kommen, sie zu besuchen. Sie lag im Bette, weinte sehr vor ihren Frauen und tobte, stieß Verwünschungen aus und sagte nicht, was mit ihr sey; auch schickte sie den Arzt mit Zorn von sich.

Da sie nach einer Weile stiller geworden, rief sie herzu ihre Vertrauteste und wies ihr dar ihre rechte Hand, die war ganz schwarz, wie schwarzes Leder, bis an das Gelenk. Und sprach mit Lachen zu der ganz entsetzten Frau: dießmal wenn du nicht weißt zu schmeicheln und ein Bedenken hast, zu sagen, sie ist viel weißer als das Elfenbein, und zärter als ein Lotosblatt, will ich dir nicht feind seyn! – Dann weinte sie von Neuem, besann sich und sagte mit Hast: nimm allen meinen Schmuck, Kleider und Gold zusammen, und schaffe, daß wir heute in der Nacht entkommen aus dem Schloß! Ich will aus diesem Lande.

Das letzte Wort war ihr noch nicht vom Munde, da

that sich in der Wand dem Bette gegenüber eine Thür auf ohne Geräusch, die war bis diese Stunde für Jedermann verborgen, und durch sie trat der König ein in das Gemach.

In ihrem Schrecken hielt Naïra beide Hände vor's Gesicht, alsdann fuhr sie zurück und barg sich in die Kissen. Er aber rief: bei meinem Haupt, ich wollte, daß meine Augen dieses nicht gesehen hätten! – So zornig er auch schien, man konnte doch wohl merken, daß es ihm leid that um das Weib.

Er ging indeß, wie er gekommen war, und sagte es den Fürsten, seinen Räthen, an, Alles, wie es gegangen. Diese verwunderten sich höchlich, und Einer, Eldad, welcher ihm der nächste Vetter war, frug ihn: Was will mein Herr, daß Naïra geschehe, und was dem Buben, den du losgelassen hattest? – Der König sagte: Verbannet sey die Lügnerin an einen wüsten Ort. Ihr Blut begehre ich nicht; sie hat den Tod an der Hand. Jedanja mögt ihr fangen und verwahren.

Es war aber im Meer, zwo Meilen von dem Strand, an dem die Stadt gelegen, eine Insel, von Menschen nicht bewohnt, nur Felsen und Bäume. Dahin beschloß Eldad sie bringen zu lassen; denn Beide hatten sich immer gehaßt. Als ihr nun das verrathen ward, obwohl es annoch geheim bleiben sollte, sprach sie sogleich zu ihren Frauen: nicht Anderes hat er im Sinn, denn daß ich dort umkomme. Ihr werdet Naïra nicht sehen von dieser Insel wiederkehren.

Fortan hielt sie sich still und trachtete auf keine Weise dem zu entgehn, das ihrer wartete. Sie machte sich vielmehr bereit zur Reise auf den andern Morgen. Denn schon war bestellt, daß ein Fahrzeug drei Stunden vor Tag sie an der hintern Pforte des Palasts empfange.

Und als sie in der Frühe völlig fertig war und angethan mit einem langen Schleier, und schaute durch's Fenster herab in die Gärten, da der Mond hell hinein schien, sprach sie auf einmal zu den Frauen: hört, was ich jetzo dachte, indem ich also stand und mir mein ganz Elend vor Augen war. Ich sagte bei mir selbst: du möchtest dieß ja wohl erdulden Alles, die Schmach, den Bann und den Tod, wenn du nicht müßtest mit dir nehmen das böse Mal an deiner Hand; denn es grauete mir vor mir selbst. In meinem Herzen sprach es da: Wenn du die Hand eintauchtest in Jezerte's Quell bei'm Tempel, mit Bitten, daß sie dir vergebe, da wärest du rein. – Wer ginge nun gleich zu dem Hauptmann der Wache, daß er den Fürsten bitte, mir so viel zu gestatten?

Und eine der Frauen lief alsbald. Der Hauptmann aber wollte nicht. Naïra sagte: so gehe du selbst an den Quell, es wird dir Niemand wehren, und tauche dieses Tuch hinein und bring es mir.

Doch keine traute sich, ihr diesen Liebesdienst zu thun. Naïra rief und sah auf ihre Hand: O wenn Jezerte's Gottheit wollte, ein kleiner Vogel machte sich auf und striche seinen Flügel durch das Wasser und käme an's Fenster, daß ich ihn berühre! – Dieß aber mochte nicht gescheh'n; und kamen jetzt die Leute, Naïra abzuholen. Sie fuhr auf einem schlechten Boot, mit zween Schergen und acht Ruderknechten, schnell dahin; saß auf der mittlern Bank allein, gefesselt; zu ihren Füßen etwas Vorrath an Speisen und Getränk, nicht genug für fünf Tage. Und saß da still, in dichte Schleier eingewickelt, daß die Blicke der Männer sie nicht beleidigten, auch daß sie selbst nicht sehen mußte; und war, als schiffte sie schon jetzo unter den Schatten.

Bei jenem Eiland als sie angekommen waren, lösten die Begleiter ihre Bande und halfen ihr aussteigen; setzten drei Krüge und einen Korb mit Brod und Früchten auf den Stein und stießen wieder ab ungesäumt.

Die Männer behielten den Ort im Gesicht auf der Heimfahrt, so lange sie vermochten, und sahen die Frau verhüllt dort sitzen, im Anfang ganz allein, so wie sie dieselbe verlassen, darnach aber gewahrten sie eine andere Frauengestalt, in weißen Gewändern, sitzend neben ihr.

Da hielten die Ruderer inne mit Rudern, und die Schergen beriethen sich untereinander, ob man nicht umkehren solle. Der Eine aber sagte: es gehet nicht natürlich zu, es ist ein Geist. Fahr't immer eilig zu, daß man's dem Fürsten anzeige. – So thaten sie und meldeten's Eldad; der aber verlachte und schalt sie sehr.

Jedanja unterdessen, nachdem er zeitig inne geworden, daß möchte seine Unwahrheit an Tag gekommen sein, hatte sich außer den Mauern der Stadt, unter dem Dach einer Tenne, versteckt. Und seine Brüder verkündigten ihm, Naïra sei heut nach dem Felsen gebracht. Alsbald verschwor er sich mit ihnen und etlichen Freunden, sie zu befrein, und wenn es Alle den Hals kosten sollte.

Um Mitternacht bestiegen sie ein kleines Segelschiff, sechs rüstige Gesellen, mit Waffen wohl versehen. Sie mußten aber einen großen Umweg nehmen, weil Wächter waren am Strand vertheilt und weithin hohes Felsgestad, da kein Schiff an- und abgehen konnte.

Dennoch am Abend des zweiten Tags, nach Ankunft der Naïra auf der Insel, erreichten sie dieselbige und erkannten bald den rechten Landungsplatz; sahen allda die Krüge und den Korb und fanden Alles unberührt. Es überkam Jedanja große Angst um das Weib, das er liebte. Und suchten lang nach ihr und fanden sie zuletzt auf einem schönen Hügel unter einem Palmbaum liegen, todt; der Schleier über ihr Gesicht mit Fleiß gelegt, die Hände bloß und alle beide weiß wie der Schnee.

Da kamen die Jünglinge bald überein, es sollten ihrer Vier auf gradem Weg zur Stadt zurücksteuern, derweil zwei Andere bei der Leiche blieben. Jedanja selber wollte sich freiwillig vor den König stellen, ihm Alles redlich zu gestehn und zu berichten, denn er kannte ihn für gut und großmüthig und wußte wohl, es sei mit seinem Willen nicht also verfahren gegen Naïra. Auch kam er glücklich vor Athmas zu stehen, obwohl Eldad es verhindern wollte.

Wie nun der König alle diese Dinge, theils von dem Jüngling, theils von Andern, aus dem Grund erforscht, auch jetzt erfahren hatte, was die Männer auf dem Boot gesehen, daraus er wohl merkte, Jezerte sei mit Naïra gewesen, da war er auf das Äußerste bestürtzt und so entrüstet über seinen Vetter, daß er ihn weg für immer jagte von dem Hof.

Zugleich verordnete der König, Naïra auf der Insel mit Ehren zu bestatten, ließ die Wildniß lichten und Gärten anlegen. In deren Mitte auf dem Hügel, erbaute man das Grab, bei dem Palmbaum, wo sie verschieden war.

Das Stuttgarter Hutzelmännlein

Märchen

Vorwort zur ersten Auflage

Die gegenwärtige Erzählung war schon längst, als Seitenstück zu einer ähnlichen*, entworfen und blieb unausgeführt, bis dem Verfasser neuerdings die Skizze wieder in die Hände fiel und ihn zur guten Stunde an eine fast vergessene kleine Schuld erinnerte.

Indem dieß Märchen ganz den schwäbischen Charakter tragen, und dieser seinen Ausdruck so viel möglich auch in der Sprache finden sollte, kam dem Verfasser der Umstand zu gute, daß ihm von einem frühern, mehrjährigen Verkehr mit unserm Volke viele Eigenthümlichkeiten derselben, einzelne Wörter und Redensarten vollkommen gegenwärtig geblieben waren. Manches floß ihm auf anderm Wege zu, vornehmlich aus einer genauern Bekanntschaft mit Joh. Chr. v. Schmid's schwäbischem Wörterbuch, einer in Schwaben viel zu wenig verbreiteten, unschätzbaren Arbeit. Die Worterklärungen und was dazu gehört, im Anhang der Erzählung, sind, mit wenigen Ausnahmen, dem eben genannten Werke entnommen.

Stuttgart, im Dezember 1852 Mörike

* »Der Schatz«, in meiner Iris wieder abgedruckt aus dem Jahrbuch schwäbischer Dichter und Novellisten.

Ein Kobold gut bin ich bekannt
In dieser Stadt und weit im Land;
Meines Handwerks ein Schuster war
Gewiß vor siebenhundert Jahr.
Das Hutzelbrod ich hab erdacht,
Auch viel seltsame Streich gemacht.

Wohl vor fünfhundert und mehr Jahren, zu denen Zeiten, als Graf Eberhard von Wirtemberg, ein tapferer Kriegsheld und ruhmvoller Herr, nach langen, schrecklichen Fehden mit des deutschen Reichs Häuptern, mit dem Habsburger Rudolph und dessen Nachfolgern, zumal auch mit den Städten, das Schwabenland nun wieder zu Ruh' und Frieden kommen ließ, befand sich in Stuttgart ein Schustergesell, Namens Seppe, bei einem Meister, der ihm nicht gefiel, deßhalb er ihm aufsagte; und weil er nie gar weit vor seine Vaterstadt hinaus gekommen, nicht Eltern, noch Geschwister mehr hatte, so war er jetzt Willens zu wandern.

Die letzte Nacht, bevor er reis'te, saß er allein in der Gesellenkammer auf (die Andern waren noch beim Wein oder sonst zum Besuch), sein Ranzen lag geschnürt vor ihm, sein Wanderstab daneben, der hübsche Bursche aber hing den Kopf, er wußte nicht so recht warum, und auf dem Tisch die Ampel brannte einen großen großen Butzen. Indem er jetzt aufschaute und nach dem Klämmchen griff, dem Zochen zu helfen, sah er auf seiner leeren Truche ein fremdes Männlein sitzen, kurz und stumpig, es hätte ihm nicht bis zum Gürtel gereicht. Es hatte ein schmutziges Schurzfell um, Pantoffeln an den Füßen, pechschwarze Haare, dazu aber hellblaue, freundliche Augen.

Gott grüß' dich, Seppe! Kennst mich nit? Ich bin der Pechschwitzer, das Hutzelmännlein, der Tröster. Ich weiß, du bist ein braves Burgerskind, sorgst immerdar für anderer Leute Fußwerk und gehst doch selbst nicht auf dem besten Zeug. Da du nun morgen reisen willst, so hab' ich dir statt einem Wanderpfennig Etwas mitgebracht von meiner eignen Arbeit: sind Glücksschuh', zwei Paar, schau' her. Die Einen legst du an, gleich morgen; sie ziehen sich nach dem Fuß und reißen nicht dein Lebenlang; die andern aber nimm und stell' sie unterwegs an eine Straße, versteh' mich, unbeschrien, wo Niemand zusieht. Vielleicht daß dir dein Glück nach Jahr und Tag einmal auf Füßen begegnet. Auch hast du hier noch obendrein etwas zum Naschen, ein Laiblein Hutzelbrod. So viel du davon schneid'st, so viel wachst immer wieder nach im Ranzen oder Kasten, wenn du auch nur ein Ränftlein fingersbreit übrig behältst. Ganz sollt du's nie aufzehren, sonst ist es gar. Behüt' dich Gott, und thu' in Allem wie ich sagte. Noch eins: kommst du etwa in's Oberland, Ulm zu und gen Blaubeuren, und find'st von ungefähr ein Klötzlein Blei, nimm es zu Handen und bring's mir. – Der Seppe versprach's und dankte geziemend für Alles; das Männlein aber war in einem Hui verschwunden.

Nun jauchzte der Geselle überlaut, beschmeckte bald das Brod, beschaute bald die zwei Paar Schuhe. Sie sahen ziemlich aus wie er sie selber machte, nur daß sie feine wunderliche Stiche hatten und hübsch mit einem zarten, rothen Leder ausgefüttert waren. Er zog sie an, spazierte so ein Dutzendmal die Kammer auf und ab, da ihm denn in der Kürze freilich nichts Besonderes von Glück passiren wollte. Darnach ging er zu Bett und schlief bis der Morgen roth wurde. Da däucht' es ihn, als wenn ihm Jemand klopfte, zwei, dreimal, recht vernehmlich, daß er jählings erwachte. Die Andern hörten's auch, doch schliefen sie gleich wieder ein. Das haben meine vier Rappen gethan! dachte er und horchte hin, allein es rührte und regte sich nichts mehr.

Als er nun fix und fertig angezogen stand und gar vergnügt auf seine Füße niedersah, sprach er: jetzt laufen wir dem Teufel ein Bein weg! jetzt tausche ich mit keinem Grafen! – Wohl und gut; nur eine Kleinigkeit hat er versehen: er hat den einen Schuh von seinem Paar mit dem einen vom andern verwechselt. Ach wer ihm das gesagt hätte!

So schlich er denn leis die Stiege hinunter, die Meistersleute nicht zu wecken; denn Abschied hatte er gestern genommen, und statt der Suppe aß er gleich ein tüchtiges Stück Schnitzbrod in währendem Gehen. So etwas hatte er noch niemals über seinen Mund gebracht, wohl aber oft von seiner Großmutter gehört, daß sie einmal in ihrer Jugend bei einer Nachbarsfrau ein Stücklein vom ächten bekommen, und daß es eine Ungüte von Brod drum sey.

Wie er jetzt vor dem oberen Thor draußen war, zweeen Bogenschüsse oder drei, kam er an eine Brücke: da mußte er ein wenig niedersitzen, die Thürme seiner Vaterstadt, das Grafenschloß, die Häuser und Mauern noch einmal in der Morgensonne besehen; dann, eh' er weiter ging, fiel ihm noch ein: hier könnt' ich das Paar Schuh auf den Brückenrand stellen. Er that's und zog fürbaß. – Eine Stunde über die Weinsteig hinaus kommt er in einen grünen Wald. Von ungefähr hört er auf einer Eiche den blauen Montag schreien, welches ein kurzweiliger Vogel ist, der seinen Namen davon hat, daß er immer einen Tag in der Woche mit der Arbeit aussetzt; da singt er nichts als Schelmenlieder und schaut gemächlich zu, wie andere Vögel ihre Nester richten, brüten und ihre Jungen ätzen; die seinigen krepiren ihm auch ordinär, deßwegen er ein Raritätsvogel ist. So einen muß ich haben! denkt der Seppe: ich biet' ihn einem großen Herrn an unterwegs. Ein sonderer Vogel ist oft gern zwei Kälber werth, die Hepsisauer haben ihre Kirchweih um einen Guckigauch verkauft: wenn ich nur einen Thaler löse, thut mir's wohl. Wie komm' ich nur gleich da hinauf? – Seiner Lebtage hat er nie klettern können, dießmal aber ging's, als hätten ihrer Sechs an ihm geschoben, und wie er droben ist, da sieht er sieben Junge flügg, mit blauen Köpfen im Nest! Er streckt schon eine Hand darnach – krach! bricht ein fauler Ast, und drunten liegt der Schuster – daß er nicht Hals und Bein brach, war ein Wunder. Ich weiß nicht, sagte er, indem er aufstand und die Platte rieb, was ich von dem Pechschwitzer denken soll; das ist kein muthiger Anfang!

Zu seinem Trost zog er sein Schnitzbrod aus dem Ranzen und fand dasselbe wahrlich beinah schon wieder rund und ganz gewachsen. Er sprach dem Laiblein aber im Marschiren so lang zu, bis ihm ganz übel ward, und däuchte ihn, er habe sich für alle Zeit Urdrutz daran gegessen. Sey's drum! ein Sprüchlein sagt: es ist nur geschlecket, das nimmer klecket.

Sein Sinn war allermeist auf Augsburg oder Regensburg gerichtet, denn diese Städte hatte er vor manchen andern rühmen hören; zuvörderst wollte er aber nach Ulm.

Mit großen Freuden sah er bald von der Bempflinger Höhe die Alb, als eine wundersame blaue Mauer ausgestreckt. Nicht anders hatte er sich immer die schönen blauen Glasberge gedacht, dahinter, wie man ihm als Kind gesagt, der Königin von Saba Schneckengärten liegen. Doch war ihm wohl bekannt, daß oben weithin wieder Dörfer seyen, als: Böhringen, Zainingen, Feldstetten, Suppingen, durch welche sämmtlich nacheinander er passiren mußte.

Jetzt hing sich auf der Straße ein Schönfärbergesell an ihn, gar sehr ein naseweises Bürschchen, spitzig und witzig, mit Backen rosenroth, Glitzäugelein, ein schwarzes Kräuselhaar dazu, und schwatzte oder pfiff in Einem weg. Der Seppe achtete nicht viel auf ihn, zumal ihm eben jetzt etwas im Kopf umging, das hätte er sich gern allein im Stillen überlegt. Am Weg stand eine Kelter, mit einem umgelegten Trog davor, auf diesen setzt' er sich, der Meinung, sein Weggenoß' soll weiter gehen. Der aber warf sich seitwärts hinter ihm in's Gras und schien bald eingeschlafen, von der Hitze müd. Da war es still umher; ein einziges Heimlein sang am staubigen Rain so seine Weise ohn' Aufhören fort.

Endlich da fing der Seppe vor sich selbst, doch laut genug, zu sprechen an: Jetzt weiß ich was ich thu': ich werd' ein Scheerenschleifer! Wo ich halt geh' und steh', juckt's mich, ein Rad zu treten, und sollt's ein Spinnrad seyn! (Dem war auch richtig so und konnte gar nicht anders seyn, denn einer seiner Schuhe war für ein Mädchen gefeit und gesegnet.) *Die* Art von Schleiferei – so sprach der Seppe weiter – muß Einer doch bald können, und so ein Kerl führt seine Werkstatt lustig auf einem Schubkarrn durch die Welt, sieht alle Tage eine andre Stadt, da pflanzt er sich im Schatten an einem Markt-Eck auf und dreht seinen Stein, daß die Funken wegfliegen. Die Leute mögen sprechen was sie wollen, das ist jetzt einmal mein Beruf und mein Genie, ich spür's in allen Gliedern; und wo mir recht ist hat mein Ehni seliger einmal gesagt: der Seppe ist unter dem Zeichen des Wetzsteins geboren.

Bei diesen Reden richtete sich das Färberlein halb in die Höh': der ist ein Letzkopf! dachte es: und ich bin meines Lebens neben ihm nicht eines Glaubens Länge sicher; – stand sachte auf, schlich sich hinweg, in einem guten Bogen über das Ackerfeld, und fußete sodann der graden Straße nach, als brennte ihm der Steiß, Metzingen zu. Der Schuster, welcher endlich auch aufbrach, sah ihn von Weitem rennen, argwöhnte aber nichts und zog seines Vorsatzes herzlich vergnügt demselben Flecken zu. Allein wie schaute er hoch auf, da alle Leute dort die Köpfe nach ihm aus den Fenstern streckten und ihm die Kinder auf der Gasse, an zwanzig, mit Geschrei nachsprangen und sangen:

Scheer[a]schleifer, wetz, wetz, wetz,
Laß dei' Rädle schnurr[a]!
Stu[a]gart ist [a] grauße Stadt,
Lauft [a] Gä[n]sbach dur[a].

Der Seppe hatte einen Stiefelszorn, schwang öfter seinen Knotenstock gegen den Schwarm, sie schrieen aber nur um desto ärger, und also macht' er sich so hurtig er nur konnte aus dem Wespennest hinaus. Noch vor der letzten Hütte draußen hörte er ein Stimmlein verhallend im Wind:

Scheer^{a}schleifer, wetz, wetz, wetz!

Er hätte für sein Leben gern den Färber, welcher ihm den Possen spielte, da gehabt und ihm das Fell geruckt, wie er's verdiente, der aber blieb im Ort zurück, wo er in Arbeit stand. Sonst war der Wicht in Büßingen daheim, wie er dem Seppe sagte.

Derselbe ließ sich den erlittenen Schimpf nicht allzu lang anfechten, noch seinen Vorsatz dadurch beugen. Er machte seinen Trott so fort, und widerfuhr ihm diesen Tag nichts weiter von Bedeutung, als daß er etlichmal rechts ging, wo er links gesollt hätte, und hinwiederum links, wo es rechts gemeint war; das freilich nach dem Zeugniß aller Reis'beschreiber schon gar die Art nicht ist, um zeitig und mit wenig Kosten an einen Ort zu kommen.

Einstweilen langte es doch eben noch bis Urach, wo er zur Nachtherberge blieb. Am Morgen ging's hinauf die hohe Steig auf das Gebirg, nicht ohne vieles Stöhnen, denn sein einer Schuh – er merkte es schon gestern – hatte ihm ein Hühneraug gedrückt, das machte ihm zu schaffen. Da wo die Steig am End ist, holte er zum Glück ein gutes Bäuerlein aus Suppingen auf einem Wagen mit etwas Schreinwerk ein, das hieß ihn ungebeten bei ihm aufsitzen.

Als sie nun eine Weile so, die große Ebene hinfahrend, bei einander saßen, fing der Bauer an: Mit Vergunst, i mu^{a}ß jetzt doch fürwitzig frog^{a}: gelt, Ihr sind g'wiß ^{a} Dreh^{a}r? – Warum? – Ei, sprach das Bäuerlein und sah auf des Gesellen Fuß: do der Kamrad arbeit't allfort, ma moi^{n}t, er mü^{a}ß äll' mei' vier Räder trett^{a}!

Der Seppe schämte sich ein wenig, im Herzen war er aber selig froh und dachte: hat mir der Bauer da ein Licht aufstecken müssen! Auf einen Drehstuhl will's mit dir hinaus und anderst nirgends hin!

Von nun an war der Schuster wie ein umgewend'ter Handschuh, ganz ein andrer Mensch, gesprächig, lustig, langte den Schnitzlaib heraus, gab ihn dem Bäuerlein bis auf den Anschnitt, sagend: lieber Mann, deß' bin ich froh, daß Ihr mir angesehen, daß ich ein Dreher bin! – Ha, sprach der Andere, sell ist gu^{a}t merk^{a}. – Der Alte kaute einen Bissen und machte ordentlich die Augen zu dabei, so gut schmeckte es ihm; das Übrige hob er als Heimbringens auf für Weib und Kinder. Darnach ward er redselig, erzählte dem Gesellen Allerlei; vom Hanf- und Flachsbau auf der Alb; wie sie im Winter gut in ihren strohgedeckten Hütten säßen, ingleichen wie man solche Dächer mit besonderer Kunst verfertige. Auch wußte er ihm viel zu sagen von Blaubeuren, einem Städtlein und Kloster im Thal, zwischen mächtigen Felsen gelegen; da komme er hindurch und möge er sich ja den Blautopf auch beschauen, wie alle Fremde thun.

Du aber, wohlgeneigter Leser, lasse dich, derweil die Beiden so zusammen discuriren, auch etlicher Dinge besonders berichten, die, ob sie sich zwar lang vor Seppes Zeit begeben, nichts desto minder zu dieser Geschichte gehören. Vernimm hienach die wahre und anmuthige

Historie von der schönen Lau.

Der Blautopf ist der große runde Kessel eines wundersamen Quells bei einer jähen Felsenwand gleich hinter dem Kloster. Gen Morgen sendet er ein Flüßchen aus, die Blau, welche der Donau zufällt. Dieser Teich ist einwärts wie ein tiefer Trichter, sein Wasser von Farbe ganz blau, sehr herrlich, mit Worten nicht wohl zu beschreiben; wenn man es aber schöpft, sieht es ganz hell in dem Gefäß.

Zu unterst auf dem Grund saß ehmals eine Wasserfrau mit langen fließenden Haaren. Ihr Leib war allenthalben wie eines schönen, natürlichen Weibs, dieß Eine ausgenommen, daß sie zwischen den Fingern und Zehen eine Schwimmhaut hatte, blühweiß und zärter als ein Blatt vom Mohn. Im Städtlein ist noch heutzutag ein alter Bau, vormals ein Frauenkloster, hernach zu einer großen Wirthschaft eingerichtet, und hieß darum der Nonnenhof. Dort hing vor sechszig Jahren noch ein Bildniß von dem Wasserweib, trotz Rauch und Alter noch wohl kenntlich in den Farben. Da hatte sie die Hände kreuzweis auf die Brust gelegt, ihr Angesicht sah weißlich, das Haupthaar schwarz, die Augen aber, welche sehr groß waren, blau. Beim Volk hieß sie die arge Lau im Topf, auch wohl die schöne Lau. Gegen die Menschen erzeigte sie sich bald böse, bald gut. Zu Zeiten, wenn sie im Unmuth den Gumpen übergehen ließ, kam Stadt und Kloster in Gefahr, dann brachten ihr die Bürger in einem feierlichen Aufzug oft Geschenke, sie zu begütigen, als: Gold- und Silbergeschirr, Becher, Schalen, kleine Messer und andre Dinge; dawider zwar, als einen heidnischen Gebrauch und Götzendienst, die Mönche redlich eiferten, bis derselbe auch endlich ganz abgestellt worden. So feind darum die Wasserfrau dem Kloster war, geschah es doch nicht selten, wenn Pater Emeran die Orgel drüben schlug und kein Mensch in der Nähe war, daß sie am lichten Tag mit halbem Leib herauf kam und zuhorchte; dabei trug sie zuweilen einen Kranz von breiten Blättern auf dem Kopf und auch dergleichen um den Hals.

Ein frecher Hirtenjung belauschte sie einmal in dem Gebüsch und rief: Hei, Laubfrosch! git's gu^a^t Wetter? Geschwinder als ein Blitz und giftiger als eine Otter fuhr sie heraus, ergriff den Knaben beim Schopf und riß ihn mit hinunter in eine ihrer nassen Kammern, wo sie den ohnmächtig gewordenen jämmerlich verschmachten und verfaulen lassen wollte. Bald aber kam er wieder zu sich, fand eine Thür und kam, über Stufen und Gänge, durch viele Gemächer in einen schönen Saal. Hier war es lieblich, glusam mitten im Winter. In einer Ecke brannte, indem die Lau und ihre Dienerschaft schon schlief, auf einem hohen Leuchter mit goldenen Vogelfüßen als Nachtlicht eine Ampel. Es stand viel köstlicher Hausrath herum an den Wänden, und diese waren sammt dem Estrich, ganz mit Teppichen staffirt, Bildweberei in allen Farben. Der Knabe hurtig nahm das Licht herunter von dem Stock, sah sich in Eile um, was er noch sonst erwischen möchte, und griff aus einem Schrank etwas heraus, das stak in einem Beutel und war mächtig schwer, deßwegen er vermeinte, es sey Gold; lief dann und kam vor ein erzenes Pförtlein, das mochte in der Dicke gut zwo Fäuste seyn, schob die Riegel zurück und stieg eine steinerne Treppe hinauf in unterschiedlichen Absätzen, bald links, bald wieder rechts, gewiß vierhundert Stufen, bis sie zuletzt ausgingen und er auf ungeräumte Klüfte stieß; da mußte er das Licht dahinten lassen und kletterte so mit Gefahr seines Lebens noch eine Stunde lang im Finstern hin und her, dann aber brachte er den Kopf auf einmal aus der Erde. Es war tief Nacht, und dicker Wald um ihn. Als er nach vielem Irregehen endlich mit der ersten Morgenhelle auf gänge Pfade kam und von dem Felsen aus das Städtlein unten erblickte, verlangte ihn am Tag zu sehen, was in dem Beutel wäre; da war es weiter nichts als ein Stück Blei, ein schwerer Kegel, spannenlang, mit einem Öhr an seinem obern Ende, weiß vor Alter. Im Zorn warf er den Plunder weg, in's Thal hinab, und sagte nachher weiter Niemand von dem Raub, weil er sich dessen schämte. Doch kam von ihm die erste Kunde von der Wohnung der Wasserfrau unter die Leute.

Nun ist zu wissen, daß die schöne Lau nicht hier am Ort zu Hause war; vielmehr war sie, als eine Fürstentochter, und zwar von Mutter Seiten her halbmenschlichen Geblüts, mit einem alten Donau-Nix am schwarzen Meer vermählt. Ihr Mann verbannte sie, darum, daß sie nur todte Kinder hatte. Das aber kam, weil sie stets traurig war, ohn' einige besondere Ursach. Die Schwiegermutter hatte ihr geweissagt, sie möge eher nicht eines lebenden Kindes genesen, als bis sie fünfmal von Herzen gelacht haben würde. Bei'm fünften Male müßte etwas seyn, das dürfe sie nicht wissen, noch auch der alte Nix. Es wollte aber damit niemals glücken, so viel auch ihre Leute deßhalb Fleiß anwendeten; endlich da mochte sie der alte König ferner nicht an seinem Hofe leiden und sandte sie an diesen Ort, unweit der obern Donau, wo seine Schwester wohnte. Die Schwiegermutter hatte ihr zum Dienst und Zeitvertreib etliche Kammerzofen und Mägde mitgegeben, so muntere und kluge Mädchen als je auf Entenfüßen gingen (denn was von dem gemeinen Stamm der Wasserweiber ist, hat rechte Entenfüße); die zogen sie, pur für die Langeweile, sechsmal des Tages anders an – denn außerhalb dem Wasser ging sie in köstlichen Gewändern, doch baarfuß –, erzählten ihr alte Geschichten und Mären, machten Musik, tanzten und scherzten vor ihr. An jenem Saal, darin der Hirtenbub gewesen, war der Fürstin ihr Gaden oder Schlafgemach, von welchem eine Treppe in den Blautopf ging. Da lag sie manchen lieben Tag und manche Sommernacht, der Kühlung wegen. Auch hatte sie allerlei lustige Thiere, wie Vögel, Küllhasen und Affen, vornehmlich aber einen possigen Zwerg, durch welchen vormals einem Ohm der Fürstin war von eben solcher Traurigkeit geholfen worden. Sie spielte alle Abend Damenziehen, Schachzagel oder Schaf und Wolf mit ihm; so oft er einen ungeschickten Zug gethan, schnitt er die raresten Gesichter, keines dem andern gleich, nein immer eines ärger als das andere, daß auch der weise Salomo das Lachen nicht gehalten hätte, geschweige denn die Kammerjungfern oder du selber, liebe Leserin, wärst du dabei gewesen; nur bei der schönen Lau schlug eben gar nichts an, kaum daß sie ein paar Mal den Mund verzog.

Es kamen alle Jahr um Winters Anfang Boten von daheim, die klopften an der Halle mit dem Hammer, da frugen dann die Jungfern:

Wer pochet, daß einem das Herz erschrickt?

Und jene sprachen:

Der König schickt!
Gebt uns wahrhaftigen Bescheid,
Was Gut's Ihr habt geschafft die Zeit.

Und sie sagten:

Wir haben die ferndigen Lieder gesungen,
Und haben die ferndigen Tänze gesprungen,
Gewonnen war es um ein Haar! –
Kommt, liebe Herren, über's Jahr.

So zogen sie wieder nach Haus. Die Frau war aber vor der Botschaft und darnach stets noch einmal so traurig.

Im Nonnenhof war eine dicke Wirthin, Frau Betha Seysolffin, ein frohes Biederweib, christlich, leutselig, gütig; zumal an armen reisenden Gesellen bewies sie sich als eine rechte Fremdenmutter. Die Wirthschaft führte zumeist ihr ältster Sohn, Stephan, welcher verehlicht war; ein anderer, Xaver, war Klosterkoch, zwo Töchter noch bei ihr. Sie hatte einen kleinen Küchengarten vor der Stadt, dem Topf zunächst. Als sie im Frühjahr einst am ersten warmen Tag dort war und ihre Beete richtete, den Kappis, den Salat zu säen, Bohnen und Zwiebel zu stecken, besah sie sich von ungefähr auch einmal recht mit Wohlgefallen wieder das schöne blaue Wasser über'm Zaun und mit Verdruß daneben einen alten garstigen Schutthügel, der schändete den ganzen Platz; nahm also, wie sie fertig war mit ihrer Arbeit und das Gartenthürlein hinter sich zugemacht hatte, die Hacke noch einmal, riß flink das gröbste Unkraut aus, erlas etliche Kürbiskern' aus ihrem Samenkorb und steckte hin und wieder einen in den Haufen. (Der Abt im Kloster, der die Wirthin, als eine saubere Frau, gern sah – man hätte sie nicht über vierzig Jahr geschätzt, er selber aber war gleich ihr ein starkbeleibter Herr – stand just am Fenster oben und grüßte herüber, indem er mit dem Finger drohte, als halte sie zu seiner Widersacherin.) Die Wüstung grünte nun den ganzen Sommer, daß es eine Freude war, und hingen dann im Herbst die großen gelben Kürbis an dem Abhang nieder bis zu dem Teich.

Jetzt ging einsmals der Wirthin Tochter, Jutta, in den Keller, woselbst sich noch von alten Zeiten her ein offener Brunnen mit einem steinernen Kasten befand. Beim Schein des Lichts erblickte sie darinne mit Entsetzen die schöne Lau, schwebend bis an die Brust im Wasser; sprang voller Angst davon und sagt's der Mutter an; die fürchtete sich nicht und stieg allein hinunter, litt auch nicht, daß ihr der Sohn zum Schutz nachfolge, weil das Weib nackt war.

Der wunderliche Gast sprach diesen Gruß:

Die Wasserfrau ist kommen
Gekrochen und geschwommen,
Durch Gänge steinig, wüst und kraus,
Zur Wirthin in das Nonnenhaus.
Sie hat sich meinethalb gebückt,
Mein' Topf geschmückt
Mit Früchten und mit Ranken,
Das muß ich billig danken.

Sie hatte einen Kreisel aus wasserhellem Stein in ihrer Hand, den gab sie der Wirthin und sagte: nehmt dieses Spielzeug, liebe Frau, zu meinem Angedenken. Ihr werdet guten Nutzen davon haben. Denn jüngsthin habe ich gehört, wie Ihr in Eurem Garten der Nachbarin klagtet, Euch sey schon auf die Kirchweih angst, wo immer die Bürger und Bauern zu Unfrieden kämen und Mord und Todtschlag zu befahren sey. Derhalben, liebe Frau, wenn wieder die trunkenen Gäste bei Tanz und Zeche Streit beginnen, nehmt den Topf zur Hand, und dreht ihn vor der

Thür des Saals im Öhrn, da wird man hören durch das ganze Haus ein mächtiges und herrliches Getöne, daß Alle gleich die Fäuste werden sinken lassen und guter Dinge seyn, denn jählings ist ein Jeder nüchtern und gescheidt geworden. Ist es an dem, so werfet Eure Schürze auf den Topf, da wickelt er sich alsbald ein und lieget stille.

So redete das Wasserweib. Frau Betha nahm vergnügt das Kleinod sammt der goldenen Schnur und dem Halter von Ebenholz, rief ihrer Tochter Jutta her (sie stand nur hinter dem Krautfaß an der Staffel), wies ihr die Gabe, dankte, und lud die Frau, so oft die Zeit ihr lang wär', freundlich ein zu fernerem Besuch, darauf das Weib hinabfuhr und verschwand.

Es dauerte nicht lang, so wurde offenbar, welch' einen Schatz die Wirthschaft an dem Topf gewann. Denn nicht allein, daß er durch seine Kraft und hohe Tugend die übeln Händel allezeit in einer Kürze dämpfte, er brachte auch dem Gasthaus bald erstaunliche Einkehr zuwege. Wer in die Gegend kam, Gemein oder Vornehm, ging ihm zu lieb; insonderheit kam bald der Graf von Helfenstein, von Wirtemberg und etliche große Prälaten; ja ein berühmter Herzog aus Lombardenland, so bei dem Herzoge von Bayern gastweis war und dieses Wegs nach Frankreich reis'te, bot vieles Geld für dieses Stück, wenn es die Wirthin lassen wollte. Gewiß auch war in keinem andern Land seinesgleichen zu sehen und zu hören. Erst, wenn er anhub sich zu drehen, ging es doucement her, dann klang es stärker und stärker, so hoch wie tief, und immer herrlicher, als wie der Schall von vielen Pfeifen, der quoll und stieg durch alle Stockwerke bis unter das Dach und bis in den Keller, dergestalt, daß alle Wände, Dielen, Säulen und Geländer schienen davon erfüllt zu seyn, zu tönen und zu schwellen. Wenn nun das Tuch auf ihn geworfen wurde und er ohnmächtig lag, so hörte gleichwohl die Musik sobald nicht auf, es zog vielmehr der ausgeladene Schwall mit starkem

Klingen, Dröhnen, Summen noch wohl bei einer Viertelstunde hin und her.

Bei uns im Schwabenland heißt so ein Topf aus Holz gemeinhin eine Habergeis; Frau Betha ihrer ward nach seinem vornehmsten Geschäfte insgemein genannt der Bauren-Schwaiger. Er war gemacht aus einem großen Amethyst, deß' Name besagen will: wider den Trunk; weil er den schweren Dunst des Weins geschwinde aus dem Kopf vertreibt, ja schon von Anbeginn dawider thut, daß einen guten Zecher das Selige berühre; darum ihn auch weltlich und geistliche Herren sonst häufig pflegten am Finger zu tragen.

Die Wasserfrau kam jeden Mond einmal, auch je und je unverhofft zwischen der Zeit, weßhalb die Wirthin eine Schelle richten ließ, oben im Haus, mit einem Draht, der lief herunter an der Wand beim Brunnen, damit sie sich gleichbald anzeigen konnte. Also ward sie je mehr und mehr zuthunlich zu den wackeren Frauen, der Mutter, sammt den Töchtern und der Söhnerin.

Einsmals an einem Nachmittag im Sommer, da eben keine Gäste kamen, der Sohn mit den Knechten und Mägden hinaus in das Heu gefahren war, Frau Betha mit der Ältesten im Keller Wein abließ, die Lau im Brunnen aber Kurzweil halben dem Geschäft zusah, und nun die Frauen noch ein wenig mit ihr plauderten: da fing die Wirthin an: mögt Ihr Euch denn einmal in meinem Haus und Hof umsehn? Die Jutta könnte Euch etwas von Kleidern geben; ihr seyd von Einer Größe.

Ja, sagte sie, ich wollte lange gern die Wohnungen der Menschen sehn, was alles sie darin gewerben, spinnen, weben, ingleichen auch wie Eure Töchter Hochzeit machen und ihre kleinen Kinder in der Wiege schwenken.

Da lief die Tochter fröhlich mit Eile hinauf, ein rein Leintuch zu holen, bracht' es, und half ihr aus dem Kasten steigen, das that sie sonder Mühe und lachenden Mundes. Flugs schlug ihr die Dirne das Tuch um den Leib und führte sie bei ihrer Hand eine schmale Stiege hinauf in der hintersten Ecke des Kellers, da man durch eine Fallthür oben gleich in der Töchter Kammer gelangt. Allda ließ sie sich trocken machen und saß auf einem Stuhl, indem ihr Jutta die Füße abrieb. Wie diese ihr nun an die Sohle kam, fuhr sie zurück und kicherte. War's nicht gelacht? frug sie selber sogleich. – Was anders? rief das Mädchen und jauchzte: gebenedeyet sey uns der Tag! ein erstes Mal wär' es geglückt! – Die Wirthin hörte in der Küche das Gelächter und die Freude, kam herein, begierig wie es zugegangen, doch als sie die Ursach vernommen – du armer Tropf, so dachte sie, das wird ja schwerlich gelten! – ließ sich indeß nichts merken, und Jutte nahm etliche Stücke heraus aus dem Schrank, das Beste was sie hatte, die Hausfreundin zu kleiden. Seht, sagte die Mutter: sie will wohl aus Euch eine Susann Preisnestel machen. – Nein, rief die Lau in ihrer Fröhlichkeit: laß mich die Aschengruttel seyn in deinem Märchen! – nahm einen schlechten runden Faltenrock und eine Jacke; nicht Schuh noch Strümpfe litt sie an den Füßen, auch hingen ihre Haare ungezöpft bis auf die Knöchel nieder. So strich sie durch das Haus von unten bis zu oberst, durch Küche, Stuben und Gemächer. Sie verwunderte sich des gemeinsten Geräthes und seines Gebrauchs, besah den rein gefegten Schenktisch, und darüber in langen Reihen die zinnenen Kannen und Gläser, alle gleich gestürzt, mit hängendem Deckel, dazu den kupfernen Schwenkkessel sammt der Bürste, und mitten in der Stube an der Decke der Weber Zunftgeschmuck, mit Seidenband und Silberdraht geziert, in dem Kästlein von Glas. Von ungefähr erblickte sie ihr eigen Bild im Spiegel, davor blieb sie betroffen und erstockt eine ganze Weile stehn, und als darauf die Söhnerin sie mit in ihre Stube nahm und ihr ein neues Spiegelein, drei Groschen werth, verehrte, da meinte sie Wunders zu haben, denn unter allen ihren Schätzen fand sich dergleichen nicht.

Bevor sie aber Abschied nahm geschah's, daß sie hinter

den Vorhang des Alkoven schaute, woselbst der jungen Frau und ihres Mannes Bett, so wie der Kinder Schlafstätte war. Saß da ein Enkelein mit rothgeschlafenen Backen, hemdig, und einen Apfel in der Hand, auf einem runden Stühlchen von guter Ulmer Hafnerarbeit, grünverglaset. Das wollte dem Gast außer Maßen gefallen; sie nannte es einen viel zierlichen Sitz, rümpft' aber die Nase mit Eins, und da die drei Frauen sich wandten zu lachen, vermerkte sie etwas und fing auch hell zu lachen an, und hielt sich die ehrliche Wirthin den Bauch, indem sie sprach: dießmal führwahr hat es gegolten, und Gott schenk' Euch so einen frischen Buben als mein Hans da ist!

Die Nacht darauf, daß sich dieß zugetragen, legte sich die schöne Lau getrost und wohlgemuth, wie schon in langen Jahren nicht, im Grund des Blautopfs nieder, schlief gleich ein, und bald erschien ihr ein närrischer Traum.

Ihr däuchte da, es war die Stunde nach Mittag, wo in der heißen Jahreszeit die Leute auf der Wiese sind und mähen, die Mönche aber sich in ihren kühlen Zellen eine Ruhe machen, daher es noch einmal so still im ganzen Kloster und rings um seine Mauern war. Es stund jedoch nicht lange an, so kam der Abt herausspaziert und sah, ob nicht etwa die Wirthin in ihrem Garten sey. Dieselbe aber saß als eine dicke Wasserfrau mit langen Haaren in dem Topf, allwo der Abt sie bald entdeckte, sie begrüßte und ihr einen Kuß gab, so mächtig, daß es vom Klosterthürmlein widerschallte, und schallte es der Thurm an's Refectorium, das sagt' es der Kirche und die sagt's dem Pferdstall und der sagt's dem Fischhaus und das sagt's dem Waschhaus und im Waschhaus da riefen's die Zuber und Kübel sich zu. Der Abt erschrak bei solchem Lärm; ihm war, wie er sich nach der Wirthin bückte, sein Käpplein in Blautopf gefallen, sie gab es ihm geschwind, und er watschelte hurtig davon.

Da aber kam aus dem Kloster heraus unser Herrgott, zu

sehn was es gebe. Er hatte einen langen weißen Bart und einen rothen Rock. Und frug den Abt, der ihm just in die Hände lief:

Herr Abt, wie ward Euer Käpplein so naß?

Und er antwortete:

Es ist mir ein Wildschwein am Wald verkommen,
Vor dem hab' ich Reißaus genommen;
Ich rannte sehr und schwitzet' baß,
Davon ward wohl mein Käpplein so naß.

Da hob unser Herrgott, unwirs ob der Lüge, seinen Finger auf, winkt' ihm und ging voran, dem Kloster zu. Der Abt sah hehlings noch einmal nach der Frau Wirthin um, und diese rief: ach liebe Zeit, ach liebe Zeit, jetzt kommt der gut alt Herr in die Prison!

Dieß war der schönen Lau ihr Traum. Sie wußte aber bei'm Erwachen und spürte noch an ihrem Herzen, daß sie im Schlaf sehr lachte, und ihr hüpfte noch wachend die Brust, daß der Blautopf oben Ringlein schlug.

Weil es den Tag zuvor sehr schwül gewesen, so blitzte es jetzt in der Nacht. Der Schein erhellte den Blautopf ganz, auch spürte sie am Boden, es donnere weitweg. So blieb sie mit zufriedenem Gemüthe noch eine Weile ruhen, den Kopf in ihre Hand gestützt, und sah dem Wetterblicken zu. Nun stieg sie auf, zu wissen ob der Morgen etwa komme: allein es war noch nicht viel über Mitternacht. Der Mond stand glatt und schön über dem Rusenschloß, die Lüfte aber waren voll vom Würzgeruch der Mahden.

Sie meinte fast der Geduld nicht zu haben bis an die Stunde, wo sie im Nonnenhof ihr neues Glück verkünden durfte, ja wenig fehlte, daß sie sich jetzt nicht mitten in der Nacht aufmachte und vor Juttas Thüre kam (wie sie nur Einmal, Trostes wegen, in übergroßem Jammer nach der jüngsten Botschaft aus der Heimath, that), doch sie besann sich anders und ging zu besserer Zeit.

Frau Betha hörte ihren Traum gutmüthig an, obwohl er ihr ein wenig ehrenrührig schien. Bedenklich aber sagte sie darauf: Baut nicht auf solches Lachen, das im Schlaf geschah; der Teufel ist ein Schelm. Wenn Ihr auf solches Trugwerk hin die Boten mit fröhlicher Zeitung entließet, und die Zukunft strafte Euch Lügen, es könnte schlimm daheim ergehen.

Auf diese ihre Rede hing die schöne Lau den Mund gar sehr und sagte: Frau Ahne hat der Traum verdrossen! – nahm kleinlauten Abschied und tauchte hinunter.

Es war nah bei Mittag, da rief der Pater Schaffner im Kloster dem Bruder Kellermeister eifrig zu: Ich merk', es ist im Gumpen letz! die Arge will Euch Eure Faß wohl wieder einmal schwimmen lehren. Thut Eure Läden eilig zu, vermachet Alles wohl!

Nun aber war des Klosters Koch, der Wirthin Sohn, ein lustiger Vogel, welchen die Lau wohl leiden mochte. Der dachte ihren Jäst mit einem Schnak zu stillen, lief nach seiner Kammer, zog die Bettscheer aus der Lagerstätte und steckte sie am Blautopf in den Rasen, wo das Wasser auszutreten pflegte, und stellte sich mit Worten und Gebärden als einen viel getreuen Diener an, der mächtig Ängsten hätte, daß seine Herrschaft aus dem Bette fallen und etwa Schaden nehmen möchte. Da sie nun sah das Holz so recht mit Fleiß gesteckt und über das Bächlein gespreizt, kam ihr in ihrem Zorn das Lachen an, und lachte überlaut, daß man's im Klostergarten hörte.

Als sie hierauf am Abend zu den Frauen kam, da wußten sie es schon vom Koch und wünschten ihr mit tausend Freuden Glück. Die Wirthin sagte: der Xaver ist von Kindesbeinen an gewesen als wie der Zuberclaus, jezt kommt uns seine Thorheit zu Statten.

Nun aber ging ein Monat nach dem andern herum, es

wollte sich zum dritten und vierten Mal nicht wieder schicken. Martini war vorbei, noch wenig Wochen und die Boten standen wieder vor der Thür. Da ward es den guten Wirthsleuten selbst bang, ob heuer noch etwas zu Stande käme, und alle hatten nur zu trösten an der Frau. Je größer deren Angst, je weniger zu hoffen war.

Damit sie ihres Kummers eher vergesse, lud ihr Frau Betha einen Lichtkarz ein, da nach dem Abendessen ein halb Duzend muntre Dirnen und Weiber aus der Verwandtschaft in einer abgelegenen Stube mit ihren Kunkeln sich zusammensetzten. Die Lau kam alle Abend in Juttas altem Rock und Kittel, und ließ sich weit vom warmen Ofen weg in einem Winkel auf den Boden nieder, und hörte dem Geplauder zu, von Anfang als ein stummer Gast, ward aber bald zutraulich und bekannt mit Allen. Um ihretwillen machte sich Frau Betha eines Abends ein Geschäft daraus, ihr Weihnachtskripplein für die Enkel bei Zeiten herzurichten: die Mutter Gottes mit dem Kind im Stall, bei ihr die drei Weisen aus Morgenland, ein jeder mit seinem Kameel, darauf er hergereis't kam und seine Gaben brachte. Dieß alles aufzuputzen, und zu leimen was etwa lotter war, saß die Frau Wirthin an dem Tisch beim Licht mit ihrer Brille, und die Wasserfrau mit höchlichem Ergötzen sah ihr zu, so wie sie auch gerne vernahm, was ihr von heiligen Geschichten dabei gesagt wurde, doch nicht daß sie dieselben dem rechten Verstand nach begriff oder zu Herzen nahm, wie gern auch die Wirthin es wollte.

Frau Betha wußte ferner viel lehrreicher Fabeln und Denkreime, auch spitzweise Fragen und Räthsel; die gab sie nach einander im Vorsitz aufzurathen, weil sonderlich die Wasserfrau von Hause aus dergleichen liebte und immer gar zufrieden schien, wenn sie es ein und das andremal traf (das doch nicht allzu leicht gerieth). Eines derselben gefiel ihr vor allen, und was damit gemeint ist nannte sie ohne Besinnen:

Ich bin eine dürre Königin,
Trag' auf dem Haupt eine zierliche Kron,
Und die mir dienen mit treuem Sinn,
Die haben großen Lohn.

Meine Frauen müssen mich schön frisir'n,
Erzählen mir Märlein ohne Zahl,
Sie lassen kein einzig Haar an mir,
Doch siehst du mich nimmer kahl.

Spazieren fahr' ich frank und frei,
Das geht so rasch, das geht so fein;
Nur komm' ich nicht vom Platz dabei –
Sagt, Leute, was mag das seyn?

Darüber sagte sie, in etwas fröhlicher denn zuvor: wenn ich dereinstens wiederum in meiner Heimath bin, und kommt einmal ein schwäbisch Landeskind, zumal aus Eurer Stadt, auf einer Kriegsfahrt oder sonst durch der Walachen Land an unsere Gestade, so ruf' er mich bei Namen, dort wo der Strom am breitesten hineingeht in das Meer – versteht, zehn Meilen einwärts in dieselbe See erstreckt sich meines Mannes Reich, so weit das süße Wasser sie mit seiner Farbe färbt – dann will ich kommen und dem Fremdling zu Rath und Hilfe seyn. Damit er aber sicher sey, ob ich es bin und keine andere, die ihm schaden möchte, so stelle er dieß Räthsel. Niemand aus unserem Geschlechte außer mir wird ihm darauf antworten; denn dort zu Land sind solche Rocken und Rädlein, als Ihr in Schwaben führet, nicht gesehn, noch kennen sie dort Eure Sprache; darum mag dieß die Losung seyn.

Auf einen andern Abend ward erzählt vom Doctor Veylland und Herrn Conrad von Wirtemberg, dem alten Gaugrafen, in dessen Tagen es noch keine Stadt mit Namen Stuttgart gab. Im Wiesenthal, da wo dieselbe sich nachmals erhob, stund nur ein stattliches Schloß mit

Wassergraben und Zugbrücke; von Bruno, dem Domherrn von Speyer, Conradens Oheim, erbaut, und nicht gar weit davon ein hohes steinernes Haus. In diesem wohnte dazumal mit einem alten Diener ganz allein ein sonderlicher Mann, der war in natürlicher Kunst und in Arzneikunst sehr gelehrt und war mit seinem Herrn, dem Grafen, weit in der Welt herumgereis't, in heißen Ländern, von wo er manche Seltsamkeit, an Thieren, vielerlei Gewächsen und Meerwundern heraus nach Schwaben brachte. In seinem Öhrn sah man der fremden Sachen eine Menge an den Wänden herum hangen: die Haut vom Crocodil, so wie Schlangen und fliegende Fische. Fast alle Wochen kam der Graf einmal zu ihm; mit andern Leuten pflegte er wenig Gemeinschaft. Man wollte behaupten, er mache Gold; gewiß ist, daß er sich unsichtbar machen konnte, denn er verwahrte unter seinem Kram einen Krackenfischzahn. Einst nämlich, als er auf dem rothen Meer das Bleiloth niederließ, die Tiefe zu erforschen, da zockt' es unter'm Wasser, daß das Tau fast riß. Es hatte sich ein Krackenfisch im Loth verbissen und zween seiner Zähne darinne gelassen. Sie sind wie eine Schustersahle spitz und glänzend schwarz. Der Eine stak sehr fest, der andre ließ sich leicht ausziehen. Da nun ein solcher Zahn, etwa in Silber oder Gold gefaßt und bei sich getragen, besagte hohe Kraft besitzt und zu den größten Gütern, so man für Geld nicht haben kann, gehört, der Doctor aber dafür hielt, es zieme eine solche Gabe Niemand besser als einem weisen und wohldenkenden Gebieter, damit er überall, in seinen eigenen und Feindes Landen, sein Ohr und Auge habe, so gab er einen dieser Zähne seinem Grafen, wie er ja ohnedem wohl schuldig war, mit Anzeigung von dessen Heimlichkeit, davon der Herr nichts wußte. Von diesem Tage an erzeigte sich der Graf dem Doctor gnädiger als allen seinen Edelleuten oder Räthen, und hielt ihn recht als seinen lieben Freund, ließ ihm auch gern und sonder Neid das

Loth zu eigen, darin der andere Zahn war, doch unter dem Gelöbniß, sich dessen ohne Noth nicht zu bedienen, auch ihn vor seinem Ableben entweder ihm, dem Grafen, erblich zu verlassen oder auf alle Weise der Welt zu entrücken, wo nicht ihn gänzlich zu vertilgen. Der edle Graf starb aber um zwei Jahre eher als der Veylland, und hinterließ das Kleinod seinen Söhnen nicht; man glaubt, aus Gottesfurcht und weisem Vorbedacht hab er's mit in das Grab genommen oder sonst verborgen.

Wie nun der Doctor auch am Sterben lag, so rief er seinen treuen Diener Curt zu ihm an's Bett und sagte: Lieber Curt! es gehet diese Nacht mit mir zum Ende, so will ich dir noch deine guten Dienste danken und etliche Dinge befehlen. Dort bei den Büchern, in dem Fach zu unterst in der Ecke, ist ein Beutel mit hundert Imperialen, den nimm sogleich zu dir; du wirst auf Lebenszeit genug daran haben. Zum Zweiten, das alte geschriebene Buch in dem Kästlein daselbst verbrenne jetzt vor meinen Augen, hier in dem Kamin. Zum Dritten findest du ein Bleiloth dort, das nimm, verbirg's bei deinen Sachen, und wenn du aus dem Hause gehst in deine Heimath, gen Blaubeuren, laß es dein Erstes seyn, daß du es in den Blautopf wirfst. – Hiermit war er darauf bedacht, daß es, ohne Gottes besondere Fügung, in ewigen Zeiten nicht in irgend eines Menschen Hände komme. Denn damals hatte sich die Lau noch nie im Blautopf blicken lassen, und hielt man selben überdieß für unergründlich.

Nachdem der gute Diener Jenes alles, theils auf der Stelle ausgerichtet, theils versprochen, nahm er mit Thränen Abschied von dem Doctor, welcher vor Tage noch das Zeitliche gesegnete.

Als nachher die Gerichtspersonen kamen und allen kleinen Quark aussuchten und versiegelten, da hatte Curt das Bleiloth zwar bei Seit' gebracht, den Beutel aber nicht versteckt, denn er war keiner von den Schlauesten, und mußte ihn da lassen, bekam auch nach der Hand nicht einen

Deut davon zu sehen, kaum daß die schnöden Erben ihm den Jahreslohn auszahlten.

Solch Unglück ahnete ihm schon, als er, auch ohnedem betrübt genug, mit seinem Bündelein in seiner Vaterstadt einzog. Jetzt dachte er an nichts, als seines Herrn Befehl vor allen Dingen zu vollziehen. Weil er seit drei und zwanzig Jahren nimmer hier gewesen, so kannte er die Leute nicht, die ihm begegneten, und da er gleichwohl Einem und dem Andern Guten Abend sagte, gab's ihm Niemand zurück. Die Leute schauten sich, wenn er vorüber kam, verwundert an den Häusern um, wer doch da gegrüßt haben möchte, denn Keines erblickte den Mann. Dieß kam, weil ihm das Loth in seinem Bündel auf der linken Seite hing; ein andermal, wenn er es rechts trug, war er von Allen gesehen. Er aber sprach für sich: zu meiner Zeit sind di^{a} Blaubeur^{a}m^{a}r so grob ett gwä!

Bei'm Blautopf fand er seinen Vetter, den Seilermeister, mit dem Jungen am Geschäft, indem er längs der Klostermauer, rückwärts gehend, Werg aus seiner Schürze spann, und weiterhin der Knabe trillte die Schnur mit dem Rad. – Gott grü^{a}ß' di, Vetter Seiler! rief der Curt und klopft' ihm auf die Achsel. Der Meister guckt sich um, verblaßt, läßt seine Arbeit aus den Händen fallen und lauft was seine Beine mögen. Da lachte der Andere, sprechend: der denkt, mei' Seel, i wandele geistweis! D' Leut hant g'wiß mi für todt hi^{a} g'sagt, anstatt mein' Herr^{a} – ei so schlag'!

Jetzt ging er zu dem Teich, knüpfte sein Bündel auf und zog das Loth heraus. Da fiel ihm ein, er möchte doch auch wissen, ob es wahr sey, daß der Gumpen keinen Grund noch Boden habe (er wär' gern auch ein wenig so ein Spiguckes wie sein Herr gewesen), und weil er vorhin in des Seilers Korb drei große starke Schnürbund liegen sehn, so holte er dieselben her und band das Loth an einen. Es lagen just auch frischgebohrte Teichel, eine schwere Menge, in dem Wasser bis gegen die Mitte des Topfs, darauf er sicher Posto fassen konnte, und also ließ er das Gewicht hinunter, indem er immer ein Stück Schnur an seinem ausgestreckten Arm abmaß, drei solcher Längen auf ein Klafter rechnete und laut abzählte: – 1 Klafter, 2 Klafter, 3, 4, 5, 6, 7, 8, 9, 10; – da ging der erste Schnurbund aus, und mußte er den zweiten an das Ende knüpfen, maß wiederum ab und zählte bis auf 20. Da war der andere Schnurbund gar – Heid^{a}guguk, ist dees ^{a} Ti^{a}fe! – und band den dritten an das Trumm, fuhr fort zu zählen: 21, 22, 23, 24 – Höll-Element, mei' Arm will nimme! – 25, 26, 27, 28, 29, 30 – Jetzet gu^{a}t Nacht, s' Meß hot ^{a} End! Do heißt's halt, mir nex, dir nex, rappede kappede, so isch usgang^a! – Er schlang die Schnur, bevor er aufzog, um das Holz, darauf er stand, ein wenig zu verschnaufen, und urtheilte bei sich: der Topf ist währle bod^{a}laus.

Indem der Spinnerinnen Eine diesen Schwank erzählte, that die Wirthin einen schlauen Blick zur Lau hinüber, welche lächelte; denn freilich wußte sie am besten, wie es gegangen war mit dieser Messerei; doch sagten Beide nichts. Dem Leser aber soll es unverhalten seyn.

Die schöne Lau lag jenen Nachmittag auf dem Sand in der Tiefe, und, ihr zu Füßen, eine Kammerjungfer, Aleila, welche ihr die liebste war, beschnitte ihr in guter Ruh die Zehen mit einer goldenen Scheere, wie von Zeit zu Zeit geschah.

Da kam hernieder langsam aus der klaren Höh' ein schwarzes Ding, als wie ein Kegel, deß' sich im Anfang Beide sehr verwunderten, bis sie erkannten was es sey. Wie nun das Loth mit neunzig Schuh den Boden rührte, da ergriff die scherzlustige Zofe die Schnur und zog gemach mit beiden Händen, zog und zog, so lang bis sie nicht mehr nachgab. Alsdann nahm sie geschwind die Scheere und schnitt das Loth hinweg, erlangte einen dikken Zwiebel, der war erst gestern in den Topf gefallen und war fast eines Kinderkopfes groß, und band ihn bei dem grünen Schossen an die Schnur, damit der Mann erstaune, ein ander Loth zu finden, als das er ausgeworfen. Derweile aber hatte die schöne Lau den Krackenzahn im Blei mit Freuden und Verwunderung entdeckt. Sie wußte seine Kraft gar wohl, und ob zwar für sich selbst die Wasserweiber oder Männer nicht viel darnach fragen, so gönnen sie den Menschen doch so großen Vortheil nicht, zumalen sie das Meer und was sich darin findet von Anbeginn als ihren Pacht und Lehn ansprechen. Deßwegen denn die schöne Lau mit dieser ungefähren Beute sich dereinst, wenn sie zu Hause käme, bei'm alten Nix, ihrem Gemahl, Lobs zu erholen hoffte. Doch wollte sie den Mann, der oben stund, nicht lassen ohn' Entgelt, nahm also Alles was sie eben auf dem Leibe hatte, nämlich die schöne Perlenschnur an ihrem Hals, schlang selbe um den großen Zwiebel, gerade als er sich nunmehr erhob; und daran war es nicht genug, sie hing zutheuerst auch die goldne Scheere noch daran und sah mit hellem Aug', wie das Gewicht hinauf gezogen ward. Die Zofe aber, neubegierig, wie sich das Menschenkind dabei gebärde, stieg hinter dem Loth in die Höhe, und weidete sich zwo Spannen unterhalb dem Spiegel an des Alten Schreck und Verwirrung. Zuletzt fuhr sie mit ihren beiden aufgehobenen Händen ein maler viere in der Luft herum, die weißen Finger als zu einem Fächer oder Wadel ausgespreizt. Es waren aber schon zuvor auf des Vetter Seilers Geschrei viel Leute aus der Stadt herausgekommen, die standen um den Blautopf her und sahn dem Abenteuer zu, bis wo die grausigen Hände erschienen; da stob mit Eins die Menge von einander und entrann.

Der alte Diener aber war von Stund an irrsch im Kopf, ganzer sieben Tage, und sah der Lau ihre Geschenke gar nicht an, sondern saß da, bei seinem Vetter, hinter'm Ofen, und sprach des Tags wohl hundertmal ein altes Sprüchlein vor sich hin, von welchem kein Gelehrter in ganz Schwabenland Bescheid zu geben weiß, woher und wie oder wann erstmals es unter die Leute gekommen. Denn von ihm selber hatte es der Alte nicht; man gab es lang vor seiner Zeit, gleichwie noch heutiges Tags, den Kindern scherzweis auf, wer es ganz hurtig nach einander ohne Tadel am öftesten hersagen könne; und lauten die Worte:

> ’s leit [a] Klötzle Blei glei bei Blaubeur[a],
> glei bei Blaubeur[a] leit [a] Klötzle Blei.

Die Wirthin nannt’ es einen rechten Leirenbendel, und sagte: wer hätte auch den mindesten Verstand da drin gesucht, geschweige eine Prophezeihung!

Als endlich der Curt mit dem siebenten Morgen seine gute Besinnung wieder fand, und ihm der Vetter die kostbaren Sachen darwies, so sein rechtliches Eigenthum wären, da schmunzelte er doch, that sie in sicheren Verschluß, und ging mit des Seilers zu Rath, was damit anzufangen. Sie achteten Alle für’s Beste, er reise mit Perlen und Scheere gen Stuttgart, wo eben Graf Ludwig sein Hoflager hatte, und biete sie demselben an zum Kauf. So that er denn. Der hohe Herr war auch nicht karg und gleich bereit, so seltene Zier nach Schätzung eines Meisters für seine Frau zu nehmen; nur als er von dem Alten hörte, wie er dazu gekommen, fuhr er auf und drehte sich voll Ärger auf dem Absatz um, daß ihm der Wunderzahn verloren sey. Ihm war vordem etwas von diesem kund geworden und hatte er dem Doctor, bald nach Herrn Conrads Hintritt, seines Vaters, sehr darum angelegen, doch umsonst.

Dieß war nun die Geschichte, davon die Spinnerinnen damals plauderten. Doch ihnen war das Beste daran unbekannt. Eine Gevatterin, so auch mit ihrer Kunkel unter ihnen saß, hätte noch gar gern gehört, ob wohl die schöne Lau das Loth noch habe, auch was sie damit thue? und red’te so von Weitem darauf hin; da gab Frau Betha ihr nach ihrer Weise einen kleinen Stich, und sprach zur Lau: Ja, gelt, jetzt macht Ihr Euch bisweilen unsichtbar, geht herum in den Häusern und guckt den Weibern in die Töpfe, was sie zu Mittag kochen? Eine schöne Sach' um so ein Loth für fürwitzige Leute!

Inmittelst fing der Dirnen Eine an, halblaut das närrische Gesetzlein herzusagen; die Andern thaten ein Gleiches, und jede wollt' es besser können, und keine brachte es zum dritten oder vierten Mal glatt aus dem Mund; dadurch gab es viel Lachen. Zum Letzten mußte es die schöne Lau probiren, die Jutte ließ ihr keine Ruh. Sie wurde roth bis an die Schläfe, doch hub sie an, und klüglicher Weise gar langsam:

s' leit [a] Klötzle Blei glei bei Blaubeuren.

Die Wirthin rief ihr zu, so sey es keine Kunst, es müsse gehen wie geschmiert! Da nahm sie ihren Anlauf frisch hinweg, kam auch alsbald vom Pfad in's Stoppelfeld, fuhr buntüberecks und wußte nimmer gicks noch gacks. Jetzt, wie man denken kann, gab es Gelächter einer Stuben voll, das hättet Ihr nur hören sollen, und mitten draus hervor der schönen Lau ihr Lachen, so hell wie ihre Zähne, die man alle sah!

Doch unversehens, mitten in dieser Fröhlichkeit und Lust, begab sich ein mächtiges Schrecken.

Der Sohn vom Haus, der Wirth, – er kam gerade mit dem Wagen heim von Sonderbuch und fand die Knechte verschlafen im Stall – sprang hastig die Stiege herauf, rief seine Mutter vor die Thür und sagte, daß es Alle hören konnten: um Gotteswillen, schickt die Lau nach Haus! Hört Ihr denn nicht im Städtlein den Lärm? der Blautopf leert sich aus, die untere Gasse ist schon unter Wasser, und in dem Berg am Gumpen ist ein Getös und Rollen, als wenn die Sündfluth käme! – Indem er noch so sprach, that innen die Lau einen Schrei: das ist der König, mein Gemahl, und ich bin nicht daheim! – Hiermit fiel sie von ihrem Stuhl sinnlos zu Boden, daß die Stube zitterte. Der

Sohn war wieder fort, die Spinnerinnen liefen jammernd heim mit ihren Rocken, die Andern aber wußten nicht was anzufangen mit der armen Lau, welche wie todt da lag. Eins machte ihr die Kleider auf, ein Anderes strich sie an, das Dritte riß die Fenster auf, und schafften doch Alle miteinander nichts.

Da streckte unverhofft der lustige Koch den Kopf zur Thür herein, sprechend: ich hab' mir's eingebildet, sie wär' bei Euch! Doch, wie ich sehe, geht's nicht allzu lustig her. Macht, daß die Ente in das Wasser kommt, so wird sie schwimmen! – Du hast gut reden! sprach die Mutter mit Beben: hat man sie auch im Keller und im Brunnen, kann sie sich unten nicht den Hals abstürzen im Geklüft? – Was Keller! rief der Sohn: was Brunnen! das geht ja freilich nicht – laßt mich nur machen! Noth kennt kein Gebot – ich trag' sie in den Blautopf. – Und damit nahm er, als ein starker Kerl, die Wasserfrau auf seine Arme. Komm, Jutta, – nicht heulen – geh' mir voran mit der Latern'. – In Gottes Namen, sagte die Wirthin: doch nehmt den Weg hinten herum durch die Gärten: es wimmelt die Straße mit Leuten und Lichtern. – Der Fisch hat sein Gewicht! sprach er im Gehn, schritt aber festen Tritts die Stiege hinunter, dann über den Hof, und links und rechts, zwischen Hecken und Zäunen hindurch.

Am Gumpen fanden sie das Wasser schon merklich gefallen, gewahrten aber nicht, wie die drei Zofen, mit den Köpfen dicht unter dem Spiegel, ängstig hin und wieder schwammen, nach ihrer Frau ausschauend. Das Mädchen stellte die Laterne hin, der Koch entledigte sich seiner Last, indem er sie behutsam mit dem Rücken an den Kürbishügel lehnte. Da raunte ihm sein eigener Schalk in's Ohr: wenn du sie küßtest, freute dich's dein Lebenlang und könntest du doch sagen, du habest einmal eine Wasserfrau geküßt. Und eh' er es recht dachte, war's geschehen. Da löschte ein Schuck Wasser aus dem Topf das Licht urplötzlich aus, daß es stichdunkel war umher, und that es dann nicht anders, als wenn ein ganz halb Dutzend nasser Hände auf ein paar kernige Backen fiel' und wo es sonst hintraf. Die Schwester rief: was gibt es denn? – Maulschellen, heißt man's hier herum! sprach er: ich hätte nicht gedacht, daß sie am schwarzen Meer sottige Ding' auch kenneten! – Dieß sagend stahl er sich eilends davon, doch weil es vom Widerhall drüben am Kloster auf Mauern und Dächern und Wänden mit Maulschellen brazzelte, stund er bestürzt, wußte nicht recht wohin, denn er glaubte den Feind vorn und hinten. (Solch einer Witzung brauchte es, damit er sich des Mundes nicht berühme, den er geküßt, unwissend zwar, daß er es müssen thun, der schönen Lau zum Heil.)

Inwährend diesem argen Lärm nun hörte man die Fürstin in ihrem Ohnmachtschlaf so innig lachen, wie sie damals im Traum gethan, wo sie den Abt sah springen. Der Koch vernahm es noch von Weitem, und ob er's schon auf sich zog, und mit Grund, erkannte er doch gern daraus, daß es nicht weiter Noth mehr habe mit der Frau.

Bald kam mit guter Zeitung auch die Jutte heim, die Kleider, den Rock und das Leibchen im Arm, welche die schöne Lau zum letzten Mal heut am Leibe gehabt. Von ihren Kammerjungfern, die sie am Topf in Beiseyn des Mädchens empfingen, erfuhr sie gleich zu ihrem großen Trost, der König sey noch nicht gekommen, doch mög' es nicht mehr lang anstehn, die große Wasserstraße sey schon angefüllt. Dieß nämlich war ein breiter hoher Felsenweg, tief unterhalb den menschlichen Wohnstätten, schön grad und eben mitten durch den Berg gezogen, zwo Meilen lang von da bis an die Donau, wo des alten Nixen Schwester ihren Fürstensitz hatte. Derselben waren viele Flüsse, Bäche, Quellen dieses Gaus dienstbar; die schwellten, wenn das Aufgebot an sie erging, besagte Straße in gar kurzer Zeit so hoch mit ihren Wassern, daß sie mit allem Seegethier, Meerrossen und Wagen füglich befahren werden mochte, welches bei festlicher Gelegenheit zuweilen als ein schönes Schaugepräng mit vielen Fackeln und Musik von Hörnern und Pauken geschah.

Die Zofen eilten jetzo sehr mit ihrer Herrin in das Putzgemach, um sie zu salben, zöpfen und köstlich anzuziehen; das sie auch gern zuließ und selbst mithalf, denn sie in ihrem Innern fühlte, es sey nun Jegliches erfüllt, zusammt dem Fünften, so der alte Nix und sie nicht wissen durfte.

Drei Stunden wohl nachdem der Wächter Mitternacht gerufen, es schlief im Nonnenhof schon Alles, erscholl die Kellerglocke zweimal mächtig, zum Zeichen daß es Eile habe, und hurtig waren auch die Frauen und die Töchter auf dem Platz.

Die Lau begrüßte sie wie sonst vom Brunnen aus, nur war ihr Gesicht von der Freude verschönt, und ihre Augen glänzten, wie man es nie an ihr gesehen. Sie sprach: Wißt, daß mein Ehgemahl um Mitternacht gekommen ist. Die Schwieger hat es ihm voraus verkündigt ohnelängst, daß sich in dieser Nacht mein gutes Glück vollenden soll, darauf er ohne Säumen auszog, mit Geleit der Fürsten, seinem Ohm und meinem Bruder Synd und vielen Herren. Am Morgen reisen wir. Der König ist mir hold und gnädig, als hieß' ich von heute an erst sein Gespons. Sie werden gleich vom Mahl aufstehn, sobald sie den Umtrunk gehalten. Ich schlich auf meine Kammer und hierher, noch meine Gastfreunde zu grüßen und zu herzen. Ich sage Dank, Frau Ahne, liebe Jutta, Euch Söhnerin, und Jüngste dir. Grüßet die nicht zugegen sind, die Männer und die Mägde. In jedem dritten Jahr wird Euch Botschaft von mir; auch mag es wohl geschehn, daß ich noch bälder komme selber, da bring' ich mit auf diesen meinen Armen ein lebend Merkmal, daß die Lau bei Euch gelacht. Das wollen Euch die Meinen allezeit gedenken, wie ich selbst. Für jetzo, wisset, liebe Wirthin, ist mein Sinn: einen Segen zu stiften in dieses Haus für viele seiner Gäste. Oft habe ich vernommen, wie Ihr den armen wandernden Gesellen Guts gethan mit freier Zehrung und Herberg. Damit Ihr Solchen fortan mögt noch eine weitere Handreichung thun, so werdet Ihr zu diesem Ende finden bei'm Brunnen hier einen steinernen Krug voll guter Silbergroschen: davon theilt ihnen nach Gutdünken mit, und will ich das Gefäß, bevor der letzte Pfennig ausgegeben, wieder füllen. Zudem will ich noch stiften auf alle hundert Jahr fünf Glückstage (denn dieß ist meine holde Zahl), mit unterschiedlichen Geschenken, also, daß wer von reisenden Gesellen der Erste über Eure Schwelle tritt am Tag der mir das erste Lachen brachte, der soll empfangen, aus Eurer oder Eurer Kinder Hand, von fünferlei Stücken das Haupt. Ein Jeder, so den Preis gewinnt, gelobe, nicht Ort noch Zeit dieser Bescherung zu verrathen. Ihr findet aber solche Gaben jedesmal hier nächst dem Brunnen. Die Stiftung, wisset, mache ich für alle Zeit, so lang ein Glied von Eurem Stammen auf der Wirthschaft ist.

Nach diesen Worten redete sie noch Manches leise mit der Wirthin und sagte zuletzt: vergesset nicht das Loth! der kleine Schuster soll es nimmermehr bekommen. – Da nahm sie nochmals Abschied und küßte ein Jedes. Die beiden Frauen und die Mädchen weinten sehr. Sie steckte Jutten einen Fingerreif mit grünem Schmelzwerk an und sprach dabei: Ade, Jutta! Wir haben zusammen besondere Holdschaft gehabt, die müsse fernerhin bestehen! – Nun tauchte sie hinunter, winkte und verschwand.

In einer Nische hinter dem Brunnen fand sich richtig der Krug sammt den verheißnen Angebinden. Es war in der Mauer ein Loch mit eisernem Thürlein versehen, von dem man nie gewußt, wohin es führe; das stand jetzt aufgeschlagen, und war daraus ersichtlich, daß die Sachen durch dienstbare Hand auf diesem Weg seyen hergebracht worden, deßhalb auch Alles wohl trocken verblieb. Es lag dabei: ein Würfelbecher aus Drachenhaut, mit goldenen Buckeln beschlagen; ein Dolch mit kostbar eingelegtem

Griff; ein elfenbeinen Weberschifflein; ein schönes Tuch von fremder Weberei, und mehr dergleichen. Aparte aber lag ein Kochlöffel aus Rosenholz mit langem Stiel, von oben herab fein gemalt und vergoldet, den war die Wirthin angewiesen dem lustigen Koch zum Andenken zu geben. Auch Keins der Andern war vergessen.

Frau Betha hielt bis an ihr Lebensende die Ordnung der guten Lau heilig, und ihre Nachkommen nicht minder. Daß Jene sich nachmals mit ihrem Kind im Nonnenhof zum Besuch eingefunden, davon zwar steht nichts in dem alten Buch, das diese Geschichten berichtet, doch mag ich es wohl glauben.

Es waren seit der Fürstin Abschied nah bei hundert Jahr vergangen, als unser Seppe, der Schuster, im Dörflein Suppingen vom Wagen stieg, dem Bäuerlein noch vielmals dankte und sich von ihm den Weg Blaubeuren zu nachweisen ließ. Bis Mittag, sagte der Mann, könne er gar wohl dort seyn.

Das hätte sich auch nicht gefehlt, bald aber fing sein Hühneraug ihn wieder zu buksiren an. Er mußte alle fünfzig Schritt hinsitzen, und wenn er einmal saß, trat er das Rad so fleißig, als wenn er auf Bestellung zu arbeiten hätte. Endlich zum letztenmal riß er sich auf und hinkte vollends die Steig hinab.

Sie läuteten im Kloster Drei, da er in's Städtlein kam.

Während er nun auf die Herberge zu ging, lief eben Jörg Seysolff, der Wirth und Bräumeister, über den Hof, und sprach zu seinem Weib, die auf der Hausbank saß und ihren Salat zum Abendessen putzte: schau, Emerenz, da kommt auch schon der Dritt'! – Ei, weiß Gott, sagte sie: und ist ein Unterländer – ach mein, knappt der daher! dem sey es 'gunnt.

Der Seppe sah hoch auf, als ihn die Leute so mit sonderlicher Freundlichkeit begrüßten. Sie gingen alle Beide gleich mit ihm hinauf. Er ließ sich eine Halbe geben, ein Sauerkraut mit Schweinefleisch aufwärmen.

Der Wirth, wie er vernahm, daß er von Stuttgart käme, frug ihn nach Dem und Jenem: ob sie auch Hagelwetter drunten hätten? was jetzt die Gerste gelte? bis wann des Grafen Jüngste Hochzeit habe, von deren Schönheit man überall höre. Der Seppe diente ihm auf Alles ordentlich, dagegen er sich über's Essen Manches von hiesigen Geschichten, besonders von dem Wasserweib, erzählen ließ. Auch zeigte ihm der Wirth das alte Conterfei von ihr im Hausgang an der Stiege, so wie das herrliche Kunstwerk, den Bauren-Schwaiger, an welchem er sich nicht satt sehn und hören konnte. Das laßt mir, sagte er, doch einmal einen Dreher heißen, wo den gemacht hat! – Ja, meinte Jörg, die Arbeit ist auch nicht an Einem Tag gemacht. – Will's glauben, sagte der Seppe und seufzte, denn er gedachte an seine Dreherei.

Nachdem er nun gegessen und getrunken, frug er nach seiner Schuldigkeit. Zween Batzen, war die Antwort. Die legt der Seppe auf den Tisch. Bekämt Ihr sechzehn Kreuzer 'naus, sagte der Wirth, zählte sie hin und steckte die zween Batzen ein, wie wenn es sich so in der ganzen Welt von selbst verstünde. Es war jedoch ein alter Brauch von der Frau Betha Zeiten her, den Reisenden auf solche Weise ihren Zehrpfennig zu reichen. Der Schuster lächelte, als wollt' er fragen, wie ist das gemeint? – Laßt's gut seyn, lieber Gesell, sprach Jörg Seysolff: kommt mit zu meinem Ehni, der sagt Euch schon mehr.

Er führte ihn durch einen langen Gang an eine stille Thür, die that er vor ihm auf. Da saß in einer säuberlichen Stube ein gar schöner Greis von achtzig Jahr in einem Sorgenstuhl bei'm Fenster. Die Sonne fiel eben ein wenig zwischen den Vorhänglein durch auf einen kleinen Tisch, so vor ihm stand, schneeweiß gedeckt, darauf nichts weiter denn ein blauer Topf mit Wasser und noch Etwas in einem Tuche war. Der Alte aber war der kleine Hans, Frau

Betha's Herzblatt, gewesen. Er redete den Schuster in Gegenwart des Wirthes also an:

Hab' Gott zum Gruß auf dieser Schwell'!
Obwohl das Glück dein Reis'gesell;
Ob solches mit dir in der Wiegen
Von Mutterleib aus kam zu liegen,
Ob du es in dem Gürtel hegest,
Ob du es in den Sohlen trägest.

Hierauf behändigte der Greis dem Seppe das Tüchlein und sprach: du magst es einmal, wenn du Meister bist und gründest deinen eignen Herd, deiner Liebsten verehren, am Heirathstag, dazu dir aller Segen werde.

Was aber war im Tuch? Eine silberne Haube, – man konnte nichts Schöneres sehen. Der Seppe wäre deckenhoch gesprungen, wenn sich's geschickt hätte.

Nun sagte ihm der Alte, wem er das Angebind verdanke, dann ließ er ihn Verschwiegenheit geloben, zu dessen sichtlicher Bekräftigung er einen Finger in dem Topfe netzen und auf den Mund legen mußte. Auch gab er dem Gesellen noch eine christliche Vermahnung, empfing den Dank desselben und ganz am End empfahl er ihm, wenn er ein Klötzlein Blei von ungefähr wo finde hier herum, so möge er solches daher in den Nonnenhof bringen. – In seines Herzens Freude fast hätte er's versprochen, da fiel ihm zum Glück noch der Pechschwitzer ein, deßwegen er nur sagte: ich will sehn.

Jetzt machte er sich auf die Bahn und lenkte seine Schritte zuvörderst hinter das Kloster, wo ihm der Quell gleich in die Augen strahlte. So viel man ihm davon gerühmt, doch hätte er sich solche Wunderpracht in seinem Sinn nicht eingebildet, und meinte er bei sich: es ist nicht anders denn als wenn zum wenigsten ein Stücker sechs Blaufärber sammt einem vollen Kessel eben erst darin ersoffen wären!

Wie er sich recht daran ersättigt und im Andenken an das Wasserweib etliche Vaterunser aus gutem Herzen für ihr Heil gebetet hatte (denn er der Meinung war, sie sitze schon bei hundert Jahr sammt andern armen Heidenseelen auf der hellen Wiese, da sie in Wahrheit jung und schön wie ehedem noch bei den Ihren lebte), vergaß er auch das Klötzlein nicht, nach welchem so viel Fragens war. Er hatte von dem Doctor Veylland und dem Loth schon als ein kleiner Bube den Urgroßvater hören erzählen. Der Bauer wußte nichts davon; den Wirth im Nonnenhof befrug er aber nicht, weil ihm erst jetzt einkam, es seye mit dem Blei wohl gar dasselbe Loth gemeint. Nun sah er hinter manchen Busch und Baum, und weiterhin an seiner Straße hier und dort in einen Graben, fand aber nichts dergleichen und ließ sich endlich deßhalb keine grauen Haare wachsen.

Der Schmerzen seines Fußwerks ganz und gar vergessen, und nichts als Glücksgedanken und Habergeisen in dem Kopf, hinkt' er so immerfort das Blauthal hinunter. Bisweilen, wenn es ihm sein Linker zu arg machte, hockt' er auf einen Stein, packte die silberne Haube heraus und legte sie vor sich auf's Knie, an seinen zukünftigen Schatz dabei denkend. Es war nur gut, daß ihm nicht wissend, was schon zween andere Gesellen, ein Feilenhauer und ein Nagelschmied, nur eine halbe Stunde eh er kam, aus dem Nonnenhof davongetragen, er hätte seine Haube nur noch mit halben Freuden angesehen. Die beiden Bursche waren auf der Steig hinter der Stadt an dem Schuster vorübergekommen und hatten ihn gegrüßt, doch weil er eben saß und in Gedanken mit dem Rad im besten Werken war, so sah er gar nicht auf und brummte nur so für sich hin: Schön guten Morgen! – obzwar die Sonne ihm von Abend auf den Buckel schien. Ja Morgen nach dem Bad! sagte der Eine, und lachten sich Beide die Haut voll darüber.

Mit sinkender Nacht kam er wohl- oder übelbehalten nach Ulm.

Es war gerade Markt und hie und da Musik und Tanz. Er trat in eins der nächsten Wirthshäuser, wo ihrer sechs Gesellen bei'm Wein an einem Tisch beisammen saßen und einen Rundgesang anstimmten. Mann für Mann sang einzeln sein Gesetz, darauf mit Macht der Chor einfiel und sie alle die Gläser anstießen. Der Leser mag wohl so viel Verse vernehmen, als sie eben jetzt sangen; das Lied im Ganzen ist viermal so lang.

Erster Gesell

Seyd Ihr beisammen all'?
Ihr Freund', auf allen Fall
Zeigt eure Professionen an,
Daß wir nach Sitten stoßen an,
Mit großem Freudenschall!

Chor

Zeigt eure Professionen an,
Daß wir nach Sitten stoßen an!

Zweiter

Eine Wiege vor die Freud',
Eine Bahre vor das Leid:
Meinem Hobel ist das Alles gleich,
Der denkt, ich mach' den Meister reich,
Spähn' gibt es allezeit.

Chor

Seinem Hobel ist etc.

Dritter

Meine Arbeit ist wohl fein,
Von Gold und Edelstein;
Allein das kriegt man bald gar satt,
Zumal man es nicht eigen hat:
Gebt mir so güldnen Wein!

Chor

Ich glaub's ihm schon, das wird man satt etc.

Vierter

Wen freut ein kecker Muth,
Nicht dau'rt sein junges Blut,
Ich schaff' ihm Wehre mannigfalt,
Zu Scherz und Ernst, wid'r Feindsgewalt;
Mein Zeug ist allweg gut.

Chor

Und gilt es wider Feindsgewalt,
Ein Spieß und Schwert uns auch gefallt.

Fünfter

Der Schneider sitzt am Glas;
Vom Wirth nehm' ich die Maas,
Zu Hause schaff' ich gar nicht viel,
Meine Stich' mach' ich bei'm Kartenspiel,
Da weiß ich doch für was.

Chor

Ei, Bruder Leipziger, bessr' Er sich,
Denn, sieht Er, das ist liederlich.

Sechster

Meine Kunst, das glaubt gewiß,
Schreibt sich vom Paradies.
Von Mägdlein bin ich werthgeschätzt,
Ich hab' ja was ihr Herz ergetzt,
Veiel und Röslein süß.

Chor

Von Mägdlein ist er etc.

Jetzt kam die Reihe an den Schuster, und da derselbe sein Gesetzlein so aus froher Kehle sang, ward es dem

Seppe um den Brustfleck weh, daß er sein gutes Handwerk lassen sollte. Dabei vermerkte er, wie ihn sein rechter Schuh zweimal ganz weidlich vor Vergnügen zwickte, so zwar, wie wenn er sagen wollte: hörst du Narr?

Erster

Gebt meinem Stand die Ehr'!
Den Schuster braucht man sehr.
Zwar führ' ich nicht den besten Gout,
Allein wer macht euch Hochzeitschuh,
Wenn ich kein Schuster wär'?

Chor

Zwar führt er nicht etc.

Dem Seppe quoll bereits das Wasser in den Augen; er sprach bei sich mit ingrimmigen Schmerzen: du bist kein Schuster und bist auch kein Dreher, du bist der wirtenbergisch Niemez! – Und schwur in seine Seele, hinfort zu bleiben was er war.

Zweiter

Und wer kein Pietist,
Und auch kein Hundsfott ist,
Der mag sich wohl beim Wein erfreu'n –
Mein letzter Schluck soll ehrlich seyn!
So meint's ein guter Christ.

Chor

Stoßt an, Kameraden, stimmet ein:
Mein letzter Schluck soll ehrlich seyn!

Hier stand der Seppe auf, trat hin zu den Companen und grüßte mit bescheidener Ansprache. Da machten sie ihm Platz an ihrem Tisch, tranken ihm zu und hörten, was für ein Landsmann er sey, welches Gewerbs, wohin er wollte. Warum bleibt Ihr nicht hier? sagte Vincenz, der Schuster: in Ulm ist es schön und Arbeit findet Ihr dermal genug. – Er ließ sich nicht schwer überreden, und schon den andern Tag stand er bei einer jungen Wittwe ein, von welcher ihm der Herbergvater sagte.

Als er das erstemal in deren Haus einging, empfing er eine Warnung: sein rechter wollte nicht über die Schwelle; doch achtete er weiter nicht darauf.

Die Wittwe war eine schöne Person, und wie der Seppe schon nicht leicht mehr Eine ansah, daß ihm nicht einfiel was der Pechschwitzer sagte: vielleicht begegnet dir dein Glück einmal auf Füßen: so prüfte er auch jetzt, obwohl mit schüchternen Blicken, die stattliche Frau. Sie sah sehr blaß, nicht gar vergnügt, und sparte ihre Worte gegen Jedermann. Ihr Thun in allen Dingen war aber sanft und klug, so daß sie einen jungen Mann wohl locken konnte.

Es mag zuvor schon Manchem so mit ihr gegangen seyn, bei'm Seppe blieb es auch nicht aus, und desto minder, da ihm nach den ersten Wochen däuchte, er gelte vor den Andern etwas bei der Meisterin. Geschah es, daß sie ihrer Einen nöthig hatte, zu einer kleinen Hilfe außerhalb der Werkstatt, dann rief sie immer zehnmal gegen Eines ihn vom Stuhl hinweg, und wenn er Samstags für die Küche Holz klein sägte, sie aber backte eben Zwiebelkuchen, da trug sie ihm gewiß ein Stück, warm von dem Ofen weg, zum Voraus in den Schopf hinaus; das schmeckte zu solchem Geschäft aus der Faust ganz außer Maßen.

Von dort an aber gebärdeten sich des Hutzelmanns lederne Söhne sehr übel; insonderheit auf der Gesellenkammer war oft die halbe Nacht in Seppes Kasten, wo sie standen, ein Gepolter und Gerutsch, als hätten sie die ärgsten Händel miteinander, und die Gesellen schimpften und fluchten nicht wenig deßhalb. Es ist der Marder, sagten sie: er hat den alten Schlupf zwischen den Dielen wieder gefunden; wird nicht viel fehlen hat er Junge; wir brechen morgen auf und bescheren in's Kindbett. – Der Seppe schwieg dazu; am andern Morgen aber holt' er in der Stille einen schweren platten Stein aus einem Bühnenwinkel vor, den stellte er bedachtsam mit dem Rand auf sie, quer über den Reihen. So, sprach er, jetzt ihr Ketzer, ihr schwernöthige, jetzt bocket, gampet und durnieret, wenn ihr könnt! – Da molestirten sie hinfort auch Niemand mehr.

Nun, lieber Leser, ist es Zeit, daß du erfahrest, wie es derweil ergangen mit dem andern Paar, das der Gesell an jenem Morgen auf der Brücke ließ, als er aus Stuttgart wanderte.

Nicht tausend Schritt war er hinweg, kam eine Bäuerin von Häslach her und sah die Schuh. Die hat der Böse hingestellt, mir zur Versuchung! dachte sie, bekreuzte sich und lief ihrer Wege. Spazierte drauf – denn es war ein Feiertag, – ein Seifensieder aus der Stadt gemächlich, nach seinem Weinberg zu schauen. Derselbe aber war ein Frommer. Wie er die herrenlose Waare sieht, denkt er, wie geht das zu? die wären meiner Frau wie angemessen! Ich will mich nicht vergreifen, das sey fern: nur wenn ich wieder komme und sie stehn noch da, mag mir's ein Zeichen seyn, daß sie der liebe Gott mir schenkt für meine Christel. Damit das Pärlein aber nicht etwan von der Sonnenhitze leide, nahm es der kluge Mann und stellte es unter die Brücke in Schatten, wo es nicht leicht ein Mensch entdecken mochte.

Bald drauf kommt aus dem Thor ein sauberes Bürgermädchen, Vrone Kiderlen, einer Wittfrau Tochter; trug ein Gràttlein am Arm und wollte Himbeern lesen im Bupsinger Wald. (Der hatte seinen Namen von einer Ortschaft auf dem Berg, von welcher heutzutag die Spur nicht mehr vorhanden ist, doch heißt der Wald daher noch jetzo der Bopser.) Indem sie nun über das Brücklein geht, patscht etwas unten, und so ein paarmal nach einander. Was mag das seyn? denkt sie und steigt hinunter an den Bach. Heilige Mutter! nagelneue Schuh! ruft sie, und schaut sich um, ob sie nicht Jemand sehe, der sie vexiren wollte oder ihr den schönen Fund thun ließ, weil eben heut ihr Wiegentag war. Sie nahm das Paar, zog es zur Probe einmal an und freute sich, wie gut es ihr paßte und wie gar leicht sich darin gehen ließ. Bald aber kam ihr ein Bedenken an, und schon hat sie den Einen wieder abgestreift; der andere hingegen wollte ihr nicht mehr vom Fuß. Sie drückte, zog und preßte, daß ihr der Schweiß ausbrach, half nichts – und war sie doch so leicht hineingekommen!

Je mehr sie diesem Ding nachdachte, desto verwunderlicher kam's ihr vor. So eine verständige Dirne sie war, am Ende glaubte sie gewiß, die Schuhe seyen ihr von ihrer Namens-Heiligen Veronica auf diesen Tag beschert, und dankte alsbald der Patronin aus ehrlichem Herzen. Dann zog sie ohne Weiters auch den andern wieder an, schob ihre alten in den Deckelkorb und stieg getrost den Berg hinauf.

Im Wald traf sie ein altes Weib bereits im Himbeerlesen an. Diese gesellte sich zu ihr, obwohl sie einander nicht kannten. Während aber nun Beide so hin und her suchten, geschah's, daß sich der Vrone an den linken Fuß eine kostbare Perlenschnur hing, die da im Moos verloren lag. Das Mädchen merkt' es nicht und trat bei'm nächsten Schritt von ungefähr sich mit dem andern Schuh die Schnur vom linken los; das sah das Weib von hinten, hob heimlich das Geschmeide auf und barg's in ihrem Rock.

Die Schnur war aber keine andere, denn jene von der schönen Lau, und war an die Tochter des jetzigen Grafen, die schöne Irmengard, von dessen Frau Ahne vererbt.

Als endlich die Zwei nach einander heim gingen, verkündigte just in den Straßen des Grafen Ausrufer, daß gestern im Bupsinger Forst, unfern dem Lusthaus, ein Nuster mit Perlen verloren gegangen, und wer es wieder schaffe, dem sollten fünfzehn Goldgulden Finderlohn werden. Da freute sich das Weib, zog eilig ihre besten Kleider daheim an, kam in das Schloß und ward sogleich vor die junge Gräfin gelassen. Ach Frau, ach liebe Frau! rief diese ihr schon in der Thür entgegen: Ihr habt wohl mein Nuster gefunden? gebt her, ich will es Euch lohnen! –

Nun zog das Weib ein Schächtelein hervor und wie das Fräulein es aufmachte, lagen sechs oder sieben zierliche Mausschwänze drin, nach Art eines Halsbands künstlich geschlungen. Das Fräulein that einen Schrei und fiel vor Entsetzen in Ohnmacht. Das Weib in Todesängsten lief davon, ward aber von der Wache auf den Gängen festgenommen und in Haft zu peinlichem Verhör gebracht. Darin bekannte sie nichts weiter als daß sie da und da den Perlenschmuck vom Boden aufgehoben und ihn, so schön wie er gewesen, daheim in die Schachtel gethan, der guten und ehrlichen Meinung, das gnädige Fräulein damit zu erfreuen. Im Wald sey aber eine Dirn' an sie gerathen, die müss' es mit dem Bösen haben, von dieser sey der Streich. – Weil nun der Graf nicht wollte, daß man bei so bewandten Sachen viel Aufhebens mache, da mit Gewalt hier nichts zu richten sey, ließ man das Weib mit Frieden. Zum Glück kam nichts von ihren Reden an die Vrone, sie wäre ihres guten Leumunds wegen drob verzweifelt.

Auch anderweits erlebte sie in ihren Wunderschuhen viel Unheil, obschon der Segen nicht ganz mangelte. Als zum Exempel ging sie Sonntag Nachmittag gern über einen Wiesplatz hinter ihrem Haus, eine Gespielin zu besuchen; da stieß sie sich ein wie das anderemal an so ein kleines verwünschtes Ding von einem Stotzen, wie sie pflegen auf Bleichen im Wasen zu stecken, fiel hin, so lang sie war, hub aber sicher einen Fund vom Boden auf: nicht allemal ein Stücklein altes Heidengold, einen silbernen Knopf oder Wirtel, dergleichen oft der Maulwurf aus der Erde stößt, doch war ihr ein ehrliches Gäns-Ei, noch warm vom Legen, gewiß. Besonder ging es ihr bei'm Tanz: da sah man sie zuweilen so conträre, wiewohl kunstreiche,

Sprünge thun, daß Alles aus der Richte kam und sie sich schämen mußte. Als ein gutes und fröhliches Blut zwar zog sie sich's nicht mehr als billig zu Gemüth und lachte immer selbst am ersten über sich, nur hieß es hinterdrein: Schad' um die hübsche Dirne, sie wird mit Einem mal ein ganzer Dapp! Die eigne Mutter schüttelte den Kopf bedenklich, und eines Tages sagte sie, als ginge ihr ein Licht wie eine Fackel auf, zur Tochter: ich wette, die vertrackten Schuh allein sind Schuld! Der Alfanz hat mir gleich nur halb gefallen; wer weiß was für ein Rauner sie hingestellt hat. – Das Mädchen hatte selber schon an so Etwas gedacht, jedoch verstand sie sich nicht leicht dazu, sie gänzlich abzuschaffen, sie waren eben gar zu gut und dauerhaft. Indeß ging sie noch jenen Tag zum Meister Bläse, sich ein paar neue zu bestellen. Es war derselbige, bei welchem es der Seppe nicht aushalten mögen. Die Vrone sah auf dessen Stühlchen ungern einen Andern sitzen; sie hatte ihn gekannt und gar wohl leiden können.

Wie nun der alte Bläse ihr das Maß am Fuß nahm, stachen ihm die fremden Schuhe alsbald in die Augen. Er nahm den Einen so in seine feiste Hand, betrachtete ihn stillschweigend lang und sagte: da hat Sie was Apartes: darf man fragen, wo die gemacht sind? – Das Mädchen, welches bis daher von ihrem Fund noch weiter Niemand hatte sagen wollen, gab scherzweis zur Antwort: ich hab' sie aus dem Bach gezogen! – Die fünf Gesellen lachten, der Alte aber brummte vor sich hin: das könnt' erst noch wahr seyn.

Am Abend in der Feierstunde sprach er zu seinem Weib und seiner Tochter Sara: ich will Euch Etwas offenbaren. Die Kiderlen hat ein Paar Glücksschuh am Fuß; ich kenne das Wahrzeichen. – Ei, meinte die Tochter aus Neid: sie haben ihr noch keinen Haufen Geld und auch noch keinen Mann gebracht. – Es kann noch kommen, versetzte der Alte. – Wohl, sagte die Mutter: wenn man sie ihr nur abführen könnt'! ich wollte so Etwas der Sare gönnen. –

Da beschlossen sie dann miteinander, der Vater solle ein Paar Schuh wie diese machen und die Sare sie heimlich verwechseln.

Der Mann begab sich gleich den andern Morgen an die Arbeit. So häkelich sie war, dennoch, die feinen, wundersam gezackten Nähte, die rothe Fütterung mit einem abgetragenen Stück Leder, Alles zumal gerieth so wohl, daß er selbst sein Vergnügen dran hatte. Die böse List in's Werk zu setzen, ersannen sie bald auch Mittel und Wege.

Dicht bei der Stadt, wo man heraus kommt bei dem Thor, welches nachmals, von dortiger Schießstatt her, das Büchsenthor hieß, sah man zu jener Zeit noch einen schönen ansehnlichen Weiher, ähnlich dem Feuersee, der eine gute Strecke weiter oben dermalen noch besteht. Am Ufer war ein Balken- und Brettergerüst mit Tischen und Bänken hinein in das Wasser gebaut, wo die Frauen und Dirnen der Stadt ihre Wäsche rein zu machen pflegten. Hier stunden sie manchmal zu Vierzig oder Fünfzig, seiften und rieben um die Wette, und hatten ein Gescherz und Geschnatter, daß es eine Lust war, Alle mit bloßen Armen und Füßen. Nun paßten des Schusters wohl auf, bis die Vrone das nächste Mal wusch; denn Bläses Haus lag hart am See, und stieß das Wasser unten an die Mauer. Auf einen Mittwoch Morgen, da eben schönes warmes Wetter war, kam denn die junge Kiderlen mit einer Zaine: geschwind sprang auch die Sare mit der ihren, und traf es glücklich, neben sie an Einen Tisch zu kommen. Da stellten Beide ihre Schuh, wie es der Brauch war, unter die Bank. Die Vrone hatte seit acht Tagen heut das erstemal ihr Glückspaar wieder angelegt, mit Fleiß: denn weil sie richtig dieser ganzen Zeit das Melkfaß nimmer umgestoßen, das Spinnrad nimmer ausgetreten, noch sonst einen bösen Tritt gethan, so wollte sie, des Dinges ganz gewiß zu seyn, jetzo die Gegenprobe machen. Die falsche Diebin war mit den paar Lacken, so sie mitgenommen, in einer Kürze fertig, schlug sie zusammen, bückte sich, stak, in

Einem Umsehn in des Pechschwitzers Schuhen, schob ihres Vaters Wechselbälge dafür hin, und: B'hüt Gott, Vronele! mach' au bald ein End! – mit diesen Worten lief sie fort, frohlockend ihrer wohl vollbrachten Hinterlist; und als die Andre nach drei Stunden, um die Essenszeit, vergnügt auch heim ging unter den Letzten, nahm sie der Täuscherei nicht im geringsten wahr.

Der Pechschwitzer aber, der wußte den Handel haarklein, und dachte jetzt darauf, wie er dem Bläse gleich die nächste Nacht den Teufel im Glas zeigen wolle.

Derselbe hatte allezeit, besonders auf die Krämermärkte, dergleichen eben wieder einer vor der Thüre war, einen großen Vorrath seiner Waare in einer obern Kammer, die nach dem See hinaus ging, liegen. Nach Zwölfe in der Nacht vernahm die Schusterin ein seltsamliches Pflatschen auf dem Wasser, stieß und erweckte ihren Mann, damit er sehe was sey. – Ei, was wird's seyn! Die Fisch' hant öfters solche Possen. – Er war nicht wohl bei Muthe, hatte gestern bei'm Wein einen Bösen gethan, und hub gleich wieder an zu schnarchen und zu raunsen. Sie ließ ihm aber keine Ruh, bis er herausfuhr und ein Fenster aufthat. Erst rieb er sich die Augen, alsdann sprach er verwundert: der See ist schwarz und g'rutzelt voll mit Wasserratten! weit hinein, wohl fünfzehn Ellen von der Mauer. Junge und alte, Kerl wie die Ferkel sind darunter! man sicht's perfect, es ist sternhell. Ei, ei, sieh, sieh! die garstige Kogen! wie sie die Schwänz' für Wohlseyn schwenken, schlurfen, rudern und schwimmen! Ursach ist aber, weil es diese Zeit so heiß gewesen, da bad't das Schandvolk gern.

Dem Bläse kam es so besonder und kurzweilig vor, daß er sich einen Stuhl an's Fenster ruckte, die Arme auf den Simsen legte und das Kinn darauf. So wollte er der Sache noch eine Weile warten. Die Augen wurden ihm allgemach schwer und fielen ihm gar zu, doch fuhr er fort zu seinem Weib zu sprechen, welches inmittelst wieder eingedoset war, unsinnige verkehrte Reden, wie Einer führt im

Traum und in der Trunkenheit. Du Narr, sprach er, was Armbrust, Bolz und Spieß, in solchen Haufen! das würd' viel batten! … Mordsakerlot, ich wollt', das Bulver wär' erfunden allbereits! Mit drei, vier Traubenschuß, aus einer Quartan-Schlang' oder Tarras, wollt' ich nicht schlecht aufräumen da unter der Bagasche! –

Jetzt aber that es wiederum Patsch auf Patsch. Der Schuster streckte seinen Kopf hinaus und wußte nicht woran er sey, mit allen seinen fünf Sinnen. Denn es flog nur so mit denen Thierern aus dem Kammerladen über ihm, ja unversehens fuhr ihm deren eines an den Schädel, und wie er's packt in seiner Faust, da sah es wahrlich einem schweren Bauernstiefel von seiner eignen Arbeit gleich auf's Haar! Voll Schrecken rief er seinem Weib, schrie die Gesellen aus dem Schlaf, und bis sie kamen, pflanzet' er sich selbst mit einem Prügel an die Thür der obern Bodenstiege, damit ihm der Spitzbuben keiner entkomme. Allein es ließ sich Niemand sehn, noch hören, und als die Gesellen erschienen, die Bühne wohl umstellten und der beherzteste von ihnen die Kammerthür aufriß, und keine Menschenseele zu verspüren war, fiel dem Bläse das Herz in die Hosen. Er sagte leis zu seiner Frau: die Sach' steht auf Saufedern, Weib, – es steckt, schätz' ich, ein Anderer dahinter, der ist mir zu gewaltig! Und nannt' ihr den Pechschwitzer. Die Schusterin, die sonst ein Maul als wie ein Scharsach führte, war da auf einmal zahm, bebte an allen Gliedern, und so die Tochter auch. Der Bläse aber sprach zu den Gesellen: macht keinen Lärm! geht vor in Nachbar Lippens Hof, des Fischers, macht in der Stille ein paar Nachen los, nehmt was ihr findet an Stangen und Netzen: wir müssen alle Waare noch vor Tag zusammenbringen, sonst hab' ich Schand und Spott der ganzen Stadt.

Indem sie gingen rannte schon der Fischer über die Gasse und auf sie zu. Der hatte eben auf den See gehn wollen, etlicher Karpfen wegen, auf die Freitagsfasten, sah das wunderliche Wesen und lief, es dem Schuster zu melden. Indem sie nun zu Sieben, sammt dem Lipp, in zwei Schifflein vertheilt, bald hier bald dorthin stachen, faheten und suchten, begann es von Neuem zu werfen, und war es damit merklich auf ihre Köpfe abgezielt. Zwar kamen weder Schuh noch Stiefel mehr, dafür aber Leisten, deren auch eine Last droben lag; nicht alte garstige Klötze allein, vernutzet und vom Wurm zerstochen, auch schöne neue zum Verkauf, sämmtlich von gutem hartem Holz, und kamen tapfer nach einander durch die Luft daher. Da schrie denn Einer bald in dem, bald in dem andern Schifflein: Hopp! Schaut auf! – und schlug doch links und rechts ein mancher Donnerkeil nicht unrecht ein.

Der Fischer sagte zu dem Bläse: auf solche Weis', Gevatter, möcht' ich mein Handwerk nicht das ganz Jahr treiben. In allweg aber sey's bezeugt, Ihr wisset mit dem Netz wohl umzugehn. Von heut an möget Ihr als Obermeister einer ehrsamen Stuagarter Schuhmacherzunft ganz kecklich einen Hecht so kreuzweis über'n Leist in Euer Zeichen lassen malen, dem Sprichwort zum Trutz.

Der Morgen kam schon hell herbei, als sie nach vielem Schweiß, Angst, Noth und Schrecken den Weiher wieder glatt und sauber hatten. Der größte Nachen wurde voll des nassen Zeuges, auch war wieder ziemlich Alles beisammen, nur da und dort fand man am Tag ein und das andre Stück noch im Röhricht versteckt.

Von dieser Geschichte erging das Gerücht natürlicherweise gar bald an die Einwohnerschaft. Die Mehrsten achteten's für Satanswerk, und schwahnete es dem Meister schon, daß sich ein Manches scheuen werde, ihm seine Waare abzunehmen, wie sich's in Wahrheit auch nachher befand. Nach einem Scherzwort etlicher Fazvögel aber ward von dort an lange Zeit eine besondere Gattung grober Schuhe, so hier gemacht und weit und breit versendet wurden, nicht anderst mehr verschrieben, oder ausgeboten, als mit dem Namen: ächte, genestelte Stuttgarter Wasserratten.

Jetzt war des Meisters erste Sorge, daß das gestohlene Gut nur wieder fort aus seinem Haus und an die Eigenthümerin komme. Zwar seiner Frauen war am lichten Tag der Muth wieder gewachsen; ja, meinte sie, es sollte lieber Alles, Kundschaft und Haus und Hof hinfahren, nur diese Schuh' wenn sie behielten, da rindere ihnen (wie ein Sprichwort sagt) der Holzschlegel auf der Bühne. Der Bläse aber schüttelte das Haupt: meinst du, Er könne uns nicht auch am Leib was schaden? Behüt' uns Gott vor Gabelstich, dreimal gibt neun Löcher! – Er drohte seinem Weib mit Schlägen, wenn sie noch etwas sage, ging unmüssig im ganzen Haus herum, von einem Fenster zum andern, und wollte fast verzwatzeln, bis es dunkel ward, wo seine Tochter die vermaledeiten Schuhe unter den Schurz nahm und fort trug.

Sie schlich sich damit an der Kiderlen Scheuer von hinten und stellte sie in eine Fensterlucke, wo sie die Vrone, als sie früh in Stall ging, ihre Kuh zu futtern, auch sicherlich gefunden hätte, wenn sie vom Pechschwitzer nicht über Nacht wären wegstipitzt worden.

Indessen trug die gute Dirne das falsche Gemächt sonder Schaden, und wenn ein Tag herum war, hieß es bei'm Bettgehn allemal: jetzt aber, Mutter, glaubt Sie doch, daß es nicht Noth gehabt hat selletwegen? – Die Mutter sprach: beschrei' es nicht. – Auf solche Weise kam denn Alles wiederum in sein Geleis, und galt die Vrone wie vordem für ein kluges, anstelliges Mädchen.

Geraume Zeit nachdem sich Dieses zugetragen, saß der Bläse in seinem Weinberg draußen bei'm Herdweg auf der Bank am Gartenhaus, bekümmerten Gemüths, weil es die Zeit her stark hinter sich ging in seinem Geschäft. Indem er nun so in Gedanken den heurigen Herbst überschlug, was er ertragen könne, sammt den Zwetschgen, davon die Bäume schwer voll hingen – horch! vispert Etwas hinter ihm, und wer steht da? der Pechschwitzer, der Hutzelmann, der Tröster. Mein Schuster wurde käsebleich. Erschrecket nicht, Zunftmeister! ich komme nicht in Bösem. Wir haben einen Stuß miteinander gehabt, das ist ja wieder gut, und wär' es nicht, will ich's vergüten, so viel an mir ist. Jetzt aber hätte ich ein klein's Anliegen, Obermeister. – Und in was Stücken, liebes Herrlein, kann ich Euch dienstlich seyn? – Mit Erlaubniß, sprach der Hutzelmann und nahm Platz auf der Bank und hieß den Andern zu ihm sitzen: Seht, jensmal in der Nacht, da ich auf Eurem obern Boden war und Ihr am Fenster unten, hörte ich Euch ein Wörtlein sprechen, das will mir nimmer aus dem Sinn. Ihr habt gesagt: ich wollt' nur daß das Bulver schon erfunden wär! Was meintet Ihr damit?

Der Bläse, sich besinnend, machte ein Gesicht, als wenn ein Mensch aufwacht bei Nacht in einem Kuhstall, darein er seines Wissens mit eigenen Füßen nicht gekommen ist, lachte und sprach: Herrlein – das hätte der Bläse gesagt? nun, wenn ich es noch weiß, soll mich der Teufel holen! – Ei, schwöret nicht, mein Freund, entgegnet ihm der Andere, warum wollt Ihr es läugnen? Vertrauet mir's; nur so bei'm Beilichen, was das Bulver ist. Ich bin einmal in derlei Heimlichkeit ein stigelfizischer, seht. Euer Schaden soll's nicht seyn, und möget Ihr dafür Etwas von meinen Künsten lernen. – Da stellte sich der Bläse an, als wenn er freilich Etwas wüßte, und sprach: weil Ihr es seyd, Pechschwitzer, so möcht' ich Euch wohl gern zu Willen seyn; vergönnt mir nur Bedenkfrist einen Tag, damit ich doch mein Weib auch erst darum befrage. – Der Andre fand das nicht unbillig, bat ihn bei'm Abschied inständig nochmals, gelobte ihm Verschwiegenheit und wollte morgen wieder kommen.

Jetzt, Sante Blasi, hilf! – so rief der Alte aus, wie er allein war: jetzt muß das Bulver 'raus aus meinem dicken Schustersgrind und wenn's die halb Welt kostet! – Da saß er, hatte beide Ellenbogen auf den Knieen und beide Fäuste an den Backen. Vor die Ratten, sprach er, kann's nichts seyn, warum? sott's Bulver hat man lang. Selle Nacht aber ist es mir wampel gewesen, mag leicht seyn hat mir's traumt vom güldnen Magen-Triet, so allein der König in Persia hat. -- Es gibt ein Kräutlein, heißt Allermanns-Harnisch, und gibt ein anders, das heißt Dierletey, und wieder eins, *Mamortica*: kein Wurzler hat's, noch Krämer. Daraus hat meiner Mutter selig ihre G'schwey eine Salben gemacht, die war vor Alles gut. -- Ich will halt einmal gehn und schauen, was zu machen ist, und will erst Species kaufen; Probiren ist über Studiren.

Auf seinem Weg zur Stadt sann er scharf nach. Auf einmal schnellt' er mit dem Finger in die Luft, und – Wetter! rief er aus, kann Einer so ein Stier seyn und noch lang sinniren hin und her, wo doch ein Ding glatt auf der Hand liegt! Was mag ein Schuster bei dem andern sonst für einen Vortheil suchen zu erfahren, wenn es nichts aus dem Handwerk ist? Da laß ich mich schon finden.

Er lief zum Krämer stracks, zu holen was er brauchte. Daheim in einer hintern Stube setzt er sich an einen langen Tisch mit einer Halbmaas Wein, macht allda unterschiedliches Gemeng mit seinem besten Essig an zu einem schwarzen Quatsch, knetet und knauzet's wohl unter dem Daum, probirt's auf alle Weise, und war ihm lang nicht fein genug. Das dauerte bis an den andern Abend.

Wie nun der Hutzelmann auf die gesetzte Stunde pünktlich kam, und ihm der Bläse mit Geschmunzel seinen Teig hinhielt, roch der daran und sagte: lieber Mann, da hätten wir halt eine neue Schuhwichs? – Aufzuwarten, ja. – Mich will bedünken, sprach lächelnder Miene der Kleine: Ihr habt selbst noch weit hin bis Ihr das Bulver find't, und habt jetzt nur viel Arbeit, Müh und Kösten unnöthigerweis gehabt mit mir. Dafür, wie auch um andrer Einbuß willen, soll Euch indeß Vergütung werden. Ich will Euch das Recept zu meiner Fett-Glanz-Stiefelwichsen geben, die mögt Ihr schachtelweis mit gutem Vortheil verkaufen.

Das Männlein wußte wohl, was es hiermit verhieß, denn Meister Bläse ward ein reicher Mann mit solcher Handelschaft in wenig Jahren. Seine Erben bewahren annoch das Geheimniß, und allen feinen Leuten unsrer Tage (da zwar ein mehr belobtes Pulver zeither gefunden ist) wüßt' ich fürwahr eine bessere Wichs nicht zu nennen; obwohl ich nicht verschweigen darf, was der Pechschwitzer dazumal eben dem Bläse gar ehrlich bekannte: Ein Ledder wohl zu halten, nach Ledders Natur, ist das fürnehmst der Schmeer allezeit, und hat er Glanzes genug an ihm selbsten. Welcher Ausspruch indeß hier dahin gestellt bleibe.

Laßt aber sehn, was seither der Gesell in Ulm für Glückssprünge mag gemacht haben.

Zween Monat – eher drunter als drüber – kann er daselbst gewesen seyn, da war er mürb und gar bereits vor Liebe zu der Meisterin; und wenn er wohl bisweilen meinte, ein wenig mehr Gespräch und Fröhlichkeit stünd' ihr gut an, so dachte er doch immer gern eines alten wahrhaften Worts: Stille Schaf seynd Mille- und Wolle-reich, wird ihnen gewartet. Alle Samstag Nacht, wenn er auf seine Kammer ging, sprach er bei sich: jetzt morgen tragst du ihr die Heirath an, und wenn er eben drauf und dran war, ließ er's wieder, aus Blödigkeit und Sorge, sie möchte ihn zuletzt doch stolz ablaufen lassen.

Nun hatten sie einsmals ein Schweinlein gemetzelt, das zweite seitdem man den Lichtbraten hatte – es war schon im Hornung und schien ein vorzeitiger Frühling zu werden – da befand sich der Seppe am Morgen allein mit ihr in der Küche, das Fleischwerk in den Rauch zu hängen. Inmittelst als er sich die Leiter unter dem Schlot zurechtstellte, die Würste sich in Ringen um die Arme hing, erzählte er ihr von Regensburg und Regensburger Würsten, was er vom Hörensagen wußte; und wie er so mit seiner Tracht aufstieg in das Kamin, sie aber unten stand bei'm Herd, sprach sie: Nach Regensburg geht ihr doch noch; es liegt Euch allfort in Gedanken.

Der Seppe, weil sie ihm nicht in's Gesicht sehn konnte – denn oberhalb stak er im Finstern – nahm sich ein Herz und sagte: wenn es auf mich ankäm', ich wollte leben und sterben bei Euch.

Ihr sollt auch unvertrieben seyn! gab sie zur Antwort.

Ja, sagte er und stockte: es mag halt Einer doch auch nicht sein Lebenlang ledig verbleiben.

Sie sagte nichts darauf. Da fing er wieder an: Nach einem rechten Weibe kann ein armer Teufel heutigs Tags weit suchen.

Darauf sie ihm entgegnete: man sucht erst einmal in der Nähe.

Dem Seppe schossen bei dem Wort die Flammen in die Backen, als wollten sie oben zum Schornstein ausschlagen!

Die Stangen hingen alle voll, er hätte können gehn; allein der Angstschweiß brach ihm aus, er wußte nicht, wie er am hellen Tagslicht vor die Frau hintreten, noch was er weiter sagen solle. Drum nestelt' er und ruckt' und zappelte noch eifrig eine Weile an den Würsten hin und wieder. Auf einmal aber sprach er: Meisterin, ich habe je und je schon oftermals gedacht, wir wären für einander. Ich hätte eine Lieb' zu Ihr und groß Zutrauen.

Davon läßt sich schon reden! sagte sie. – Nun stieg er flugs herab, und stand vor ihr mit einem schwarzen Rußfleck um die Nase, darüber sie ein wenig lächelte, und einen Zipfel ihrer weißen Schürze nahm und ihn abwischte. Das that ihm ganz im Herzen wohl, er faßte ihre Hand und hatte ihren Mund geküßt eh' sie sich deß' versah. Sie aber gab ihm ein Gleiches zurück. – So seyd Ihr nicht mehr meine Meisterin, Ihr seyd jetzt meine Braut! – Sie bejaht' es, und waren sie Beide vergnügt, schwatzten und kos'ten noch lang miteinander.

Bevor er wieder in die Werkstatt ging, sagte sie noch: wir wollen Niemand etwas merken lassen, bis Ihr das Meisterrecht habt und wir bald fürsche machen können.

Selbigen Abend eilte es dem Seppe nicht wie sonst nach dem Essen zum Bier. Er freute sich schon seit dem Morgen auf diese gute Stunde. Sobald die Andern aus dem Haus, begab er sich auf seine Kammer, wusch und kämmte sich, legte ein sauberes Hemd und sein Sonntagswamms an, zu Ehren dem Verspruch, und als er dann neben der Frau so recht in Ruh und Frieden saß, die Läden und die Hausthür' zugeschlossen waren, ein frisches Licht im Leuchter angesteckt, so legt' er ihr zuvörderst die silberne Haube, seine Brautschenke, hin. Ja da empfing er freilich Lobs und Danks mit Haufen. Wo bringt's der Fantel her? mochte sie denken: da er es nicht gekauft, noch hoffentlich vom Markt gestohlen hat! – Sie hätte es gar gern gewußt, doch band er sich die Zunge fest und lachte nur so.

Sie holte Wein herauf vom Keller und er brachte den Schnitzlaib herunter. Der Leser bildet sich schon selber ein, sie werde heute schwerlich das erstemal davon gekostet haben: o nein, den Seppe kränkte nur, daß er nicht füglich alle Tage mit einem neuen Stück bei ihr ankommen konnte, indem die Meisterin schon ohnedas sich wunderte, was doch der Bursch für einen guten Döte habe an dem Stuttgarter Hofzuckerbecken (wie er ihr weiß gemacht), dem's auf ein Laiblein alle acht Tag nicht ankomme. Denn ob es ihm schon nicht verboten war zu offenbaren, wie es damit bewandt, so scheute er sich doch. Jetzt fühlte sie ihm besser auf den Zahn, und sagte: gesteht's nur, Seppe, gelt, Brod und Haube sind aus Einem Haus? – Das nicht, erwiedert' er: das Eine anbelangend, so will ich meine herzliebe Braut von Grund der Wahrheit berichten; denn mit dem Zuckerbeck, das war gespaßt. Habt Ihr in Ulm auch schon gehört vom Hutzelmann? – Kein Wort. – Vom Pechschwitzer, vom Tröster? – Nichts. – Gut denn. – Er nahm sein Glas, that ihr Bescheid, fing an, der Frau treuherzig zu eröffnen Alles, was ihm die Nacht vor seiner Reise widerfahren. Am Anfang schaute sie ihm so in das Gesicht dabei, als gält' es eben Scherz, doch weil er gar zu ernsthaft drein sah, dachte sie: er ist ein Wunder-Lecker und ein Träumer. Je mehr sie aber zweifelte, je mehr ereiferte er sich. Da will ich meiner Liebsten zum Exempel vom Doctor Veylland eine Geschichte erzählen, die ist gewiß und wahr, ich hab' sie von meinem Großvater. Ihr höret sie einmal zum Zeitvertreib, nachher mögt Ihr dran glauben oder nicht.

Der Veylland war ein guter Freund vom Graf Conrad von Wirtemberg, demselbigen, welcher den Grund zu meiner Vaterstadt gelegt, und trieb sein Wesen als ein stiller alter Herr in einem einzechten Gebäu, das stand daselbst im Thal unweit dem Platz, wo dermalen das Schloß zu sehen ist. Des Doctors vornehmstes Vergnügen war ein großer Garten hinter seinem Haus, drin pflanzte er das schönste Obst im ganzen Gau; nur daß ihm alle Herbst die Bupsinger Bauern die Hälfte wegstahlen, trotz einer hohen Mauer, so rings um das Haus und den Garten her lief. Dieß ärgerte den Herrn, daß er oft krank darüber ward. Jetzt kommt einmal am lichten Tag, indem er eben bei verschlossener Thür in einem alten Buch studiert, der Hutzelmann zu ihm, der Pechschwitzer, der Tröster (welchen zuvor der Doctor noch nicht kannte) und bietet ihm ein Mittel wider diese Gauchen, mit dem Beding, daß er ihm alljährlich einen Scheffel gute Wadelbiren liefere zu Hutzeln. Der Doctor ging das unschwer ein. Da brachte Jener unter seinem Schurzfell einen Stiefelknecht hervor von ordentlichem Buchenholz, noch neu und als ein wundersamer Krebs geschnitzt, mit einem platten Rücken und kurzen starken Scheeren; am Bauch untenher war er schwarz angestrichen, darauf mit weißer Farbe ein Drudenfuß gemacht. Nehmt diesen meinen Knecht, sagte der Hutzelmann: und stellet ihn wohin Ihr wollt im Haus, doch daß er freien Paß in Garten habe, etwa durch einen Kandel oder Katzenlauf. Im Übrigen laßt ihn nur machen und kümmert Euch gar nichts um ihn. Es kann geschehen, daß Ihr mitten in der Nacht hört einen Menschen schreien, winslen und girmsen, da springet zu, greifet den Dieb und stäupet ihn; dann sprechet zu dem Knecht die Wort:

Zanges, Banges, laß ihn gahn,
Wohl hast du dein Amt gethan.

Doch ehe Ihr den Bauern oder Nachtschach laufen laßt, sollt Ihr ihn heißen seine Stiefel oder Schuh abthun, dabei mein Knecht ihm trefflich helfen wird, und diese Pfandstück möget Ihr behalten, auch seiner Zeit nach Belieben verschenken. Dafern mein Krebs in seiner Pflicht saumselig würde oder sonst sich unnütz machte, schenkt ihm nur etlich gute Tritt keck auf die Aberschanz; ich hoff', es soll nicht nöthig seyn. Sonst ist er ganz ein frommes Thier, und zäh, man kann Holz auf ihm spalten; nur allein vor der Küchen sollt Ihr ihn hüten; er steigt gern überall herum und fällt einmal in einen Kessel mit heiß Wasser; das vertragt er nicht. Aber ich komme schon wieder und sehe selbst nach, lieber Herr. Gehabt Euch wohl. –

Der Doctor Veylland stellte jetzt den Stiefelknecht vor seine Stubenthür. Da blieb er stehen bis zum Abend unverregt, und sah so dumm wie ein ander Stück Holz. Im Zwielichten aber, wie man just an nichts dachte, ging es auf Einmal Holterpolter, Holterpolter die Stiege hinab und durch's Gußloch hinaus in den Garten. Da sahen Herr und Diener ihn vom Fenster aus durch's grüne Gras an der Mauer hin schleichen und kratteln, an allen vier Seiten herum und immer so fort, die ganze liebe lange Nacht.

Der alte Diener hatte seine Lagerstatt im untern Stock gegen den Garten; nun streckt' er sich in Kleidern auf sein Lotterbett. Eine Stunde verstrich nach der andern, der Alte hörte nichts, als hin und wieder wie durch das Geäst ein reifes Obst herunter rauscht' und plumpste. Doch gegen Morgen, eben da er sich auf's andre Ohr hinlegte und seine Zudeck' besser an sich nahm, denn es war frisch, erscholl von fernen her ein Zetermordgeschrei, als wenn es einem Menschen an das Leben geht. Der Diener sprang hinaus und sah auf sechzig Schritt, wie des Hutzelmanns Knecht einen baumstarken Kerl am Fersen hatte und mit Gewalt gegen das Haus herzerrte, also daß beide Theile rückwärts gingen, Dieb und Büttel (wie ja der Krebse Art auch ohnedem so ist), und war ein Zerren, Würgen, Sperren, Drängen und Reißen, dazu viel Keuchens und Schnaufens, Wimmerns und Bittens, daß es erbärmlich war zu hören und sehen.

Der arme Schächer, so ein Bupsinger Weinschröter war, trachtet' im Anfang wohl mitsammt dem Schergen durchzugehn, der aber hatte gut zwo Ochsenstärken und strafte ihn mit Kneipen jedesmal so hart, daß er sich bald gutwillig gab. Auf solche Weise kamen sie bis an das Haus, da hielt der Krebs gerade vor der Thür und stand der Doctor schon daselbst in seinem Schlafrock, lachend; sprach:

Zanges, Banges, laß ihn gahn,
Wohl hast du dein Amt gethan!

Dann ließ er den Bauern die Bundschuh austhun, und mochte der laufen.

Die andre Nacht gleich wurden ihrer Zween nach einander eingebracht, die dritte wieder Einer und alsofort bis auf die dreißig, lauter Bupsinger. Denn weil sich Jeder schämte, sagt's Keiner, die Andern zu warnen. Der gute Knecht verfehlte nicht leicht seinen Mann; ein einzigmal kam er mit einem leeren Stiefel angerutscht und hielt denselben bis zum Morgen unverruckt mit großer Kraft in seinen Zangen, bis ihn von ungefähr der Herr vom Haus erblickte. Das Schuhwerk aber nagelte der Diener alles nach der Reih' im leeren Pferdstall an der Wand herum. – Es gibt noch ein liebliches Stücklein davon: wie nämlich einst der Graf mit seiner Frauen und zwei Söhnlein auf Besuch bei dem Veylland gewesen. Herr Conrad bauete bei dessen Garten eine Stuterei – daher nochmals die Stadt Stutgarten hieß – beschied seinen Werkmeister her auf den Platz und zeigte selbst wie Alles werden sollte. Es wollte aber gern der Doctor denen kleinen Junkherrn eine Kurzweil schaffen und bat den Hutzelmann derhalben, um daß er ein unschuldig Zinselwerk bereite; der versprach's. Als nun die Knaben nach der Mahlzeit in dem Garten spielten, da ward's lebendig in dem Stall, und kam bald aus der Thür hervor ein ganzer Zug von kleinen zierlichen Rößlein, lauter Rappen mit Sattel und Zeug, und das waren die Stiefel gewesen; sie gingen zwei und zwei und wurden von kleinen Roßbuben geführt, und das waren die Bundschuh. Die Junker hatten ihre Freude mit den ganzen Abend. Auf Einmal that es außen an dem Garten einen Pfiff, der ganze Troß saß wie der Blitz ein Jeder in seinem Sattel, die Rößlein aber waren zumal Heupferde geworden, grasgrün, einen Schuh lang, mit Flügeln, die setzten all' über die Mauer hinweg und kamen nicht mehr. Doch nach der Hand fand man so Stiefel als Schuh wie zuvor an die Stallwand genagelt.

Vor Jahren habe ich zu Stuttgart auf dem Markt ein Spiel gesehn in einem Dockenkasten, so auch von Diesem handelte. Hätt' ich nur Alles noch so recht im Kopf! Da wird gesagt zum Vorbericht in wohlgesetzten Reimen, was ich Euch erst erzählt, und sonst noch was voraus zu wissen nöthig ist, von Bernd Jobsten, dem Hofnarrn. Der ward denselben Spätling fortgejagt vom Grafen, weil er nicht wollte seiner bösen Zunge Zaum und Zügel anlegen, absonderlich gegen die fremden Herrschaften und Gäste. Nun klagte er sein Mißgeschick dem Doctor, als welcher ihm schon einmal Gnade bei'm Herrn derhalben ausgewirkt, jetzt aber sich dessen nicht mehr unterstand; doch steuert' er ihm Etwas auf den Weg und hieß ihn auch die Schuh im Stall mitnehmen, wofern er etwa meinte, sich ein Geldlein mit zu machen. Ja, sagte der Narr: das kommt mir schon recht – vergelt' es Gott! – und holte sie gleich ab in einem großmächtigen Kräben, und trug sie auf dem Rücken weg, thalabwärts, wußte auch schon, was anfangen damit.

Am Necker unter'm Kahlenstein fand er des Grafen Schäfer auf der Weid' und stellte seine Bürde ein wenig bei ihm ab, erzählte ihm, wie er den Dienst verscherzt und was er da trage. Hiermit hebt denn die Handlung an, und spricht sofort der Narr:

Ich bin jetzt alt und gichtbrüchig,
Und meine Sünden beißen mich;
Drum will ich bau'n ein Klösterlein
Und selber gehn zuerst hinein,
In angenehmer Schauenlichkeit
Verdrönsgen dieses Restlein Zeit.

Spricht der Schäfer:

Klöster bauen kost't halt viel Geld.

Der Narr:

Just darauf ist mein Sinn gestellt.
Hiezu bedarf es ein Heilthum,
Daß alle Leut' gleich laufen drum.
Ein Armes bringt sein Scherflein her,
Der Reich' schenkt Äcker, Hof, Wald und mehr.

Der Schäfer:

Solch Heilthum kriegen ist nichts Kleins.

Der Narr:

Hat Mancher keins, er schnitzet eins.
Ich, Gott sey Dank, bin wohl versehn.
– Diese Schuh', mußt du verstehn,
Der vielberühmt Doctor Veylland
Nächst an der Stadt Jerusalem fand,
Unter'm Schutt in einer eisen Truh,
Ein gar alt Pergament dazu

Mit Juden-G'schrift. Selbes bekennt:
Als Mose nun hätt' Israels Heer
Geführet durch das rothe Meer,
Und König Pharao, Reiter und Wagen,
Ersäufet in der Tiefe lagen,
Frohlockt das Volk auf diesen Strauß,
Zog weinend Schuh und Stiefel aus,
Am Stecken sie zu tragen heim,
In's Land, wo Milch und Honigseim,
In ihren Häusern sie aufzuhenken
Zu solches Wunders Angedenken.
Aus sechs hundert tausend ohngefahr
Erlas man diese dreißig Paar
Und brachte sie an sichern Ort,
Als einen künftigen Segenshort;
Daß wer das Leder küssen mag
Sey ledig seiner Lebetag'
Von Allerwelts-Art Wassersnoth,
Auch Wassersucht und sottem Tod.

Der Schäfer:

Hast du das G'schrift auch bei der Hand?

Der Narr:

Das, mein' ich, gäb' dir dein Verstand.
Es liegt im Kräben unterst drin;
Und hätt' ich's nicht, gält's her wie hin.
Die Waar' blieb trocken auf Meeres Grund,
Und ist brodtrocken auf diese Stund!

Nun kenn' ich einen guten Pfaffen,
Der soll mir helfen mein Ding beschaffen,
Soll es anrühmen dem Provincial,
Der meld't's gen Rom dem General.
Da wird sehr bald Bescheid ergehn,
Man wöll der Sach nit widerstehn,

Sie soll'n nur forschen bei diesem Jobst,
Was er lieber wär', Prior oder Probst.

Als denn der Narr zum Pater in seine Zelle kommt und ihm den Antrag stellt, begehrt derselbe allererst das Pergament zu sehen. Ja, sagt der Schelm, vor'm Jahr noch hätt er's ihm wohl weisen können, allein, ganz schrumpflig, mürb und brüchig, wie er es überkommen, sey es ihm nach und nach zu Schanden gegangen. Dafür zieht er aus seinem Korb hervor ein alt schwer eisen Marschloß, vorgebend, es sey vor der Truchen gelegen. Der Mönch, wie leicht zu denken, hält ihm nichts drauf, verachtet ihm sein ganz Beginnen, verwarnet und bedrohet ihn gar. Der Narr, weil er vermeint, die Sach an ihr selbsten gefiel' ihm schon, sie möchte wahr seyn oder nicht, er scheue minder den Betrug als den Genossen, erboset er sich sehr in anzüglichen Reden und spricht mit der Letzt:

Sag, Pfaff, thust du die Bibel les'n?

Der Pater:

War die ganz Wuch'n drüber g'sess'n.

Der Narr:

Ich dacht nur, weil sie in Latein.

Der Pater:

Wohl! daß nit jed's Vieh stört hinein.

Der Narr:

Wohlan, so weißt du baß dann ich,
Was dort geweissagt ist auf dich
Und die Frau Mutter der Christenheit,
Wie ihr es nämlich treibt die Zeit.
Zum Exempel Proverbia
Im dreiß'gisten, was steht allda?

Die Eigel hat zwo Töchter schnöd:
Bring her, Bring her, heißen alle beed'.
Die Ein' hat einen Ablaßkram,
Die Ander' heischet sonder Scham.
– Ei, das hofft' ich nur auch zu nutzen.
Pfaff, du thät'st mit, hätt's nit sein' Butzen!

So zieht er ab mit seinem Kräben, unter heftigem Schelten und Drohen des Mönchs. Noch aber läßt er sein Vorhaben nicht, ein Kloster zu erbauen, und sollen ihm die Bundschuh und die Stiefel inallweg dazu helfen. Sobald er wieder auf der Straßen ist, spricht er:

Jetzt, wüßt' ich nur 's Pechfisels Haus!
Der macht' mir ein' Trupp Münchlein draus;
Die schicket' ich dann in die Welt,
Zu collectir'n ein Gottesgeld.
Vielleicht er macht sie mir gleich beritten
Auf Saumrößlein mit frommen Sitten:
Sie kämen doch viel 'ringer so 'rum,
Als wie per pedes apostolorum.

Nachdem er lang vergebens überall dem kleinen Schuster nachgefragt, so findet er denselben von ungefähr bei'm Bupsinger Brünnlein sitzen, an dem Berg, darin seine Wohnung und Werkstatt ist und wo er eben einen Becher Wassers schöpfte. Der Narr mit großer Scheinheiligkeit entdeckt ihm sein Anliegen, doch der Pechschwitzer antwortet ihm:

Ich dient' Euch gern, mein guter Freund,
Aber was geistlich Sachen seynd,
Laßt meine Kunst mit unverworr'n;
Es brächt' mir eitel Haß und Zorn.
Mein Rath ist darum: geht zur Stund,
Verkauft so gut ihr könnt den Schund.

Bei die Bupsinger droben, hör' ich, wär'
Großer Mangel eine Weil schon her.
So brauchet es kein lang Hausiren.
Doch müßt Ihr nicht Eu'r Geld verlieren,
Woll'n sie mit dem Beutel nit schier heraus,
Droht, es käm' ihnen der Werr in's Haus,
Der Presser; das werden sie schon verstehn.

Darauf der Narr:

Ich folg' Euch, Meister, und dank' Euch schön.

Jetzt kommt das Lustigste, das aber muß man sehen: wie nämlich Bernd Jobst in dem Dorf seinen Korb auf der Gasse ausschüttet, die Bauren aus den Häusern kommen und gleich ein groß Geriß anhebt, da Jeder mit Geschrei sein Eigenthum aussucht, und alle sich untereinander als Diebe verrathen. Sie weigern sich der Zahlung gar hartselig, bis sich der Jobst anstellt zu gehen und sich etwas verlauten läßt vom Werr, daß er ihn schicken wolle. Auf Dieses ist mit Eins ein Jeder willig und bereit, ja auch der gröbst Thorangel zahlt, was ihn ein neues Paar vom Krämermarkt nicht kostete.

Allmittelst hat der Schäfer bei Gelegenheit dem Grafen erzählt, was Wunderlichs der Jobst vorhabe, der Doctor aber es bestätiget nach dem, was er vom Pechschwitzer vernommen, und ist das Ende von dem Lied, daß Herr Conrad dem Narren für dießmal Vergebung ertheilt, weil ihm der Schwank gefallen.

So erzählte der Seppe. Die Meisterin hörte ihm nur so aus Höflichkeit zu und insgeheim mit Gähnen. Ja, ja, sprach sie am Ende: das sind mir einmal Sachen! – und nahm das Ränftlein in die Hand, das er von seinem Brod übrig gelassen. Nun, muß man wissen, hatte sie am Fenster einen schönen großen Vogel, der saß in seinem Ring frei da. Ihr erster Mann nahm ihn einmal an Zahlungsstatt vor einem bösen Kunden an; es war ein weißer Sittich mit einem schwarzen Schnabel und auch dergleichen Füßen. Er sollte, hieß es, Alles sprechen, wenn er das rechte Futter bekäme, und ob er zwar die ganze Zeit nicht sprach, und sich der Schuster dessenthalb betrogen fand, so ward er doch der Frau Liebling.

Derselbe schaute jetzt der Meisterin, wie sie das Restlein Brod so hielt, mit einem krummen Kopf begierig auf die Finger. Da sagte sie zu ihrem Bräutigam: soll es der Heinz nicht haben? – Der Seppe dachte freilich: damit geht manches Hundert schöner Laiblein ungesehn zu Schanden; doch gab er ihr zur Antwort: was mein ist, das ist Euer, und was Euch hin ist, soll auch mir hin seyn. – So schnellte sie den Brocken ihrem Heinz hinauf, der schnappte ihn, zerbiß und schluckt' ihn nieder; kaum aber war's geschehn, so hub der Sittich an zu reden und brachte laut und deutlich diese Worte vor:

Gut, gut, gut – ist des Hutzelmanns sein Brod.
Wer Einen hat umbracht und Zween, schlägt auch den Dritten todt.

Die Meisterin saß bleich als wie die Wand auf ihrem Stuhl, der Gesell aber, wähnend, sie sey darob verwundert vielmehr denn entsetzt, lachte und rief: der ist kein Narr! er meint, wenn man es einmal recht verschmeckte, fräß' Einer leicht auf Einen Sitz drei Laib! – Darauf die Frau zwar gleichermaßen groß Ergötzen an dem Thier bezeugte; doch mochte es ihr wind und weh inwendig seyn, und als der Bräutigam, nachdem er lang genug von dem närrischen Vogel gered't und Scherz mit ihm getrieben, jetzo von andern, nöthigen Dingen zu handeln begann: wie sie es künftighin im Haus einrichten wollten, wen von den Gesellen behalten, wem kündigen und so mehr, war sie mit den Gedanken unstet immer nebenaus; das wollten sie bei guter Zeit ausmachen, sagte sie, that schläfrig, besah die Haube noch einmal und setzte sie auf vor dem Spiegel – Puh! friert's mich in der Hauben! rief sie zumal und schüttelte sich ordentlich: das Silber kältet so. – Dann sagte sie: wenn schwarze Band dran wären, mein! es wär' recht eine Armesünderhaube für eine fürstliche Person! – und lachte über diese ihre Rede einen Schochen, daß den Gesellen ein Gräusel ankam. Gleich aber war sie wieder recht und gut, gespräch, liebkos'te dem Gespons und machte ihn vergnügt wie er nur je gewesen. Darnach so gaben sie einander küssend Gute Nacht und ging er aller guten Dinge voll auf seine Kammer.

Den andern Morgen, es war Sonntag, sah er den schönen Sittich nicht mehr sitzen in dem Ring, und die Meisterin sagte mit unholder Miene: das Schnitzbrod hat ihm schlecht gethan, ich fand ihn unter'm Bank da todt und steif, und schafft' ihn mir gleich aus den Augen.

Das däuchte dem Gesellen doch fast fremde, auch sah er einen Blutfleck am Boden. Am meisten aber wunderte und kränkte ihn, daß ihm die Frau so schnorzig war.

Am Nachmittag, weil seine Braut nicht heim kam von der Kirche aus, spazierte er mit seinen Kameraden um den Wall nach einer neuen Schenke gegen Söflingen. Einer von ihnen schlug ein paarmal bei ihm auf den Busch und stichelte auf seine Liebste; da denn ein Anderer, ein loser Hesse, den Scherz aufnahm und sagte: der Fang wär' recht für einen Schwaben, die haben gute Mägen, Schuhnägel zu verdauen.

Weil nun der Seppe nicht verstand wie das gemeint sey, blieb er mit seinem Nebenmann, einem ehrlichen Sindelfinger, ein wenig dahinten und frug ihn darum. Das ist dir eine neue Mär? sprach der gar trocken: deine Meisterin, sagt man, hab' in Zeit von drei Jahr ihren zween Männern mit Gift vergeben. Vom letzten soll es sicher seyn, vom ersten glaubt's darum ganz Ulm. Den zweiten hat man erst verwichenes Frühjahr begraben. Die Richter hätten ihr das Urthel gern zum Tod gesprochen, konnten aber nichts machen, denn auf dem Sterbbett sagte ihr Mann, er habe Schuhnägel gefressen. Dergleichen fanden sich nachher auch richtig in dem Leib, allein man glaubt, er habe sie in Schmerzen und Verzweiflungswuth, als er das Gift gemerkt, nur kurze Zeit vor seinem End geschluckt.

Dem Seppe verging das Gesicht. Er schritt und schwankte nur noch so wie auf Wollsäcken bis in die Schenke. Dort stahl er sich hinweg und ließ sein volles Glas dahinten.

Abwegs in einem einsamen Pfad saß er auf einer Gartenstaffel nieder, seine Lebensgeister erst wieder zu sammeln. Alsdann dankte er Gott mit gefalteten Händen, daß er ihn noch so gnädig errettet, überlegte und kam bald zu dem Beschluß, gleich in der nächsten Nacht das Haus der schlimmen Wittwe, ja Ulm selbst insgeheim zu verlassen. Er blieb dort sitzen auf dem gleichen Fleck, bis die Sonne hinab und es dunkel war. Dann ging er in die Stadt, strich, wie ein armer Sünder und Meineider, lang in den Straßen hin und her, und suchte zuletzt, von Durst und Hunger angetrieben, eine abgelegene Trinkstube, wo viele Gäste zechten, ihn aber Niemand kannte. Dort barg er sich in einem dunklen Sorgen-Eck bei einem Fenster nach den Gärten und der Donau zu.

Er konnte, wie man spricht, von keinem Berg sein Unglück übersehen. Zu allem Herzleid hin, nicht gar sechs Batzen im Vermögen – denn einen Rest Guthabens bei der Frau, wie hätte er ihn fordern mögen? – dazu sein gutes Hutzelbrod verheillos't, das ihm jetzt auf der Reise für Hungersterben hätte dienen können, und endlich Spott und Schande vor und hinter ihm!

Er ging bei sich zu Rath, ob er in seine Heimath solle oder weiter ziehen. Das Eine kam ihn schier so sauer wie das Andre an. Was werden deine Freunde sagen, wenn du schon wieder kommst, als wie der Brogel-Wenz vom welschen Krieg? (derselbe nämlich grüßte die Weinsteig schon wieder am siebenten Tag) – so dachte er; allein die Welt, so weit es in der Fremde heißt, kam ihm jetzt giftig, gräulich vor, so öd und traurig wie das Ulmer Elend, das er dort unten in den Gärten liegen sah; aus einem Fenster dämmerte der kleine Schein vom Licht des Siechenwärters, dabei vielleicht ein armer Tropf, fern von dem lieben Vaterland, jetzt seinen Geist aufgab. Darum, es koste was es wolle, heim ging sein Weg, nur Stuttgart zu! Von keinem Menschen gedachte er Abschied zu nehmen, am wenigsten von Ihr, deren Gestalt und Mienen er mit Grauen immer vor sich sah. Deßhalb er auch nicht eher aus dem Wirthshaus ging, als bis er sicher war, ihr nicht mehr zu begegnen, und seine Mitgesellen ebenfalls schon schliefen. Es war schon Zwölfe und die Scharwach kam zum zweitenmal, den letzten Gästen abzubieten.

Wie er nun langsam durch die leeren Gassen nach seinem Viertel lenkte, vernahm er oben in dem Giebel eines kleinen Hauses den Gesang von zwo Dirnen, deren Eine, eines Kürschners Tochter, Kunigund, er wohl kannte, ein braves und sehr schönes Mädchen, mit welchem er im Pflug manchen Schleifer herum getanzt hatte. Wär' er nicht gleich im Anfang so tief in die Wittwe verschossen gewesen, die hätte ihm vor allen Ulmer Bürgerskindern wohl gefallen, und er ihr auch.

Die Dirnen plauderten, wie es ihm vorkam, finsterlings im Bett und sangen das Lied von dem traurigen Knaben, dem sein Schatz verstarb, das hatte zum Titel: Lieb in den Tod, und eine so herrliche Weise als sonst vielleicht kein anderes. Da sie es noch einmal von vorn anfingen, stand er still und horchte hinter einer Beuge Faßholz stille zu.

Uf^{a}m Kirchhof, am Chor,
Blüeht ^{a} Blo-Holder-Strauß,
Do fleugt ^{a} weiß Täuble,
Vor's tag^{a} thuet, aus.

Es streicht wohl ^{a} Gäss^{a}le
Nieder und zwu^{a},
Es fliegt mer in's Fenster,
Es kommt uf mi zu^{a}.

Jetz kenn' i mein' Schatz
Und sei linneweiß G'wand,
Und sei silberes Ringle
Von mir an der Hand.

Es nickt mer en Grueß,
Setzt se nieder am Bett,
Frei luegt mer's in's G'sicht,
Aber a^{n}rüehrt me's net.

Drei Woch^{a} vor Ostr^{a},
Wann's Nachthüehle schreit,
Do mach^{a} mer Hochzig,
Mei Schatz hot mer's g'sait.

Mer mach^{a} kein' Lebtag,
Mer halt^{a} kein' Tanz.
Wer goht mit zur Kirch^{a}?
Wer flicht mer d^{a} Kranz?

In währendem Zuhören dachte der Seppe: die wird sich auch wohl wundern wenn sie hört, ich sey bei Nacht und Nebel fort als wie ein Dieb! – und dachte ferner: wenn diese Gundel deine Liebste hätte werden sollen, und wär' dir heut gestorben, ob du jetzt übler dran wärest denn so, oder besser? – Er wußte in der Kürze sich selbst keinen Bescheid darauf, stöhnte nur tief aus der Brust und ging weiter.

Bei'm Haus der Wittwe angekommen, drehte er den Schlüssel in der Thür so leis er konnte um, schlich auf den Zehen an ihrer Schlafkammer vorbei, kam in die seinige, von den Gesellen unberufen, und packte seine Sachen ein, nachdem er erst die guten Kleider aus- und andere angezogen, auch mit herzlicher Reue des Hutzelmanns Schuhe, die es so gut mit ihm gemeint, unter dem Stein hervor genommen und sie nach langer Zeit das erstemal wieder an die Füße gethan.

Und also schied er auf Zeitlebens aus dem Haus, darin er sich vor wenig Stunden noch als wie in seinem Eigenthum vergnüglich umgeschaut hatte. Er kam an das Liebfrauen-Thor und schellte dem Wächter; der ließ ihn hinaus und war der einzige Mensch in ganz Ulm, welcher ihm Glück auf die Reise gewünscht.

Als er so in der Nacht, auf trockener Landstraße und bei gelinder Luft, nicht völlig eine halbe Stunde weit gewandert war, so regte sich sein Linker allbereits mit Jukken, Treten, Hopsen und sonst viel Ungebühr. So, rief der Seppe grimmig: moi^{n}st, d i ^{a} Gugelfu^{a}hr gang wieder a^{n}? I will d'r beizeit d'rfür thu^{a}! – saß nieder, riß den linken ab und faßte auch den rechten, – da fiel ihm ein, den könnt'st du anbehalten: mit Einem Fuß im Glück ist besser denn mit keinem; zog also einen Stiefel an zum andern Schuh, probiert' es eine Strecke, und wahrlich es that gut.

In seinem Innern aber, so arg es auch darin noch durcheinander ging, daß ihm das Heulen näher als das Pfeifen lag, so gab er sich doch selbst schon kühnlicheren Zuspruch mit Vernunft, nahm sein versehrtes Herz, drückt' es, gleich wie die Hausfrauen pflegen mit einem zertretenen Hühnlein zu thun, in sanften Händen wieder zurecht, und endlich ging sein Trost und letzter Schluß dahin, wie sein Vetter als sagte: es hat nur drei gute Weiber gegeben: die Eine ist im Bad ersoffen, die Ander' ist aus der Welt geloffen, die Dritte sucht man noch.

Unweit Gerhausen kam schon allgemach der Tag; bald sah er auch Blaubeuren liegen, und auf den Dächern rauchte hie und da schon ein Kamin.

Eine Ackerlänge vor dem Thor geschah ihm Etwas unverhofft.

Dort zog der Weg sich unter den Felsen linker Hand an einer Steile hin. Der Seppe dachte eben, wenn er jetzt in das Städtlein käme, ein warmes Frühstück thäte seinem Magen wohl, und rechnete, wie weit er damit komme, denn sein Beutel machte nicht viel leiden. Bei dem Bräumeister konnte er aber mit Ehren nicht wieder einsprechen; er meinte, die Leute möchten sagen: dem hat das Handwerksburschen-Einmaleins im Nonnenhof gefallen und mag ihm ganz eine kommode Rechnung seyn! Dieß denkend schritt er hitziger fürbaß – mit Eins aber kann er nicht weiter und ist er mit dem Schuh wie angenagelt an den Boden, zieht, reißt und schnellt, zockt noch einmal aus Leibeskräften, da fuhr er endlich aus dem Schuh – der aber flog zugleich den Rain hinunter, wohl eines Hauses Höhe, in einen Felsenspalt!

Gern oder ungern mußte ihm der Seppe nach. Als er nun mit Gefahr den Fleck erreicht, wo er ihn hatte fallen sehen, und in dem Steinriß mit der Hand herum suchte, auch alsbald ihn erwischte, indem so stieß er an ein fremdes Ding, das zog er mit an's Licht: – Hoho! d a v o n kam dir die Witterung!? rief er und hielt das Bleiloth in der Hand, betrachtet' es mit Freuden, schlupft in den Schuh und ist wie der Wind wieder oben. Nachdem er den Fund in den Ranzen gesteckt, der jetzo freilich das Zwiefache wog, ging er nicht wenig getröstet hinein in die Stadt.

Die Leute machten erst die Läden auf und trieben das Vieh an die Tränke. Er kam an einem Bäckerhaus vorbei, da roch gerade so ein guter warmer Dunst heraus, daß es ihn recht bei der Nase hinein zog. Er ließ sich einen Schnaps und keinen kleinen Ranken Brod dazu geben; das hielt dann wieder Leib und Seele auf etliche Stunden zusammen.

Sofort auf seinem Weg probierte er das Loth auf alle Weise, wenn hin und wieder ein Metzger oder sonst ein

Mensch bei ihm vorüberkam, und als er nur den Vortheil erst mit Rechts und Links weg hatte, vertrieb er sich die Zeit, sammt seinem Herzensbrast, auf das anmuthigste und beste.

Auf der Höhe der Feldstetter Markung fuhr hinter ihm daher mit einem leeren Wagen und zween starken Ochsen ein Böhringer Bauer. Der Seppe wollte gern ein Stück weit von ihm mit genommen seyn und sprach ihn gar bescheiden und ziemlich darum an; der aber war ein grober Knollfink, that als hört' er ihn nicht. Ei, denkt mein Schuster: hörest du mich nicht, so hab' mich auch gesehn, und sollst mich dennoch führen! – verschwand wie ein Luftgeist im Rücken des Manns und setzte sich hinten auf's Brett. Da sprach der Bauer mit sich selbst und maulte: Hätt' i viel z' thau^{n}, wenn i di^{a} Kerle äll uflad^{a} wött – Hott ane, Scheck! – di^{a} Scheur^{a}burzler do! äll Hunds-Od^{a}m lauft o^{a}r d'rher. Mi^{a}r kommt ko^{a}r über d' Schwell und uf d^{a} Wag^{a}, mi^{a}r et! – Das hörte der Gesell mit großem Ergötzen und hielt sich immer still, gleichwie der Andre auch still ward. Nach einer Weile holt der Böhringer just aus, auf schwäbische Manier die Nas' zu putzen, hielt aber jäh betroffen inn', denn hinter ihm sprach es, als wie aus einem hohlen Faß heraus, die Wort:

Zehn Ochsen und ein Bauer sind zwölf Stück Rindvieh.

Der Bauer, mit offenem Maul, schaut um, schaut über sich gen die Sperlachen, horcht, ruft Oha dem Gespann, steigt ab dem Wagen, guckt unterhalb zwischen die Räder, und da kein Mensch zu sehen war, und auf der Ebene weit und breit kein Baum oder Grube, noch sonst des Orts Gelegenheit darnach gewesen wäre, daß sich ein Mensch verbergen mochte: stand ihm das Haar gen Berg, saß eilends auf und trieb die Thiere streng in Einem Trott, was sie erlaufen mochten, bis vor seinen Ort, denn er vermeinte nicht anders, als der Teufel habe ihm Spitzfündiges aufgegeben, und wenn er den Verstand nicht dazu habe, so gehe es ihm an das Leben.

Der Seppe stieg nicht bälder von dem Wagen als bis der Bauer in seiner Hofrait hielt, dann wandelte er durch's Dorf, unsichtbarlich, und hatte mit diesem Abenteuer, die schöne Kurzweil ungerechnet, wohl eine halbe Meil Weges Profit.

Er kam in's Thal hinunter und auf Urach, er wußte nicht wie.

Vor dem Gasthaus, demselben, wo er im Herweg übernachtet war, stiegen etliche reisende Herren von Adel sammt ihren Knechten gerade zu Roß; er hörte, sie ritten auf Stuttgart. Herrn Eberhards Tochter hatte Hochzeit, als gestern, gehabt mit Graf Rudolph von Hohenberg; auf eben diese Zeit beging ihr Herr Vater, der Graf, seine silberne Hochzeit. Es dauerten die Lustbarkeiten noch drei Tage lang am Hof und in der Stadt, Turnier und andre Spiele. Das hörte der Geselle gern; er dachte, da hat man deiner nicht viel Acht und mögen deine Freunde glauben, du kamst des Lebtags wegen heim. Ihn lüstete nicht sehr darnach, demungeachtet säumte er sich nicht auf seinem Weg, und als er sich um die drei Groschen und etliche Heller, so er aus allen Taschen elendiglich zusammenzwickte, noch einmal wacker satt gegessen und getrunken, so setzt' er seinen Stab gestärkt und muthig weiter. Stets einem flinken Wässerlein, der Erms, nachgehend, befand er sich gar bald vor Metzingen.

Er dachte trutzig und getrost vor Jedermanns Augen den Ort zu passiren, wo er vor einem halben Jahr den Schabernack erlitten, und war auf Schimpf und Glimpf gefaßt, nur wollte er zuvor den zweiten Stiefel noch außen vor dem Ort anthun, damit er doch nicht mit Gewalt den Spott der Gaffer auf sich ziehe. Aber wie er sich dazu anschicken will, kommt ihm ein Anderes dazwischen, das ließ ihm keine Zeit.

Gleich vor dem Flecken, frei auf einem Gutstück, lag

eines Schönfärbers Haus; an dessen Einer Seite hingen allerhand Stück Zeug, in Roth, Blau, Gelb und Grün gefärbt, auf Stangen und im Rahmen aufgezogen, davor ein grüner Grasplatz war. Dort nun, doch näher bei der Straße, sah der Seppe, nur einen Steinwurf weit von ihm, das nasenweise Färberlein stehn, das Gesicht nach dem Flekken gekehrt. Das Bürschlein hatte Gähnaffen feil, weil seine Meistersleute nicht daheim, oder paßte es auf eine hübsche Dirne, sah und hörte deßhalb weiter nichts.

Wohl bei der Heck', du Laff! sagte der Seppe frohlokkend vor sich, indem er risch seitab der Straße sprang: jetzt will ich dir den Plirum geigen! – warf seinen Ranzen links herum, lief eilig zu und stand unsichtbar auf dem Wasen, ein Dutzend Schritte hinter dem Färber. Geschwind besann er sich, was er zuerst beginne, trat an das Lattenwerk, zog wie der Blitz einen trockenen Streif des rothen Zeugs herab und breitete denselben glatt auf's Gras; alsdann stellte er sich in leibhafter Gestalt, ohne Willkomm und Gruß, nicht in Gutem noch Bösem, ganz dichte vor den Färber hin. Der, seinen Feind erkennend, macht' ein Gesicht als wie der Esel, wenn er Teig gefressen hat; und plötzlich wollte er auf und davon. Der Schuster aber hatt' ihn schon gefaßt – kein Schraubstock zwängt ein Werkholz fester denn unser Geselle das Büblein hielt bei seinen zween Armstecken. Er hieß ihn stille schweigen, so wolle er ihm aus Barmherzigkeit an seinem Leib nichts thun; nahm ihn sodann gelinde, legt' ihn aufs eine Tuch-End überzwerch, drückt' ihm die Ellenbogen grad am Leib und wergelt' ihn mit Händen geschickt im Tuch hinab, wie man ein Mangholz wälzet, daß er schön glatt gewickelt war bis an das Kinn. Drauf band er ihm ein grünes Band, das er auch von der Latte gezogen, kreuzweis von unten bis hinauf und knüpft's ihm auf der Brust mit einer schönen Schlaufe. Nach allem Diesem aber nahm und trug er ihn, nicht anders als ein Pfätschenkind dahin getragen wird, auf seinen Armen weg (in deren Einem er den Wanderstock am Riemen hangen hatte). Weil er jedoch bei diesem ganzen Vornehmen das Loth links trug und weil der Krackenzahn mehr nicht kann ungesehen machen als das zum Mann gehört, so war es wunderbarlich, ja grausig, fremd und lustig gleichermaßen anzusehn, wie auf der breiten Straße, mitten inne, ein gesunder Knab, wie Milch und Blut, mit schwarzem Kräuselhaar, in Wickelkindsgestalt frei in der Luft herschwebete und schrie.

Das Volk lief zu aus allen Gassen, ein Jedes lacht' und jammerte in Einem Athem, die Weiblein schrien Mirakel und: Hilf Gott! es ist des Färbers Knab, der Vite! Springt ihm denn Keiner bei von Euch Mannsnamen? – Doch Niemand traute sich hinzu.

Da fing der Seppe an, sangweis mit heller Stimme:

Scheer^{a}schleifer, wetz, wetz, wetz,
Laß dei' Rädle schnurr^{a}!
Stu^{a}gart ist ^{a} grauße Stadt,
Lauft ^{a} Gä^{n}sbach dur^{a}.

Und als das Kind sich ungebärdig stellte, schwang er's und flaigert's hin und her und sang:

Färbersbü^{a}ble, schrei net so,
Mach mer keine Mändl^{a}!
D' Bü^{a}singer mit zwanzig Johr
Trait mer en de Wendl^{a}.
Heisasa! Hopsasa!
Wi^{a} de kleine Kendl^{a}.

Die Leute fanden ihrem Staunen, Schrecken, Dattern und Zagen nicht Worte noch Gebärden mehr. Eins schob und stieß und drängte nur das Andere dem Abenteuer immer nach oder voraus. Bei dem Gemeindhaus aber schwenkte der Seppe seitwärts nach dem Kirchplatz unversehens, daß Alles vor ihm schreiend auseinander fuhr.

Dort, mitten auf dem Platz, sah man den Vite sänftlich an die Erde niederkommen. Da lag denn ein seltsamer Täufling, zornheulend, sonder Hilfe, derweil der Schuster flüchtig durch die Menge wischte. Weit draußen vor dem Ort noch hörte er das Lärmen und Brausen der Leute.

Bei Tolfingen am Necker spürte er anfangen in den Beinen, daß er verwichene Nacht in keinem Bett gewesen, jetzt fünfzehn Stunden Wegs in Einem Strich gemacht, daneben ihn der letzte Possen auch manchen Tropfen Schweiß gekostet haben mag. Der Abend dämmerte schon stark und er hatte noch fünf gute Stunden heim. Bei frischen Kräften hätte er Stuttgart nicht füglich vor Mitternacht können erlaufen, so schachmatt aber, wie er war, und mit vier Pfennigen Zehrgeld im Sack, schien ihm nicht rathsam, es nur zu probiren. Wo aber bleiben über die Nacht und doch kein Scheurenburzler seyn? – Halt, dachte er, dient nicht in der Stadt Nürtingen, nur anderthalb Stund von da, der Kilian aus Münster als Mühlknapp? Das ist die beste Haut von der Welt, der läßt dich nicht auf der Gasse liegen und borgt dir leicht ein Weniges auf den Weg – Jetzt ist lang Tag! – Er that erst einen frischen Trunk in Tolfingen, wo das Wasser nichts kostet, dann kaufte er sich ein Brod für seinen letzten Kreuzer, verzehrt' es ungesäumt und lotterte, indem es finster ward, gemächlich die Straße am Necker hinauf. Mit der Letzte erschleppt' er sich fast nicht mehr, doch endlich erschienen die Lichter der Stadt und hörte er das große Wuhr ob der Brücke schon rauschen, hart neben welcher jenseits die vielen Werke klapperten.

Der Müller aß eben zu Nacht mit seinen Leuten und Gesind, darunter nur kein Kilian zu sehen war. Man sagte dem Schuster, der sei vor einem Vierteljahr gewandert. Da stand der arme Schlucker mit seinem gottigen Glücksschuh und seinem Stiefel! wußte nicht was er jetzt machen sollte. Indeß hieß ihn die Müllerin ablegen und mitessen; und nach dem Tischgebet, dieweil der Mann leicht merken mochte, es sey ein ordentlicher Mensch und habe Kummer, bot er ihm an, über Nacht im Wartstüblein, wo die Mahlknechte rasten, auf eine der Pritschen zu liegen. Das ließ er sich nicht zweimal sagen und machte sich alsbald hinunter, ein Jung wies ihm den Weg zwischen sechs Gängen hindurch, die gellten ihm die Ohren im Vorbeigehn nicht schlecht aus. Zwei Stieglein hinunter und eins hinauf, kam er in ein gar wohnliches, vertäfertes Gemach, und streckte sich auf so ein schmales Lager hin. Wie grausam müd er aber war, ein Schlaf kam nicht in seine Augen; Fenster und Boden zitterten in einem fort, es schellte bald da, bald dort, die Knechte tappten aus und ein, und die ganze Nacht brannte das Licht.

Um Eins, da ihn der Oberknecht noch wachen sah, sprach der zu ihm: wenn er auf Nachtruh halte, hier sey er in die unrechte Herberg gerathen, das Schlafen in der Mühle woll' gelernt seyn wie das Psalmenbeten in der Hölle; er soll aufstehn, sie wollten sich selbdritt die Zeit vertreiben mit Trischacken: langte die Karten vom Wandbrett herunter und stellte einen vollen Bierkrug auf den Tisch. Der Seppe wollte nicht, bekannte auch, daß er Gelds ohne sey; allein da hieß es: Schuster! dein Schnappsack hat ein leidlich Gewicht, und Stein' hast du keinswegs darin, wenn aber, so sey uns ein ehrlicher Schuldner. So gab er endlich nach und nahm sein Spiel vor sich. Wetter! wie paßten gleich die Kerl da auf! Was er nur zog und hinwarf, allemal die besten Stiche! Jetzt wurden seine Sinne hell und wach zumal, er dachte, hei da springt ein Wandergeld heraus! Das erste Spiel gewonnen, das zweite deßgleichen. Beim dritten und beim vierten zog er heimlich den Schuh aus unter dem Tisch, daß es nicht merklich würde, und verspielt's damit hintereinander, doch brachte er es vier- und sechsfach wieder ein, und pünktlich machte Einer jedesmal die Striche auf die Tafel, daß man's nachher zusammenrechnen könne. Es war ihm über einen Gulden gut geschrieben, und als den Andern endlich so die Lust verging, war es ihm eben recht und legte er sich noch ein Stündlein nieder. Da fiel der Schlaf auch bald auf ihn als wie ein Maltersack, doch ohne Letzung. Er war mit seinem Geist in Ulm und träumte nur von Gräuel, Gift und peinlichem Gericht. Ein Mahljung, welcher durch das Stüblein lief, vernahm von ungefähr wie er im Schlaf die Worte redete: Für'n Galgen hilft kein Goller und für's Kopfweh kein Kranz! – ging hin und hinterbracht's den Knechten; die kamen Juxes halber und standen um den Schlafenden, sein bitterlich Gesicht bescherzend. Auch nestelten sie ihm den Ranzen auf, aus Fürwitz, was er Schatzwerths darin habe, zogen das schwere Blei heraus und lachten ob des Knaben Einfalt solchermaßen, daß ihnen gleich das Schiedfell hätte platzen mögen. Tropf! sprach der Eine, hast du sonst nichts gestohlen, darum springt dir der Strick nicht nach! – und packten's ihm wieder säuberlich ein.

Als nun der Seppe endlich am lichten Tag erwacht war, gürtete er sich gleich, nahm Hut und Stock und fand die beiden Spielgesellen in der Mühle am Geschäft. Er hätte gern sein Geld gehabt, wenn es auch nur die Hälfte oder ein Drittel seyn sollte. Sie aber lachend, mit Faxen und Zeichen, bedeuteten ihm, sie verstünden nicht über dem Lärm was er wolle und hätten unmöglich der Zeit. Nun sah er wohl, er sey betrogen, kehrte den seellosen Schelmen den Rücken und ging hinauf, dem Müller seinen schuldigen Dank abzustatten. Dort in der Küche gab man ihm noch einen glatt geschmälzten Hirsenbrei; damit im Leibe wohl verwarmt, zog er zum Thor hinaus und über die Brücke, dann rechts Ober-Ensingen zu. Gern hätte er zuvor den Herbergvater in der Stadt um eine Wegspend' angegangen, er traute aber nicht, weil er in Ulm sich keinen Abschied in sein Büchlein hatte schreiben lassen.

Auf dem Berg, wo der Wolfschluger Wald anfangt, sah man damals auf einem freien Platz ein Paar uralte Lindenbäume, ein offen Bethäuslein dabei, sammt etlichen Ruhbänken. Allhie beschaute sich der Seppe noch einmal die ausgestreckte blaue Alb, den Breitenstein, den Teckberg mit der großen Burg der Herzoge, so einer Stadt beinah gleich kam, und Hohen-Neuffen, dessen Fenster er von Weitem hell her blinken sah. Er hielt dafür, in allen deutschen Landen möge wohl Herrlicheres nicht viel zu finden seyn, als dieß Gebirg, zur Sommerszeit, und diese weite gesegnete Gegend. Uns hat an dem Gesellen wohl gefallen, daß er bei aller Übelfahrt und Kümmerniß noch solcher Augenweide pflegen mochte.

Von ungefähr, als er sich wandte, fand er auf einem von den Ruhebänken ein Verslein mit Kreide geschrieben, das konnte er nicht sonder Müh entziffern, denn sichtlich stand es nicht seit jüngst, und Schnee und Regen waren darüber ergangen. Es hieß:

Ich habe Kreuz und Leiden,
Das schreib' ich mit der Kreiden,
Und wer kein Kreuz und Leiden hat
Der wische meinen Reimen ab.

Der Seppe ruhte lang mit starren Blicken auf der Schrift, er dachte: Dem, welcher dieß geschrieben, war der Muth so weit herunter als wie dir, kann seyn noch weiter – tröst' ihn Gott! – Nachdenksam kehrte er sich zur Kapelle, legte Ranzen, Hut und Stock, wie sich gebührte, haußen ab und ging, seine Andacht zu halten, hinein; nach deren Verrichtung er sich bei den Namen und Sprüchen verweilte, so von allerhand Volk, von frommen Pilgrimen und müßigen Betern, an den Wänden umher mit Rothstein oder mit dem Messer angeschrieben waren. In einem Eck ganz hinten stund zu lesen dieser Reim:

Bitt, Wandrer, für mich,
So bittst du für dich.

Mit Schmerzen ich büße,
In Thränen ich fließe.
Das Erbe der Armen
Das heißet Erbarmen.

Recht wie ein Blitzstrahl zückten die Worte in ihn, und war ihm eben, als flehet' es ihn aus den Zeilen an mit gerungenen Händen um seine Fürbitte, als eine letzte Gutthat an der Frau, so ihrer vor allen den lebenden Menschen bedürfe. Seit jener Stunde, wo er sich im Stillen von ihr schied, war ihm noch kein Bedenken oder Sorge angekommen um das verderbte und verlorene Weib; nun aber fiel das treue Schwabenherz gleich williglich auf seine Knie, vergab an seinem Theil und wünschte redlich, Gott möge ihren bösen Sinn zur Buße kehren und ihr dereinstens gnädig seyn; für sich insonderheit bat er, Gott wolle seiner schonen und ihn kein blutig Ende an ihr erleben lassen. Hierauf erhob er sich, die Augen mit dem Ermel wischend, und setzte seine Reise fort.

Nach dreien Stunden, um Bernhausen auf den Fildern, hub sein Magen an mit ihm zu hadern und zu brummen. Er hätte sich mit seinem Loth in manches reichen Bauern Haus und Küche leichtlich wie Rolands Knappe helfen können, welcher vermittelst seines Däumerlings dem Sultan sein Leibessen sammt der Schüssel frei vor dem Maul wegnahm. Ihm kam jedoch vor Traurigkeit dergleichen gar nicht in den Sinn: auch hatte er sein Lebenlang weder gestohlen, noch gebettelt. Kein leiderer Weggenoß ist aber denn der Hunger. Er rauft, wenn er einmal recht anfangt, einem Wandersmann schockweis die Kraft aus dem Gebein, nimmt von dem Herzen Trost und Freudigkeit hinweg, schreit allen alten Jammer wach, recht wie bei Nacht ein Hund den andern aufweckt, daß ihrer sieben miteinander heulen. Das dauerte bei dem Gesellen bis endlich Degerloch da war und er nun um die Mittagszeit seine Vaterstadt im lichten Sonnenschein und Rauch vom Berg aus liegen sah. Da brannten ihm die salzigen Tropfen vor Freuden im Aug und waren seine Füße alsbald wie neugeboren.

Von Weitem hörte er Trompetenschall und sah es vor dem Thor und in den Straßen blinken und wimmeln. Die Ritter kamen in Harnisch und Wehr zurück vom großen Stechen; Roß und Mann bis an den Helmbusch voller Staub. Es wogte bunt von Grafen, Edelherrn und Knappen, von Bürgersleuten und vielem Landvolk.

Der Seppe drückte sich, wie er zur Stadt hinein kam, scheu nur an den Häusern hin: denn ob er gleich unsichtbar ging, um seiner schlechten Kleidung willen, auch weil er übel, schwach und schwindlig war vor übergroßer Anstrengung, weßhalb er nicht viel Grüßens oder Redens brauchen konnte, so war ihm doch bei jedem Schritt, wie wenn die Blicke aller Leute auf ihn zielten, und wurde roth und blaß, so oft als ein guter Bekannter oder ein Mädchen seiner alten Nachbarschaft bei ihm vorüber lachte. Er strebte einem engen Gäßlein zu im Bohnenviertel, wo eine alte Base von ihm wohnte. Am Eck schob er den Ranzen rechts herum, und schon von ihrem Fenster aus begrüßte ihn das gute Fraulein, seine Dot. Er sprang mit letzten Kräften die Stiege noch hinauf, aber unter der Thür knickt' er in den Knieen zusammen und schwanden ihm zumal die Sinne. Die Frau rief ihren Hausmann, holte Wein und was sonst helfen mochte. In Bälde hatten sie den armen Lungerer so weit zurecht gebracht, daß er auf seinen Füßen stehn, sich hinter den Tisch setzen, essen und trinken konnte.

Dabei erzählte ihm das Mütterlein, was sich alle die Zeit her begeben; vom großen Beilager im Schloß, wie auch, daß morgen noch ein Haupttag sey. Weil nämlich eben Faßnacht in der Nähe war und die erlauchte Braut nichts lieber sah als einen schönen Mummenschanz, so wurde von dem Rath der Stadt beschlossen, daß ein solcher mit ausnehmender Pracht auf dem Markt gehalten werde. Der

Graf dagegen wollte zu Mittag die Bürgerschaft in den Straßen bewirthen, welches der Jahreszeit halben wohl geschehen mochte, indem der Winter so gelind und kurz ausfiel, daß wahrlich im Stuttgarter Thal fast die Bäume ausschlugen. Auf diesen Tag nun, siehst du, sprach die Base, thut Jung und Alt sein Bestes, der Arme wie der Reiche; wer keinen Heiden oder Mohren machen kann, der findet einen bunten Lappen zum Zigeuner, und wem die Larve fehlt, der färbt sich im Gesicht. Da hat vorhin die Kiderlen, die Vrone, die du kennst, sich Feierwamms und Hosen von ihrem Vetter, meines Hausmanns Buben, abgeholt und er verbutzet sich mit seiner Ahne ihrem Hochzeitstaat. Seppe, wir müssen uns für dich bei Zeiten auch nach was umthun. Für jetzo, schätz' ich aber, hast du das Bett am nöthigsten. – Ach, wohl, Frau Dot! sprach er: und ich wollt' nur, die Nacht hätt' ihre acht und vierzig Stund! – Nu, meinte sie, vier hast du bis wir essen, da läßt sich schon ein schön Stück Schlafs vorweg herunter spinnen; – und führte ihn hinauf in eine kleine Kammer, in welcher allezeit ein gutes Gastbett aufgemacht war.

Kaum hatte er sich ausgezogen, und sein zerschelltes, brechliches und ganz vermürbtes Knochenrüstwerk behutsam ausgestreckt, da schlief er auch schon wie ein Dachs, und so in Einem fort, bis Abends spät, wo ihm die Frau eine Suppe mit Fleisch hinauf brachte, und noch ein wenig mit ihm discurrirte. Nun wünschte sie ihm Gute Nacht und ging mit ihrem Licht.

Sie war aber die Stiege noch nicht gar hinunter, so ruckt Etwas an seinem Stuhl, ein Lämplein macht die Kammer klar und eine Stimme sagte: Grüß dich Gott, Seppe! verschrick nit, der Pechschwitzer ist es, der Hutzelmann, der Tröster. So, so, auch wieder hiesig? Sorg' nit ich plag' dich lang – du brauchst der Ruh' – nur auf ein Wort: sag' an, gelt, Bursch, hast's Klötzle?

Jo freile, hani's, Meister.

Laß sehn! wo steckt's? im Bündel? – hab' es schon! bei

meinem Leisten! ja, da glotzt er 'raus, der Krackenzahn. Du erzigs Narrenglückskind du! Und hast fein nur mit Einem Hund gejagt! Du Malefizglücksspitzbub du! – Mit diesen und viel andern närrischen Ausrufungen bewies das Männlein seine Freude. Drauf sagte es mit Ernst: Mein Sohn, du hast dieß theuere Stück, wie du zwar schuldig warst, deinem Patron getreulich überliefert, da du es nicht allein im Nonnenhof können vertrumpeln, um einen Pfifferling aus des Wasserweibs Hafen, sondern konntest vor Kaiser und Könige gehen damit, die hätten dir dieß schlechte Blei gern sechsmal und mehr mit Gold aufgewogen – nun, Seppe, denk' an mich, das sollt du nicht bereuen. Hab' Gute Nacht. – Im Gehen frug er noch: Wie sicht's mit dem Laiblein?

Ja Meister, um sell bin i komm[a], sell ist –

G'fressen?

Jo, aber ett vo mir!

Ei daß dich! hat das auch müssen verhansleardlet seyn! Nu, wenns nur g'fressen ist; gibt wieder einmal ein anders vielleicht. B'hüt Gott! Morgen bei rechter Zeit siehst mich wieder.

Die Sonne ging am andern Morgen glatt und schön herauf am Himmel und hatte die Nebel über der Stadt mit Macht in der Früh schon vertrieben. Man hörte die Gassen aus und ein vielfach Geläufe, Lachen und Gesprang; es war schon um die Achte, in einer halben Stunde ging der Aufzug an. Da hielt es die Base nun hoch an der Zeit, daß sie ihr Pathlein wecke, denn, meinte sie, auf allen Fall muß er die Herrlichkeit mitmachen und soll so gut wie jeder andere Bürgersohn an der Gesellentafel speisen auf des Herrn Grafen Kosten. Mit Mühe hatte sie noch gestern Abend einen langen weißen Judenbart, sammt Mantel und Mütze für ihn bei einer Trödlerin miethweis erlangt. Sie nahm den Plunder auf den Arm, den guten Burschen gleich auf seiner Kammer damit zu erfreuen: da klopfte es und kam ein junger Gesell herein, wenig geringer als ein Edelknabe angezogen, mit einem krachneuen, rothbraunen Wammes von Sammet, schwarzen Pluderhosen, Kniebändern von Seide und gelben Strümpfen. Er hielt sein Baret vor's Gesicht gedeckt, und als er es wegnahm, stand da vor seiner lieben Dot der Schuster Seppe, mit Blicken, halb beschämt und halb von Freude strahlend. Die Frau schlug in die Hände, rief: Jemine! was soll das heißen? Bub, sag', wo hast du das geborgt? – Ihr sollt's schon heut noch hören, Base: es ist eine weitläufe Sach', und ich muß gleich fort. – Nun, sey's woher es wolle; aus einem vornehmen Schrank muß es seyn. Nein, aber Seppe, wie gut dir's steht, Alles, bis auf den feinen Hemdkragen hinaus! Ich sag' dir, es wär Sünd und Schad, wenn du eine Larve umbändest. Mein Jud, so viel ist ausgemacht, darf seinen Spieß jetzt nur wo anders hintragen. Da, schau einmal, was ich dir Schönes hatte! – Und hiermit lief sie in die Küche, dem Knaben eine gute Eiergerste zum Morgen-Atz zu bringen.

Derweil er seine Schüssel leerte, zog sich die Base im Alkoven festtägig an. Sie wollte des Getreibes gern auch Zeuge seyn, von einem obern Fenster aus bei einem Schneider auf dem Markt. Der Seppe aber eilte ihr voraus, Sanct Leonhards Kapelle und der Wette zu, stracks auf den Platz.

Von keiner Seele unterwegs ward er erkannt, noch auch gesehn. Warum? er wird doch nicht das Loth mitschleppen? Nein, aber seine linke Brusttasche barg eine zierliche Kapsel, darinne lag der ausgezogene Krackenzahn, gefaßt in Gold und überdieß in ein goldenes Büchslein geschraubt, sammt einer grünen Schnur daran. Der Hutzelmann ließ Alles über Nacht von einem Meister in der Stadt, mit welchem er gut Freund war, fertigen und übergab dem Seppe das Kleinod mit der Weisung, dasselbe seinem Landesherrn, dem Grafen, zu Ehren seines Jubeltags nachträglich zu behändigen, sobald er merke, daß der Scherz zu Ende gehe und die Herrschaft am Aufstehen wäre.

Wie der Gesell nunmehr an Ort und Stelle kam, sah er den weiten Markt bereits an dreien Seiten dicht mit Volk besetzt und Kopf an Kopf in allen Fenstern. Er nahm seinen Stand beim Gasthof zum Adler, und zwar zuvörderst unsichtbar, außer den Schranken. Etliche Schritt weit von den Häusern nämlich liefen Planken hin, dahinter mußten sich die Schaulustigen halten, daß innerhalb der ganze Raum frei bleibe für die Faßnachtsspiele, so wie auch für die fremden Tänzer und Springer, welche ihr großes Seil ganz in der Mitte querüber vom Rathhaus aufgespannt hatten, dergestalt, daß es an beiden Seiten gleich schräg herunter lief und hüben und drüben noch ein breiter Weg für den Maskenzug blieb.

Am Rathhaus auf der großen Altane erhub sich ein Gezelt von safranfarbigem Sammet mit golddurchwirkten Quasten, den gräflichen Wappen und prächtigen Bannern geschmückt. Den Eingang schützten sechs Hellebardierer aus der Stadtbürgerschaft. Es hingen aus den Fenstern aller Häuser bunte Teppiche heraus, und an den Schranken standen, gleich weit von einander, grüne Tännlein aufgerichtet. Von den sechs Straßen am Markt waren viere bewacht: darin sah man die Tische gedeckt für das Volk, Garküchen und Schankbuden, wo nachher Bier und Wein gezapft wurde und fünfzig Keller und Hof-Bartzefanten die Speißen empfingen.

Gegen dem Rathhaus über sodann, am andern Ende des Markts, war der Spielleute Stand. Dieselben machten jetzo einen großen Tusch: denn aus der Gasse hinter ihnen nahete der Hof; nämlich: Graf Eberhard, mit dem von Hohenberg, dem Vater, das jüngst vermählte Paar, wie auch des Grafen Sohn, Herr Ulrich, auf weißen, köstlich geschirrten Rossen; die Gemahlin des Grafen und andre hohe Frauen aber in Sänften getragen; zu deren beiden Seiten gingen Pagen und ritten Cavaliere hinterdrein.

Sobald die Herrschaften, vom Schultheis gebührend empfangen und in das Rathhaus geleitet, auf der Altane Platz genommen, einige vornehme Gäste jedoch an den Fenstern, begann sogleich der Mummenschanz.

In guter Ordnung kamen aus der Gasse an dem Rathhaus-Eck bei'm Brunnen mit dem steinernen Ritter, so Einzelne wie ganze Rotten aufgezogen.

Zum Anfang wandelte daher: der Winter als ein alter Mann, den lichten Sommer führend bei der Hand als eine hübsche Frau. Sie hatte einen Rosenkranz auf ihrem ungeflochtenen gelben Haar, ein Knäblein trug den Schlepp ihres Gewands, sammt einem großen Blumenstrauß, ein anderes trug ihm ein Kohlenbecken nach und einen dürren Dornbusch. Auf seinem Haupt und Pelz war Schnee vom Zuckerbecken; sie raubte ihm bisweilen einen Bissen mit zierlichem Finger davon, zur Letzung bei der Hitze, das er aus Geiz ihr gern gewehrt hätte.

Nun ritt der hörnene Siegfried ein mit einer großen Schaar, auch der schreckliche Hagen und Volker.

Dann gingen zwanzig Schellennarren zumal an einer Leine, die stellten sich sehr weise an, da Jeder blindlings mit der Hand rückwärts den Hintermann bei seiner Nase zupfen wollte, der Letzte griff gar mühlich immer in der Luft herum, wo Niemand mehr kam. Auf einem höllischen Wagen, gezogen von vier schwarzen Rossen fuhr der Saufteufel, der Spielteufel und ihr Geschwisterkind, Frau Hoffahrt, mit zweien Korabellen, und hatten zum Fuhrmann den knöchernen Tod.

Jetzt segelte ein großes Schiff daher auf einem niederen Gestell; dieß war mit wasserblauem Zeug bedeckt und sah man daran keine Räder, noch Solche die es schoben. Auf dem Verdeck stund der Patron, ein Niederländer Kaufherr, beschaute sich die fremde Stadt so im Vorüberziehn.

Dahinter kam ein Kropfiger und Knegler, mit jämmerlichen dünnen Beinen, und führte seinen wundersamen Kropf auf einem Schubkarrn vor sich her mit Seufzen und häufigen Zähren, daß er der Waare keinen Käufer finde, und rief dem Schiffsherrn nach: sein Fahrzeug hänge schief und mangele Ballasts, er wolle ihm den Kropf um ein Billiges lassen. Gar ehrlich betheuerte Jener, desselben nicht benöthiget zu seyn; doch als ein mitleidiger Herr hielt er ein wenig an und gab dem armen Sotterer viel Trost und guten Rath: er möge seines Pfundes sich nicht äußern, vielmehr sein hüten und pflegen, es sollte ihm wohl wuchern, wenn er nach Schwaben führ' auf Canstatt, zum ungeschaffenen Tag; es möge leicht für ihn den Preis dort langen. Da dankte ihm der arm Gansgalli tausendmal und fuhr gleich einen andern Weg; der Kaufmann aber schiffte weiter.

Mit andern Marktweibern, ausländischer Mundart und Tracht, kam auch ein frisches Bauernmägdlein, rief: Besen, liebe Frauen! Besen feil! – Sogleich erschien auf dem Verdeck des Schiffs ein leichtfertiger Jüngling in abgerissenen Kleidern, eine lange Feder auf dem Hut und eine Laute in der Hand. Sein Falkenauge suchte und fand die Verkäuferin flugs aus dem Haufen der Andern heraus, und zum Patron hinspringend sagte er mit Eifer: in dieser Stadt sey er zu Haus, er habe gerade geschlafen und hätte schier die Zeit verpaßt; er wolle da am Hafendamm aussteigen, wofern der Patron es erlauben und ein wenig anlegen möchte. Der gute Herr rief dem Matrosen, es ward ein Brett vom Schiff an's Land gelegt, der Jüngling küßte dem Kaufmann die Hände mit Dank, daß er ihn mitgenommen, sprang hinüber und auf das Bauermägdlein zu. Nun führten sie ein Lied auf im Wechselgesang, dazu er seine Saiten schlug. Während desselben hielt der ganze Zug, und Alles horchte still.

Grüß dich Gott, herzlieber Schatz,
Dich und deine Besen! –
Grüß dich Gott, du schlimmer Wicht,
Wo bist du gewesen? –

Schatz, wo ich gewesen bin,
Darf ich dir wohl sagen:
War in fremde Lande hin,
Hab' gar viel erfahren.

Sah am Ende von der Welt,
Wie die Bretter paßten,
Noch die alten Monden hell
All' in einem Kasten:

Sahn wie schlechte Fischtuch aus,
Sonne kam gegangen,
Tupft' ich nur ein wenig drauf,
Brannt' mich wie mit Zangen.

Hätt' ich noch ein' Schritt gethan,
Hätt' ich nichts mehr funden.
Sage nun, mein Liebchen, an,
Wie du dich befunden. –

In der kalten Wintersnacht
Ließest du mich sitzen:
Ach mein schwarzbraun' Äugelein
Mußten Wasser schwitzen!

Darum reis' in Sommernacht
Nur zu all'r Welt Ende;
Wer sich gar zu lustig macht,
Nimmt ein schlechtes Ende.

Mit diesem Abschiedsgruß ließ sie ihn stehen. Er spielte, der Dirne gelassen nachschauend, seine Weise noch vollends hinaus, stieß sich den Hut aufs linke Ohr und lief hinweg.

Es traten ferner ein fünf Wurstelmaukeler. Das waren von Alters her bei der Stuttgarter Faßnacht fünf Metzgerknechte, mit Kreuzerwürsten über und über behangen, daß man sonst nichts von ihnen sah. Sie hatten jeder über das Gesicht eine große Rindsblase gezogen, mit ausgeschnittenen Augen, das Haupt bekränzt mit einem Blunzen-Ring. Wenn es nachher zur Mahlzeit ging, dann durften die Kinder der Stadt, für die kein Platz war an den Tischen, kommen, und durfte sich jedes ein Würstlein abbinden, der Maukeler hielt still und bückte sich, wenn es nöthig war; dazu wurden Wecken in Menge vertheilt.

Noch gab es viel muthwillige und schöne Stampaneyen, deren ich ungern geschweige.

Nachdem der ganze Mummenschanz an den drei Seiten des Markts langsam herum gekommen, und links vom Rathhaus abgezogen war, dem Hirschen zu, bestiegen die Springer und Tänzer das Seil.

Der Seppe war die ganze Zeit an seinem Platz verharrt; auch hatte er sich lang nicht offenbar gemacht, doch endlich that er dieß, auf schlaue Art, indem er sich geheim zur Erde bückte und sichtbarlich aufstand, dadurch es etwa denen, so zunächst an ihm gestanden, schien, als schlupfet' er unter den Planken hervor. Von wegen seiner edlen Kleidung wiesen ihn die Wärtel auch nicht weg, deren keiner ihn kannte; nur seine alten guten Freunde grüßten ihn von da und dort mit Winken der Verwunderung.

Der Seppe hatte bis daher Alles und Jedes, die ganze Mummerei, geruhig, obwohl mit unverwandtem Aug und Ohr, an ihm vorbeiziehen lassen. Wie aber jetzt die fremden Gaukler, lauter schöne Männer, Frauen und Kinder, in ihrer lüftigen Tracht ihre herrliche Kunst sehen ließen, und ihnen jegliche Verrichtung, als Tanzen, Schweben, sich Verwenden, Niederfallen, Knieen, so gar unschwer von Statten ging, als wär' es nur geblasen, kam ihn auf einmal große Unruh' an, ja ein unsägliches Verlangen, es ihnen gleich zu thun. Er merkte aber bald, daß solche Lust ihm von den Füßen kam, denn alle beede, jetzt zum erstenmal einträchtig, zogen und drängten ihn sanft mit Gewalt nach jenem Fleck hin, wo das Seil an einem starken Pflock am Boden festgemacht war, und schief hinauf lief bis an die vordere Gabel. Der Seppe dachte, dieses ist nur wieder so ein Handel wie mit der Dreherei, und fiel ihm auch gleich ein, daß Meister Hutzelmann, auf dessen Geheiß er heut die Glücksschuh' alle zween anlegen müssen, das Lachen habe fast nicht bergen können. Er stieß die Zehen hart wider das Pflaster, strafte sich selbst mit innerlichem Schelten, ob solcher thörigten, ja gottlosen Versuchung und hielt sich unablässig vor im Geist Schmach, Spott, Gelächter dieser großen Menge Menschen, dazu Schwindel, jähen Sturz und Tod, so lang bis ihm der Siedig auf der Haut ausging und er seine Augen hinweg wenden mußte.

Nun aber zum Beschluß der Gauklerkünste erschien in Bergmanns-Habit, mit einer halben Larve im Gesicht, ein neuer Springer, ein kleiner stumpiger Knorp; der nahte sich dem Haupt der Tänzer, bescheidentlich anfragend, ob ihm vergönnt sey, auch ein Pröblein abzulegen? Es ward ihm mit spöttischer Miene verwilligt, und alsbald beschritt er das Seil, ohne Stange. Er trug ein leinen Säcklein auf dem Rücken, das er an eines der gekreuzten Schraghölzer hing, dann prüfte er mit einem Fuß die Spannung, lief vor bis in die Mitte und hub jetzt an, so wunderwürdige und gewaltige Dinge, daß Alles, was zuvor gesehen war, nur Stümperarbeit schien. Kopfunter hing er plötzlich, der kurze Zwagstock, an dem Seil herab und zangelte sich so daran vorwärts auf das behendeste, und wiederum zurück, schwang sich empor und stand bolzgrad; fiel auf sein Hintertheil, da schnellte ihn das Seil hinauf mit solcher Macht, daß er dem Rathhaus-Giebel um ein Kleines gleich gekommen wär', und dennoch kam er wieder jedesmal schön auf denselben Fleck zu stehen und zu sitzen. Zuletzt schlug er ein Rad von einem End des Seils zum andern, das ging – man sah nicht mehr was Arm oder Bein an ihm sey! So oft auch schon seit dreien Stunden der Beifallsruf erschollen war, solch ein Gejubel und Getöbe, wie über den trefflichen Bergmann, war noch nicht erhört. Die Gaukler schauten ganz verblüfft darein, fragten und riethen untereinander, wer dieser Satan wäre? indeß die andern Leute alle meinten, dieß sey nur so ein Scherz und das Männlein gehöre zu ihnen. Hanswurst insonderheit stand als ein armer ungesalzener Tropf mit seinem Gugel da, sein Possenwerk war alles Läuresblosel neben solchem Meister, ob dieser schon das Maul nicht dabei brauchte.

Nachdem der Bergmann so geendigt und sich mit unterschiedlichen Scharrfüßen allerseits verneigt, sprang er hinab auf's Pflaster. Auf seinen Wink kam der Hanswurst mit Schalksehrfurcht zu ihm gesprungen, fing einen Thaler Trinkgeld auf in seinem spitzigen Hut, und nahm zugleich, höflich das Ohr herunter zu dem Männlein neigend, einen Auftrag hin, welchen er gleichbald vollzog, indem er rund herum mit lauter Stimme rief: Wer will von Euch noch, liebe Leut', den hänfenen Richtweg versuchen? Es ist ein Jeder freundlich, und sonder Schimpf und Arges, eingeladen, weß' Standes und Geschlechts er sey, das Säcklein dort am Schragen für sich herabzuholen! Es sind drei Hutzellaib darin. Er möge aber, rath' ich ihm, in der Geschwindigkeit sein Testament noch machen – des Säckleins wegen mein' ich nur – denn der Geschickteste bricht oftermals den Hals am ersten; es ist mir selbst einmal passirt, in Bamberg auf dem Domplatz – ja lacht nur!

Jetzt aber, liebe Leser, möget ihr Euch selbst einbilden, was für Gemurmel, Staunen und Schrecken unter der Menge entstund, als der Seppe vortrat bei den Schranken und sich zu dem Wagstück anschickte! Mehr denn zehn Stimmen mahnten eifrig ab, ernsthafte Männer, mancher Kamerad, zumal einige Frauen setzten sich dawider: allein der Jüngling, dem der Muth und die Begier wie Feuer aus den Augen witterte, sah fast ergrimmt und achtete gar nicht darauf. Hanswurst sprang lustig herzu mit der Kreide, rieb ihm die Sohlen tüchtig ein und wollt' ihm die

Bleistange reichen, doch wies der Gesell sie mit Kopfschütteln weg. Bereits aber wurden die Dienste des Narren am andern Ende des Seils auch nöthig. Denn zum größten Verwundern der Zuschauer trat dort auch Eins aus den Reihen hervor: man wußte nicht, sey es ein Knabe oder eine Dirne. Es trug ein rosenrothes weißgeschlitztes Wamms von Seiden zu dergleichen lichtgrünen Beinkleidern, sammt Federhut, und hatte eine feine Larve vor.

Die Spielleute, Bläser und Pauker, die Gaffens wegen ihres Amtes gar vergessend saßen, griffen an und machten einen Marsch, nicht zu gemach und nicht zu flink, nur eben recht. Da traten die Beiden zugleich auf das Seil, das nicht zu steil anstieg, setzten die Füße, fest und zierlich, einen vor den andern, vorsichtig, doch nicht zaghaft, die freien Arme jetzt weit ausgereckt, jetzt schnelle wieder eingezogen, wie es eben dem Gleichgewicht diente.

Kein Laut, noch Odemzug ward unter den tausend und tausend Zuschauern gehört, ein Jedes fürchtete wie für sein eigen Leben, es war als wenn Jedermann wüßte, daß sich dieß Paar jetzo das erstemal auf solche Bahn verwage.

Die junge Gräfin bedeckte vor Angst das Gesicht mit der Hand; den Grafen selber, ihren Vater, den eisenfesten Mann, litt es nicht mehr auf seinem Sitz, gar leise stand er auf. Auch die Musik ging stiller, wie auf Zehen, ihren Schritt, ja wer nur Acht darauf gegeben hätte, der Rathhausbrunnen mit seinen vier Rohren hörte allgemach zu rauschen und zu laufen auf, und der steinerne Ritter krümmte sich merklich. – – – Nur stet! nur still! drei Schritt noch und – Juchhe! scholl's himmelhoch: das erste Ziel war gewonnen! Sie faßten beiderseits zumal, Jedes an seinem Ort, die Stangen an, verschnauften, gelehnt an die Gabel.

Der unbekannte Knabe wollte sich die Stirne wischen mit der Hand, uneingedenk der Larve: da entfiel ihm dieselbe zusammt dem Hut und – ach! ein Graus für alle Gefreundte, Vettern und Basen, Gespielen, Bekannte, so Buben als Mädchen – die Vrone ist's! Die Vrone Kiderlen, einer Wittwe Tochter von hier! – so ging's von Mund zu Mund. Ist es denn eine Menschenmöglichkeit? rief eine Bürstenbindersfrau: das Vronele, meiner nächsten Nachbarin Kind? Nu, Gott sey Dank, bärig vor einer halben Stund' ist ihre Mutter heim – es ward ihr übel schon über den vorigen Künsten – und jetzt das eigne Kind – der Schlag hätt' sie gerührt, wenn sie das hätte sehen sollen! – Schon erhoben sich wiederum Stimmen im Kreis, und noch lauter als vorhin bei'm Seppe, mit Drohen, Bitten und Flehn an die Dirne, nicht weiter zu gehen. Sie aber, ganz verwirrt, flammroth vor Scham, nicht wissend selbst, wie ihr geschehn, wie sie's vermocht, stand da wie am Pranger, die Augen schwammen ihr und ihre Kniee zittern. Ein Mann lief fort, eine Leiter zu holen.

Derweil war aber schon der flinke Bergmann an der andern Seite zum Seppe auf das Seil gekommen und hatte ihm Etwas in's Ohr geraunt, worauf der ungesäumt den linken Schuh abzog und seiner Partnerin muthig die Worte zurief: komm, Vrone, es hat keine Noth! trau' auf mein Wort, faß' dir ein Herz und thu' mit deinem rechten Schuh wie du mich eben sahst mit meinem linken thun, und wirf ihn mir keck zu!

Sie folgte dem Geheiß, mit Lächeln halb, und halb mit Weinen, warf – da flog der Schuh dem Burschen wie von selber an seinen ausgestreckten Fuß. Nun warf er ebenfalls, und ihr geschah dasselbe.

Jetzt, Vrone, mir entgegen! Es ist nur bis ich dich einmal bei'm kleinen Finger habe, und wenn du mit der Patschhand einschlägst, dann soll es mir und dir etwas Gutes bedeuten! Frisch dran, ihr Spielleut, macht uns auf, und einen lustigen!

Das fehlte nicht. Die vier Füße begannen sich gleich nach dem Zeitmaas zu regen, nicht schrittweis wie zuvor und bedächtig, vielmehr im kunstgerechten Tanz, als hätten sie von kleinauf mit dem Seil verkehrt, und schien ihr ganzes Thun nur wie ein liebliches Gewebe, das sie mit der Musik zu Stand zu bringen hätten. Von nun an waren alle Blicke sorglos und wohlgefällig auf das hübsche Paar gerichtet und gingen immer von Einem zum Andern. Der Mann auf dem Brunnen hatte längst wieder den Athem gefunden, und das Wasser sprang aus den acht Rohren noch einmal so begierig als sonst. Auf jedem Mädchen-Antlitz, unten auf dem Platz und oben in den Fenstern, war aber recht der Wiederschein der Anmuth zu erblikken, die man vor Augen hatte. Kein Kriegsmann war so trutzig, und kein Graubart von der Rathsherrnbank so ernsthaft und gestreng, daß ihm das Herz dabei nicht lachte, und die Handwerksgesellen der Stadt waren stolz, daß Einer von den Ihren vor all' den fremden Gästen so herrlichen Ruhm davontrage.

Der Seppe sah im Tanz nicht mehr auf seinen schmalen Pfad, noch minder nach den Leuten hin, er schaute allein auf das Mädchen, welches in unverstellter Sittsamkeit nur je und je seine Augen aufhob.

Als Beide in der Mitte jetzt zusammen kamen, ergriff er sie bei ihren Händen, sie standen still und blickten sich einander freundlich in's Gesicht; auch sah man ihn ein Wörtlein heimlich mit ihr sprechen. Darnach auf Einmal sprang er hinter sie und schritten Beide, sich im Tanz den Rücken kehrend, auseinander. Bei der Kreuzstange machte er Halt, schwang seine Mütze und rief gar herzhaft: Es sollen die gnädigsten Herrschaften leben! – Da denn der ganze Markt zusammen Vivat rief, dreimal, und einem jeden Theil besonders. In während diesem Schreien und Tumult, unter dem Schall der Zinken, Pauken und Trompeten lief der Seppe zur Vrone hinüber, die bei der andern Gabel stand, umfing sie mit den Armen fest und küßte sie vor aller Welt! Das kam so unverhofft und sah so schön und ehrlich, daß Manchem vor Freude die Thränen los wurden, ja die liebliche Gräfin erfaßte in jäher Bewegung den Arm ihres Manns und drückt' ihn an sich. Nun wandte sich die Vrone, und unter dem Jauchzen der Leute, dem Klatschen der Ritter und Damen, wie hurtig eilte sie mit gluthrothen Wangen das Seil hinab! der Seppe gleich hinter ihr drein, das leinene Säcklein mitnehmend.

Kaum daß sie wiederum auf festem Boden waren, kam schon ein Laufer auf sie zu und lud sie ein, auf die Altane zu kommen; das sie auch ohnedem zu thun vorhatten.

Sämmtliche hohe Herrschaften empfingen sie im Angesicht des Volks mit Glückswünschen und großen Lobsprüchen, dabei sie sich mit höflicher Bescheidung annoch alles weiteren Fragens enthielten, indem sie zwar nicht zweifelten, daß es mit dem Gesehenen seine besondere Bewandtniß haben müsse, doch aber solchem nachzuforschen nicht dem Ort und der Zeit gemäß hielten. Der Seppe nahm bald der Gelegenheit wahr, ein wenig rückwärts der Gesellschaft, den zwilchenen Sack aufzumachen, nahm die Laiblein heraus und legte sie, höfischer Sitte unkundig, nur frei auf die Brüstung vor die Frau Gräfin Mutter, als eine kleine Verehrung für sie, vergaß auch nicht dabei zu sagen, daß man an diesem Brod sein ganzes Leben haben könne. Sie bedankte sich freundlich der Gabe, obwohl sie, des Gesellen Wort für einen Scherz hinnehmend, den besten Werth derselben erst nach der Hand erfuhr. Dann zog er sein Geschenk für den erlauchten Herrn heraus. Wie sehr erstaunte dieser nicht bei Eröffnung der Kapsel! und aber wie viel mehr noch als er das goldene Büchslein aufschraubte! Denn er errieth urplötzlich, was für ein Zahn das sey, bemeisterte jedoch in Mienen und Gebärden Verwunderung und Freude. Er wollte den Gesellen gleichwohl seines Danks versichern, that eben den Mund dazu auf, als an der andern Seite drüben der schönen Irmengard ein Freudenruf entfuhr, daß Alles auf sie blickte. Die Vrone nämlich hatte ihr ein kleines Lädlein dargebracht, worin die verlorene Perlenschnur lag. (Der kluge Leser denkt schon selbst, wer früh am Morgen heimlich bei der Dirne war.) Nicht aber könnte ich beschreiben das holde Frohlocken der Dame, mit welchem sie den Schmuck ihrem Gemahl und den Andern der Reihe nach wies. Er war unverletzt, ohne Makel geblieben und Jedermann betheuerte, so edle große Perlen noch niemals gesehen zu haben. Nunmehr verlangte man zu wissen, was Graf Eberhard bekam. Seht an, sprach er: ein Reliquienstück, mir werther als manch' köstliche Medey an einer Kleinodschnur: des Königs Salomo Zahnstocher, so er im täglichen Gebrauch gehabt. Mein guter Freund, der hochwürdige Abt von Kloster Hirschau sendet ihn mir zum Geschenk. Er soll, wenn man bisweilen das Zahnfleisch etwas damit ritzet, den Weisheitszahn noch vor dem Schwabenalter treiben. Da wir für unsere Person, so Gott will, solcher Förderniß nicht mehr bedürfen, so denken wir dieß edle Werkzeug, auf ausdrückentlich Begehren, hie und da in unserer Freundschaft hinzuleihen, es auch gleich heut, da wir etliche Junker zu Gast haben werden, bei Tafel mit dem Nachtrunk herumgehen zu lassen. – So scherzte der betagte Held, und Alles war erfreut ihn so vergnügt zu sehen.

Jetzt wurde den Bürgern das Zeichen zum Essen gegeben. Für jede Gasse, wo gespeißt ward, hatte man etliche Männer bestellt, welche dafür besorgt seyn mußten, daß die Geladenen in Ordnung ihre Sitze nahmen. So lang bis dieß geschehn war, pflogen die Herrn und Damen heiteren Gesprächs mit dem Gesellen und der Vrone. Ein Diener reichte Spanier-Wein in Stotzengläsern, Hohlippen und Krapfen herum, davon die Beiden auch ihr Theil genießen mußten. – Ihr seyd wohl Bräutigam und Braut? frug die Frau Mutter. – Ja, Ihro Gnaden, sprach der Seppe: dafern des Mädchens Mutter nichts dawider hat, sind wir's, seit einer halben Stunde. – Was? rief der Graf: Ihr habt Euch auf dem Seil versprochen? Nun, bei den Heiligen zusammen, der Streich gefällt mir noch am allerbesten! So etwas mag doch nur im Schwabenland passiren. Glückzu, ihr braven Kinder! Auf einem Becher lieset man den Spruch: Lottospiel und Heirathstag Ohn' groß' Gefahr nie bleiben mag. Ihr nun, nach solcher Probe, seyd quitt mit der Gefahr Euer Lebenlang. – Dann sprach er zu seinem Gemahl und den Andern: jetzt laßt uns in die Gassen gehn, unsern wackeren Stuttgarter Bürgern gesegnete Mahlzeit zu wünschen, drauf wollen wir gleichfalls zu Tisch. Das Brautpaar wird dabei seyn, hört ihr? Kommt in das Schloß zu uns. Ihr habt Urlaub auf eine Stunde; das mag hinreichen, Euch den mütterlichen Segen zu erbitten, wo nicht, so will ich selbst Fürsprecher seyn.

Begehrte nun der Leser noch Weiteres zu wissen, als da ist: wie sich das Brautpaar heimgefunden; ob sie von Freunden und Neugierigen nicht unterwegs erdrückt, zerrissen und gefressen worden? was Mutter Kiderlen und was die Base sagte? wie es denn bei der gräflichen Tafel herging, auch was nachher der Graf mit dem Seppe besonders verhandelt und so mehr – so würde ich bekennen, daß meine Spule abgelaufen sey, bis auf das Wenige, das hier nachfolgt.

Am Markt, gegen dem Adler über, sieht man dermalen noch ein merkwürdiges altes Haus, vornher versehen mit drei Erkern, davon ein paar auf den Ecken gar heiter, wie Thürmlein, stehn, mit Knöpfen und Windfahnen; hüben und drüben, unterhalb der Eck-Vorsprünge, zwei Heiligenbilder aus Stein gehauen, je mit einem kleinen Baldachin von durchbrochener Arbeit gedeckt: Maria mit dem Kind, sammt dem jungen Johannes einerseits, und St. Christoph der Riese andererseits, wie er den Knaben Jesus auf seiner Schulter über das Wasser trägt, einen Baumstamm in der Faust zum Stab. Dieß Haus – in seinen Grundvesten, sammt dem Waarengewölb, vermuthlich noch dasselbige – gehörte von Voraltern her dem Grafen eigenthümlich, und ward von ihm auf jenen Tag unserem Schuster in Erkenntlichkeit für seine kostbare Gabe und zum Beweis besonderer Gnade als freie Schenkung überlassen, nebst einem Theil des inbefindlichen Hausraths, welchem der Graf schalkhaftigerweise noch einen neuen Schleifstein mit Rad beifügte. Die Vrone bekam von den gnädigen Frauen einen künstlich geschnitzten Eichenschrank voll Linnenzeug zu ihrer Aussteuer.

Am Hochzeittag gaben sich Beide das Wort, ihre Glücksschuh zwar zum ewigen Gedächtniß dankbar aufzuheben, doch nie mehr an den Fuß zu bringen, indem sie Alles hätten, vornehmlich an einander selbst, was sie nur wünschen könnten, auch überdieß hofften, mit christlichem Fleiß ihr Zeitliches zu mehren.

Der Seppe, jetzt Meister Joseph geheißen, blieb seinem Gewerbe getreu, noch über acht und zwanzig Jahr; dann lebte er als ein wohlhabender Mann und achtbarer Rathsherr, mit Kindern gesegnet, seine Tage in Ruh mit der Vrone.

Unter seinen Hausfreunden war Einer, man hieß ihn den Datte, der kam an jedem dritten Samstag-Abend auf ein Glas Wein und einen guten Käs zu ihm, mit dem Beding, daß Niemand sonst dabei sey, als die liebwerthe Frau und die Kinder (diese hatte er gern und sie thaten und spielten als klein mit ihm, wie wenn er ihresgleichen wäre). Da ward alsdann geschwatzt von Zunftgeschäften und von den alten Zeiten, ingleichem gern von Einem und dem Andern ein starker Schwank erzählt. Derselbe Hausfreund brachte den werthen Eheleuten an ihrem goldenen Jubeltag ein silbernes Handleuchterlein, vergoldet, in Figur eines gebückten Männleins, so einen schweren Stiefel auf dem Haupte trägt und einen Laib unter dem Arm. Rings aber um den Fuß des Leuchters waren eingegraben diese Reime:

Will jemand sehn mein frazzengsicht
ich halt ihm selbs darzu das licht.
mich kränket nur daß noch zur stund
mich geküßt kein frauenmund.

die mir allein gefallen hat
ein cron und schaufalt dieser stadt
hab ich vor funfzig jaren heunt
müeßen lassen meinem freund.
zum datte hant sie mich erkorn
zu schlichten zwilauf hadder zorn.
deß gieng ich müeßig all die jar
mag es auch bleiben immerdar.

Und nun, mein Leser, liebe Leserin, leb' wohl! Däucht Dir etwa, Du habest jetzt genug auf eine Weile an Märchen, wohl, ich verspreche, dergleichen sobald nicht wieder zu Markte zu bringen; gefiel Dir aber dieser Scherz, will ich es gleichwohl also halten. Es gelte, wie geschrieben steht zum Schluß des andern Buchs der Maccabäer: allezeit Wein oder Wasser trinken ist nicht lustig; sondern zuweilen Wein, zuweilen Wasser trinken, das ist lustig; also ist es auch lustig, so man Mancherlei lieset. Das sey das Ende.

Anhang

Worterklärungen u. A.

Seite 131. *Zochen*, Docht.

S. 132. *Hutzelbrod*, Schnitzbrod, ein Backwerk, hauptsächlich aus gedörrten Früchten, Birnen (Hutzeln), Feigen, Nußkern u.s.w. bestehend, in Schwaben gewöhnlich zu Weihnachten beschert.

S. 132. *Unbeschrien*, ohne daß dich Jemand darüber anredet.

S. 133. *Eine Ungüte*, unvergleichlich gut; wie man sagt: eine Unmenge, ein Unlärm u. s. f.

S. 133. *Hepsisau*, ein Dörfchen unweit Kirchheim unter Teck. *Guckigauch*, Guckuk. Dieser Scherz ist auch in E. Meier's schöner Sammlung von Sagen, Sitten u. Gebräuchen aus Schwaben, S. 448 angeführt.

S. 134. *Urdrutz*, Urdruß, Widerwille gegen eine Speise, an welcher man sich übergessen hat.

S. 135. *Letzkopf*, Querkopf. letz, verkehrt, schlimm.

S. 135. *ᵃ grauße*, eine große.

S. 135. *Stiefelszorn*, gewaltiger Zorn.

S. 135. *Der Blautopf.* Die dunkle, vollkommen blaue Farbe der Quelle, ihre verborgene Tiefe und die wilde Natur der ganzen Umgebung verleihen ihr ein feierliches, geheimnißvolles Ansehn. Kein Wunder, wenn sie in alten Zeiten als heilig betrachtet wurde und wenn das Volk noch jetzt mit abenteuerlichen Vorstellungen davon sich trägt. – Der Durchmesser des Beckens ist in der einen Richtung von dem Wehr an 125', in der andern 130', der Umfang also 408'. Der Prälat Weißensee nahm im J. 1718 eine Untersuchung vor und fand die Tiefe zu 63½ Fuß; gegen welchen Erfund, besonders von Seiten des Volks, das sich die Unergründlichkeit nicht nehmen lassen wollte, mancherlei Einwendungen gemacht wurden. Das Ergebniß einer spätern Untersuchung, im Sommer 1829, war aber auch nur 71' am Punkt der größten Tiefe. Dieselbe befindet sich ziemlich in der Mitte des Topfs; nach den Seiten nimmt sie überall ab, so daß sich daraus wirklich eine trichterförmige Gestalt des Beckens ergibt. Die Untersuchung widerlegte auch die Meinung, daß Bäume und Baumstämme auf dem Grund versenkt liegen, denn das Senkblei fand nirgends den mindesten

Widerstand. Mit Verwunderung vernahmen Einzelne die Messung und fragten, ob denn das Senkblei unten nicht geschmolzen sey? denn eine alte Sage sprach von glühender Hitze in den untersten Schichten. – Die schöne Bläue des übrigens krystallhellen Wassers verstärkt sich mit zunehmender Tiefe; nur an dem Rande, wo die Vegetation einwirkt, fällt sie in's Grüne. Bis jetzt ist dieses Blau noch nicht genügend erklärt. Weder in der Umgebung, noch in der Farbe des Grunds kann die Ursache liegen, weil das Wasser sein bläuliches Ansehen bis zum Ausfluß in die Donau behält. Ebensowenig hat eine chemische Untersuchung durch Prof. Schübler einen Gehalt an Metallen oder andern Stoffen, wodurch die Erscheinung veranlaßt seyn könnte, gezeigt; das Wasser stellte sich nur reiner als die meisten Trinkwasser dar. – Sein Spiegel ist gewöhnlich ganz ruhig, so daß man kein Hervorquellen bemerkt; dennoch ist der Abfluß so stark, daß er nicht nur mittelst des an der Quelle angebrachten Brunnenhauses die ganze Stadt und das Kloster mit Wasser versieht, sondern auch ein ebenfalls daran stehendes Hammerwerk und unmittelbar darauf vier Mühlen treibt. Bei anhaltendem Regen- und Thauwetter trübt sich die Quelle, wird auffallend stärker und so unruhig, daß sie beträchtliche Wellen aufwirft und Überschwemmungen verursacht. Im J. 1641 soll die Gefahr so groß gewesen seyn, daß ein Bettag gehalten, eine Procession zum Blautopf veranstaltet und zu Versöhnung der erzürnten Gottheit (allerdings keiner Nymphe) zwei vergoldete Becher hineingeworfen wurden, worauf das Toben nachgelassen habe. Unstreitig steht der Blautopf durch unterirdische Klüfte in Verbindung mit der Albfläche und insbesondere mit den darauf befindlichen Erdtrichtern. – Einige hundert Schritte von dem Topf ist ein zweiter ähnlicher Quell, der Gieselbach, an welchem einst die alte Niklaus-Capelle und ein Nonnenkloster stand. Nach Memminger's Beschr. d. Ob.A. Blaub.

S. 138. *Lau*, von La, Wasser, welches in lo, lau, b'lau überging, daher nach Schmid der Name des Flüßchens Blau (und Blautopf) abzuleiten wäre.

S. 138. *Gumpen* (der), gewöhnlich nur eine vertiefte Stelle auf dem Grunde des Wassers, hier das Ganze einer größern Wassersammlung mit bedeutender kesselartiger Vertiefung. Wer etwa, wie Einige ohne Noth wollen, das Wort Topf im Sinn von Kreisel nimmt und es damit erklärt, daß das Wasser, besonders bei starkem Regen- und Thauwetter, wo es sich in der Mitte pyramidalisch erhebt, eine kreisende Bewegung macht, der wird unsern Ausdruck doppelt gerechtfertigt finden, da gumpen, gampen entschieden so viel ist als: hüpfen, tanzen, muthwillig hinausschlagen.

S. 138. *kleine Messer.* Es war eine alte Sitte, die noch nicht ganz abgekommen ist, sich zum Zeichen der Freundschaft mit Messern zu beschenken; vorzüglich herrschte sie in den Klöstern. Der Mystiker, Meister Heinrich von Nördlingen, Tauler's und Suso's Freund, schickte den Klosterfrauen zu Medingen öfters Messer zum Geschenke. Daher vielleicht die Redensart: Messerlein geben, d.h. nachgeben, Abbitte thun.

S. 138. *glusam*, mäßig erwärmt (auch in moralischer Bedeutung: stillen Charakters).

S. 139. *gänge Pfade*, begangene.

S. 140. *Küllhasen*, Kaninchen.

S. 140. *Schachzagel* (das), Schachspiel.

S. 141. *fernd*, vor einem Jahr.

S. 141. *Kappis*, Kohl.

S. 143. *Öhrn*, Hausflur.

S. 144. *Habergeis*, – von heben, wegen der hüpfenden, hoppelnden Bewegung des Kreisels –; *Bauren-Schwaiger*, von geschweigen, stillen. Die alten Griechen und Römer hatten magische Kreisel, Rollen und Räder, meist aus Erz, deren sich Frauen und Mädchen zum Liebeszauber bedienten, indem sie dieselben unter seltsamen Bannsprüchen herumdrehten. So in der zweiten Idylle des Theokrit. Nach einem Epigramm der griech. Anthologie hatten vornehme Thessalerinnen dergleichen aus Edelstein und Gold, mit Fäden purpurner Wolle umwickelt, welcher besonders eine geheime Kraft inwohnen sollte. Natürlich hat man sich diese Kreisel weit kleiner, überhaupt von andrer Form als den unsern zu denken. In jenem Epigramm wird der Venus ein solches Weihgeschenk gebracht:

Niko's Kreisel, mit dem sie den Mann fern über das Meer zieht,
Oder dem stillen Gemach sittige Mädchen entlockt,
Lieget, ein hell Amethystengeräth und mit Golde verzieret,
Kypris, ein lieber Besitz, deinem Altare geweiht,
Mitten von Wolle des purpurnen Lamms umwunden. Larissa's
Zauberin bracht' ihn dir, Göttin, ein gastlich Geschenk.

s. Jacobs's Leben u. Kunst der Alten.

Während der Stoff, woraus das Instrument der Larisserin bestand, zum Zweck selbst nichts beitrug, wird er in unsrem Fall Hauptsache, und die von den Alten dem Amethyst zugeschriebene Wirkung, derenwegen man sonst den Stein in Schmuckform bei sich trug, ist hier an den tönenden Kreisel geknüpft.

S. 144. *das Selige*, selig, berauscht, ist nicht gleichbedeutend mit glückselig, obwohl darauf hinspielend, sondern gleichen Stamms mit Sal, Rausch, Niedersächs., soûl, betrunken, Französ. – »als verfälschten die Bürger den Landwein auf eine so unleidentliche Weise, daß mehrere Leute das Selige berührt hätte.« Gemeiner's Regensb. Chron. zum Jahr 1474.

S. 144. *Söhnerin*, Schwiegertochter.

S. 145. *Susanne Preisnestel*, scherzhafte Bezeichnung aufgeputzter Mädchen. Preis heißt der Saum am Hemd; prisen, einfassen; mit einer Kette, gewöhnlich von Silber, einschnüren, um den bei der vormaligen oberschwäbischen Frauentracht üblichen Brustvorstecker zu befestigen; der hiezu gebrauchte seidene oder wollene Bändel hieß Preisnestel.

S. 145. *Aschengruttel* (Aschenbrödel), sonst im Schwäbischen auch Aschengrittel und Äschengrusel genannt.

S. 147. *einen rothen Rock*. Ein alter Reim, welchen die Wärtinnen hersagen, wenn sie die Kinder auf den Knieen reiten lassen, enthält schon diese Vorstellung:

Hott^{a}, Hott^{a}, Rößle,
Z'Stu^{a}gart steht ^{a} Schlößle,
Z'Stu^{a}gart steht ^{a} Gart^{a}haus,
Guck^{a}t drei schöne Jungfr^{a} raus:
Die Ein' spinnt Seide,
Die Ander' spinnt Weide,
Die Dritt' die spinnt ^{a}n roth^{a} Rock
Für unsern li^{a}b^{a} Herr^{a}gott.

s. E. Meier's Kinderreime, S. 5.

S. 147. *baß*, sehr, gut, besser.

S. 147. *unwirs*, unwirsch, ungehalten.

S. 147. *Wetterblicken*; der Blick, Durnblick, Wetterblick, Blitz.

S. 147. *Rusenschloß*, oder Hohen-Gerhausen, vormals eine gewaltige Bergveste, jetzt äußerst malerische Ruine über dem Dorfe Gerhausen gelegen, in der Nähe vom Ruck, einer minder bedeutenden Burg.

S. 147. *Mahd* (das), 1) die zu mähende Wiese, 2) das Gemähte.

S. 148. *Jäst*, Jast, Gährung, aufbrausender Zorn.

S. 148. *Zuberclaus*, ein Mensch, der seltsame Einfälle hat; vielleicht, sagt Schmid, eine scherzhafte Verstümmelung des Wortes superklug, zugleich anspielend auf den Claus Narr. Letzterer ist ohne Zweifel in dem Wort enthalten, im Übrigen hat diese Erklärung etwas zu Modernes. Ein humoristischer Etymolog nimmt die erste Worthälfte baar, und will, ich weiß nicht wo, gefunden haben, daß sich Claus Narr eines solchen Geräths bei einem Ulmer Schifferstechen als Fahrzeugs, in Ermangelung eines ordentlichen Nachens, bedient habe.

S. 149. *Lichtkarz*, Karz; entweder von garten, müssig seyn, umherschwärmen, z'Garten gehen, Besuch machen, oder wahrscheinlicher von Kerze: Versammlung von Spinnerinnen, auch Vorsitz genannt.

S. 149. *spitzweise*, spitzfindig. »mit spitzwysen Worten«. Ulmer Urk.

S. 151. *ein steinernes Haus.* Es ist das der Stiftskirche westlich gegenüberstehende, jetzt Architekt Mäntler'sche Haus gemeint, das gegenwärtig noch »zum Schlößlein« heißt. Es soll den Herrn von Kaltenthal gehört haben: Memminger, in seiner Beschr. der Stadt, macht es aber sehr wahrscheinlich, daß das Gebäude von Anfang Gräflich Wirtembergisches Besitzthum und zwar einer der Sitze oder eine der Burgen gewesen sey, die nächst dem Stutengarten die Entstehung von Stuttgart veranlaßt haben mögen.

S. 151. *in natürlicher Kunst.* natürlich, naturkundig. »von den sachen des siechthumbs nach gemainen löffen der natur schreiben die natürlichen maister.« Steinhöwel (Ulmer Arzt). Natürliche Meister sind aber nicht blos Ärzte, sondern auch Philosophen. In dem »Buch der sterbenden Menschheit« heißt es: »ein mächtiger wolgelerter man in philosophia das ist in natürlicher kunst.«

S. 152. *Imperial*, war ehmals eine Goldmünze; der Name ist nur noch in Rußland üblich.

S. 153. *Spiriguckes*, ein wunderwitziger, neugieriger, auf Curiositäten erpichter Mensch von sonderbarem Wesen.

S. 154. *mir nex – – usgang*[a], sagt man am Schlusse der Erzählung einer Sache, die auf nichts hinausläuft.

S. 154. *bod*[a]*laus*, bodenlos.

S. 155. *zutheuerst*, sogar.

S. 155. *irrsch*, nicht recht bei sich.

S. 156. *'s leit ª Klötzle*, es liegt etc. Diese Zeilen finden sich ebenso in E. Meier's Kinderreimen.

S. 156. *Leirenbendel*, langweiliges Einerlei; zunächst der schwäb. Volksname für einen Vogel, Wendehals.

S. 157. *Gesetzlein*, Sprüchlein, Strophe eines Lieds.

S. 157. *buntüberecks*, verkehrt, durcheinander.

S. 159. *sottige*, söttige, sotte, solche.

S. 159. *Witzung*, Witzigung, Warnung.

S. 161. *Holdschaft*, Liebschaft, zärtliche Freundsch.

S. 162. *buksiren*, necken, plagen.

S. 162. *knappen*, hinken.

S. 163. *Ehni*, Ähne, Großvater.

S. 164. *Heirathstag*, Verlobungstag.

S. 165. *helle Wiese*, Hölle, Fegfeuer. »der ward entzuckt vnd gefürt in die helle wise.« Legende.

S. 165. *morgen nach dem Bad*, Sprichwort: du kommst zu spät.

S. 168. *der wirtenbergisch Niemez* (Niemer, Niemand), Einer der so viel als Nichts ist, kein Gewerbe versteht oder treibt.

S. 170. *bocken*, mit den Köpfen aneinander stoßen, klopfen. *durnieren*, lärmen, lautähnlich mit durnen, donnern.

S. 170. *Grättlein*, kleiner Korb.

S. 171. *Wiegentag*, Geburtstag; Marchthaler's von Eßlingen Hauschronik.

S. 171. *Irmengard*, eine der vier Töchter Eberhards, von seiner zweiten Gemahlin, Irmengard von Baden, »die prächtigste der Rosen«, wie ihre Grabschrift sie nennt; starb 1329.

S. 172. *Nuster*, Halsschnur, von Pater noster; daher auch Patter.

S. 173. *Alfanz*, Gewinn, Vortheil.

S. 173. *Rauner* (raunen, leise reden, murmeln), Beschwörer. »dye nit will hören die stymen der rauner.« Alte Übers. d. Psalm 58.

S. 174. *einen ansehnlichen Weiher.* In Wirklichkeit wurde dieser sogenannte mittlere See beim alten Sebastians-, nachmaligen Büchsenthor, der seit 1700 ausgetrocknet ist, so wie die ganze obere Vorstadt, mit Ausnahme vielleicht von einzelnen Häusern, erst durch Graf Ulrich den Vielgeliebten angelegt.

S. 175. *hatte einen Bösen gethan*, war unmäßig.

S. 175. *g'rutzelt voll*, sehr voll.

S. 176. *Traubenschuß*, ein Schuß mit vielen Schroten aus kleinem Gewehr, hier angewendet auf grobes Geschütz, dergleichen die

Quartanschlange war, welche zehnpfündige Kugeln schoß, und der Tarras, der übrigens auch Büchse genannt wird.

S. 176. *die Sach' steht auf Saufedern*, ist mißlich.

S. 176. *Scharsach*, Scheermesser, »als ain geschliffen Scharsach.« Psalm 52.

S. 177. *Fazvögel*, von fazen, spotten. Ital. *fazio*, Possenreißer; Lat. *facetiae*, witzige Scherze.

S. 178. *der Holzschlegel – auf der Bühne*, (auf dem obern Boden unter dem Dach), ohne Aufwand und Mühe gelinge ihnen Alles.

S. 178. *selletwegen*, jeneswegen.

S. 178. *beschreien*, berufen (abergläubische Warnung vor allzugroßer Sicherheit).

S. 179. *Stuß*, Stoß, Verdruß.

S. 179. *beim Beilichen*, ungefähr; die Beiliche, die Nähe.

S. 179. *stigelfizisch*, naseweis.

S. 179. *Grind*, pöbelhaft für Kopf.

S. 180. *Triet* (die), ein Magenpulver. Frnz. *trisenet.*

S. 180. *wampel*, wimbel, übel, magenschwach; ähnlich *to wamble* im Engl.

S. 180. *Allermanns-Harnisch*, runde Siegwurz (*Gladiolus communis*), ehmals in medicinischem Gebrauch; wurde als Amulet gegen Verwundungen und verschiedene Krankheiten, so wie zu andern abergläubischen Zwecken getragen und wird zuweilen noch vom Volke gebraucht.

S. 180. *Dierletey*, nicht näher bekanntes Ingrediens einer Salbe; in der Mörin des Herm. v. Sachsenheim erwähnt.

S. 180. *Mamortica* (*Momordica balsamina*), der ächte Balsamapfel, wundheilendes Mittel.

S. 180. *Wurzler*, Apotheker.

S. 180. *G'schwey*, Schwägerin.

S. 181. *Ledder* statt Leder sprechen alle gereis'ten Schuster in Schwaben.

S. 181. *Mille*, Mil, Milch; Ulmisch.

S. 181. *Lichtbraten*, Lichtgans, ein Braten, welchen Handwerker, die im Winter auch des Nachts arbeiten, Schuster, Schneider, Weber u. dgl., ihren Gesellen beim Anfang des Winters zum besten geben. Bis zu Ende des 18. Jahrh. bestand in Ulm dieser Gebrauch in einem mit Musik, Trommeln und Pfeifen, und bisweilen mit öffentlichen Aufzügen verbundenen Schmause.

S. 182. *fürsche*, vor sich, vorwärts.

S. 183. *Döte*, männlicher –, Dot, Dote, weiblicher Taufpathe.

S. 184. *Wunder-Lecker*, ein Wundersüchtiger (ohne Vorgang).

S. 184. *einzecht*, einzeln.

S. 184. *Wadelbir*, eine Birnen-Art. »*mit manchen bieren*«. Hugo v. Trimberg.

S. 184. *Drudenfuß*, von Drude, Trut, Unholdin; eine magische Figur, aus zwei zu einem Fünfeck verbundenen Triangeln bestehend.

S. 184. *Kandel*, Rinne, Abzugskanal.

S. 185. *Nachtschach*, Räuber, Dieb; von Schach, Raub.

S. 185. *Aberschanz*, das Hintere.

S. 186. *Weinschröter*, Weingärtner.

S. 187. *eine Stuterei.* Gabelkhover, in seiner handschriftlichen Chronik vom J. 1621, will den Platz noch wissen, wo das alte Stutenhaus gestanden. »Zwanzig Schritt ohngefehrlich, sagt er, von der jetzigen Stiftskirche gegen Mitternacht, da Paulus Sautter, Provisor sitzt«. Dieser Sautter saß aber, einer Hausurkunde zufolge, in dem jetzigen Weinschenk Thum'schen Haus, und nach einer bekannten Überlieferung wäre dieß Haus das älteste der Stadt.

S. 187. *Zinselwerk*, Gaukelwerk. »Celestinus hat den introitum mit anderm zinselwerk hin dar gesetzt.« Spreter, Bericht von der alt. christl. Meß. – »on vnser verdienst, vergebenlich, nit durch ablas oder eygen zinßelwerk.« Spret. christl. Instruction.

S. 187. *Dockenkasten*, Puppentheater.

S. 188. *Kräben*, Tragkorb.

S. 188. *Schauenlichkeit*, Contemplation, beschauliches Leben. »nit minder vorhalt mich vor disen gesellen, die allein der Schawenlicheit gleben (geleben) wend.« Spreter, christl. Instr.

S. 188. *drönsgen*, Intensivform von trehnsen, langsam etwas verrichten; entspricht dem Franz. *trainer*, ziehen, dem Engl. *to train*, *to drone* und *to drowse*, schlummern, schläfrig seyn.

S. 188. *Heilthum*, Reliquie. Der Pfarrer zu Leipheim, im J. 1500, bestrich die Leute für ein Opfer mit dem Heilthum St. Veit's.

S. 190. *Marschloß*, Maderschl., Malschl. (Schweizerisch: Malle, Tasche; Franz. *malle*), Vorlegschloß.

S. 191. *die Eigel*, der Blutigel; in den ältern Ausgaben der Lutherischen Bibel, Sprüche Sal. 30, 15.

S. 191. *ringer*, mit geringerer Mühe.

S. 192. *schier*, bald.

S. 192. *Werr*, Erdkrebs, ein den Fruchtfeldern schädliches großes Insekt.

S. 192. *hartselig*, hartnäckig. »durch wunderzeichen wil Gott das hartsälig volck ziehen vnd berüffen.« Spreter Instr.

S. 192. *Thorangel*, Schimpfname für grobe Bauern.

S. 193. *Sittich*, Sitter, *psittacus*, Papagei.

S. 193. *wind und weh*, sehr übel, sowohl im körperlichen als geistigen Sinne gebraucht; wind, wahrscheinlich von schwinden, woher auch Schwindel stammt, also schwindlich. »ir wart so swinde und we dar nach«. Koloczaer Codex altdeutscher Ged. herausg. von Mailáth u. s. w. S. 232.

S. 194. *schnorzig*, verdrießlicher Laune, worin man Jemand anschnurrt.

S. 195. *Meineider*, Meineidiger. Marchth. Chron.

S. 195. *Brogel-Wenz*; sich broglen, prahlen; alt brogen, sich regen, in die Höhe richten, ungestüm seyn. Engl. *to brag*. Ital. *brogliare*. Die Zusammensetzung mit einem Namen, als sprichwörtliche Anspielung, ist willkührlich.

S. 196. *Elend*, ein Garten in Ulm hinter dem Hospital an der Donau, auf dessen Stelle ehemals vermuthlich ein Pfleghaus für arme Pilger und Fremdlinge war. Dergleichen Anstalten hießen auch anderwärts Elendhäuser, elende Herbergen. – Elend, ellend, aus *el*, fremd, und *lend*, bedeutet überhaupt die Irre, Fremde.

S. 196. *Pflug*, Name eines Gasthofs in Ulm.

S. 196. *Uf*^{a}*m*, auf dem.

S. 196. *Blo-Holder-Strauß*, Busch von blauem Holunder, Syringe.

S. 196. *vor's*, bevor es.

S. 197. *Nachthüehle*, Nacht-Huhn, Käuzlein.

S. 198. *di*^{a} *Gugelfu*^{a}*hr gang wieder a*^{n} (gehe wieder an). Die Gugelnarren, d. h. die Narren mit den spitzigen Hanswursthüten, ließen sich zur Fastnachtszeit auf Karren herumführen und trieben Unfug; daher Gugelfuhr für große Lustbarkeit und jeden lustig lärmenden Unfug.

S. 200. *Herzensbrast*, Beklemmung, Herzeleid; von Bresten, Gebrechen.

S. 200. *Scheurenburzler*, Landstreicher, Zigeuner, der in Scheunen auf dem Lande das Nachtlager zu nehmen pflegt.

S. 200. *äll' Hundsodem*, alle Augenblicke.

S. 200. *gen die Sperlachen* (plur.), gegen das Himmelszelt; von sperren und Laken oder Lachen, Tuch, das über einen Wagen zur Bedeckung gespannt ist. »wann got jnn den sperlachen wonet vnd sy mit seinen gnaden erleuchtet«. Buch der sterb. Menschh.

S. 210. *Hofraite* (die), der ganze zu einem Haus gehörige Umfang von Hof, Bäulichkeiten u. s. w.

S. 202. *Gähnaffen* (Maulaffen) *feilhaben*, müssig da stehen.

S. 202. *den Plirum geigen*, abprügeln.

S. 202. *Wasen*, Rasen, Anger.

S. 203. *trait mer*, trägt man.

S. 203. *Dattern*, dottern, zittern. Engl. *to totter.*

S. 204. *Jetzt ist lang Tag*, Sprichw. es hat keine Noth mehr.

S. 204. *Wuhr* (das), Wehr. »ich hab gebawen die wasserwure«. Buch der sterb. Menschh.

S. 204. *gottig*, gotzig, gotteseinzig, einzig.

S. 205. *Trischacken*, eine Art Kartenspiel; Ital. *i tre sciacchi.*

S. 206. *Schiedvell*, Zwerchfell, weil es Herz und Lunge von den andern Eingeweiden scheidet; *diaphragma.*

S. 206. *Faxen*, auffallende, lächerliche Gesten.

S. 206. *seellos*, ruchlos. »die Trewloßen, Ehrloßen und Seelloßen bauren«. Brief an Schwäb. Hall im J. 1525.

S. 207. *Ich habe Kreuz – ab.* Diese Zeilen fand der Verf. selbst an einem ähnlichen Ort auf freiëm Felde von einer ungeübten Hand mit Kreide angeschrieben.

S. 210. *verbutzen*, vermummen. »am Fastnacht soll sich Niemand verbutzen, verkleiden, verwelchen« (von Wale, Walch, Welscher, Fremder). Ulm. Verordn. v. J. 1612. Die Butz heißt Scherz, Betrug, Lüge; der Butz, Narr, Possenreißer, Larve.

S. 211. *verhansleartlen*, auf eine einfältige Weise verlieren, versäumen. Hans Leand, Hans Leard, Johann Leonhard, wird zu Bezeichnung eines einfältigen Menschen gebraucht.

S. 212. *Morgen-Atz*, Frühstück. Marchth. Chr.

S. 213. *Bartzefant* (der), Diener: Franz. *poursuivant.*

S. 214. *Korabelle*, Buhldirne, wahrscheinlich aus *mia cara bella* entstanden und auf Barbara, in der Volkssprache Belle, anspielend; kommt noch in Weitzmann's Gedichten vor.

S. 214. *Knegler*, Einer, der stark durch die Nase redet.

S. 215. *Sotterer*, ein siecher Mensch; von sottern, kränkeln, mit Sucht verwandt.

S. 215. *ungeschaffen*, ungestaltet. »da (in Canstatt) ist alle Jar ain tag haißt der ungeschaffene tag, vonn mannen Jungen gesellen weiber vnd Jungfraw vnnd welcher der ungestaltest ist der gewindt ain Rockh vnnd ander ding darzu vnnd welche die vngeschafnest ist die gewindt ain Gurttl pewtel (Beutel) Handschuh vnnd ander Ding«. Ladisl. Sunthaim, Historiograph des K. Maximil. I. S. Memminger's Canstatt.

S. 215. *Grüß dich Gott, herzlieber* u. s. w. ein altes Volkslied, aus des Knaben Wunderhorn (II, 300) mit einiger Veränderung entlehnt.

S. 216. *Wurstelmaukeler*; maucheln, maukeln, mau^{n}klen, mockeln, vermockeln, verstecken, heimlich zu Werke gehen, betrügen (bemogeln); daher Butzenmaukeler, die verkleidete Person, welche ehmals an Fastnachten, an Nicolai, oder zu Weihnachten, die Kinder zu erschrecken, aufgestellt wurde. Die Verbindung mit Wurst in unserem Text ist willkührlich, und diese Gestalt dem Pfingstlimmel nachgebildet. Es war dieß ein Knabe, welcher zur Pfingstzeit, vom Scheitel bis auf die Füße ganz mit frischem Grün und Feldblumen umflochten, entweder zu Fuß oder auf einem Pferde sitzend und von zwei andern Burschen geführt, in der Stadt oder im Dorf herumzog. Den Kopf bedeckte eine ellenlange, spitze Kappe von Laubwerk und das Gesicht war zuweilen mit Baumrinde verlarvt. Der Verf. fand diese Sitte noch auf der Alb, in Ochsenwang. Zu Augsburg, wo man Schilf zu der Verkleidung nahm, hieß ein solcher Knabe der Wasservogel.

S. 217. *Blunz* (der), dicke Blutwurst.

S. 217. *Stampaney* (die), Ersonnenes, Erdichtetes, Märchen; von Stampf, weil Bilder mit dem Stampf abgedruckt wurden. Josua Mahler (im J. 1551) sagt, nachdem er die in der Hauptkirche zu Aachen vorgezeigten Reliquien aufgezählt hat: »es ist dieß Münster ein rechter Kramladen zu derley Stampaneyen«.

S. 218. *der Siedig*, der Angstschweiß.

S. 219. *Leiresblosel*, Leiresbläslein, so viel als: ein dummes Ding; mag von Leier und blasen herkommen, zunächst also: ein schlechtes Geleier.

S. 221. *bärig*, kaum.

S. 223. *Zwilch* (der), grobe Leinwand.

S. 224. *Medey*, ein Kleinod, vielleicht eine Medaille, zum Hutschmuck gehörig. »Ob dem stulp (des spanischen Huts) gieng ein Schnur vmbher Nicht anderst alß wenns ein Kron wer; Gar köstlich von schönen Medeyen, Orndlich gesetzet nach der Reyen, Treflich vil schöne Edel Stein Theurer art dran gestanden sein«. Aus: Fürstl. Würt. Pomp und Solennität, durch M. Jo. Ottingerum beschrieben, Stuttg. 1607. »Medeyen oder Rosen an der *Cleinodschnur*«. Ebendas.

S. 224. *Stotzenglas*, kurzes Kelchglas mit einem Fuße.

S. 224. *Hohlippen*, hohle Hippen, gerolltes Oblaten-Gebackenes.

S. 224. *Krapf*, mit Obst, Weinbeeren, Rosinen und dergl. gefülltes Backwerk. Im Altdeutschen bedeutet das Wort einen gekrümmten Haken.

S. 227. *Schaufalt* (der Falt, Schwäb.), die Falte an Tüchern, die nach außenhin, um besonders gesehen zu werden, gelegt wird; daher das Vorzüglichste seiner Art, womit man prangt, z. B. eine Person in einer Familie. Ähnlich ist Ausbund: was im Zusammenbinden auswärts gerichtet wird, und ebenso das vormals gebräuchliche Überbund.

S. 227. *Datte*, Vater (Kindersprache). In einigen Orten Wirtembergs war ehemals die Gewohnheit, daß Ehezwistigkeiten, ehe sie zu sehr überhand genommen, durch einen stattlichen, untadelhaften Mann im Dorfe, den man den Datte nannte, der aber unbekannt blieb, gerügt und bestraft wurden. Er klopfte nämlich, von zwei selbstgewählten Gehülfen begleitet, an dem Hause uneiniger Eheleute an, antwortete auf die Frage, wer da? bloß: der Datte kommt, und ging ohne Weiteres wieder weg. Hörte der Zwist nicht auf, so erschien er zum zweitenmale und beobachtete dasselbe. Blieb auch dieß ohne Erfolg, so kam er zum drittenmale vermummt, drang in das Haus und prügelte den schuldigen Theil tüchtig ab. Der Mißbrauch hob diesen vielleicht altgermanischen Gebrauch auf.

S. 227. *Zwilauf*, Zwist. »Peter Vngelter vf der Stette haissen gen Straßburg verritten von Irer zwilöff wegen dorvnter zu reden«. Aus e. Städterechnung.

Mozart auf der Reise nach Prag

Novelle

Seinen Freunden,

den beiden Componisten

Louis Hetsch

Musikdirector in Mannheim

und

Friedrich Ernst Kauffmann,

Professor in Stuttgart,

zugeeignet

vom Verfasser

Im Herbst des Jahres 1787 unternahm Mozart im Begleitung seiner Frau eine Reise nach Prag, um Don Juan daselbst zur Aufführung zu bringen.

Am dritten Reisetag, den vierzehnten September, gegen eilf Uhr Morgens, fuhr das wohlgelaunte Ehepaar noch nicht viel über dreißig Stunden Wegs von Wien entfernt, in nordwestlicher Richtung, jenseits vom Mannhardsberg und der deutschen Thaya, bei Schrems, wo man das schöne Mährische Gebirg bald vollends überstiegen hat.

»Das mit drei Postpferden bespannte Fuhrwerk«, schreibt die Baronesse von T. an ihre Freundin, »eine stattliche, gelbrothe Kutsche, war Eigenthum einer gewissen alten Frau Generalin Volkstett, die sich auf ihren Umgang mit dem Mozartischen Hause und ihre ihm erwiesenen Gefälligkeiten von jeher scheint etwas zu gut gethan zu haben.« – Die ungenaue Beschreibung des fraglichen Gefährts wird sich ein Kenner des Geschmacks der achtziger Jahre noch etwas durch einige Züge ergänzen. Der gelbrothe Wagen ist hüben und drüben am Schlage mit Blumenboukets, in ihren natürlichen Farben gemalt, die Ränder mit schmalen Goldleisten verziert, der Anstrich aber noch keineswegs von jenem spiegelglatten Lack der heutigen Wiener Werkstätten glänzend, der Kasten auch nicht völlig ausgebaucht, obwohl nach unten zu kokett mit einer kühnen Schweifung eingezogen; dazu kommt ein hohes Gedeck mit starrenden Ledervorhängen, die gegenwärtig zurückgestreift sind.

Von dem Costüm der beiden Passagiere sey überdieß so viel bemerkt. Mit Schonung für die neuen, im Koffer eingepackten Staatsgewänder war der Anzug des Gemahls bescheidentlich von Frau Constanzen ausgewählt; zu der gestickten Weste von etwas verschossenem Blau sein gewohnter brauner Überrock mit einer Reihe großer und dergestalt façonnirter Knöpfe, daß eine Lage röthliches Rauschgold durch ihr sternartiges Gewebe schimmerte, schwarzseidene Beinkleider, Strümpfe, und auf den Schuhen vergoldete Schnallen. Seit einer halben Stunde hat er wegen der für diesen Monat außerordentlichen Hitze sich des Rocks entledigt und sitzt vergnüglich plaudernd, baarhaupt, in Hemdärmeln da. Madame Mozart trägt ein bequemes Reisehabit, hellgrün und weiß gestreift; halb aufgebunden fällt der Überfluß ihrer schönen, lichtbraunen Locken auf Schulter und Nacken herunter; sie waren Zeit ihres Lebens noch niemals von Puder entstellt, während der starke, in einen Zopf gefaßte Haarwuchs ihres Gemahls für heute nur nachlässiger als gewöhnlich damit versehen ist.

Man war eine sanft ansteigende Höhe zwischen fruchtbaren Feldern, welche hie und da die ausgedehnte Waldung unterbrachen, gemachsam hinauf und jetzt am Waldsaum angekommen.

»Durch wie viel Wälder«, sagte Mozart, »sind wir nicht heute, gestern und ehegestern schon passirt! – Ich dachte nichts dabei, geschweige daß mir eingefallen wäre, den Fuß hinein zu setzen. Wir steigen einmal aus da, Herzenskind, und holen von den blauen Glocken, die dort so hübsch im Schatten stehn. Deine Thiere, Schwager, mögen ein bischen verschnaufen.«

Indem sie sich beide erhoben, kam ein kleines Unheil an den Tag, welches dem Meister einen Zank zuzog. Durch seine Achtlosigkeit war ein Flacon mit kostbarem Riechwasser aufgegangen und hatte seinen Inhalt unvermerkt in die Kleider und Polster ergossen. »Ich hätt' es denken können«, klagte sie »es duftete schon lang so stark! O weh, ein volles Fläschchen ächte Rosée d'Aurore rein ausgeleert! Ich sparte sie wie Gold.« – »Ei, Närrchen«, gab er ihr zum Trost zurück, »begreife doch, auf solche Weise ganz allein war uns dein Götter-Riechschnaps etwas nütze. Erst saß man in einem Backofen und all dein Gefächel half nichts, bald aber schien der ganze Wagen gleichsam ausgekühlt; du schriebst es den paar Tropfen zu, die ich mir auf den Jabot goß; wir waren neu belebt und das Gespräch floß munter fort, statt daß wir sonst die Köpfe hätten hängen lassen wie die Hämmel auf des Fleischers Karren; und diese Wohlthat wird uns auf dem ganzen Weg begleiten. Jetzt aber laß uns doch einmal zwei Wienerische Nos'n recht expreß hier in die grüne Wildniß stecken!«

Sie stiegen Arm in Arm über den Graben an der Straße und sofort tiefer in die Tannendunkelheit hinein, die, sehr bald bis zur Finsterniß verdichtet, nur hin und wieder von einem Streifen Sonne auf sammetnem Moosboden grell durchbrochen ward. Die erquickliche Frische, im plötzlichen Wechsel gegen die außerhalb herrschende Gluth, hätte dem sorglosen Mann ohne die Vorsicht der Begleiterin gefährlich werden können. Mit Mühe drang sie ihm das in Bereitschaft gehaltene Kleidungsstück auf. – »Gott, welche Herrlichkeit!« rief er, an den hohen Stämmen hinaufblickend, aus: »man ist als wie in einer Kirche! Mir däucht, ich war niemals in einem Wald, und besinne mich jetzt erst, was es doch heißt, ein ganzes Volk von Bäumen bei einander! Keine Menschenhand hat sie gepflanzt, sind alle selbst gekommen, und stehen so, nur eben weil es lustig ist beisammen wohnen und wirthschaften. Siehst du, mit jungen Jahren fuhr ich doch in halb Europa hin und her, habe die Alpen gesehn und das Meer, das Größeste und Schönste, was erschaffen ist: jetzt steht von ungefähr der Gimpel in einem ordinären Tannenwald an der böhmischen Grenze, verwundert und verzückt, daß solches Wesen irgend existirt, nicht etwa nur so una finzione di poeti ist, wie ihre Nymphen, Faune und dergleichen mehr, auch kein Comödienwald, nein aus dem Erdboden heraus gewachsen, von Feuchtigkeit und Wärmelicht der Sonne groß gezogen! Hier ist zu Haus der Hirsch, mit seinem wundersamen zackigen Gestäude auf der Stirn, das possierliche Eichhorn, der Auerhahn, der Häher.« – Er bückte sich, brach einen Pilz und pries die prächtige hochrothe Farbe des Schirms, die zarten weißlichen Lamellen an dessen unterer Seite, auch steckte er verschiedene Tannenzapfen ein.

»Man könnte denken«, sagte die Frau, »du habest noch nicht zwanzig Schritte hinein in den Prater gesehen, der solche Raritäten doch auch wohl aufzuweisen hat.«

»Was Prater! Sapperlot, wie du nur das Wort hier nennen magst! Vor lauter Carossen, Staatsdegen, Roben und Fächern, Musik und allem Spektakel der Welt, wer sieht denn da noch sonst etwas? Und selbst die Bäume dort, so breit sie sich auch machen, ich weiß nicht – Bucheckern und Eicheln, am Boden verstreut, sehn halter aus als wie Geschwisterkind mit der Unzahl verbrauchter Korkstöpsel darunter. Zwei Stunden weit riecht das Gehölz nach Kellnern und nach Saucen.«

»O unerhört!« rief sie, »so redet nun der Mann, dem gar nichts über das Vergnügen geht, Backhähnl im Prater zu speisen!«

Als beide wieder in dem Wagen saßen, und sich die Straße jetzt nach einer kurzen Strecke ebenen Wegs allmählig abwärts senkte, wo eine lachende Gegend sich bis an die entfernteren Berge verlor, fing unser Meister, nachdem er eine Zeitlang still gewesen, wieder an: »Die Erde ist wahrhaftig schön, und keinem zu verdenken, wenn er so lang wie möglich darauf bleiben will. Gott sey's gedankt, ich fühle mich so frisch und wohl wie je, und wäre bald zu tausend Dingen aufgelegt, die denn auch alle nach einander an die Reihe kommen sollen, wie nur mein neues Werk vollendet und aufgeführt seyn wird. Wie viel ist draußen in der Welt, und wie viel daheim, Merkwürdiges und Schönes, das ich noch gar nicht kenne, an Wunderwerken der Natur, an Wissenschaften, Künsten und nützlichen Gewerben! Der schwarze Köhlerbube dort bei seinem Meiler weiß dir von manchen Sachen auf ein Haar so viel Bescheid wie ich, da doch ein Sinn und ein Verlangen in mir wäre, auch einen Blick in Dieß und Jen's zu thun, das eben nicht zu meinem nächsten Kram gehört.«

»Mir kam«, versetzte sie, »in diesen Tagen dein alter Sackkalender in die Hände von Anno fünfundachtzig; da hast du hinten angemerkt drei bis vier Notabene. Zum Ersten steht: Mitte Oktober gießet man die großen Löwen in kaiserlicher Erzgießerei; für's Zweite, doppelt angestrichen: Professor Gattner zu besuchen. Wer ist der?«

»O recht, ich weiß – auf dem Observatorio der gute alte Herr, der mich von Zeit zu Zeit dahin einlädt. Ich wollte längst einmal den Mond und 's Mandl drin mit dir betrachten. Sie haben jetzt ein mächtig großes Fernrohr oben; da soll man auf der ungeheuern Scheibe, hell und deutlich bis zum Greifen, Gebirge, Thäler, Klüfte sehen, und von der Seite, wo die Sonne nicht hinfällt, den Schatten, den die Berge werfen. Schon seit zwei Jahren schlag' ich's an, den Gang zu thun, und komme nicht dazu, elender und schändlicher Weise!«

»Nun«, sagte sie, »der Mond entläuft uns nicht. Wir holen manches nach.«

Nach einer Pause fuhr er fort: »Und geht es nicht mit allem so? O pfui, ich darf nicht daran denken, was man verpaßt, verschiebt und hängen läßt! – von Pflichten gegen Gott und Menschen nicht zu reden – ich sage von purem Genuß, von den kleinen unschuldigen Freuden, die einem jeden täglich vor den Füßen liegen.«

Madame Mozart konnte oder wollte von der Richtung, die sein leicht bewegliches Gefühl hier mehr und mehr nahm, auf keine Weise ablenken, und leider konnte sie ihm nur von ganzem Herzen Recht geben, indem er mit steigendem Eifer fortfuhr: »Ward ich denn je nur meiner Kinder ein volles Stündchen froh? Wie halb ist das bei mir, und immer en passant! Die Buben einmal rittlings auf das Knie gesetzt, mich zwei Minuten mit ihnen durch's Zimmer gejagt, und damit basta, wieder abgeschüttelt! Es denkt mir nicht, daß wir uns auf dem Lande zusammen einen schönen Tag gemacht hätten, an Ostern oder Pfingsten, in einem Garten oder Wäldel, auf der Wiese, wir unter uns allein, bei Kinderscherz und Blumenspiel, um selber einmal wieder Kind zu werden. Allmittelst geht und rennt und saust das Leben hin – Herr Gott! bedenkt man's recht, es möcht' einem der Angstschweiß ausbrechen!«

Mit der so eben ausgesprochenen Selbstanklage war unerwartet ein sehr ernsthaftes Gespräch in aller Traulichkeit und Güte zwischen beiden eröffnet. Wir theilen dasselbe nicht ausführlich mit, und werfen lieber einen allgemeinen Blick auf die Verhältnisse, die theils ausdrücklich und unmittelbar den Stoff, theils auch nur den bewußten Hintergrund der Unterredung ausmachten.

Hier drängt sich uns voraus die schmerzliche Betrachtung auf, daß dieser feurige, für jeden Reiz der Welt und für das Höchste, was dem ahnenden Gemüth erreichbar ist, unglaublich empfängliche Mensch, so viel er auch in seiner kurzen Spanne Zeit erlebt, genossen und aus sich hervorgebracht, ein stetiges und rein befriedigtes Gefühl seiner selbst doch lebenslang entbehrte.

Wer die Ursachen dieser Erscheinung nicht etwa tiefer suchen will, als sie vermuthlich liegen, wird sie zunächst einfach in jenen, wie es scheint, unüberwindlich eingewohnten Schwächen finden, die wir so gern, und nicht ganz ohne Grund, mit alle dem, was an Mozart der Gegenstand unsrer Bewunderung ist, in eine Art nothwendiger Verbindung bringen.

Des Mannes Bedürfnisse waren sehr vielfach, seine Neigung zumal für gesellige Freuden außerordentlich groß. Von den vornehmsten Häusern der Stadt als unvergleichliches Talent gewürdigt und gesucht, verschmähte er Einladungen an Festen, Cirkeln und Parthien selten oder nie. Dabei that er der eigenen Gastfreundschaft innerhalb seiner näheren Kreise gleichfalls genug. Einen längst hergebrachten musikalischen Abend am Sonntag bei ihm, ein ungezwungenes Mittagsmahl an seinem wohlbestellten Tisch mit ein paar Freunden und Bekannten, zwei, dreimal in der Woche, das wollte er nicht missen. Bisweilen brachte er die Gäste, zum Schrecken der Frau, unangekündigt von der Straße weg in's Haus, Leute von sehr ungleichem Werth, Liebhaber, Kunstgenossen, Sänger und Poeten. Der müßige Schmarotzer, dessen ganzes Verdienst in einer immer aufgeweckten Laune, in Witz und Spaß, und zwar vom gröbern Korn bestand, kam so gut wie der geistvolle Kenner und der treffliche Spieler erwünscht. Den größten Theil seiner Erholung indeß pflegte Mozart außer dem eigenen Hause zu suchen. Man konnte ihn nach Tisch einen Tag wie den andern am Billard im Kaffeehaus, und so auch manchen Abend im Gasthof finden. Er fuhr und ritt sehr gerne in Gesellschaft über Land, besuchte als ein ausgemachter Tänzer Bälle und Redouten und machte sich des Jahrs einigemale einen Hauptspaß an Volksfesten, vor allen am Brigitten-Kirchtag im Freien, wo er als Pierrot maskirt erschien.

Diese Vergnügungen, bald bunt und ausgelassen, bald einer ruhigern Stimmung zusagend, waren bestimmt, dem lang gespannten Geist auch ungeheurem Kraftaufwand die nöthige Rast zu gewähren; auch verfehlten sie nicht, demselben nebenher auf den geheimnißvollen Wegen, auf welchen das Genie sein Spiel bewußtlos treibt, die feinen flüchtigen Eindrücke mitzutheilen, wodurch es sich gelegentlich befruchtet. Doch leider kam in solchen Stunden, weil es dann immer galt, den glücklichen Moment bis auf die Neige auszuschöpfen, eine andere Rücksicht, es sey nun der Klugheit oder der Pflicht, der Selbsterhaltung wie der Häuslichkeit, nicht in Betracht. Genießend oder schaffend kannte Mozart gleich wenig Maß und Ziel. Ein Theil der Nacht war stets der Composition gewidmet. Morgens früh, oft lange noch im Bett, ward ausgearbeitet. Dann machte er, von zehn Uhr an, zu Fuß oder im Wagen abgeholt, die Runde seiner Lectionen, die in der Regel noch einige Nachmittagsstunden wegnahmen. »Wir plagen uns wohl auch rechtschaffen«, so schreibt er selber einmal einem Gönner, »und es hält öfter schwer, nicht die Geduld zu verlieren. Da halst man sich als wohl accreditirter Cembalist und Musiklehrmeister ein Dutzend Schüler auf, und immer wieder einen neuen, unangesehn was weiter an ihm ist, wenn er nur seinen Thaler per marca bezahlt. Ein jeder ungrische Schnurrbart vom Geniecorps ist willkommen, den der Satan plagt, für nichts und wieder nichts Generalbaß und Contrapunkt zu studieren; das übermüthigste Comteßchen, das mich wie Meister Coquerel, den Haarkräusler, mit einem rothen Kopf empfängt, wenn ich einmal nicht auf den Glockenschlag bei ihr anklopfe u. s. w.« Und wenn er nun durch diese und andere Berufsarbeiten, Accademien, Proben und dergleichen abgemüdet, nach frischem Athem schmachtete, war den erschlafften Nerven häufig nur in neuer Aufregung eine scheinbare Stärkung vergönnt. Seine Gesundheit wurde heimlich angegriffen, ein je und je wiederkehrender Zustand von Schwermuth wurde, wo nicht erzeugt, doch sicherlich genährt an eben diesem Punkt, und so die Ahnung eines frühzeitigen Todes, die ihn zuletzt auf Schritt und Tritt begleitete, unvermeidlich erfüllt. Gram aller Art und Farbe, das Gefühl der Reue nicht ausgenommen, war er als eine herbe Würze jeder Luft auf seinen Theil gewöhnt. Doch wissen wir, auch diese Schmerzen rannen abgeklärt und rein in jenem tiefen Quell zusammen, der aus hundert goldenen Röhren springend, im Wechsel seiner Melodien unerschöpflich, alle Qual und alle Seligkeit der Menschenbrust ausströmte.

Am offenbarsten zeigten sich die bösen Wirkungen der Lebensweise Mozarts in seiner häuslichen Verfassung. Der Vorwurf thörichter, leichtsinniger Verschwendung lag sehr nahe; er mußte sich sogar an einen seiner schönsten Herzenszüge hängen. Kam Einer, in dringender Noth ihm eine Summe abzuborgen, sich seine Bürgschaft zu erbitten, so war meist schon darauf gerechnet, daß er sich nicht erst lang nach Pfand und Sicherheit erkundigte; dergleichen hätte ihm auch in der That so wenig als einem Kinde angestanden. Am liebsten schenkte er gleich hin, und immer mit lachender Großmuth, besonders wenn er meinte gerade Überfluß zu haben.

Die Mittel, die ein solcher Aufwand neben dem ordentlichen Hausbedarf erheischte, standen allerdings in keinem Verhältniß mit den Einkünften. Was von Theatern und Concerten, von Verlegern und Schülern einging, zusammt der kaiserlichen Pension, genügte um so weniger, da der Geschmack des Publikums noch weit davon entfernt war, sich entschieden für Mozarts Musik zu erklären. Diese lauterste Schönheit, Fülle und Tiefe befremdete gemeinhin gegenüber der bisher beliebten, leicht faßlichen Kost. Zwar hatten sich die Wiener an Belmonte und Constanze – Dank den populären Elementen dieses Stücks – seiner Zeit kaum ersättigen können, hingegen that, einige Jahre später, Figaro, und sicher nicht allein durch die Intriguen des Direktors, im Wettstreit mit der lieblichen, doch weit geringeren Cosa rara, einen unerwarteten, kläglichen Fall; derselbe Figaro, den gleich darauf die gebildetern oder unbefangenern Prager mit solchem Enthusiasmus aufnahmen, daß der Meister, in dankbarer Rührung darüber, seine nächste große Oper eigens für sie zu schreiben beschloß. – Trotz der Ungunst der Zeit und dem Einfluß der Feinde hätte Mozart mit etwas mehr Umsicht und Klugheit noch immer einen sehr ansehnlichen Gewinn von seiner Kunst gezogen: so aber kam er selbst bei jenen Unternehmungen zu kurz, wo auch der große Haufen ihm Beifall zujauchzen mußte. Genug, es wirkte eben alles, Schicksal und Naturell und eigene Schuld zusammen, den einzigen Mann nicht gedeihen zu lassen.

Welch einen schlimmen Stand nun aber eine Hausfrau, sofern sie ihre Aufgabe kannte, unter solchen Umständen gehabt haben müsse, begreifen wir leicht. Obgleich selbst jung und lebensfroh, als Tochter eines Musikers ein ganzes Künstlerblut, von Hause aus übrigens schon an Entbehrung gewöhnt, bewies Constanze allen guten Willen, dem Unheil an der Quelle zu steuern, manches Verkehrte abzuschneiden und den Verlust im Großen durch Sparsamkeit im Kleinen zu ersetzen. Nur eben in letzterer Hinsicht vielleicht ermangelte sie des rechten Geschicks und der frühern Erfahrung. Sie hatte die Kasse und führte das Hausbuch; jede Forderung, jede Schuldmahnung, und was es Verdrießliches gab, ging ausschließlich an sie. Da stieg ihr wohl mitunter das Wasser an die Kehle, zumal wenn oft zu dieser Bedrängniß, zu Mangel, peinlicher Verlegenheit und Furcht vor offenbarer Unehre, noch gar der Trübsinn ihres Mannes kam, worin er tagelang verharrte, unthätig, keinem Trost zugänglich, indem er mit Seufzen und Klagen neben der Frau, oder stumm in einem Winkel vor sich hin, den Einen traurigen Gedanken, zu sterben, wie eine endlose Schraube verfolgte. Ihr guter Muth verließ sie dennoch selten, ihr heller Blick fand meist, wenn auch nur auf einige Zeit, Rath und Hülfe. Im Wesentlichen wurde wenig oder nichts gebessert. Gewann sie ihm mit Ernst und Scherz, mit Bitten und Schmeicheln für heute so viel ab, daß er den Thee an ihrer Seite trank, sich seinen Abendbraten daheim bei der Familie schmekken ließ, um nachher nicht mehr auszugehen, was war damit erreicht? Er konnte wohl einmal, durch ein verweintes Auge seiner Frau plötzlich betroffen und bewegt, eine schlimme Gewohnheit aufrichtig verwünschen, das Beste versprechen, mehr als sie verlangte, – umsonst, er fand sich unversehens im alten Fahrgeleise wieder. Man war versucht zu glauben, es habe anders nicht in seiner Macht gestanden und eine völlig veränderte Ordnung nach unsern Begriffen von dem, was allen Menschen ziemt und frommt, ihm irgendwie gewaltsam aufgedrungen, müßte das wunderbare Wesen geradezu selbst aufgehoben haben.

Einen günstigen Umschwung der Dinge hoffte Constanze doch stets in so weit, als derselbe von außen her möglich war: durch eine gründliche Verbesserung ihrer ökonomischen Lage, wie solche bei dem wachsenden Ruf ihres Mannes nicht ausbleiben könne. Wenn erst, so meinte sie, der stete Druck wegfiel, der sich auch ihm, bald näher, bald entfernter, von dieser Seite fühlbar machte, wenn er, anstatt die Hälfte seiner Kraft und Zeit dem bloßen Gelderwerb zu opfern, ungeheilt seiner wahren Bestimmung nachleben dürfe, wenn endlich der Genuß, nach dem er nicht mehr jagen, den er mit ungleich besserem Gewissen haben würde, ihm noch einmal so wohl an Leib und Seele gedeihe, dann sollte bald sein ganzer Zustand leichter, natürlicher, ruhiger werden. Sie dachte gar an einen gelegentlichen Wechsel ihres Wohnorts, da seine unbedingte Vorliebe für Wien, wo nun einmal nach ihrer Überzeugung kein rechter Segen für ihn sey, am Ende doch zu überwinden wäre.

Den nächsten entscheidenden Vorschub aber zu Verwirklichung ihrer Gedanken und Wünsche versprach sich Madame Mozart vom Erfolg der neuen Oper, um die es sich bei dieser Reise handelte.

Die Composition war weit über die Hälfte vorgeschritten. Vertraute, urtheilsfähige Freunde, die, als Zeugen der Entstehung des außerordentlichen Werks, einen hinreichenden Begriff von seiner Art und Wirkungsweise haben mußten, sprachen überall davon in einem Tone, daß viele selber von den Gegnern darauf gefaßt seyn konnten, es werde dieser Don Juan, bevor ein halbes Jahr verginge, die gesammte musikalische Welt, von einem Ende Deutschlands bis zum andern, erschüttert, auf den Kopf gestellt, im Sturm erobert haben. Vorsichtiger und bedingter waren die wohlwollenden Stimmen anderer, die von dem heutigen Standpunkt der Musik ausgehend einen allgemeinen und raschen Succeß kaum hofften. Der Meister selber theilte im Stillen ihre nur zu wohl begründeten Zweifel.

Constanze ihrerseits, wie die Frauen immer, wo ihr Gefühl einmal lebhaft bestimmt und noch dazu vom Eifer eines höchst gerechten Wunsches eingenommen ist, durch spätere Bedenklichkeiten von da und dorther sich viel seltener als die Männer irre machen lassen, hielt fest an ihrem guten Glauben, und hatte eben jetzt im Wagen wiederum Veranlassung, denselben zu verfechten. Sie that's, in ihrer fröhlichen und blühenden Manier, mit doppelter Geflissenheit, da Mozarts Stimmung im Verlauf des vorigen Gesprächs, das weiter zu nichts führen konnte und deßhalb äußerst unbefriedigend abbrach, bereits merklich gesunken war. Sie setzte ihrem Gatten sofort mit gleicher Heiterkeit umständlich auseinander, wie sie nach ihrer Heimkehr die mit dem Prager Unternehmer als Kaufpreis für die Partitur accordirten hundert Dukaten zu Deckung der dringendsten Posten und sonst zu verwenden gedenke, auch wie sie zufolge ihres Etats den kommenden Winter hindurch bis zum Frühjahr gut auszureichen hoffe.

»Dein Herr Bondini wird sein Schäfchen an der Oper scheeren, glaub' es nur; und ist er halb der Ehrenmann, den du ihn immer rühmst, so läßt er dir nachträglich noch ein artiges Procentchen von den Summen ab, die ihm die Bühnen nach einander für die Abschrift zahlen; wo nicht, nun ja, Gottlob, so stehen uns noch andere Chancen in Aussicht, und zwar noch tausendmal solidere. Mir ahnet Allerlei.«

»Heraus damit!«

»Ich hörte unlängst ein Vögelchen pfeifen, der König von Preußen hab' einen Kapellmeister nöthig.«

»Oho!«

»Generalmusikdirektor wollt' ich sagen. Laß mich ein wenig phantasiren! Die Schwachheit habe ich von meiner Mutter.«

»Nur zu! je toller je besser.«

»Nein, alles ganz natürlich. – Vornweg also nimm an: über's Jahr um diese Zeit –«

»Wenn der Papst die Grete freit –«

»Still doch, Hanswurst! Ich sage, auf's Jahr um Sanct Aegidi muß schon längst kein kaiserlicher Kammercomponist mit Namen Wolf Mozart in Wien mehr weit und breit zu finden seyn.«

»Beiß dich der Fuchs dafür.«

»Ich höre schon im Geist, wie unsere alten Freunde von uns plaudern, was sie sich alles zu erzählen wissen.«

»Zum Exempel?«

»Da kommt z. B. eines Morgens früh nach Neune schon unsere alte Schwärmerin, die Volkstett, in ihrem feurigsten Besuchssturmschritt quer über'n Kohlmarkt hergesegelt. Sie war drei Monat fort, die große Reise zum Schwager in Sachsen, ihr tägliches Gespräch, so lang wir sie kennen, kam endlich zu Stand; seit gestern Nacht ist sie zurück, und jetzt, mit ihrem übervollen Herzen – es schwattelt ganz von Reiseglück und Freundschaftsungeduld und allerliebsten Neuigkeiten – stracks hin zur Oberstin damit! die Trepp' hinauf und angeklopft und das Herein nicht abgewartet: stell' dir den Jubel selber vor und das Embrassement beiderseits! – Nun, liebste, beste Oberstin, hebt sie nach einigem Vorgängigen mit frischem Odem an: ich bringe Ihnen ein Schock Grüße mit, ob Sie errathen von wem? Ich komme nicht so gradenwegs von Stendal her, es wurde ein kleiner Abstecher gemacht, linkshin, nach Brandenburg zu. – Wie? wär' es möglich … Sie kamen nach Berlin? sind bei Mozarts gewesen? – Zehn himmlische Tage! – O liebe, süße, einzige Generalin, erzählen Sie, beschreiben Sie! Wie geht es unsern guten Leutchen? Gefallen sie sich immer noch so gut wie Anfangs dort? Es ist mir fabelhaft, undenkbar, heute noch, und jetzt nur desto mehr, da Sie von ihm herkommen – Mozart als Berliner! Wie benimmt er sich doch? wie sieht er denn aus? – O der! Sie sollten ihn nur sehen. Diesen Sommer hat ihn der König in's Karlsbad geschickt. Wann wäre seinem herzgeliebten Kaiser Joseph so etwas eingefallen, he? Sie waren beide kaum erst wieder da, als ich ankam. Er glänzt von Gesundheit und Leben, ist rund und beleibt und vif wie Quecksilber; das Glück sieht ihm und die Behaglichkeit recht aus den Augen.«

Und nun begann die Sprecherin in ihrer angenommenen Rolle die neue Lage mit den hellsten Farben auszumalen. Von seiner Wohnung unter den Linden, von seinem Garten und Landhaus an, bis zu den glänzenden Schauplätzen seiner öffentlichen Wirksamkeit und den engeren Cirkeln des Hofs, wo er die Königin auf dem Piano zu begleiten hatte, wurde alles durch ihre Schilderung gleichsam zur Wirklichkeit und Gegenwart. Ganze Gespräche, die schönsten Anekdoten schüttelte sie aus dem Ärmel. Sie schien fürwahr mit jener Residenz, mit Potsdam und mit Sanssouci bekannter als im Schlosse zu Schönbrunn und auf der kaiserlichen Burg. Nebenbei war sie schalkhaft genug, die Person unsres Helden mit einer Anzahl völlig neuer hausväterlicher Eigenschaften auszustatten, die sich auf dem soliden Boden der preußischen Existenz entwikkelt hatten, und unter welchen die besagte Volkstett, als höchstes Phänomen und zum Beweis wie die Extreme sich manchmal berühren, den Ansatz eines ordentlichen Geizchens wahrgenommen hatte, das ihn unendlich liebenswürdig kleide. »Ja, nehmen's nur, er hat seine dreitausend Thaler fix, und das wofür? Daß er die Woche einmal ein Kammerconcert, zweimal die große Oper dirigirt – Ach, Oberstin, ich habe ihn gesehen, unsern lieben, kleinen goldenen Mann, in Mitten seiner trefflichen Kapelle, die er sich zugeschult, die ihn anbetet! saß mit der Mozartin in ihrer Loge, schräg gegen den höchsten Herrschaften über! Und was stand auf dem Zettel, bitte Sie – ich nahm ihn mit für Sie – ein kleines Reis'präsent von mir und Mozarts drein gewickelt – hier schauen Sie, hier lesen Sie, da steht's mit ellenlangen Buchstaben gedruckt! – Hilf Himmel! was? Tarar! – Ja, gelten's, Freundin, was man erleben kann! Vor zwei Jahren, wie Mozart den Don Juan schrieb und der verwünschte giftige, schwarzgelbe Salieri auch schon im Stillen Anstalt machte, den Triumph, den er mit seinem Stück davon trug in Paris, demnächst auf seinem eignen Territorio zu begehen, und unserem guten, Schnepfen liebenden, allzeit in Cosa rara vergnügten Publikum nun doch auch 'mal so eine Gattung Falken sehn zu lassen, und er und seine Helfershelfer bereits zusammen munkelten und raffinirten, daß sie den Don Juan so schön gerupft wie jenesmal den Figaro, nicht todt und nicht lebendig, auf das Theater stellen wollten – wissen's, da that ich ein Gelübd', wenn das infame Stück gegeben wird, ich geh' nicht hin, um keine Welt! Und hielt auch Wort. Als alles lief und rannte – und, Oberstin, Sie mit – blieb ich an meinem Ofen sitzen, nahm meine Katze auf den Schooß und aß meine Kaldausche; und so die folgenden paar Male auch. Jetzt aber, stellen Sie sich vor, Tarar auf der Berliner Opernbühne, das Werk seines Todfeinds, von Mozart dirigirt! – Da müssen Sie schon drein! rief er gleich in der ersten Viertelstunde, und wär's auch nur, daß Sie den Wienern sagen können, ob ich dem Knaben Absalon ein Härchen krümmen ließ. Ich wünschte, er wär' selbst dabei, der Erzneidhammel sollte sehen, daß ich nicht nöthig hab', einem andern sein Zeug zu verhunzen, damit ich immerfort der bleiben möge, der ich bin!«

»Brava! bravissima!« rief Mozart überlaut und nahm sein Weibchen bei den Ohren, verküßte, herzte, kitzelte sie, so daß sich dieses Spiel mit bunten Seifenblasen einer erträumten Zukunft, die leider niemals, auch nicht im bescheidensten Maße, erfüllt werden sollte, zuletzt in hellen Muthwillen, Lärm und Gelächter auflöste.

Sie waren unterdessen längst in's Thal herab gekommen und näherten sich einem Dorf, das ihnen bereits auf der Höhe bemerklich gewesen und hinter welchem sich unmittelbar ein kleines Schloß von modernem Ansehen, der Wohnsitz eines Grafen von Schinzberg, in der freundlichen Ebene zeigte. Es sollte in dem Ort gefüttert, gerastet und Mittag gehalten werden. Der Gasthof, wo sie hielten, lag vereinzelt am Ende des Dorfs bei der Straße, von welcher seitwärts eine Pappelallee von nicht sechshundert Schritten zum herrschaftlichen Garten führte.

Mozart, nachdem man ausgestiegen, überließ wie gewöhnlich der Frau die Bestellung des Essens. Inzwischen befahl er für sich ein Glas Wein in die untere Stube, während sie, nächst einem Trunke frischen Wassers, nur irgend einen stillen Winkel, um ein Stündchen zu schlafen, verlangte. Man führte sie eine Treppe hinauf, der Gatte folgte, ganz munter vor sich hin singend und pfeifend. In einem rein geweißten und schnell gelüfteten Zimmer befand sich unter andern veralteten Möbeln von edlerer Herkunft – sie waren ohne Zweifel aus den gräflichen Gemächern seiner Zeit hierher gewandert – ein sauberes, leichtes Bett mit gemaltem Himmel auf dünnen, grün lakkirten Säulen, dessen seidene Vorhänge längst durch einen gewöhnlichern Stoff ersetzt waren. Constanze machte sich's bequem, er versprach sie rechtzeitig zu wecken, sie riegelte die Thüre hinter ihm zu und er suchte nunmehr Unterhaltung für sich in der allgemeinen Schenkstube. Hier war jedoch außer dem Wirth keine Seele, und weil dessen Gespräch dem Gast so wenig wie sein Wein behagte, so bezeugte er Lust, bis der Tisch bereit wäre, noch einen Spaziergang nach dem Schloßgarten zu machen. Der Zutritt, hörte er, sey anständigen Fremden wohl gestattet und die Familie überdieß heut ausgefahren.

Er ging, und hatte bald den kurzen Weg bis zu dem offenen Gatterthor zurückgelegt, dann langsam einen hohen alten Lindengang durchmessen, an dessen Ende linker Hand er in geringer Entfernung das Schloß von seiner Fronte auf einmal vor sich hatte. Es war von italienischer Bauart, hell getüncht, mit weit vorliegender Doppeltreppe; das Schieferdach verzierten einige Statuen in üblicher Manier, Götter und Göttinnen, sammt einer Balustrade.

Von der Mitte zweier großen, noch reichlich blühenden

Blumenparterre ging unser Meister nach den buschigen Theilen der Anlagen zu, berührte ein paar schöne dunkle Piniengruppen, und lenkte seine Schritte auf vielfach gewundenen Pfaden, indem er sich allmählig den lichteren Partien wieder näherte, dem lebhaften Rauschen eines Springbrunnens nach, den er sofort erreichte.

Das ansehnlich weite, ovale Bassin war rings von einer sorgfältig gehaltenen Orangerie in Kübeln, abwechselnd mit Lorbeeren und Oleandern umstellt; ein weicher Sandweg, gegen den sich eine schmale Gitterlaube öffnete, lief rund umher. Die Laube bot das angenehmste Ruheplätzchen dar; ein kleiner Tisch stand vor der Bank und Mozart ließ sich vorn am Eingang nieder.

Das Ohr behaglich dem Geplätscher des Wassers hingegeben, das Aug auf einen Pomeranzenbaum von mittlerer Größe geheftet, der außerhalb der Reihe, einzeln, ganz dicht an seiner Seite auf dem Boden stand und voll der schönsten Früchte hing, ward unser Freund durch diese Anschauung des Südens alsbald auf eine liebliche Erinnerung aus seiner Knabenzeit geführt. Nachdenklich lächelnd reicht er hinüber nach der nächsten Frucht, als wie um ihre herrliche Ründe, ihre saftige Kühle in hohler Hand zu fühlen. Ganz im Zusammenhang mit jener Jugendscene aber, die wieder vor ihm aufgetaucht, stand eine längst verwischte musikalische Reminiscenz, auf deren unbestimmter Spur er sich ein Weilchen träumerisch erging. Jetzt glänzen seine Blicke, sie irren da und dort umher, er ist von einem Gedanken ergriffen, den er sogleich eifrig verfolgt. Zerstreut hat er zum zweitenmal die Pomeranze angefaßt, sie geht vom Zweige los und bleibt ihm in der Hand. Er sieht und sieht es nicht; ja so weit geht die künstlerische Geistabwesenheit, daß er, die duftige Frucht beständig unter der Nase hin und her wirbelnd und bald den Anfang, bald die Mitte einer Weise unhörbar zwischen den Lippen bewegend, zuletzt instinktmäßig ein emaillirtes Etui aus der Seitentasche des Rocks hervorbringt, ein kleines Messer mit silbernem Heft daraus nimmt und die gelbe kugelige Masse von oben nach unten langsam durchschneidet. Es mochte ihn dabei entfernt ein dunkles Durstgefühl geleitet haben, jedoch begnügten sich die angeregten Sinne mit Einathmung des köstlichen Geruchs. Er starrt minutenlang die beiden innern Flächen an, fügt sie sachte wieder zusammen, ganz sachte, trennt und vereinigt sie wieder.

Da hört er Tritte in der Nähe, er erschrickt, und das Bewußtseyn, wo er ist, was er gethan, stellt sich urplötzlich bei ihm ein. Schon im Begriff, die Pomeranze zu verbergen, hält er doch gleich damit inne, sey es aus Stolz, sey's weil es zu spät dazu war. Ein großer breitschulteriger Mann in Livree, der Gärtner des Hauses, stand vor ihm. Derselbe hatte wohl die letzte verdächtige Bewegung noch gesehen und schwieg betroffen einige Sekunden. Mozart, gleichfalls sprachlos, auf seinem Sitz wie angenagelt, schaute ihm halb lachend, unter sichtbarem Erröthen, doch gewissermaßen keck und groß mit seinen blauen Augen in's Gesicht; dann setzte er – für einen Dritten wäre es höchst komisch anzusehn gewesen – die scheinbar unverletzte Pomeranze mit einer Art von trotzig couragirtem Nachdruck in die Mitte des Tisches.

»Um Vergebung«, fing jetzt der Gärtner, nachdem er den wenig versprechenden Anzug des Fremden gemustert, mit unterdrücktem Unwillen an: »ich weiß nicht, wen ich hier –«

»Kapellmeister Mozart aus Wien.«

»Sind ohne Zweifel bekannt im Schloß?«

»Ich bin hier fremd und auf der Durchreise. Ist der Herr Graf anwesend?«

»Nein.«

»Seine Gemahlin?«

»Sind beschäftigt und schwerlich zu sprechen.«

Mozart stand auf und machte Miene zu gehen.

»Mit Erlaubniß, mein Herr, – wie kommen Sie dazu, an diesem Ort auf solche Weise zuzugreifen?«

»Was?« rief Mozart, »zugreifen? Zum Teufel, glaubt Er denn, ich wollte stehlen und das Ding da fressen?«

»Mein Herr, ich glaube was ich sehe. Diese Früchte sind gezählt, ich bin dafür verantwortlich. Der Baum ist vom Herrn Grafen zu einem Fest bestimmt, so eben soll er weggebracht werden. Ich lasse Sie nicht fort, ehbevor ich die Sache gemeldet und Sie mir selbst bezeugten, wie das da zugegangen ist.«

»Sey's drum. Ich werde hier so lange warten. Verlaß Er sich darauf.«

Der Gärtner sah sich zögernd um, und Mozart, in der Meinung, es sey vielleicht nur auf ein Trinkgeld abgesehn, griff in die Tasche, allein er hatte das Geringste nicht bei sich.

Zwei Gartenknechte kamen nun wirklich herbei, luden den Baum auf eine Bahre und trugen ihn hinweg. Inzwischen hatte unser Meister seine Brieftasche gezogen, ein weißes Blatt herausgenommen, und während daß der Gärtner nicht von der Stelle wich, mit Bleistift angefangen zu schreiben:

»Gnädigste Frau! Hier sitze ich Unseliger in Ihrem Paradiese, wie weiland Adam, nachdem er den Apfel gekostet. Das Unglück ist geschehen, und ich kann nicht einmal die Schuld auf eine gute Eva schieben, die eben jetzt von Grazien und Amoretten eines Himmelbetts umgaukelt, im Gasthof sich des unschuldigsten Schlafes erfreut. Befehlen Sie und ich stehe persönlich Ihro Gnaden Rede über meinen mir selbst unfaßlichen Frevel. Mit aufrichtiger Beschämung

Hochdero
unterthänigster Diener
W. A. Mozart,
auf dem Wege nach Prag.«

Er übergab das Billet, ziemlich ungeschickt zusammengefaltet, dem peinlich wartenden Diener mit der nöthigen Weisung.

Der Unhold hatte sich nicht sobald entfernt, als man an der hinteren Seite des Schlosses ein Gefährt in den Hof rollen hörte. Es war der Graf, der eine Nichte und ihren Bräutigam, einen jungen reichen Baron, vom benachbarten Gut herüberbrachte. Da die Mutter des letztern seit Jahren das Haus nicht mehr verließ, war die Verlobung heute bei ihr gehalten worden; nun sollte dieses Fest in einer fröhlichen Nachfeier mit einigen Verwandten auch hier begangen werden, wo Eugenie gleich einer eigenen Tochter seit ihrer Kindheit eine zweite Heimath fand. Die Gräfin war mit ihrem Sohne Max, dem Lieutenant, etwas früher nach Hause gefahren, um noch verschiedene Anordnungen zu treffen. Nun sah man in dem Schlosse alles, auf Gängen und Treppen, in voller Bewegung, und nur mit Mühe gelang es dem Gärtner, im Vorzimmer endlich den Zettel der Frau Gräfin einzuhändigen, die ihn jedoch nicht auf der Stelle öffnete, sondern ohne genau auf die Worte des Überbringers zu achten, geschäftig weiter eilte. Er wartete und wartete, sie kam nicht wieder. Eins um das andere von der Dienerschaft, Aufwärter, Zofe, Kammerdiener, rannte an ihm vorbei; er fragte nach dem Herrn – der kleidete sich um; er suchte nun und fand den Grafen Max auf seinem Zimmer, der aber unterhielt sich angelegentlich mit dem Baron und schnitt ihm, wie in Sorge, er wolle etwas melden oder fragen, wovon noch nichts verlauten sollte, das Wort vom Munde ab: »Ich komme schon – geht nur!« Es stand noch eine gute Weile an, bis endlich Vater und Sohn zugleich herauskamen und die fatale Nachricht empfingen.

»Das wär' ja höllenmäßig!« rief der dicke, gutmüthige, doch etwas jähe Mann; »das geht ja über alle Begriffe! Ein Wiener Musikus, sagt Ihr? Vermuthlich irgend solch ein Lump, der um ein Viaticum läuft und mitnimmt was er findet?«

»Verzeihen Ew. Gnaden, darnach sieht er gerad nicht aus. Er däucht mir nicht richtig im Kopf; auch ist er sehr hochmüthig. Moser nennt er sich. Er wartet unten auf Bescheid; ich hieß den Franz um den Weg bleiben und ein Aug auf ihn haben.«

»Was hilft es hintendrein, zum Henker? Wenn ich den Narren auch einstecken lasse, der Schaden ist nicht mehr zu repariren! Ich sagt' Euch tausendmal, das vordere Thor soll allezeit geschlossen bleiben. Der Streich wär' aber jedenfalls verhütet worden, hättet Ihr zur rechten Zeit Eure Zurüstungen gemacht.«

Hier trat die Gräfin hastig und mit freudiger Aufregung, das offene Billet in der Hand, aus dem anstoßenden Cabinet. »Wißt Ihr«, rief sie, »wer unten ist? Um Gotteswillen, lest den Brief – Mozart aus Wien, der Componist! Man muß gleich gehen, ihn heraufzubitten – ich fürchte nur, er ist schon fort! was wird er von mir denken! Ihr, Velten, seyd ihm doch höflich begegnet? Was ist denn eigentlich geschehen?«

»Geschehn?« versetzte der Gemahl, dem die Aussicht auf den Besuch eines berühmten Mannes unmöglich allen Ärger auf der Stelle niederschlagen konnte: »der tolle Mensch hat von dem Baum, den ich Eugenien bestimmte, eine der neun Orangen abgerissen, hm! das Ungeheuer! Somit ist unserem Spaß geradezu die Spitze abgebrochen und Max mag sein Gedicht nur gleich cassiren.«

»O nicht doch!« sagte die dringende Dame; »die Lücke läßt sich leicht ausfüllen, überlaßt es nur mir. Geht Beide jetzt, erlös't, empfangt den guten Mann, so freundlich und so schmeichelhaft ihr immer könnt. Er soll, wenn wir ihn irgend halten können, heut nicht weiter. Trefft ihr ihn nicht im Garten mehr, sucht ihn im Wirthshaus auf, und bringet ihn mit seiner Frau. Ein größeres Geschenk, eine schönere Überraschung für Eugenien hätte der Zufall uns an diesem Tag nicht machen können.«

»Gewiß!« erwiederte Max, »dieß war auch mein erster

Gedanke. Geschwinde, kommen Sie, Papa! Und« – sagte er, indem sie eilends nach der Treppe liefen – »der Verse wegen seyen Sie ganz ruhig. Die neunte Muse soll nicht zu kurz kommen; im Gegentheil, ich werde aus dem Unglück noch besondern Vortheil ziehen.« – »Das ist unmöglich!« – »Ganz gewiß.« – »Nun, wenn das ist – allein ich nehme dich beim Wort – so wollen wir dem Querkopf alle erdenkliche Ehre erzeigen.«

So lange dieß im Schloß vorging, hatte sich unser Quasi-Gefangener, ziemlich unbesorgt über den Ausgang der Sache, geraume Zeit schreibend beschäftigt. Weil sich jedoch gar niemand sehen ließ, fing er an unruhig hin und her zu gehen; darüber kam dringliche Botschaft vom Wirthshaus, der Tisch sey schon lange bereit, er möchte ja gleich kommen, der Postillon pressire. So suchte er denn seine Sachen zusammen und wollte ohne weiteres aufbrechen, als beide Herrn vor der Laube erschienen.

Der Graf begrüßte ihn, beinah wie einen früheren Bekannten, lebhaft mit seinem kräftig schallenden Organ, ließ ihn zu gar keiner Entschuldigung kommen, sondern erklärte sogleich seinen Wunsch, das Ehepaar zum wenigsten für diesen Mittag und Abend im Kreis seiner Familie zu haben. »Sie sind uns, mein liebster Maestro, so wenig fremd, daß ich wohl sagen kann, der Name Mozart wird schwerlich anderswo mit mehr Begeisterung und häufiger genannt als hier. Meine Nichte singt und spielt, sie bringt fast ihren ganzen Tag am Flügel zu, kennt Ihre Werke auswendig und hat das größte Verlangen, Sie einmal in mehrerer Nähe zu sehen, als es vorigen Winter in einem Ihrer Concerte anging. Da wir nun demnächst auf einige Wochen nach Wien gehen werden, so war ihr eine Einladung beim Fürsten Gallizin, wo man Sie öfter findet, von den Verwandten versprochen. Jetzt aber reisen Sie nach Prag, werden sobald nicht wiederkehren, und Gott weiß, ob Sie der Rückweg zu uns führt. Machen Sie heute und morgen Rasttag! Das Fuhrwerk schicken wir sogleich nach Hause und mir erlauben Sie die Sorge für Ihr Weiterkommen.«

Der Componist, welcher in solchen Fällen der Freundschaft oder dem Vergnügen leicht zehnmal mehr, als hier gefordert war, zum Opfer brachte, besann sich nicht lange; er sagte diesen einen halben Tag mit Freuden zu, dagegen sollte morgen mit dem Frühesten die Reise fortgesetzt werden. Graf Max erbat sich das Vergnügen, Madame Mozart abzuholen und alles Nöthige im Wirthshaus abzumachen. Er ging, ein Wagen sollte ihm gleich auf dem Fuße nachfolgen.

Von diesem jungen Mann bemerken wir beiläufig, daß er mit einem, von Vater und Mutter angeerbten, heitern Sinn Talent und Liebe für schöne Wissenschaften verband, und ohne wahre Neigung zum Soldatenstand sich doch als Offizier durch Kenntnisse und gute Sitten hervorthat. Er kannte die französische Literatur, und erwarb sich, zu einer Zeit, wo deutsche Verse in der höheren Gesellschaft wenig galten, Lob und Gunst durch eine nicht gemeine Leichtigkeit der poetischen Form in der Muttersprache nach guten Mustern, wie er sie in Hagedorn, in Götz und andern fand. Für heute war ihm nun, wie wir bereits vernahmen, ein besonders erfreulicher Anlaß geworden, seine Gabe zu nutzen.

Er traf Madame Mozart, mit der Wirthstochter plaudernd, vor dem gedeckten Tisch, wo sie sich einen Teller Suppe voraus genommen hatte. Sie war an außerordentliche Zwischenfälle, an kecke Stegreifsprünge ihres Manns zu sehr gewöhnt, als daß sie über die Erscheinung und den Auftrag des jungen Offiziers mehr als billig hätte betreten seyn können. Mit unverstellter Heiterkeit, besonnen und gewandt, besprach und ordnete sie ungesäumt alles Erforderliche selbst. Es wurde umgepackt, bezahlt, der Postillon entlassen, sie machte sich, ohne zu große Ängstlichkeit in Herstellung ihrer Toilette, fertig, und fuhr mit dem Begleiter wohlgemuth dem Schlosse zu, nicht ahnend, auf welche sonderbare Weise ihr Gemahl sich dort eingeführt hatte.

Der befand sich inzwischen bereits sehr behaglich daselbst und auf das Beste unterhalten. Nach kurzer Zeit sah er Eugenien mit ihrem Verlobten; ein blühendes, höchst anmuthiges, inniges Wesen. Sie war blond, ihre schlanke Gestalt in carmoisinrothe, leuchtende Seide mit kostbaren Spitzen festlich gekleidet, um ihre Stirn ein weißes Band mit edlen Perlen. Der Baron, nur wenig älter als sie, von sanftem, offenem Charakter, schien ihrer werth in jeder Rücksicht.

Den ersten Aufwand des Gesprächs bestritt, fast nur zu freigebig, der gute launige Hausherr, vermöge seiner etwas lauten, mit Späßen und Histörchen sattsam gespickten Unterhaltungsweise. Es wurden Erfrischungen gereicht, die unser Reisender im mindesten nicht schonte.

Eines hatte den Flügel geöffnet, Figaros Hochzeit lag aufgeschlagen, und das Fräulein schickte sich an, von dem Baron accompagnirt, die Arie Susannas in jener Gartenscene zu singen, wo wir den Geist der süßen Leidenschaft stromweise, wie die gewürzte sommerliche Abendluft, einathmen. Die feine Röthe auf Eugeniens Wangen wich zwei Athemzüge lang der äußersten Blässe; doch mit dem ersten Ton, der klangvoll über ihre Lippen kam, fiel ihr jede beklemmende Fessel vom Busen. Sie hielt sich lächelnd, sicher auf der hohen Woge, und das Gefühl dieses Moments, des einzigen in seiner Art vielleicht für alle Tage ihres Lebens, begeisterte sie billig.

Mozart war offenbar überrascht. Als sie geendigt hatte, trat er zu ihr und fing mit seinem ungezierten Herzensausdruck an: »Was soll man sagen, liebes Kind, hier wo es ist wie mit der lieben Sonne, die sich am besten selber lobt, indem es gleich jedermann wohl in ihr wird! Bei solchem Gesang ist der Seele zu Muth wie dem Kindchen im Bad: es lacht und wundert sich und weiß sich in der Welt nichts Besseres. Übrigens glauben Sie mir, unser einem in

Wien begegnet es nicht jeden Tag, daß er so lauter, ungeschminkt und warm, ja so complet sich selber zu hören bekommt.« – Damit erfaßte er ihre Hand und küßte sie herzlich. Des Mannes hohe Liebenswürdigkeit und Güte nicht minder, als das ehrenvolle Zeugniß, wodurch er ihr Talent auszeichnete, ergriff Eugenien mit jener unwiderstehlichen Rührung, die einem leichten Schwindel gleicht, und ihre Augen wollten sich plötzlich mit Thränen anfüllen.

Hier trat Madame Mozart zur Thüre herein, und gleich darauf erschienen neue Gäste, die man erwartet hatte: eine dem Haus sehr eng verwandte freiherrliche Familie aus der Nähe, mit einer Tochter, Franziska, die seit den Kinderjahren mit der Braut durch die zärtlichste Freundschaft verbunden und hier wie daheim war.

Man hatte sich allerseits begrüßt, umarmt, beglückwünscht, die beiden Wiener Gäste vorgestellt, und Mozart setzte sich an den Flügel. Er spielte einen Theil eines Concerts von seiner Composition, welches Eugenie so eben einstudirte.

Die Wirkung eines solchen Vortrags in einem kleinen Kreis wie der gegenwärtige unterscheidet sich natürlicherweise von jedem ähnlichen an einem öffentlichen Orte durch die unendliche Befriedigung, die in der unmittelbaren Berührung mit der Person des Künstlers und seinem Genius innerhalb der häuslichen bekannten Wände liegt.

Es war eines jener glänzenden Stücke, worin die reine Schönheit sich einmal, wie aus Laune, freiwillig in den Dienst der Eleganz begibt, so aber, daß sie gleichsam nur verhüllt in diese mehr willkürlich spielenden Formen und hinter eine Menge blendender Lichter versteckt, doch in jeder Bewegung ihren eigensten Adel verräth und ein herrliches Pathos verschwenderisch ausgießt.

Die Gräfin machte für sich die Bemerkung, daß die meisten Zuhörer, vielleicht Eugenie selbst nicht ausgenommen, trotz der gespanntesten Aufmerksamkeit und aller feierlichen Stille während eines bezaubernden Spiels, doch zwischen Auge und Ohr gar sehr getheilt waren. In unwillkürlicher Beobachtung des Componisten, seiner schlichten, beinahe steifen Körperhaltung, seines gutmüthigen Gesichts, der rundlichen Bewegung dieser kleinen Hände, war es gewiß auch nicht leicht möglich, dem Zudrang tausendfacher Kreuz- und Quergedanken über den Wundermann zu widerstehen.

Zu Madame Mozart gewendet sagte der Graf, nachdem der Meister aufgestanden war: »Einem berühmten Künstler gegenüber, wenn es ein Kennerlob zu spitzen gilt, das halt nicht eines Jeden Sache ist, wie haben es die Könige und Kaiser gut! Es nimmt sich eben alles einzig und außerordentlich in einem solchen Munde aus. Was dürfen sie sich nicht erlauben, und wie bequem ist es z. B., dicht hinter'm Stuhl Ihres Herrn Gemahls, beim Schlußaccord einer brillanten Phantasie dem bescheidenen classischen Mann auf die Schulter zu klopfen und zu sagen: ›Sie sind ein Tausendsasa, lieber Mozart!‹ Kaum ist das Wort heraus, so geht's wie ein Lauffeuer durch den Saal: ›Was hat er ihm gesagt?‹ – ›Er sey ein Tausendsasa, hat er zu ihm gesagt!‹ Und alles, was da geigt und fistulirt und componirt, ist außer sich von diesem Einen Wort; kurzum, es ist der große Styl, der familiäre Kaiserstyl, der unnachahmliche, um welchen ich die Josephs und die Friedrichs von je beneidet habe, und das nie mehr als eben jetzt, wo ich ganz in Verzweiflung bin, von anderweitiger geistreicher Münze zufällig keinen Deut in allen meinen Taschen anzutreffen.«

Die Art, wie der Schäker dergleichen vorbrachte, bestach immerhin und rief unausbleiblich ein Lachen hervor.

Nun aber auf die Einladung der Hausfrau verfügte die Gesellschaft sich nach dem geschmückten runden Speisesalon, aus welchem den Eintretenden ein festlicher Blumengeruch und eine kühlere, dem Appetit willkommene Luft entgegen wehte.

Man nahm die schicklich ausgetheilten Plätze ein, und zwar der distinguirte Gast den seinigen dem Brautpaar gegenüber. Von einer Seite hatte er eine kleine ältliche Dame, eine unverheirathete Tante Franziska's, von der andern die junge reizende Nichte selbst zur Nebensitzerin, die sich durch Geist und Munterkeit ihm bald besonders zu empfehlen wußte. Frau Constanze kam zwischen den Hauswirth und ihren freundlichen Geleitsmann, den Lieutenant; die übrigen reihten sich ein, und so saß man zu Elfen nach Möglichkeit bunt an der Tafel, deren unteres Ende leer blieb. Auf ihr erhoben sich mitten zwei mächtig große Porcellanaufsätze mit gemalten Figuren, breite Schalen gehäuft voll natürlicher Früchte und Blumen über sich haltend. An den Wänden des Saals hingen reiche Festons. Was sonst da war, oder nach und nach folgte, schien einen ausgedehnten Schmaus zu verkünden. Theils auf der Tafel, zwischen Schüsseln und Platten, theils vom Servirtisch herüber im Hintergrund blinkte verschiedenes edle Getränk, vom schwärzesten Roth bis hinauf zu dem gelblichen Weiß, dessen lustiger Schaum herkömmlich erst die zweite Hälfte eines Festes krönt.

Bis gegen diesen Zeitpunkt hin bewegte sich die Unterhaltung, von mehreren Seite gleich lebhaft genährt, in allen Richtungen. Weil aber der Graf gleich Anfangs einigemal von weitem und jetzt nur immer näher und muthwilliger auf Mozarts Gartenabenteuer anspielte, so daß die einen heimlich lächelten, die andern sich umsonst den Kopf zerbrachen, was er denn meine, so ging unser Freund mit der Sprache heraus.

»Ich will in Gottes Namen beichten«, fing er an, »auf was Art mir eigentlich die Ehre der Bekanntschaft mit diesem edlen Haus geworden ist. Ich spiele dabei nicht die würdigste Rolle, und um ein Haar, so säß' ich jetzt, statt hier vergnügt zu tafeln, in einem abgelegenen Arrestantenwinkel des gräflichen Schlosses und könnte mir mit leerem Magen die Spinneweben an der Wand herum betrachten.«

»Nun ja!« rief Madame Mozart, »da werd' ich schöne Dinge hören.«

Ausführlich nun beschrieb er erst, wie er im weißen Roß seine Frau zurück gelassen, die Promenade in den Park, den Unstern in der Laube, den Handel mit der Gartenpolizei, kurz, ungefähr was wir schon wissen, gab er alles mit größter Treuherzigkeit und zum höchsten Ergötzen der Zuhörer preis. Das Lachen wollte fast kein Ende nehmen; selbst die gemäßigte Eugenie enthielt sich nicht, es schüttelte sie ordentlich.

»Nun«, fuhr er fort, »das Sprichwort sagt: hat einer den Nutzen, dem Spott mag er trutzen. Ich hab' meinen kleinen Profit von der Sache, Sie werden schon sehen. Vor allem aber hören Sie, wie's eigentlich geschah, daß sich ein alter Kindskopf so vergessen konnte. Eine Jugenderinnerung war mit im Spiele.

Im Frühling 1770 reiste ich als dreizehnjähriges Bürschchen mit meinem Vater nach Italien. Wir gingen von Rom nach Neapel. Ich hatte zweimal im Conservatorium und sonst zu verschiedenen malen gespielt. Adel und Geistlichkeit erzeigten uns manches Angenehme, vornemlich attachirte sich ein Abbate an uns, der sich als Kenner schmeichelte und übrigens am Hofe etwas galt. Den Tag vor unserer Abreise führte er uns in Begleitung einiger anderen Herrn in einen königlichen Garten, die Villa reale, bei der prachtvollen Straße geradhin am Meere gelegen, wo eine Bande sicilianischer commedianti sich producirte – figlj di Nettuno, wie sie sich neben andern schönen Titeln auch nannten. Mit vielen vornehmen Zuschauern, worunter selbst die junge liebenswürdige Königin Carolina sammt zwei Prinzessen, saßen wir auf einer langen Reihe von Bänken im Schatten einer zeltartig bedeckten, niedern Galerie, an deren Mauer unten die Wellen plätscherten. Das Meer mit seiner vielfarbigen Streifung strahlte den blauen Sonnenhimmel herrlich wider. Gerade vor sich hat man den Vesuv, links schimmert sanft geschwungen eine reizende Küste herein.

Die erste Abtheilung der Spiele war vorüber; sie wurde auf dem trockenen Bretterboden einer Art von Flöße ausgeführt, die auf dem Wasser stand, und hatte nichts Besonderes; der zweite aber und der schönste Theil bestand aus lauter Schiffer-, Schwimm- und Taucherstücken und blieb mir stets mit allen Einzelnheiten frisch im Gedächtniß eingeprägt.

Von entgegengesetzten Seiten her näherten sich einander zwei zierliche, sehr leicht gebaute Barken, beide, wie es schien, auf einer Lustfahrt begriffen. Die eine, etwas größere, war mit einem Halbverdeck versehen, und nebst den Ruderbänken mit einem dünnen Mast und einem Segel ausgerüstet, auch prächtig bemalt, der Schnabel vergoldet. Fünf Jünglinge von idealischem Aussehen, kaum bekleidet, Arme, Brust und Beine dem Anschein nach nackt, waren theils an dem Ruder beschäftigt, theils ergötzten sie sich mit einer gleichen Anzahl artiger Mädchen, ihren Geliebten. Eine darunter, welche mitten auf dem Verdecke saß und Blumenkränze wand, zeichnete sich durch Wuchs und Schönheit, so wie durch ihren Putz vor allen übrigen aus. Diese dienten ihr willig, spannten gegen die Sonne ein Tuch über sie und reichten ihr die Blumen aus dem Korb. Eine Flötenspielerin saß zu ihren Füßen, die den Gesang der andern mit ihren hellen Tönen unterstützte. Auch jener vorzüglichen Schönen fehlte es nicht an einem eigenen Beschützer; doch verhielten sich beide ziemlich gleichgültig gegen einander und der Liebhaber däuchte mir fast etwas roh.

Inzwischen war das andere, einfachere Fahrzeug näher gekommen. Hier sah man bloß männliche Jugend. Wie jene Jünglinge Hochroth trugen, so war die Farbe der letztern Seegrün. Sie stutzten beim Anblick der lieblichen Kinder, winkten Grüße herüber und gaben ihr Verlangen nach näherer Bekanntschaft zu erkennen. Die munterste hierauf nahm eine Rose vom Busen und hielt sie schelmisch in die Höhe, gleichsam fragend, ob solche Gaben bei ihnen wohl angebracht wären, worauf von drüben allerseits mit unzweideutigen Gebärden geantwortet wurde. Die Rothen sahen verächtlich und finster darein, konnten aber nichts machen, als mehrere der Mädchen einig wurden, den armen Teufeln wenigstens doch etwas für den Hunger und Durst zuzuwerfen. Es stand ein Korb voll Orangen am Boden; wahrscheinlich waren es nur gelbe Bälle, den Früchten ähnlich nachgemacht. Und jetzt begann ein entzückendes Schauspiel, unter Mitwirkung der Musik, die auf dem Uferdamm aufgestellt war.

Eine der Jungfrauen machte den Anfang und schickte für's erste ein paar Pomeranzen aus leichter Hand hinüber, die, dort mit gleicher Leichtigkeit aufgefangen, alsbald zurückkehrten; so ging es hin und her, und weil nach und nach immer mehr Mädchen zuhalfen, so flog's mit Pomeranzen bald dem Dutzend nach in immer schnellerem Tempo hin und wieder. Die Schöne in der Mitte nahm an dem Kampfe keinen Antheil, als daß sie höchst begierig von ihrem Schemel aus zusah. Wir konnten die Geschicklichkeit auf beiden Seiten nicht genug bewundern. Die Schiffe drehten sich auf etwa dreißig Schritte in langsamer Bewegung um einander, kehrten sich bald die ganze Flanke zu, bald schief das halbe Vordertheil; es waren gegen vierundzwanzig Bälle unaufhörlich in der Luft, doch glaubte man in der Verwirrung ihrer viel mehr zu sehen. Manchmal entstand ein förmliches Kreuzfeuer, oft stiegen sie und fielen in einem hohen Bogen; kaum ging einmal einer und der andere fehl, es war, als stürzten sie von selbst durch eine Kraft der Anziehung in die geöffneten Finger.

So angenehm jedoch das Auge beschäftigt wurde, so lieblich gingen für's Gehör die Melodien nebenher: sicilianische Weisen, Tänze, Saltarelli, Canzoni a ballo, ein ganzes Quodlibet, auf Guirlandenart leicht aneinander gehängt. Die jüngere Princeß, ein holdes unbefangenes Geschöpf, etwa von meinem Alter, begleitete den Tact gar artig mit Kopfnicken; ihr Lächeln und die langen Wimpern ihrer Augen kann ich noch heute vor mir sehen.

Nun lassen Sie mich kürzlich den Verlauf der Posse noch erzählen, obschon er weiter nichts zu meiner Sache thut. Man kann sich nicht leicht etwas Hübscheres denken. Während dem das Scharmützel allmählig ausging und nur noch einzelne Würfe gewechselt wurden, die Mädchen ihre goldenen Äpfel sammelten und in den Korb zurück brachten, hatte drüben ein Knabe, wie spielenderweis, ein breites, grüngestricktes Netz ergriffen und kurze Zeit unter dem Wasser gehalten; er hob es auf, und zum Erstaunen Aller fand sich ein großer, blau, grün und goldschimmernder Fisch in demselben. Die Nächsten sprangen eifrig zu, um ihn heraus zu holen, da glitt er ihnen aus den Händen, als wär' es wirklich ein lebendiger, und fiel in die See. Das war nun eine abgeredte Kriegslist, die Rothen zu bethören und aus dem Schiff zu locken. Diese, gleichsam bezaubert von dem Wunder, sobald sie merkten, daß das Thier nicht untertauchen wollte, nur immer auf der Oberfläche spielte, besannen sich nicht einen Augenblick, stürzten sich alle in's Meer, die Grünen ebenfalls, und also sah man zwölf gewandte, wohlgestalte Schwimmer, den fliehenden Fisch zu erhaschen bemüht, indem er auf den Wellen gaukelte, minutenlang unter denselben verschwand, bald da, bald dort, dem einen zwischen den Beinen, dem andern zwischen Brust und Kinn herauf, wieder zum Vorschein kam. Auf Einmal, wie die Rothen eben am hitzigsten auf ihren Fang aus waren, ersah die andere Partie ihren Vortheil und erstieg schnell wie der Blitz das fremde, ganz den Mädchen überlassene Schiff unter großem Gekreische der letztern. Der nobelste der Burschen, wie ein Mercur gewachsen, flog mit freudestrahlendem Gesicht auf die schönste zu, umfaßte, küßte sie, die, weit entfernt in das Geschrei der andern einzustimmen, ihre Arme gleichfalls feurig um den ihr wohlbekannten Jüngling schlang. Die betrogene Schaar schwamm zwar eilends herbei, wurde aber mit Rudern und

Waffen vom Bord abgetrieben. Ihre unnütze Wuth, das Angstgeschrei der Mädchen, der gewaltsame Widerstand einiger von ihnen, ihr Bitten und Flehen, fast erstickt vom übrigen Alarm, des Wassers, der Musik, die plötzlich einen andern Charakter angenommen hatte – es war schön über alle Beschreibung und die Zuschauer brachen darüber in einen Sturm von Begeisterung aus.

In diesem Moment nun entwickelte sich das bisher lokker eingebundene Segel: daraus ging ein rosiger Knabe hervor mit silbernen Schwingen, mit Bogen, Pfeil und Köcher, und in anmuthvoller Stellung schwebte er frei auf der Stange. Schon sind die Ruder alle in voller Thätigkeit, das Segel blähte sich auf: allein gewaltiger als beides schien die Gegenwart des Gottes und seine heftig vorwärts eilende Gebärde das Fahrzeug fortzutreiben, dergestalt, daß die fast athemlos nachsetzenden Schwimmer, deren Einer den goldenen Fisch hoch mit der Linken über seinem Haupte hielt, die Hoffnung bald aufgaben, und bei erschöpften Kräften nothgedrungen ihre Zuflucht zu dem verlassenen Schiffe nahmen. Derweil haben die Grünen eine kleine bebuschte Halbinsel erreicht, wo sich unerwartet ein stattliches Boot mit bewaffneten Kameraden im Hinterhalt zeigte. Im Angesicht so drohender Umstände pflanzte das Häufchen eine weiße Flagge auf, zum Zeichen, daß man gütlich unterhandeln wolle. Durch ein gleiches Signal von jenseits ermuntert, fuhren sie auf jenen Haltort zu, und bald sah man daselbst die guten Mädchen alle, bis auf die Eine, die mit Willen blieb, vergnügt mit ihren Liebhabern das eigene Schiff besteigen. – Hiemit war die Comödie beendigt.«

»Mir däucht«, so flüsterte Eugenie mit leuchtenden Augen dem Baron in einer Pause zu, worin sich jedermann beifällig über das eben Gehörte aussprach, »wir haben hier eine gemalte Symphonie von Anfang bis zu Ende gehabt, und ein vollkommenes Gleichniß überdieß des Mozartischen Geistes selbst in seiner ganzen Heiterkeit! Hab' ich nicht Recht? ist nicht die ganze Anmuth Figaro's darin?«

Der Bräutigam war im Begriff, ihre Bemerkung dem Componisten mitzutheilen, als dieser zu reden fortfuhr.

»Es sind nun siebzehn Jahre her, daß ich Italien sah. Wer, der es einmal sah, insonderheit Neapel, denkt nicht sein Lebenlang daran, und wär' er auch, wie ich, noch halb in Kinderschuhen gesteckt! So lebhaft aber wie heut in Ihrem Garten war mir der letzte schöne Abend am Golf kaum jemals wieder aufgegangen. Wenn ich die Augen schloß – ganz deutlich, klar und hell, den letzten Schleier von sich hauchend, lag die himmlische Gegend vor mir verbreitet! Meer und Gestade, Berg und Stadt, die bunte Menschenmenge an dem Ufer hin, und dann das wundersame Spiel der Bälle durcheinander! Ich glaubte wieder dieselbe Musik in den Ohren zu haben, ein ganzer Rosenkranz von fröhlichen Melodien zog innerlich an mir vorbei, Fremdes und Eigenes, Crethi und Plethi, eines immer das andre ablösend. Von ungefähr springt ein Tanzliedchen hervor, Sechsachtelstact, mir völlig neu. – Halt, dacht' ich, was gibt's hier? Das scheint ein ganz verteufelt niedliches Ding! Ich sehe näher zu – alle Wetter! das ist ja Masetto, das ist ja Zerlina!« – Er lachte gegen Madame Mozart hin, die ihn sogleich errieth.

»Die Sache«, fuhr er fort, »ist einfach diese. In meinem ersten Act blieb eine kleine leichte Numer unerledigt, Duett und Chor einer ländlichen Hochzeit. Vor zwei Monaten nämlich, als ich dieses Stück der Ordnung nach vornehmen wollte, da fand sich auf den ersten Wurf das Rechte nicht alsbald. Eine Weise, einfältig und kindlich und sprützend von Fröhlichkeit über und über, ein frischer Busenstrauß mit Flatterband dem Mädel angesteckt, so mußte es seyn. Weil man nun im Geringsten nichts erzwingen soll, und weil dergleichen Kleinigkeiten sich oft gelegentlich von selber machen, ging ich darüber weg und sah mich im Verfolg der größeren Arbeit kaum wieder danach um. Ganz flüchtig kam mir heut im Wagen, kurz eh' wir in's Dorf herein fuhren, der Text in den Sinn; da spann sich denn weiter nichts an, zum wenigsten nicht daß ich's wüßte. Genug, ein Stündchen später, in der Laube beim Brunnen, erwisch' ich ein Motiv, wie ich es glücklicher und besser zu keiner andern Zeit, auf keinem andern Weg erfunden haben würde. Man macht bisweilen in der Kunst besondere Erfahrungen, ein ähnlicher Streich ist mir nie vorgekommen. Denn eine Melodie, dem Vers wie auf den Leib gegossen – doch, um nicht vorzugreifen, so weit sind wir noch nicht, der Vogel hatte nur den Kopf erst aus dem Ei, und auf der Stelle fing ich an, ihn vollends rein herauszuschälen. Dabei schwebte mir lebhaft der Tanz der Zerline vor Augen, und wunderlich spielte zugleich die lachende Landschaft am Golf von Neapel herein. Ich hörte die wechselnden Stimmen des Brautpaars, die Dirnen und Bursche im Chor.«

Hier trällerte Mozart ganz lustig den Anfang des Liedchens:

Giovinette, che fatte all' amore, che fatte all' amore,
Non lasciate, che passi l'età, che passi l'età, che passi l'età!
Se nel seno vi bulica il core, vi bulica il core,
Il remedio vedete lo quà! La la la! La la la!
Che piacer, che piacer che sarà!
Ah la la! Ah la la u.s.f.*

»Mittlerweile hatten meine Hände das große Unheil angerichtet. Die Nemesis lauerte schon an der Hecke und trat jetzt hervor in Gestalt des entsetzlichen Mannes im

* Liebe Schwestern, zur Liebe geboren,
Nützt der Jugend schön blühende Zeit!
Hängt ihr 's Köpfchen in Sehnsucht verloren,
Amor ist euch zu helfen bereit.
Tral la la!
Welch Vergnügen erwartet euch da! u.s.w.

galonirten blauen Rock. Ein Ausbruch des Vesuvio, wenn er in Wirklichkeit damals an dem göttlichen Abend am Meer Zuschauer und Acteurs, die ganze Herrlichkeit Parthenope's mit einem schwarzen Aschenregen urplötzlich verschüttet und zugedeckt hätte, bei Gott, die Katastrophe wäre mir nicht unerwarteter und schrecklicher gewesen. Der Satan der! so heiß hat mir nicht leicht jemand gemacht. Ein Gesicht wie aus Erz – einigermaßen dem grausamen römischen Kaiser Tiberius ähnlich! Sieht so der Diener aus, dacht' ich, nachdem er weggegangen, wie mag erst Seine Gnaden selbst drein sehen! Jedoch, die Wahrheit zu gestehn, ich rechnete schon ziemlich auf den Schutz der Damen, und das nicht ohne Grund. Denn diese Stanzel da, mein Weibchen, etwas neugierig von Natur, ließ sich im Wirthshaus von der dicken Frau das Wissenswürdigste von denen sämmtlichen Persönlichkeiten der gnädigen Herrschaft in meinem Beiseyn erzählen, ich stand dabei und hörte so –«

Hier konnte Madame Mozart nicht umhin, ihm in das Wort zu fallen und auf das Angelegentlichste zu versichern, daß ihm Gegentheil Er der Ausfrager gewesen; es kam zu heitern Contestationen zwischen Mann und Frau, die viel zu lachen gaben. – »Dem sey nun wie ihm wolle«, sagte er, »kurzum, ich hörte so entfernt etwas von einer lieben Pflegetochter, welche Braut, sehr schön, dazu die Güte selber sey und singe wie ein Engel. Per Dio! fiel mir jetzt ein: das hilft dir aus der Lauge! Du setz'st dich auf der Stelle hin, schreibst's Liedchen auf, so weit es geht, erklärst die Sottise der Wahrheit gemäß, und es gibt einen trefflichen Spaß. Gedacht, gethan. Ich hatte Zeit genug, auch fand sich noch ein sauberes Bögchen grün linirt Papier. – Und hier ist das Produkt! Ich lege es in diese schönen Hände, ein Brautlied aus dem Stegreif, wenn Sie es dafür gelten lassen.«

So reichte er sein reinlichst geschriebenes Notenblatt Eugenien über den Tisch, des Onkels Hand kam aber der ihrigen zuvor, er haschte es hinweg und rief: »Geduld noch einen Augenblick, mein Kind!«

Auf seinen Wink that sich die Flügelthüre des Salons weit auf, und es erschienen einige Diener, die den verhängnißvollen Pomeranzenbaum anständig, ohne Geräusch in den Saal herein trugen und an der Tafel unten auf eine Bank niedersetzten; gleichzeitig wurden rechts und links zwei schlanke Myrtenbäumchen aufgestellt. Eine am Stamm des Orangenbaums befestigte Inschrift bezeichnete ihn als Eigenthum der Braut; vorn aber, auf dem Moosgrund, stand, mit einer Serviette bedeckt, ein Porcellanteller, der, als man das Tuch hinwegnahm, eine zerschnittene Orange zeigte, neben welche der Oheim mit listigem Blick des Meisters Autographon steckte. Allgemeiner unendlicher Jubel erhob sich darüber.

»Ich glaube gar«, sagte die Gräfin, »Eugenie weiß noch nicht einmal, was eigentlich da vor ihr steht? Sie kennt wahrhaftig ihren alten Liebling in seinem neuen Flor und Früchteschmuck nicht mehr!«

Bestürzt, ungläubig sah das Fräulein bald den Baum, bald ihren Oheim an. »Es ist nicht möglich«, sagte sie, »ich weiß ja wohl, er war nicht mehr zu retten.«

»Du meinst also«, versetzte jener, »man habe dir nur irgend ungefähr so ein Ersatzstück ausgesucht? Das wär' was Rechts! Nein, sieh nur her – ich muß es machen, wie's in der Comödie der Brauch ist, wo sich die todtgeglaubten Söhne oder Brüder durch ihre Muttermäler und Narben legitimiren. Schau diesen Auswuchs da! und hier die Schrunde über's Kreuz, du mußt sie hundertmal bemerkt haben. Wie? ist er's oder ist er's nicht?« – Sie konnte nicht mehr zweifeln; ihr Staunen, ihre Rührung und Freude war unbeschreiblich.

Es knüpfte sich an diesen Baum für die Familie das mehr als hundertjährige Gedächtniß einer ausgezeichneten Frau, welche wohl verdient, daß wir ihrer mit Wenigem hier gedenken.

Des Oheims Großvater, durch seine diplomatischen Verdienste im Wiener Cabinet rühmlich bekannt, von zwei Regenten nach einander mit gleichem Vertrauen beehrt, war innerhalb seines eigenen Hauses nicht minder glücklich im Besitz einer vortrefflichen Gemahlin, Renate Leonore. Ihr wiederholter Aufenthalt in Frankreich brachte sie vielfach mit dem glänzenden Hofe Ludwigs XIV. und mit den bedeutendsten Männern und Frauen dieser merkwürdigen Epoche in Berührung. Bei ihrer unbefangenen Theilnahme an jenem steten Wechsel des geistreichsten Lebensgenusses verläugnete sie auf keinerlei Art, in Worten und Werken, die angestammte deutsche Ehrenfestigkeit und sittliche Strenge, die sich in den kräftigen Zügen des noch vorhandenen Bildnisses der Gräfin unverkennbar ausprägt. Vermöge eben dieser Denkungsweise übte sie in der gedachten Societät eine eigenthümliche naive Opposition, und ihre hinterlassene Korrespondenz weist eine Menge Spuren davon auf, mit wie viel Freimuth und herzhafter Schlagfertigkeit, es mochte nun von Glaubenssachen, von Literatur und Politik, oder von was immer die Rede seyn, die originelle Frau ihre gesunden Grundsätze und Ansichten zu vertheidigen, die Blößen der Gesellschaft anzugreifen wußte, ohne doch dieser im mindesten sich lästig zu machen. Ihr reges Interesse für sämmtliche Personen, die man im Hause einer Ninon, dem eigentlichen Herd der feinsten Geistesbildung treffen konnte, war demnach so beschaffen und geregelt, daß es sich mit dem höheren Freundschaftsverhältniß zu einer der edelsten Damen jener Zeit, der Frau von Sévigné, vollkommen wohl vertrug. Neben manchen muthwilligen Scherzen Chapelle's an sie, vom Dichter eigenhändig auf Blätter mit silberblumigem Rande gekritzelt, fanden sich die liebevollsten Briefe der Marquisin und ihrer Tochter an die ehrliche Freundin aus Österreich nach ihrem Tod in einem Ebenholzschränkchen der Großmutter vor.

Frau von Sévigné war es denn auch, aus deren Hand sie

eines Tages, bei einem Feste zu Trianon, auf der Terrasse des Gartens den blühenden Orangenzweig empfing, den sie sofort auf das Gerathewohl in einen Topf setzte und glücklich angewurzelt mit nach Deutschland nahm.

Wohl fünfundzwanzig Jahre wuchs das Bäumchen unter ihren Augen allgemach heran und wurde später von Kindern und Enkeln mit äußerster Sorgfalt gepflegt. Es konnte nächst seinem persönlichen Werthe zugleich als lebendes Symbol der feingeistigen Reize eines beinahe vergötterten Zeitalters gelten, worin wir heutzutage freilich des wahrhaft Preisenswerthen wenig finden können, und das schon eine unheilvolle Zukunft in sich trug, deren welterschütternder Eintritt dem Zeitpunkt unserer harmlosen Erzählung bereits nicht ferne mehr lag.

Die meiste Liebe widmete Eugenie dem Vermächtniß der würdigen Ahnfrau, weßhalb der Oheim öfters merken ließ, es dürfte wohl einst eigens in ihre Hände übergehen. Desto schmerzlicher war es dem Fräulein denn auch, als der Baum im Frühling des vorigen Jahres, den sie nicht hier zubrachte, zu trauern begann, die Blätter gelb wurden und viele Zweige abstarben. In Betracht, daß irgend eine besondere Ursache seines Verkommens durchaus nicht zu entdecken war und keinerlei Mittel anschlug, gab ihn der Gärtner bald verloren, obwohl er seiner natürlichen Ordnung nach leicht zwei und dreimal älter werden konnte. Der Graf hingegen, von einem benachbarten Kenner berathen, ließ ihn nach einer sonderbaren, selbst räthselhaften Vorschrift, wie sie das Landvolk häufig hat, in einem abgesonderten Raume ganz insgeheim behandeln, und seine Hoffnung, die geliebte Nichte eines Tags mit dem zu neuer Kraft und voller Fruchtbarkeit gelangten alten Freund zu überraschen, ward über alles Erwarten erfüllt. Mit Überwindung seiner Ungeduld und nicht ohne Sorge, ob denn wohl auch die Früchte, von denen etliche zuletzt den höchsten Grad der Reife hatten, so lang am Zweige halten würden, verschob er die Freude um mehrere Wochen auf das heutige Fest, und es bedarf nun weiter keines Worts darüber, mit welcher Empfindung der gute Herr ein solches Glück noch im letzten Moment durch einen Unbekannten sich verkümmert sehen mußte.

Der Lieutenant hatte schon vor Tische Gelegenheit und Zeit gefunden, seinen dichterischen Beitrag zu der feierlichen Übergabe in's Reine zu bringen und seine vielleicht ohnehin etwas zu ernst gehaltenen Verse durch einen veränderten Schluß den Umständen möglichst anzupassen. Er zog nunmehr sein Blatt hervor, das er, vom Stuhle sich erhebend und an die Cousine gewendet, vorlas. Der Inhalt der Strophen war kurz gefaßt dieser:

Ein Nachkömmling des vielgepriesenen Baums der Hesperiden, der vor Alters, auf einer westlichen Insel, im Garten der Juno, als eine Hochzeitgabe für sie von Mutter Erde, hervorgesproßt war, und welchen die drei melodischen Nymphen bewachten, hat eine ähnliche Bestimmung von jeher gewünscht und gehofft, da der Gebrauch, eine herrliche Braut mit seinesgleichen zu beschenken, von den Göttern vorlängst auch unter die Sterblichen kam.

Nach langem vergeblichen Warten scheint endlich die Jungfrau gefunden, auf die er seine Blicke richten darf. Sie erzeigt sich ihm günstig und verweilt oft bei ihm. Doch der musische Lorbeer, sein stolzer Nachbar am Bord der Quelle, hat seine Eifersucht erregt, indem er droht, der kunstbegabten Schönen Herz und Sinn für die Liebe der Männer zu rauben. Die Myrte tröstet ihn umsonst und lehrt ihn Geduld durch ihr eigenes Beispiel; zuletzt jedoch ist es die andauernde Abwesenheit der Liebsten, was seinen Gram vermehrt und ihm, nach kurzem Siechthum, tödtlich wird.

Der Sommer bringt die Entfernte und bringt sie mit glücklich umgewandtem Herzen zurück. Das Dorf, das Schloß, der Garten, alles empfängt sie mit tausend Freuden. Rosen und Lilien, in erhöhtem Schimmer, sehen entzückt und beschämt zu ihr auf, Glück winken ihr Sträucher und Bäume: für Einen, ach, den edelsten, kommt sie zu spät. Sie findet seine Krone verdorrt, ihre Finger betasten den leblosen Stamm und die klirrenden Spitzen seines Gezweigs. Er kennt und sieht seine Pflegerin nimmer. Wie weint sie, wie strömt ihre zärtliche Klage!

Apollo von weitem vernimmt die Stimme der Tochter. Er kommt, er tritt herzu und schaut mitfühlend ihren Jammer. Alsbald mit seinen allheilenden Händen berührt er den Baum, daß er in sich erbebt, der vertrocknete Saft in der Rinde gewaltsam anschwillt, schon junges Laub ausbricht, schon weiße Blumen da und dort in ambrosischer Fülle aufgehen. Ja – denn was vermöchten die Himmlischen nicht? – schön runde Früchte setzen an, dreimal drei, nach der Zahl der neun Schwestern; sie wachsen und wachsen, ihr kindliches Grün zusehends mit der Farbe des Goldes vertauschend. Phöbus – so schloß sich das Gedicht –

Phöbus überzählt die Stücke,
Weidet selbsten sich daran,
Ja, es fängt im Augenblicke
Ihm der Mund zu wässern an;

Lächelnd nimmt der Gott der Töne
Von der saftigsten Besitz:
Laß uns theilen holde Schöne,
Und für Amorn – diesen Schnitz!

Der Dichter erntete rauschenden Beifall, und gern verzieh man die barocke Wendung, durch welche der Eindruck des wirklich gefühlvollen Ganzen so völlig aufgehoben wurde.

Franziska, deren froher Mutterwitz schon zu verschiedenen malen bald durch den Hauswirth, bald durch Mozart in Bewegung gesetzt worden war, lief jetzt geschwinde, wie von ungefähr an etwas erinnert, hinweg, und kam zurück mit einem braunen englischen Kupferstich größten Formats, welcher wenig beachtet in einem ganz entfernten Cabinet unter Glas und Rahmen hing.

»Es muß doch wahr seyn, was ich immer hörte«, rief sie aus, indem sie das Bild am Ende der Tafel aufstellte, »daß sich unter der Sonne nichts Neues begibt! Hier eine Scene aus dem goldenen Weltalter – und haben wir sie nicht erst heute erlebt? Ich hoffe doch, Apollo werde sich in dieser Situation erkennen.«

»Vortrefflich!« triumphirte Max, »da hätten wir ihn ja, den schönen Gott, wie er sich just gedankenvoll über den heiligen Quell hinbeugt. Und damit nicht genug – dort, seht nur, einen alten Satyr hinten im Gebüsch, der ihn belauscht! Man möchte darauf schwören, Apoll besinnt sich eben auf ein lange vergessenes arkadisches Tänzchen, das ihn in seiner Kindheit der alte Chiron zu der Cither lehrte.«

»So ist's! nicht anders!« applaudirte Franziska, die hinter Mozart stand. »Und«, fuhr sie gegen diesen fort, »bemerken Sie auch wohl den fruchtbeschwerten Ast, der sich zum Gott herunter senkt?«

»Ganz recht; es ist der ihm geweihte Ölbaum.«

»Keineswegs! die schönsten Apfelsinen sind's! Gleich wird er sich in der Zerstreuung eine herunter holen.«

»Vielmehr«, rief Mozart, »er wird gleich diesen Schelmenmund mit tausend Küssen schließen!« Damit erwischte er sie am Arm und schwur, sie nicht mehr loszulassen, bis sie ihm ihre Lippen reiche, was sie denn auch ohne vieles Sträuben that.

»Erkläre uns doch, Max«, sagte die Gräfin, »was unter dem Bilde hier steht.«

»Es sind Verse aus einer berühmten Horazischen Ode. Der Dichter Ramler in Berlin hat uns das Stück vor kurzem unübertrefflich deutsch gegeben. Es ist vom höchsten Schwung. Wie prächtig eben diese Eine Stelle:

– – – hier, der auf der Schulter
Keinen unthätigen Bogen führet!

Der seines Delos' grünenden Mutterhain
Und Patara's beschatteten Strand bewohnt,
Der seines Hauptes goldne Locken
In die kastalischen Fluthen tauchet.

»Schön! wirklich schön!« sagte der Graf, »nur hie und da bedarf es der Erläuterung. So z.B., der keinen unthätigen Bogen führet, hieße natürlich schlechtweg: der allezeit einer der fleißigsten Geiger gewesen. Doch, was ich sagen wollte: bester Mozart, Sie säen Unkraut zwischen zwei zärtliche Herzen.«

»Ich will nicht hoffen – wie so?«

»Eugenie beneidet ihre Freundin, und hat auch allen Grund.«

»Aha, Sie haben mir schon meine schwache Seite abgemerkt. Aber was sagt der Bräutigam dazu?«

»Ein oder zweimal will ich durch die Finger sehen.«

»Sehr gut; wir werden der Gelegenheit wahrnehmen. Indeß fürchten Sie nichts, Herr Baron; es hat keine Gefahr, so lang mir nicht der Gott hier sein Gesicht und seine langen gelben Haare borgt. Ich wünschte wohl, er thät's! er sollte auf der Stelle Mozarts Zopf mitsammt seinem schönsten Bandl dafür haben.«

»Apollo möge aber dann zusehen«, lachte Franziska, »wie er es anfängt künftig, seinen neuen französischen Haarschmuck mit Anstand in die kastalische Fluth zu tauchen.«

Unter diesen und ähnlichen Scherzen stieg Lustigkeit und Muthwillen immer mehr. Die Männer spürten nach und nach den Wein, es wurden eine Menge Gesundheiten getrunken und Mozart kam in den Zug, nach seiner Gewohnheit in Versen zu sprechen, wobei ihm der Lieutenant das Gleichgewicht hielt und auch der Papa nicht zurückbleiben wollte; es glückte ihm ein paarmal zum Verwundern. Doch solche Dinge lassen sich für die Erzählung kaum festhalten, sie wollen eigentlich nicht wiederholt seyn, weil eben das, was sie an ihrem Ort unwiderstehlich macht, die allgemein erhöhte Stimmung, der Glanz, die Jovialität des persönlichen Ausdrucks in Wort und Blick fehlt.

Unter andern wurde von dem alten Fräulein zu Ehren des Meisters ein Toast ausgebracht, der ihm noch eine ganze lange Reihe unsterblicher Werke verhieß. – »À la bonne heure, ich bin dabei!« rief Mozart und stieß sein Kelchglas kräftig an. Der Graf begann hierauf mit großer Macht und Sicherheit der Intonation, kraft eigener Eingebung, zu singen:

Mögen ihn die Götter stärken
Zu den angenehmen Werken –

Max (fortfahrend)

Wovon der da Ponte weder,
Noch der große Schikaneder –

Mozart

Noch bi Gott der Componist
's Mindest' weiß zu dieser Frist!

Graf

Alle, alle soll sie jener
Haupt-Spitzbub von Italiener
Noch erleben, wünsch' ich sehr,
Unser Signor Bonbonnière!*

Max

Gut, ich geb' ihm hundert Jahre –

* So nannte Mozart unter Freunden seinen Collegen Salieri, der wo er ging und stand Zuckerwerk naschte, zugleich mit Anspielung auf das Zierliche seiner Person.

Mozart

Wenn ihn nicht sammt seiner Waare –

Alle drei con forza

Noch der Teufel holt vorher,
Unsern Monsieur Bonbonnière.

Durch des Grafen ausnehmende Singlust schweifte das zufällig entstandene Terzett mit Wiederaufnahme der letzten vier Zeilen in einen sogenannten endlichen Canon aus, und die Fräulein Tante besaß Humor oder Selbstvertrauen genug, ihren verfallenen Soprano mit allerhand Verzierungen zweckdienlich einzumischen. Mozart gab nachher das Versprechen, bei guter Muße diesen Spaß nach den Regeln der Kunst expreß für die Gesellschaft auszuführen, das er auch später von Wien aus erfüllte.

Eugenie hatte sich im Stillen längst mit ihrem Kleinod aus der Laube des Tiberius vertraut gemacht; allgemein verlangte man jetzt das Duett vom Componisten und ihr gesungen zu hören, und der Oheim war glücklich, im Chor seine Stimme abermals geltend zu machen. Also erhob man sich und eilte zum Klavier in's große Zimmer nebenan.

Ein so reines Entzücken nun auch das köstliche Stück bei allen erregte, so führte doch sein Inhalt selbst, mit einem raschen Übergang, auf den Gipfel geselliger Lust, wo die Musik an und für sich nicht weiter in Betracht mehr kommt, und zwar gab zuerst unser Freund das Signal, indem er vom Klavier aufsprang, auf Franziska zuging und sie, während Max bereitwilligst die Violine ergriff, zu einem Schleifer persuadirte. Der Hauswirth säumte nicht, Madame Mozart aufzufordern. Im Nu waren alle beweglichen Möbel, den Raum zu erweitern, durch geschäftige Diener entfernt. Es mußte nach und nach ein jedes an die Tour, und Fräulein Tante nahm es keineswegs übel, daß der galante Lieutenant sie zu einer Menuet abholte, worin sie sich völlig verjüngte. Schließlich, als Mozart mit der Braut den Kehraus tanzte, nahm er sein versichertes Recht auf ihren schönen Mund in bester Form dahin.

Der Abend war herbeigekommen, die Sonne nah am Untergehen, es wurde nun erst angenehm im Freien, daher die Gräfin den Damen vorschlug, sich im Garten noch ein wenig zu erholen. Der Graf dagegen lud die Herrn auf das Billardzimmer, da Mozart bekanntlich dieß Spiel sehr liebte. So theilte man sich denn in zwei Partien, und wir unsererseits folgen den Frauen.

Nachdem sie den Hauptweg einigemal gemächlich auf- und abgegangen, erstiegen sie einen runden, von einem hohen Rebengeländer zur Hälfte umgebenen Hügel, von wo man in das offene Feld, auf das Dorf und die Landstraße sah. Die letzten Strahlen der herbstlichen Sonne funkelten röthlich durch das Weinlaub herein.

»Wäre hier nicht vertraulich zu sitzen«, sagte die Gräfin, »wenn Madame Mozart uns etwas von sich und dem Gemahl erzählen wollte?«

Sie war ganz gerne bereit, und alle nahmen höchst behaglich auf den im Kreis herbeigerückten Stühlen Platz.

»Ich will etwas zum Besten geben, das Sie auf alle Fälle hätten hören müssen, da sich ein kleiner Scherz darauf bezieht, den ich im Schilde führe. Ich habe mir in Kopf gesetzt, der Gräfin Braut zur fröhlichen Erinnerung an diesen Tag ein Angebind von sonderlicher Qualität zu verehren. Dasselbe ist so wenig Gegenstand des Luxus und der Mode, daß es lediglich nur durch seine Geschichte einigermaßen interessiren kann.«

»Was mag das seyn, Eugenie?« sagte Franziska, »zum wenigsten das Tintenfaß eines berühmten Mannes.«

»Nicht allzuweit gefehlt! Sie sollen es noch diese Stunde sehen; im Reisekoffer liegt der Schatz. Ich fange an, und werde mit Ihrer Erlaubniß ein wenig weiter ausholen.

Vorletzten Winter wollte mir Mozarts Gesundheitszustand, durch vermehrte Reizbarkeit und häufige Verstimmung, ein fieberhaftes Wesen, nachgerade bange machen. In Gesellschaft noch zuweilen lustig, oft mehr als recht natürlich, war er zu Haus meist trüb in sich hinein, seufzte und klagte. Der Arzt empfahl ihm Diät, Pyrmonter und Bewegung außerhalb der Stadt. Der Patient gab nicht viel auf den guten Rath; die Cur war unbequem, zeitraubend, seinem Taglauf schnurstracks entgegen. Nun machte ihm der Doctor die Hölle etwas heiß, er mußte eine lange Vorlesung anhören von der Beschaffenheit des menschlichen Geblüts, von denen Kügelgens darin, vom Athemholen und vom Phlogiston – halt unerhörte Dinge; auch wie es eigentlich gemeint sey von der Natur mit Essen, Trinken und Verdauen, das eine Sache ist, worüber Mozart bis dahin ganz eben so unschuldig dachte wie sein Junge von fünf Jahren. Die Lection, in der That, machte merklichen Eindruck. Der Doctor war noch keine halbe Stunde weg, so find' ich meinen Mann nachdenklich, aber mit aufgeheitertem Gesicht, auf seinem Zimmer über der Betrachtung eines Stocks, den er in einem Schrank mit alten Sachen suchte und auch glücklich fand; ich hätte nicht gemeint, daß er sich dessen nur erinnerte. Er stammte noch von meinem Vater, ein schönes Rohr mit hohem Knopf von Lapis Lazuli. Nie sah man einen Stock in Mozarts Hand, ich mußte lachen.

›Du siehst‹, rief er, ›ich bin daran, mit meiner Cur mich völlig in's Geschirr zu werfen. Ich will das Wasser trinken, mir alle Tage Motion im Freien machen und mich dabei dieses Stabes bedienen. Da sind mir nun verschiedene Gedanken beigegangen. Es ist doch nicht umsonst, dacht' ich, daß andere Leute, was da gesetzte Männer sind, den Stock nicht missen können. Der Commercienrath, unser Nachbar, geht niemals über die Straße, seinen Gevatter zu besuchen, der Stock muß mit. Professionisten und Beamte, Kanzleiherrn, Krämer und Chalanten, wenn sie am Sonntag mit Familie vor die Stadt spazieren, ein jeder führt sein wohlgedientes, rechtschaffenes Rohr mit sich.

Vornämlich hab' ich oft bemerkt, wie auf dem Stephansplatz, ein Viertelstündchen vor der Predigt und dem Amt, ehrsame Bürger da und dort truppweis beisammen stehen im Gespräch: hier kann man so recht sehen, wie eine jede ihrer stillen Tugenden, ihr Fleiß und Ordnungsgeist, gelaßner Muth, Zufriedenheit, sich auf die wackern Stöcke gleichsam als eine gute Stütze lehnt und stemmt. Mit Einem Wort, es muß ein Segen und besonderer Trost in der altväterischen und immerhin etwas geschmacklosen Gewohnheit liegen. Du magst es glauben oder nicht, ich kann es kaum erwarten, bis ich mit diesem guten Freund das erstemal im Gesundheitspaß über die Brücke nach dem Rennweg promenire! Wir kennen uns bereits ein wenig und ich hoffe, daß unsere Verbindung für alle Zeit geschlossen ist.‹

Die Verbindung war von kurzer Dauer: das dritte mal, daß beide mit einander aus waren, kam der Begleiter nicht mehr mit zurück. Ein anderer wurde angeschafft, der etwas länger Treue hielt, und jedenfalls schrieb ich der Stockliebhaberei ein gut Theil von der Ausdauer zu, womit Mozart drei Wochen lang der Vorschrift seines Arztes ganz erträglich nachkam. Auch blieben die guten Folgen nicht aus; wir sahen ihn fast nie so frisch, so hell und von so gleichmäßiger Laune. Doch machte er sich leider in kurzem wieder allzu grün und täglich hatt' ich deßhalb meine Noth mit ihm. Damals geschah es nun, daß er, ermüdet von der Arbeit eines anstrengenden Tages, noch spät, ein paar neugieriger Reisenden wegen, zu einer musikalischen Soirée ging – auf eine Stunde bloß, versprach er mir heilig und theuer; doch das sind immer die Gelegenheiten, wo die Leute, wenn er nur erst am Flügel festsitzt und im Feuer ist, seine Gutherzigkeit am mehrsten mißbrauchen; denn da sitzt er alsdann wie das Männchen in einer Montgolfiere, sechs Meilen hoch über dem Erdboden schwebend, wo man die Glocken nicht mehr schlagen hört. Ich schickte den Bedienten zweimal mitten in der

Nacht dahin, umsonst, er konnte nicht zu seinem Herrn gelangen. Um drei Uhr früh kam dieser denn endlich nach Haus. Ich nahm mir vor, den ganzen Tag ernstlich mit ihm zu schmollen.«

Hier überging Madame Mozart einige Umstände mit Stillschweigen. Es war, muß man wissen, nicht unwahrscheinlich, daß zu gedachter Abendunterhaltung auch eine junge Sängerin, Signora Malerbi, kommen würde, an welcher Frau Constanze mit allem Recht Ärgerniß nahm. Diese Römerin war durch Mozarts Verwendung bei der Oper angestellt worden, und ohne Zweifel hatten ihre koketten Künste nicht geringen Antheil an der Gunst des Meisters. Sogar wollten einige wissen, sie habe ihn mehrere Monate lang eingezogen und heiß genug auf ihrem Rost gehalten. Ob dieß nun völlig wahr sey oder sehr übertrieben, gewiß ist, sie benahm sich nachher frech und undankbar, und erlaubte sich selbst Spöttereien über ihren Wohlthäter. So war es ganz in ihrer Art, daß sie ihn einst, gegenüber einem ihrer glücklichern Verehrer, kurzweg un piccolo grifo raso (ein kleines rasirtes Schweinsrüsselchen) nannte. Der Einfall, einer Circe würdig, war um so empfindlicher, weil er, wie man gestehen muß, immerhin ein Körnchen Wahrheit enthielt.*

Bei'm Nachhausegehen von jener Gesellschaft, bei welcher übrigens die Sängerin zufällig nicht erschienen war, beging ein Freund im Übermuth des Weins die Indiscretion, dem Meister dieß boshafte Wort zu verrathen. Er wurde schlecht davon erbaut, denn eigentlich war es für ihn der erste unzweideutige Beweis von der gänzlichen Herzlosigkeit seines Schützlings. Vor lauter Entrüstung darüber empfand er nicht einmal sogleich den frostigen Empfang am Bette seiner Frau. In Einem Athem theilte er

* Man hat hier ein älteres kleines Profilbild im Auge, das, gut gezeichnet und gestochen, sich auf dem Titelblatt eines Mozart'schen Klavierwerks befindet, unstreitig das ähnlichste von allen, auch neuerdings im Kunsthandel erschienenen Porträts.

ihr die Beleidigung mit, und diese Ehrlichkeit läßt wohl auf einen mindern Grad von Schuldbewußtseyn schließen. Fast machte er ihr Mitleid rege. Doch hielt sie geflissentlich an sich, es sollte ihm nicht so leicht hingehen. Als er von einem schweren Schlaf kurz nach Mittag erwachte, fand er das Weibchen sammt den beiden Knaben nicht zu Hause, vielmehr säuberlich den Tisch für ihn allein gedeckt.

Von jeher gab es wenige Dinge, welche Mozart so unglücklich machten, als wenn nicht alles hübsch eben und heiter zwischen ihm und seiner guten Hälfte stand. Und hätte er nun erst gewußt, welche weitere Sorge sie schon seit mehreren Tagen mit sich herum trug! – eine der schlimmsten in der That, mit deren Eröffnung sie ihn nach alter Gewohnheit so lange wie möglich verschonte. Ihre Baarschaft war ehestens alle, und keine Aussicht auf baldige Einnahme da. Ohne Ahnung von dieser häuslichen Extremität war gleichwohl sein Herz auf eine Art beklommen, die mit jenem verlegenen, hülflosen Zustand eine gewisse Ähnlichkeit hatte. Er mochte nicht essen, er konnte nicht bleiben. Geschwind zog er sich vollends an, um nur aus der Stickluft des Hauses zu kommen. Auf einem offenen Zettel hinterließ er ein paar Zeilen italienisch: »Du hast mir's redlich eingetränkt, und geschieht mir schon recht. Sey aber wieder gut, ich bitte dich, und lache wieder, bis ich heim komme. Mir ist zu Muth, als möcht' ich ein Carthäuser und Trappiste werden, ein rechter Heulochs, sag' ich dir!« – Sofort nahm er den Hut, nicht aber auch den Stock zugleich; der hatte seine Epoche passirt.

Haben wir Frau Constanze bis hieher in der Erzählung abgelöst, so können wir auch wohl noch eine kleine Strekke weiter fortfahren.

Von seiner Wohnung, bei der Schranne, rechts gegen das Zeughaus einbiegend, schlenderte der theure Mann – es war ein warmer, etwas umwölkter Sommernachmittag – nachdenklich lässig über den sogenannten Hof, und weiter an der Pfarre zu unsrer lieben Frau vorbei, dem Schottenthor entgegen, wo er seitwärts zur Linken auf die Mölkerbastei stieg und dadurch der Ansprache mehrerer Bekannten, die eben zur Stadt herein kamen, entging. Nur kurze Zeit genoß er hier, obwohl von einer stumm bei den Kanonen auf und nieder gehenden Schildwache nicht belästigt, der vortrefflichen Aussicht über die grüne Ebene des Glacis und die Vorstädte hin nach dem Kahlenberg und südlich nach den steierischen Alpen. Die schöne Ruhe der äußern Natur widersprach seinem innern Zustand. Mit einem Seufzer setzte er seinen Gang über die Esplanade und sodann durch die Alser-Vorstadt ohne bestimmten Zielpunkt fort.

Am Ende der Währinger Gasse lag eine Schenke mit Kegelbahn, deren Eigenthümer, ein Seilermeister, durch seine gute Waare, wie durch die Reinheit seines Getränks den Nachbarn und Landleuten, die ihr Weg vorüber führte, gar wohl bekannt war. Man hörte Kegelschieben und übrigens ging es bei einer Anzahl von höchstens einem Dutzend Gästen mäßig zu. Ein kaum bewußter Trieb, sich unter anspruchlosen, natürlichen Menschen in etwas zu vergessen, bewog den Musiker zur Einkehr. Er setzte sich an einen der sparsam von Bäumen beschatteten Tische zu einem Wiener Brunnen-Obermeister und zwei andern Spießbürgern, ließ sich ein Schöppchen kommen und nahm an ihrem sehr alltäglichen Discours eingehend Theil, ging dazwischen umher, oder schaute dem Spiel auf der Kegelbahn zu.

Unweit von der letztern, an der Seite des Hauses, befand sich der offene Laden des Seilers, ein schmaler, mit Fabrikaten voll gepfropfter Raum, weil außer dem, was das Handwerk zunächst lieferte, auch allerlei hölzernes Küchen-, Keller- und landwirthschaftliches Geräth, ingleichem Thran und Wagensalbe, auch Weniges von Sämereien, Dill und Kümmel, zum Verkauf umher stand oder hing. Ein Mädchen, das als Kellnerin die Gäste zu bedienen und nebenbei den Laden zu besorgen hatte, war eben mit einem Bauern beschäftigt, welcher, sein Söhnlein an der Hand, herzugetreten war, um einiges zu kaufen, ein Fruchtmaß, eine Bürste, eine Geißel. Er suchte unter vielen Stücken eines heraus, prüfte es, legte es weg, ergriff ein zweites und drittes, und kehrte unschlüssig zum ersten zurück; es war kein Fertigwerden. Das Mädchen entfernte sich mehrmals der Aufwartung wegen, kam wieder und war unermüdlich, ihm seine Wahl zu erleichtern und annehmlich zu machen, ohne daß sie zu viel darum schwatzte.

Mozart sah und hörte, auf einem Bänkchen bei der Kegelbahn, diesem allen mit Vergnügen zu. So sehr ihm auch das gute verständige Betragen des Mädchens, die Ruhe und der Ernst in ihren ansprechenden Zügen gefiel, noch mehr interessirte ihn für jetzt der Bauer, welcher ihm, nachdem er ganz befriedigt abgezogen, noch viel zu denken gab. Er hatte sich vollkommen in den Mann hinein versetzt, gefühlt, wie wichtig die geringe Angelegenheit von ihm behandelt, wie ängstlich und gewissenhaft die Preise, bei einem Unterschied von wenig Kreuzern, hin und her erwogen wurden. Und, dachte er, wenn nun der Mann zu seinem Weibe heimkommt, ihr seinen Handel rühmt, die Kinder alle passen, bis der Zwerchsack aufgeht, darin auch was für sie seyn mag; sie aber eilt, ihm einen Imbis und einen frischen Trunk selbstgekelterten Obstmost zu holen, darauf er seinen ganzen Appetit verspart hat!

Wer auch so glücklich wäre, so unabhängig von den Menschen! ganz nur auf die Natur gestellt und ihren Segen, wie sauer auch dieser erworben seyn will!

Ist aber mir mit meiner Kunst ein anderes Tagwerk anbefohlen, das ich am Ende doch mit keinem in der Welt vertauschen würde: warum muß ich dabei in Verhältnissen leben, die das gerade Widerspiel von solch unschuldiger, einfacher Existenz ausmachen? Ein Gütchen wenn du hättest, ein kleines Haus bei einem Dorf in schöner Gegend, du solltest wahrlich neu aufleben! Den Morgen über fleißig bei deinen Partituren, die ganze übrige Zeit bei der Familie; Bäume pflanzen, deinen Acker besuchen, im Herbst mit den Buben die Äpfel und die Birn' herunter thun; bisweilen eine Reise in die Stadt zu einer Aufführung und sonst, von Zeit zu Zeit ein Freund und mehrere bei dir – welch eine Seligkeit! Nun ja, wer weiß was noch geschieht.

Er trat vor den Laden, sprach freundlich mit dem Mädchen und fing an, ihren Kram genauer zu betrachten. Bei der unmittelbaren Verwandtschaft, welche die meisten dieser Dinge zu jenem idyllischen Anfluge hatten, zog ihn die Sauberkeit, das Helle, Glatte, selbst der Geruch der mancherlei Holzarbeiten an. Es fiel ihm plötzlich ein, Verschiedenes für seine Frau, was ihr nach seiner Meinung angenehm und nutzbar wäre, auszuwählen. Sein Augenmerk ging zuvörderst auf Gartenwerkzeug. Constanze hatte nämlich vor Jahr und Tag auf seinen Antrieb ein Stückchen Land vor dem Kärnthner Thor gepachtet und etwas Gemüse darauf gebaut; daher ihm jetzt für's Erste ein neuer großer Rechen, ein kleinerer ditto, sammt Spaten, ganz zweckmäßig schien. Dann Weiteres anlangend, so macht es seinen ökonomischen Begriffen alle Ehre, daß er einem ihn sehr appetitlich anlachenden Butterfaß nach kurzer Überlegung, wiewohl ungern, entsagte; dagegen ihm ein hohes, mit Deckel und schön geschnitztem Henkel versehenes Geschirr zu unmaßgeblichem Gebrauch einleuchtete. Es war aus schmalen Stäben von zweierlei Holz, abwechselnd hell und dunkel, zusammengesetzt, unten weiter als oben und innen trefflich ausgepicht. Entschieden für die Küche empfahl sich eine schöne Auswahl Rührlöffel, Wellhölzer, Schneidbretter und Teller von allen Größen, so wie ein Salzbehälter einfachster Construction zum Aufhängen.

Zuletzt besah er sich noch einen derben Stock, dessen Handhabe mit Leder und runden Messingnägeln gehörig beschlagen war. Da der sonderbare Kunde auch hier in einiger Versuchung schien, bemerkte die Verkäuferin mit Lächeln, das sey just kein Tragen für Herrn. »Du hast Recht, mein Kind«, versetzte er, »mir däucht, die Metzger auf der Reise haben solche; weg damit, ich will ihn nicht. Das übrige hingegen alles, was wir da ausgelesen haben, bringst du mir heute oder morgen in's Haus.« Dabei nannte er ihr seinen Namen und die Straße. Er ging hierauf, um auszutrinken, an seinen Tisch, wo von den Dreien nur noch Einer, ein Klempnermeister, saß.

»Die Kellnerin hat heut 'mal einen guten Tag«, bemerkte der Mann. »Ihr Vetter läßt ihr vom Erlös im Laden am Gulden einen Batzen.«

Mozart freute sich nun seines Einkaufs doppelt; gleich aber sollte seine Theilnahme an der Person noch größer werden. Denn als sie wieder in die Nähe kam, rief ihr derselbe Bürger zu: »Wie steht's, Crescenz? Was macht der Schlosser? Feilt er nicht bald sein eigen Eisen?«

»O was!« erwiederte sie im Weitereilen: »selbiges Eisen, schätz' ich, wächst noch im Berg, zuhinterst.«

»Es ist ein guter Tropf«, sagte der Klempner, »Sie hat lang ihrem Stiefvater hausgehalten und ihn in der Krankheit verpflegt, und da er todt war, kam's heraus, daß er ihr Eigenes aufgezehrt hatte; zeither dient sie da ihrem Verwandten, ist Alles und Alles im Geschäft, in der Wirthschaft und bei den Kindern. Sie hat mit einem braven Gesellen Bekanntschaft und würde ihn je eher je lieber heirathen; das aber hat so seine Haken.«

»Was für? Er ist wohl auch ohne Vermögen?«

»Sie ersparten sich beide etwas, doch langt es nicht gar. Jetzt kommt mit Nächstem drinnen ein halber Haustheil sammt Werkstatt in Gant; dem Seiler wär's ein Leichtes, ihnen vorzuschießen, was noch zum Kaufschilling fehlt, allein er läßt die Dirne natürlich nicht gern fahren. Er hat gute Freunde im Rath und bei der Zunft, da findet der Geselle nun allenthalben Schwierigkeiten.«

»Verflucht!« – fuhr Mozart auf, so daß der Andere erschrack und sich umsah, ob man nicht horche. »Und da ist niemand, der ein Wort nach dem Recht darein spräche? den Herrn eine Faust vorhielte? Die Schufte, die! Wart nur, man kriegt euch noch bei'm Wickel.«

Der Klempner saß wie auf Kohlen. Er suchte das Gesagte auf eine ungeschickte Art zu mildern, beinahe nahm er es völlig zurück. Doch Mozart hörte ihn nicht an. »Schämt Euch, wie Ihr nun schwatzt. So macht's ihr Lumpen allemal, sobald es gilt mit etwas einzustehen!« – Und hiemit kehrte er dem Hasenfuß ohne Abschied den Rükken. Der Kellnerin, die alle Hände voll zu thun hatte mit neuen Gästen, raunte er nur im Vorbeigehen zu: »Komme morgen bei Zeiten, grüße mir deinen Liebsten; ich hoffe, daß eure Sache gut geht.« Sie stutzte nur und hatte weder Zeit noch Fassung ihm zu danken.

Geschwinder als gewöhnlich, weil der Auftritt ihm das Blut etwas in Wallung brachte, ging er vorerst denselben Weg, den er gekommen, bis an das Glacis, auf welchem er dann langsamer, mit einem Umweg, im weiten Halbkreis um die Wälle wandelte. Ganz mit der Angelegenheit des armen Liebespaars beschäftigt, durchlief er in Gedanken eine Reihe seiner Bekannten und Gönner, die auf die eine oder andere Weise in diesem Fall etwas vermochten. Da indessen, bevor er sich irgend zu einem Schritt bestimmte, noch nähere Erklärungen von Seiten des Mädchens erforderlich waren, beschloß er diese ruhig abzuwarten und war nunmehr, mit Herz und Sinn den Füßen voraus eilend, bei seiner Frau zu Hause.

Mit innerer Gewißheit zählte er auf einen freundlichen, ja fröhlichen Willkommen, Kuß und Umarmung schon auf der Schwelle, und Sehnsucht verdoppelte seine Schritte bei'm Eintritt in das Kärnthner Thor. Nicht weit davon ruft ihn der Postträger an, der ihm ein kleines, doch gewichtiges Packet übergibt, worauf er eine ehrliche und accurate Hand augenblicklich erkennt. Er tritt mit dem Boten, um ihn zu quittiren, in den nächsten Kaufladen; dann, wieder auf der Straße, kann er sich nicht bis in sein Haus gedulden; er reißt die Siegel auf, halb gehend, halb stehend verschlingt er den Brief.

»Ich saß«, fuhr Madame Mozart hier in der Erzählung bei den Damen fort, »am Nähtisch, hörte meinen Mann die Stiege heraufkommen und den Bedienten nach mir fragen. Sein Tritt und seine Stimme kam mir beherzter, aufgeräumter vor, als ich erwartete und als mir wahrhaftig angenehm war. Erst ging er auf sein Zimmer, kam aber gleich herüber. Guten Abend! sagt' er; ich, ohne aufzusehen, erwiederte ihm kleinlaut. Nachdem er die Stube ein paarmal stillschweigend gemessen, nahm er unter erzwungenem Gähnen die Fliegenklatsche hinter der Thür, was ihm noch niemals eingefallen war, und murmelte vor sich: ›Wo nur die Fliegen gleich wieder her kommen!‹ – fing an zu patschen da und dort, und zwar so stark wie möglich. Dieß war ihm stets der unleidlichste Ton, den ich in seiner Gegenwart nie hören lassen durfte. Hm, dacht' ich, daß doch was man selber thut, zumal die Männer, ganz etwas anderes ist! Übrigens hatte ich so viele Fliegen gar nicht wahrgenommen. Sein seltsames Betragen verdroß mich wirklich sehr. – ›Sechse auf Einen Schlag!‹ rief er: ›willst du sehen?‹ – Keine Antwort. Da legt er mir Etwas auf's Nähkissen hin, daß ich es sehen mußte, ohne ein Auge von meiner Arbeit zu verwenden. Es war nichts Schlechteres als ein Häufchen Gold, so viel man Ducaten zwischen zwei Finger nimmt. Er setzte seine Possen hinter meinem Rücken fort, that hin und wieder einen Streich und sprach dabei für sich: ›Das fatale, unnütze, schamlose Gezücht! Zu was Zweck es nur eigentlich auf der Welt ist – Patsch! – offenbar bloß daß man's todtschlage – Pitsch – darauf verstehe ich mich einigermaßen, darf ich behaupten. – Die Naturgeschichte belehrt uns über die erstaunliche Vermehrung dieser Geschöpfe – Pitsch Patsch –: in meinem Hause wird immer sogleich damit aufgeräumt.

Ah maledette! disperate! – Hier wieder ein Stück zwanzig. Magst du sie?‹ – Er kam und that wie vorhin. Hatte ich bisher mit Mühe das Lachen unterdrückt, länger war es unmöglich, ich platzte heraus, er fiel mir um den Hals und beide kicherten und lachten wir um die Wette.

›Woher kommt dir denn aber das Geld?‹ frag' ich, während daß er den Rest aus dem Röllelchen schüttelt. – ›Vom Fürsten Esterhazy! durch den Haydn! Lies nur den Brief.‹ Ich las.

›Eisenstadt u.s.w. Theuerster Freund! Seine Durchlaucht, mein gnädigster Herr, hat mich zu meinem größesten Vergnügen damit betraut, Ihnen beifolgende sechzig Ducaten zu übermachen. Wir haben letzt Ihre Quartetten wieder ausgeführt und Seine Durchlaucht waren solchermaßen davon eingenommen und befriediget als bei dem erstenmal, vor einem Vierteljahre, kaum der Fall gewesen. Der Fürst bemerkte mir (ich muß es wörtlich schreiben): als Mozart Ihnen diese Arbeit dedicirte, hat er geglaubt nur Sie zu ehren, doch kann's ihm nichts verschlagen, wenn ich zugleich ein Compliment für mich darin erblikke. Sagen Sie ihm, ich denke von seinem Genie bald so groß wie Sie selbst, und mehr könn' er in Ewigkeit nicht verlangen. – Amen! setz' ich hinzu. Sind Sie zufrieden?

Postscript. Der lieben Frau in's Ohr: Sorgen Sie gütigst, daß die Danksagung nicht aufgeschoben werde. Am besten geschäh' es persönlich. Wir müssen so guten Wind fein erhalten!‹

›Du Engelsmann! o himmlische Seele!‹ rief Mozart ein über's anderemal, und es ist schwer zu sagen, was ihn am meisten freute, der Brief, oder des Fürsten Beifall oder das Geld. Was mich betrifft, aufrichtig gestanden, mir kam das letztere gerade damals höchst gelegen. Wir feierten noch einen sehr vergnügten Abend.

Von der Affäre in der Vorstadt erfuhr ich jenen Tag noch nichts, die folgenden eben so wenig, die ganze nächste Woche verstrich, keine Crescenz erschien, und mein

Mann, in einem Strudel von Geschäften, vergaß die Sache bald. Wir hatten an einem Sonnabend Gesellschaft; Hauptmann Wesselt, Graf Hardegg und andere musicirten. In einer Pause werde ich hinausgerufen – da war nun die Bescherung! Ich geh' hinein und frage: ›Hast du Bestellung in der Alservorstadt auf allerlei Holzwaare gemacht?‹ – ›Potz Hagel, ja! Ein Mädchen wird da seyn? Laß sie nur hereinkommen.‹ So trat sie denn in größter Freundlichkeit, einen vollen Korb am Arm, mit Rechen und Spaten in's Zimmer, entschuldigte ihr langes Ausbleiben, sie habe den Namen der Gasse nicht mehr gewußt und sich erst heut zurecht gefragt. Mozart nahm ihr die Sachen nach einander ab, die er sofort mit Selbstzufriedenheit mir überreichte. Ich ließ mir herzlich dankbar alles und jedes wohl gefallen, belobte und pries, nur nahm es mich Wunder, wozu er das Gartengeräthe gekauft. – ›Natürlich‹, sagt' er, ›für dein Stückchen an der Wien.‹ – ›Mein Gott, das haben wir ja aber lange abgegeben! weil uns das Wasser immer so viel Schaden that und überhaupt gar nichts dabei herauskam. Ich sagte dir's, du hattest nichts dawider.‹ – ›Was? Und also die Spargeln, die wir dieß Frühjahr speisten‹ – ›Waren immer vom Markt.‹ – ›Seht‹, sagt' er, ›hätt' ich das gewußt! Ich lobte sie dir so aus bloßer Artigkeit, weil du mich wirklich dauertest mit deiner Gärtnerei; es waren Dingerl wie die Federspulen.‹

Die Herrn belustigte der Spaß überaus; ich mußte Einigen sogleich das Überflüssige zum Andenken lassen. Als aber Mozart nun das Mädchen über ihr Heirathsanliegen ausforschte, sie ermunterte, hier nur ganz frei zu sprechen, da das, was man für sie und ihren Liebsten thun würde, in der Stille, glimpflich und ohne Jemandes Anklagen solle ausgerichtet werden, so äußerte sie sich gleichwohl mit so viel Bescheidenheit, Vorsicht und Schonung, daß sie alle Anwesenden völlig gewann und man sie endlich mit den besten Versprechungen entließ.

›Den Leuten muß geholfen werden!‹ sagte der Hauptmann. ›Die Innungskniffe sind das Wenigste dabei; hier weiß ich Einen, der das bald in Ordnung bringen wird. Es handelt sich um einen Beitrag für das Haus, Einrichtungskosten und dergleichen. Wie, wenn wir ein Concert für Freunde im Trattnerischen Saal mit Entrée ad libitum ankündigten?‹ – Der Gedanke fand lebhaften Anklang. Einer der Herrn ergriff das Salzfaß und sagte: ›Es müßte Jemand zur Einleitung einen hübschen historischen Vortrag thun, Herrn Mozarts Einkauf schildern, seine menschenfreundliche Absicht erklären, und hier das Prachtgefäß stellt man auf einem Tisch als Opferbüchse auf, die beiden Rechen als Decoration rechts und links dahinter gekreuzt.‹

Dieß nun geschah zwar nicht, hingegen das Concert kam zu Stande; es warf ein Erkleckliches ab, verschiedene Beiträge folgten nach, daß das beglückte Paar noch Überschuß hatte, und auch die andern Hindernisse waren schnell beseitigt. Duscheks in Prag, unsre genausten Freunde dort, bei denen wir logiren, vernahmen die Geschichte, und s i e, eine gar gemüthliche herzige Frau, verlangte von dem Kram aus Curiosität auch etwas zu haben; so legt' ich denn das Passendste für sie zurück und nahm es bei dieser Gelegenheit mit. Da wir inzwischen unverhofft eine neue liebe Kunstverwandte finden sollten, die nah daran ist, sich den eigenen Herd einzurichten, und ein Stück gemeinen Hausrath, welches Mozart ausgewählt, gewißlich nicht verschmähen wird, will ich mein Mitbringen halbiren, und Sie haben die Wahl zwischen einem schön durchbrochenen Chocoladequirl und mehrgedachter Salzbüchse, an welcher sich der Künstler mit einer geschmackvollen Tulpe verunköstigt hat. Ich würde unbedingt zu diesem Stück rathen; das edle Salz, so viel ich weiß, ist ein Symbol der Häuslichkeit und Gastlichkeit, wozu wir alle guten Wünsche für Sie legen wollen.«

So weit Madame Mozart. Wie dankbar und wie heiter alles von den Damen auf- und angenommen wurde, kann man denken. Der Jubel erneuerte sich, als gleich darauf bei den Männern oben die Gegenstände vorgelegt und das Muster patriarchalischer Simplicität nun förmlich übergeben ward, welchem der Oheim in dem Silberschranke seiner nunmehrigen Besitzerin und ihrer spätesten Nachkommen keinen geringern Platz versprach, als jenes berühmte Kunstwerk des florentinischen Meisters in der Ambraser Sammlung einnehme.

Es war schon fast acht Uhr; man nahm den Thee. Bald aber sah sich unser Musiker an sein schon am Mittag gegebenes Wort, die Gesellschaft näher mit dem »Höllenbrand« bekannt zu machen, der unter Schloß und Riegel, doch zum Glück nicht allzutief im Reisekoffer lag, dringend erinnert. Er war ohne Zögern bereit. Die Auseinandersetzung der Fabel des Stücks hielt nicht lange auf, das Textbuch wurde aufgeschlagen und schon brannten die Lichter am Fortepiano.

Wir wünschten wohl, unsere Leser streifte hier zum wenigsten etwas von jener eigenthümlichen Empfindung an, womit oft schon ein einzeln abgerissener, aus einem Fenster bei'm Vorübergehen an unser Ohr getragener Accord, der nur von d o r t h e r kommen kann, uns wie elektrisch trifft und wie gebannt festhält; etwas von jener süßen Bangigkeit, wenn wir in dem Theater, so lange das Orchester stimmt, dem Vorhang gegenüber sitzen. Oder ist es nicht so? Wenn auf der Schwelle jedes erhabenen tragischen Kunstwerks, es heiße Macbeth, Ödipus oder wie sonst, ein Schauer der ewigen Schönheit schwebt, wo träfe dieß in höherem, auch nur in gleichem Maße zu, als eben hier? Der Mensch verlangt und scheut zugleich aus seinem gewöhnlichen Selbst vertrieben zu werden, er fühlt, das Unendliche wird ihn berühren, das seine Brust zusammenzieht, indem es sie ausdehnen und den Geist gewaltsam an sich reißen will. Die Ehrfurcht vor der vollendeten Kunst tritt hinzu; der Gedanke, ein göttliches Wunder genießen, es als ein Verwandtes in sich aufnehmen zu dürfen, zu können, führt eine Art von Rührung, ja von Stolz mit sich, vielleicht den glücklichsten und reinsten, dessen wir fähig sind.

Unsre Gesellschaft aber hatte damit, daß sie ein uns von Jugend auf völlig zu eigen gewordenes Werk jetzt erstmals kennen lernen sollte, einen von unserem Verhältniß unendlich verschiedenen Stand, und, wenn man das beneidenswerthe Glück der persönlichen Vermittlung durch den Urheber abrechnet, bei weitem nicht den günstigen wie wir, da eine reine und vollkommene Auffassung eigentlich niemand möglich war, auch in mehr als Einem Betracht selbst dann nicht möglich gewesen seyn würde, wenn das Ganze unverkürzt hätte mitgetheilt werden können.

Von achtzehn fertig ausgearbeiteten Numern* gab der Componist vermuthlich nicht die Hälfte; (wir finden in dem, unserer Darstellung zu Grunde liegenden Bericht nur das letzte Stück dieser Reihe, das Sextett, ausdrücklich angeführt) – er gab sie meistens, wie es scheint, in einem freien Auszug, bloß auf dem Klavier, und sang stellenweise darein, wie es kam und sich schickte. Von der Frau ist gleichfalls nur bemerkt, daß sie zwei Arien vorgetragen habe. Wir möchten uns, da ihre Stimme so stark als lieblich gewesen seyn soll, die erste der Donna Anna (Du kennst den Verräther), und eine von den beiden der Zerline dabei denken.

Genau genommen waren, dem Geist, der Einsicht, dem Geschmacke nach, Eugenie und ihr Verlobter die einzigen Zuhörer wie der Meister sie sich wünschen mußte, und jene war es sicher ungleich mehr als dieser. Sie saßen Beide tief im Grunde des Zimmers; das Fräulein regungslos, wie eine Bildsäule, und in die Sache aufgelöst auf einen solchen Grad, daß sie auch in den kurzen Zwischenräumen,

* Bei dieser Zählung ist zu wissen, daß Elvira's Arie mit dem Recitativ und Leporello's »Hab's verstanden« nicht ursprünglich in der Oper enthalten gewesen.

wo sich die Theilnahme der Übrigen bescheiden äußerte oder die innere Bewegung sich unwillkürlich mit einem Ausruf der Bewunderung Luft machte, die von dem Bräutigam an sie gerichteten Worte immer nur ungenügend zu erwiedern vermochte.

Als Mozart mit dem überschwänglich schönen Sextett geschlossen hatte, und nach und nach ein Gespräch aufkam, schien er vornämlich einzelne Bemerkungen des Barons mit Interesse und Wohlgefallen aufzunehmen. Es wurde vom Schlusse der Oper die Rede, so wie von der, vorläufig auf den Anfang Novembers anberaumten Aufführung, und da jemand meinte, gewisse Theile des Finale möchten noch eine Riesenaufgabe seyn, so lächelte der Meister mit einiger Zurückhaltung; Constanze aber sagte zu der Gräfin hin, daß er es hören mußte: »Er hat noch was in petto, womit er geheim thut, auch vor mir.«

»Du fällst«, versetzte er, »aus deiner Rolle, Schatz, daß du das jetzt zur Sprache bringst; wenn ich nun Lust bekäme, von Neuem anzufangen? und in der That, es juckt mich schon.«

»Leporello!« rief der Graf, lustig aufspringend, und winkte einem Diener: »Wein! Sillery, drei Flaschen!«

»Nicht doch! damit ist es vorbei – mein Junker hat sein letztes im Glase.«

»Wohl bekomm's ihm – und Jedem das Seine!«

»Mein Gott, was hab' ich da gemacht!« lamentirte Constanze, mit einem Blick auf die Uhr, »gleich ist es Elfe, und morgen früh soll's fort – wie wird das gehen?«

»Es geht halt gar nicht, Beste! nur schlechterdings gar nicht.«

»Manchmal«, fing Mozart an, »kann sich doch ein Ding sonderbar fügen. Was wird denn meine Stanzl sagen, wenn sie erfährt, daß eben das Stück Arbeit, was sie nun hören soll, um eben diese Stunde in der Nacht, und zwar gleichfalls vor einer angesetzten Reise, zur Welt geboren ist?«

»Wär's möglich? Wann? Gewiß vor drei Wochen, wie du nach Eisenstadt wolltest?«

»Getroffen! Und das begab sich so. Ich kam nach Zehne, du schliefst schon fest, von Richters Essen heim, und wollte versprochenermaßen auch bälder zu Bett, um Morgens bei Zeiten heraus und in den Wagen zu steigen. Inzwischen hatte Veit, wie gewöhnlich, die Lichter auf dem Schreibtisch angezündet, ich zog mechanisch den Schlafrock an, und fiel mir ein, geschwind mein letztes Pensum noch einmal anzusehen. Allein, o Mißgeschick! verwünschte, ganz unzeitige Geschäftigkeit der Weiber! du hattest aufgeräumt, die Noten eingepackt – die mußten nämlich mit: der Fürst verlangte eine Probe von dem Opus; – ich suchte, brummte, schalt, umsonst! Darüber fällt mein Blick auf ein versiegeltes Couvert: vom Abbate, den gräulichen Haken nach auf der Adresse – ja wahrlich! und schickt mir den umgearbeiteten Rest seines Texts, den ich vor Monatsfrist noch nicht zu sehen hoffte. Sogleich sitz' ich begierig hin und lese und bin entzückt, wie gut der Kauz verstand, was ich wollte. Es war alles weit simpler, gedrängter und reicher zugleich. Sowohl die Kirchhofsscene, wie das Finale, bis zum Untergang des Helden, hat in jedem Betracht sehr gewonnen. (Du sollst mir aber auch, dacht' ich, vortrefflicher Poet, Himmel und Hölle nicht unbedankt zum zweitenmal beschworen haben!) Nun ist es sonst meine Gewohnheit nicht, in der Composition etwas vorauszunehmen, und wenn es noch so lokkend wäre; das bleibt eine Unart, die sich sehr übel bestrafen kann. Doch gibt es Ausnahmen, und kurz, der Auftritt bei der Reiterstatue des Gouverneurs, die Drohung, die vom Grabe des Erschlagenen her urplötzlich das Gelächter des Nachtschwärmers haarsträubend unterbricht, war mir bereits in die Krone gefahren. Ich griff einen Accord und fühlte, ich hatte an der rechten Pforte angeklopft, dahinter schon die ganze Legion von Schrecken bei einander liege, die im Finale loszulassen sind. So kam für's Erste ein

Adagio heraus: D moll, vier Tacte nur, darauf ein zweiter Satz mit fünfen – es wird, bild' ich mir ein, auf dem Theater etwas Ungewöhnliches geben, wo die stärksten Blasinstrumente die Stimme begleiten. Einstweilen hören Sie's, so gut es sich hier machen läßt.«

Er löschte ohne weiteres die Kerzen der beiden neben ihm stehenden Armleuchter aus, und jener furchtbare Choral: »Dein Lachen endet vor der Morgenröthe!« erklang durch die Todtenstille des Zimmers. Wie von entlegenen Sternenkreisen fallen die Töne aus silbernen Posaunen, eiskalt, Mark und Seele durchschneidend, herunter durch die blaue Nacht.

»Wer ist hier? Antwort!« hört man Don Juan fragen. Da hebt es wieder an, eintönig wie zuvor, und gebietet dem ruchlosen Jüngling die Todten in Ruhe zu lassen.

Nachdem diese dröhnenden Klänge bis auf die letzte Schwingung in der Luft verhallt waren, fuhr Mozart fort: »Jetzt gab es für mich begreiflicherweise kein Aufhören mehr. Wenn erst das Eis einmal an Einer Uferstelle bricht, gleich kracht der ganze See und klingt bis an den entferntesten Winkel hinunter. Ich ergriff unwillkürlich denselben Faden weiter unten bei Don Juans Nachtmahl wieder, wo Donna Elvira sich eben entfernt hat und das Gespenst, der Einladung gemäß, erscheint. – Hören Sie an.«

Es folgte nun der ganze lange, entsetzenvolle Dialog, durch welchen auch der Nüchternste bis an die Grenze menschlichen Vorstellens, ja über sie hinaus gerissen wird, wo wir das Übersinnliche schauen und hören, und innerhalb der eigenen Brust von einem Äußersten zum andern willenlos uns hin und her geschleudert fühlen.

Menschlichen Sprachen schon entfremdet, bequemt sich das unsterbliche Organ des Abgeschiedenen, noch einmal zu reden. Bald nach der ersten fürchterlichen Begrüßung, als der Halbverklärte die ihm gebotene irdische Nahrung verschmäht, wie seltsam schauerlich wandelt seine Stimme auf den Sprossen einer luftgewebten Leiter unregelmäßig auf und nieder! Er fordert schleunigen Entschluß zur Buße: kurz ist dem Geist die Zeit gemessen; weit, weit, weit ist der Weg! Und wenn nun Don Juan, im ungeheuren Eigenwillen den ewigen Ordnungen trotzend, unter dem wachsenden Andrang der höllischen Mächte, rathlos ringt, sich sträubt und windet, und endlich untergeht, noch mit dem vollen Ausdruck der Erhabenheit in jeder Geberde – wem zitterten nicht Herz und Nieren vor Lust und Angst zugleich? Es ist ein Gefühl, ähnlich dem, womit man das prächtige Schauspiel einer unbändigen Naturkraft, den Brand eines herrlichen Schiffes anstaunt. Wir nehmen wider Willen gleichsam Partei für diese blinde Größe und theilen knirschend ihren Schmerz im reißenden Verlauf ihrer Selbstvernichtung.

Der Componist war am Ziele. Eine Zeitlang wagte niemand, das allgemeine Schweigen zuerst zu brechen.

»Geben Sie uns«, fing endlich, mit noch beklemmtem Athem, die Gräfin an, »geben Sie uns, ich bitte Sie, einen Begriff, wie Ihnen war, da Sie in jener Nacht die Feder weglegten!«

Er blickte, wie aus einer stillen Träumerei ermuntert, helle zu ihr auf, besann sich schnell und sagte, halb zu der Dame, halb zu seiner Frau: »Nun ja, mir schwankte wohl zuletzt der Kopf. Ich hatte dieß verzweifelte Dibattimento, bis zu dem Chor der Geister, in Einer Hitze fort, beim offenen Fenster, zu Ende geschrieben, und stand nach einer kurzen Rast vom Stuhl auf, im Begriff, nach deinem Cabinet zu gehen, damit wir noch ein bischen plaudern und sich mein Blut ausgleiche. Da machte ein überquerer Gedanke mich mitten im Zimmer still stehen.« (Hier sah er zwei Sekunden lang zu Boden, und sein Ton verrieth beim Folgenden eine kaum merkbare Bewegung.) »Ich sagte zu mir selbst: wenn du noch diese Nacht wegstürbest, und müßtest deine Partitur an diesem Punkt verlassen: ob dir's auch Ruh im Grabe ließ'? – Mein Auge hing am Docht des Lichts in meiner Hand und auf den Bergen von abgetropftem Wachs. Ein Schmerz bei dieser Vorstellung durchzückte mich einen Moment; dann dacht' ich weiter: wenn denn hernach über kurz oder lang ein anderer, vielleicht gar so ein Wälscher, die Oper zu vollenden bekäme, und fände von der Introduction bis Numero siebzehn, mit Ausnahme Einer Piece, alles sauber beisammen, lauter gesunde, reife Früchte in's hohe Gras geschüttelt, daß er sie nur auflesen dürfte; ihm graute aber doch ein wenig hier vor der Mitte des Finale, und er fände alsdann unverhofft den tüchtigen Felsbrocken da in so weit schon bei Seite gebracht: er möchte drum nicht übel in das Fäustchen lachen! Vielleicht wär' er versucht, mich um die Ehre zu betrügen. Er sollte aber wohl die Finger dran verbrennen; da wär' noch immerhin ein Häuflein guter Freunde, die meinen Stempel kennen und mir was mein ist redlich sichern würden. – Nun ging ich, dankte Gott mit einem vollen Blick hinauf, und dankte, liebes Weibchen, deinem Genius, der dir so lange seine beiden Hände sanft über die Stirne gehalten, daß du fortschliefst wie eine Ratze und mich kein einzigmal anrufen konntest. Wie ich dann aber endlich kam und du mich um die Uhr befrugst, log ich dich frischweg ein paar Stunden jünger als du warst, denn es ging stark auf Viere; und nun wirst du begreifen, warum du mich um Sechse nicht aus den Federn brachtest, der Kutscher wieder heimgeschickt und auf den andern Tag bestellt werden mußte.«

»Natürlich«, versetzte Constanze, »nur bilde sich der schlaue Mann nicht ein, man sey so dumm gewesen, nichts zu merken! Deßwegen brauchtest du mir deinen schönen Vorsprung fürwahr nicht zu verheimlichen!«

»Auch war es nicht deßhalb.«

»Weiß schon – du wolltest deinen Schatz vorerst noch unbeschrieen haben.«

»Mich freut nur«, rief der gutmüthige Wirth, »daß wir morgen nicht nöthig haben, ein edles Wiener Kutscherherz zu kränken, wenn Herr Mozart partout nicht aufstehen kann. Die Ordre ›Hans spann wieder aus‹ thut jederzeit sehr weh.«

Diese indirekte Bitte um längeres Bleiben, mit der sich die übrigen Stimmen im herzlichsten Zuspruch verbanden, gab den Reisenden Anlaß zu Auseinandersetzung sehr triftiger Gründe dagegen; doch verglich man sich gerne dahin, daß nicht zu zeitig aufgebrochen und noch vergnügt zusammen gefrühstückt werden solle.

Man stand und drehte sich noch eine Zeitlang in Gruppen schwatzend um einander. Mozart sah sich nach jemanden um, augenscheinlich nach der Braut; da sie jedoch gerade nicht zugegen war, so richtete er naiver Weise die ihr bestimmte Frage unmittelbar an die ihm nahestehende Franziska: »Was denken Sie denn nun im Ganzen von unserm Don Giovanni? was können Sie ihm Gutes prophezeien?«

»Ich will«, versetzte sie mit Lachen, »im Namen meiner Base so gut antworten als ich kann: ›Meine einfältige Meinung ist, daß wenn Don Giovanni nicht aller Welt den Kopf verrückt, so schlägt der liebe Gott seinen Musikkasten gar zu, auf unbestimmte Zeit heißt das, und gibt der Menschheit zu verstehen –« – »Und gibt der Menschheit«, fiel der Onkel verbessernd ein, »den Dudelsack in die Hand und verstocket die Herzen der Leute, daß sie anbeten Baalim.«

»Behüt' uns Gott!« lachte Mozart. »Je nun, im Lauf der nächsten sechzig, siebzig Jahre, nachdem ich lang fort bin, wird mancher falsche Prophet aufstehen.«

Eugenie trat mit dem Baron und Max herbei, die Unterhaltung hob sich unversehens auf ein Neues, ward nochmals ernsthaft und bedeutend, so daß der Componist, eh' die Gesellschaft aus einander ging, sich noch gar mancher schönen, bezeichnenden Äußerung erfreute, die seiner Hoffnung schmeichelte.

Erst lange nach Mitternacht trennte man sich; Keines empfand bis jetzt, wie sehr es der Ruhe bedurfte.

Den andern Tag (das Wetter gab dem gestrigen nichts nach) um zehn Uhr sah man einen hübschen Reisewagen, mit den Effekten beider Wiener Gäste bepackt, im Schloßhof stehen. Der Graf stand mit Mozart davor, kurz ehe die Pferde heraus geführt wurden, und fragte, wie er ihm gefalle.

»Sehr gut; er scheint äußerst bequem.«

»Wohlan, so machen Sie mir das Vergnügen und behalten Sie ihn zu meinem Andenken.«

»Wie? ist das Ernst?«

»Was wär' es sonst?«

»Heiliger Sixtus und Calixtus – Constanze! du!« rief er zum Fenster hinauf, wo sie mit den Andern heraus sah. »Der Wagen soll mein seyn! du fährst künftig in deinem eigenen Wagen!«

Er umarmte den schmunzelnden Geber, betrachtete und umging sein neues Besitzthum von allen Seiten, öffnete den Schlag, warf sich hinein und rief heraus: »Ich dünke mich so vornehm und so reich wie Ritter Gluck! Was werden sie in Wien für Augen machen!« – »Ich hoffe«, sagte die Gräfin, »Ihr Fuhrwerk wieder zu sehn bei der Rückkehr von Prag, mit Kränzen um und um behangen!«

Nicht lang nach diesem letzten fröhlichen Auftritt setzte sich der vielbelobte Wagen mit dem scheidenden Paare wirklich in Bewegung und fuhr im raschen Trab nach der Landstraße zu. Der Graf ließ sie bis Wittingau fahren, wo Postpferde genommen werden sollten.

Wenn gute, vortreffliche Menschen durch ihre Gegenwart vorübergehend unser Haus belebten, durch ihren frischen Geistesodem auch unser Wesen in neuen raschen Schwung versetzten und uns den Segen der Gastfreundschaft in vollem Maße zu empfinden gaben, so läßt ihr Abschied immer eine unbehagliche Stockung, zum mindesten für den Rest des Tags, bei uns zurück, wofern wir wieder ganz nur auf uns selber angewiesen sind.

Bei unsern Schloßbewohnern traf wenigstens das Letztere nicht zu. Franziskas Eltern nebst der alten Tante fuhren zwar alsbald auch weg; die Freundin selbst indeß, der Bräutigam, Max ohnehin, verblieben noch. Eugenien, von welcher vorzugsweise hier die Rede ist, weil sie das unschätzbare Erlebniß tiefer als alle ergriff, ihr, sollte man denken, konnte nichts fehlen, nichts genommen oder getrübt seyn; ihr reines Glück in dem wahrhaft geliebten Mann, das erst so eben seine förmliche Bestätigung erhielt, mußte alles andre verschlingen, vielmehr, das Edelste und Schönste, wovon ihr Herz bewegt seyn konnte, mußte sich nothwendig mit jener seligen Fülle in Eines verschmelzen. So wäre es auch wohl gekommen, hätte sie gestern und heute der bloßen Gegenwart, jetzt nur dem reinen Nachgenuß derselben leben können. Allein am Abend schon, bei den Erzählungen der Frau, war sie von leiser Furcht für ihn, an dessen liebenswerthem Bild sie sich ergötzte, geheim beschlichen worden; diese Ahnung wirkte nachher, die ganze Zeit als Mozart spielte, hinter allem unsäglichen Reiz, durch alle das geheimnißvolle Grauen der Musik hindurch, im Grund ihres Bewußtseyns fort, und endlich überraschte, erschütterte sie das was er selbst in der nämlichen Richtung gelegenheitlich von sich erzählte. Es ward ihr so gewiß, so ganz gewiß, daß dieser Mann sich schnell und unaufhaltsam in seiner eigenen Gluth verzehre, daß er nur eine flüchtige Erscheinung auf der Erde seyn könne, weil sie den Überfluß, den er verströmen würde, in Wahrheit nicht ertrüge.

Dieß, neben vielem andern, ging, nachdem sie sich gestern niedergelegt, in ihrem Busen auf und ab, während der Nachhall Don Juans verworren noch lange fort ihr inneres Gehör einnahm. Erst gegen Tag schlief sie ermüdet ein.

Die drei Damen hatten sich nunmehr mit ihren Arbeiten in den Garten gesetzt, die Männer leisteten ihnen Gesellschaft, und da das Gespräch natürlich zunächst nur

Mozart betraf, so verschwieg auch Eugenie ihre Befürchtungen nicht. Keins wollte dieselben im Mindesten theilen, wiewohl der Baron sie vollkommen begriff. Zur guten Stunde, in recht menschlich reiner, dankbarer Stimmung pflegt man sich jeder Unglücksidee, die einen gerade nicht unmittelbar angeht, aus allen Kräften zu erwehren. Die sprechendsten, lachendsten Gegenbeweise wurden, besonders vom Oheim, vorgebracht, und wie gerne hörte nicht Eugenie alles an! Es fehlte nicht viel, so glaubte sie wirklich zu schwarz gesehen zu haben.

Einige Augenblicke später, als sie durch's große Zimmer oben ging, das eben gereinigt und wieder in Ordnung gebracht worden war, und dessen vorgezogene, grün damastene Fenstergardinen nur ein sanftes Dämmerlicht zuließen, stand sie wehmüthig vor dem Klaviere still. Durchaus war es ihr wie ein Traum, zu denken, wer noch vor wenigen Stunden davor gesessen habe. Lang blickte sie gedankenvoll die Tasten an, die E r zuletzt berührt, dann drückte sie leise den Deckel zu und zog den Schlüssel ab, in eifersüchtiger Sorge, daß sobald keine andere Hand wieder öffne. Im Weggehn stellte sie beiläufig einige Liederhefte an ihren Ort zurück; es fiel ein älteres Blatt heraus, die Abschrift eines böhmischen Volksliedchens, das Franziska früher, auch wohl sie selbst, manchmal gesungen. Sie nahm es auf, nicht ohne darüber betreten zu seyn. In einer Stimmung wie die ihrige wird der natürlichste Zufall leicht zum Orakel. Wie sie es aber auch verstehen wollte, der Inhalt war der Art, daß ihr, indem sie die einfachen Verse wieder durchlas, heiße Thränen entfielen.

Ein Tännlein grünet wo,
Wer weiß, im Walde;
Ein Rosenstrauch, wer sagt,
In welchem Garten?
Sie sind erlesen schon,

Denk es, o Seele,
Auf deinem Grab zu wurzeln
Und zu wachsen.

Zwei schwarze Rößlein weiden
Auf der Wiese,
Sie kehren heim zur Stadt
In muntern Sprüngen.
Sie werden schrittweis gehn
Mit deiner Leiche;
Vielleicht, vielleicht noch eh'
An ihren Hufen
Das Eisen los wird,
Das ich blitzen sehe!

Anhang

Editorische Notiz

Die Erzählungen werden nach den von Mörike zuletzt bearbeiteten und für den Druck freigegebenen Fassungen gedruckt und entsprechend angeordnet: *Der Schatz*, *Lucie Gelmeroth*, *Der Bauer und sein Sohn* und *Die Hand der Jezerte* also nach der Ausgabe und Reihenfolge der *Vier Erzählungen*, Stuttgart 1856; *Das Stuttgarter Hutzelmännlein* nach der zweiten Auflage, Stuttgart 1855, die nur wenig von der Erstauflage abweicht; *Mozart auf der Reise nach Prag* ebenfalls nach der zweiten Auflage, Stuttgart 1856.

Über die Unterschiede zwischen den Erstdrucken und den hier herangezogenen Auflagen, auf die wir hier nicht eingehen können und die zum Teil beträchtlich sind, informiert detailliert Birgit Mayers Studie *Eduard Mörikes Prosaerzählungen*, Frankfurt a. M. / Bern / New York 1985. Einen Überblick über das Erzählwerk im Zusammenhang des Gesamtwerkes gibt Mathias Mayer, *Eduard Mörike*, Stuttgart 1998.

Weil Mörike selbst an Interpunktion und Orthographie gearbeitet hat (s. die Mozart-Erzählung), schien es uns angemessen, die Texte auch in ihrer historischen Orthographie ganz unangetastet zu lassen. Sie kommen hier also zum Abdruck, wie sie Mörike selbst für den Druck vorgesehen hat. (Großgeschriebene Umlaute, die in Fraktur aus typographischen Gründen als *Ae*, *Oe*, *Ue* gesetzt wurden, erscheinen als *Ä*, *Ö*, *Ü*.) Nicht aufgenommen werden die Fragmente einer weiteren Erzählung, der *Geschichte von der silbernen Kugel*, die er schon 1846 plante, dann aber zugunsten der Arbeit am *Hutzelmännlein*, das davon auch motivisch profitierte (Motiv des Stiefelknechtes), abbrach.

Die Kommentare fallen teilweise sehr ausführlich aus. Das scheint uns insbesondere beim *Hutzelmännlein* und bei der Mozart-Erzählung sinnvoll, weil Mörike hier bewußt und mit großer sprachlicher Lust historisches und regionales bzw. dialektales Sprachmaterial einarbeitet. Während seine Freunde Vischer und Strauß Mörikes Neigung zum Märchenhaften und Verspielten mit großer Skepsis sahen und ihn bedrängten, endlich einen großen historischen Stoff aufzugreifen, war für Mörike selbst das Historische vor allem ein sprachlich-ästhetisches Problem (s. dazu auch die Bemerkungen im Nachwort zur vorliegenden Ausgabe). Das macht heute freilich eine intensivere Kommentierung erforderlich. Dankbar haben wir dabei die vorhandenen Editionen benützt und aus ihren Kommentaren zitiert, ohne dies im Einzelnen kenntlich machen zu können. Die Mozart-Erzählung ist von Karl Pörnbacher (s. Literaturhinweise) im Rückgriff auf die Ausgabe Harry Mayncs reich kommentiert worden, so daß wir nur wenig hinzuzufügen bzw. zu modifizieren hatten. Wenn dasselbe Wort in einer Erzählung mehrmals auftritt und zu erläutern ist, verweisen wir auf die erste Erläuterung zurück; beim selben Wort in verschiedenen Erzählungen wiederholen wir die Erläuterung. Hin und wieder haben wir auch versucht, in den Kommentaren Anregungen zur Interpretation zu geben, ohne damit den Lesern selbst vorgreifen zu wollen.

Herzlichen Dank an Ellen Beyn, Almut Koch, Franziska Lütgens, Katja Malsch, Heike Pfaff, Jennifer Refardt und Jan Andres für freundliche Hilfe.

Anmerkungen

Der Schatz

Wie *Lucie Gelmeroth* entstand auch diese umfangreiche Erzählung im Zusammenhang mit dem zweiten, unvollendeten Romanprojekt Mörikes. Die 1835 geschriebene, sehr märchenhafte Erzählung erschien erstmals 1836 mit dem Untertitel »Märchen« im *Jahrbuch schwäbischer Dichter und Novellisten*; dann mit dem Untertitel »Novelle« in *Iris*, 1839; schließlich in den *Vier Erzählungen* von 1856. Die Untertitel (»Märchen«, »Novelle«) zeigen Mörikes eigene Unsicherheit in der Gattungszuordnung. Sie haben beide ihre Berechtigung.

7,4 *Hofrath:* Beamter der Zentralbehörde des Reiches; heute noch Ehrentitel in Österreich.
Arbogast: der im Badischen, im Elsaß und in der Schweiz heute noch verbreitete Name (in vielen Varianten) geht zurück auf den Hl. Arbogast, den Patron des Elsaß. Arbogast vermittelt in seiner Person zwischen den sozialen Schichten.

7,9 *Goldschmied:* in der zünftischen Hierarchie der angesehenste Handwerksberuf.

7,10f. *Achfurth:* Die Ortsnamen der Erzählung sind für das Reich, Schweiz und Elsaß nicht nachweisbar, obwohl sie an tatsächlich verbreitete Namen erinnern. Mörike verstärkt damit auch das realistische Moment seiner Erzählung; denken kann man auch an ›Ach-Furth‹.

8,15 *Angebinde:* Taufgabe des Paten, die dem Patenkind ›angebunden‹ oder bei der Taufe ins Steckkissen gesteckt wird; allg. auch Namenstags- und Geburtstagsgeschenk bzw. Geschenk überhaupt.

8,17 *Confirmation:* mit 14–16 Jahren wird der evangelische Christ in einem feierlichen Gottesdienst als aktives Mitglied mit allen Rechten und Pflichten in die Gemeinde aufgenommen und zum Abendmahl zugelassen. Der Konfirmationsspruch des Pfarrers soll dem Konfirmanden als Devise für sein ganzes Leben gelten. Das Schatzkästlein Arbogasts hat eine ähnliche Funktion. Die Konfirmation ist also ein Initiationsritual, durch das der Initiand in religiöser Hinsicht den Erwachsenen gleichgestellt und für sich selbst verantwortlich wird.

8,25 *Einsegnung:* Handauflegung und Gebet bei der Konfirmation.

8,31 *Corduan:* Leder aus Ziegenfell; benannt nach der spanischen Stadt Córdoba, aus der es ursprünglich kam.

9,1 *Schatzkästlein:* beliebte Bezeichnung für Bücher, die meist kürzere erbauliche und/oder unterhaltende Texte enthielten (vgl. Johann Peter Hebels *Schatzkästlein des rheinischen Hausfreundes*). Dieses Schatzkästlein in Mörikes Erzählung enthält Geschichten in Kürzestform; die Erzählung *Der Schatz* ist als Ganzes selbst ein Schatzkästlein von Geschichten. Titel und Leitsymbol des Schatzkästleins lassen sich poetologisch auffassen.

9,5 *Osterkind:* an Ostern geborenes Kind und durch diese Nähe zu Leiden, Sterben und Auferstehung Christi besonders ausgezeichnet.

9,25 *absonderlichen:* außergewöhnlichen, sonderbaren; auch wunderlichen.

9,29 *Kugelbahn:* Kegelbahn.

10,4 *kalter Michel:* ›Michel‹ wird in vielen Wendungen als Spottname gebraucht.

10,8 *Goldfasanen:* Seit der Antike ist der Fasan ein geschätzter, edler Speisevogel; der Goldfasan ist besonders farbenprächtig.

11,5 *Felleisen:* Ruck- bzw. überhaupt Reisesack mit dem Reisebedarf eines wandernden Handwerksgesellen.

11,6 *Gramsen:* vielleicht ein sprechender Name (›Gram-sein‹)?

11,11 *Bläue:* auch Blahe, Blähe; Leinentuch zur Überdeckung der Fracht eines Wagens, Packtuch.

11,15 *Schwinddorf:* ebenfalls vielleicht ein sprechender Ortsname; in Schwinddorf steigt der vermeintliche Jude aus, mit dem Arbogasts Goldstücke ›verschwunden‹ sein sollen.

11,21 *Galanteriehändlers:* Händler von Modeartikeln für die Frau wie Tücher, Bänder, Fächer.

12,33f. *Sankt Gorgon:* Gorgonius von Rom, Heiliger, Märtyrer unter Diokletian (303 n. Chr.), Gedächtnis am 9. September. Vgl. griech. *gorgos* ›furchtbar, grausig‹ und die schreckenerregenden Gorgonen (z. B. Medusa) der griechischen Mythologie; der Gedenktag Gorgons erregt bei Arbogast tatsächlich Schrecken, weil sein Gold verschwindet.

13,23–26 *Was dir an Gorgon … fursichtig sey:* Zum Gorgonstag gibt es verschiedene weitere Spruchweisheiten.

13,24 *Cyprian:* Bischof von Karthago, unter Valerian 258 enthauptet, Gedächtnis am 16. September.

13,26 *fursichtig:* vorsichtig.

14,2 *Mauschel:* Schimpfwort für einen Juden (*mauscheln* ›betrügen‹; jidd. Mausche: Moses).

14,15 *Wiedertäufer:* die ursprüngliche Bezeichnung für die Täufer, eine im 16. Jh. entstandene religiöse Reformbewegung, die die Erwachsenentaufe forderte.
Separatiste: Angehöriger einer Minderheit, die sich von einem politischen oder religiösen Verband löst.

14,22 *nur stät:* nur langsam, gemächlich.

14,36–15,1 *goldenen Füchse:* Goldmünzen; *Fuchs* wird in süddeutschen Redewendungen häufig in Bedeutung von und Verbindung mit Geld gebraucht.

15,20 *war die gute Stunde selbst:* war ein sehr gutmütiger Mensch.

15,26 *Chaise:* herrschaftliche Kutsche.

15,30 *wusliger:* wuselig: beweglich, lebhaft, umtriebig (Adj. zu *wuseln*).

16,6 *Affairen:* Affäre: Sache, insbes. unangenehme, schwierige Angelegenheit.

17,6f. *jetzt freilich war die Katz' den Baum hinauf:* Sprichwort; jetzt war nichts mehr zu machen; jetzt war die Sache schon geschehen.

17,20 *Encouragement:* Ermunterung, Ermutigung.

17,32 *prästirt:* prästieren (auch: brästieren): hier: aushalten, ertragen.

18,3 *den ewigen Juden:* Die Legende vom »ewigen Juden« Ahasverus, der zu ewiger Ruhelosigkeit und Wanderschaft verurteilt ist, wurde in der Weltliteratur häufig aufgenommen; verschiedene Vorstellungen sind in sie eingegangen: die vom Kriegsknecht Malchus (Joh. 18,4–10), von Johannes, der nicht stirbt, bis Christus wiederkommt (Joh. 21,20–23), von dem Juden, der Christus beim Kreuztragen angetrieben und zu dem Christus gesagt habe: »Ich werde gehen, aber du wirst auf mich warten, bis ich zurückkomme.«

18,4 *verschlägt:* ausmacht.
Tripstrill: fingierter Ortsname (ähnlich wie »Schilda«); die ungelegene Frage nach dem Wohin und Woher wird oft schnippisch mit der Redewendung »von bzw. nach Tripstrill« beantwortet (vgl. im norddeutschen Raum der Name der Stadt Buxtehude);

in der schwäbischen Ortschaft »Tripstrill« soll die sog. »Altweibermühle« liegen, die alte Frauen wieder jung mahlt; sie kommt auch in den Gedichten vor.

Herrnhut: Gründungsort der 1722/27 vom Grafen Zinzendorf gegründeten, pietistischen Brüdergemeine; »Herrnhut« und »Tripstrill« sind hier wohl als radikale Gegensätze aufzufassen. Der Sinn wäre also: dem ewigen Juden ist es egal, wo er sich aufhält; heimatlos ist er überall.

18,4 f. *Kirchweih:* hier wohl synonym mit ›Hauptfest eines Ortes‹, ›Jahrmarkt‹; mit der Kirchweih verbinden sich viele Redewendungen.

18,30 *nahm ich Anstand:* zögerte ich, ließ davon ab.

19,31 *meines Vaters sein Sohn:* schwäbischer Genitiv (ähnlich auch: »meinem Vater sein Sohn«).

19,34 *das Trumm verloren ging:* beim Reden der Faden verloren wurde (*Trumm* ›Endstück eines Gegenstandes; auch Fadenende, Garnende‹).

20,4 *Kniebis:* Gebirgsstock des nördlichen Schwarzwaldes (bei Freudenstadt).

20,8 f. *Seyd lustig und fröhlich ihr Handwerksgesellen!:* In Achim von Arnims und Clemens Brentanos *Des Knaben Wunderhorn* unter dem Titel »Kerbholz und Knotenstock«, im *Deutschen Liederhort* von Ludwig Erk und Franz Böhme (Leipzig 1893) unter dem Titel »Geographie der Handwerksburschen« (Nr. 1609). Der Text dieses Handwerksburschenliedes wurde ständig erweitert, gekürzt oder variiert. Die erste Strophe lautet vollständig: »Seid lustig und fröhlich, / Ihr Handwerksgesellen, / Denn es kommt die Zeit, / Die uns alle erfreut; / Sie ist schon da!«

20,14 *Selbigem:* dem Wegweiser.

20,17–21,12 *Hamburg … Wahrzeichen hat / Dresden … und Frankf – / Augsburg … mareschiren fort:* jeweils Strophen aus dem Lied »Seid lustig und fröhlich …«.

21,13 *Allmittelst:* währenddessen, inzwischen, mittlerweile.

21,29 *deliberirte:* überlegte, beratschlagte, erwägte.

22,11 *biederem:* rechtschaffenem.

22,12 *Incognito:* unerkannt, unter fremdem Namen.

22,25 *kuriosen:* merkwürdigen, sonderbaren, seltsamen.

23,18 f. *pressiren:* eilig, drängend sein (bes. süddt.).

23,29 *sich in Staat begeben:* sich festlich angezogen.

25,26 *Fürwitz:* Neugierde.
25,34 *Veit von Löwegilt:* das Märchenhafte, Altertümelnde wird hier und auch im folgenden durch die Namen angezeigt, die zugleich ihre Träger charakterisieren helfen (vgl. etwa Irmel von der Mähne; Richenza vom Stain).
25,36 *ein Ausbund von:* besonders herausragend an (wird positiv wie negativ verwendet).
26,17 *Goller:* Brustteil mit Halskragen, auch Brusttuch, Hals- und Schulterteil eines Hemdes, einer Weste oder der Rüstung.
27,11 *Plack:* Schimpfwort für einen unbeholfenen Menschen.
27,12 *Reisigen:* jemand, der sich auf einer Reise befindet, auch auf einer kriegerischen Unternehmung.
27,14 *Presser:* Eintreiber von Steuerrückständen.
27,15 *Gauchenvolk:* Gauch: Kuckuck; auch: Tölpel, Narr, Schelm.
27,16 *Raufe:* Futtergestell im Stall.
28,33 *Conterfei:* Bild, Ebenbild, Abbild, Porträt.
30,5–8 *In Einsamkeit ... Reu und Leid:* Die Herkunft der Verse konnte bislang nicht geklärt werden.
31,12f. *Latwerg und Salben ausschreien:* Latwerge: dick eingekochter Frucht- und Beerensaft, dient als Brotaufstrich; auch brei- und teigförmig zubereitete Arzneimittel. – Irmels Liebhaber zog demnach als Marktschreier und Quacksalber auf den Marktplätzen umher und hatte damit einen sozial besonders gering geachteten, auch der Obrigkeit verdächtigen Beruf.
31,16f. *welscher Lieder:* Lieder aus einem Land mit romanischer Bevölkerung, bes. Italien, Frankreich, französischsprachige Schweiz, oft pejorativ gebraucht (in der bis in die frühe Neuzeit zurückreichenden Tradition der Vorurteile und Vorbehalte gegenüber dem Französischen).
31,32 *Galan:* Liebhaber (häufig ironisch gebraucht).
32,11 *Alkoven:* vom Wohnraum abgetrennte Bettnische, Nebenraum.
33,19 *Vasall:* Lehnsmann, Gefolgsmann.
33,25 *Aurora:* Morgenröte.
34,3f. *billig:* passend, angemessen.
34,7 *Feldhüter:* Flurhüter.
34,11 *Johannis:* Gedenktag der Geburt Johannes des Täufers, 24. Juni. Die Johannisnacht gilt als entscheidender Wendepunkt des Jahres und als vorausweisend für die Zukunft, auch als Zeit

der Wunder und Geister. Dem Volksglauben nach sollen in dieser Nacht auch Schätze gehoben werden können. Weiße Jungfrauen zeigen die Schätze an oder bitten selbst um Erlösung von einem Fluch.

36,9 *vexiren:* quälen.

36,12 *Klafter:* altes Längenmaß, meistens sechs Fuß (ca. 1,7–2 m).

36,16 *Quentlein:* ein wenig, ein bißchen; Quent ist eine alte deutsche Gewichtseinheit.

38,13 *schwadroniren:* prahlen.

38,26 *Holderstock:* Bezeichnung für die Geliebte bzw. den Geliebten (vgl. *hold*; *Holderstock* auch ›Holunderstamm‹).

39,33 *des Müllers Esel:* hier wohl im Sinne von ›irgend jemand‹ (vgl. aber den Auszählvers: »Ich und du / Müllers Kuh / Müllers Esel / das bist du«).

40,14 *Beth von Jünneda:* mögliche Herkunft und Bedeutung unklar.

40,31 *Dirne:* Mädchen.

42,7 *Essigkolben:* große, bauchige Glasflasche, in welcher der Essig angesetzt und aufbewahrt wird.

42,12 *zünd':* leuchte.

42,16 *Männlein:* Das Motiv des dattelkernlangen Feldmessers war auch für den neuen Roman vorgesehen.

42,20 *pauvre:* (frz.) ärmlich, armselig.

42,24 *Pas de Calais:* Straße von Dover, Ärmelkanal, Meerenge zwischen Frankreich und England.

43,8 *Estrich:* hier: Fußboden.

43,17 *Fidibus:* Holzspan oder Papierstreifen zum Anzünden der Pfeife.

43,18 *Feldmesser:* Landvermesser.

43,19 *Kabalen:* Intrigen, hinterhältige Listen.

43,20 *Breitsteißlern: Steiß* wird auch synonym für ›Hintern‹ gebraucht; Breitsteißler: die mit dem breiten Hintern.

43,26 *Waidefeger:* Feger: jemand der tüchtig, aktiv ist, auch kritisch verwendet: vgl. *herumfegen* ›sich überall herumtreiben‹. Hier vielleicht auch sexuelle Anspielung (so z.B. in vielen populären Liedern).

44,19 *Rhenus:* (lat.) Rhein.

44,24 *Mosje:* Monsieur (frz., ›mein Herr‹).

45,8 *Koken:* in der Tübinger Studentensprache: Weingärtnervolk; *Kog* auch ›Rüpel, grober Kerl‹.

45,14 *Langwied:* lange Stange, die vorderes und hinteres Gestell eines Wagens verbindet.

46,5 *Säculo:* (lat.) *saeculum* ›Jahrhundert‹.

46,16f. *der Waidekönig gibt heute ein Fest:* vgl. die Schilderung in Mörikes Brief an seinen Freund Wilhelm Hartlaub vom 10. Juni 1838.

47,11 *geputzten:* geschmückten, schön gekleideten.
gepützelten: wohl verniedlichende, verkleinernde Form zu *putzen*.

47,23 *kommode:* bequem.

48,16 *Göckel:* Gockel, Hahn.

48,23 *Delicatesse:* hier: Feingefühl, Zartgefühl.

49,15 *Nachtgesicht:* nächtliche Erscheinung.

50,1 *Ännchen:* Die Hl. Anna ist auch Patronin der Goldschmiede und kann um Beistand für eine glückliche Heirat und Ehe angerufen werden; die Verwicklungen, in die sich der Goldschmied Arbogast verstrickt hat, lösen sich, als er Josephe als seine ›Patronin‹, seine Kinderliebe Anna identifiziert; wie Beginn und Schluß der Erzählung zeigen, scheint Arbogasts und Annas Ehe dann tatsächlich glücklich verlaufen zu sein.

50,22 *Desperation:* Verzweiflung.

50,28 *Krahnen:* In alten Häusern ist im oberen Stockwerk häufig ein Hebekran angebracht, um schwere Lasten hinauf in den Speicher zu befördern.

52,9f. *Fee Briscarlatina:* Mörikes Hofrat zitiert die Erläuterung eines »Gelbschnabels«: *Febris scarlatina*, also Scharlachfieber; in der Antike wurde das Fieber personifiziert und kultisch verehrt.

52,31 *Gelbschnabel:* Grünschnabel, unreifer junger Mensch.

53,16 *der Gift:* das Wort *Gift* ist in allen drei Genera bekannt.

55,20 *keinnützige:* nichtsnutzige, schlechte, böse; im Schwäbischen weit verbreitet.

55,22 *Profession:* Beruf.

58,36 *Diversion:* Ablenkung, Zerstreuung.

59,14 *Panduren-Oberst:* im 17. und 18. Jh. Bezeichnung für die Soldaten der österreichischen Armee im Krieg gegen die Türken; ungarischer Oberst.

59,18f. *schneeweißen Dogge:* herrschaftlicher, zugleich besonders auffälliger Hund. Mörike selbst besaß einmal einen weißen »Seidenpudel« mit Namen Prudent.

60,20 *Schildereien:* Malereien.

60,26 *frappant:* auffallend, überraschend.
60,28 *Wamms:* eng anliegende Bekleidung des Rumpfes.
63,22 *Confusion:* Verwirrung.
64,3 *Vermächtniß:* Erbschaft.
65,4f. *Signalement:* Personenbeschreibung.
65,5 *frappirt:* überrascht, in Erstaunen versetzt.
65,11 *Schergen:* Gerichtsdiener, Gerichtsboten.
66,11 *Stacketen:* Staketen: Latten (eines Zauns).
67,18f. *ein Osterlämmchen, eine Friedensbraut:* Anspielung auf das österliche Erlösungsgeschehen (vgl. Anm. zu 9,5).
67,22 *Mammons:* Mammon: im Talmud und im Neuen Testament abschätzig für ›Geld‹ und ›Reichtum‹; auch heute noch abwertend so verwendet.
68,5 *Irmels-Harpfe:* Harpfe: Harfe.
68,19 *zu des Hausschneiders:* (schwäb.) zu den Hausschneidersleuten.
69,3–6 *Bi Gott … g'schläferet:* Bei Gott, ich dachte, das alles sei eben nur so eine Fabel gewesen, jetzt kommt es doch anders heraus! Hätt' ich das früher gewußt, hätte es mich, bei meiner Ehre, nicht gelangweilt!
69,11 *Credit:* Glaubwürdigkeit.
70,29 *Gutsökonomie:* Gutswirtschaft.
71,28 *Der Werkzeug:* Dem mittelhochdeutschen Genus entsprechend erscheint das Wort bis ins 18. Jh. häufig, und heute noch, in süddeutscher Mundart in männlicher Form.
75,35 *expressen:* ausdrücklichen, eigens zu einem bestimmten Zweck gemachten.
76,5 *Imagination:* Einbildungskraft.
76,35 *kitzliches:* heikles, schwieriges.
78,9f. *Der berüchtigte Faligan:* Ein Räuber dieses Namens ist nicht nachweisbar. Mörike dürfte der ungewöhnliche Name angezogen haben. Am 13. September 1833 schreibt er aus einem Gasthaus bei Lenningen auf der Schwäbischen Alb an seinen Bruder Ludwig: »Ich schreibe dies in der Faliganschen Albherberg an demselben Tisch, woran ich zum letztenmal mit Dir, Klärchen und F. Bauer gesessen bin.«

Lucie Gelmeroth

Es existieren drei Fassungen: (a) *Miß Jenny Harrower. Eine Skizze*, erschienen 1833 in *Urania. Taschenbuch auf das Jahr* 1834, Leipzig 1834, S. 311–339; (b) *Lucie Gelmeroth. Novelle*, erschienen 1839 in *Iris. Eine Sammlung erzählender und dramatischer Dichtungen von Eduard Mörike*, Stuttgart 1839, S. 236–264; (c) *Lucie Gelmeroth*, erschienen in *Vier Erzählungen von Eduard Mörike*, Stuttgart 1856, S. 115–146.
Die erste Fassung war ein Vorabdruck aus Mörikes zweitem, nicht abgeschlossenen Romanprojekt (s. den Untertitel »Skizze«). Mit der zweiten Fassung wird der Schauplatz nach Deutschland verlegt.

83,29 *Lucie Gelmeroth:* sprechender Name? Vgl. mhd. *galm* ›Schrei‹, *gelmen* ›schreien, rufen‹.
84,14 *Beichtiger:* Beichtvater.
84,15 *Inquisitin:* Angeklagte.
84,34 *subalterner:* untergeordneter.
85,26 *Avancement:* Beförderung.
86,2 *schnöde:* verächtlich.
88,3 *Inquirent:* Untersuchungsrichter.
89,31 f. *ein Schauspiel ... auf einem kleinen natürlichen Theater:* Mörike hat in der folgenden Episode wohl auf eigene Jugenderinnerungen an das Ludwigsburger Schloß zurückgegriffen, in dessen Park sich ein natürliches Theater befindet.
90,18 *blauen Atlas:* aufgrund einer besonderen Bindung weiches Gewebe.
90,25 *Orangerie:* zum barocken Schloß und Park gehörender Gebäudeteil; die in ihm oft betriebene Zitronen- und Orangenzucht gab ihm den Namen.
90,32 f. *Pavillon:* (aus frz. *pavillon* ›Zelt‹) freistehender runder Bau; häufig in Parks und Gärten.
91,6 *kurios zu Muth:* seltsam zumute.
91,9 *Christensklavin:* Solche Geschichten von in die Sklaverei verschleppten Christen wurden bes. in der populären Literatur und in den Moritaten der Jahrmarktssänger gern erzählt; das geplante Stück spielt offensichtlich auch auf die im 19. Jh. weit verbreitete Lust am Exotischen und Orientalischen an.
91,14 *Lakey:* Lakai: fürstlicher Diener.

91,25 *Rumore:* Unruhe, Lärm.
91,31 *Emir:* Titel für Fürsten, Statthalter oder Generale in islamischen Ländern.
92,33 *Hof-Meierei:* zum Schloß gehörendes Hofgut.
92,36 *Obelisken:* Der ursprünglich aus der ägyptischen Kultur stammende Obelisk, ein sich nach oben verjüngender Steinpfeiler, der durch eine kleine Pyramide abgeschlossen wird, dient oft als Denkmal oder als Mittelpunkt eines Platzes.
93,19 *Lamentiren:* jammern.
94,6 *Agraffe:* zum Schmuckstück ausgeformte Spange oder Schnalle.
96,32 *Billet:* kleiner Brief.
100,32 *Patriarchenleben:* idyllisches, zurückgezogenes Leben.
101,3 *Pietät:* Erfüllung einer moralischen Pflicht.

Der Bauer und sein Sohn. Märchen

Entstanden 1838 als Auftragsarbeit für den *Württembergischen Volkskalender*, wo die Geschichte jedoch dann abgelehnt wurde, »weil sie den Aberglauben gewissermaßen begünstigt« (Mörike an Hermann Kurz, 12. April 1838). Nachdem das Märchen auch durch Cottas *Morgenblatt* abgelehnt worden war, veröffentlichte es Mörike 1839 in *Iris*, der Sammlung seiner frühen Erzählungen, und 1856 erneut unter demselben Titel in den *Vier Erzählungen*.

105,4 *Händel:* Streit.
105,6 *Mähr:* Mähre: Stute, Pferd überhaupt (mit verächtlicher Bedeutung); zugleich Homonym zu *Märe* ›Märchen‹.
Ehni: Ahne; Vorfahren überhaupt, dann eingeengt auf Urgroßeltern und Großeltern, hier: Großvater (Ehne: Großmutter).
105,8 *malträtirt:* (von frz. *mal traiter*) schlecht behandelt, gequält.
105,3 *Frieder:* vielleicht ein sprechender Name.
105,27f. *Vesperbrod:* nachmittägliche Zwischenmahlzeit (vgl. lat. *vesper* ›Abend; Abendgebet‹).
106,21 *Besen binden:* Der Besenbinder gehört zu den sozial besonders wenig angesehenen Berufen.
107,16 *ordinären Leuten:* gewöhnlichen Menschen.
107,33 *unecket:* ohne Ecken, also rund.

108,7 *feil:* verkäuflich.
108,24 *waren ihm alle Gedanken wie pelzen:* schwäbischer Dialektausdruck im Sinne von ›sich pelzig, wie Pelz anfühlen‹, ›mit einem Pelz überzogen sein‹. Der Ausdruck wird auch für eingeschlafene Körperglieder gebraucht: »Meine Hand ist ganz pelzen«. Gemeint ist hier also wohl: nicht genau, unklar, unbestimmt.
108,25 *Gukuk:* Kuckuck. Die schwäbisch-dialektalen Elemente (hier der stimmhafte Verschlußlaut zu Beginn) haben später im *Hutzelmännlein* eine besondere Bedeutung.
108,30 *gedauert:* leid getan.
108,35 f. *hinterstfür:* das Hinterste nach vorn, verkehrt, falsch herum.
109,7 *Walse:* hier: Bezeichnung für einen der beiden Ochsen; genauere Bedeutung unklar.
Bleß: Kuh (Ochse, Stier) mit einem weißen Fleck auf der Stirn.
109,24 *handig:* grob, heftig.
110,12 *taglöhnen:* Verb zu *Tagelöhner*; alte Bezeichnung für einen Arbeiter, der jeweils nur wenige Tage eingestellt und täglich entlohnt wird.
111,12 f. *Gemeine:* Gemeinde.
111,31 *Christmond:* Dezember.
112,5 *Schranzen:* Schranze: Gewand mit Schlitzen und jemand, der ein solches trägt; Hofschranze: abwertend für ›Höfling‹.
112,6 *Schnack:* Geschwätz, Geplapper.
112,27 *Dublonen:* vom 16. bis 19. Jh. weit verbreitete italienische und spanische Goldmünzen.

Die Hand der Jezerte. Märchen

Zuerst erschienen im *Kunst- und Unterhaltungsblatt für Stadt und Land*, 2. Jg., Stuttgart 1853; erneute Veröffentlichung, ebenfalls mit dem Untertitel »Märchen«, in den *Vier Erzählungen*, 1856. Einen ersten fragmentarischen Entwurf sendet Mörike bereits am 6. Juli 1841 an Klara Mörike und die Hartlaubs. Der Titel dieses Entwurfs war *Arete* (›Tugend‹); Mörike hat ihn wohl wegen seiner überdeutlichen Tendenz zum Allegorischen aufgegeben.
Die Erzählung ist deutlich vom klassizistischen Kunstdiskurs

(»Bildnis aus weißem Marmor«) geprägt und vielleicht auch von Eichendorffs Erzählung *Das Marmorbild* beeinflußt. Eichendorffs Erzählung wurde 1819 erstmals, 1826 zum zweitenmal gedruckt. Mörikes Lektüre der Gedichte Eichendorffs ist erst für das Jahr 1837 nachgewiesen.

117,2 *Myrtenbaum:* In der griechischen Mythologie war die Myrte die Pflanze der Aphrodite. Zunächst Symbol der Liebe, wurde sie später das der Keuschheit und als Grabpflanze zum Symbol des Todes. Das Blühen der Myrte kann den Tod eines Hausgenossen bedeuten.

117,5 *Pinie:* Nadelbaum des Südens.

117,14 *Born:* Quelle (archaisierend, wie der Stil der gesamten Erzählung).

117,16 *Athmas:* Athamas ist in der griechischen Mythologie König von Böotien. Auf Befehl Heras heiratet er Nephele, von der verschiedene mythische Erzählungen berichten, die von Täuschung, Betrug und Tod handeln. In einer Version des Mythos ist Ino die erste Frau des Athamas, die von einer Jagd nicht zurückkehrt. Blutflecken auf einem zerrissenen Gewand lassen den König annehmen, daß sie von wilden Tieren getötet worden ist. Nach einer Zeit der Trauer heiratet Athamas erneut, doch er erfährt, daß Ino noch lebt.

117,19 *Dirne:* unverheiratetes Mädchen; hier noch ohne negative Bedeutung.

117,24 *Byssus:* feines, durchschimmerndes, sehr haltbares Gewebe für Gewänder, aber auch für Mumienbinden (vgl. auch Mörikes Gedicht *Erinna an Sappho*, 1864; Erinna erzählt, wie sie beim morgendlichen Blick in den Spiegel plötzlich vom Bewußtsein des Todes erfaßt wird).

118,8 *Buhle:* uneheliche Geliebte.

118,12 *Jedanja:* vielleicht Anklang an Jedaia (Nehemia 3,10).

119,7 *Veilchenbeet:* Wie vielen Frühlingsblumen wird auch den ersten in einem Jahr gefundenen Veilchen eine besondere Heilkraft zugeschrieben. Diese Vorstellung läßt sich bereits im 6. Jh. belegen.

121,17f. *weißes Tauben-Paar:* Die Taube, bei den Griechen der Aphrodite heilig und Symbol des sublimierten Eros, ist in der christlichen Kunst vor allem das Symbol des Heiligen Geistes. Er schwebt wie ein Vogel über den Wassern des Anfangs. Die

Taube, die am Ende der Sintflut Noah einen grünen Ölzweig bringt (1. Mose 8,10–12), kündigt den göttlichen Frieden an, den der Geist Gottes der Erde zuführt. Die Taube gilt auch als Symbol für die Seele eines Verstorbenen.

122,26f. *ihre rechte Hand, die war ganz schwarz:* vgl. Psalm 18,21; Hiob 22,30. Die Hand ist in der Volkskunde ein besonders wichtiges, vielfach mit dem Brauchtum verbundenes Symbol (Händewaschen). Heilkraft geht besonders von der Totenhand aus. Eine Sünde wird durch die Schwarzfärbung der Hand angezeigt; entsprechend versucht Naïra, sich durch das Wasser aus dem Tempelquell zu entsühnen. Die Sühne gelingt aber nicht durch das Wasser des Quells, sondern dank Naïras Reue. Sie stirbt unter dem Zeichen des Friedens und des Sieges: der Palme. Ihre Hände sind jetzt schneeweiß geworden.

124,27 *als schiffte sie schon jetzo unter den Schatten:* Anspielung auf den Totenfährmann Charon der griechischen Mythologie, der die Schatten der Verstorbenen mit seinem Nachen über den Acheron, den Fluß der Unterwelt, in den Hades bringt.

126,9f. *die Wildniß lichten und Gärten anlegen:* Jetzt wird auch die Insel zum Garten kultiviert: Aus Natur wird Kultur, so wie sich die innere Natur der Naïra veredelt hat. Kultur läßt sich so als Überwindung des Schuldzusammenhangs verstehen.

Das Stuttgarter Hutzelmännlein

Die Entstehungsgeschichte des *Hutzelmännleins*, dieser umfangreichsten und wohl populärsten Erzählung Mörikes, reicht weit zurück. In einem Brief von Hermann Kurz aus dem Jahr 1838 wird das Motiv der Glücksschuhe schon angesprochen. Es interessiert auch Mörike offensichtlich und begleitet ihn weiter. Im Vorwort zur Erstauflage von 1853 (bei Schweizerbart in Stuttgart) und auch zur zweiten Auflage bezeichnet Mörike das *Hutzelmännlein*, das schon »längst entworfen« worden und bislang »unausgeführt« geblieben sei, als »Seitenstück zu einer ähnlichen Erzählung«. Gemeint ist *Der Schatz* (1836). Die wichtigsten Motive und Handlungsideen hat Mörike tatsächlich bereits 1838 skizziert. Anfang der fünfziger Jahre kommt er dann auf den alten Plan »einer heiteren Erzählung in Prosa« zurück (Brief an Johannes Mährlen vom 1. Juli 1851).

Der Erfolg der Erstauflage machte schon 1855 eine zweite Auflage erforderlich (ebenfalls bei Schweizerbart). 1873 erschien die *Historie von der schönen Lau* (bei Göschen) als selbständiger Druck mit sieben Illustrationen Moritz von Schwinds, der selbst die Initiative dazu ergriffen hatte und ursprünglich die ganze Geschichte illustrieren wollte.
Über die Frage nach den Quellen des Stoffes und besonders des Motivs des Krakenzahns und der Blautopf-Geschichte gab es eine Diskussion zwischen Uhland, Storm und Mörike, der die ganze Geschichte für seine eigene, freie Erfindung hielt.

131,2 *Graf Eberhard von Wirtemberg:* Eberhard I. (der Erlauchte), Graf von Württemberg, 1265–1325, regierte 1279–1325, stand in kriegerischen Auseinandersetzungen mit Reichsstädten und König Rudolf I. von Habsburg; wurde 1323 von König Ludwig IV. (dem Bayern) in seinem Besitz bestätigt.
131,9 *aufsagte:* kündigte.
131,18f. *Butzen:* abgebrannter Docht, Abfall vom brennenden Licht. Ein Butz ist auch ein Kobold – Anspielung auf das Hutzelmännlein?
131,23 *Schurzfell:* Lederschürze des Arbeiters.
131,27 *Pechschwitzer:* Spottname für den Schuhmacher; *schwitzen* metaphorisch auch ›etwas von sich geben‹. Die Wortverbindung ist vielleicht eine Erfindung Mörikes.
132,9 *Ränftlein:* Brotrand, kleines Stück.
132,32f. *jetzt laufen wir dem Teufel ein Bein weg:* Jetzt bekommt uns nicht einmal der Teufel zu fassen.
133,1 *Stiege:* Treppe.
133,15 *fürbaß:* weiter fort.
133,16 *Weinsteig:* ansteigende Straße aus dem Stuttgarter Talkessel hinaus.
133,17 *blauen Montag:* Kuckuck.
133,22 *ätzen:* füttern.
133,23 *Raritätsvogel:* besonderer Vogel. Raritäten sind Merkwürdigkeiten und Besonderheiten der Kunst und der Natur, die in den Kunst- und Wunderkammern des späten Mittelalters und vor allem der Frühen Neuzeit gesammelt wurden; Mörike interessierte sich für solche Dinge wie auch für Versteinerungen, die er selbst sammelte (vgl. z. B. das Motiv des Krakenzahns).

134,6f. *es ist nur geschlecket, das nimmer klecket:* schlecken: lekkere Speisen essen; klecken: hinlänglich sein, ausreichen. Der Sinn dürfte sein: Es wäre nur genascht, wenn es nicht aufgegessen wäre. Beim ›richtigen‹ Essen bleibt nichts übrig. (Beim Trinken: »Auf einem Bein kann man nicht stehen«.) Bloß zu schlekken reicht nicht.

134,14 *Glasberge:* ein im Zaubermärchen häufig vorkommendes Motiv.

134,15 *Königin von Saba:* Gestalt des Alten Testaments, sprichwörtlich geworden für ihren und ihres Volkes Reichtum (vgl. 1. Könige 10,1–13).

134,17f. *Böhringen, Zainingen, Feldstetten, Suppingen:* Ortschaften auf der Schwäbischen Alb.

134,20 *Schönfärbergesell:* auch ironisch gemeint.

134,26 *Kelter:* Wein- und Obstpresse und deren Gebäude.

135,3 *gefeit:* geschützt.

135,11 *Ehni:* Ähne, Großvater.

137,19 *discuriren:* sich eifrig, angeregt unterhalten; regional bis heute gebräuchlich.

139,5 *Estrich:* Fußboden, früher: gepflasterter Boden (von. lat. *astracum* ›Pflaster‹), heute: fugenloser Bodenbelag.

140,18 *Gaden:* Kammer, Zimmer.

140,22 *possigen:* scherzhaften, närrischen.

140,23 *Ohm:* Oheim, Onkel, Vormund.

140,27 *raresten:* seltsamsten, merkwürdigsten.

141,14 *Biederweib:* rechtschaffene, tüchtige Frau.

141,29 *Kürbiskern':* Der Kürbis ist ein altes Fruchtbarkeits-, aber auch ein Vergänglichkeitssymbol.

142,32 *befahren:* befürchten.

143,21 *Prälaten:* hohe Geistliche.

143,22 *Lombardenland:* Lombardei.

143,27f. *doucement:* (frz.) sanft.

144,7 *Amethyst:* violettfarbener Edelstein, der dem Volksglauben zufolge gegen Trunkenheit schützen soll.

144,13 *Mond:* Monat.

144,35 *sonder Mühe:* ohne Mühe.

145,8 *gebenedeyet sey uns der Tag:* Anspielung auf das katholische Gebet des Rosenkranzes (»Gegrüßet seist du, Maria, gebenedeit unter den Frauen …«)? Siehe auch Mörikes eigene Erläuterung zu »Gesetzlein« (des Rosenkranzes?), S. 233 der vorliegenden

Ausgabe. Mit zunehmendem Alter wurde Mörike auch mehr und mehr vom Katholizismus angezogen; gerade die Namen scheinen mit großer Sorgfalt nach ihrem katholischen Bedeutungshorizont ausgewählt zu sein (s. auch die Kommentare zu den übrigen Erzählungen).

146,1 *Alkoven:* im Zimmer abgetrennter Bettraum.

146,5 *Hafnerarbeit:* Töpferarbeit.

146,18 *Ihr däuchte:* Es kam ihr so vor.

146,28f. *Refectorium:* Speisesaal der Mönche in einem Kloster.

147,6 *verkommen:* begegnet.

147,12 *hehlings:* heimlich, verstohlen.

147,14 *Prison:* (frz.) Gefängnis.

148,12 *Ahne:* Großmutter.

148,14 *Pater Schaffner*: »Schaffner« ist im 19. Jh. oft im Sinne von ›Verwalter‹ zu verstehen. In oberdeutschen Klöstern wurde der Pater Ökonomus auch Schaffner genannt. In Mörikes Gedicht *Besuch in der Kartause* wird ebenfalls ein Pater Schaffner erwähnt.

148,16 *letz:* verkehrt, schlimm.

148,21 *Schnak:* lustiger Einfall.

148,22 *Bettscheer:* scherenförmiges Instrument, das zwischen Bett und Bettstellwand eingesteckt wird, um das Herausfallen des Bettzeugs und des Schlafenden zu verhindern.

149,9 *Dirnen:* unverheiratete Mädchen; hier noch ohne negative Bedeutung.

149,10 *Kunkeln:* Spinnrocken.

149,22 *lotter*: locker.

150,16f. *der Walachen Land:* das heutige Rumänien.

151,19 *zockt':* zocken: ruckweise zerren.

151,22 *Schustersahle:* Ahle: Werkzeug, um Leder zu lochen.

151,32 *Heimlichkeit:* Geheimnis.

153,16 *ett gwä:* nicht gewesen.

153,19 *Werg:* Restbestände von Flachs und Hanf.

153,25 *geistweis:* als Geist, als Gespenst.

153,34 *Teichel:* Wasserleitungsrohre.

154,2f. *Klafter:* die Spannweite der Arme; altes deutsches Längenmaß (örtlich verschieden).

154,11 *rappede, kappede:* aus dem Klosterlatein: *rapite, capite!* ›raubt, greift!‹. Hier übertragen: im Nu, im Hui.

154,35 *Schossen:* Sproß.

155,19 *Spannen:* Spanne: Maßbezeichnung, hier einer Länge.
155,21 f. *ein maler viere:* viermal.
155,23 *Wadel:* Wedel von Federn oder Reisig.
156,14 *mit des Seilers:* (süddt.) mit den Seilersleuten.
157,16 *nimmer gicks noch gacks:* nicht mehr aus noch ein.
157,34 *sinnlos:* bewußtlos.
158,35 *Schuck:* kurzer Stoß.
158,36 *stichdunkel*: sehr dunkel.
159,8 *brazzelte:* prasselte.
159,20 *Zeitung:* Nachricht.
160,18 *ohnelängst:* unlängst, kürzlich.
160,23 *Gespons:* Braut.
161,28 *Angebinden:* Angebinde: Taufgabe des Paten, die dem Patenkind ›angebunden‹ oder bei der Taufe ins Steckkissen gesteckt wird; allg. auch Namenstags- und Geburtstagsgeschenk bzw. Geschenk überhaupt.
162,2 *Aparte:* beiseite.
163,10 *Conterfei:* Bild, Porträt.
163,14 *Dreher:* Drechsler.
163,19 *Batzen:* historische Münzsorte.
165,24 *Feilenhauer:* Feilenmacher.
166,5 *Gesetz:* Gesätz, Strophe des Meistersangs. Ein Gesätz gliedert sich in den Aufgesang, der aus mehreren Versgruppen, den sog. Stollen, besteht, und in den formal davon abgesetzten Abgesang.
168,8 *Gout:* (frz.) Geschmack.
168,19 *Pietist:* Der Pietismus ist eine mit dem 17. Jh. aufkommende, innerprotestantische Erneuerungsbewegung, die auf Verinnerlichung von Frömmigkeit zielt und die Entinstitutionalisierung von Religion vorantreibt.
168,27 *Companen:* Kumpanen.
169,26 *Schopf:* Schuppen.
170,5 *gampet:* schwankt, schaukelt, wackelt.
170,6 *molestirten:* belästigten.
170,12 *Häslach:* Heslach, heute ein Stadtteil von Stuttgart.
170,27 *Wittfrau:* Witwe.
171,14 *Veronica:* Die Hl. Veronika (Fest am 4. Februar.) reichte der Legende zufolge Jesus auf dem Kreuzweg ihr Schweißtuch, auf dem sein Antlitz dann sichtbar blieb.
172,29 *Stotzen:* Pfahlhalter.

172,30 *Wasen:* Rasen.
172,32 *Heidengold:* Bedeutung unklar; vielleicht: aus einem römischen oder germanischen »Heidengrab« (Grimm)? Es gibt auch verschiedene Wörter mit dem Morphem *Heiden-* im Sinne von ›sehr‹, ›viel‹ (*Heidenarbeit*).
172,33 *Wirtel:* Ringknopf.
174,5 *häkelich:* häklich: von der Form eines Hakens; übertr.: schwierig, knifflig.
174,25 *Zaine:* Weidenkorb ohne Deckel, mit zwei Griffen.
175,20 *raunsen:* grunzen.
175,25 *man sicht's:* man sieht's.
175,26 *Kogen:* schlechte Tiere.
176,3 *batten:* nützen.
Bulver: Pulver.
178,6f. *da rindere ihnen ... der Holzschlegel:* Sprichwort: Wer das Glück hat, dem rindert der Holzschlegel; rindern: brünstig sein; also eine überaus derbe, deutliche sexuelle Anspielung.
178,7 *Bühne:* Dachboden, Speicher.
178,13 *verzwatzeln:* verzweifeln, vergehen, aus der Haut fahren vor Ärger, Ungeduld, Furcht.
179,31 *Sante Blasi, hilf!:* der Hl. Blasius ist einer der vierzehn Nothelfer, Schutzpatron gegen Halsleiden; der Blasiussegen wird an seinem Fest am 3. Februar gespendet.
179,36 *sott's:* solches.
180,8f. *Species:* die nötigen Dinge; Spezieskauf ist Kauf einer bestimmten Sache.
180,21 *Quatsch:* weiche Masse.
181,7 *Schmeer:* unausgelassenes tierisches Fett.
181,21 *Blödigkeit:* körperliche oder geistige Schwäche; hier, wie noch im 18. Jh. üblich, nicht nur negativ gemeint (vgl. Hölderlins Gedicht *Blödigkeit*); Schüchternheit.
181,23 *gemetzelt:* geschlachtet.
181,25 *Hornung:* Februar.
183,11 *Fantel:* Halbnarr; Fant: närrischer Mensch.
183,22 *Hofzuckerbecken:* Beck: Bäcker.
184,23 *Gauchen:* Narren; hier: Schelmen, Spitzbuben.
185,1 *girmsen:* jammern.
185,2 *stäupet:* stäupen: durch Schläge züchtigen.
185,25 *kratteln:* schwerfällig, mühsam gehen.
187,27 *Spätling:* späte Jahreszeit, Herbst.

188,4 *Necker:* Neckar.
189,19 *sottem:* solchem.
190,2 *Prior oder Probst:* Prior: Oberer eines Klosters (nach dem Abt); Probst: geistlicher Vorsteher eines Klosters, einer Kirche, eines Stiftes.
190,29–191,1 *Proverbia / Im dreiß'gisten … Die Eigel hat zwo Töchter: Proverbia* ist der lateinische Name des biblischen Buchs der Sprüche Salomos; dort 30,15: »Der Blutegel hat zwei Töchter, die heißen: ›Gib her, gib her!‹« (Vgl. Mörikes Erläuterung, S. 235).
191,6 *hätt's nit sein' Butzen:* hier wohl: gäbe es nicht ein Hindernis.
191,13 *Münchlein:* Mönchlein.
191,19 *per pedes apostolorum:* (lat., ›mit den Füßen der Apostel‹) zu Fuß.
192,7 *Presser:* Steuereintreiber.
194,6 *einen Schochen:* unbändig.
194,7 *Gräusel:* Grausen.
194,36 *Urthel:* Urteil.
195,29 *verheillos't:* vertan.
197,13 *Ostr*^{a}*:* Ostern.
199,11 *kommode:* (von lat. *commodus*) bequeme.
200,10 *Knollfink:* grober, ungesitteter Mensch.
200,21 f. *auf schwäbische Manier die Nas' zu putzen*: durch die Finger zu schneuzen.
201,20 *lüstete*: gelüstete.
202,10 *Laff:* Geck; eitler (junger) Mann.
202,27 *überzwerch:* quer herüber.
202,28 *wergelt':* wargeln: herumwälzen, rollend bewegen.
202,29 f. *Mangholz:* Walze zum Glätten von Tüchern.
202,35 *Pfätschenkind:* Wickelkind.
203,20 *flaigert's:* schaukelte es.
203,22 *Mach mer keine Mändl*^{a}*:* Mach mir keinen Aufstand. Der Ausspruch geht auf die Angriffsstellung bestimmter Tiergattungen zurück.
204,25 f. *Mit der Letzte:* zum Schluß.
205,22 f. *Schnappsack:* Ranzen, Rucksack für den Proviant (schnappen: essen).
206,3 *Maltersack:* Malter: Hohlmaß für Getreide; hier also: Getreidesack.
Letzung: Erquickung.

206,7 *Goller:* breiter Kragen; abgesetzes Rücken-/Schulterteil eines Kleidungsstücks.
206,11 *Fürwitz*: Neugierde.
206,25 *seellosen:* ruchlosen.
208,19 *Fildern:* Hochfläche bei Stuttgart.
208,22 *Rolands Knappe:* Titel eines Märchens von Johann Karl August Musäus (*Volksmärchen der Deutschen*, 1782–86); dort auch das Motiv des Däumlings und des Sich-unsichtbar-Machens.
208,23 *Däumerlings:* Däumlings.
208,29 *schockweis:* Ein Schock sind fünf Dutzend; hier ist gemeint: in großen Schüben.
209,19f. *Bohnenviertel:* Stuttgarter Altstadt.
209,27 *Lungerer:* hier wohl: einer, der arm, heruntergekommen und hungrig herumsteht.
209,31 *Beilager:* Element der Hochzeitszeremonie; hier allg.: Hochzeit.
213,16 *Altane:* Söller; balkonartiger Vorbau auf Stützen; dient häufig, wie auch in der von Mörike erzählten Geschichte, repräsentativen Zwecken.
213,19 *Hellebardierer:* Träger einer Hellebarde (Stoßwaffe mit axtförmiger Klinge und scharfer Spitze).
214,18 *der hörnene Siegfried:* Siegfried, der Held des *Nibelungenliedes*, erhielt nach dem Bad im Drachenblut eine Hornhaut, die ihn unverwundbar machte. Nur eine Stelle am Rücken blieb verwundbar. Die Geschichte vom »hörnenen Siegfried« gehört – wie die von der »schönen Magelone« – zu den beliebtesten Volksbüchern; Mörikes Märchen hat selbst schwankhafte, volksbuchartige Züge (s. auch das Nachwort).
214,19 *Hagen:* Mörder Siegfrieds im *Nibelungenlied.*
Volker: der Spielmann im *Nibelungenlied.*
214,34 *Kropfiger:* Mann mit einem Kropf.
215,1 *Zähren:* Tränen.
215,11 *Gansgalli:* dummer, einfältiger Kerl.
217,9 *Wecken:* Brötchen aus Weißmehl.
217,22 *Wärtel:* Wächter, Aufseher.
218,16 *Bergmanns-Habit:* Habit: Tracht.
218,17 *Knorp:* kleiner, verwachsener Mensch.
218,22 *Schraghölzer:* Schrage: Gestell mit schrägen, gekreuzten Beinen.

218,27 *Zwagstock:* kleiner, dicker Mensch.
219,7 *Gugel:* Kappe, Kapuze mit Schulterkragen; im Spätmittelalter modisch.
224,8f. *des Königs Salomo Zahnstocher:* ironischer Spott über manche Auswüchse des Kuriositäten- und Raritätensammelns.
224,10 *Kloster Hirschau:* Das Benediktinerkloster Hirsau, eine Tochtergründung von Cluny, war entscheidend an der Verbreitung der cluniazensischen Reform in Deutschland beteiligt. Mörike war ein ausgezeichneter Kenner der Klosterkultur, wie auch viele Gedichte belegen (vgl. etwa die *Bilder aus Bebenhausen*; *Dem Herrn Prior der Kartause J.*; *Besuch in der Kartause*).
224,13 *Schwabenalter:* redensartlich: Alter von vierzig und mehr Jahren.
225,25f. *Baldachin von durchbrochener Arbeit:* also offensichtlich gotische Statuen mit kleinen steinernen Schutzdächern (Baldachinen).
227,6 *hadder:* Hader, Streit.
227,14 *des andern Buchs der Makkabäer:* wörtlich zitiert aus 2. Makkabäer 15,40.

Mozart auf der Reise nach Prag

Diese wichtigste, bekannteste und bei weitem am häufigsten interpretierte Erzählung Mörikes ist eine der bedeutendsten Erzählungen der deutschen Literatur überhaupt. Sie erschien zuerst 1855 (Nr. 30–33, Juli/August) im Vorabdruck in Cottas *Morgenblatt für gebildete Stände*, dann jedoch noch im Herbst des selben Jahres als Buchausgabe in Stuttgart und Augsburg, ebenfalls bei Cotta. Datiert ist diese erste Buchausgabe, wohl wegen des 100. Geburtstages von Mozart, aber auf das Jahr 1856. Eine zweite, nur in der Rechtschreibung und Zeichensetzung abweichende Buchausgabe erschien bereits 1856 im selben Verlag. Noch zu Mörikes Lebzeiten wurde die Erzählung von Hermann Kurz in den vierten Band seines *Deutschen Novellenschatzes* aufgenommen.
Der Untertitel »Novelle« ist nicht unberechtigt. Die Erzählung hat tatsächlich novellistische Züge; das »unerhörte Ereignis« ist Mozart selbst in seiner Person und seiner Musik.

Die Musik Mozarts, aber auch seine Biographie faszinierten Mörike fast sein ganzes Leben lang. Eine Aufführung des *Don Giovanni*, die einen ungeheuren Eindruck auf ihn gemacht haben muß, hörte er bereits als zwanzigjähriger Stiftler 1824 in Stuttgart. Noch 1868/69 kommt er auf die Oper zurück.
Über das Leben des Komponisten informierte Mörike sich vor allem aus zwei Biographien: Alexander Oulibicheff, *Nouvelle Biographie de Mozart suivie d'un aperçu sur l'histoire générale de la musique et de l'analyse des principales œuvres de Mozart*, Moskau 1843, von Mörike in der deutschen Übersetzung und Bearbeitung benutzt: *Mozart's Leben, nebst einer Übersicht der allgemeinen Geschichte der Musik und einer Analyse der Hauptwerke Mozart's*. Für deutsche Leser bearbeitet von A. Schraishuon, 3 Bde., Stuttgart 1847; und: Georg Nikolaus von Nissen, *Biographie W. A. Mozart's. Nach Originalbriefen und Sammlungen alles über ihn Geschriebenen [...]*, Leipzig 1828. Dem Erstdruck im *Morgenblatt* stellte Mörike zwei Zitate aus Oulibicheff voran; er war für Mörike die wichtigste Quelle. Erste konkrete Spuren seiner Arbeit an dem Projekt der Mozart-Erzählung finden sich im Briefwechsel mit Hartlaub 1847.
Ausdrücklich sei für die folgenden Kommentare noch einmal auf die Erläuterungen von Harry Maync und Karl Pörnbacher hingewiesen, die wir intensiv herangezogen haben.

243,1 *Im Herbst:* Mozart reiste am 1. Oktober 1787 von Wien ab und traf am 4. Oktober in Prag ein.

243,2 *Prag* gehörte seit 1526 zu Österreich.
Don Juan: Mozarts Oper *Don Giovanni* (die italienische Form des Namens Don Juan), KV 527, uraufgeführt am 29. Oktober 1787 in Prag.
Historisches Vorbild für den genußsüchtigen spanischen Sagenhelden ist Don Juan Tenorio im 14. Jh. Er soll versucht haben, die Tochter des Gouverneurs von Sevilla zu verführen. Ihr Vater eilte zu Hilfe, wurde aber von Don Juan erstochen. Dieser lud die dem Gouverneur zum Denkmal errichtete steinerne Statue zum Nachtessen. Sie erschien und fuhr mit ihm zur Hölle.
Für Mörikes Erzählung ist der Bezug auf den Don-Giovanni-Stoff strukturbildend: Im weiteren Verlauf der Erzählung entwickeln sich aus dem Zusammenhang zwischen Melancholie, Todesverfallenheit und Musik durch die Parallelisierung von

Mozart und Don Giovanni auch Elemente einer Ästhetik des Todes und der Lust am Untergang.

243,5 *eilf:* ältere Form von: elf.

243,7 *Mannhardsberg:* heute Manhartsberg, Höhenzug in Niederösterreich, nördlich von Krems.

243,8 *der deutschen Thaya:* niederösterreichischer Teil des Flusses Thaya.

Schrems: Marktgemeinde in Niederösterreich, nordwestlich von Gmünd.

243,12 *Kutsche:* Die Kutsche gehört in Mörikes Erzählung in den großen, wichtigen Motivkomplex der schnell dahin eilenden Zeit und der Vergänglichkeit.

243,13 *Generalin Volkstett:* Vielleicht denkt Mörike an die Baronin Waldstetten, eine besondere Gönnerin Mozarts und seiner Frau.

243,20 *Blumenboukets:* Blumensträuße; im 18. Jh. aus frz. *bouquet* ›Wäldchen‹.

243,24 *kokett:* hier: elegant; sonst meist in der Bedeutung ›gefallsüchtig, eitel‹.

243,26 *Gedeck:* Verdeck.

243,26 *starrenden:* starren, festen; nhd. Form zu mhd. *starren, sterren* ›steif sein‹; vielleicht schon eine frühe Anspielung auf Mozarts Tod und den Motivkomplex des Todes (s. den Schluß der Erzählung).

243,28 *Costüm:* Kleidung; erst in neuerer Zeit im Sinne von Damenkleidung aus Rock und Jacke.

243,30 *Staatsgewänder:* gute Kleidung; Zusammenhang mit der Grundbedeutung von *Staat*, ›Pracht, Putz‹; vgl. heute noch *Sonntagsstaat.*

243,31 *bescheidentlich:* Adverbbildung zu *bescheiden*; heute veraltet.

von Frau Constanzen: Weibliche Personennamen auf *-a* und *-e* wurden und werden (vor allem in der gehobenen Sprache) z. T. noch in die Deklination einbezogen. Hier wohl auch sprechender Name: Constanze (lat. *constans* ›beständig‹) als die Beständige, die Solide, die in der bürgerlichen Haushaltsführung Bewanderte, die Mozart so dringend braucht, wenn er nicht untergehen will.

244,2 *dergestalt:* derart, so.

façonirter: geformter.

244,3 *Rauschgold:* Flittergold; äußerst dünnes Messingblech; hier wohl auch Anspielung auf Bescheidenheit und materielle Not der Mozarts.

244,7f. *baarhaupt:* ohne Kopfbedeckung; Grundbedeutung von *bar*: nackt, bloß.

244,8 *Madame:* Die Ende des 16. Jh. aus dem Französischen übernommene Anrede (wörtl. ›meine Frau‹) war bis zum 18. Jh. als Anrede für vornehme Frauen üblich, wurde dann durch »gnädige Frau« verdrängt.

244,9 *Reisehabit:* Habit: Kleidung (von lat. *habitus* ›Erscheinungsbild, Tracht, Kleidung‹).

244,17 *hie:* ursprünglich mhd. Form mit Abfall des *-r*, das nur erhalten blieb, wenn sich ein vokalisch anlautendes Adverb anschloß (z. B. *hierinne*). Aus solchen Verbindungen wird *hier* im Nhd. wieder allgemein übernommen. Bis zum Anfang des 18. Jh.s ist *hie* üblich, dann nur poetisch oder in festen Verbindungen gebraucht; z. B. *hie und da*, *hienieden*.

244,18 *gemachsam:* gemächlich; frühnhd. Bildung, die im 19. Jh. bereits veraltet war; von Mörike bewußt verwendet zur Charakterisierung der vergangenen Epoche; vgl. auch »Madame«.

244,21 *ehegestern:* vorgestern.
passirt: hindurchgekommen.

244,22 *geschweige:* urspr. 1. Pers. Sing. Präsens (mit Wegfall des »ich«) zu dem Verbum *geschweigen* ›etwas übergehen, über etwas nichts sagen‹; dann erstarrt zur Konjunktion; heute meist mit *denn* verbunden.

244,25 *Schwager:* Postillion. Zunächst Bezeichnung der weitläufigeren Verwandtschaft, dann vertrauliche Anrede unter guten Bekannten. Seit dem 18. Jh. Anrede an den Postillion, dann Bezeichnung für ihn (vgl. Goethes frühe Hymne *An Schwager Kronos*, die ebenfalls das Motiv des Schnellaufs der Zeit entfaltet).

244,26 *verschnaufen:* ausruhen; Grundbedeutung: zu schnaufen aufhören bzw. das Schnaufen verlangsamen, so daß man wieder ruhig atmen kann.

244,29 *Flacon:* Riechfläschchen.

244,33 *Rosée d'Aurore:* (frz., wörtl. ›Tau der Morgenröte‹) Parfüm, Duftwasser; vielleicht Anspielung auch auf die Oper und die von Mozart später selbst erläuterte Ankündigung der Statue des Komturs in »jenem furchtbaren Choral«: »Dein Lachen endet vor der Morgenröte«. Mit diesem Verschütten des kostbaren

Duftwassers, das symbolisch deutbar ist, wird vielleicht auch Mozarts künstlerisches Produktionsprinzip, das der Selbstverschwendung, in die Erzählung eingeführt: Verschwendung ist Mozarts Lebens- und Kunstprinzip.

244,34 *Närrchen:* Verkleinerungsform zu *Narr*; hier als Kosewort gebraucht (vgl. *Dummerchen*).

245,4 *Jabot:* Hemd- oder Brustkrause, im 18. Jh. verwendet.

245,6 *Hämmel:* kastrierte Widder; selten gebrauchte Pluralform: der Plural zu *Hammel* wird meist ohne Umlaut gebildet.

245,9 *expreß:* mit Fleiß, eigens, ausdrücklich.

245,13 *sammetnem:* heute veraltete Form für *samtenem* ›aus Samt‹.

245,14 *ward*: poetisch für *wurde*; eigentlich ist es die ursprüngliche Vergangenheitsform von *werden*.

245,20 *als wie:* Bis Ende des 18. Jh.s wurde *als* häufig zusammen mit *wie* gebraucht; heute so noch mundartlich.

245,21 *däucht:* scheint, kommt vor.

245,26 *in halb Europa:* Anspielung auf die zahlreichen Konzertreisen Mozarts, die mit seinem sechsten Lebensjahr begannen und in denen sich auch Mozarts Selbstverausgabung, Selbstverschwendung an die Kunst und an die Menschen darstellt; ein zentrales Problem von Mörikes Erzählung.

245,27 *Größeste:* heute veraltete Superlativbildung.

245,29 *Gimpel:* Dompfaff, Blutfink. Da sich der Gimpel angeblich leicht fangen läßt, wurde sein Name schon früh als Bezeichnung für einen einfältigen Menschen verwendet.
ordinären: gewöhnlichen.

245,31 *irgend:* hier noch in alter Bedeutung: irgendwo.

245,31f. *una finzione di poeti:* (ital.) eine dichterische Erfindung.

245,32 *Nymphen:* in der antiken Mythologie weibliche Gottheiten niederen Ranges, Personifikationen der Naturkräfte (Bäume, Quellen, Grotten).
Faune: lüsterne Waldgeister; benannt nach dem römischen Feld- und Waldgott Faunus.

245,33 *Comödienwald:* Bäume, wie sie für eine Theateraufführung auf Kulissen gemalt wurden.

245,36 *wundersamen:* wunderlichen; selten gebrauchte Nebenform zu *wunderbar*.
Gestäude: Kollektivform zu *Staude*; hier: Geweih; vielleicht von Mörike in Anlehnung an *Gestänge* gebildet.

245,36–246,1 *possierliche:* Ende des 16. Jh.s von frühnhd. *possieren* ›Possen treibend‹, also seltsam, komisch, zum Lachen reizend.
246,3 *Lamellen:* einzelne Blätter vom Fruchtkörper unter dem Hut des Pilzes (um 1800 aus frz. *lamelle* ›dünne Scheibe‹).
246,7 *Prater:* Park und Vergnügungsviertel auf der Insel zwischen dem Donaukanal und dem Flußbett der Donau im Nordosten von Wien.
246,8 *Raritäten:* Seltenheiten, die gerne auf dem Jahrmarkt gezeigt werden.
246,9 *Sapperlot:* Nebenform von *sackerlot*, das im 17. Jh. nach dem frz. *sacrelote* (aus *sacre nom de dieu* ›heiliger Name Gottes‹) gebildet wurde.
246,10 *Carossen:* Prunkwagen, Staatskutschen. Die Hauptallee im Wiener Prater war der Treffpunkt der vornehmen Kreise und Ort der ›Praterfahrten‹.
Staatsdegen: gehörte zur Uniform der hohen Militär und Staatsbeamten.
Roben: festliche Gewänder.
246,11 *Spektakel:* urspr. Bedeutung: Schauspiel (wie lat. *spectaculum*); seit dem 18./19. Jh. Bedeutungswandel zu ›Lärm, Krach‹.
246,14 *halter:* eben, nun einmal; in der süddeutschen Umgangssprache meist als *halt* üblich.
246,15 *Geschwisterkind:* Vetter und Base; hier: sie sehen sich so ähnlich wie nahe Verwandte.
246,16 *Zwei Stunden weit riecht das Gehölz:* im sog. Volks- oder Wurstelprater mit den Wein- und Bierschenken, Schaubuden und Karussells.
246,30 *wie nur:* sobald nur.
246,30f. *neues Werk:* die Oper *Don Giovanni.*
246,35 *Köhlerbube:* Lehrjunge eines Holzkohlenbrenners.
246,36 *Meiler:* regelmäßig geschichteter Holzhaufen, bei dessen Verbrennung die Luftzufuhr so geregelt wird, daß nicht mehr Holz verbrennt, als nötig ist, um die gesamte Holzmasse auf die Verkohlungstemperatur zu erhitzen.
247,5 *Sackkalender:* Taschenkalender; Sack: Tasche; im Süddeutschen noch heute gebräuchliches Wort.
Anno: (lat.) im Jahre; in feststehenden Wendungen noch gebräuchlich, z. B. *anno dazumal.*
247,6 *Notabene:* (lat., ›achte darauf, bemerke gut‹) Merkzeichen; abgekürzt: NB.

247,10 *Observatorio: Observatorium:* Sternwarte (hier lat. Ablativform); auch: astronomische, meteorologische, geophysikalische Beobachtungsstation (von lat. *observare* ›beobachten‹).
247,12 *Mandl:* (süddt.-österr.) Männlein.
247,17f. *schlag' ich's an:* plane ich es.
247,25 *purem:* lauterem, reinem (von lat. *purus*).
247,33 *Kinder:* Mozart hatte drei Söhne: Karl (1784–1859), Wolfgang Amadeus (1791–1844), der dritte Sohn war bald nach der Geburt gestorben.
247,34 *en passant:* (frz.) beiläufig, im Vorbeigehen.
247,36 *basta:* Es ist genug, Schluß.
247,36–248,1 *Es denkt mir nicht:* Ich erinnere mich nicht.
248,3 *Wäldel:* (süddt.-österr.) Wäldchen.
248,5 *Allmittelst:* inzwischen, mittlerweile.
248,5f. *geht und rennt und saust das Leben hin*: das melancholische Grundthema des Schnellaufs der Zeit.
248,10 *Traulichkeit:* Substantivbildung zu *traulich.*
248,25f. *eingewohnten:* selten gebrauchte intransitive Form von *eingewöhnen*; sich an etwas gewöhnen.
248,34 *Cirkeln:* gesellschaftlichen Kreisen.
Parthien: gesellschaftlichen Unternehmungen, Ausflügen.
249,8 *müßige:* untätige, unbeschäftigte.
249,9 *Witz:* Grundbedeutung ist ›Wissen‹, dann ›Klugheit, Schlauheit‹; unter dem Einfluß von frz. *esprit* ›Geist, Verstand‹ im 18. Jh. allmähliche Verschiebung zur heutigen Bedeutung.
249,10 *vom gröbern Korn:* von der gröberen Sorte.
249,17 *ausgemachter:* vollkommener; vgl. »ein ausgemachter Narr«.
249,17 *Redouten:* Maskenbälle.
249,19 *Brigitten-Kirchtag:* Das Brigittenfest wurde seit dem Beginn des 18. Jh.s gefeiert, und zwar am Sonntag nach dem Juli-Vollmond. Das Brigittenfest wurde im 19. Jh. zum größten Wiener Volksfest, an dem bis zu 80000 Besucher teilnahmen. Grillparzer beschreibt es in seiner Erzählung *Der arme Spielmann.*
249,20 *Pierrot:* (wörtl.: Peterchen) Hanswurst der französischen Bühne, ein dumm-pfiffiger, tölpelhafter Bedienter. Weibliche Gegenfigur ist die Pierette.
249,29f. *bis auf die Neige:* bis auf den Rest (nach der »Neige« – Neigung – eines gekippten Fasses wird der Rest einer Flüssigkeit selbst als Neige bezeichnet).

250,1 *Lectionen:* Unterrichtsstunden.

250,5 *wohl accreditirter:* gut beglaubigter, bevollmächtigter; heute meist im Bereich der Diplomatie gebraucht.

250,6 *Cembalist:* Cembalospieler; *Cembalo* ist die Kurzform für *Clavicembalo*; Tasteninstrument, bei dem die Tasten nicht angeschlagen (wie beim Klavier), sondern gezupft werden.

250,8 *per marca:* in barer Münze.

250,9 *ungrische Schnurrbart:* ungarische Schnurrbart; metonymisch für ›Ungar‹.

Geniekorps: Offiziere der militär- und bautechnischen Truppe.

250,10f. *Generalbaß:* Baßstimme, welche die harmonische Führung eines Musikstückes erkennen läßt.

250,11 *Contrapunkt:* Führung einer Gegenstimme zu einer gegebenen Melodie. Der Begriff entstand aus lat. *punctum contra punctum* ›Punkt (Note) gegen Punkt (Note)‹.

250,12 *Comteßchen:* Verkleinerungsform zu *Komteß* ›unverheiratete Gräfin‹; im 18. Jh. aus dem gleichbedeutenden frz. *comtesse* (Femininbildung zu *comte* ›Graf‹) entlehnt.

Coquerel: französischer Personenname; u.a. des reformierten Theologen Athanase Laurent Coquerel, 1795–1868, Verfasser der *Réponse au livre du docteur Strauss: La vie de Jésus*, also einer Antwort auf *Das Leben Jesu* (1835) von Mörikes Freund David Friedrich Strauß; die *Réponse* war Mörike vermutlich bekannt.

250,13 *Haarkräusler:* Friseur, der die Haare in Locken legt.

250,16f. *abgemüdet:* ermüdet; im 18. Jh. gebräuchlich.

251,1 *abzuborgen:* auszuleihen.

251,12 *kaiserlichen Pension:* Mozart erhielt seit 1789 als »Kammercomponist« 800 Gulden Gehalt.

251,17f. *Belmonte und Constanze: Belmonte und Konstanze oder die Entführung aus dem Serail*, Oper, an der Mozart im Auftrag Josephs II. seit Sommer 1781 arbeitete; Uraufführung am 16. Juli 1782.

251,20 *Figaro: Die Hochzeit des Figaro*, Oper nach Beaumarchais' Komödie *La folle journée ou le mariage de Figaro* (1785); Uraufführung am 1. Mai 1786.

251,22 *Cosa rara:* (ital., ›seltene Sache‹ – gemeint ist die Treue eines Mädchens) Oper des spanischen Komponisten Vicente Martin y Soler (1754–1806), die in Wien unter dem Titel *Lilla, oder Schönheit und Tugend* mit großem Erfolg aufgeführt wurde. Mozart bewunderte Martin. Im 13. Auftritt des 2. Aufzugs seines *Don Giovanni* läßt er als Tafelmusik eine Melodie aus dem ersten Finale der Oper *Una cosa rara* spielen: LEPORELLO. Bravi! »Cosa rara!« – DON GIOVANNI. Wie behagt dir diese Weise? – LEPORELLO. Wie gemacht zu Eurem Preise.

251,23 *Fall:* Bei der Wiener Uraufführung des *Figaro* sangen die italienischen Sänger absichtlich schlecht, um die Oper zu Fall zu bringen, so daß Mozart während der Aufführung den Kaiser um Schutz anrief. In Prag wurde der *Figaro* im Januar 1787 dann mit großem Erfolg aufgeführt. Mozart schrieb am 14. Januar 1787 aus Prag an Gottfried von Jacquin in Wien: »denn hier wird von nichts gesprochen als von – Figaro; nichts gespielt, geblasen, gesungen und gepfiffen als – Figaro. Keine Oper besucht als – Figaro und ewig Figaro; gewiß große Ehre für mich«.

251,34 *einzigen:* einzigartigen, außerordentlichen, unvergleichlichen.

252,2 *Tochter eines Musikers:* Mozart heiratete am 4. August 1782 Constanze Weber (1763–1842), die Tochter Fridolin Webers, Kopist und Souffleur am Mannheimer Theater.

252,21 *Hülfe:* seit dem 19. Jh.: Hilfe.

252,35 *frommt:* nützt.

253,21 *neuen Oper: Don Giovanni.*

253,35 *Succeß:* Erfolg.

254,8f. *Geflissenheit:* Eifer, Sorgfalt; seltene Form, sonst meist *Beflissenheit*.

254,15 *Partitur:* Aufzeichnung sämtlicher Stimmen eines Tonstükkes.

accordirten: vereinbarten.

Dukaten: Goldmünze, die von 1559 bis 1857 in Deutschland (bis ins 20. Jh. in Österreich) geprägt wurde.

254,16 *Posten:* seit Anfang des 17. Jh.s gebraucht für eine Summe Geld, die in Rechnung gestellt wird.

254,19 *Bondini:* Pasquale Bondini, Direktor einer italienischen Operngesellschaft in Prag, der Mozart gegen ein Honorar von 100 Dukaten beauftragte, den *Don Giovanni* zu komponieren.

254,19f. *sein Schäfchen … scheeren:* seinen Vorteil wahrnehmen.

254,22 *artiges:* ordentliches, gehöriges.

254,28f. *König von Preußen:* König Friedrich Wilhelm II. von Preußen bot Mozart die Stelle eines Kapellmeisters mit einem Jahresgehalt von 3000 Talern an – eine weit bessere Besoldung als die in Wien. Mozart lehnte ab mit der Begründung: »Kann ich meinen guten Kaiser verlassen?« Mörike datierte die Konzertreise an den Berliner Hof vor die Uraufführung des *Don Giovanni* (1787).

255,1 *Wenn der Papst die Grete freit:* also nie.

255,2f. *Sanct Aegidi:* Das Fest des Hl. Ägidius wird am 1. September gefeiert. Der Heilige zählt zu den vierzehn Nothelfern. Ihm wurde sein Tod im voraus verkündet; bei seiner Bestattung sollen singende Engelschöre zu hören gewesen sein. Dargestellt wird er mit einem Pfeil, der ihn durchbohrt. Es gibt im Werk Mörikes, auch in der Lyrik, viele Spuren eines zunehmenden Interesses am Katholizismus, seinen Mythen und Riten, seiner Anschaulichkeit und damit auch an seinem ästhetisch-poetischen Potential. Mörikes Frau Margarethe Speeth war Katholikin.

255,4 *Wolf:* Abkürzung von: Wolfgang.

255,6 *Fuchs:* scherzhafte Reaktion auf »Wolf«.

255,12 *Kohlmarkt:* Straße in der Wiener Innenstadt, eigtl. *Kohlenmarkt.*

255,17 *schwattelt:* schwappt hin und her.

255,21 *Embrassement:* (frz.) Umarmung.

255,23 *Odem:* Nebenform zu *Atem*; schon von Luther gebraucht und durch die Bibel lebendig geblieben.
Schock: 60 Stück.

255,30 *Gefallen sie sich:* Gefällt es ihnen.

255,35 *in's Karlsbad:* nach Karlsbad; ein bekanntes böhmisches Thermalbad mit heißen Quellen.

256,3 *vif:* lebendig, gebildet nach gleichbedeutendem lat. *vivus.*

256,4 *recht:* richtig.

256,7 *unter den Linden:* Berlins Prachtstraße vom Brandenburger Tor zum königlichen Stadtschloß.

256,15 *Sanssouci:* königliches Lustschloß bei Potsdam, 1745 angelegt; Musterbeispiel höfischer Rokoko-Architektur. Solche Motive dienen in Mörikes Erzählung auch dazu, die Rokoko-Welt, die Welt des Ancien régime zu evozieren.
Schönbrunn: kaiserliches Lustschloß in Wien; von Maria Theresia 1744 erbaut.

256,16 *kaiserlichen Burg:* Wiener Hofburg.

256,21 *Phänomen:* Ereignis, Wunder, Erscheinung.

256,21f. *die Extreme sich ... berühren:* »Gegensätze ziehen sich an«.

256,25 *fix:* fest.

256,29 *zugeschult:* herangezogen.
256,29 *Mozartin:* Im 18. Jh. war es üblich, die Ehefrau durch das dem Familiennamen des Mannes angefügte Suffix *-in* zu bezeichnen.
256,30 *gegen den … Herrschaften über:* gegenüber den Herrschaften.
256,35 *Tarar:* Titel einer Oper von Antonio Salieri (1750–1825), dem Konkurrenten Mozarts, seit 1788 Hofkapellmeister in Wien. Unter dem Titel *Axur von Armus* hatte sie in Wien so außerordentlichen Erfolg, daß Mozarts *Don Giovanni* nicht ankommen konnte.
gelten's: gelt: im Süddeutschen gebrauchte Interjektion.
257,8 *raffinirten:* ausklügelten; raffinieren: urspr. ›verfeinern, läutern‹.
257,15 *Kaldausche:* ein aus Böhmen stammendes Gebäck mit Füllung.
257,18 *drein:* verkürzte Form von *darein.*
257,20f. *Absalon:* Absalom, der abtrünnige und mißgünstige Sohn König Davids; vgl. 2. Sam. 13–19.
257,22 *Erzneidhammel: Erz-* wurde zur Verstärkung für Substantiva und Adjektiva gebraucht; vgl. auch *Erzengel, Erzbischof.*
257,23 *verhunzen:* verderben.
257,25 *Brava:* Femininform von *bravo*, da auf Constanze bezogen.
257,26 *Weibchen:* Koseform zu *Weib.*
verküßte: in einem fort küßte.
257,33 *bemerklich:* bemerkbar.
257,35 *Schinzberg:* historisch nicht nachweisbar.
258,7 *befahl:* bestellte.
258,8 *nächst:* neben, außer.
258,24 *bezeugte:* bezeigte.
Tisch: Essenszeit.
258,32 *Fronte:* (ital.) Vorder-, Stirnseite.
258,35 *Balustrade:* Säulengeländer.
259,1 *Blumenparterre:* Blumenanlage.
259,3f. *auf vielfach gewundenen Pfaden*: Durch das Motiv wird vielleicht auch auf Mozarts Kunstkonzept angespielt, das den Umweg, die Arabeske klassizistischer Klarheit vorzieht.
259,8 *Orangerie:* Sammlung von Zitronen- und Orangenbäumen; auch Gewächshaus; häufig eigenständiges Gebäude in einer barocken Schloßanlage.

259,9 *Lorbeeren und Oleandern*: Typische Zierbäume barocker Schloßanlagen. Der Lorbeer ist vor allem der Baum Apollons, des Gottes der Musen. Mit dem Lorbeer werden deshalb seit jeher die Sänger und Dichter ausgezeichnet. Der Lorbeer dient auch zur Entsühnung von einer Schuld; ihm soll reinigende Kraft eigen sein. Der Oleander gilt schon in der Antike als Heilmittel gegen Schlangenbisse. Das verbotene Pflücken der Frucht wird vielleicht also auch mit dieser versteckten Anspielung als Sündenfall ausgelegt.

259,11 *Laube:* Gartenhäuschen.

259,15 *Pomeranzenbaum:* Pomeranze: bittere Apfelsinenart; wichtiger Baum fürstlicher Orangerien.

259,20 *Knabenzeit:* Mozart war mit seinem Vater vom 13. Dezember 1769 bis 28. März 1771, vom 13. August bis 16. Dezember 1771 und vom 24. Oktober 1772 bis 13. März 1773 in Italien.

259,22 *Ründe:* Rundheit; heute veraltet.

259,25 *Reminiscenz:* Erinnerung.

259,35 *emaillirtes Etui:* Futteral oder Besteck, das mit Glasschmelz überzogen ist.

260,1 *Heft:* Griff.

260,13 *Livree:* Dienerkleidung.

260,21 f. *couragirtem:* mutigem, unerschrockenem.

260,24 *versprechenden:* hier in der Bedeutung ›verheißenden‹.

261,1 *Er:* Die 3. Pers. Sing. wurde zur Höflichkeitsanrede durch die reflexive Formulierung: »Der Herr, er …« und war zunächst ehrender als das ältere *Ihr*. Sie erhielt dann durch das Aufkommen der Anrede *Sie* zunehmend negative Bedeutung und war bis über die Mitte des 18. Jh.s üblich als Anrede von Personen, die nicht vornehmen Standes sind.

261,6 *ehbevor:* Pleonasmus; heute nicht mehr üblich.

261,18 *während daß:* heute veraltete Wendung.

261,21 f. *in Ihrem Paradiese, wie … Adam:* Mozart selbst legt die Szene in der Orangerie nun selbst nach dem Modell des Sündenfalls aus. Auch das Kunstwerk ist also eine Frucht der Sünde, seine Hervorbringung ist keineswegs ein naiver und unschuldiger Akt.

261,22 *weiland:* einst, früher, ehemals.

261,25 *Grazien:* römische Göttinnen der Anmut.
Amoretten: Liebesgötter, dargestellt durch nackte geflügelte Knaben.

261,25f. *umgaukelt:* umspielt; vor allem zur Charakterisierung der Bewegung leichter, luftiger Wesen gebraucht.

261,27 *Ihro:* ebenso wie *dero* (vgl. 261,30 »Hochdero«) eine Anredeform, die in die Kanzleisprache eingeführt wurde; nur in Verbindung mit *Gnaden* gebraucht.

262,1 *Billett:* Briefchen.

262,2 *peinlich:* unbehaglich.

262,4 *Unhold:* hier scherzhaft gebraucht.

262,29f. *stand ... an:* dauerte.

262,31 *fatale:* peinliche, verhängnisvolle; von lat. *fatalis* ›vom Schicksal bestimmt, verderbenbringend‹.

262,32 *höllenmäßig: Hölle* wird in Zusammensetzungen vielfach nur als Verstärkung empfunden; vgl. auch z. B. *Höllenlärm.* Anspielung auf *Don Giovanni*?

262,33 *jähe:* erregbare, auffahrende.

262,35 *Viaticum:* Reisepfennig, Zehrpfennig.

263,6 *Henker:* Grundbedeutung ›Scharfrichter‹, unehrlicher Beruf; wird in vielen Wendungen (z.B. Verwünschungen, Ausrufen des Staunens) formelhaft wie *Teufel* gebraucht.

263,7 *einstecken:* einsperren.

263,14 *Cabinet:* kleines Zimmer, Gemach.

263,18 *Velten*: Auch der Name des Gärtners läßt sich als Verweis auf das typologische Modell des Sündenfalls verstehen. *Velten* ist auch eine alte Bezeichnung für den Teufel.

263,26 *cassiren:* wegtun, annullieren.

263,27 *dringende:* drängende.

264,1 *Geschwinde:* von süddt. *geschwind* ›rasch‹; heute veraltet.

264,7 *Querkopf* hier wörtlich gemeint: ein Mensch, der in die Quere gekommen ist.

264,9f. *Quasi-Gefangener:* quasi: gleichsam, gewissermaßen.

264,15 *pressire:* dränge, treibe; aus frz. *presser* ›drängen, eilig sein‹; im Süddeutschen noch heute gebräuchlich.

264,19 *Organ:* Stimme.

264,23 *Maestro:* (ital.) Meister; (nicht nur) in Italien übliche Bezeichnung für Komponisten und Dirigenten.

264,29 *mehrerer:* größerer; hier Weiterbildung von *mehr*, in der das Komparativsuffix *-er* an einen bereits vorhandenen Komparativ angefügt wurde; im 18./19. Jh. noch allgemein üblich.

265,7 *mit dem Frühesten:* sehr früh.

265,19 *gemeine:* gewöhnliche.

265,21 *Hagedorn ... Götz:* Friedrich von Hagedorn (1708–1754), Johann Nikolaus Götz (1721–1781); deutsche Dichter der Anakreontik, der erotisierend-eleganten Rokokolyrik (benannt nach dem griechischen Lyriker Anakreon, 6. Jh. v. Chr.).

265,30f. *betreten:* verwundert; meist gebraucht im Sinn von ›betroffen, unangenehm überrascht‹.

265,35 *Toilette:* Kleidung.

266,7 *carmoisinrothe:* purpurrote.

266,11 *Rücksicht:* Hinsicht.

266,14 *Histörchen:* Geschichtchen.

266,19 *accompagnirt:* begleitet.
die Arie Susannas: »Endlich naht sich die Stunde, da ich dich, o Geliebter, bald ganz besitzen werde« (*Die Hochzeit des Figaro* IV,10).

266,28 *billig:* passend, angemessen. Erst im 18. Jh. bildet sich die Bedeutung ›wohlfeil; nicht teurer, als es sich gehört‹.

266,35 *weiß sich:* weiß für sich.

267,2 *complet:* hier ›vollkommen‹; sonst meist ›vollständig‹.

267,33 *Pathos:* Leidenschaft, feierliche Ergriffenheit.

268,11 *zu spitzen:* fein zu formulieren, auszuklügeln; heute veraltet.

268,17 *classischen:* hier: meisterhaften, hervorragenden.

268,19 *Tausendsasa:* Alleskönner; hier bewundernd gemeint.

268,22 *fistulirt:* mit Fistelstimme (Kopfstimme) singen.

268,25 *die Josephs und die Friedrichs:* die österreichischen Kaiser und preußischen Könige, zu deren Namen in dieser Zeit meist ein »Joseph« oder »Friedrich« gehörte.

268,28 *Deut:* ganz wenig, ganz gering; von ndl. *duit*, der kleinsten holländischen Münze, die bis ins 19. Jh. gebräuchlich war.

268,30 *Schäker:* Schelm, Schwerenöter.

269,2 *distinguirte:* ausgezeichnete, hervorragende.

269,5 *Nebensitzerin:* Tischdame.

269,14 *Festons:* Blumengehänge, Girlanden.

269,20 *herkömmlich:* üblicherweise.

269,28f. *ging ... heraus:* rückte heraus.

269,30f. *auf was Art:* auf was für eine Art.

270,5 *Unstern:* abgeleitet vom Glauben an den schicksalbestimmenden Einfluß der Sterne.
Handel: außergerichtliche Streitigkeit.

270,17 *dreizehnjähriges:* Mozart reiste am 13. Dezember 1769 mit dem Vater nach Italien. Im Frühjahr 1770 schrieb er, so wird behauptet, das berühmte neunstimmige *Miserere* von Gregorio Allegri (1582–1652) nach zweimaligem Hören aus dem Gedächtnis nieder. Er war damals aber 14 Jahre alt.

270,19 *Conservatorium:* hochschulartige Ausbildungsstätte für Musik; aus ital. *conservatorio* ›Erhaltungsstätte‹.

270,21 f. *attachirte sich:* schloß sich an.

270,22 *Abbate:* Titel für Weltgeistliche in Italien.

270,23 *Den Tag:* an dem Tag.

270,25 *Villa reale:* königliche Villa.

270,27 *Bande:* Gruppe; heute meist mit abwertendem Nebensinn. *commedianti:* (ital.) Schauspieler.

270,27 f. *figlj de Nettuno:* (ital.) Söhne des Neptun; Neptun ist der Gott des Meeres (Poseidon).

270,30 *Carolina:* 1752–1814, seit 1768 Königin von Neapel; Tochter Kaiser Franz' I. und Maria Theresias.

270,31 *Prinzessen:* Plural von *Prinzeß* (für *Prinzessin*).

270,32 *Galerie:* langer bedeckter Säulengang; dann übertragen gebraucht für ›Gemäldegalerie‹.

271,2 *Flöße*: Substantivbildung zu *flößen*.

271,6 *Einzelnheiten:* Nebenform für *Einzelheiten*, auch bei Goethe.

271,9 *Barken:* kleine Boote.

271,14 *idealischem:* vollkommenem, vorbildlichem (also: idealen Vorstellungen entsprechend); wird heute nicht mehr gebraucht.

271,16 *an dem Ruder:* am Steuerruder; oder: jeder an seinem Ruder.

271,17 *artiger:* anmutiger, hübscher.

272,15 *zuhalfen:* mitmachten.

272,18 *als daß:* außer daß.

272,33 *Saltarelli:* Saltarello: hüpfender römischer Nationaltanz. *Canzoni a ballo:* (ital.) Tanzlieder.

272,34 *Quodlibet:* aus verschiedenartigen Teilen zusammengestelltes Musikstück; aus lat. *quod libet* ›was beliebt, was man will‹.

273,3 *kürzlich:* kurz.

273,6 *Scharmützel:* kleines Gefecht, Geplänkel.

273,16 *abgeredte:* verabredete.

273,31 *Mercur:* römischer Gott des Handels und des Verkehrs, aber auch der Diebe (in der griechischen Mythologie: Hermes), auch Begleiter der Seelen, Seelenführer. In der Kunst als kräftiger, junger Mann dargestellt (z.B. Plastik des Praxiteles in Olympia).

274,4 *Alarm:* hier: Gelärm.
274,9f. *ein rosiger Knabe … mit Bogen, Pfeil und Köcher:* Cupido (Amor), römischer Gott der Liebe. Silbern ist auch das Messer, mit dem Mozart die Pomeranze zerschneidet, silbern sind die Posaunen, die Don Giovannis Tod ankündigen. Mit diesen Todesmotiven wird selbst Amor in Verbindung gebracht und der Gedanke vom Tod, der auch in Arkadien anwesend ist, wieder aufgenommen.
274,14 *des Gottes:* Cupidos.
274,20 *bebuschte:* mit Büschen bestandene.
274,24 *gütlich:* ohne Gewalt.
274,27f. *mit Willen:* absichtlich; formelhafte Verbindung: mit (ohne, wider) Wissen oder Absicht.
274,36 *Figaro's:* Mozarts Oper *Figaros Hochzeit.*
275,4 *insonderheit:* besonders (veraltet).
275,5f. *wär' er … gesteckt:* süddeutscher Sprachgebrauch.
275,11 *verbreitet:* ausgebreitet.
275,15 *Rosenkranz:* ein wichtiges, hochritualisiertes Gebet in der katholischen Kirche zum Gedächtnis der freudenreichen, schmerzhaften und glorreichen Geheimnisse in der Heilsgeschichte des Neuen Testaments, wobei jeweils eine Dekade (»Gesetz«) mit einem Vaterunser eingeleitet wird. Zur Erleichterung des Gebets wird eine Schnur mit großen und kleinen Perlen verwendet, der Rosenkranz. Der Name ist abgeleitet von lat. *rosarium*; Maria wird in der Kirchensprache auch als »Rosa mystica« bezeichnet.
275,16 *Crethi und Plethi:* gemischte Gesellschaft, auch: allerlei Gesindel; nach 2. Samuel 8,18 die Leibwache Davids, bestehend aus Kretern und Philistern. Luther übersetzt: »Banaia der son Joiada war vber die Crethi und Plethi / vnd die söne Dauid waren Priester«.
275,21 *Masetto … Zerlina:* ein junger Bauer und seine Braut im *Don Giovanni*; in der Oper eine weitere Thematisierung der Liebe, nun auf anderer sozialer Stufe.
275,24 *ersten Act:* der 7. Auftritt des 1. Aufzugs.
275,26 *der Ordnung nach:* der Reihe nach.
275,34 *Verfolg:* Verlauf.
276,3 *Motiv:* hier: musikalischer Einfall.
276,7f. *wie auf den Leib gegossen:* zu ergänzen: kam mir in den Sinn.

276,14 *Dirnen:* Grundbedeutung ›Jungfrau‹ (so noch im bayerischen Dialekt); dann Bedeutungsverschlechterung.
276,15 *Bursche:* Burschen; hier: unverheiratete junge Männer.
276,25 *Unheil:* das Pflücken der Pomeranze.
276,26 *Nemesis:* Rachegöttin, Vergelterin des Guten und Bösen.
277,1 *galonirten:* mit Tressen, Schmuckbändern besetzten.
Vesuvio: italienischer Name des Vesuv.
277,3 *Acteurs:* Darsteller.
277,3 f. *Parthenope's:* Parthenope war der alte Name von Neapel, nach einer Sirene (antikes Fabelwesen mit todbringendem Gesang), deren Grabmal sich dort befand. Danach wurde das Königreich Neapel 1799 Parthenopeische Republik genannt.
277,9 *Kaiser Tiberius:* regierte 14–37 n. Chr.; zog sich nach seiner Regierung verbittert nach Capri zurück.
277,11 *Seine Gnaden:* der Graf.
277,22 *Contestationen:* vom Verb *kontestieren* ›in Abrede stellen‹.
277,24 *kurzum:* kurz gesagt; steht häufig zu Beginn einer abschließenden Aussage.
277,26 *Per Dio!:* (ital.) bei Gott!
277,27 *Lauge:* hier: schwierigen Lage.
277,29 *Sottise:* Dummheit.
277,31 f. *grün linirt Papier:* unflektiertes Attribut; poetischer Sprachgebrauch.
277,35 *reinlichst:* höchst sauber.
278,5 *anständig:* ordentlich, angemessen.
278,8 *Myrtenbäumchen:* vgl. Anm. zu 117,2.
278,14 *Autographon:* etwas in eigener Handschrift Geschriebenes.
278,18 *Flor:* Blüte.
278,28 *legitimiren:* als rechtmäßig ausweisen.
278,29 *Schrunde:* Spalt, Riß.
279,7 f. *Ludwigs XIV.*: König von Frankreich (reg. 1661–1715), der sog. Sonnenkönig.
279,9 *merkwürdigen*: denkwürdigen.
279,15 f. *Denkungsweise:* Denkweise.
279,16 *Societät:* (aus lat. *societas*) Gesellschaft.
279,25 *Ninon:* Ninon (Anne) de Lenclos (1616–1706), Französin, in deren Salon Scarron, Molière, Fontenelle und La Rochefoucauld verkehrten.
279,29 *Sévigné:* Marie de Rabutin-Chantal Marquise de Sévigné (1626–1696), gebildete Französin, die berühmt wurde durch ih-

ren 25jährigen (eigentlich nicht für die Öffentlichkeit bestimmten) Briefwechsel mit ihrer Tochter, die in der Provinz lebte und der sie die Ereignisse in Paris und am Königshof schilderte.

279,31 *Chapelle's:* Chapelle (d.i. Claude Emmanuel l'Huillier; 1626–1686), französischer Dichter und Kritiker, der zum Kreis von Racine, Molière und Boileau gehörte.

280,1 *Trianon*: Grand Trianon (von Ludwig XIV. für Françoise d'Aubigné, Marquise de Maintenon errichtet) und Petit Trianon (von Ludwig XV. für Madame Dubarry erbaut), Lustschlösser im Park von Versailles.

280,6 *allgemach:* allmählich.

280,12 *unheilvolle Zukunft:* deutliche Anspielung auf den Ausbruch der Französischen Revolution im Juli 1789.

281,4 *verkümmert:* hier in der ursprünglichen Bedeutung ›beeinträchtigt‹.

281,14 *Hesperiden:* Die Hesperiden sind im griechischen Mythos die drei Töchter des Atlas und der Hesperis, die in den fern im Westen gelegenen Gärten die goldenen Äpfel eines Baumes bewachen, den die Göttin Gäa aus ihrem Schoß herauswachsen ließ, um der Göttin Hera (römisch: Juno) bei ihrer Vermählung mit Zeus (Jupiter) ein kostbares Geschenk zu machen.

281,20 *vorlängst:* vor langer Zeit.

281,25 *Lorbeer:* Der Lorbeer ist in der griechischen Mythologie Apoll, dem Gott der neun Musen, der Wissenschaften und der Künste, geweiht.
Bord: Rand; heute nur noch in der Seemannssprache üblich.

281,28 *Myrte:* Die Myrte ist in der griechischen Mythologie der Liebesgöttin Aphrodite geweiht. Bei den Römern gab es die Göttin Murtea, deren Aufgabe darin bestand, die Menschen faul und träge zu machen; sie wurde später der Venus gleichgesetzt, deshalb hier die Anspielung auf die Geduld. Auch lesbar als Todessymbol (vgl. Anm. zu 117,2).

281,34 *umgewandtem:* umgewandeltem.

282,12f. *ambrosischer:* himmlischer, göttlicher, köstlicher (duftender); griech. *ambrosios* ›unsterblich‹.

282,15 *neun Schwestern:* die neun Musen, urspr. in der griechischen Mythologie Quellnymphen, dann Göttinnen des Rhythmus und Gesangs, später die Beschützerinnen der Künste und Wissenschaften.

282,17 *Phöbus:* der Strahlende; Beiname des Apoll.

282,26 *Schnitz:* abgeschnittenes oder abgelöstes Stück.

282,28 *barocke:* hier: eigenwillige, neuartige.

282,31 *Mutterwitz:* angeborener Verstand.

283,7 *unter der Sonne nicht Neues:* vgl. Prediger (Kohelet) 1,9: »Was ists das geschehen ist? Eben das hernach geschehen wird. Was ists das man gethan hat? Eben das man hernach wider thun wird. / Vnd geschicht nichts newes vnter der Sonnen.«

283,8 *goldenen Weltalter:* das erste der vier (oder fünf) Zeitalter, die in der griechischen Mythologie für die Entstehung der Welt angenommen wurden; diese Weltalterlehre war kulturgeschichtlich außerordentlich bedeutsam. Seit dem 17. Jh. gehört der Gedanke, daß auch der Tod in Arkadien, der idealen Landschaft Griechenlands, in der das Goldene Zeitalter traditionell lokalisiert wurde, stets anwesend sei, zum festen Bestand der Arkadien-Ikonographie. Das neuzeitliche Bewußtsein entwickelt diesen Gedanken unter dem Eindruck, das Goldene Zeitalter unwiederbringlich verloren zu haben. Auch dieses Motiv gehört zu dem Komplex der Melancholie in Mörikes Erzählung.

283,14 *Satyr:* mythische Gestalt im Gefolge des Weingottes Dionysos.

283,16 *arkadisches Tänzchen:* Arkadien auf der Peloponnes galt als Land, in dem die Musik in besonderem Maße gepflegt wurde.

283,17 *Chiron:* Chiron ist bei Homer der gelehrteste der Kentauren, ein heilkundiger Erzieher und Lehrer vor allem der Gymnastik und der Tonkunst.
Cither: Zither: Zupfinstrument, aus griech. *kithara* ›große Leier‹; Attribut Apolls als Gott der Musik.

283,22 *Ölbaum:* in der griechischen Mythologie der Göttin Athene (nicht Apoll) geweiht.

283,32 *Horazisch:* Horaz: Quintus Horatius Flaccus (65–8 v. Chr.), römischer Dichter und Poetiker.

283,33 *Ramler:* Karl Wilhelm Ramler (1725–1798), Anakreontiker (vgl. Anm. zu 265,21) und Übersetzer römischer Dichter.

284,1–6 *hier … Fluthen tauchet:* aus Horaz, *Oden* 3,4. Mörike zitiert aus: *Classische Blumenlese. Eine Auswahl von Hymnen, Oden, Liedern, Elegien, Idyllen, Gnomen und Epigrammen der Griechen und Römer; nach den besten Verdeutschungen, teilweise neu bearbeitet, mit Erklärungen für alle gebildeten Leser,* hrsg. von Eduard Mörike, Stuttgart 1840.

284,3 *Delos':* Delos, eine der Kykladen-Inseln im Ägäischen Meer, galt als Geburtsort des Apoll und der Artemis.

284,4 *Patara's:* Patara, eine See- und Handelsstadt in Lykien (Kleinasien), war ein Hauptort des Apollonkultes.

284,6 *kastalischen Fluthen:* Quelle am Südabhang des Parnassos bei Delphi; nach der griechischen Mythologie stürzte sich die Quellnymphe Kastalia vor Apolls Verfolgung in eine Quelle am Parnaß.

284,16f. *abgemerkt:* entdeckt.

284,18 *durch die Finger sehen:* nachsehen, darüber hinwegsehen.

284,19 *der Gelegenheit wahrnehmen:* Konstruktion mit Genitiv, der hier seit dem 18. Jh. allmählich vom Akkusativ verdrängt wurde.

284,22 *gelben:* blonden.

284,27 *Anstand:* Schicklichkeit.

284,32 *kam in den Zug:* verfiel in die Gewohnheit.

285,6 *Jovialität:* Fröhlichkeit, Frohsinn.

285,9 *Toast:* Trinkspruch; im 18. Jh. aus dem Englischen übernommen; erklärt sich wohl aus der englischen Trinksitte, daß derjenige, der einen Trinkspruch anbringen wollte, zuvor eine Scheibe geröstetes Brot ins Glas tunkte.

285,10f. *À la bonne heure:* (frz., ›zur guten Stunde‹) meinetwegen, recht so.

285,13 *Intonation:* Anstimmen.

285,18 *da Ponte:* Lorenzo da Ponte (1749–1838), italienischer Theaterdichter, arbeitete seit 1785 mit Mozart zusammen, für den er die Textbücher zu *Figaros Hochzeit* (1786), *Don Giovanni* (1787) und *Così fan tutte* (1790) schrieb.

285,19 *Schikaneder:* Johann Emanuel Schikaneder (1751–1812), Librettoverfasser und Anreger der *Zauberflöte* (1791).

285,21 *bi Gott:* (alemann.) bei Gott.

286,3 *con forza:* (ital.) mit Kraft; vgl. ital. *forte* ›stark, laut‹.

286,7 *Terzett:* Musikstück für drei Stimmen.

286,8 *endlichen Kanon:* Kanon: Ausführung der gleichen Melodie durch mehrere Stimmen, die in gleichen Abständen nacheinander einsetzen. Beim endlichen Kanon enden alle Stimmen zum gleichen Zeitpunkt, ohne daß alle die Melodie fertigsingen.

286,9 *die Fräulein:* im Mittelalter zunächst Verkleinerungsform zu *Frau*, dann mit entsprechender Bedeutungsverschiebung anstelle von *Jungfrau*. So als Bezeichnung für eine unverheiratete Dame noch Anfang des 19. Jh.s dem Adel (oder auch dessen Bedienten) vorbehalten.

286,10 *Soprano*: ital. Form von *Sopran*; höchste weibliche Singstimme.

286,13 *expreß*: eigens.

286,15 *Kleinod:* Schmuckstück, Kostbarkeit; wird auch metaphorisch verwendet.

286,24 *Gipfel geselliger Lust:* Tanz.

286,29 *Schleifer:* Ländler; langsamer Walzer.
persuadierte: überredete (lat. *persuadere*).

286,33 *Tour:* Reihe.

286,34 *Menuet:* urspr. französischer Reihentanz, bis zur Französischen Revolution als Gesellschaftstanz üblich.

287,2 *Kehraus:* der letzte (wilde) Tanz, mit dem ein Fest beschlossen wird.

287,2f. *nahm er sein … Recht … dahin:* nahm er sein Recht in Anspruch.

287,13 *Rebengeländer:* Rebenspalier, an das die Reben gebunden werden.

287,26 *Angebind:* Angebinde: Taufgabe des Paten, die dem Patenkind ›angebunden‹ oder bei der Taufe ins Steckkissen gesteckt wird; allg. auch Namenstags- und Geburtstagsgeschenk bzw. Geschenk überhaupt.

287,30f. *zum wenigsten:* mindestens.

288,4f. *Pyrmonter:* Mineralwasser aus Bad Pyrmont.

288,7 *schnurstracks:* geradewegs, direkt.

288,10 *Geblüts:* zunächst für die Gesamtheit des Blutes gebraucht zur Charakterisierung seiner Beschaffenheit; heute meist Herkunftsbezeichnung; z. B. »fürstliches Geblüt«.
von denen Kügelgens darin: Gemeint sind die Blutkörperchen. *-gen* ist die altertümliche Schreibweise der Verkleinerungssilbe *-chen*.

288,11 *Phlogiston:* nach der Theorie des Chemikers und Mediziners Georg Ernst Stahl (1660–1734) ein hypothetischer Grundstoff, der den Körpern die Eigenschaft der Entzündbarkeit verleiht; die Theorie wurde von Antoine Lavoisier (1743–1794) widerlegt.

288,14f. *sein Junge:* Karl Mozart (1784–1859) war damals drei Jahre alt.

288,21 *nur:* überhaupt.

288,23 *Lapis Lazuli:* Lasur- oder Blaustein; blauer Edelstein; auch wertvoller Grundstoff für Farben.
288,27 *Motion:* Bewegung.
288,29 *beigegangen:* eingefallen.
288,32 *Gevatter:* urspr. ›Mitvater‹ als Lehnübersetzung von lat. *compater* mit der Bedeutung ›Taufzeuge‹ in seinem Verhältnis zum Täufling oder dessen Eltern; dann vertrauliche Anrede unter Bekannten.
288,33 *Professionisten:* Handwerker.
288,34 *Chalanten:* Käufer, Kunden.
288,36 *wohlgedientes:* attributiv im aktiven Sinn gebraucht: ein Rohr, das gut gedient hat.
rechtschaffenes: richtig beschaffenes, ordnungsgemäßes.
289,1f. *Stephansplatz:* Platz vor dem Stephansdom in Wien im Stadtzentrum.
289,9 *altväterischen:* altmodischen; Altvater: Patriarch.
289,12 *Gesundheitspaß:* Gesundheitsschritt; lat. *passus* ›Schritt‹.
289,13 *Rennweg:* Ausfallstraße südöstlich von der Wiener Innenstadt.
289,24f. *machte er sich … grün:* wohl: war er wieder wie vorher.
289,29 *Soirée:* Abendgesellschaft.
289,32 *am mehrsten:* am häufigsten, meisten; dem Komparativ *mehr* wurde ein Superlativsuffix angehängt.
289,34 *Montgolfiere:* Heißluftballon, 1783 erfunden von den Gebrüdern Joseph Michel (1740–1810) und Jacques Etienne (1745–1799) Montgolfier.
Meilen: Meile: (aus lat. *milia*, urspr. *milia passuum* ›tausend Schritte‹) Längenmaß; eine österreichische Meile betrug 7585,937 m.
290,14 *eingezogen:* umgarnt.
auf ihrem Rost: in der Glut ihrer Liebe.
290,21 *Circe:* in der griechischen Mythologie Zauberin auf der Insel Äa, die die Gefährten des Odysseus in Schweine verwandelte; das Schwein ist ein altes Teufels- und Wollust-Symbol.
290,26f. *Indiscretion:* Unbesonnenheit, Schwatzhaftigkeit, Rücksichtslosigkeit.
290,28 *wurde schlecht daran erbaut:* konnte sich nicht daran erbauen, also: ärgerte sich.
291,11 *guten Hälfte:* Ehefrau.
291,16 *ehestens alle:* demnächst aufgebraucht.
291,17f. *Extremität:* äußerste Verlegenheit, Not.

291,27 *Carthäuser und Trappiste:* katholische Ordensgemeinschaften, deren Regeln zu ständigem Schweigen und zur Einsamkeit verpflichten.

291,29 *hatte seine Epoche passirt:* seine Zeit war vorbei.

291,33 *Schranne:* (Getreide-)Markt.

291,34 *Zeughaus:* Aufbewahrungsort für Waffen.

292,2 f. *Mölkerbastei:* Bastei (von lat. *bastio* ›Halbturm‹) bezeichnet die der Stadtmauer vorgebauten, nach außen halbrunden, nach der Stadtseite hin viereckigen Türme.

292,6 *Schildwache:* vom mittelalterlichen Kriegswesen (damals Wache in voller Rüstung mit Schild) übernommen.

292,5–7 *genoß er ... der ... Aussicht:* Bis ins 18. Jh. wird *genießen* mit dem Genitiv verbunden.

292,8 *Glacis:* eine vor dem äußeren Grabenrand einer Befestigung nach dem Feld zu flach abfallende Erdaufschüttung.

Kahlenberg: Berg im Norden von Wien, 438 m hoch; in der Schlacht am Kahlenberg (12. September 1683) wurde das türkische Heer entscheidend besiegt.

292,11 f. *Esplanade:* Vorplatz vor einer Befestigung.

292,21 *in etwas:* einigermaßen; bis ins 19. Jh. in dieser Bedeutung gebraucht.

292,25 *Spießbürgern:* urspr. ›Bürger, der für den Kriegsdienst mit dem Spieß bewaffnet ist‹; dann im 18. Jh. unter dem Einfluß der Studentensprache zunehmend negative Bedeutung.

292,31 *Fabrikaten:* in der Fabrik hergestellte Gegenstände; Ende 18. Jh. gebildet.

292,33 f. *ingleichem:* (kanzleisprachlich, veraltet) ebenso.

293,4 *Fruchtmaß*: Hohlmaß für Getreide, überhaupt für Körnerfrüchte.

Geißel: (oberdt.) Peitsche.

293,8 *Aufwartung:* Bedienung.

293,10 *annehmlich:* annehmbar.

293,21 *Kreuzern:* Kreuzer: Münze, die nach dem darauf geprägten Doppelkreuz benannt wurde.

293,24 *passen:* achthaben.

Zwerchsack: (*zwerch*, mhd. *twerch*, identisch mit *quer*) Quersack.

293,35 *Widerspiel:* Gegenstück.

294,10 *Kram:* Ware; Grundbedeutung: Zelt, Bretterbude, in denen Waren zum Kauf ausgelegt werden; dann Bedeutungsverschlechterung: Sachen von geringem Wert.

294,12 *Anfluge:* Vorstellung.
294,21 *ditto:* dito: (lat.) ebenso, desgleichen.
294,27 *unmaßgeblichem:* unverbindlichem.
294,30 *ausgepicht:* mit Pech verschmiert, um es wasserdicht zu machen.
294,32 *Rührlöffel:* Kochlöffel.
Wellhölzer: walzenförmige Hölzer zum Auswalken des Teiges.
295,3 *just kein Tragen für Herrn:* nicht gerade der Stock, den ein vornehmer Herr benützt.
295,12f. *läßt ihr ... am Gulden einen Batzen:* Für jeden Gulden, den sie einnimmt, bekommt sie einen Batzen, was dem Wert von vier Kreuzern entspricht.
295,17 *Crescenz*: Namenskurzform für Crescentia/Kreszentia/Kreszenzia (von lat. *crescere* ›wachsen, gedeihen‹). Der später heiliggesprochenen Franziskanerin Maria Crescentia Höß, die mit übernatürlichen Gaben ausgestattet gewesen sein soll, wurden zur Prüfung Aufgaben gestellt. Einmal sollte sie Wasser in einem Sieb tragen. Bei Mörike tritt Creszenz vielleicht auch deshalb als Kellnerin auf.
295,18 *Feilt er nicht bald sein eigen Eisen?:* Hat er nicht bald seine eigene Schlosserei?
295,21 *guter Tropf:* guter Mensch; sonst meist im Sinn von ›einfältiger Mensch‹ gebraucht.
295,22 *hausgehalten:* den Haushalt besorgt.
295,24 *zeither:* seither.
295,30 *gar:* vollständig, ganz.
295,32 *Gant*: öffentliche Zwangsversteigerung; übernommen von ital. *incanto* (aus lat. *in quantum* ›auf wieviel‹), dem Ruf des Versteigerers.
296,5 *Wickel:* zusammengebundene Haare.
296,11 *Hasenfuß:* Feigling.
296,35f. *accurate Hand:* ordentliche, gewissenhafte Handschrift.
297,1 *ihn zu quittieren:* ihm den Empfang zu bestätigen.
297,8f. *aufgeräumter:* heiterer, fröhlicher, unbekümmerter.
297,31 *Gezücht:* Ungeziefer.
298,1 *maledette! disperate!:* (ital.) Verfluchte! Verdammte!
ein Stück zwanzig: etwa zwanzig.
298,8 *Esterhazy:* Nikolaus Joseph Fürst von Esterházy (1714–1790), österreichischer Feldmarschall, wichtiger Förderer der Wissenschaften und Künste, Begründer einer Musikschule in Eisenstadt.

Haydn: Joseph Haydn (1732–1809), von 1760 bis 1790 Kapellmeister des Fürsten Esterházy. Mozart hatte ihm in den Jahren 1783–85 sechs Quartette gewidmet.

298,10f. *Durchlaucht:* urspr. Partizip zu *durchleuchten*, mit der Bedeutung ›durchsichtig, glänzend‹; seit dem 15. Jh. als Lehnübersetzung von lat. *perillustris* (›sehr berühmt, erleuchtet‹) als Titel für fürstliche Persönlichkeiten.

298,13 *übermachen:* zusenden, zukommen lassen.
letzt: kürzlich; heute dafür *letzthin.*
Quartetten: Quartett (Plural heute: Quartette): Tonstück für vier Singstimmen oder Instrumente (auch für die Gesamtheit der vier Spieler gebraucht).

298,14 *ausgeführt:* aufgeführt.

298,17 *bemerkte mir:* bemerkte zu mir.

298,18 *dedicirte:* widmete.

298,19 *verschlagen:* ausmachen.

298,21 *bald:* beinahe.

298,23 *Amen:* (hebr.) wahrlich, so sei es.

298,24 *Postskript:* Nachschrift.

298,34 *jenen Tag:* an jenem Tag.

299,3 *Graf Hardegg:* Der Name ist vielleicht eine Anspielung Mörikes auf seinen Jugendfreund, den königlichen Leibarzt Hermann Hardegg (1806–1853) in Stuttgart.

299,5 *Bescherung:* zunächst: Beschenkung (z. B. Weihnachtsbescherung); dann auch volkstümlich verwendet für etwas Unangenehmes.

299,7 *Potz Hagel: Potz* ist eine Verballhornung von *Gottes*, um den Namen Gottes nicht im Fluch zu mißbrauchen. *Hagel* wird ebenso wie *Blitz* als Fluch und als Ausruf des Erstaunens gebraucht (vgl. *Potz Blitz*).

299,15 *belobte:* lobte; ältere Form von *loben*, aus der *belobigen* abgeleitet wurde.

299,15f. *nahm es mich wunder:* wunderte es mich.

299,17 *an der Wien:* Die Wien ist ein kleiner Fluß, der mitten in Wien in den Donaukanal mündet.

299,24 *Artigkeit:* Aufmerksamkeit, Freundlichkeit.

299,25 *Dingerl:* wie die Pluralform *Spargeln* (299,22) süddeutsch mundartlich; Bedeutung hier: der Spargel war so dünn und hart wie Federspulen.

299,31 *glimpflich:* rücksichtsvoll, schonend.

300,5 *Trattnerischen Saal*: Mozart wohnte 1784 für kurze Zeit im Trattnerischen Hof in Wien.
Entrée ad libitum: Eintrittsgeld nach Belieben.
300,8f. *Vortrag thun:* Vortrag halten.
300,15 *Erkleckliches:* Erhebliches.
300,18 *Duscheks:* Mit Franz Dušek (1736–99), Komponist und Pianist, und seiner Frau, der Sängerin Josephine Dušek (1756 bis Anfang des 19. Jh.) war Mozart freundschaftlich verbunden.
genausten: engsten; heute nicht mehr üblich.
300,21 *Curiosität*: Neugierde.
300,25 *sich den eigenen Herd einzurichten:* einen eigenen Hausstand zu begründen; der Herd gilt als Mittelpunkt des Hauses und steht daher stellvertretend für den ganzen Hausstand.
300,26 *gemeinen*: einfachen.
300,27f. *Mitbringen:* Mitbringsel, kleines Reisegeschenk.
300,29f. *mehrgedachter:* mehrfach erwähnter.
300,31 *sich … verunköstigt:* sich in Unkosten gestürzt; besondere Mühe aufgewandt.
300,36–301,1 *kann man denken:* heute reflexiv gebraucht: kann man sich denken.
301,3 *patriarchalischer Simplicität:* altväterlicher Einfachheit, Schlichtheit (vgl. Anm. zu 289,9).
301,7 *Kunstwerk des florentinischen Meisters:* das berühmte Salzfaß des Florentiner Goldschmieds und Bildhauers Benvenuto Cellini (1500–1571). Kardinal Ippolite d'Este veranlaßte ihn, es zu modellieren; für Franz I. von Frankreich führte er es in Gold aus; jetzt im Wiener Kunsthistorischen Museum. Cellinis Selbstbiographie wurde von Goethe (1803) übersetzt; Mörike hat sie gelesen.
301,8 *Ambraser Sammlung:* Ambras ist ein Bergschloß südöstlich von Innsbruck. Die schon im 16. Jh. berühmte Sammlung von Kunstgegenständen und Waffen (eine frühneuzeitliche Kunstkammer mit kostbaren Naturalia und Artificialia) kam 1806 größtenteils nach Wien.
301,11f. *Höllenbrand:* arger Bösewicht, wörtl.: jemand, der verdient, in die Hölle zu kommen; hier: Don Giovanni.
301,14f. *Auseinandersetzung:* Darlegung.
301,17 *Fortepiano*: veraltet für: Klavier (Pianoforte); Hammerklavier, im Gegensatz zum Cembalo, dessen Saiten gezupft wurden.
301,18–20 *unsere Leser streifte … an:* unsere Leser berührte; selte-

ne intransitive Konstruktion, die nur im uneigentlichen Sinne üblich ist, z. B. *es streift ans Unglaubliche.*

301,27 *Macbeth:* Tragödie von William Shakespeare, entstanden zwischen 1601 und 1606.

Ödipus: König von Theben, dessen Schicksal von Sophokles in drei Tragödien dargestellt wurde: *König Ödipus, Ödipus auf Kolonos, Antigone.*

302,12 *Betracht:* Hinsicht, Erwägung.

302,18 *Sextett:* Musikstück für sechs Stimmen (Instrumente).

302,21 *sich schickte:* sich ergab, paßte.

302,31 *Grunde:* hier: Tiefe (vgl. *Hintergrund*).

302,32f. *auf einen solchen Grad:* in solchem Maße.

303,6 *Sextett:* Nr. 19 »Einsam hier an dunkler Stätte«.

303,16 *in petto:* im Rückhalt (aus ital. *in petto* ›in der Brust‹, ›auf dem Herzen‹).

303,19f. *juckt mich:* kitzelt, reizt mich.

303,21 *Leporello:* Don Giovannis Diener.

303,22 *Sillery:* einer der besten Weine der Champagne, der in Sillery, einem Dorf in der Nähe von Reims, gewonnen wird.

303,23 *Junker:* hier von Constanze auf ihren Mann bezogen.

303,29f. *Es geht … gar nicht:* Antwort des Grafen.

303,29 *schlechterdings:* durchaus.

304,5 *bälder:* früher, eher; alte, heute nur noch dialektal gebräuchliche Komparativform.

304,9 *fiel mir ein:* da fiel mir ein.

304,9f. *Pensum:* Arbeit, Pflicht.

304,11 *unzeitige:* unpassende, unangemessene.

304,13 *Fürst:* Esterházy.

304,14 *Opus:* (lat.) Werk.

304,15 *Abbate:* Mozarts Librettist Lorenzo da Ponte (vgl. Anm. zu 285,18), der im Seminar zu Treviso eine theologische Ausbildung erhalten hatte. *Abbate* ist der Titel für Weltgeistliche in Italien.

304,17 *und schickt:* und er schickt.

304,19 *sitz' ich … hin:* (oberdt.) setz' ich mich hin.

304,20 *Kauz:* seit dem 15. Jh. gebraucht für eine kleine Eulenart, dann übertragen für einen seltsamen, verschrobenen Menschen.

304,30 *Reiterstatue:* Don Giovanni lädt die Statue auf dem Grab des von ihm ermordeten Komturs scherzhaft zu einem Festessen ein und treibt damit seine Frevelei auf die Spitze.

des Gouverneurs: des Komturs im *Don Giovanni.*

304,33 *war mir ... in die Krone gefahren:* hier: hatte mich gepackt; sonst volkstümlich meist in der Bedeutung ›verdrießlich machen‹.

304,35 *Legion:* eine große Menge; Anfang des 16. Jh.s abgeleitet aus lat. *legio* ›ausgehobene Mannschaft‹ (6000 Mann).

305,1 *Adagio:* langsames Musikstück.

305,8 *Dein Lachen endet vor der Morgenröthe:* kurzes Rezitativ des Komturs im 11. Auftritt des 11. Aufzugs von *Don Giovanni.*

305,10f. *silbernen Posaunen:* vgl. Mörikes Brief an seine Frau vom Sommer 1852 (vgl. Anm. zu 274,9f.).

305,22 *Nachtmahl:* Festessen, zu dem die Statue des ermordeten Komturs bei Don Giovanni erscheint.

305,23 *Donna Elvira:* in der Oper eine »Dame aus Burgos, von Don Giovanni verlassen«.

Gespenst: die Statue des ermordeten Komturs.

305,25 *entsetzenvolle Dialog:* zwischen Don Giovanni und der Statue, bevor sie ihn in den Abgrund der Hölle zieht.

306,8 *Herz und Nieren:* Neben dem Herzen galten die Nieren als Sitz der Gemütsbewegung (vgl. *das geht an die Nieren*).

306,22 *helle:* heiter, leicht; hier in der alten Form mit Endungs-*e*.

306,24f. *Dibattimento:* Kampf, Zank, Auseinandersetzung.

306,29 *sich ... ausgleiche:* zur Ruhe komme.

überquerer: unvermittelter, unangenehmer.

307,2 *durchzückte:* zücken: mitteldeutsches Transitivum von *zukken*; heute nur noch in Wendungen gebraucht wie *das Schwert, den Dolch zücken.*

307,4 *Wälscher:* Italiener oder Franzose; hier Anspielung auf Salieri (vgl. Anm. zu 256,35).

307,5 *Introduction:* Einleitung; Nr. 1 im *Don Giovanni.*

307,6 *Piece:* (frz.) Stück.

307,11f. *in das Fäustchen lachen:* schadenfroh lachen; eigtl. heimlich, hinter der vorgehaltenen Hand lachen.

307,13f. *die Finger ... verbrennen:* heute meist reflexiv gebraucht.

307,15 *Stempel:* hier: charakteristische Schreibweise.

307,19f. *Ratze:* (süddt.) Ratte.

307,33 *unbeschrieen:* unbesprochen; Grundbedeutung von *beschreien*: ins Gerede bringen.

307,36 *partout:* durchaus.

308,4 *Zuspruch:* Zureden.

308,13 *nahestehende:* hier: nahe bei ihm stehende.

308,23 *Dudelsack:* Sackpfeife. Hier spielt auch die Bedeutung des Verbums *dudeln* mit, das – neben der Grundbedeutung ›auf der Sackpfeife blasen‹ – auch den Sinn hat: schlechte Musik, schlechten Gesang machen.

308,24f. *verstocket ... daß sie anbeten Baalim:* Der Graf spielt hier auf den Stil der Bibel an. Baal hieß die männliche Hauptgottheit der alten semitischen Völker, den auch die Israeliten wiederholt verehrten; der hebräische Plural *Baalim* steht hier für ›Götzen‹. Gemeint ist: Gott verwirrt dann Gemüt und Verstand der Menschen, so daß sie allerlei Widersinniges tun.

308,26 *Behüt' uns Gott:* zu ergänzen: davor.

308,28 *falsche Prophet:* Anspielung auf Matthäus 7,15 »Hütet euch vor den falschen Propheten«; vielleicht dachte Mörike hier auch an Franz Liszt und Richard Wagner.

309,3 *Effekten:* Gepäck, Habseligkeiten.

309,11 *Heiliger Sixtus und Calixtus:* scherzhafter Kraftausdruck; die Namen der beiden Päpste werden hier wohl vor allem wegen des Gleichklangs gewählt.

309,17 *Schlag:* Wagentüre.

309,18 *Ritter Gluck*: vielleicht eine Anspielung auf den adligen, gesellschaftlich integrierten und wirtschaftlich erfolgreichen Opernkomponisten Christoph Willibald Ritter von Gluck (1714–1787), der seit 1748 in Wien lebte. Sein Name läßt auch Mozarts momentanes »Glück« assoziieren. Möglicherweise auch ein Hinweis auf E. T. A. Hoffmanns Erzählung *Ritter Gluck* von 1809, in der es ebenfalls um Mozarts *Don Giovanni* geht. Mörike hat Hoffmann sehr geschätzt.

309,23 *vielbelobte:* von vielen gelobt (vgl. Anm. zu 299,15).

309,25 *Wittingau:* Stadt im südlichen Böhmen an der Bahnlinie Wien – Gmünd – Prag.

309,26 *Postpferde:* Sie wurden von Poststation zu Poststation gemietet, während man die Pferde des Grafen wieder zurückbrachte.

309,29 *Geistesodem*: Odem: Atem. Luthers Form *Odem* ist auf die religiöse und poetische Sprache beschränkt geblieben.

310,16 *der Frau:* Constanze Mozart.

310,17 *für ihn:* Mozart.

310,23 *gelegenheitlich:* im 18. Jh. üblich; heute durch *gelegentlich* verdrängt.

311,13 f. *damastene:* Damast: nach der Stadt Damaskus benanntes, einfarbiges Gewebe mit eingewebtem Muster.

311,23 f. *eines böhmischen Volksliedchens:* das abschließende Gedicht *Ein Tännlein grünet wo*, das Mörike, anders, als es diese Fiktion behauptet, selbst verfaßt hat und das natürlich kein Volkslied ist.

311,25 f. *darüber betreten:* davon unangenehm berührt.

311,26 *wie die ihrige:* zu ergänzen: war.

311,27 *Orakel:* Vorhersage, göttliche Weissagung, Zukunftsdeutung, rätselhafter Ausspruch; von lat. *orare* ›reden, sprechen‹; Stätte, wo der Spruch der Götter verkündet wird, und der Spruch selbst.

311,31–312,13 *Ein Tännlein ... blitzen sehe!:* Die Erstfassung des Gedichts entstand spätestens im September 1851 mit dem Titel *Grabgedanken* und erschien in der *Frauen-Zeitung für Hauswesen, weibliche Arbeiten und Moden*, 1852, Nr. 14, in Stuttgart; dort einige Abweichungen. Die überarbeitete Fassung erschien dann ohne Titel in der Mozart-Novelle.

Literaturhinweise

Ausgaben

Mörikes Werke. Kritisch durchgesehene und erläuterte Ausgabe. 3 Bde. Hrsg. von Harry Maync. Leipzig: Bibliographisches Institut, ²1914. [Zuerst 1909.]

Eduard Mörike. Sämtliche Werke. 3 Bde. Hrsg. von Gerhart Baumann in Verb. mit Siegfried Grosse. Stuttgart: Cotta, ²1961. [Zuerst 1954–59.]

Eduard Mörike. Sämtliche Werke in zwei Bänden. Textred.: Jost Perfahl. Anm., Zeittafeln und Bibliogr.: Helga Unger. Mit einem Nachw. von Benno von Wiese. München: Winkler, 1967/70.

Eduard Mörike. Sämtliche Werke. Hrsg. von Herbert G. Göpfert. Nachw. von Georg Britting. München: Hanser, ⁵1976 [zuerst 1949].

Eduard Mörike. Novellen und Märchen. Vollständige Texte nach dem Wortlaut des dritten Bandes der von Harry Maync herausgegebenen Werke Eduard Mörikes (Leipzig und Wien 1914). Nachw., Zeittafel, Anm. und bibliogr. Hinweise von Hannelore Schlaffer. München: Goldmann, 1982.

Eduard Mörike. Werke und Briefe. Historisch-kritische Gesamtausgabe. Hrsg. von Hans-Henrik Krummacher. Herbert Meyer und Bernhard Zeller. Stuttgart: Klett-Cotta, 1967ff. [Der Band mit den Erzählungen ist noch nicht erschienen.]

Sekundärliteratur

Arnold, Silke: »Ich ward, was des Mädchens Vergehen betrifft, aus dem Gespräch der Herren nicht klug«. Eduard Mörike und das Rätsel der *Lucie Gelmeroth*. In: Reiner Wild (Hrsg.): »Der Sonnenblume gleich steht mein Gemüthe offen«. Neue Studien zum Werk Eduard Mörikes. St. Ingbert 1997. S. 91–118.

Bender, Wolfgang J. A.: Ingenium animum humanum iuvat: Gedanken zum Inspirationsgeschehen in *Mozart auf der Reise nach Prag*. In: Peter Heßelmann (Hrsg.): »Das Schöne soll sein«. Aisthesis in der deutschen Literatur. Festschrift für Wolfgang F. Bender. Bielefeld 2001. S. 381–392.

Benn, M. B.: Comments of an Advocatus Diaboli on Mörike's *Mozart auf der Reise nach Prag*. In: German Life and Letters 25 (1971/72) S. 368–376.

Bennholdt-Thomsen, Anke / Guzzoni, Alfredo: Das Bild der Wasserfrau in Mörikes *Historie von der schönen Lau*. In: Archiv für das Studium der neueren Sprachen und Literaturen 224 (1987) S. 254–269.

Blamberger, Günter: »Wer hat den bunten Schwarm von Bildern und Gedanken / zur Pforte meines Herzens hergeladen ...« Eduard Mörikes Darstellung des Inspirationsgeschehens in der Novelle *Mozart auf der Reise nach Prag*. In: G. B. / Manfred Engel / Monika Ritzer (Hrsg.): Studien zur Literatur des Frührealismus. Frankfurt a. M. / Bern / New York 1991. S. 228–305.

– Ingenium est ineffabile? Das Geheimnis des Schöpferischen in Mörikes Mozartnovelle. In: Eijiô Iwasaki (Hrsg.): Begegnung mit dem »Fremden«. Grenzen – Traditionen – Vergleiche. Akten des VIII. internationalen Germanistenkongresses. Tokio 1990. Bd. 11. München 1991. S. 50–57.

Brandstetter, Gabriele / Neumann, Gerhard: Biedermeier und Postmoderne. Zur Melancholie des schöpferischen Augenblicks. Mörikes Novelle *Mozart auf der Reise nach Prag* und Shaffers *Amadeus*. In: Günter Blamberger / Manfred Engel / Monika Ritzer (Hrsg.): Studien zur Literatur des Frührealismus. Frankfurt a. M. / Bern / New York 1991. S. 306–337.

Braungart, Wolfgang: Eduard Mörike, *Mozart auf der Reise nach Prag*. Ökonomie, Melancholie, Auslegung und Gespräch. In: Interpretationen. Erzählungen und Novellen des 19. Jahrhunderts. Bd. 2. Stuttgart 1990. S. 133–202.

Busch, Stefan: Unzeitgemäße Konjunktionen. Saturn und Psychologie in Eduard Mörikes Novelle *Mozart auf der Reise nach Prag*. In: German Life and Letters 53 (2000) Nr. 2. S. 201–215.

Eckhardt, Holger: Märchenhafte oder historische Chronologie in Eduard Mörikes *Das Stuttgarter Hutzelmännlein*? In: Wirkendes Wort 39 (1989) S. 326–329.

Ester, Hans: Mörike und Mozart. Die Faszination des Nächtlichen. In: H. E. / Guillaume van Gemert / Christiaan Janssen (Hrsg.): Künstler-Bilder. Zur produktiven Auseinandersetzung mit der schöpferischen Persönlichkeit. Amsterdam 2003. S. 53–72.

Evers, Daniela: »Eine kleine Diskussion über Dichtung und Wahrheit«. Mörikes *Schatz* – eine Erzählung über das Erzählen. In: Reiner Wild (Hrsg.): »Der Sonnenblume gleich steht mein Gemüthe offen«. Neue Studien zum Werk Eduard Mörikes. St. Ingbert 1997. S. 119–131.

Farrel, Ralph B.: *Mozart auf der Reise nach Prag*. London 1960.

Field, George Wallis: Silver and Oranges. Notes on Mörike's Mozart-Novelle. In: Seminar 14 (1978) S. 243–254.

Freund, Winfried: Eduard Mörike. In: W. F.: Novelle. Stuttgart 1998. S. 140–142.

Fuchs, Dörte / Günter, Andrea: Lachend in die OhnMacht. Eduard Mörikes *Historie von der schönen Lau*. Archäologie eines Textes. In: Irmgard Roebling (Hrsg.): Sehnsucht und Sirene. Vierzehn Abhandlungen zu Wasserphantasien. Pfaffenweiler 1992. S. 131–143.

Futterknecht, Franz: Eduard Mörikes *Stuttgarter Hutzelmännlein*. Versuch einer Interpretation. In: Jahrbuch der Jean-Paul-Gesellschaft 28 (1993) S. 115–134.

Goes, Albrecht: Musik des Abschieds. Die Mozart-Novelle. In: A. G.: Mit Mörike und Mozart. Studien aus fünfzig Jahren. Frankfurt a. M. 1988. S. 43–50. [Zuerst 1949.]

Graevenitz, Gerhart von: Don Juan oder die Liebe zur Hausmusik. Wagner-Kritik in Eduard Mörikes Erzählung *Mozart auf der Reise nach Prag*. In: Neophilologus 65 (1981) S. 247–262.

Heise, Ursula: Die Behandlung von Mörikes *Mozart auf der Reise nach Prag* in der Schule. In: Der Deutschunterricht 5 (1953) S. 39–51.

Immerwahr, Raymond: Narrative and »Musical« Structure in *Mozart auf der Reise nach Prag*. In: Erich Hofacker / Liselotte Dieckmann (Hrsg.): Studies in Germanic Languages und Literatures. St. Louis 1963. S. 103–120.

– Apokalyptische Posaunen. Die Entstehungsgeschichte von Mörikes *Mozart auf der Reise nach Prag*. In: Viktor Doerksen (Hrsg.): Eduard Mörike. Darmstadt 1975. (Wege der Forschung. 446.) S. 399–425. [Zuerst 1955.]

Ittenbach, Max: *Mozart auf der Reise nach Prag*. In: Germanisch-Romanische Monatsschrift 25 (1937) S. 338–354.

Kaiser, Hartmut: Betrachtungen zu den neapolitanischen Wasserspielen in Mörikes Mozartnovelle. In: Jahrbuch des Freien Deutschen Hochstifts 1977. S. 364–400.

Klotz, Volker: Das europäische Kunstmärchen. Fünfundzwanzig

Kapitel seiner Geschichte von der Renaissance bis zur Moderne. Stuttgart 1985. S. 223–233.
Kreutzer, Hans Joachim: Die Zeit und der Tod. Über Eduard Mörikes Mozart-Novelle. In: H. J. K.: Obertöne. Literatur und Musik. Würzburg 1994. S. 196–216.
Kunz, Josef: Eduard Mörike. In: J. K.: Die deutsche Novelle im 19. Jahrhundert. Berlin 1970. S. 20–29.
Landmann, Herwig: Mörikes Märchen *Das Stuttgarter Hutzelmännlein* im Verhältnis zum Volksmärchen. Diss. Berlin 1961.
Mahlendorf, Ursula R.: Mörike's *Mozart on the Way to Prague*. Stages and Outcomes of the Creative Experience. In: Jeffrey T. Adams (Hrsg.): Mörike's Muses. Critical Essays on Eduard Mörike. Columbia 1990. (Studies in German Literature. Linguistics and Culture. 49.) S. 94–111.
Mautner, Franz H.: Mörikes *Mozart auf der Reise nach Prag*. In: F. H. M.: Wort und Wesen. Frankfurt a. M. 1974. S. 135–160.
Mayer, Birgit: Eduard Mörikes Prosaerzählungen. Frankfurt a.M. / Bern / New York 1985.
– Eduard Mörike. Stuttgart 1987.
– Antriebskraft Tod: Eduard Mörikes *Mozart auf der Reise nach Prag*. In: Winfried Freund (Hrsg.): Deutsche Novellen. Von der Klassik bis zur Gegenwart. München 1993. S. 145–154.
Mayer, Mathias / Tismar, Jens: Kunstmärchen. 3., völlig neu bearb. Aufl. Stuttgart/Weimar 1997. S. 104–107.
– Eduard Mörike. Stuttgart 1998.
Meyer, Herbert: Eduard Mörike. In: Karl K. Polheim (Hrsg.): Handbuch der deutschen Erzählung. Düsseldorf 1981. S. 206–216.
Müller, Helmut: Die Bedeutung des Volksmärchens für Eduard Mörikes Märchendichtung. In: Beiträge zur schwäbischen Literatur und Geistesgeschichte 3 (1985) S. 92–143.
Perraudin, Michael: *Mozart auf der Reise nach Prag*, the French Revolution, and 1848. In: Monatshefte für deutschen Unterricht, deutsche Sprache und Literatur 81 (1989) S. 45–61.
Pörnbacher, Karl: Eduard Mörike. *Mozart auf der Reise nach Prag*. Erläuterungen und Dokumente. 2., bibliogr. erg. Aufl. Stuttgart 1985 [zuerst 1971].
Polheim, Karl K.: Der künstlerische Aufbau von Mörikes Mozart-Novelle. In: Euphorion 48 (1954) S. 41–70.
Popp, Wolfgang: Eduard Mörikes *Stuttgarter Hutzelmännlein*

zwischen Volksmärchen und Kunstmärchen. In: Wirkendes Wort 20 (1970) S. 313–320.
Prawer, Siegbert S.: The Threatened Idyll. Mörike's *Mozart auf der Reise nach Prag*. In: Modern Languages 44 (1963) S. 101–107.
Rokyta, Hugo: Das Schloß in Mörikes Novelle *Mozart auf der Reise nach Prag*. In: Jahrbuch des Wiener Goethe-Vereins (1967) S. 127–153.
Sander, Volkmar: Zur Rolle des Erzählers in Mörikes Mozart-Novelle. In: The German Quarterly 36 (1963) S. 120–130.
Schlaffer, Hannelore: Nachwort. In: Eduard Mörike. Sämtliche Novellen und Märchen. München [2]1993. S. 266–290.
Sengle, Friedrich: Eduard Mörike. In: F. S.: Biedermeierzeit. 3 Bde. Stuttgart 1972. Bd. 3: Die Dichter. S. 691–751.
Simon, Hans-Ulrich: Mörike-Chronik. Stuttgart 1981.
Steinmetz, Horst: Eduard Mörikes Erzählungen. Stuttgart 1969.
Storz, Gerhard: Mörikes *Stuttgarter Hutzelmännlein*. In: G. S.: Figuren und Prospekte. Ausblicke auf Dichter und Mimen, Sprache und Landschaft. Stuttgart 1963. S. 133–146. [Zuerst 1951.]
– Eduard Mörike. Stuttgart 1967.
Trümpler, Ernst: Eduard Mörike: *Die Hand der Jezerte*. Versuch einer Deutung. In: Monatsschrift für deutschen Unterricht, deutsche Sprache und Literatur 47 (1955) S. 105–111.
Unger, Helga: Mörike-Kommentar zu sämtlichen Werken. München 1970.
Völker, Ludwig: »Daß das Wunderbare nur scheinbar ist und bloßes Spiel«. Form und Geist des Erzählens in Mörikes *Der Schatz*. In: Jahrbuch der deutschen Schillergesellschaft 29 (1985) S. 324–342.
Weber, Barbara: Der literarische Garten im bürgerlichen Zeitalter. Die Motive ›Park‹ und ›Garten‹ in den Prosawerken von Mörike, Storm und Fontane. Diss. Düsseldorf 1991. 346 Bl. [Mikrofiche-Ausg.]
Weber, Werner: Spiel und Gesetz. *Mozart auf der Reise nach Prag*. In: W. W.: Forderungen. Bemerkungen und Aufsätze zur Literatur. Zürich 1970. S. 128–138.
Wiese, Benno von: Eduard Mörike. *Mozart auf der Reise nach Prag*. In: B. v. W.: Die deutsche Novelle von Goethe bis Kafka. 2 Bde. Düsseldorf 1956. Bd. 1. S. 213–237.
Wittkowski, Wolfgang: Von der alten schönen Zeit: Eichendorffs ›Cupido‹ und Mörikes ›Mozart‹. In: Hans-Georg Pott (Hrsg.):

Eichendorff und die Spätromantik. Paderborn [u.a.] 1985. S. 133–155.
Woods, Jean M.: Memory and Inspiration in Mörikes *Mozart auf der Reise nach Prag*. In: Revue des Langues Vivantes 41 (1975) S. 6–14.

Hingewiesen sei außerdem auf das von Inge und Reiner Wild herausgegebene *Mörike-Handbuch*, das 2004 erscheint und ausführliche Artikel zu den einzelnen Erzählungen enthält. Diese Beiträge konnten für die vorliegende Edition leider nicht mehr eingesehen werden.

Nachwort

Mörikes gesellige Erzählkunst

I. Versöhnlich, liebenswürdig und vertrackt

Mörike als Erzähler: das ist und bleibt ein schwieriges Thema. Zu sehr scheint seine Erzählkunst auf den ersten Blick insgesamt doch hinter seiner Lyrik zurückzustehen, zu offensichtlich erscheint dort die erheblich größere Breite, die größere Vielfalt der poetischen Töne, der Formen und Gattungen, der Themen und Gegenstände: vom Lebensweltlichsten und Alltäglichsten, ja Banalsten – dem Hund Joli, den Essigkolben auf der Fensterbank, den Senfgurken – bis hin zum ergreifendsten poetischen Trost (*Ein Tännlein grünet wo*), zum tiefsten Erschrecken im plötzlichen Todesbewußtsein (*Erinna an Sappho*), zur subtilsten poetischen Reflexion über das Wesen des Kunstwerks (*Auf eine Lampe*) und zur frappierenden Modernität der poetischen Sprache und der Absolutheit der Liebe (*Peregrina*-Zyklus).[1]

Gewiß: *Mozart auf der Reise nach Prag* ist als eine der bedeutendsten Erzählungen der deutschen Literatur und als ein Höhepunkt in der Geschichte der Künstlernovelle seit jeher anerkannt. Das hat sich auch in der Forschungs-

1 Welcher Lyriker um 1830 schließt ein Gedicht mit einer solchen fast sprechsprachlichen Lakonie ab wie Mörike das dritte Peregrina-Gedicht? »– *Wie wenn ich eines Tags* auf meiner Schwelle / Sie sitzen fände, wie einst, im Morgen-Zwielicht, / Das Wanderbündel neben ihr, / Und ihr Auge, treuherzig zu mir aufschauend, / Sagte, *da bin ich wieder / Hergekommen aus weiter Welt*!« Dann, am Beginn des vierten Gedichtes, ein völliger Wechsel des Tones: »Warum, Geliebte, denk ich dein / Auf einmal nun mit tausend Tränen«. – Eduard Mörike, *Sämtliche Werke in zwei Bänden*, Textred.: Jost Perfahl, Anm., Zeittafeln und Bibliogr.: Helga Unger, Nachw. von Benno von Wiese, München 1967–70, Bd. 1, S. 748 (Hervorh.: W. B.).

literatur niedergeschlagen, die sich eindeutig auf diese Erzählung konzentriert. Das *Stuttgarter Hutzelmännlein* erfreut sich wegen seines schwäbischen Kolorits zumindest im Süddeutschen bis heute noch einiger Beliebtheit. Das literaturgeschichtliche und wissenschaftliche Interesse an Mörike aber gilt schon immer weit mehr der Lyrik und inzwischen, seit etlichen Jahren, auch dem düsteren und sperrigen *Maler Nolten*, der der Heiterkeit und Versöhnlichkeit der Erzählungen so sehr zu widersprechen scheint.

Tatsächlich wirken die Erzählungen, gerade im Vergleich mit dem frühen *Maler Nolten*, dem Prosa-Erstling (1832), wenig widerständig und nicht forciert tiefgründig. Sieht man einmal von der merkwürdigen Erzählung *Die Hand der Jezerte* und der überaus komplexen Struktur der drei umfangreichen Erzählungen ab (schon Mörikes Freunde haben das freilich viel kritischer formuliert), so erscheinen sie leicht zugänglich, unheroisch, unpathetisch, und sie haben sich damit wohl auch selbst im Weg gestanden. Denn die deutsche Literatur liebt nun einmal weit mehr das Düstere, Melancholische, das Scheitern, die Verzweiflung, nicht die Heiterkeit.[2] Für die deutsche Literatur liegt die Wahrheit im mißlingenden, nicht im gelingenden Leben. Da haben es so freundliche Helden wie der Bauernsohn Frieder, wie der heitere, gesellige Hofrat Arbogast und seine Frau Ännchen/Josephe, wie das liebenswürdige Paar Seppe und Vrone nicht gerade leicht. Mörikes Helden, gerade die der drei umfangreichen Erzählungen, mögen die Menschen, aber sie bejahen auch sich selber. Ihnen gelingt, freilich nicht von selbst, sondern weil sie sich

2 Vgl. Peter Eichhorn, *Kritik der Heiterkeit (Ist unserer Literatur die Heiterkeit vergangen? Antwort auf die Preisfrage der Deutschen Akademie für Sprache und Dichtung vom Jahre 1972)*, Heidelberg 1973; Petra Kiedaisch, *Ist die Kunst noch heiter? Theorie, Problematik und Gestaltung der Heiterkeit in der deutschsprachigen Literatur nach 1945*, Tübingen 1996; Harald Weinrich, *Kleine Literaturgeschichte der Heiterkeit*, erw. und überarb. Neuausg. München 2001.

wirklich darum bemühen, die Versöhnung von »Selbstliebe und Geselligkeit«, das große Problem des sozialethischen und naturrechtlichen Diskurses des 18. Jahrhunderts.[3] Bei Mörike darf selbst der heiter-melancholische Mozart mit seiner Frau Constanze einmal das ganze, gelingende Leben im Schloß des Grafen Schinzberg genießen, wenigstens für einen Tag. Mörike meint es gut mit seinen Figuren, selbst mit der Ulmer Meisterswitwe und dem Bauern Peter. Es sind Geschichten der Zustimmung zur Kunst wie zum Leben. Meister Bläse, der doch Vrone Kiderlen (und damit ihren koboldhaften Mentor selbst) übers Ohr haut, bekommt vom Hutzelmann zwar eine sanfte Rüge, aber dazu noch ein Rezept für eine Schuhwichse, die ihn sogar zum reichen Mann macht. Mörikes Geschichten gehen alle gut aus.

Mit einer behaglichen Formel des 19. Jahrhunderts und vor allem des populären Erzählens: Mörikes Erzählungen brauchen den ›geneigten Leser‹, den freundlichen und liebenden Leser, den Leser, der sich gerne Zeit nimmt, der genau zuhört, der sich den scheinbar so leicht erzählten Geschichten anvertraut. Sie brauchen den Leser, der selbst fähig ist zum Gespräch und der über die Tugenden einer geselligen Hermeneutik verfügt, wie sie etwa Schleiermacher gefordert hat. Mörikes Erzählungen realisieren, wie seine Lyrik, eine Poetik der Geselligkeit.[4] Freundschaft, Liebe, Geselligkeit, Kunst: auf diesen für das 18. und 19. Jahrhundert grundlegenden ästhetisch-sozialen Zusammenhang bleibt Mörike sein Leben lang bezogen.[5]

3 Zu diesem sozialethischen Grundproblem, das dem Theologen Mörike natürlich vertraut ist, vgl. jetzt ausführlich Friedrich Vollhardt, *Selbstliebe und Geselligkeit. Untersuchungen zum Verhältnis von naturrechtlichem Denken und moraldidaktischer Literatur im 17. und 18. Jahrhundert*, Tübingen 2001.

4 Vgl. Wolfgang Braungart, »Prolegomena zu einer Ästhetik der Geselligkeit (Lessing, Mörike)«, in: *Euphorion* 97 (2003) S. 11–18.

5 Vgl. für diesen Zusammenhang von Ästhetik und Geselligkeit um 1800 Gerhard Kurz, »Das Ganze und das Teil. Zur Bedeutung der Geselligkeit in der ästhetischen Diskussion um 1800«, in: Christoph Jamme (Hrsg., un-

Unter dieser hermeneutischen Voraussetzung, der Bereitschaft zur Zuneigung, ja: der Zustimmung, merkt dieser gutmütige, verträgliche Leser freilich dann bald: Ganz so einfach ist das alles womöglich doch nicht. Insbesondere die Mozart-Novelle ist konsequent doppelbödig. Ihr Schweben zwischen heiterer Geselligkeit und Lebenslust einerseits, auch im Erzählton, und Melancholie und Todesbewußtsein andererseits ist von der Forschung immer wieder herausgearbeitet worden.[6] Solche Doppelbödigkeit sollte als Mahnung dienen, die Versöhnlichkeit dieser Erzählungen nicht mit Banalität zu verwechseln. Doch Melancholie und Todesbewußtsein sind auch beim großen Künstler Mozart, dessen »Neigung zumal für gesellige Freuden außerordentlich groß« ist, nicht das ›Eigentlichere‹, das ›wahrere Wesen‹, sondern eben seine andere Seite und damit die andere Seite des Lebens und der Kunst selbst. Sie dienen nicht der narzißtischen Stilisierung des Künstlers und der Überhöhung der Kunst.

Aber die Mozart-Erzählung ist durchaus keine Ausnahme: Was soll man z. B. von einem Kunstmärchen halten, dessen eigentlicher Protagonist sich sofort und ungefragt als »Pechschwitzer« und »Tröster« zugleich vorstellt? »Pechschwarze Haare« hat der Hutzelmann, »dazu aber

ter Mitw. von Frank Völkel), *Kunst und Geschichte im Zeitalter Hegels*, Hamburg 1996, S. 91–113; außerdem den Überblick bei Markus Fauser, »Rhetorik, Gespräch, Geselligkeit: Deutsche Umgangsliteratur des 18. Jahrhunderts«, in: *Carleton Germanic Papers* 23 (1995) S. 21–42, und M. Fauser, *Das Gespräch im 18. Jahrhundert. Rhetorik und Geselligkeit in Deutschland*, Stuttgart 1992; eine gute Einführung mit der wichtigsten neueren sozial- und geschichtswissenschaftlichen Literatur bei Marita Metz-Becker, »Geselligkeit. Formen bürgerlicher Alltagskultur um 1800«, in: *Österreichische Zeitschrift für Volkskunde* LII/101 (1998) S. 409–432.

6 Einige Titel in chronologischer Reihenfolge (s. Literaturhinweise, S. 367–372): Siegbert S. Prawer, »The Threatened Idyll«; Wolfgang Braungart, »Eduard Mörike: *Mozart auf der Reise nach Prag*«; Gabriele Brandstetter / Gerhard Neumann, »Biedermeier und Postmoderne«; Hannelore Schlaffer, Nachwort; Birgit Mayer, »Antriebskraft Tod«; Hans Joachim Kreutzer, »Die Zeit und der Tod«; Mathias Mayer, *Eduard Mörike*, S. 120–133; Stefan Busch, »Unzeitgemäße Konjunktionen«. (Siehe dazu auch Abschn. III dieses Nachworts.)

hellblaue, freundliche Augen«. Er scheint also von ganz unten und ganz oben zugleich zu stammen; er scheint ein Teufelchen und Heiliger Geist in einem zu sein (›Tröster‹, ›Fürsprecher‹, ›Beistand‹ sind traditionelle Bestimmungen des Heiligen Geistes). Als ein solcher ›Tröster‹ erfindet und spendet er Seppe das immerwährende Brot, das Brot des Lebens, das so nahrhafte, handfeste wie genußreiche Hutzelbrot (Hutzelbrot ist schwer und kompakt): ein großes Symbol. Mörike liebt solche Anspielungen und Nebenbedeutungen. Doch das Hutzelbrot wird schließlich von einem »schönen großen Vogel« ohne schlimme Konsequenzen einfach aufgefressen. Im Gegenteil: Seppes Verlust dieses *ewigen* Brotes kehrt sich letztlich geradezu um in den Gewinn des *irdischen* Lebens in seiner ganzen Fülle: Der Vogel verrät seine Meisterin, die Giftmischerin (ein außerordentlich populäres Motiv der Trivialliteratur des 19. Jahrhunderts), und rettet so Seppe. Mörikes Erzählungen mögen das Leben. Seppe findet am Ende also doch zu seinem Glück: nicht beim ›Tröster‹ oben, sondern im Hier und Jetzt bei seiner Vrone. Deren Name erinnert nun freilich auch an die Leidensgeschichte Jesu (Vrone ist die Kurzform von Veronika).[7]

Wie das alchemistische Paar müssen Ännchen/Josephe und Goldschmied Franz durch das läuternde Feuer hindurch (»das bekannte Scharlachfieber«), um schließlich dann doch zusammenzukommen. Im tiefen Keller schmieden sie die Irmel-Kette und ihre eigene Lebenskette zusammen, so wie die Kette des Erzählens und der Erzählgesellschaft durchs gemeinsame Erzählen zusammenkommen. Irmel ist ein Kind der Sünde und des Todes (»Sichel«). Hell und dunkel, weiß und schwarz ist die heiter-melancholische Welt Mozarts und ist die grundlegende Farbsymbolik im Jezerte-Märchen. – Mörikes Geschich-

7 Die Hl. Veronika soll Jesus auf seinem Leidensweg ihr Schweißtuch gereicht haben, auf dem sich dann das Antlitz abgezeichnet habe.

ten sind vertrackter, als es beim ersten Lesen scheint. Aber sie protzen nicht mit ihrer Komplexität. Man muß ihre Schwierigkeiten nicht unbedingt wahrnehmen und darf und kann doch seine Freude daran haben. Man sollte sie nur überhaupt ernst nehmen, auch ihre märchenhaften Züge; man darf sie nicht zu rasch hinweg allegorisieren.[8]

Am fremdartigsten in Sprache, Motivik, allegorisierender Kargheit des Erzählens und seltsam eklektisch mutet gewiß das ›Märchen‹ von der *Hand der Jezerte* an, das legendenhafte Züge (mit dem Veilchenwunder) mit exotisch-orientalischen vereint und ganz milde und versöhnlich, dabei – gegen Mörikes sonstige Gewohnheit – völlig humor- und ironielos wirkt. *Arete*, ›Tugend‹, war der Titel eines ersten Entwurfs, den er 1838 seinem Freund Wilhelm Hartlaub schickte.[9] In den Jahren der Entstehung des *Hutzelmännleins* und der Mozart-Erzählung wird auch dieses Kunstmärchen dann ausgearbeitet. »In des Königes Garten, eh' das Frühlicht schien, rührte der Myrtenbaum die Blätter, sagend:« Nie zuvor hat Mörike einen solchen Erzählton angeschlagen, und er wird es nicht wieder tun. Doch worin liegt die allegorische Lehre der Geschichte, die man als »Vorläufer der Neuromantik eingeschätzt« hat?[10] Das ist schwer zu sagen. Versöhnlichkeit ist bei Mörike keine von außen kommende Moral, sondern ein für sein Erzählen (und zu großen Teilen auch für die Lyrik) gültiges ästhetisch-soziales Prinzip – aber ganz

8 Dies, Mörike ernst zu nehmen, auch in seinen Mythologien, fordert energisch Franz Futterknecht in seiner so eindringlichen wie diskreten Interpretation des *Hutzelmännleins* im *Jahrbuch der Jean-Paul-Gesellschaft* 28 (1993) S. 115–134.

9 Über die Entstehungsgeschichte der einzelnen Erzählungen, Vorstufen und Unterschiede zwischen einzelnen Fassungen informiert am genauesten die Monographie von Birgit Mayer, *Eduard Mörikes Prosaerzählungen*, Frankfurt a. M. / Bern / New York 1985; Mayer gibt auch Hinweise auf mögliche Deutungen, die sich aus den Unterschieden der Fassungen ergeben könnten.

10 Mathias Mayer, *Eduard Mörike*, Stuttgart 1998, S. 117, mit Bezug auf Harry Maync.

ohne geschichtsphilosophische Ambitionen und hegelianische Rückendeckungen wie im poetischen Realismus.[11]

Noch einmal anders ist schließlich der Ton im Märchen vom *Bauern und seinem Sohn*, eine zunächst sehr moralisch wirkende Kalendergeschichte, scheinbar in bester Aufklärungstradition und ursprünglich auch für einen Volkskalender bestimmt. Nur wollte man sie dort nicht haben, weil »die Erzählung den Aberglauben gewissermaßen begünstige«,[12] statt ihn zu bekämpfen, wie das etwa Mörikes Schweizer Kollege Jeremias Gotthelf erzählend versucht hat (z.B. in seinem Roman *Anne Bäbi Jowäger*).

Auf andere Gattungskonventionen, nämlich die des Bildungsromans, nehmen dagegen das *Hutzelmännlein* und der *Schatz* Bezug.[13] Aber Seppes Weg ist ein einziger Exkurs. Mit dem männlichen und dem weiblichen Stiefel, die er an den Füßen trägt, stolpert er in die schwäbische Welt hinein. (Immerhin: Vrones Stiefel scheint ihm zunächst so gut zu passen, daß er es nicht gleich merkt.) Diese geschlechtliche Identitätskrise klärt sich auf: Als der Mann die Männerstiefel und die Frau die Frauenstiefel trägt, gelingt die Balance auf dem Seil und findet Seppe zu seiner Vrone, die er am Anfang nicht wirklich wahrnehmen wollte. Der Goldschmied Franz Arbogast wird bei seinem Exkurs von seinen kleinen Lebenslügen geheilt. Beide Er-

11 Nach wie vor dazu grundlegend: Wolfgang Preisendanz, *Humor als dichterische Einbildungskraft. Studien zur Erzählkunst des poetischen Realismus*, München 1963 [u. ö.].

12 Brief vom 12. April 1838 an Hermann Kurz (*Werke und Briefe. Historisch-kritische Gesamtausgabe*, hrsg. von Hans Henrik Krummacher [u.a.], Bd. 12, Stuttgart 1986, S. 189).

13 Mathias Mayer (s. Anm. 10) S. 116 sieht im *Hutzelmännlein* sogar »die ironische Umkehrung eines Bildungsromans«. Das ist mir zu stark, weil einerseits die Bildungsromane fast alle in gewisser Weise ›ironische Umkehrungen‹ einer zu naiven Idee der Selbstbildung und Selbstfindung des Subjekts sind und weil andererseits Mörikes Helden Franz und Seppe am Ende durchaus zu sich selbst finden, was dann nicht mehr bezweifelt oder melancholisch abgetönt wird (wie etwa in Kellers *Grünem Heinrich*). So lösen die Erzählungen doch eine zentrale Idee des Bildungsromans ein. Nur braucht dann das ›normale Leben‹ nicht mehr erzählt zu werden.

zählungen enthalten auch märchenhafte – wie die vom Waidfeger-Fest – und schwankhafte Episoden, wie die Geschichte vom Stiefelzieher, die Bläse-Geschichte mit den »Wasserratten« und dem »Bulver«, das Bläse für den Hutzelmann erfinden soll, oder die Streiche, die sich Seppe mit dem Färbergesellen erlaubt. *Der Schatz* zehrt dazu noch vom Genre der Gespenstergeschichten (Irmel-Handlung). Geister und Gespenster haben Mörike sehr interessiert.[14]

Mörike macht aber noch weiter Anleihen bei anderen literarischen Gattungen: *Lucie Gelmeroth* ist auch eine Kriminalgeschichte; und doch ist sie nicht so eindeutig eine Vertreterin dieser modernen Gattung.[15] Und *Mozart auf der Reise nach Prag* ist eine Novelle und zugleich eine biographisch-historische Erzählung, wie sich Mörike eben das historische Erzählen vorstellt.

So hält es Mörike mit dem Erzählen also doch ganz ähnlich wie mit seiner Lyrik. Als zutiefst soziale Erzählungen behaupten sie zugleich immer auch die Freiheit der Kunst, die sich weder ins pragmatische noch ins religiöse, noch ins philosophische und auch nicht ins poetologische Raster zwängen lassen will: »Zanges, Banges laß sie gahn«. Die Erzählungen Mörikes partizipieren an verschiedenen Gattungen und erzählerischen Redeweisen. Sie testen sie gleichsam, und wollen sich doch nicht darauf festlegen lassen. Es geht Mörike nicht um die Erfüllung von Gattungskonventionen. Es geht um das Erzählen als eine zutiefst humane Handlung: als ein Erzählen von der gelingenden Kunst und dem letztlich doch gelingenden Leben.[16] So

14 Vgl. jetzt Thomas Wolf, *Brüder, Geister und Fossilien. Eduard Mörikes Erfahrungen der Umwelt*, Tübingen 2001.

15 Zu dieser Erzählung jetzt differenziert, auch unter dem Gesichtspunkt der Kriminalerzählung: Silke Arnold, »›Ich ward, was des Mädchens Vergehen betrifft, aus dem Gespräch der Herren nicht klug‹. Eduard Mörike und das Rätsel der *Lucie Gelmeroth*« (s. Literaturhinweise).

16 Mit den folgenden Notizen zu Mörikes Erzählkunst plädiere ich also auch dafür, Literatur und Kunst als Lebensvollzüge ernst zu nehmen. Allzu

sind sie in der Tat Gegenstücke zum *Maler Nolten* und aufs engste mit der ästhetisch-sozialen Kunst der Mörikeschen Lyrik verbunden.

II. Märchen – Geschichten – Geschichte

Es gibt einen wunderbaren, scheinbar ganz beiläufigen und doch sehr präzisen Vers Mörikes von 1838, der in einem Brief an Vischer geschickt wurde, in dem sich seine Auseinandersetzung mit den Freunden David Friedrich Strauß und Friedrich Theodor Vischer gleichsam und schon früh bündelt:

An einen kritischen Freund
Der unzufrieden war, da der Verfasser neue Märchen schreiben wollte

Die Märchen sind halt Nürnberger War,
Wenn der Mond nachts in die Butiken scheint:
Drum nicht so strenge, lieber Freund,
Weihnachten ist nur einmal im Jahr.[17]

Märchen sind wie Nürnberger Spielzeug, das seinen Glanz nachts vom romantischen Mondlicht erhält. Im nüchternen, hellen Tageslicht mögen sie dann ganz anders aussehen. Das tut ihrer Schönheit und ihrem Sinn aber keinen Abbruch. Märchen sind, so dieser Vers, das Einfachste und Bescheidenste – und doch, wie Weihnachten, »nur einmal im Jahr«, etwas Einzigartiges, wie das große religiöse Fest, das dem ganzen Kirchenjahr Sinn und

schematisch Literatur und Lebenswelt zu trennen heißt, zumal bei Mörike, eine grundlegende Dimension des literarischen Werkes selbst zu verfehlen.

17 Mörike (s. Anm. 1) Bd. 1, S. 760.

Struktur gibt. Auch an Weihnachten erscheint der Ärmlichste und Bescheidenste gerade als ein solcher zugleich als ein ganz Großer. Ganz klein und bescheiden zu sein ist in der Poesie wie in der Religion geradezu die Voraussetzung, als ganz groß und einzigartig gelten zu können.

Mit diesem Verschen wehrt Mörike den Anspruch der Freunde ab, sich endlich einmal an einem großen historischen Stoff zu versuchen, sozusagen Literatur aus dem Geist des Hegelianismus zu schreiben. Strauß schreibt am 24. Januar 1838 an Mörike, er solle sich doch »die Produktion durch Anschließung an historische Stoffe, Memoiren u. drgl. bedeutend erleichtern und so in kürzerer Zeit und mit geringerem Kraftaufwand Erzählungen schaffen, die unserer Litteratur doch Goldkörner sein würden«.[18] Mörike mußte also gewußt haben, worauf er sich einließ und was ihn erwartete, als er viele Jahre später die Arbeit am *Hutzelmännlein* aufnahm. Tatsächlich wird Strauß' Kritik dann scharf und unmißverständlich ausfallen, wenn er sich gegenüber Vischer zum *Hutzelmännlein* äußert: Die Erzählung schmecke ihm »nach absonderlicher Bestelei«.[19] Womit er gar nicht so unrecht hat, Mörike aber unrecht tut. Mörike bastelte tatsächlich für sein Leben gern, nicht nur poetisch, auch für seine Töchter Fanny und Marie.[20] Strauß hält das *Hutzelmännlein* »geradezu für ein mißlungenes Produkt einer verwilderten oder besser vergrillten Phantasie« und tadelt insbesondere »den Mangel an Einheit – es ist ein wahres Mausnest von

18 Zit. nach: Harry Maync, »David Friedrich Strauß und Eduard Mörike. (Mit zwölf ungedruckten Briefen)«, in: *Deutsche Rundschau* 115 (1903) S. 94–117, hier S. 103.

19 Brief von Strauß an Vischer vom 17. Juni 1853 (*Briefwechsel zwischen David Friedrich Strauß und Friedrich Theodor Vischer*, 2 Bde., hrsg. von Adolf Rapp, Bd. 2, Stuttgart 1953, S. 47).

20 Susanne Fliegner hat den Kontext zu solchen Formen der Lebensführung und Lebensbewältigung dargestellt: die süddeutsche Geselligkeits- und Dilettanten-Kultur. Vgl. S. Fliegner, *Der Dichter und die Dilettanten. Eduard Mörike und die bürgerliche Geselligkeitskultur des 19. Jahrhunderts*, Stuttgart 1991.

Fabeleien, die durcheinander krabbeln, ohne Plan, ohne Schürzung und Lösung eines Knotens«.[21] Daß man das ganz anders sehen kann, hat etwa Gerhard Storz gezeigt.[22]

Das *Stuttgarter Hutzelmännlein* und die Mozart-Erzählung, sie sind beide aber doch auch historische Erzählungen, nur eben im Sinne Mörikes, nicht Vischers und Strauß'. Die Mozart-Erzählung ist wirklich so etwas wie ›Memoiren-Literatur‹ (Mörike greift auf zwei Biographien zurück; s. S. 337f.). Der eine gelingende Tag aus dem Leben des einzigartigen Künstlerindividuums Mozart, der in Rückblenden, Kommentaren, Binnengeschichten usw. doch den ›ganzen Mozart‹ enthält, und die große alte württembergische Geschichte als Folie für das gelingende Leben Seppes und Vrones: so hält es Mörike mit dem geschichtlichen Erzählen. Denn das Leben und die Kunst interessieren ihn, nicht die Geschichte. Auf Strauß' Forderung antwortet er: »Was ich nicht aus mir selbst & etwa aus dem Leben nehmen kann, hat keinen Reiz für mich«.[23]

Aus seiner Individualität und aus dem Leben: die Erzählungen wie die Lyrik suchen diese Balance zwischen Kunst und Leben, zwischen höchster Individualität und wirklicher Soziabilität. Die Idee der Einzigartigkeit des Kunstwerks (und damit die der Einzigartigkeit des Individuums)[24] nicht preiszugeben, ohne in narzißtische Selbstvergötzung zu verfallen, ist für die ästhetische Moderne die wohl größte strukturelle Herausforderung, die sich ihr stellt, seit die Kunst in der Autonomieästhetik (Moritz, Kant, Schiller) so ungeheuer aufgewertet und

21 Brief von Strauß an Vischer vom 25. Juni 1853 (*Briefwechsel* – s. Anm. 19 –, Bd. 2, S. 48).

22 Gerhard Storz, *Eduard Mörike*, Stuttgart 1967, S. 253ff.

23 Brief vom 12. Februar 1838 an Strauß (*Werke und Briefe* – s. Anm. 12 –, Bd. 12, S. 164).

24 Vgl. Günter Blamberger, *Das Geheimnis des Schöpferischen oder: Ingenium est ineffabile? Studien zur Literaturgeschichte der Kreativität zwischen Goethezeit und Moderne*, Stuttgart, 1991; G. Blamberger, »Ingenium est ineffabile?« (s. Literaturhinweise).

emphatisch besetzt worden ist. Heine, der andere große Lyriker des 19. Jahrhunderts und so ganz andere Erzähler, meistert diese Herausforderung durch Witz und eine Ironie, die den ihn bedrängenden Themen nichts von ihrem Ernst nehmen, und durch die Zuwendung zu modernen, ›sozialen‹ Schreibweisen und Publikationsformen. Mörike aber gelingt es mit seinem lyrischen wie mit seinem erzählerischen Werk – wie wohl keinem Autor des 19. Jahrhunderts sonst –, die Einzigartigkeit des Kunstwerks, ein höchstes Kunst- und so auch ein höchstes Individualitätsbewußtsein als sozial geradezu notwendig zu erweisen. Dafür ist die Mozart-Erzählung der beste Beleg.

Das Soziale konstituiert sich bei Mörike in seiner höchsten Form am Ästhetischen, das freilich weit genug gefaßt werden und die Kunstwerke der Natur[25] und selbst die Schönheit der alltäglichen Dinge einbeziehen muß. Gegenüber Meister Bläse sagt der Hutzelmann, der offenbar auch *Auf eine Lampe* (1846) gelesen hat: »Ein Ledder wohl zu halten, nach Ledders Natur, ist das fürnehmst der Schmeer allezeit, und *hat Glanzes genug an ihm selbsten.*« (Hervorh. vom Verf. – *Auf eine Lampe* endet mit den berühmt gewordenen, melancholisch-heiteren Versen: »Ein Kunstgebild der echten Art. Wer achtet sein? / Was aber schön ist, selig scheint es in ihm selbst.«[26]) Durch die richtige, ihnen gemäße Behandlung offenbaren auch die Dinge des Alltags ihre eigentümliche Schönheit. Hier darf man wohl Mörike selbst, der auch dem Marginalen und scheinbar Banalen etwas abgewinnen konnte, über seine eigene Auffassung vom Leben sprechen hören. Und an welchen – hell-dunklen – Dingen des alltäglichen Gebrauchs hat Mozart im Seiler-Laden nicht seine Freude! Mörikes Werk weiß gleichsam, daß es das gelingende Individuelle nur

25 Vgl. Wolf (s. Anm. 14) S. 115 ff. (Mörikes Versteinerungssammlung).
26 Mörike (s. Anm. 1) Bd. 1, S. 735.

gibt, wenn es das gelingende Soziale gibt, und das gelingende Soziale nur, wenn es das gelingende Individuelle gibt. In seiner Idee des individuellen Kunstwerks, oft spielerisch und kauzig bis ins Skurrile, und des künstlerischen Individuums ist dies immer mitgesetzt.

Als 1836/1839 die Erzählung *Der Schatz* erschienen war, die Mörike zunächst als »Märchen«, dann aber in der Ausgabe der *Vier Erzählungen* von 1856 als »Novelle« bezeichnet hat, irritiert ihn, wie er gegenüber Wilhelm Hartlaub aus Anlaß einer Rezension äußert, daß gerade das getadelt werde, »worauf ich mir etwas zugute tat, daß das Wunderbare nur scheinbar ist und bloßes Spiel«.[27] Für Mörike soll das Erfundene, das Spiel der Fiktion gerade als ein solches erkennbar bleiben: eben »nur Nürnberger War«. Die Grenzen zwischen Fiktion und Erfahrungswelt sind für Mörike nicht romantisch-unbestimmt. Nur dann kann man nämlich ästhetisch wirklich ›spielen‹, auch in die Erfahrungswelt hinein. Gerade so, als ein »bloßes Spiel«, wird die Kunst im Leben gebraucht. Gerade so kann sie das soziale Leben mitgestalten: im Bewußtsein ihrer Grenzen. Sie darf nicht überfordert werden. Sie ist eben nicht mehr als »Nürnberger War« und damit doch zugleich das, was für das Leben so notwendig ist. So, als ästhetisches Spiel, gewinnt die Kunst eine existentielle Dimension. Sie ist für Mörike *die* Antwort auf seine eigene theologisch-religiöse Krise in Permanenz.

In der frühen Erzählung *Der Schatz* könnte man die Übergänge zwischen Erfahrungswelt und Märchenwelt leicht rational auflösen. Die Erzählung bietet diese Möglichkeit selber an (mit den Motivierungen durch das Fieber und den Schlummertrunk, den sich Arbogast gönnt). Man muß das aber nicht unbedingt tun, weil es darauf

27 Brief an Hartlaub vom 29. Mai 1840 (*Werke und Briefe* – s. Anm. 12 –, Bd. 13, S. 100 f.). Zum *Schatz* und zu der in dieser Bemerkung anklingenden poetologischen Problematik vgl. die Untersuchungen Ludwig Völkers und Daniela Evers'(s. Literaturhinweise).

nicht ankommt. Entscheidend ist: Wer so zusammenkommt wie diese gesellige Runde, »eine kleine Gesellschaft von Damen und Herren« »abends« »im ersten Gasthofe des Bades zu K*«, kann sich in diesen Spielraum des Erzählens begeben, zwischen realistischem, an der Erfahrungswelt orientiertem Erzählen und Märchen. Diese ganze Spanne zu nutzen ist wirkliche Erzählkunst. Genau das begreift der »treuherzige Schweizer [nicht], der während der Erzählung [Arbogasts] einigemal sehr merklich eingenickt war: ›Bi Gott, ich dacht', das Alles si halt numme so ne Fabel g'si, jetzt chümmt es doch anderster usi! Hätt' ich das eh' g'wüßt, hätt' es mich bi miner Ehr' nit g'schläferet!‹« Aber die wirklichen Geschichten sind nicht mehr wert als die erfundenen. Das begreifen mit dem treuherzigen Schweizer auch Strauß und Vischer nicht, wenn sie von Mörike »die Anschließung an den großen historischen Stoff« fordern.[28] Mörikes ästhetische Idee ist nicht die Mimesis der empirischen Welt.

Bei den drei umfangreicheren Erzählungen Mörikes *Der Schatz*, *Das Stuttgarter Hutzelmännlein* und *Mozart auf der Reise nach Prag* verplaudern und verstolpern sich die Protagonisten in ihren Geschichten. Franz Arbogasts und Schuster Seppes Bildungswege hinaus aus der heimatlichen Sphäre sind Wege, die sie so sehr in verschiedene Geschichten hineinführen, daß sie fast selbst und erst recht der Leser den Überblick verlieren. Mozart fühlt sich im gräflichen Kreis des Schlosses sichtlich so wohl, daß er alles Mögliche und auch ganz Banales und Privates erzählt, daß er die Gesellschaft Einblick nehmen läßt in seine künstlerische Werkstatt und so, als ein heiterer Erzähler, zum sozialen Mittelpunkt wird. Mörike geht es auch hier nicht um die straff erzählte Geschichte, um einen poetischen Klassizismus gar, auf den auch die

28 Brief Vischers an Mörike vom 1. April 1838 (*Briefwechsel zwischen Eduard Mörike und Friedrich Theodor Vischer*, hrsg. von Robert Vischer, München 1926, S. 148).

Lyrik immer wieder anspielt, und der etwa in der *Hand der Jezerte* anklingt[29] (ein »Grieche« soll die Statue Jezerte wieder ›heilen‹; aber heilen kann die Kunst nichts von sich aus; es braucht die Versöhnungsbereitschaft der Menschen). Es geht Mörike auch nicht um ein straffes novellistisches Erzählen, obwohl er dies sogar behauptet (mit den Untertiteln im *Schatz* und bei der Mozart-Erzählung).

Ihre biographischen Wege lassen Seppe, Arbogast, aber auch Mozart und den Erzähler in *Lucie Gelmeroth* Geschichten finden: Erinnerungsgeschichten und Vergegenwärtigungen der eigenen Biographie, märchenhafte Geschichten, die sich ganz verselbständigen wie die von der »schönen Lau«, so sehr, daß sie sogar selbständig veröffentlicht werden können.[30] Geschichten, die selbst Kuriositäten und Raritäten sind: zum Beispiel die vom Krakenzahn und »des Königs Salomo Zahnstocher«, der, »wenn man bisweilen das Zahnfleisch etwas damit ritzet, den Weisheitszahn noch vor dem Schwabenalter treiben« soll (so am Ende des *Hutzelmännleins*).[31] Mörike selbst war Sammler aller möglichen Kuriositäten und Raritäten. Sammeln ist Ausdruck einer bürgerlichen Erinnerungskultur; das schloß aber durchaus, auch bei Mörike, ein wissenschaftliches Interesse nicht aus.[32]

Mit den Raritäten-Geschichten (der Hutzelmann ist selber eine Rarität) sammelt Seppe zugleich Sprachmaterial ein, schwäbische Kuriositäten, Dialekt- und Mündlichkeitsinszenierungen, die Mörike mit unverkennbarer Sprachlust in seinen eigenen, meist aus Schmids *Schwäbi-*

29 Vgl. dazu die Interpretation von Trümpler (s. Literaturhinweise).

30 Siehe den Kommentar zum *Hutzelmännlein*.

31 Zum Zusammenhang vgl. Günter Oesterle, »Eingedenken und Erinnern des Überholten und Vergessenen. Kuriositäten und Raritäten in den Werken Goethes, Brentanos und Raabes«, in: Gerhard Schulz / Tim Mehigan (Hrsg.), *Literatur und Geschichte 1789–1988*, Bern / Frankfurt a. M. 1989, S. 81–111.

32 Vgl. Wolf (s. Anm. 14).

schem Wörterbuch entlehnten Kommentaren noch einmal zelebriert: der Dichter als Philo-Loge seiner selbst, der das mag, was er da geschrieben hat.[33] Philologie wird so Teil der Kunst selbst. Mörikes Helden kommen zur Sprach-Kunst, indem sie zu sich kommen; sie kommen erzählend, erinnernd, erlebend zu sich selbst, indem sie zu ihren Geschichten kommen.

Was in unseren Tagen etwa von Philosophie, Theologie, Geschichtswissenschaft, Linguistik und Erzähltheorie intensiv diskutiert worden ist, scheinen Mörikes Geschichten intuitiv zu wissen: daß Geschichten nicht nur eine grundlegende Darstellungsform sind, die ihrerseits Erfahrungen und Geschichtsbewußtsein modelliert, sondern auch ein grundlegender Modus menschlichen Daseins. Die Geschichten Mörikes wissen davon, daß wir nicht nur ›in Geschichten verstrickt‹ sind von Anfang an, sondern daß wir durch Geschichten unser Leben ordnen, strukturieren, Zusammenhänge schaffen und auch frei gestalten, wie die geselligen Runden im *Schatz* und in der Mozart-Erzählung zeigen.[34]

III. Geselligkeit

In der bis heute wichtigsten Gesamtdeutung von Mörikes Erzählungen zeigt Horst Steinmetz, wie sehr sie die Entfremdung der Protagonisten von der Gemeinschaft und ihre Reintegration, die vor allem als Kommunikationsge-

33 Die Kommentare Mörikes wurden deshalb auch in dieser Edition bei der Erzählung selbst belassen. Sie gehören zu ihr, sind ein Teil von ihr. – Zur Sprachkunst des *Hutzelmännleins* vgl. auch Schlaffer, Nachwort (s. Literaturhinweise) S. 273 f., und Storz (s. Anm. 22) S. 255 ff.

34 Vgl. Wilhelm Schapp, *In Geschichten verstrickt. Zum Sein von Mensch und Ding*, mit einem Vorw. zur Neuaufl. von Hermann Lübbe, Wiesbaden ²1976; W. Schapp, *Philosophie der Geschichten*, Neuausg. hrsg. von Jan Schapp und Peter Heiligenthal, Frankfurt a. M. ²1981. – Schapps Metapher des Verstricktseins ist zu einseitig.

meinschaft begriffen wird, zum Thema haben.[35] Das kann, wie im *Hutzelmännlein*, bis hin zur sozial-politischen Utopie der Versöhnung der Stände im großen Fest und der Versöhnung von Familie und Staat gehen (hier, im Märchen, leistet sich Mörike dann doch ein klein wenig Hegelianismus).[36] Ansonsten bleibt das Politische aber, weil es eine Sache des Widerstreites von Interessen ist, aus dem Erzählen weitgehend ausgespart, wie es die Gesprächs- und Geselligkeitstheorie fordert.[37] Nur die Mozart-Erzählung enthält einige kritische Anspielungen auf die Französische Revolution.

Die schöne Lau findet hin zum Lachen (als dem Ausweis gelingender Geselligkeit) durch Teilnahme am menschlichen Leben in seiner ganzen Fülle. Lachen ist kein Verlachen, sondern ein Akt sozialer Integration. Im *Schatz* und in der Mozart-Erzählung konstituiert die gelingende Geselligkeit den erzählerischen Rahmen, der es Mozart etwa erlaubt, sogar von seiner Einsamkeit und seinem tiefsten Schrecken (bei der Komposition »jenes furchtbaren Chorals« im *Don Giovanni*), aber auch von den Momenten großer Heiterkeit und banaler Kleinbürgerlichkeit zu erzählen (nichts geht ihm »über das Vergnügen, Backhähnl im Prater zu speisen«). Durch das Zusammenschmieden der Kette wird Irmel von der Mähne (was für ein Name!) symbolisch erlöst und so wieder integriert. Das *Oster*kind Franz Arbogast erlöst das Todeskind aus dem Fluß. (Die Sünden der Wollust und der Habgier, denen Irmel verfallen ist, sind Hauptsünden bzw. populär: Todsünden.)

Die vermeintliche Verbrecherin Lucie Gelmeroth er-

35 Horst Steinmetz, *Eduard Mörikes Erzählungen*, Stuttgart 1969. Als überaus anregende Skizze einer Gesamtdeutung der Erzählungen sei hier auch ausdrücklich auf das Nachwort der von Hannelore Schlaffer im Goldmann-Verlag besorgten Ausgabe hingewiesen (s. Literaturhinweise).

36 Vgl. dazu die Interpretation Futterknechts (s. Anm. 8), bes. S. 133.

37 Vgl. Fauser (s. Anm. 5) S. 38.

zählt ihre Geschichte schließlich ganz und zu Ende und kann so erst in die menschliche Gesellschaft wieder wirklich zurückkehren. Sie schreibt später, als sie aus dem Gefängnis entlassen und auf dem Wege der Genesung ist, in ihrem »Asyl« dem Erzähler, der selbst in diesem »Kreise feingesinnter, natürlich heiterer Menschen neben ihr noch mehrere Wochen verweilen [darf], die mir auf ewig unvergeßlich bleiben werden«, Briefe und eine »Art von Tagebuch«. Und so wird sie wieder geselliger Kommunikation fähig, um schließlich ihr eigenes Lebensglück zu finden. Der tierquälerische Bauer Peter löst sich von seinen Verhärtungen und kehrt in die menschliche Gesellschaft zurück, als er sieht, wie sein Sohn mit dem sprechenden Namen Frieder auf dem Pferd Hansel »den Kreis so weit« reitet, »als er nur konnte«: »gleichwohl lief derselbe am Ende so schön zusammen, als wär' er mit dem Zirkel gemacht«. Frieder gelingt mit dem Kreis das große Symbol der Kunst (im Kunstdiskurs um 1800) ganz von selbst und mit intuitiver Sicherheit. Und es gelingt ihm zugleich das große Symbol des sich rundenden, zu sich selbst und seiner Bestimmung kommenden Lebens. Der über die Maßen eifersüchtigen und verleumderischen Naïra wird am Ende verziehen. Sie stirbt versöhnt mit sich, dem König und mit der Natur.

All das darf eigentlich nicht sein oder allenfalls im Märchen. Das gelingende Leben und die Zustimmung zum Leben, das für Mörike immer ein soziales ist, sie gehören zu den besonders starken Tabus der Kunst in der Moderne.[38] Das kümmert Mörike, dessen Kunstbewußtsein so ausgeprägt ist, aber wenig. Er bricht das Tabu, in der Lyrik wie in der Prosa, ziemlich ungehemmt.

Dennoch geht es, wie schon betont, nicht einfach glatt

38 Vgl. dazu Wolfgang Braungart, »Tabu, Tabus. Mit Anmerkungen zum Tabu ästhetischer Affirmation«, in: Wolfgang Braungart / Klaus Ridder / Friedmar Apel (Hrsg.), *Wahrnehmen und Handeln. Perspektiven der Literaturanthropologie*, Bielefeld 2004, S. 297–327.

und harmonisch zu: Alle Geschichten Mörikes kennen auch die Grenze, die Gefahr, die Sünde, das Verbrechen. Gelingende Geselligkeit fällt einem nicht einfach zu. Man muß sich – anders als der Schweizer – auch darum bemühen. Und sie vollzieht sich auf dünnem Eis.

Die Mozart-Erzählung ist auch in dieser Hinsicht die subtilste. Konsequent und bis in die kleinsten Details hinein bezieht sie sich auf den Melancholie-Diskurs. Mozart leistet sich den »Frevel«, die »Pomeranze« im gräflichen Park abzubrechen: Doch wie in der Paradiesesgeschichte ist diese Sünde die Voraussetzung für die ›Erkenntnis‹. Mozart findet durch die Zerstörung: das Pflücken und Zerschneiden der Frucht, das kleine, heitere Lied, das er für den *Don Giovanni* noch gesucht hat: »Eine Weise, einfältig und kindlich und sprützend von Fröhlichkeit über und über, ein frischer Busenstrauß mit Flatterband dem Mädel angesteckt, so mußte es seyn.« Diese Bemerkungen aus Mozarts eigenem Munde geben seine Neigungen freilich ungeniert zu erkennen. Er ist auch ein erotischer ›Sünder‹. Nicht umsonst befaßt er sich mit Don Giovanni. Nicht nur wird Mozart in Don Giovanni ausgelegt: Wie dieser sich im Feuer der Liebe und schließlich im Höllenfeuer verzehrt, so verschwendet sich Mozart an die Gesellschaft und in seiner Kunst. Mozart ist auch selbst, sozusagen, ein kleiner Don Giovanni. Dem Erzähler drängt sich »die schmerzliche Betrachtung auf, daß dieser *feurige*, für jeden Reiz der Welt und für das Höchste, was dem ahnenden Gemüth erreichbar ist, unglaublich empfängliche Mensch, so viel er auch in seiner kurzen Spanne Zeit, erlebt, genossen und aus sich hervorgebracht, ein stetiges und rein befriedigtes Gefühl seiner selbst doch lebenslang entbehrte.« (Hervorh. vom Verf.) In einer der kleinen Geschichten, die Mörikes Erzähler nur dem Leser zumutet, nicht aber der gräflichen Familie Schinzberg, wird erzählt, wie Mozart den »koketten Künsten« einer »jungen Sängerin, Signora Malerbi«, die er gefördert hat, erliegt: »Sogar wollten einige wissen, sie habe ihn mehrere Monate lang eingezogen und heiß genug auf ihrem Rost gehalten«. Wie Don Giovanni kommt Mozart also auch dem Feuer sehr nahe; er ist ein ganz anderer Laurentius. – Die Feuer-Metaphorik spielt auch in der Schilderung des Kompositionsprozesses eine wichtige Rolle. – Die Dame mit dem sprechenden Namen Malerbi habe ihn »kurzweg un piccolo grifo raso (ein kleines rasiertes Schweinsrüsselchen)« genannt, ein »Einfall einer Circe würdig«. (Circe soll die Gefährten des Odysseus in Schweine verwandelt haben; das Schwein ist ein altes Teufels- und Wollustsymbol.)

Daß Lucie, die vermeintliche Sünderin, als Kind eine Agraffe gestohlen haben soll, machte sie damals schon für den Erzähler, der sich an die Kindheitsepisode genau erinnert, erst wirklich anziehend. Er ist vom »Anblick der schönen Diebin« fasziniert. Als sich der vermeintliche Diebstahl dann aufklärt, mutiert die Sünderin plötzlich zur Heiligen, die dem Erzähler nun in einer »lieblicheren Glorie« erscheint. Die Erinnerung an diese Kindheitsepisode kommt ihm erst im Zusammenhang »eines furchtbaren Verbrechens«, dessen man Lucie beschuldigt. So verbinden sich Vergangenheitserinnerung und Gegenwart im Zeichen der Faszination für Sünde und Verbrechen. Der Erzähler beginnt nachzuforschen, weil das Lucie zugeschriebene Verbrechen ihn neugierig macht. Erst dadurch wird die Aufklärung der Tat in die Wege geleitet.

Mörike kennt das »undurchdringliche *Gewebe* verkehrter Leidenschaft und feiner Sinnlichkeit, wie sie bereits in Kinderherzen wirkt«. (Hervorh. vom Verf.). Auf dem kleinen schwarzen Rappen, der sich aufführt, als habe er den Leibhaftigen im Leib, waren Lucie und der Erzähler am Tag der Agraffen-Episode zusammen beim anbrechenden Gewittersturm, der ihrem Theaterspiel ein abruptes Ende setzt, in die Nacht hinausgejagt. Die sexuellen Anspielungen sind schwerlich zu übersehen. Kunst (›Theater‹), erotische Verlockung und das Bewußtsein einer vermeintlich tödlichen

Gefahr verbinden sich. Franz Arbogast schließlich hat das ihm anvertraute Geld zwar nicht veruntreut. Aber mit der Wahrheit mag er auch nicht gleich herausrücken, als er Ännchen/Josephe trifft und herumschwadroniert.

Diese Ambiguitäten, die auch in der Lyrik entfaltet werden – man muß gar nicht gleich an den berühmten *Peregrina*-Zyklus denken, das *Erste Liebeslied eines Mädchens* (1828/36) genügt schon –, gehören ebenso zu Mörike wie seine heitere Geselligkeit. Er kennt die ›Kunst der Sünde‹.[39] Es gibt auch in den Erzählungen, wie in der Lyrik, diese leisen, kaum merklichen Brechungen: Als Seppe nach Blaubeuren kommt, »läuteten [sie] im Kloster drei« – drei Uhr ist die Sterbestunde Jesu, an die das Dreiuhrläuten erinnern soll. (In dem Gedichtzyklus *Bilder aus Bebenhausen* nimmt Mörike dieses Motiv noch einmal auf und tönt auch auf diese Weise die Stimmung elegisch.)

In Mörikes Erzählungen gibt es so etwas wie einen Kooperationsvertrag zwischen dem Erzähler, den Personen der Geschichten und dem Leser. Mörike liebt seine Figuren. Nie denunziert er sie, nie werden sie überlastet. Was ihnen nicht zugemutet werden kann – wie Madame Mozart die erotischen Geschichten ihres Mannes –, sollen sie auch nicht erzählen müssen. Dann kommt ihnen der Erzähler selbst zu Hilfe, denn der Leser darf und soll diese Geschichten schon erfahren. Wie schon Boccaccio weiß natürlich auch Mörike, wie sehr erotische Geschichten, wenn sie eine bestimmte Grenze nicht überschreiten, die Neugierde anregen und die Geselligkeit so befördern können. Denn Geselligkeit braucht das Spiel mit Wissen und Geheimnis, wie man bei Georg Simmel lernen kann. Die *Hutzelmännlein*-Episode vom dicken Abt und der nicht minder dicken Wirtin Betha Seysolffin und ihre Fortsetzung im Traum der schönen Lau ist auch so eine kleine

39 Vgl. zu diesem Interpretament des Mörikeschen Werkes: Gerhart von Graevenitz, *Eduard Mörike – Die Kunst der Sünde. Zur Geschichte des literarischen Individuums*, Tübingen 1978.

erotische Geschichte, in der nicht viel gesagt wird und doch genug. Der gute Abt rechtfertigt sich für sein »Käpplein so naß« vor seinem Herrgott, der ins gesellige Erzählen ohne große Umstände mithineingenommen wird, mit einer schön-schlechten Notlüge: Er habe vor einem »Wildschwein am Wald [...] Reißaus genommen« und dabei sein Käpplein naß geschwitzt. Auch Wildschweine sind eben Schweine.

Mörikes Erzählungen erzählen immer auch davon, was das Erzählen ist und unter welchen Bedingungen es gelingen kann. Und sie erzählen davon, was Geselligkeit ist und unter welchen Bedingungen sie gelingen kann. Mörikes Erzählen ist eine Form ›kultureller Vergesellschaftung‹ und darin spezifisch ›modern‹, weil die Moderne darauf unabdingbar verwiesen ist.[40] Sie muß neue, sinnhafte Sozialstrukturen selbst konstituieren, so wie sich das moderne Subjekt im Kommunikationsprozeß stets neu konstituieren und sein Leben im Vollzug als sinnhaft erfahren muß. Das Jahrhundert, in dem Mörike erzählt, ist auch das Jahrhundert des Vereinswesens.[41]

Geselligkeit ist deshalb nicht nur Bedingung für die Kunst. Sie ist, gelingt sie, selbst so etwas wie ein soziales Kunstwerk.[42] »Ein so reines Entzücken«, heißt es in der Mozart-Erzählung über das Terzett, das Mozart, Max und der Graf gemeinsam singen, »nun auch das köstliche Stück bei allen erregte, so führte doch sein Inhalt selbst, mit einem raschen Übergang, auf den Gipfel geselliger Lust, wo die Musik an und für sich nicht weiter in Betracht mehr kommt« und eigentlich überflüssig wird, weil das Soziale selbst zur Kunst wird. Fluchtpunkt der Kunst ist das ge-

40 Vgl. zum weiteren Zusammenhang: Friedrich H. Tenbruck, *Die kulturellen Grundlagen der Gesellschaft. Der Fall der Moderne*, Opladen 1989, bes. Teil III »Die Moderne als kulturelle Vergesellschaftung«.

41 Vgl. ebd., Kap. 10 »Modernisierung –Vergesellschaftung – Gruppenbildung – Vereinswesen«.

42 Vgl. Kurz (s. Anm. 5).

lingende soziale Leben. Darin vollendet sie sich. Das darf man auch als Selbstinterpretation Mörikes nehmen und als Kommentar auf die Gefahr einer Überlastung und Überschätzung der Kunst, die seit dem letzten Drittel des 18. Jahrhunderts gegeben war.

Wieviel Mörike von der süddeutschen Geselligkeitskultur verstanden hat,[43] davon legen seine Briefe und seine Gedichte ein beredtes Zeugnis ab. Im *Hutzelmännlein* »hörte ihm«, also Seppe, die Ulmer Meisterswitwe »nur so aus Höflichkeit zu und insgeheim mit Gähnen. Ja, ja, sprach sie am Ende: das sind mir einmal Sachen.« Was sie sich damit leistet, ist gravierend, weil ein Ausweis ihrer sozialen Unfähigkeit. Sie interessiert sich nicht wirklich für Seppes kuriose Geschichten, die er zusammenträgt und vor ihr ausbreitet, weil sie sich nicht wirklich für ihn interessiert. Deshalb sieht sie nicht, daß er von sich erzählt, wie er ist, wenn er von den Geschichten, in die er hineinstolpert, erzählt. Sie merkt nicht, daß er in den Geschichten ganz da ist. Sich für die Geschichten zu interessieren hieße, sich für den Menschen zu interessieren.

Anders als die Meisterswitwe will die Gasthofsgesellschaft, die Franz Arbogast zuhört und ihm seine Geschichte entlockt, ihren Erzähler gerade so, wie er ist: »ein munterer, kurzweiliger, obgleich etwas eigener Mann von imposanter Gestalt«, ein wirkliches Individuum eben, wie Mozart auch. Aber beide lassen sich gerne ›vergesellschaften‹. Arbogast ziert sich nicht, seine Lebensgeschichte zu erzählen, als man ihm »mit allerlei Späßen und Anspielungen stets näher auf den Leib rückte«. Er kündigt dann an, die Neugierde kitzelnd und so die gesellige Runde auf ein gemeinsames Interesse ausrichtend, man werde »Unglaubliches zu hören bekommen«, Novellae eben, Neuigkeiten, vielleicht auch ein wenig biographischen Klatsch und

43 Vgl. dazu auch die Untersuchung Susanne Fliegners (s. Anm. 20).

Tratsch:[44] eine Novelle, die man aber gar nicht unbedingt glauben muß, um sie zu verstehen, weil das Erzählen auf ein solches Verstehen nicht vorrangig zielt. Weil es im Grunde ›nur‹ die Geschichte ist, wie sich eine Kinderliebe erfüllt (die so ihr Recht und ihre Würde erhält[45]), wie der Goldschmied Franz sein Ännchen als Josephe wieder findet oder – mehr noch – sie ihn, so möchte Arbogast die Geschichte am liebsten in Kooperation mit ihr, seiner Frau erzählen: »Da das, was Sie vernehmen sollen, ein Stück aus ihrem, wie aus meinem Leben ist, so könnten wir uns Beide füglich in die Erzählung theilen.« Zu Ende erzählt wird sie schließlich von der geselligen Runde gemeinsam. Denn die Erzählung muß »einen Schluß, einen expressen Schluß bekommen, und wenn wir ihn uns selbst erzählen sollten«, meint der resolute Oberst, der den tieferen Sinn des Erzählens wohl verstanden hat. In der Mozart-Erzählung kommt die ›kon-geniale Eu-genie‹, für die es kein »schöneres Geschenk«, keine »schönere Überraschung« gibt als den unerwarteten Besuch Mozarts, dem Musiker zu Hilfe. So hilft auch in der Rahmenhandlung der Schatz-Novelle, die selbst ein Schatz von Geschichten ist, wieder eine Frau, Cornelie, der Erzählung weiter.[46] In der Binnenerzählung ist es Ännchen/Josephe, die die Initiative ergreift und dem Goldschmied aus der Klemme hilft. Cornelie will zunächst Arbogast nachgeben, der zwar die Aufmerksamkeit gerade dadurch noch einmal weckt, daß er den Schlußteil nicht erzählen will. Sie kommentiert: »so sehr mich doch selber die Neugierde plagt,

44 Zu Klatsch und Tratsch als Keimzelle von Literatur vgl. jetzt Gerhard Kurz, »Klatsch als Literatur, Literatur als Klatsch«, in: Wolfgang Braungart (Hrsg.), *Kitsch. Faszination und Herausforderung des Banalen und Trivialen*, Tübingen 2002, S. 71–82.

45 Siehe etwa Mörikes Gedicht *Erinnerung. An C. N.* (*Sämtliche Werke* – s. Anm. 1 – Bd. 1, S. 666–668).

46 Ausführlich zu den poetologischen Aspekten der Erzählung vgl. Daniela Evers, »Eine kleine Diskussion über Dichtung und Wahrheit« (s. Literaturhinweise).

es will mir doch zugleich gefallen, daß von den geisterhaften Dingen, die wir ahnen, der letzte Schleier nicht hinweggenommen werde. Sie würden einem fast, däucht mich, zu wirklich und zu nahe, und wären wenigstens mit einer heitern Darstellung, wie diese noch im ganzen war, kaum zu vereinigen.« Cornelie weiß, daß Takt und Diskretion die Geselligkeit fördern können und daß allzu ungenierte Indiskretion die Stimmung der Peinlichkeit erzeugen kann. – Jeder kennt das aus eigener sozialer Erfahrung. – Durch ihre Reflexion des Erzählens testet Cornelie also gewissermaßen die Grenze, um dann die Geschichte doch zu Ende zu erzählen, obwohl sie sie gar nicht kennt. Sie kann das, weil sie wirklich zugehört und sie verstanden hat: »Der Hofrat lächelte und sprach: Sie haben in der That, bis auf einige Kleinigkeiten, meine Geheimnisse artig errathen, daß ich mich, ganz im ernst, darüber wundern muß und kein Bedenken trage, hiemit meine Geschichte für geschlossen zu erklären.« Wie Eugenie führt Cornelie vor, was Verstehen ist: das Werk im Leser/Hörer fortzuführen und so erst wirklich werden zu lassen, wie es die romantische Hermeneutik fordert.

Das Erzählen stellt wirklich Geselligkeit her: »Sofort«, heißt es mit einer ironischen Anspielung auf Goethe, »entspann sich unter den Zuhörern noch eine kleine Discussion über Wahrheit und Dichtung in dem erzählten Abenteuer.« Dorthin, in den geselligen Diskurs, gehört für Mörike die Frage von ›Dichtung und Wahrheit‹. So wird die Schatz-Novelle auch zu einer Antwort auf Goethe, auf seine Skepsis gegenüber einer Erziehung durch Kunst, wie sie etwa in der Rahmenhandlung seiner *Unterhaltungen deutscher Ausgewanderten* zum Ausdruck kommt, die ihrerseits als eine Antwort auf Schiller (und als eine Relativierung) verstanden werden kann.[47] »Über Wahrheit und Dichtung« kann nicht einfach autoritär entschieden wer-

47 Vgl. Kurz (s. Anm. 5) S. 113; Vollhardt (s. Anm. 3) S. 335 f.

den, selbst in den höchsten Angelegenheiten nicht. Mörikes Pfarrer in der Versidylle vom alten Turmhahn kommt nur »bis Anfang Applicatio«.[48] Dem Pensionierungsgesuch des 39jährigen Mörike selbst wird 1843 stattgegeben; er kommt selber nicht mehr weiter im Pfarrberuf.

Geselligkeit ist bei Mörike ein wirkliches poetisches Prinzip, in der Lyrik wie in den Erzählungen. – Der »schöne Greis« redet Seppe mit einem Gedicht an. Mörike selbst verschickt zu allen möglichen großen und kleinen Anlässen Gedichte. – Ohne die Zuhörer gäbe es die ganzen Geschichten um Mozart nicht: Die gesellige Runde entlockt sie ihm und beteiligt sich selbst an ihnen. Rahmenhandlung und Binnenerzählung durchdringen sich ständig. Ja, es gibt sogar einen von humanem Takt getragenen ›Pakt‹[49] zwischen Erzähler (im erzähltheoretischen Sinne), erzählenden Figuren und auch dem Leser. Mozart, Constanze, Arbogast, Seppe und Vrone und die Erzählerinstanzen der Geschichten: sie alle werden auf diese Weise für den Leser in den Erzählungen wirklich, weil er in ihnen lebendige Stimmen hört, die mit ihm selbst reden. Man hilft sich in Mörikes Erzählungen wechselseitig: Arbogast bittet »eine ganz besonders aufmerksam zuhörende Dame […] um eine Schilderung der Frau von Rochen«, weil sie diese selbst gekannt hat und weil »ein solches Zeugnis […] für meinen Kredit als Erzähler entscheiden« wird.

Was den Figuren unangenehm oder zu anstrengend sein könnte, um es selbst zu erzählen, übernimmt der Erzähler. Was indiskret wäre, entfällt so, daß der Leser dies weiß. Zu Beginn der Mozart-Erzählung entwickelt sich zwischen Mozart und Constanze »ein sehr ernsthaftes Ge-

48 Mörike (s. Anm. 1) Bd. 1, S. 791.

49 Die Unterscheidung zwischen Roman-Pakt und autobiographischem Pakt, die Philippe Lejeune vornimmt, wäre m. E. aus solchen Gründen wohl zu diskutieren: Philippe Lejeune, *Der autobiographische Pakt*, übers. von Wolfram Bayer, Frankfurt a. M. 1994.

spräch in aller Traulichkeit«, das den Leser eigentlich nichts mehr angeht. Der Erzähler zieht also die Konsequenz: »Wir teilen dasselbe nicht ausführlich mit, und werfen lieber einen allgemeinen Blick auf die Verhältnisse, die teils ausdrücklich und unmittelbar, teils auch nur den bewußten Hintergrund der Unterredung ausmachten.« Die sie kränkende Malerbi-Episode übergeht Constanze »mit Stillschweigen«. Der Erzähler löst sie deshalb ab und fährt schließlich »noch eine kleine Strecke weiter fort«, weil der Leser doch ein möglichst präzises Bild Mozarts bekommen soll. Mörikes Erzähler sorgen förmlich für den Leser, der sich ihm anvertraut: »Nun, lieber Leser, ist es Zeit, daß du erfahrest, wie es derweil ergangen mit dem andern Paar«, heißt es im *Hutzelmännlein.*

Mörikes Erzählungen spielen immer wieder an auf das, was Poesie, was das Erzählen, was Kunst ist, oder rücken, wie in der Mozart-Erzählung, die Reflexion über Musik sogar ganz direkt ins Zentrum der Geselligkeit. Unter den Raritäten, die die schöne Lau hinterläßt – »ein Würfelbecher aus Drachenhaut, mit goldenen Buckeln beschlagen; ein Dolch mit kostbar eingelegtem Griff«, »ein Kochlöffel aus Rosenholz mit langem Stiel« –, befindet sich auch »ein elfenbeinern *Weberschifflein*« und »ein schönes *Tuch* von fremder *Weberei*«. Am Schluß des *Hutzelmännleins* bekennt der Erzähler, »daß meine *Spule* abgelaufen« sei (Hervorh. vom Verf.). Das bürgerliche Familienleben Vrones und Seppes, »jetzt Meister Joseph geheißen«, muß nicht mehr erzählt werden. Mörike ist kein Realist.

Was wäre gewesen, hätte Seppe gleich die richtigen Schuhe angezogen? Es hätte keine Geschichten gegeben. Die Schuhverwechslung – als Seppe hinauszieht, trägt er am einen Fuß den Vrone-, den *Spinn*rad-, den Geschichten-Schuh, und er glaubt deshalb, er müsse ein Dreher werden – führt ihn und den Leser der Blautopfgeschichte zu. Die Geschichte ›spinnt‹ sich wirklich selbst fort, eben in einem ganzen »Mausnest von Fabeleien«, von Kleingeschichten; »lehrreiche Fabeln und Denkreime, auch spitzweise Fragen und Rätsel« erzählt man sich beim Spinnen gern, und die Lau hört ihnen ebenso gerne zu. Die Glücksschuhe treiben Seppe am Ende auch auf das Seil, als er die »fremden Gaukler« sieht, wie »ihnen jegliche Verrichtung, als Tanzen, Schweben, Sich-Verwenden, Niederfallen, Knieen, so gar unschwer von Statten ging, als wär' es nur geblasen«. Nur fürchtet er sich vor »Schmach, Spott, Gelächter dieser großen Menge Menschen, dazu Schwindel, jähen Sturz und Tod«. Es ist wieder eben die Ambiguität, von der schon die Rede war.

Man braucht sich gar nicht unbedingt an die Akrobaten-Ikonographie der modernen Literatur und Kunst (Kafka, Rilke, Seurat, Picasso) zu erinnern, um dennoch zu sehen, daß es auch im *Hutzelmännlein* um die Kunst geht, wie schon die Anspielungen auf das Wortfeld ›Text‹ gezeigt haben (lat. *textura* ›Gewebe‹). Der Geschichtenerzähler und Geschichtenfinder Seppe wird am Schluß vollends zum Künstler – und zuletzt schließlich zum braven Familienvater. Als ein solcher Artist und Gaukler steuert er aber zuvor auf den Höhepunkt seines Lebens zu. Der größte Künstler ist freilich der Hutzelmann selbst, der – als Bergmann verkleidet, eben: von ganz unten kommend und mit magischem Wissen und Kräften ausgestattet[50] – seine Kunst droben in der Höhe nun so toll treibt, daß man sich »verblüfft« fragt, »wer dieser *Satan* wäre?« Der ängstlichen Vrone ruft Seppe zu: »komm, Vrone, es hat keine Noth! trau' auf mein Wort, faß' dir ein Herz«. Das ist ein poetologisches Programm und ein Programm für das Leben. Die Kunst und das Leben: sie sind ein märchenhafter Balance-Akt auf dem Seil, und das Risiko gehört dazu. Aber beide können sie auch gelingen.

Aber all diese poetologischen Anspielungen der Erzählung sind hier tatsächlich kein Selbstzweck. Diese Kunst

50 Vgl. auch Futterknecht (s. Anm. 8) S. 133.

feiert sich nicht selbst. Sie ist wirklich eine Kunst für das Leben. Vrone ›traut seinem Wort‹. Sie tauschen die Schuhe – mit der Geschlechtsidentität darf man nicht endlos weiterspielen –, sie bringen auf dem Seil ihre getrennten Lebensgeschichten endlich und endgültig zusammen. Jetzt ist der poetisch so produktive Gender-Trouble der vertauschten Schuhe vorbei, und die Geschichte kommt zu ihrem Schluß. Auf dem Seil *versprechen* sie sich einander, wie sie dem Grafen später gestehen. Auf dem Seil tanzen sie ihren Text: »Die vier Füße begannen sich gleich nach dem *Zeitmaas* zu regen, nicht schrittweis wie zuvor und bedächtig, vielmehr im *kunstgerechten Tanz*, als hätten sie von kleinauf mit dem Seil verkehrt, und schien ihr ganzes Thun nur wie *ein liebliches Gewebe*, das sie mit der Musik zustand zu bringen hätten.« (Hervorh. vom Verf.)

Ganz am Ende wird das Hutzelmännlein, dieser größte Künstler, dieser Kobold und ›Tröster‹, dieses Teufelchen, dieser ›Pechschwitzer‹, zum »Hausfreund« Vrones und Seppes, zum »Datte«, also zum Versöhner und Friedensstifter bei ehelichem und familiärem Zwist. Das sagen die »Reime«, die »um den Fuß des Leuchters [...] eingegraben« sind, und Mörike betont diese Funktion des »Datte« in seinem Kommentar noch einmal besonders. Der Künstler will dazugehören; die Kunst gehört ins Leben. (Auch der amethystene Kreisel der schönen Lau, »das herrliche Kunstwerk«, macht Musik, heitert auf, beschwichtigt und vertreibt den Streit. Mörike scheint in dieser Episode auf Lessings Ringparabel anzuspielen, wenn – wie dort dem Ring – dem Kunstwerk des Kreisels, der Musik macht, eine friedenstiftende, gesellige Wirkung zugesprochen wird: »durch seine Kraft und hohe Tugend« kann der Kreisel »die übeln Händel allezeit in einer Kürze« dämpfen.[51]) Das Hutzelmännlein schenkt Seppe und Vrone mit

51 Wie wichtig Mörike gerade dieser Kreisel ist, macht seine ausführliche Anmerkung deutlich, in der er bis auf die Antike, Theokrit und die *Anthologia graeca* zurückgeht.

dem Leuchter und den Reimen also ein letztes Mal, nach all den Geschichten und ihrer eigenen Liebes-Geschichte, die sie ihm auch verdanken: Kunst. Daß es die Leuchter bei Mörike in sich haben können, wissen wir spätestens seit der großen Kontroverse um *Auf eine Lampe* (1846), die noch immer auf ihren »Datte« wartet. [52]

So sieht Mörike die Kunst, und so sieht er das Leben, so freundlich und so emphatisch. Ihre Kraft behauptet die Kunst gerade da, wo sie ihre Grenzen kennt.

Wolfgang Braungart

52 Zwischen Martin Heidegger, Emil Staiger und Leo Spitzer; vgl. Mathias Mayer (s. Anm. 10) S. 72f. – Bemerkenswert und in der Debatte um das Gedicht vielleicht zu wenig beachtet scheint mir auch das Adverb »selig«.

Inhalt

Der Schatz
5

Lucie Gelmeroth
81

Der Bauer und sein Sohn
103

Die Hand der Jezerte
115

Das Stuttgarter Hutzelmännlein
127

Mozart auf der Reise nach Prag
241

Anhang

Editorische Notiz
315

Anmerkungen
317

Literaturhinweise
367

Nachwort
373

Eduard Mörike

IN RECLAMS UNIVERSAL-BIBLIOTHEK

Gedichte. Auswahl und Nachwort von Bernhard Zeller. 176 S. UB 7661

Maler Nolten. Novelle in zwei Teilen. Herausgegeben von Heide Eilert. 493 S. UB 4770

Mozart auf der Reise nach Prag. Novelle. 91 S. UB 4741 – dazu *Erläuterungen und Dokumente.* Herausgegeben von Karl Pörnbacher. 119 S. UB 8135

Sämtliche Erzählungen. Herausgegeben von Wolfgang Braungart. 403 S. UB 18313

Das Stuttgarter Hutzelmännlein. Ein Märchen. 111 S. UB 4755

Mörike zum Vergnügen. »Meine alte Katze tanzt wahrscheinlich mit«. Herausgegeben von Dietmar Jaegle. 154 S. Mit 19 Abb. UB 18307

Interpretationen. Gedichte von Eduard Mörike. Herausgegeben von Mathias Mayer. 182 S. UB 17508

Mathias Mayer: *Eduard Mörike.* 184 S. Mit 10 Abb. UB 17611

Philipp Reclam jun. Stuttgart

Erzählungen und Romane der deutschen Romantik

IN RECLAMS UNIVERSAL-BIBLIOTHEK

Arnim, Achim v.: Erzählungen. 384 S. UB 1505 – Isabella von Ägypten. 143 S. UB 8894 – Die Kronenwächter. 420 S. UB 1504 – Der tolle Invalide auf dem Fort Ratonneau. Owen Tudor. 80 S. UB 197

Arnim, Bettina v.: Ein Lesebuch. 349 S. 21 Abb. UB 2690

Bonaventura: Nachtwachen. Anh.: Des Teufels Taschenbuch. 188 S. UB 8926

Brentano, Clemens: Godwi. 599 S. UB 9394 – Die Geschichte vom braven Kasperl und dem schönen Annerl. 64 S. UB 411 – Gockel und Hinkel. 112 S. UB 450

Chamisso, Adelbert v.: Peter Schlemihls wundersame Geschichte. 85 S. UB 93 – dazu Erläuterungen und Dokumente. 122 S. UB 8158

Eichendorff, Joseph v.: Ahnung und Gegenwart. 405 S. UB 8229 – Aus dem Leben eines Taugenichts. 126 S. UB 2354 – dazu Erläuterungen und Dokumente. 120 S. UB 8198 – Das Marmorbild. Das Schloß Dürande. 94 S. UB 2365 – Sämtliche Erzählungen. 654 S. UB 2352

Fouqué, Friedrich de la Motte: Undine. 106 S. UB 491

Hoffmann, E. T. A.: Die Bergwerke zu Falun. Der Artushof. 86 S. UB 8991 – Die Elixiere des Teufels. 376 S. UB 192 – Das Fräulein von Scuderi. 79 S. UB 25 – dazu Erläuterungen und Dokumente. 136 S. UB 8142 – Der goldne Topf. 151 S. UB 101 – dazu Erläuterungen und Dokumente. 160 S. UB 8157 –

Kater Murr. 517 S. UB 153 – Klein Zaches genannt Zinnober. 150 S. UB 306 – Kreisleriana. 155 S. UB 5623 – Das Majorat. 86 S. UB 32 – Meister Floh. 235 S. UB 365 – Nachtstücke. 431 S. UB 154 – Nußknacker und Mausekönig. 72 S. UB 1400 – Prinzessin Brambilla. 8 Kupfer nach Callotschen Originalblättern. 173 S. UB 7953 – Rat Krespel. Die Fermate. Don Juan. 82 S. UB 5274 – Der Sandmann. 79 S. UB 230 – dazu Erläuterungen und Dokumente. 176 S. UB 8199 – Des Vetters Eckfenster. 53 S. UB 231

Kleist, Heinrich v.: Die Marquise von O... Das Erdbeben in Chili. 88 S. UB 8002 – Michael Kohlhaas. 135 S. UB 218 – dazu Erläuterungen und Dokumente. 140 S. UB 8106 – Sämtliche Erzählungen. 380 S. UB 8232 – Die Verlobung in St. Domingo. Das Bettelweib von Locarno. Der Findling. 72 S. UB 8003 – Der Zweikampf. Die heilige Cäcilie. Sämtliche Anekdoten. Über das Marionettentheater und andere Prosa. 112 S. UB 8004

Novalis: Heinrich von Ofterdingen. 255 S. UB 8939

Schlegel, Dorothea: Florentin. 325 S. UB 8707

Schlegel, Friedrich: Lucinde. 224 S. UB 320

Tieck, Ludwig: Der blonde Eckbert. Der Runenberg. 57 S. UB 7732 – zu: Der blonde Eckbert. Der Runenberg. Erläuterungen und Dokumente. 91 S. UB 8178 – Franz Sternbalds Wanderungen. Studienausg. 584 S. 16 Abb. UB 8715 – Der Hexensabbat. 336 S. UB 8478 – Des Lebens Überfluß. 80 S. UB 1925 – Liebesgeschichte der schönen Magelone und des Grafen Peter von Provence. 72 S. UB 731 – Märchen aus dem »Phantasus«. 351 S. UB 18240 – William Lovell. 744 S. UB 8328

Philipp Reclam jun. Stuttgart